Foto: Ramón Vinyes

Manuel Vázquez Montalbán, geboren 1939 in Barcelona, arbeitete nach dem Studium der Geisteswissenschaften und Publizistik als Redakteur. Er ist Mitglied der katalanischen Fraktion der PCE (Kommunistische Partei Spaniens). In seiner Heimat machte er sich als Romancier, aber auch als Essayist und Lyriker einen Namen. In Deutschland wurde er vor allem durch seine in der Reihe rororo thriller erschienenen Kriminalromane bekannt. Für den Roman «Das Spiel der Macht» erhielt Manuel Vázquez Montalbán 1991 den spanischen Nationalpreis für erzählende Literatur.

Seine Romane «Die lustigen Jungs von Atzavara» (rororo Nr. 12612) und «Der Pianist» (rororo Nr. 12681) liegen ebenfalls als Taschenbuch vor.

Vázquez Montalbán lebt in Barcelona.

Manuel Vázquez Montalbán

Das Spiel der Macht

Roman

Aus dem Spanischen
von Willi Zurbrüggen

rororo

Rowohlt

Die Originalausgabe erschien 1990 unter dem Titel
«Galíndez» bei Editorial Seix Barral, Barcelona

Deutsche Erstausgabe
Veröffentlicht im Rowohlt Taschenbuch Verlag GmbH,
Reinbek bei Hamburg, Februar 1992

Umschlaggestaltung Nina Rothfos
Satz Aldus und Helvetica (Linotronic 500)
Gesamtherstellung Clausen & Bosse, Leck
Printed in Germany
1480-ISBN 3 499 13036 x

Für Rosa,
am fünfzigsten Jahrestag unserer Begegnung.
In memoriam.

Die einzige Gewißheit dieses Dramas, das mit dem Tod von Jesús Galíndez begann und mit dem Tod Trujillos am 30. Mai 1961 endete, ist die, daß es alle verschlang, die direkt oder indirekt daran beteiligt waren.

La palabra encadenada
Joaquin Balaguer,
Präsident der Dominikanischen Republik

J'ai peur du sommeil comme on a peur d'un grand trou
Tout plein de vague horreur, menant on ne sait où
Je ne vois qu'infini par toutes les fenêtres.

Le gouffre
Charles Baudelaire

Ich fürchte mich vorm Schlaf, dem schwarzen Tor,
Das Unheil birgt, wenn man den Weg verlor:
Die Ewigkeit blickt starr durch alle Scheiben.

Der Abgrund

«Von der Anhöhe schau mir entgegen... Von der Anhöhe schau mir entgegen...» Der Text geht dir im Kopf herum, als käme er aus der verkratzten Rille eines alten Mahlsteins. «Schau mir entgegen... Ich kehre heim... ich kehre heim oder man bringt mich als Leichnam... um in die Erde mich zu versenken...» Nicht einmal das, Jesús, flüsterst du, und es hat den Anschein, als sprächest du mit jenem seltsamen Begleiter, den du seit Jahren wie einen Tumor mit dir herumträgst. Der Wind fegt durch das Tal von Amurrio und wirbelt dein Kleid hoch, dort oben auf der Anhöhe von Larrabeode, auf jener Anhöhe, die wohl genau die ist, die auf Jesús de Galíndez gewartet hat. Dir ist kalt von dem Wind, der dir in die Knochen fährt und das Jesús Galíndez gewidmete kleine Grabmal umschmirgelt, von der aufsteigenden Feuchtigkeit aus der Zisterne, die drohend über dem Tal schwebt, Versprechen von Wasser. Die steinerne Grabplatte wirkt neben der riesigen Zisterne lächerlich und verzagt, wie ein Vorwand gerade noch, um die Erinnerung nicht gänzlich zu verlieren, den Rest eines Angedenkens, das vermutlich unbequem ist. «Wir sind davon überzeugt, daß sein Geburtsort sich selbigem bereitwilligst anschließen wird und fügen diesem Schreiben daher eine Liste der vorgesehenen Veranstaltungen bei, damit der Rat Ihrer ehrenwerten Gemeinde sie zur Kenntnis nehme und billige, desgleichen wir eine Konzession zur Nutzung einer Parzelle gemeindeeigenen Bodens (in einer Größenordnung von 15 auf 20 Meter) auf dem bereits erwähnten Hügel von Larrabeode beantragen, um dort ein steinernes Monument zu errichten, dem diese von der Gemeinde gestiftete Parzelle ausdrücklich vorbehalten sein soll.» Wieder faltest du die Fotokopie des Briefes zusammen, den der Kulturbeirat Sr. Félix Martín Latorre an den Hochverehrten Herrn Bürgermeister und Vorsitzenden des Gemeinderats von Amurrio geschrieben hat. Vor einem Jahr wurde auf diesen Hügeln das Denkmal enthüllt, und du bewahrst auch, bewahrst immer noch den Zeitungsausschnitt auf, in dem über dieses Ereignis berichtet wird; in der Zeitung, die baskischer ist als alle Zeitungen dieser Erde, radikaler baskisch als alle anderen. Und trotzdem ist in ihr die Notiz von der Einweihung fast ebenso winzig wie das Denkmal selbst.

«Muriel, ich friere. Es ist kalt.»

Fünf Meter unter dir ruft Ricardo. Er hat dir fünf Minuten für deine Nekrologie oder Nekrophilie – ist das nicht dasselbe? – zugestanden. Ihm steckt die Kälte in den Knochen, die Feuchtigkeit, der Nebel, der den Wind abzulösen droht, und auch deine Pilgerreise hinter dem hohlen Schatten von Jesús de Galíndez her, der am 12. März 1956 mitten auf der Fifth Avenue in New York entführt worden ist, und an den dreißig Jahre später nur noch diese Grabtafel erinnert, die aussieht wie ein großer steinerner Keks. «Mrs. Muriel Colbert, Yale University, Seminar für zeitgenössische Geschichte. In meiner Eigenschaft als Kulturbeauftragter des Gemeinderats von Amurrio darf ich Ihnen meine Bereitschaft zur Kenntnis bringen, Ihnen alle gewünschten Informationen zugänglich zu machen über die Beziehungen zwischen Jesús de Galíndez und Amurrio, dem Wohnort seiner Vorfahren. Erst vor wenigen Monaten wurde eine Gedenktafel für den berühmten Märtyrer des baskischen Vaterlands eingeweiht, und wir hoffen, daß Sie selbst einmal feststellen können, wieviel Respekt unsere Gemeinde einem ihrer berühmtesten und selbstlosesten Söhne zollt.»

«Muriel, kannst du dich nicht ebensogut in einer Kneipe vor einem dampfenden Kaffee oder einem Glas Wein ausheulen? Ich kann dir bis auf den Hintern sehen, selbst deine Sommersprossen sind blau vor Kälte.»

Der Wind wehte Ricardos schlanken Körper fast davon. Er war in einen überweiten Mantel gehüllt, dessen Farbe du als mausgrau bezeichnest, um den Yuppy zu necken, der sich in den *prêt à porter*-Läden von Adolfo Domínguez einkleidet.

«Ich weiß, daß ihr Amis euch mehr für gelbkarierte Anzüge zu orangefarbenen Schuhen begeistert.»

Sein Flehen zu dir hinauf ist jetzt beinah rückhaltlos, mit eingezogenen Schultern, die gefalteten Hände im Gebet zum Gott deiner

Entscheidungen erhoben, das schmale Gesicht von der Kälte noch schärfer gezeichnet. Du versuchst, dich auf den Stein zu konzentrieren, die Erinnerungen an Galíndez zu beleben, seinen Geist, aber nichts geschieht, der Stein bleibt weiterhin nur ein Vorwand, damit niemand sagen kann, Galíndez habe in dem baskischen Dorf nach Franco keine Heimat gefunden. Wenn du gerührt bist und Tränen in deine Augen treten, dann wegen etwas, was in dir ist, was du weißt oder dir vorstellst, und nicht wegen des Szenarios hier oben, das eine Mischung aus Waschtrog und letzter Ruhestätte ist, in dem das Wasserreservoir wichtiger ist als Galíndez, und auch nicht wegen des Blicks auf Amurrio, das nichts gemein hat mit dem von Jesús de Galíndez seit seiner Kindheit idealisierten Dörfchen, seit seiner Geburt in Madrid gewissermaßen, wo er als Kind und Enkelkind von Basken zur Welt kam, von Basken aus Amurrio, weshalb *Amurriotarra* das Pseudonym war, mit dem er viele seiner Texte aus dem Exil unterschrieb. In der Biographie, die Pedro de Basaldua fünfundzwanzig Jahre nach seinem Verschwinden zurechtgeschneidert hat, läßt er ihn noch hier geboren sein, in Amurrio, an einem 12. Oktober 1915, doch in Wirklichkeit wurde er in Madrid geboren, wo seine Eltern lebten und arbeiteten. Wohl verbrachte er in seiner Kindheit längere Zeiten auf dem Gut seines Großvaters väterlicherseits, in Larrabeode, «... das auf einer Anhöhe gelegen nur hundert Meter von einem historischen Gelände entfernt ist, auf dem sich vor Jahrhunderten die Herren des Landes von Ayala bei dem heute verschwundenen Baum auf dem Campo de Saraobe zu Beratungen trafen. Von dem Gut aus, zu dem sowohl das Geläut der Glocken von Amurrio als auch der von Respaldiza dringt, sind die grünen Gipfel der Berge zu sehen. Mehr als einmal hat er in seiner Jugend – ganz versunken in Phantasien und Träumen – den kurzen Spaziergang nach Quejana unternommen, bis zur Kirche von Tuesta, einem Juwel aus dem 13. Jahrhundert, und gerührt vor dem steinernen Grabmal des Großkanzlers Pedro López de Ayala gestanden, eines Mannes von einzigartigem Ruf und Herr dieses Landes, das tiefe und nachhaltige Spuren in seiner Seele hinterlassen hat. Seine Mutter starb, als Jesús noch ein kleines Kind war...»

«Muriel. Zum letztenmal. Ich gehe.»

«Ich komme ja schon.»

«Seine Mutter starb, als Jesús noch ein kleines Kind war...» Dieser Satz von Basaldua hat dich nicht mehr losgelassen, als du damals, 1981, in New York, das Buch auf Normans Rat hin zum erstenmal gelesen hast. «Seine Mutter starb, als Jesús noch ein kleines Kind war...» Selbst jetzt flüstern deine Lippen diesen Satz, als Ricardos Arme dich umfangen. Eine kurze Umarmung zum Dank, dann greift seine kalte Hand nach deiner und zieht dich springend und laufend den Bergpfad hinunter, um schnell zum Auto zu kommen, das gedrängte Wärme verspricht und die Fahrt zum Hof des alten Migueloa, einem Bruder von Ricardos Mutter.

«Mir war lange Zeit gar nicht bewußt, daß mein zweiter Name baskisch ist. Bevor die ETA anfing, Spanier umzubringen, konnte man stolz darauf sein, einen baskischen Namen zu tragen. Das war, als sei man irgendwie anders, stark, geheimnisvoll. Obwohl wir Kinder das alles Athletico Bilbao zuschrieben. Ein Verein so tugendhaft wie diese ewigen Regierungskritiker, die immer so vollkommen tun, daß kein Mensch ihnen folgen mag. Onkel Chus wird sich gar nicht mehr beruhigen können, wenn er sieht, daß sein Neffe aus Madrid eine leibhaftige Wissenschaftlerin aus den Vereinigten Staaten mitbringt, die sich mit baskischen Angelegenheiten befaßt.»

Er will dich provozieren, doch du gehst nicht darauf ein. Vielleicht weil du dem, was er als spanistische Provokationen bezeichnet, mit einer müden Gelassenheit begegnest, als ob die Hinnahme der Erbsünde sie weniger sündig machte. Oder weil er seine Hand unter deinen Rock geschoben hat und deine kalten Schenkel streichelt und dir zum hundertstenmal sagt, daß die Haut der Rothaarigen wie weiches Sandpapier ist, das die Hände aufrauht.

«Wie war das Denkmal?»

«Lächerlich.»

«Ich habe dir gleich gesagt, daß hier kein Mensch diesen Galíndez kennt. Das ist so, als würdest du mich nach Tutenchamun fragen.»

«Für dich reicht die Menschheitsgeschichte nicht mehr als zehn Jahre zurück.»

«So ungefähr. Und ohne oder mit nur wenig Geschichtsbewußtsein komme ich blendend zurecht. Ehrlich gesagt verstehe ich nicht, warum du dein Leben damit zubringst, in der Geschichte anderer Leute herumzuschnüffeln. Du lebst nicht einmal gut davon. Das Stipendium, das sie dir dafür gegeben haben, ist mehr als dürftig.»

Der Abend dämmert, aber durch den Nebel sickert hier und da noch das in Schattierungen schwelgende nordische Licht, unter dem das Grün all seine Farben offenbart. Ricardo fährt jetzt ganz ruhig, ist nicht mehr der Kamikazepilot, der dich von Madrid hierher gefahren hat und die Kurzatmigkeit seines Wagens mit dem Lärm des doppelten Auspuffs zu übertönen suchte. Du schlägst die Monographie über Amurrio auf, die man dir im Rathaus gegeben hat, und wunderst dich, daß sie bereits 1932 geschrieben wurde, mit dem Sakristeigeruch eines Vorworts des Bischofs von Vitoria versehen, dem der Verfasser, José Medinabeitia, der damals Pfarrer von Amurrio war, das Buch gewidmet hat... nein, nein, sicher nicht alle, aber doch einen Großteil der geistigen und materiellen Werte, die Amurrio darstellt und in sich vereint... die herrliche Pfarrkirche mit ihrem wundervollen Hochaltar, die frommen Kapellen der Umgebung, die damals wie heute wohlorganisierten Bruderschaften und Vereine... die Geschichte des Hospitals zu den Heiligen, die des Armenhauses, der Wehrhäuser, der Herrensitze von Ayala, besser gesagt von Amurrio, mit alten Adelsgeschlechtern... glanzvolle Ahnenreihen mit patronymischen und toponymischen Namen, die ruhmreichen Heldentaten, sowohl zivile wie militärische, seiner weltlichen und geistlichen Söhne... eine berühmte Rechtsordnung, die einen soliden christlichen Frieden schuf und gewährleistete, ebenso beneidenswerte Freiheit und brüderliches Miteinander, blühende Industrie heutzutage... und sehr, sehr verständnisvoll berichtet der Autor auf mehreren Seiten über das Reformatorium für Kinder, die keine wirklichen Missetäter waren, vielmehr schlecht erzogen oder vom Schicksal gestraft...

«Wer hat diesen Quatsch geschrieben?»

«Ein Priester.»

«Einer von heute?»

«Nein, von 1932.»

«In dieser Gegend haben die Pfaffen überall ihre Hände im Spiel. Sowohl bei den traditionalistischen Karlisten oder Nationalisten, als auch bei den heutigen marxistisch-leninistischen ETA-Kämpfern. Es ist ein Volk von Priestern und Müttern. Das hat mir mein Vater immer gesagt, der Priester nicht ausstehen kann und, wie ich fürchte, meine Mutter kaum mehr.

«Seine Mutter starb, als Jesús noch ein kleines Kind war...» Tausendmal hast du mit Norman über die Beziehung zwischen verlorener Mutter und usurpiertem Baskenland diskutiert; Rückkehr in die Heimat, Rückkehr zur Mutter, und das mit dem Ungestüm eines Basken, dem es so gut wie nie vergönnt war, im Baskenland zu leben, das für ihn ein Land der Erinnerung und Sehnsucht war, untrennbar verbunden mit dem Bild seines Großvaters, des ehemaligen Bürgermeisters von Amurrio, der ihm beigebracht hat, zwischen Riesenfarnen auf fast senkrecht nach oben sich windenden Bergpfaden zu gehen. Selbst sein Vater, ein geborener Baske, hat nie verstanden, warum sein Sohn das Baskenland so liebte, warum er geboren war als Soldat für ein erträumtes oder erdachtes Vaterland. «Ich bin erstaunt darüber», erklärte Xabier Arzallus, Vorsitzender des Euzkadi Buru Barzak, «wie wenige Menschen heute noch wissen, wer Jesús de Galíndez war. Und das nicht nur in seiner Eigenschaft als Vertreter der PNV, denn sein Kampf war weit mehr als nur ein Kampf für Euskadi. Er kämpfte, wie heute zum Beispiel Menschen für Nicaragua kämpfen...»

«Was? Ich hör wohl nicht recht. Der Typ schreckt ja vor nichts zurück; jetzt soll er auch noch Sandinist sein... Lies das noch einmal...»

«Er kämpfte, wie heute zum Beispiel Menschen für Nicaragua kämpfen. Er war ein Gegner der Tyrannei auch in Ländern und bei Völkern, die nicht die seinen waren...»

«Dieser Arzallus ist ein Chamäleon. Was er da sagt, kann sowohl für die Sandinisten als auch für die Contra gelten. Beide geben vor, für Nicaragua zu kämpfen.»

«Und wer kämpft deiner Meinung nach wirklich für Nicaragua?»

«Glaube nicht, daß das für mich so klar ist wie für dich. Für Demokratie kämpfen heißt, sie mit demokratischen Mitteln einführen. Ich glaube weder an die Erlösungsversprechen der Sandinisten, noch an eine Konterrevolution, die von Reagan dirigiert wird.»

«Du glaubst an die Demokratie.»

«Genau.»

«An die Schweizer Demokratie? An die nordamerikanische Demokratie?»

«Warum nicht? Gibt es eine bessere?»

«Das fragst du, ein Sozialist?»

«Das frage ich dich, die das Glück hat, seit Geburt in einer Demokratie zu leben.»

«Als ich ein Kind war, sah ich die demokratische Polizei *black panthers* durch die Straßen jagen.»

«*Black panthers*, was ist das?»

«Du bist zu jung, um das zu wissen. Vergiß es.»

«Jawohl, Mama.»

Es würde dir gefallen, einmal einen so hübschen Sohn zu haben wie Ricardo, so schlank, so biegsam, so braun, vornehm in zweifacher Hinsicht, als Kind aus gutem Hause und als Angestellter in einem sozialistischen Kultusministerium: der Adel der Wiege und der Adel eines Mäßigers der Geschichte.

«Galíndez ist so etwas wie der Baum von Guernika. *Eman eta zabal zazu*. Er hat für Freiheit und Gerechtigkeit gekämpft und sie in die ganze Welt hinausgetragen, und das ist bewundernswert. Auf dieser Welt gibt es nicht allzu viele Menschen, die ihr Leben riskieren und es auf grausame Weise verlieren, weil sie sich für Freiheit und Gerechtigkeit eingesetzt haben.» Ricardo aber konzentriert sich jetzt ganz auf die Straße, die enger wird, als visiere sie das verborgene Gehöft der Migueloas an. Er will nichts mehr wissen von Galíndez und von Arzallus, hat genug von politischen Diskussionen.

«Hör zu, Süße. Vermeide tunlichst jede politische Diskussion mit meinem Onkel, der ist nämlich noch ein Baske von der harten Sorte. Außerdem ist da mein Vetter, der bei der ETA war und jetzt auf Bildhauerei und Malerei umgestiegen ist; ein bißchen plemplem, aber das ist ja wohl jeder, der sich auf Terrorismus einläßt. Ich stelle dich als Wissenschaftlerin vor, die eine Forschungsarbeit über das Baskenland schreibt, über Galíndez, wenn du willst, geben wir dem Affen ruhig Zucker, dann essen wir Tantchens berühmte Waldbohnen zu Abend, gehen danach schlafen und morgen wieder ab nach Madrid, denn dies hier ist der reine Balkan. Versteh mich nicht falsch, das Land reizt mich schon, es gefällt mir, und wer wie ich aus der Steppe kommt, ist beeindruckt von all den Bäumen hier und den grünen Wiesen, obwohl ich nicht einmal weiß, wie diese Bäume heißen.»

«Eichen.»

«Und die da drüben?»

«Kastanien… und daneben Buchen, und dort an der Straße wachsen Haselnußsträucher, Schlehdorn, Hagebutten, Wacholder und Stechpalmen.»

Ricardo tritt leicht auf die Bremse und kneift dir in den Oberschenkel.

«Hör mal, Süße. War das so was wie eine Lektion?»

Daß dein Wissen ihm eine komische Unmutsäußerung entlockt, belustigt dich mehr als der Kniff in den Oberschenkel, den du als Aggression empfindest und dem jeder Sinn und erst recht jede Zärtlichkeit fehlte.

«Und diese tiefgrünen Wedel da erinnern an Augenwimpern…»

«Die kenne ich, das sind Farne, Riesenfarne.»

«Und das dort?»

«Da muß ich passen.»

«Schachtelhalme.»

«Und das alles hast du an der Universität von New York oder in Yale gelernt?»

«Nein. Das alles habe ich bei Galíndez gelesen, denn manchmal beschreibt er die Landschaften seiner Heimat, oder aus Büchern zur Geographie und Geschichte des Baskenlandes gelernt.»

«Hagebuttensträucher… Schachtelhalme…»

«Hast du gewußt, daß diese Riesenfarne weiblich sind?»

«Mit den langen Wimpern müssen sie das ja sein. Du hast genauso lange Wimpern; und ich dachte immer, Rothaarige hätten überhaupt keine Wimpern.»

Der Weg wurde noch schmaler, als er sichtbar auf ein Gehöft zuhielt, dessen Umrisse sich wie ein Scherenschnitt vor dem *cul de sac* des Taleingangs abhoben. Du fährst zärtlich mit deinem Handrücken über seine Wange.

«Ob sie uns in getrennten Zimmern schlafen lassen?»

«Sie sind zwar Basken, aber sie haben Fernsehen und gehen ab und zu ins Kino. Daß ihr Neffe mit einer Amerikanerin ins Bett geht, ist keine Sünde. Alles was kosmopolitisch ist, gilt nicht mehr als Sünde.»

Das alte Herrenhaus mit seiner imposanten Erscheinung bringt den Wagen zum Stehen. Aus den Tiefen des vor dem grünen Horizont scharf sich abzeichnenden Gebäudes und den Stallungen, die es umrahmen, dringen Arbeitsgeräusche. Ricardo seufzt und springt mit einem aufgesetzten Lächeln aus dem Auto, dem entschuldigenden Lächeln eines Neffen, der aus der Art geschlagen ist; genau wie dein Vater aus der Art geschlagen ist, wird das erste sein, was der Onkel zu ihm sagt, ein kleiner Mann mit dem Gesicht eines Zigeuners und dem gewaltigen Zinken eines Basken mittendrin.

«Obwohl die Schuld, daß dein Vater aus der Art geschlagen ist, bei meiner Schwester liegt, denn die ist von hier und läßt sich nichts davon anmerken.»

Da erscheint die Frau, ihre Hände an einem Küchentuch abtrocknend, und jetzt erst schaut der Onkel dir frei ins Gesicht, als werde er durch die Anwesenheit seiner Frau zum Gastgeber und damit mehr als nur ein Mann mit einer Baskenmütze, der eine rothaarige Fremde betrachtet. Nun sag uns schon, wie die Kleine heißt. Die Frau sieht dich an, als ob sie dich geboren hätte. Ihre Worte sagen, daß sie deine Mutter sein könnte, und auch nichts dagegen hätte, es zu sein, und du läßt deine Zurückhaltung fahren, umarmst sie und küßt sie auf beide Wangen und hast die Plastikfolie des Tiefgefrorenen schon durchbrochen, denn sowohl sie als auch ihr Mann haben feuchte Augen bekommen und sehen dich an wie die Lämmer.

«Hätte er dich nicht hierher bringen wollen, Muriel, dieser undankbare Kerl hätte sich nie daran erinnert, daß er einen Onkel, eine Tante und einen Vetter hat.»

«Ist Josema da?»

«Er ist da. Ich nehme an, daß er da ist.»

«Da ist er.»

«Er wird bei seinen Ungeheuern sein, hinter dem alten Hühnerstall. Oder er ist oben im Wald und malt.»

«Malt er Landschaften?»

«Nein, er malt auf die Bäume.»

Ricardo blinzelt dir zu, morsend, dich nicht zu wundern, er hat dir doch gesagt, daß sein Vetter ein bißchen spinnt.

«Er malt Bäume an?»

Du kannst deine Überraschung doch nicht verbergen, aber Tante Amparo ergreift nun deinen Arm und führt dich ins Haus.

«Legt eure Sachen drinnen ab und macht euch frisch. Bevor es ganz dunkel wird, gehen wir uns dann anschauen, was Josema macht, wenn es dich interessiert.»

«Natürlich interessiert uns das.»

Ricardo antwortet mit einer Vehemenz, die seinen Mangel an Interesse verrät. Der Onkel drückt sich noch in der mit Steinen gepflasterten Diele herum, und die Tante geht euch voran eine Treppe mit geschnitztem Holzgeländer hinauf; Gefühl von Raum und Schatten, Geruch von Maiskolben und Fettgebackenem in der Luft, ein Wärmekontrast, der dich dankbar stimmt, der deine Körpergelenke erfreut, und plötzlich eine offene Tür, ein Zimmer mit zwei Betten und ein verstohlener, kaum vernehmlicher Hinweis:

«Ich habe euch dieses Zimmer hergerichtet. Ist euch das recht?»

«Perfekt.»

Hat Ricardo geantwortet und eine große Last von der Frau genommen, die durch das Zimmer geht, als wolle sie euch ermuntern, euch des Raums zu bemächtigen, den sie abschreitet.

«Hier ist ein Handwaschbecken, das früher im Zimmer deiner Mutter gestanden hat, Ricardo, als sie noch klein war.»

«Ein Handwaschbecken.»

Sagst du und streichelst das Porzellan, das an vielen Stellen schon abgesprungen ist. Ricardo ist ein ‹aha› entfahren, während er noch herauszufinden sucht, wer oder was ein Handwaschbecken ist unter all den Gegenständen und Erscheinungsformen, die dieses Zimmer bereithalten mag.

«Das Badezimmer habt ihr auf halber Treppe, rechter Hand. Richtet euch ein und kommt nach unten, wenn ihr soweit seid. Wollt ihr noch sehen, wie der Vetter arbeitet, muß es aber vorm Dunkelwerden sein.»

Am liebsten wärst du gleich dieser kraftvollen Fünfzigerin gefolgt, die ihr angegrautes Haar zu einem Pferdeschwanz gebunden hat, wie es die Teenager in den fünfziger Jahren trugen, doch Ricardo will noch etwas von dir oder will dir etwas sagen, bedeutet dir mit den Händen, ruhig zu sein, seine Augen bitten dich um etwas Zeit, und seiner Tante versichert er, daß ihr keine zehn Minuten brauchen werdet.

«Fünf.»

«Es hat keine Eile. Was ihr heute nicht seht, könnt ihr morgen sehen.»

«Morgen fahren wir so früh wie eben möglich nach Madrid zurück.»

«Morgen schon?»

«Tante. Ich habe nur mit Ach und Krach frei bekommen, und Muriel hat Interviews geplant.»

Aber er ist derjenige, der dieser Enge mit einem Teil der Familie, mit dem ihn nicht einmal eine gemeinsame Erinnerung verbindet, so schnell wie möglich entfliehen will.

«Bisher ist alles gutgegangen, aber bitte, laß dich nicht einwikkeln. Wenn sie uns drängen, noch zu bleiben, unterstütze mich bitte. Laß dich nicht von deinem Ami-Schuldkomplex leiten.»

«Meinem Ami-Schuldkomplex?»

«Klar. Ihr progressiven Amis habt doch alle einen Schuldkomplex und rennt in der Welt herum und sagt zu allem nur ja. Aber die Leute sind in Ordnung, nicht?»

«Dein Onkel und deine Tante? Sie sind fabelhaft.»

«Sag noch einmal fabelhaft, Süße, aus deinem Mund klingt das hübsch.»

«Fabelhaft.»

Er küßt dich und betätschelt dich, doch diesmal zärtlich.

«Und jetzt auf zum Baumbekleckser. Was immer dir vor Augen kommt, ganz ruhig. Die Leute sind zwar primitiv, aber herzensgut.»

Der Onkel erwartet euch unter dem Dach seiner Baskenmütze und in eine Felljacke gewickelt, die ihn im Vergleich zu seinem kleinen Gesicht lächerlich dick aussehen läßt.

«Ihr seid dünn angezogen, bei diesem feuchten Wetter kühlen einem im Wald die Knochen aus. Wir sehen uns mal an, was Josema macht, solange die Tante mit ihren Töpfen beschäftigt ist.»

Sie durchquerten einen Schuppen, der auf der Wiese vor dem Haus stand, und als Heuschober und als Garage für den Wagen und den Mehrzwecktraktor fungierte. Drum herum sah man Totems aus dunklem harten Holz, in der Erde verankert wie ein Palisadenzaun, in den das Stecheisen unregelmäßige Höhlungen getrieben hat, die weiß oder rot oder tiefblau bemalt waren. Verglichen mit dem an der Garage oder um den Balkonpfeiler herum aufgeschichteten Brennholz besaßen die totemischen Klötze die Würde einer künstlerischen Botschaft, und du bleibst stehen und bittest um eine Erklärung, woraufhin der alte Migueloa euch sagt, Josema habe aufgehört, ‹nach der Natur› zu schnitzen, und dann erst dies gemacht und sei anschließend in den Wald gegangen, um Bäume zu bemalen.

«Es sind Eisenbahnschwellen. Josema sagt, jede Schwelle fordere von ihm eine andere Gestalt, das kann so ein Kopf von der Osterinsel sein, aber auch einer dieser Totempfähle, die man aus den Indianerfilmen kennt. Er wird euch das schon noch erklären. Mir gefällt, was dabei herausgekommen ist, aber seine Erklärung kann ich euch nicht mitliefern. Das mit dem Wald ist sehr schön. Die Leute von den umliegenden Höfen gehen dahin, um sich das anzusehen, und sonntags bringen sie ihre Kinder mit und was zu essen, und gehen unter den bemalten Bäumen spazieren.»

Der Pfad stieg plötzlich steil an, wand sich zwischen Farnen hindurch, deren Wedel deine Schenkel streicheln, und du suchst die Berührung dieser gezackten Blätter, die dich im Wald willkommen heißen.

«Die Bäume, die hier ursprünglich wuchsen, sind alle gefällt worden, und jetzt gibt es fast nur noch Kiefern. Ich bin keiner von diesen fanatischen Puristen, die Kiefern und Eukalyptusbäume aus dem Baskenland verbannt sehen wollen, weil sie von Holzhändlern und Papierfabrikanten nur zu Spekulationszwecken angepflanzt worden sind. Obwohl ich den Eukalyptus wirklich nicht leiden kann. Aber Kiefern mag ich gern. Genau wie Josema. Was die Bäume angeht, ist er nie fanatisch gewesen. Er würde die Kiefern gerne mit dem Stecheisen oder dem Hobel bearbeiten, um neue Formen anzuregen oder dem Sehen einen neuen Rhythmus zu geben; aber die Abmachung mit dem Eigentümer des Waldes ist eindeutig: auf die Rinde malen, in Ordnung; einen Baum beschädigen, grundsätzlich nein.»

Ricardo zwinkert dir verschwörerisch zu, während ihr hinter dem behenden Alten her steigt, der sich einen Weg durch das Farnkraut bahnt, indem er die Blätter mit seinem Stock sacht zur Seite biegt.

«Wenn wir auf Idefix treffen, ist es bis Josema nicht mehr weit; sie sind wie ein Baum und sein Schatten. Idefix ist unser Hund, ich meine, Josemas Hund. Ihn begeistert die Waldmalerei inzwischen auch, und er läuft Tag für Tag mit hinaus; sie führen sogar Streitgespräche, und wenn er sich zu sehr ärgert, rennt er nach Hause zurück.»

«Sie führen Streitgespräche?»

«Ja, Streitgespräche. Ihr müßtet sie mal sehen. Josema übt sich immer sehr in Geduld, aber Idefix hat viel Temperament, und sobald ihm was nicht paßt, dreht er sich um und rennt dahin zurück, woher er gekommen ist. Er läuft dann allein zum Hof und kommt ins Haus, er kann nämlich die Tür öffnen, um sich von Amparitxu oder mir trösten zu lassen. Du hast dich also wieder geärgert, Idefix, sage ich zu ihm. Du mußt nicht so hitzig sein. Aber kaum kriegt er mit, daß Josema reinkommt, rennt er nach draußen und erwartet ihn schwanzwedelnd, um sich mit ihm zu versöhnen. Dieser Hund könnte studieren, wenn er Abitur hätte. Fehlt nur noch, daß er mit Messer und Gabel ißt.»

Dein Lachen wird immer ungezwungener, und der Alte freut sich, daß du lachst.

«An der Jesuitenuniversität von Deusto würde dieser Hund nicht auffallen. Der ist gescheiter als alle die Eierköpfe, die die Jesuiten fabrizieren, um überall mitmischen zu können. Die Jesuiten und die von der PSOE, die machen alles unter sich aus.»

Zu spät ist ihm eingefallen, daß sein Neffe bei der PSOE ist, und so dreht er sich um und bietet ihm sein vor Kälte, Anstrengung und Verlegenheit gerötetes Gesicht und eine Entschuldigung an.

«Entschuldige, Junge. Das habe ich bloß so gesagt.»

«Es ist nur ein Schlagwort.»

«Ein Schlagwort, genau.»

Aber jetzt schweigt er, bis euch der Weg auf eine Lichtung führt, die vom vorletzten Strahl der gegen den Nebel kämpfenden Sonne beschienen wird, und im Gegenlicht erkennt ihr an einen Baum gelehnt eine aus Ästen und Schnüren gefertigte ungefüge Leiter, zu deren Füßen euch ein Hund anbellt, um die lang aufgeschossene Gestalt zu warnen, die hinaufgeklettert ist und ein violettes Auge in das oberste Astloch malt, unterhalb der Stelle, wo die Krone des Baumes ihre Äste und Zweige in die vier Himmelsrichtungen der Abenddämmerung reckt. Die Kiefern bilden einen natürlichen Kromlech und schauen euch aus blauen Pupillen in gelben Augen an, während dahinter der Waldweg eine Schneise mit blauen Feldzeichen bemalter Kiefern erahnen läßt, die den Weg zum letzten Akt des schöpferischen Unterfangens markieren. Das Gebell des Hundes läßt den Pinsel innehalten, und der Maler wendet sich zu den Eindringlingen um, braucht soviel Zeit, um euch wahrzunehmen, wie er braucht, um aus seinem Traum in die Wirklichkeit zurückzufinden, schimpft mit dem Hund und klettert dann leichtfüßig von seiner Robinsonleiter. Er zeigt das scheue Lächeln eines Menschen, der bei einem Vergehen ertappt worden ist, streicht seine Hände am Hintern der Cowboyhose ab und schaut euch mit seinem langen, dunklen Gesicht an, in dem die klotzige Nase seines Vaters von einem romantischen Blick aus schwarzen Augen mit langen Wimpern nicht ablenken kann. Die Fältchen um die Augen und die spärlichen Härchen eines dünnen Ziegenbarts deuten auf ein unbestimmtes Alter zwischen Jugend und Erwachsensein, und die Hände, die aus den abgeschabten Lederhandschuhen zum Vorschein kommen, sind die eines jungen Prinzen, der eine Zeitlang das harte Leben der Holzfäller kennengelernt hat. Ricardos Wiedersehensfreude gerät zu übertrieben, und in den Augen des Malers steht schüchterne Neugier, wie er dich ansieht und seinen Blick noch einmal verstohlen über deinen Körper huschen läßt, als schaue er eigentlich gar nicht hin, als wolle er nicht, daß du merkst, daß er hinschaut.

«Laß dich durch uns nicht stören, du hast noch eine Menge Wald vor dir.»

Ermuntert ihn Ricardo. Er jedoch zuckt die Achseln und sucht nach Worten für eine Antwort, die er nicht findet, weshalb er sich an seinem Rucksack zu schaffen macht, Farbe und Pinsel darin verstaut und Idefix anweist, euch den Rückweg zu zeigen. Du bist es, die noch bleiben will, schlenderst durch den Wald, auf der Suche nach den verschiedenen Wegen, die die Farben eröffnen. Ricardo und sein Onkel lassen dich gewähren, Josema hingegen ermuntert dich wortlos in deiner Suche, bleibt dicht hinter dir, und du spürst sein Drängen in deinem Nacken, geh weiter, geh weiter, entdecke meine Spuren in diesem Wald, gelbe Augen, die schauen und angeschaut werden, gelb angemalte Risse möglicher Blitze, Pfeile, die den Schritten und den Blicken eine Richtung geben, einfache Linien, wie Narbenschmuck der Natur.

«Phantastisch.»

Rufst du ihm zu, und er ist so gerührt von deiner Begeisterung, daß er zu dir aufschließt und deinen Blick durch die Baumreihen lenkt, um dir neue rhythmische Deutungen zu zeigen.

«Diese Augen. Die Augen.»

Er bietet dir jetzt seine Stimme an, um dir die Theorie von dem zu liefern, was er hier tut. Er hat eine Theorie von dem, was er tut; eine zaghafte, zurückhaltende, aufgescheuchte, bedrängte Theorie von dem, was er tut.

«Das Auge ist für mich die Natur, das Leben. Das Auge auf dem Baum ist das Auge auf dem Totem. Aus den Tiefen ihres Alters schaut die Natur dich an. Die anderen Zeichen markieren Richtungen und Bereiche. Hast du am Haus die Kromlechs gesehen, die ich aus Eisenbahnschwellen gebildet habe? Diese Umkreise sind ein Bestandteil der Beziehung des baskischen Menschen zur Natur; und Künstler, die wie ich sehr tief im Volksglauben verwurzelt sind, im Ethnischen, wenn du so willst, die respektieren das. Kennst du Ibarrola oder Oteiza? Für Oteiza begrenzt der Kromlech einen religiös metaphysischen Bereich, für Ibarrola und für mich nicht; ich bin Materialist und sehe in diesen Umkreisen die Räume, die der Mensch, der ländliche Mensch, eingrenzen muß, um leben zu können. Die Waldlichtung, damit die Tiere auf ihr grasen, die Pflanzung immergrüner Nadelbäume, damit er stets Schutz unter ihnen findet, wie unter einem natürlichen Dach ... selbst die Ausrichtung der Gehöfte ... Es gibt eine von den Naturgesetzen festgelegte Beziehung zwischen Ritualen und Bedürfnissen. Ein Jammer, daß unsere Bäume vernichtet worden sind; die Pappeln, Eschen, Weiden, Linden und Espen an den Flußufern, und in den Bergen die Kastanien, Buchen und Eichen, vor allem die Eichen ... Die sind fast ebenso beharrlich ausgerottet worden wie die Menschen.»

«Es wird dunkel. Erkläre es mir auf dem Heimweg weiter.»

Aber nachdem ihr die Lichtung verlassen habt, geht er schweigend am Schluß der Expedition, überlegt sich Zeichen für den nächsten Tag oder wartet vielleicht auf ein passendes Umfeld, auf eine geeignete Strecke, um dich weiter zu unterrichten. Vielleicht ist ihm aber auch unbehaglich zumute, weil er dir soviel anvertraut hat, oder weil du dich, um seinen Gesichtsausdruck zu erkennen, ab und zu nach ihm umschaust, als sei dir vor allem daran gelegen, zu ihm eine Beziehung herzustellen, um ihm seine geheimnisvolle Bindung an den Wald, das Holz und die Erde zu rauben. Ricardo unterhält sich mit seinem Onkel über die Familie und über die Arbeit. Er ist bemüht, seine Funktion als Sachbearbeiter im Ministerium möglichst unpolitisch darzustellen.

«Reine Bürokratie. Von Machtbefugnis kann gar keine Rede sein. Ich bin nur so eine Art Berater, wenn es um die Verteilung der Haushaltsmittel geht. Da bin ich für die Rockmusiker und die Theaterleute zuständig; solche, die Theaterstücke aufführen wollen.

Alle fluchen sie auf die Regierung, auf den Staat, auf die Macht, aber sobald öffentliche Gelder verteilt werden, hält jeder die Hand auf.»

«Uns geht es genauso. Ich bin ja schon im Ruhestand und halte auch die Hand auf, weil ich sehen will, was der Staat mir vom Mehrwert meiner Arbeit zurückgibt. Zum Glück haben wir hier keine großen Bedürfnisse, der Wald gibt ein bißchen was her, wenn keine Kastanien, dann Pilze, oder sogar ein Kaninchen oder wilde Früchte. Magst du Kräutersalat? Hier an den Hängen findet man Nelke und Zichorie. Deine Tante hält außerdem immer Hühner, und die Milch hier ist gut und billig. Die beste gibt es bei Gorospe, dem Sargschreiner, ein guter Handwerker, der für alle Toten hier aus den umliegenden Tälern die Särge zimmert. Vor zehn Jahren hat er einmal einen ganz phantastischen gemacht, der ihm dann so gut gefiel, daß er ihn für sich selbst behalten hat.»

«Und fährst du nicht mal nach Vitoria oder San Sebastián? Oder nach Madrid?»

«Ich bin genug gereist, aus Spaß und gezwungenermaßen. An die dreißig Fahrten habe ich in Handschellen gemacht, mit einem Guardia Civil an jeder Seite. Immer wenn es politisch Wirbel gab, wurde erst mal der Migueloa mitgenommen, und dann fehlte mir nur noch, daß Josema zur ETA ging. Einmal saßen wir fast Zelle an Zelle im selben Gefängnis, ich als Kommunist und er als ETA-Mann. Aber sprich nicht davon in Gegenwart von deiner Tante, die fängt gleich an zu zittern und zu weinen, wenn von Politik gesprochen wird. Du hast doch das Haupthaus gesehen; das haben sie mir vor mehr als zehn Jahren über dem Kopf angezündet, und da war Franco schon tot, kaum zu glauben. Das waren welche von der Guardia Civil, die kamen ohne Uniform und haben mir das Haus angezündet. Um es dem alten Migueloa und seinem Sohn noch einmal so richtig zu zeigen.»

«Nur mit der Ruhe. Heute kann so was nicht mehr passieren.»

«Ja. Scheiße. Keine Ruhe. Gedächtnisschwund, das ist es. Ohne Gedächtnisschwund könnte ich nicht ruhig sein. Aber ich verhalte mich still, damit der da sich still verhält und nicht eines Tages mit einer Kugel im Bauch nach Hause gebracht wird, das würden die Amparitxu und ich nicht ertragen.»

Du hörst dem Gespräch zu, der Maler gibt vor, es nicht zu hören, vielleicht weil er weiß, daß die Worte seines Vaters eigentlich für ihn bestimmt sind.

«Ich rieche die Bohnen.»

Ruft Ricardo und rennt das letzte Stück zum Haus hinunter. Der Hund steht bereits auf den Hinterbeinen an der Tür, mit einer Pfote am Rahmen aufgestützt, mit der anderen an der Klinke kratzend, bis es ihm gelingt, sie unten zu halten. Dann drückt er seine Schnauze in den winzigen Türspalt, schiebt den Kopf nach, und als er mit seinem ganzen Körper gegen die Tür drückt, springt sie sperrangelweit auf.

«Das gibt es doch nicht!»

«Was habe ich dir gesagt. Dieses Tier könnte Naturwissenschaften studieren.»

Im Haus ist es angenehm warm, obwohl voll widerstreitender Gerüche zwischen dem Holzteer, mit dem die allgegenwärtigen, bizarr geformten Deckenbalken gestrichen sind, und den aromatischen Düften aus den Kochtöpfen der Frau, in die sie niemanden die Nase hineinstecken läßt, als habe sie ein Anrecht auf die Überraschung als Teil des Gelingens.

«Ich verrate nichts, Neffe.»

«Aber es gibt Buschbohnen?»

«Natürlich gibt es Buschbohnen. Ich weiß doch, daß du die magst.»

Der Speiseraum ist die ehemalige Küche mit dem Rauchfang, der geschwärzt ist von den Feuern tausender Nächte, einschließlich dieser. Das blanke Holz der Deckenbalken wirkt wie ein Sehnengeflecht, totes Astwerk eines Baumhauses. In der Glut brutzeln rote Würste, die der Onkel auf einen langen Zweig gespießt als Vorspeise reicht, während Josema ein paar Flaschen von dem dünnen Biskayawein öffnet, den er aus Guetaria mitgebracht hat.

«Keine Sorge, zum Essen trinken wir den nicht. Der ist so zum Wegsüffeln. Zum Essen gibt's was Handfestes. Der Biskayer ist ja fast wie Limonade.»

Und dann kommen unter Ricardos Beifall die Buschbohnen in einer von Amparitxus tausend Triumphen rauchgeschwärzten Kasserolle auf den Tisch, dazu rote Bohnen mit Speck und Blutwurst, die du mit den tausend Fertigbohnengerichten an den tausend Lagerfeuern der Nächte jener Zeit vergleichst, in der du noch den Spuren Tom Sawyers und später denen Hemingways *Über den Fluß und in die Wälder* folgtest. Die Brechbohnen deiner Heimat und diese Buschbohnen haben einen unterschiedlichen Begriff von Zeit. Diese hier sind alt und dunkel, wie das Blut dieser Wurst, die du vor einigen Jahren noch angewidert zurückgewiesen hättest, oder wie dieses ungeschlachte Stück Paprikawurst, das sich fast aufgelöst hat, solange ist es gekocht worden. Zwei Rotweinflaschen werden knallend entkorkt, Marqués de Murrieta, notierst du dir den Namen, sie notiert sich alles, die verdammte Hexe, sagt Ricardo, der schon mehr getrunken hat als alle andern zusammen.

«Schreib nur alles auf, Kleines, hier gibt es keine Geheimnisse.»

Und einen Teller voll Kokotxas, damit du weißt, wie so was schmeckt. Und du probierst die mysteriösen, schleimigen Fischgeschwulste, die mit Knoblauch und Petersilie angemacht sind und dir nicht schmecken, aber du verdrehst verzückt die Augen, denn die Situation gefällt dir, ebenso wie dir die Frau gefällt, die weder alt noch jung ist, aber glücklich, weil man ihr das Haus nicht mehr über dem Kopf anzündet, weil ihr Mann nicht mehr im Gefängnis sitzt und der Sohn den bewaffneten Kampf aufgegeben hat.

«Die Kokotxas zum Magenöffnen, und danach?»

«Kabeljau mit Pil Pil und braungebackener Milch.»

«Wie eine Boa werde ich das verschlingen, wie eine Boa.»

Schreit Ricardo begeistert und macht seiner Tante Komplimente, die ganz unbestritten das Juwel der Familie ist.

«Würdest du solche Köstlichkeiten in Madrid zaubern, Tante, könntest du ein Vermögen machen.»

«Na, wie köstlich es dir hier schmeckt, merkt man daran, wie selten du uns besuchst.»

«Manchmal fahre ich quer durch Madrid zu einem Restaurant namens *La Ancha*, weil mich die Bohnengerichte dort an deine erinnern. Aber öfter hierher kommen, das geht einfach nicht, selbst wenn ich wollte, und Mama erst, das kannst du dir vorstellen, die seufzt Tag für Tag beim Gedanken an ihr geliebtes Baskenland.»

«Nun erzähl du mir nicht, daß du keine Zeit hättest. In den Ministerien klebt ihr doch nicht einmal die Briefmarken selbst.»

«Es gibt viel zu tun, Tante, es gibt viel zu tun. Diesmal können wir nicht länger bleiben; einmal wegen der Arbeit und dann wegen der Sache, die Muriel zu erledigen hat. Erzähl ihr davon, Muriel. Komm schon.»

Jesús de Galíndez Suárez. Baskischer Jurist und Schriftsteller, geboren 1915 in Madrid. Seine Mutter starb, als er noch ein Kind war, und er wurde von seinem Vater, einem Arzt, erzogen. Jesús de Galíndez studierte an der Universität von Madrid und war später Assistent bei Sánchez Román, einem Staatsrechtsprofessor, der sowohl einen zukünftigen Innenminister Francos als auch republiktreue Juristen als Assistenten hatte. Während seiner Zeit in Madrid war Galíndez aktives Mitglied der Studentenorganisation der Nationalistischen Baskischen Partei, und als der Krieg ausbrach, gehörte er zum Stab des Justizministers Manuel de Irujo, der ebenfalls Baske war. Tatsächlich bestand seine Arbeit darin, Landsleute in Sicherheit zu bringen, die von Marodeuren verfolgt wurden, sogar Nonnen. Seine Loyalität zur Republik war eine, die strikt dem Baskenland galt, dessen Freiheit durch Franco bedroht wurde. Nach dem Krieg floh er nach Frankreich und von dort in die Dominikanische Republik, wo er als Dozent der Rechtswissenschaft und als Gewerkschaftsanwalt tätig war. 1946 ging er nach New York, wo er sich mit großer Energie daranmachte, spanische Emigranten zu sammeln und zu organisieren, und wo er zuletzt die Nationalistische Partei des Baskenlandes bei den Vereinten Nationen und gegenüber dem US-Außenministerium vertrat. Zwischendurch hatte er seine Dissertation geschrieben, über Trujillo, den dominikanischen Diktator, und sie im Februar 1956 der Columbia-Universität vorgelegt, obwohl Trujillo selbst und seine Helfer aus der dominikanischen Lobby in Washington alles Mögliche unternommen hatten, um dies zu verhindern. Wenige Tage später, am 12. März 1956, wurde er entführt, und seitdem hat man nichts mehr von ihm gehört.

«Was ist eine Lobby?»

Will Josema wissen.

«Lobby heißt im Englischen Eingangshalle oder Korridor und wird als Synonym für Interessengruppe gebraucht. Das heißt, eine Interessengruppe, die Einfluß geltend machen kann, weil sie sich in der Nähe des Machtzentrums bewegt.»

«Und dieses Würstchen Trujillo hatte bezahlte Leute in den Vereinigten Staaten?»

«Sogar der Sohn des früheren Präsidenten Roosevelt stand in Trujillos Diensten.»

«Kaum zu glauben; wie wenig wir auch von uns selbst wissen.

Das mit Galíndez kommt mir bekannt vor, aber ich weiß nichts Genaues. Klar, die Zeitungen haben zu der Zeit über solche Dinge nicht berichtet, und ich habe damals mehr Zeit im Gefängnis als draußen zugebracht. Aber auch heute erfährt man doch kaum etwas über Galíndez, weder von der PNV, noch von der ETA. Ich verstehe das nicht. Er ist doch ein Patriot, ein Nationalist, ein baskischer Held. Aber du weißt doch sicher eine Menge über ihn, wenn du dich wissenschaftlich mit ihm befaßt. Wie bist du eigentlich auf ihn gekommen, auf einen Basken, meine ich?»

«Ich schrieb an einer Doktorarbeit über ‹Die Ethik des Widerstands›, und mein Professor, ich meine, Norman, der meine Arbeit betreut hat... er erzählte mir von den spanischen Exilanten in den Vereinigten Staaten. Sie faszinierten ihn. Das waren ja keine Kommunisten, die da kamen, und als der Kalte Krieg begann, betätigten sich viele von ihnen als antikommunistische Informanten. Fast alle suchten sie dafür ein Alibi: sie traten für ihre demokratische oder nationalistische Sache ein, und das war wichtiger, als nicht mit dem Außenministerium oder dem FBI zu kollaborieren.»

«Sie haben sogar Leute denunziert?»

«Für sie war das kein Denunzieren. War der Kommunismus nicht ein repressives System, das Demokratie und Nationalitäten unterdrückte? Als Gegenleistung bekamen sie vage Versprechungen für die Zeit nach der Wiedereinführung der Demokratie in Spanien, in einigen Fällen wirtschaftliche Hilfe oder Hilfe beim Aufbau einer neuen Karriere, in anderen Fällen bekamen sie etwas sehr viel Wichtigeres: die Verlängerung ihrer Aufenthaltsgenehmigung.»

«Und so einer war Galíndez?»

«Galíndez war ein baskischer Nationalist... Aber das interessiert mich nicht. Ich will nicht die ganze Wahrheit über den Fall Galíndez herausfinden, ich will nur eine Wahrheit herausfinden.»

Sie sind so zurückhaltend, daß sie dich nicht drängen, obwohl Josemas Blick sich in deine Stirn bohrt, als sei sie die Tür zur Schatzkammer deines moralischen Vermögens, und die Mutter sitzt da mit offenem Mund, wie ein Kind im Zirkus, das unter Trommelwirbel den Salto Mortale erwartet, und der alte Migueloa schiebt sich die Baskenmütze über den Kopf, als fiele ihm nichts Besseres ein. Du mußt ihnen was sagen, obwohl du selbst nicht die ganze Verantwortung für deine Antwort übernehmen kannst.

«Ich glaube zu wissen, was ich will. Aber ich bin mir nicht ganz sicher.»

«Sie will Galíndez adoptieren und ihm die Brust geben.»

«Halt's Maul, Ricardo, caramba.»

Und alle lachen, weil das Wort caramba aus deinem Munde wüster geklungen hat, als es eigentlich ist, als hätte dir das ‹r› den Gaumen aufgerissen.

«Ich will wissen . . . nun, warum er sein Leben aufs Spiel gesetzt hat.»

«Ach, das willst du wissen? Hör zu, Süße, ich selbst bin halb Baske, vergiß das nicht, ich kenne den Laden. Die Leute hier sind alle von Spielleidenschaft besessen, die spielen um alles, selbst wenn man friedlich am Tisch sitzt und Bohnen ißt, wird noch gespielt, stimmt's, Tante? Und für diesen Knaben, der dir so ans Herz gewachsen ist, war der Krieg ein Glücksspiel, das Exil ein Glücksspiel, und Trujillo und seinem Clan in die Eier zu gehen, pardon, aber nun . . . auch ein Glücksspiel.»

«So einfach ist das nicht, Neffe. Was glaubst du, warum ich all die Jahre mein Leben riskiert habe? Aus Spielleidenschaft? Aus Angeberei? Es gibt für alles einen Kodex, nicht nur den für Recht und Unrecht; und irgendwann in deinem Leben machst du dir einen eigenen Kodex, einen einfachen oder einen komplizierten, jedenfalls einen, von dem du dann abhängig bist, den du befolgst oder über den Haufen wirfst, aber der Kodex ist da, wie ein Gespenst, das dich begleitet, aber ein Gespenst, das wirklich existiert, das da ist.»

«Und dieser Kodex rechtfertigt all dein Leiden und deine Opfer, aber auch die der anderen. Es geht mir auf die Nerven, wenn man mir dauernd unter die Nase reibt, daß es während des Krieges und der Nachkriegszeit nur aufrechte Helden gegeben hat. Wie Granitblöcke. Aufrecht und unverwundbar. Aber wehe dem, der unter der Last eines solchen Blocks zusammengebrochen ist. Sie starben für ihren Kodex, und sie töteten für ihren Kodex, und der Kodex war die Rechtfertigung für alles. Da sind mir doch die Leute lieber, die sich ihren Kodex täglich ins Notizbuch schreiben, am nächsten Tag eine neue Seite aufschlagen und den Kodex vom Vortag vergessen.»

«Mit dieser Philosophie, Neffe, lebt man nur in den Tag hinein und hat keine Hoffnung, irgendwas zu verändern, gemeinsam was zu verbessern.»

«Die Dinge verändern sich von selbst, ganz langsam, und alles was du tun kannst, ist, sie ein bißchen anzuschubsen, damit sie an die richtige Stelle rollen; genau, das ist wie beim Golf, wenn man den Ball nur noch ganz leicht anstoßen muß und, plumps, rollt er ganz gemächlich und bereitwillig ins Loch...»

«Aber irgendwer oder -was hat den Ball bis ans Loch gebracht.»

«Ich finde es am aufregendsten, den kleinen Ball anzuschubsen, ihm den letzten Stoß zu versetzen, was, Süße?»

Ein angeblich baskischer Calvados, ein Schnaps, der so selten ist, daß er nirgends zu kriegen ist, zeigt seine Wirkung bei Ricardo, der sich nun, nachdem er gegen den Kodex seines Onkels zu Felde gezogen ist, mit einem ironischen Lächeln über Josema hermacht.

«Und du bist jetzt ganz ruhig, Josema?»

«Was meinst du damit?»

«Ob die Polizei dich in Ruhe läßt.»

«Ja. Die letzten zwei Jahre haben sie sich nicht mehr sehen lassen, aber manchmal spüre ich noch den Blick der Guardia Civil im Nakken, wenn ich der Patrouille über den Weg laufe. Ansonsten male ich Augen oder andere Dinge auf die Bäume und werde als Spinner in Ruhe gelassen.»

«Du hast deinen Kodex geändert.»

«Ja. Ich habe schon gehört, was du gesagt hast, und bin wahrscheinlich deiner Meinung.»

«Wahrscheinlich?»

«Ich hatte genug davon, mir meiner Gründe zum Sterben und zum Töten so sicher zu sein. Aber ich glaube nicht, daß du dir deiner Notizbuchphilosophie so sicher bist. Im Grunde willst du es nur nicht wahrhaben.»

«Was will ich nicht wahrhaben?»

«Daß andere dir den Ball bis ans Loch geschafft haben, damit du genau das tust, was man von dir erwartet; nämlich den Ball endgültig ins Loch stoßen.»

«Ach, hör auf. Die alte Geschichte von der unheiligen Allianz zwischen internationalem Kapital und der Kupplerin Sozialdemokratie.»

«Warum gehen wir nicht ein wenig vor die Tür? Draußen ist Vollmond, und Josemas Skulpturen sehen im Mondlicht am schönsten aus.»

Amparitxu hat nicht nur die Worte gesprochen, sondern den Aufbruch schon begonnen und mummelt euch jetzt in dicke Pullover ein, die sie aus tiefen Truhen hervorgekramt hat, und die noch nach Mottenkugeln und Kernseife riechen. Als die Abendkälte wie ein scharfer Keil die Wärme deines Körpers aufreißt, fühlst du einen belebenden Schauder wie unter einer kalten Dusche, und die Wohligkeit des guten Essens und des Alkohols sind nicht verflogen, wie das Gespinst der Ideen, die eine frische Brise und der Mond aus den Köpfen vertrieben und im finsteren Schlund des Tals haben verschwinden lassen. Im Mondlicht erwachen Josemas Pfähle zu ihrer ganzen Größe von gestalteter Natur. Amparitxu hat vorgeschlagen, sich an den Händen zu fassen, und sie selbst hält mit einer ihren Sohn und mit der anderen Ricardo. Deine wird zärtlich von Ricardos fahrigen, heißen Fingern gestreichelt, und die andere bewahrt dir der alte Migueloa in seiner Riesenpranke auf. Amparitxu freut sich und ist fast den Tränen nahe, als sie singt:

Ez nau izutzen negu hurbilak
uda betezko beroan
dakidalato iratuen duela
orainak ere geroan
nolabaizteko kate geldian
unez uneko lerroan
guztia present bihurtu arte
nor iznaren erroan.

Die einzige Musik zu diesem Lied ist das Wispern der Blätter des Waldes und das Gelispel von Migueloa, der leise mitsingt. Du bittest ihn, dir den Text zu übersetzen.

«Es ist ein Lied von Mikel Laboa, und er sagt, daß ihn der nächste Winter nicht schreckt, wenn auch jetzt noch Sommer ist, denn die Gegenwart bleibt in der Zukunft erhalten, wie eine endlose Kette, die nicht klirrt. Nein, auch die morgendliche Kälte schrickt ihn nicht, die rauhreifbedeckten Felder, wenn die Natur wie leblos wirkt, weil unser Herz das Licht der entschwundenen Sonnen bewahrt und unsere Augen die Erinnerungen der Vergangenheit. Und auch der Tod erschrickt ihn nicht, denn die Reben bringen trotzdem neuen Wein, und unser Heute legt den Grundstein für das Morgen der anderen. Am besten gefällt mir aber die letzte Strophe, Muriel, paß auf, wie schön das klingt: Es macht mich nicht traurig, die letzten Blumen des Gartens zu pflücken, ohne Atem zu gehen, über alle Grenzen hinaus, auf der Suche nach einem Grund, all meine Sinne dem Abendlicht unterworfen, denn der Tod bringt einen Traum, der alle Träume für immer besänftigt... Gefällt dir das?»

Du weinst, aber du sagst es ihm nicht, sondern antwortest ihm, daß dich der Gedanke an den Tod als Befreier aus den Fesseln der Träume traurig stimmt. Sogar Ricardo verfällt dem Zauber all der dräuenden Geister im Mondschatten von Josemas Totems, und auf dem Weg ins Haus nimmt er seine Tante in den Arm und erzählt ihr Dinge von seiner Schwester, die sie zum Lachen bringen. Du bist von diesem Wissensdurst erfüllt, der früher, hat Ricardo zu dir gesagt, typisch für die Amis war, Süße, den ihr aber längst den Japanern überlassen habt, und Migueloa ist genau wie sein Sohn entzückt, daß du nach Mikel Laboa fragst, einem alten baskischen Liedermacher, von dem sie alle Platten haben, die sie dir auch gerne auf dem alten Plattenspieler vorspielen wollen, der jedes Stadtkind in jedem Winkel der Welt zum Lachen reizen würde und wohl aus ebendiesem Grund auch Ricardo ein Lächeln entlockt.

«Geht der mit Pedalen?»

«Lach nur, lach nur, der klingt ganz schön.»

Und du gibst dich Laboas Liedern hin und den Erklärungen des alten Migueloa oder seines Sohnes und halluzinierst, und sagst, ich halluziniere, ich halluziniere...

«Was meint sie mit halluzinieren, Neffe?»

«Sie meint damit, daß sie es nicht fassen kann, aber sich gut fühlt, verdammt gut sogar, daß sie sich sauwohl fühlt, genau.»

Und du halluzinierst, halluzinierst bei einem surrealistischen Lied Laboas, in dem Rimbaud vorkommt und man sich im Gras niederläßt, um Uhren zu verspeisen, ‹... jemand schloß dir die Augen, adiós, adiós, und über den Mohrrüben im Garten graute der Morgen, als wir dich zu Grabe trugen, o *petit poète*, ohne Lieder, ohne Salut, aufgebahrt in deiner ganzen Länge zwischen den Samtwürfen eines Aprikosenkerns›.

«Das Lied ist Lizardi gewidmet, einem Versemacher, einem Volksdichter.»

Und noch ein Lied, und noch eines, und alle für dich, da du gar nicht genug bekommst von deiner Entdeckung und dich bei Ricardos aufforderndem Gähnen blind stellst. Josema summt mit und übersetzt mit viel Gefühl: Könnte man einfach fliehen, gäbe es Frieden irgendwo, liebte ich nicht länger die Blumen vor deinem Haus. Ich wäre nicht der elende, schmerzgebeugte Sohn der Verzweiflung, an dem jeder Schrei zerbricht. Kein Mensch nähme Anstoß an mir, ich wäre keine entwurzelte Pflanze, in kalten Boden gesetzt. Könnte man fliehen, wäre es möglich, die Ketten zu sprengen, wäre ich kein hilfloser Seefahrer mehr ohne Schiff.»

«Muriel. Wir müssen früh aus den Federn. Ich muß spätestens gegen Mittag in Madrid sein.»

Es ist das dritte Mal, daß er dich auffordert, und du willst ihn nicht verletzen, wie du auch nicht willst, daß Josema dir näher rückt mit seinem verstohlenen, heißen Körper und seinen Worten, die dich erschüttern.

«Komm, Süße, das Leben ist kurz.»

Josemas Augen halten dich noch zurück, und die melancholische Selbstvergessenheit des alten Migueloa, den wie Zungen die Schatten des Kaminfeuers umlecken, das Amparitxu nährt und lenkt wie eine Priesterin in ihrem geheimen Tempel. Und du folgst Ricardo schulterzuckend, dich entschuldigend, ihn entschuldigend, dankbar für die belebende Frische, die dich verschluckt, als du dich aus dem Umkreis des Kamins entfernst. Sie sehen euch schon nicht mehr, als Ricardo dir den Hintern massiert, während er dich die Treppe hinaufschiebt und dich auf dem ersten Absatz festhält, um dich mit seiner heißen Zunge in einem Kuß aufzuspießen, der nach Alkohol und Apfel schmeckt. Dein Verstand hat keine Lust auf ihn, aber deine Brustwarzen sind hart geworden, und ohne es zu wollen, schiebst du dein Becken vor, als wäre dein Becken ein Wellenbrecher, der dem Ansturm der Meere trotzt. Seinen Körper an deinen gepreßt, übertreibt Ricardo sein Verlangen, weil er fürchtet, du könntest ihn zurückweisen. Er küßt und befummelt dich wie rasend, als befürchte er, nicht genug Lust aufzubringen, dich zu befummeln und zu umarmen, und du wartest, daß er müde werde, daß ihn der Schlaf übermanne. Oder doch nicht. Denn kaum habt ihr euer Zimmer betreten, fällt die Leidenschaftlichkeit von ihm ab, und er ist nur noch ein Bettgenosse, der, während er sich auszieht, seine Kommentare abgibt zu allem, was seit eurer Ankunft im Tal passiert ist.

«Tante Amparo hat sich gut gemacht, fandest du nicht? Nun, du hast sie nicht gekannt, aber die Frau hat viel durchmachen müssen. Einmal mit ihrem Mann, der glaubte, ganz allein die Diktatur stürzen zu müssen, und dann mit ihrem Sohn als Guerillero, als Che Guevara des Baskenlands.»

«Und nicht einmal die Haltung deines Onkels überzeugt dich?»

«Die Kommunisten sind alle mit wehenden Fahnen in die Schlacht gestürmt; tatsächlich haben sie aber nur Franco gestärkt, denn als sie sich schließlich allein gegenüberstanden, da war jeder des anderen Rechtfertigung. Verstehst du? Die Kommunisten waren entzückt, ins Gefängnis geworfen zu werden und Märtyrer zu haben. Die waren genau wie die Pfaffen, nun, das haben mir ältere Kollegen erzählt, die gesehen haben, wie sie sich aufführten, vor allem nach dem Krieg, in den fünfziger Jahren, als sie anfingen, sich neu zu organisieren. Da haben sie alle paar Monate einen Generalstreik ausgerufen, zu dem einzigen Zweck, wieder Leute in die Gefängnisse zu kriegen.»

«Was hättest du denn getan?»

«Ich mag keine Gefängnisse und keine Märtyrer, und ich habe nichts für Heldenlegenden übrig. Helden mag ich nur in der Rockmusik und Heldinnen nur im Bett. Komm, Süße, warum ziehst du dich nicht aus?»

«Du bist ein richtiges Rindvieh.»

«He, wozu die Beleidigung? Soll ich dir lieber baskische Gedichte vortragen? Diese Typen haben sie doch nicht alle. Die kriegen beim Singen feuchte Augen, und wenn sie ihren Geigenkasten aufmachen, kommt eine Knarre oder ein Molli zum Vorschein. Na, gefalle ich dir?»

Er war schon unter die Bettdecke gekrochen und riß sie mit einem Ruck zurück, um dir seinen fast noch kindlichen Körper zu zeigen, von dem sein steil aufgerichtetes Geschlecht wie eine fröhliche, doch beutelüsterne Schlange abstand, und du beugst dich jetzt zu ihm hinunter, damit seine Hände die deinen ergreifen und dich auf seinen Körper hinabziehen können, auf das dunkle, selbstvergessene Drängen dieses Geschlechts, das Unterschlupf zwischen deinen Schenkeln sucht, in der Hoffnung, ein dauerhaftes Refugium zu finden, und es ist das Ritual, das dich davon überzeugt, daß es dir gutgeht, daß es dir gefällt, wie er mit deinen Brüsten spielt, wie seine Münder deine Münder lecken, als seien die Möglichkeiten eurer Lippen unerschöpflich. Seine langen, starken Finger zerzausen dein Haar, verwandeln deinen Nacken in eine wildgewordene Sprungfeder und deinen roten Haarschopf in einen zuckenden Blitz, der wieder und wieder und ohne Sinn auf seine unüberwindliche Brust niederfährt. Und er bestraft dich.

«Soll ich ihn dir reinstecken, Süße, oder dir lieber eine baskische Weise singen?»

«Rindvieh, du bist ein Rindvieh.»

Doch die Silben entgleiten dir, und er merkt, daß du wankst, und er greift mit beiden Händen deine Hinterbacken, öffnet und schließt sie, damit du beschämt das Schnalzen deiner Schamlippen hören kannst, deiner feuchten, schmelzenden, im schmatzenden Kuß enttäuschten Schamlippen, die die zwischen deinen Schenkeln wachsende dunkle Stele erwarten. In seinen Augen siehst du die Boshaftigkeit dessen, der sich einem Sieg nahe fühlt, und du ärgerst dich ebenso über dich selber wie über ihn, versuchst deine Nerven zu beruhigen, aber dein Geschlecht ist wie ein Saugnapf für sein Geschlecht, und du nimmst ihn, von oben und von unten, und überraschst ihn und verstimmst ihn vielleicht auch ein bißchen.

«Jetzt?»

Ja, ja, ja, wiederholen deine Lippen, während du deinen Rhythmus beschleunigst, ohne genau zu wissen, ob du schnell zu Ende kommen oder schnell die Reste deines Ärgers überwinden sollst; doch als die konzentrische Welle, die von deinem saugenden Geschlecht ausgeht, jede Faser deines Körpers lähmt, reagiert er hart, wirft sich deiner Schreie zum Trotz auf dich und dringt in dich ein, wobei er wie ein Reiter unzusammenhängende Worte ausstößt, und es ist, als hätte er dich in zwei Frauen gespalten, die den Ansturm seines jungen, harten, leichten Körpers Genießende, und die mit Tränen in den Augen über seine Schulter Blinzelnde, die die verzweigten Deckenbalken zählt und den Blick dann zu der ebenso dunkelbraunen Tür herabsinken läßt, die dir einen Spalt offenzustehen scheint, in dem du das flüchtige Blinzeln eines großen Auges wahrnimmst, Josemas Auge, vielleicht aber auch eines der von Josema gemalten Augen, das vom Wald herabgestiegen ist, um euch zu betrachten. Eine der beiden Frauen, die du bist, würde sagen:

«Ricardo, da ist jemand an der Tür.»

Die andere will jedoch möglichst schnell diese Sex-Szene hinter sich bringen, redet es sich aus, widerspricht sich, du hast nichts gesehen, hast nur geträumt, und als du merkst, daß Ricardo sich entleert hat, läßt du ihn noch den Athleten spielen, der seine verlorene Potenz durch eine makellose Bauchgymnastik und durch gutturales Gekeuch wiederherzustellen sucht. Er fürchtet, dich nicht befriedigt zu haben, und du bist es ebenso, wie du es nicht bist. Es reicht, um dich entspannt zu fühlen, aber nicht, um ihn in deine Arme zu schließen und mit Zärtlichkeiten zu belohnen. Er hat genügt, du hast genügt. Das ist alles. Und als aus dem Reiter ein Junge wird, der sich über seinem eigenen feuchten Geschlecht zusammenrollt, begnügst du dich damit, ihm die Schulter zu tätscheln, obwohl du deine Finger danach noch liegen läßt und ihm das Gefühl einer zärtlichen Berührung gibst. Er sagt kein Wort, weil er weiß, daß euer Zusammensein nicht vollkommen war, und er braucht den Klang deiner Stimme, um seine Sicherheit wiederzugewinnen oder um einschlafen zu können.

«Schläfst du?»

Du sprichst zu ihm wie eine gute Freundin, und er dreht dir sein Gesicht voll schattenhafter Zweifel zu.

«Nein. Und du?»

«Schlaf jetzt. Wir müssen früh aus den Federn.»

Damit hast du ihn der Fron der Zärtlichkeit enthoben, und er wälzt sich im Bett, bis er einen Platz zum Schlafen gefunden hat, fern von dir und deiner Schlaflosigkeit, die von der Decke baumelt. Ein Seitenblick zur Tür verrät dir, daß sie geschlossen ist. Das war sie vorhin nicht. Dessen bist du dir sicher, und Josemas tiefschwarzes Auge ist den gemalten Augen des Waldes gewichen, aus denen plötzlich der Grabstein von Galíndez wird. Auf den Tausenden von Seiten, die er schrieb, hat er kaum von einer anderen Liebe berichtet als von der zum Baskenland, seinem Vater- und Mutterland, doch der Beginn von *Eindrücke des Krieges* verweist auf eine andere Liebe, die im Buch den beiden Protagonisten zugeschrieben wird. Ein Mann nimmt seinen Posten an der Front ein, nicht weit von dem Ort, in dem er einst mit einem Mädchen namens Mirentxu glücklich war: ‹der Tag ging zu Ende, und die Sonne hatte sich hinter den Berggipfeln versteckt. Wie oft sind wir über die Landstraße gewandert, und ich hielt deine Taille umfangen ... doch damals war die Luft warm, und deine frische Haut unter dem bunten Kleid berauschte mein Blut, erinnerst du dich, Mirentxu, erinnerst du dich an jene Nachmittage, wenn die Sonne hinter den Bergen versank? Und wieder stand ich vor unserem Weiher, der deine Schönheit spiegelte und sich wollüstig deiner Jugend auftat. Täglich fanden wir uns unter der Klippe, die uns vor den Strahlen der Sonne schützte, wir tauchten auf den Grund des stillen Wassers und holten die Steine herauf, um sie in der Verengung des Bachbetts aufzuschichten, und das Wasser stieg langsam an, bis es uns ganz bedeckte. Erinnerst du dich, Mirentxu, erinnerst du dich an jene friedlichen Morgenstunden? Jetzt aber ist Winter, und das Hochwasser hat den Staudamm fortgerissen, und der Weiher ist dahin, wie unsere Liebe. Er war so treu, daß er dich nicht überdauern wollte. Die Nacht brach herein, und meine Seele legte Trauer an in Erinnerung an das Vergangene, das nicht wiederkehrt.› Ist das gut? Schlecht? Aufrichtig? ‹Deine frische Haut unter dem bunten Kleid berauschte mein Blut.› Schlecht. Bezaubernd schlecht. Die Literatur war in den dreißiger Jahren schon weit genug, um ein Gefühl von Liebe und sexuellem Begehren nicht auf diese Weise beschreiben zu müssen, beschreiben in dem Bewußtsein, es für ein Buch zu tun. Die Prosa von Galíndez erinnert dich manchmal an die betuliche Schreibe eines Abiturienten, der andern gerne Briefe schreibt. Ein guter Briefeschreiber. Aber das Bild des Weihers, den er mit eigenen Händen errichtet und den der Winter zerstört hat, das Hochwasser des Flusses, der Krieg; diese metaphorische Grundstimmung war nicht übel.

«Woran denkst du?»

Ricardo schläft auch noch nicht, und du bereust deine Antwort schon, als sie dir über die Lippen kommt.

«Ich dachte an eine Textstelle von Galíndez, aus der Einführung zu *Eindrücke des Krieges*.»

Seufzend wendet er sich wieder von dir ab und sagt mit bitterem Lachen:

«Du bist wie eine Witwe. Die Witwe Galíndez'.»

Die Witwe eines unbegrabenen Toten.

Ja, ich war in New York, an der NyU, wie sie ihre Universität nennen; bis 1982. Dann wurde ich hierher nach Yale berufen, und hier werde ich wohl auch in den Ruhestand gehen.»

«So jung?»

«So jung bin ich nicht mehr, ich sehe nur jung aus; in meiner Familie haben alle Kindergesichter, besonders die Männer.»

«Yale ist ein Markstein.»

«In meinem Fall leider der letzte.»

«Professor der Ethik.»

«So ist es.»

«Sie lehren Ethik, ich praktiziere sie. Ich habe in Pennsylvania studiert, aber Literatur, mein Schwerpunkt war nordamerikanische Poesie. An der staatlichen Universität von Pennsylvania. Das ist natürlich keine Universität, die mit Ihrer mithalten kann; gehört nicht zur *Ivy League* wie Yale und andere Universitäten.»

«Dieses Land hat so wenig Geschichte, daß wir das wenige, das wir haben, bewahren müssen.»

«Wir haben nicht viel geschriebene Geschichte, aber wir haben die Geschichte im Griff. Wir machen sie. Ich mache Geschichte, Mister Radcliffe, Mister Ethikprofessor Norman Radcliffe. Was hat Ethik mit dem Fall Galíndez zu tun?»

«Galíndez?»

«Jesús Galíndez Suárez, baskischer Dozent, lebt im Exil seit Errichtung der Franco-Diktatur in Spanien, verschwunden am 12. März 1956 in New York, nach einer Vorlesung im Hörsaal 307 des Hamilton-Gebäudes, in der spanischen Abteilung des Studium generale an der Columbia-Universität.»

«Ich kenne den Fall, aber eher auf Grund persönlicher denn beruflicher Umstände . . . eine Studentin . . .»

«Muriel Colbert.»

«Muriel.»

«Sie hat ein Holyoke-Stipendium für ihre Dissertation mit dem Titel *Die Ethik des Widerstands*, bei Professor Norman Radcliffe, das heißt, bei Ihnen. Das Stipendium wurde im März 1983 vergeben und im April 1986 verlängert.»

«Sind Sie ein Inspekteur der Stiftung?»

Der blonde, aber fast glatzköpfige Mann, ein Kerl wie ein Kubus, die Körperkraft geballt unter einem gefütterten Regenmantel – ein Turm in Beige im Verhältnis zu dem neugotischen Harkness-Turm auf dem Campus –, zieht seine Pranke aus der Manteltasche und zeigt ihm einen Ausweis, den Norman schon seit Beginn ihrer Unterhaltung erahnt hat.

«Was ist passiert?»

«Reine Routine. Wissen Sie, wo Muriel Colbert sich zur Zeit aufhält?»

«Nein. Ich habe sie ziemlich aus den Augen verloren. Ab und zu schreibt sie mir, meistens aus New York. Sie ist oder war mit einem spanischen oder portugiesischen Maler verheiratet, genau erinnere ich mich nicht mehr.»

«Chilene. Geheiratet haben sie aber nicht. Sie haben sich 1984 getrennt, und jetzt ist sie in Spanien, wird aber in Kürze nach Santo Domingo fliegen.»

«Wenn Sie soviel über Muriel wissen, womit kann ich Ihnen dann dienen?»

Der Kubus hat ein Gefühl dafür, wie dünn die moralische Rüstung des Professors im Grunde ist. Die tief in den Höhlen liegenden Augen weichen seinem Blick aus, er bewegt seinen Körper mit der falschen Gehemmtheit eines Strasberg-Schülers, wie ein ältlicher James Dean, sagt sich der kubische Mann und schaut ihm unbarmherzig in die Augen, drängt ihn gegen eine unsichtbare Wand zuerst des Zweifels und dann der Angst, obwohl man inmitten der beschaulichen Rasenflächen und der Tudorarchitektur des Old Campus kaum das Gefühl haben kann, ein Gespräch wie dieses sei ein Verhör.

«Man weiß nie genug von einem Menschen. Außerdem unterhielten Sie ganz besondere Beziehungen zu Muriel Colbert.»

«Das wissen Sie auch?»

«Wir müssen zusammenarbeiten, Radcliffe, und dazu machen wir es uns am besten bequem, anstatt die Unterhaltung hier unter dem Harkness Tower weiterzuführen. Ich werde Sie nicht bitten, mich zu sich nach Hause einzuladen, weil ich nicht möchte, daß Ihre junge Frau beunruhigt wird, denn wenn ich recht informiert bin, haben Sie vor kurzem wieder geheiratet, vor einem Jahr genau, und haben ein Kind, ein Mädchen von wenigen Wochen. Meinen Glückwunsch. Ich bewundere Sie. Man muß schon sehr optimistisch sein, um Kinder in die Welt zu setzen, vor allem in Ihrem Alter, das ungefähr meinem entsprechen dürfte. Sechsundfünfzig Jahre? Ich zitiere aus dem Gedächtnis und kann mich irren, denn so genau habe ich Ihre Daten nicht auswendig gelernt; man sollte dieser Begegnung auch nicht zuviel Bedeutung beimessen. An manchen Tagen mache ich vier oder fünf solcher Besuche. Der Staat muß wissen, was vorgeht.»

«Die Theologie der Sicherheit.»

«Wie ich sehe, kennen Sie sich im Jargon unserer Feinde aus. Die Intellektuellen erfinden gerne Schlagworte, die nichts besagen. Sie sind Ethikprofessor, das heißt, Philosoph, ein Mann, der die Bedeutung der Worte sehr präzise zu handhaben weiß; was heißt also *Theologie der Sicherheit*? Nichts. Gar nichts. Ein freier Staat braucht für die grenzenlose Freiheit seiner Bürger gewisse Sicherheiten, und eine dieser Sicherheiten ist die Information, das Wissen darum, wozu die Bürger ihre Freiheit benutzen, damit er rechtzeitig erkennen kann, wann sich diese Freiheit gegen den Staat und damit gegen das Gemeinwohl richtet.»

«Und um das zu erreichen, ist alles erlaubt, als hätte der Staat einen göttlichen Auftrag. Genau das ist die Theologie der Sicherheit.»

«Nun, Sie werden jedenfalls zugeben, daß es sich um eine Metapher handelt, und ich bin ein Meinungsforscher; Metaphern helfen mir nicht weiter. Wenn man mich für diesen Fall ausgewählt hat, dann deswegen, weil Sie Professor für Ethik sind, und weil das mit Menschlichkeit zu tun hat. Ich habe Kollegen, ganz ausgezeichnete Meinungsforscher, die weitaus unbequemer sind als ich, die keine andere Antwort als ja oder nein gelten lassen. Richtige Meinungsforscher haben einen Horror vor Metaphern. Bei mir ist das anders, ich finde sie amüsant. Ich habe zwar nur den Abschluß einer unbedeutenden Universität, aber immerhin einen Universitätsabschluß. Nicht, daß ich mich als Intellektuellen bezeichnen will, aber ich bin in Form. Ich habe nie aufgehört zu lesen. Bei meiner Arbeit habe ich in der Regel mit Leuten wie Ihnen oder Muriel Colbert zu tun, und da ist es ratsam, in Form zu bleiben. Um noch einmal auf die Metaphern zurückzukommen: hinter ihnen verbirgt sich die Unsicherheit des Nichtwissens. Wer etwas sicher weiß, drückt es mit präzisen Worten klar und deutlich aus. Aber ich sehe, Sie mögen diese Unterhaltung mitten auf dem Campus.»

«Bei mir zu Hause kommt nicht in Frage.»

«Was halten Sie davon, wenn wir uns ein ruhiges Plätzchen suchen? Wir könnten zur Long Wharf hinausfahren, an den Strand oder an die Millmündung. Wenn Sie gern Auto fahren, können wir Ihren Wagen nehmen, ich fühle mich auf dem Beifahrersitz am wohlsten, da entspanne ich mich. Ich liebe es, wenn andere fahren.»

«Mein Wagen steht zu Hause, und ich müßte Pat erklären...»

«Dann habe ich nichts gesagt. Und von Mann zu Mann: je weniger man seiner Frau erklärt, desto besser. Damit ein Rest an Geheimnis erhalten bleibt. Der Ehefrau sollte man nur Namen und Dienstgrad angeben, wie es die Genfer Konvention für kriegsgefangene Offiziere vorsieht.»

«Ich habe nie Geheimnisse vor Pat gehabt.»

«Dieses sollten Sie aber vor ihr haben. Soviel ich weiß, entstammt Ihre derzeitige Ehefrau einer reichen Familie aus New Hampshire. Ebenfalls eine frühere Studentin von Ihnen. Der Lehrberuf ist doch was Schönes, er stellt eine wunderbare Beziehung zwischen Lehrer und Lernenden her. Aber nicht alle Lehrer haben die nötige Reife, eine solche Beziehung einzugehen, ohne die kulturelle, die biologische Hierarchie auszunutzen. Ich kann verstehen, daß es anfangs schwerfällt, sich zusammenzureißen; die Studentinnen sind jung, der Professor ist jung... Mit den Jahren gelangt man dann zur Reife, und der Professor lernt, sich auf Distanz zu halten, oder er stößt sich gesund und trägt den verführten oder verführenden Studentinnen die Heirat an.»

«Spielen Sie etwa auf die Geschichte mit der Familie O'Shea an? Das ist über dreißig Jahre her.»

«O'Shea gegen Radcliffe, 1957. Der Vater des Mädchens hatte es auf Sie abgesehen, und einer Verurteilung wegen Verführung Abhängiger sind Sie nur um Haaresbreite entgangen, weil andere Studentinnen die arme Miss O'Shea angeschwärzt haben. Ein notorisches Flittchen, das den Professoren an die Hose ging, um an ihren Kopf heranzukommen. Aber der einzige Fall war das ja nicht. Der einzige vielleicht, der vor die Schranken des Gerichts kam, aber in Ihrem Lebenslauf finden sich noch zwei weitere Fälle; den der Muriel Colbert nicht mitgerechnet, die ja bereits eine gestandene Frau war, als Sie ihr Anfang der achtziger Jahre an der NyU begegneten. Fälle zudem, die in keiner Polizeiakte vermerkt sind.»

«In Ihrer Akte aber wohl.»

«Erst seit kurzem, muß ich gestehen. Es gab auch kaum Daten, die Sie mit subversiven oder mutmaßlich subversiven Aktionen in Zusammenhang bringen ließen, zumindest bis 1959, dem Jahr, in dem Sie an einer Demonstration gegen die Regierung Eisenhower teilnahmen, nachdem die U-2, eines unserer Spionageflugzeuge, über der Sowjetunion abgeschossen worden war. Danach haben wir all die Einträge, die für den Professor einer progressiven Universität vorhersehbar, ja, beinah unerläßlich sind. Sie haben gegen alles protestiert, gegen das Sie protestieren mußten, von der Invasion in Kuba bis zu der in Grenada. Meine Vorgesetzten haben Sie all die Jahre hindurch nur deshalb gewähren lassen, weil Sie zwar ein sehr guter, aber vor allem ein bescheidener Professor sind, das heißt, Sie haben nie versucht, die große Karriere zu machen oder gar berühmt zu werden und Ihre Meinungen vor ein Millionenpublikum zu bringen. In Universitätskreisen heißt es, Sie seien besser als Ihr Ruf; eine Bewertung, die viele von Ihnen zu stören pflegt, ich weiß, aber in meinen Augen ist das ein Kompliment.»

«In Ihrem Fall verstehe ich das. Sie können kaum schlechter sein als Ihr Ruf.»

«Sagen Sie mal, gefällt es Ihnen tatsächlich so gut hier am Harkness Tower? Ich kann Sie natürlich zu nichts zwingen, da ich unserer kleinen Unterhaltung keinen offiziellen Charakter geben möchte. Sie wären dann natürlich berechtigt, Ihre Aussage ganz formell im Beisein eines Anwalts zu Protokoll zu geben. Aber interessieren Sie solche Formalitäten? Haben Sie ein Interesse daran, daß das, was nur Sie und ich wissen, an die Öffentlichkeit dringt?»

«Was ist es denn, was nur Sie und ich wissen?»

«All die Einzelheiten Ihres bewundernswerten Lebenslaufs. Der ganze bewundernswerte Lebenslauf des – auf der anderen Seite – so liebeshungrigen Professors. Die derzeitige Mrs. Radcliffe ist bereits Ihre dritte Gattin und wie jede junge Ehefrau äußerst argwöhnisch, was die Vergangenheit ihres Gatten betrifft. Junge Ehefrauen können sich schlecht damit abfinden, daß ihre Ehemänner eine Vergangenheit haben, und hassen alles was damit zusammenhängt, selbst langjährige Freunde. Und jetzt stellen Sie sich vor, diese ganze Angelegenheit nähme – sehr zu unserem Bedauern – offiziellen Charakter an, und nacheinander kämen keine Freunde, sondern Freundinnen zum Vorschein, viele Freundinnen. Ich sage Ihnen, es geht nichts über ein befreiendes Gespräch. Kommen Sie, es ist ohnehin bald Zeit, essen zu gehen, und ich habe einen Körper zu bewegen, dessen Maschinerie in Gang gehalten sein will. Ich biete Ihnen Blick aufs offene Meer und einen gewaltigen Hamburger.»

«Ich verabscheue Hamburger.»

«Das ist ja selbst für einen Ethikprofessor so ungewöhnlich, daß es nicht einmal in Ihrer Akte vermerkt ist.»

«Ich werde Pat anrufen. Wir fahren in Ihrem Wagen. Wie war doch Ihr Name?»

«Robert Robards, den Namen kann man sich leicht merken.»

Von den beiden Telefonzellen ist nur die für Rollstuhlfahrer frei, und der Professor muß sich krümmen wie ein halber Tudorbogen, um unter der grünen Plastikkuppel Platz zu finden. Er führt ein Gespräch, das aus zwei Teilen besteht, im ersten berichtet er, im zweiten rechtfertigt er, entschuldigt sich fast.

«Probleme?»

«Nein.»

«Junge Frauen zur Einsicht zu bringen, ist äußerst schwierig. Junge Frauen und schöne Frauen, und wenn sie jung und schön sind, dann wird alles noch komplizierter. Man hat mir mal was über die Holländer erzählt, das es wert wäre, wahr zu sein. Demnach heiraten die Holländer lieber weniger schöne Frauen, weil die billiger sind und williger.»

«Die Holländerinnen sind sehr schön.»

«Wenn Sie es sagen... Folglich muß es da aber eine Menge lediger Frauen geben. Mein Auto steht hundert Meter von hier, aber wie gesagt, wenn Sie fahren möchten, nichts wäre mir lieber. Ich hasse Autofahren, aber achtzig Meilen mit einem anderen Verkehrsmittel als dem Auto zurückzulegen, wäre absurd gewesen.»

«Ich kenne Ihr Auto doch gar nicht. Wahrscheinlich ein Automatik, und von Automatikgetrieben habe ich keine Ahnung.»

«Sie fahren vermutlich einen europäischen Wagen. Einen Volkswagen vielleicht?»

«Einen Volkswagen. Steht das auch in Ihrer Akte?»

«Das Auto paßt zu Ihnen. Ein äußeres Zeichen Ihres Aufbegehrens gegen die amerikanische Lebensart. Eine sehr verbreitete Haltung, aber die Marke verrät Ihr Alter. Das ist das Auto der progressiven Anhänger Stevensons oder gar McGoverns, aber nach McGovern kamen andere europäische Marken, und die Progressiven von heute fahren mit dem Fahrrad, einige rufen sogar wieder nach dem amerikanischen Auto als Identitätsmerkmal angesichts der hemmungslosen Marktinvasion der Japaner. Wenn Sie mich fragen, ein Ford. Mein Vater hatte immer Fords, und ich habe immer Fords gehabt.»

Er setzt sich in den Wagen, als gehöre er ihm nicht. Er überprüft die Armaturen, als könne eine abhanden gekommen sein. Ein besorgt klingender Seufzer entweicht ihm, und er setzt den großen silbernen Wagen in Gang, eine fliegende Untertasse, die sich zu den neugotischen Türmen des Old Campus hinbewegt, als wolle sie sie überfliegen.

«Sagen Sie mir Bescheid, wenn Sie die Ausfahrt nach Mildford sehen. Auf dem Weg dahin biegen wir ab und fahren zu einem kleinen Restaurant, von dem aus man Long Island sehen kann. Keine Angst. Sie müssen keine Hamburger essen, es gibt auch anderes.»

«Sie kennen sich aus in dieser Gegend.»

«Einen Großteil meiner Arbeit habe ich an Universitäten gemacht, und diese Strecke kenne ich ganz gut. Außerdem liebe ich die Wälder von Neuengland, besonders diesen Ruck, mit dem die Landschaft sich in Rhode Island verändert. Da hören die gelben Pappeln plötzlich auf, ist Ihnen das schon mal aufgefallen?»

«Nein, ich habe keinen besonderen Draht zur Natur. In Wäldern fühle ich mich zwar ganz wohl, aber ich könnte keine Tanne von einer Kastanie unterscheiden.»

«Ihr Intellektuellen habt zu viele Landschaften im Kopf, als daß ihr die wirkliche, die äußere zu würdigen wüßtet.»

«Ausgezeichnete Einschätzung.»

«Ich bezweifle, daß sie von mir stammt. Wie gesagt, ich lese viel. Was hat Sie an dem Fall Galíndez interessiert?»

«Es war ein aufsehenerregender Fall. Man entführt im 20. Jahrhundert nicht alle Tage mitten auf der Fifth Avenue einen Dozenten der Columbia-Universität, der dann auf immer spurlos verschwindet. Ich glaube, ich las damals in *Life* ein paar ganz hervorragende Reportagen darüber; so hervorragend und objektiv, daß man sie in *Life* gar nicht vermutet hätte.»

«Und darum haben Sie Ihre Schülerin darauf angesetzt?»

«Muriel hatte sich ein sehr aufregendes Thema ausgesucht, die Ethik des Widerstands. Mich interessierte daran vor allem der Aspekt des Terrorismus, der revolutionären Gewalt. Der südamerikanische Terrorismus, die baskischen Terroristen der ETA... und plötzlich fiel mir Galíndez ein, eine komplexe Persönlichkeit, ein Mensch, der gegen Franco kämpfte und seine gesamten Wertvorstellungen diesem Kampf unterwarf, was sogar bis zur Zusammenarbeit mit dem FBI ging und vermutlich auch mit der CIA. Offenbar wollte er dadurch das Vertrauen des Außenministeriums für die baskische Unabhängigkeitsbewegung gewinnen. Er war ein zwiespältiger Widerstandsheld, rigoros realistisch wie zum Martyrium verdammt. Dieser Mensch faszinierte Muriel, und sie tat, was man in solchen Fällen zu tun pflegt.»

«Was pflegt man zu tun?»

«Den Titel und die Ausrichtung der Dissertation konkretisieren: ‹Die Ethik des Widerstands: der Fall Galíndez›.»

«Dreißig Jahre danach.»

«Wenn Sie Muriels Interesse an Galíndez nicht verstehen, verstehe ich noch weniger Ihr Interesse an Muriels Interesse. Selbst wenn es dabei um ein Staatsgeheimnis ersten Ranges ginge.»

«Es liegt nicht an mir, den Rang eines Staatsgeheimnisses zu bestimmen.»

«Sosehr ich mich bemühe, ich begreife den Sinn dieser Unterhaltung nicht. Jahrelang habe ich das Gefühl gehabt, daß Sie mir Leute schicken, und fast immer kamen sie unter irgendeinem Vorwand, der mit meiner wissenschaftlichen Arbeit zu tun hatte. Studenten, die mich um Rat oder Hilfe bei ihren Dissertationen baten; Kollegen, die an ähnlichen, bisweilen fast identischen Themen wie ich arbeiteten. Manchmal habe ich Regierungsspitzel gerochen, manchmal auch nicht. Jeder, der mit dem Vorschlag einer Arbeit über Galíndez zu mir gekommen wäre, oder über ein Thema, ähnlich dem Muriels, hätte meiner Unterstützung sicher sein können, hätte mir sogar Informationen entlocken können, ohne daß ich den geringsten Verdacht gehegt hätte.»

«Mein Gott, ist Ihnen schon einmal aufgefallen, wie viele Eichen es hier gibt? Die Eiche ist für mich der majestätischste Baum der Schöpfung, der am deutlichsten die Idee von Macht verkörpert, die Kraft der Natur. Connecticut ist ein privilegiertes Land. Meine Vorfahren kamen aus Schweden, aber schon meine Großeltern haben den Namen amerikanisiert, und immer wenn sie von den Landschaften der Heimat sprachen, sprachen sie von Eichen und Birken. In allen Mythologien sind sie heilige Bäume, weil sie den Blitz anziehen, weil sie die Mittler zwischen der Erde und dem Zorn des Himmels sind: der Baum des Lebens, der Baum Thors. Es ist merkwürdig, daß Abraham die Prophezeiungen Gottes bei einer Steineiche erhielt, und daß Odysseus in der *Odyssee* Zeus in der Gestalt einer Eiche nach seinem Schicksal befragt. Zeus und Juno waren Eichen, das Goldene Vlies hängt in einer Eiche... Die Eiche ist wie ein Tempel. Das Kreuz, an das man Christus geschlagen hat, war aus dem Holz einer Eiche.»

«Sie hat sehr widerstandsfähiges Holz, das ist alles. Sie haben mir aber noch nicht meine Frage beantwortet, warum Sie mich so direkt überfallen und mich damit von vornherein in die Defensive bringen.»

«Fachleute ziehen die Kastanie vor, nun ja, aus ihrer Sicht verständlich, wegen der Bearbeitung. Sie ist so hart wie die Eiche, läßt sich aber besser schneiden. Die Eiche wächst sehr langsam und braucht gute Erde, um sich zu entwickeln. Aber es gibt nichts Schöneres als die Handhabung von Werkzeugen mit Eichenholzgriffen. Ich habe eine kleine Hütte auf Long Island und arbeite in meiner Freizeit in dem Wäldchen, das zu der Hütte gehört. Meine Mutter hat sie von ihren Eltern geerbt. Sie hat sie nie zu schätzen gewußt. Ich wohl. Meine handwerkliche Glanzleistung ist die Herstellung von Fässern, aus Eiche natürlich. Es begeistert mich, meine Schnäpse in meinen eigenen Eichenfässern aufzubewahren. Das schwierigste ist, die Dauben in Handarbeit herzustellen, mit dem Beil. Wissen Sie, was eine Daube ist?»

«Nein.»

«Das sind die gewölbten Holzleisten, die dem Faß seine Form geben, im Grunde nichts anderes als ungehobelte Sparren, das heißt, Eichenholzstreben, die mit dem Beil so bearbeitet werden, daß sie die Daubenform erhalten. Es ist ein Holz, dessen Adel man spürt, wenn man es sägt oder mit der Axt spaltet, besonders, wenn man es mit der Axt spaltet.»

«Sie haben meine Frage noch nicht beantwortet.»

«Wollen Sie den technischen Teil unserer Unterhaltung nicht im Restaurant fortsetzen? Während der Fahrt würde ich lieber über private Dinge sprechen. Ich habe Ihnen bereits von meiner heimlichen Liebe zur Natur und von meiner Freizeitbeschäftigung erzählt, aber Sie sind so verschlossen. Alles was ich von Ihnen weiß, habe ich selbst herausgefunden. Dazu gehört auch, daß Sie sich eine prächtige Villa in Newport gekauft haben; mit Hilfe der Schwiegereltern, aber auch mit dem Risiko eines sehr hohen Kredits. Eine Villa in Newport. Ich führe das weniger auf Ihre berufliche Stellung zurück, als auf den Wunsch, Ihrer jungen Frau zu gefallen.»

«Sie bewegen sich an der Grenze zur Unverschämtheit.»

«Das täte mir leid, aber das ist die Information, die mir der Immobilienmakler gab, der Ihnen das Haus gezeigt hat. Mrs. Radcliffe war begeistert, Mr. Radcliffe unentschlossen, ein wenig gequält. Ich kann das verstehen. Achthunderttausend Dollar ist eine Menge Geld für einen Universitätsprofessor, auch wenn Ihre Familie ein bißchen Vermögen besitzt. Soviel ich weiß, stehen Sie kurz vor dem Abschluß eines wichtigen Vertrages als Herausgeber einer ‹Geschichte des Denkens in den Vereinigten Staaten›. Ein äußerst ehrgeiziges Projekt, das von allen möglichen Stiftungen finanziert wird. Es wäre eine Tragödie, wenn Sie die Unterstützung dieser Stiftungen verlieren würden. Ein solches Werk könnte Pflichtlektüre an allen Universitäten des Landes werden, Semester für Semester... Eine Villa in Newport.»

«Was glauben Sie eigentlich, was für eine Art Herrensitz ich da erworben habe? Marble House Mansion? Das Elm? Worauf wollen Sie hinaus?»

«Am besten gefällt mir The Breakers, das die Vanderbilts gebaut haben. Vor hundert Jahren wußten die Millionäre ihren Reichtum noch zur Schau zu stellen. Ihr Haus in Newport ist keine Villa? Ich habe die Fotografien in der Agentur gesehen und die Pläne, Sie können sich nicht beklagen, es ist zwar nicht Marble House Mansion, aber es ist ein Herrenhaus. Wissen Sie, was mir an dem alten Vanderbiltbesitz am besten gefällt? Die *hall.*»

«Mein Haus steht auch nicht in Newport, sondern in Middletown.»

«Um so besser, da haben Sie alle Vorteile von Newport und keinen der Nachteile. Sie haben es verdient, ebenso wie Sie diesen neuen Auftrag verdient haben. Bislang haben Sie erst zwei Bücher veröffentlicht, und die hat kein Mensch gekauft, obwohl sie in Fachkreisen sehr angesehen sind: *Die Wurzeln des sittlichen Lebens* und *Antikommunismus und isotopische Moral.* Aus dem zweiten ist nicht mal ein richtiges Buch geworden.»

«Eine Arbeit aus früher Zeit. Meine Dissertation.»

«Genau. Ich habe sie durchgeblättert; vielleicht mit einer gewissen Voreingenommenheit, weil unsere Experten sie als ‹zutiefst pro-kommunistisch› eingestuft haben.»

«Sie ist nicht pro-kommunistisch, sondern objektiv gegenüber dem Antikommunismus, der sich in den fünfziger Jahren in diesem Land breitgemacht hat. Sie ist eine Antwort auf die Hexenjagd, auf die Moral, die sie rechtfertigt.»

«Was bedeutet isotopisch, Radcliffe?»

«Es ist die Bedeutung des Isotops im übertragenen Sinne; wie ein Körper, der denselben Raum beansprucht wie ein anderer, jedoch von unterschiedlicher Beschaffenheit und Masse ist. Das ist eine Anspielung auf die Verfälschung eines moralischen Überbaus. Die These war, daß die Antikommunisten die wahren Gründe ihres Antikommunismus verhehlten.»

«Ich verstehe. Sie wollen sagen, die Moral der Bourgeoisie trachtete eigentlich danach, die Geldbörse zu schützen, und nach außen hin gab sie vor, ihre geistigen Werte vor dem kommunistischen Materialismus verteidigen zu wollen.»

«So ungefähr ... Jedenfalls war das der Geist der Reaktion in diesem Land in den fünfziger Jahren.»

«Und heute?»

«Nicht mehr. Heute würde ich das nicht mehr schreiben.»

«Sich weiterzuentwickeln ist sehr weise. Nur Fossile entwickeln sich nicht weiter.»

«Richtig.»

«Obwohl mir ein Kommilitone aus meiner Studentenzeit, der dann später einen ganz anderen Weg als ich eingeschlagen hat, einmal sagte, Robert, mach dir nichts vor, ein Kommunist wird immer ein Kommunist bleiben, selbst wenn er abtrünnig wird; wie auch ein abtrünniger Priester dennoch Priester bleibt. Was halten Sie davon?»

«Ich bin nie Kommunist gewesen.»

«Sie unterhielten mehr oder weniger regelmäßig briefliche und persönliche Kontakte zu den Herausgebern von *Monthly Review* und zum antiimperialistischen Studienkreis in New York: Sweezy, Nickolauss, Samir Amin... sagen Ihnen diese Namen etwas? Sie sind bei uns als Rote und Staatsfeinde registriert.»

«Ich habe während meiner Studienzeit auch mit Lippman korrespondiert.»

«Lippman. Solch ein objektiver, ausgewogener und liberaler Denker wie Lippman, der fehlt uns heute. Einen wie ihn gab es seither nicht mehr.»

«Er war der Ketchup des amerikanischen Denkens.»

«Sagen wir, Ihre Arbeit *Antikommunismus und isotopische Moral* entspringt dem Bewußtsein eines Trittbrettfahrers, eines Genossen im Geiste, denn ein Parteibuch, das ist wahr, haben Sie nie gehabt. Wer aber gegen den Antikommunismus polemisiert, der spielt dem Kommunismus in die Hände. Von Ihrem anderen Buch, *Die Wurzeln des sittlichen Lebens*, habe ich, wie ich fürchte, überhaupt nichts verstanden. Kurzum, Radcliffe, welche Meinung vertreten Sie eigentlich? Daß die Wurzeln des ‹Sittlichen› ewig und unverrückbar sind? Oder daß diese Wurzeln kulturelle Konventionen sind, die sich den Bedürfnissen der jeweils Herrschenden anpassen und im Lauf der Geschichte wechseln? Darum geht es doch.»

«Aber nicht nur in der Ethik.»

«Richtig, nicht nur in der Ethik.»

«Mein Standpunkt in diesem Buch ist differenzierter; sollte es in meinem vorherigen Buch eine dominante These gegeben haben, ich glaube es allerdings nicht, dann muß sie einfach auf der Hand gelegen haben. In meinem zweiten Buch lasse ich die Freiheit zu entscheiden, und das trotz aller Zweifel oder sogar ausgehend von diesen Zweifeln und meinem Pessimismus. Mit der Gewißheit einer absoluten Wahrheit kann man nicht mehr zwischen Verhaltensweisen wählen; aber wählen birgt stets das Risiko, sich zu beschmutzen, sich zu irren, sogar grausam zu sein, als einzelner und in der Gemeinschaft.»

«Diese Moral kann ich haben, ebenso wie Sie sie haben können. Das ist sehr interessant, aber auch reichlich zwiespältig, meinen Sie nicht?»

«Nur aus einem tief empfundenen Zwiespalt heraus können wirklich eindeutige Entscheidungen getroffen werden.»

«Man hat viel zu selten Gelegenheit, so interessante Gespräche zu führen, aber mein Magen knurrt, und ich glaube, von der Abzweigung da vorn ist es nur noch eine Meile bis zum Restaurant. Gleich wird das Meer zu sehen sein, am ganzen Horizont nichts als Meer. Glauben Sie mir, das Meer hat für mich etwas Ergreifendes.»

Und er verharrt verzückt, als das vorwinterliche Meer bleigrau unter einer unzulänglichen Sonne auftaucht; fernab verschwommene Silhouetten, die Küste des gelobten Landes.

«Long Island, da drüben. Ich an Ihrer Stelle hätte mir ein Haus in Nantucket gekauft, zum offenen Meer hin, zum Meer der Walfischfänger. Erinnern Sie sich an Nantucket und New Bedford in *Moby Dick*? Alle Hafenstädte Neuenglands verdanken ihre Existenz dem Fett der Wale. Das einzige Abenteuer, das uns heute noch bleibt, ist der Thunfischfang in Galilée, im September. Da gibt es einen Wettbewerb, bei dem man einen Pokal gewinnen kann. Ich gehöre immer zu den Letzten.»

Mit einer Behendigkeit, die stetes Training verrät, steigt der Kubus aus dem Wagen und beugt sich gleich darauf wieder hinein, in die fliegende Untertasse, um eine Mütze herauszuholen, mit der er den kahlen Breitschädel bedeckt. Radcliffe zieht den Reißverschluß seiner Windjacke bis unters Kinn, schließt sein langes, vor Kälte starrendes Knochengerüst darin ein. Der schmale Kopf bildet den Abschluß nach oben, das spitze Kinn ist auf die Brust geheftet und der Blick auf den abschüssigen Weg zu der Holztreppe, die zu einem Restaurant hinunterführt, das über dem Meer liegt. Er muß aber anhalten, weil Robards auf dem obersten Treppenabsatz den Weg versperrt. Vom Schauspiel des Meeres überwältigt, steht er bewegungslos da und rezitiert Verse im murmelnden Tonfall eines Betenden.

Der Strom ist innen in uns, das Meer ist rings um uns;
Das Meer ist auch der Rand des Lands, der Granit,
In den es sich erstreckt, die Ufer, die es spielend
Mit Resten einer früheren, fremden Schöpfung bewirft:
Seestern, Hufeisenkrebs, eines Walfischs Rückgrat,
Die Tümpel, worin es unserer wachen Schaulust
Die zarteren Algen weist und die See-Anemone.
Unser Verlorenes wirft es auf, das zerrissene Netz,
Den zerschlagenen Hummertopf, das zerbrochene Ruder
Und Gerät von ertrunkenen Fremden.
Viele Stimmen hat das Meer,
Viele Götter und viele Stimmen.

«Es gibt zwei Arten von Gedichten über das Meer, Radcliffe, und Sie als Professor müßten sie kennen.»

«Ich hasse Gedichte.»

«Was sind Sie denn für ein Professor?»

«Und ich hasse ganz besonders die nordamerikanische Dichtung nach Emerson. Sie haben ein Fragment von Eliot zitiert, und ich hasse Eliot. Kann ich Eliot hassen, ohne mich dem Verdacht auszusetzen, Mitglied der Kommunistischen Partei zu sein?»

«Der Geschmack anderer Leute geht mich nichts an, aber lassen Sie mich Ihnen sagen, daß es zwei Arten von Dichtern des Meeres gibt...»

«Nur zu.»

«Dichter, die es beschreiben, und Dichter, die es dir einflößen, ohne daß sie es beschreiben müssen; ein solcher Fall ist Eliot.»

«Ich möchte nicht, daß man mir irgendwas einflößt.»

«Lesen Sie das Gedicht; außer dem Titel weist nichts auf ein bestimmtes Meer, aber wir, die wir Neuengland lieben, wissen genau, daß es nur eines sein kann: *The Dry Salvages*, die Felsen von Cape Ann, in Massachusetts.»

Unter dem Namen des Restaurants steht zwar *Sea Food*, doch im Innern des Lokals mit den dunkelgetäfelten Wänden und einem Parkettboden, der alle Schiffbrüche dieser Welt hinter sich hat, riecht es nach Ketchup und ahornsirupgetränktem Kuchen. Die Kellnerin ist blaß wie das herbstliche Meer und bringt an jedem Tisch aufs neue zum Ausdruck, welch ungeheure Freude es ihr bedeutet, Kellnerin zu sein, kein Vergleich jedoch mit der strahlenden Freude, mit der Robert Robards sein Menü bestellt: Avocadosalat, einen doppelten Hamburger, Pommes frites und ein Stück Kuchen mit Ahornsirup. Mit den Augen drängt er Norman Radcliffe, sich nach mehrmaligem Studieren der Karte zu entscheiden.

«Geht das auf Staatskosten?»

«Dazu bin ich nicht befugt.»

«Dann werde ich also essen, was mir schmeckt. Einen Salat und ein *clambake*, wenn es stimmt, daß Sie das *clambake* auf tratitionelle Weise zubereiten.»

«Wir bereiten es unten zwischen den Felsen, direkt am Meer. Sie können zusehen, wenn Sie sich nur ein wenig über die Brüstung beugen.»

«In dem Fall ein *clambake*.»

«Das klingt nach was ganz Besonderem.»

«Es fällt mir schwer zu glauben, daß ein Mensch, der in Neuengland vernarrt ist, eines seiner raffiniertesten und ältesten Gerichte nicht kennt.»

«Man lernt jeden Tag dazu. Verraten Sie mir, woraus es besteht, ich schreibe es mir auf.»

«Haben Sie etwa kein Tonbandgerät dabei?»

«Doch, aber dies ist eine private Notiz. Bitte.»

«*Clambake* backt man auf Felsen am Meer. Zuerst werden die Felsen erhitzt, indem man Brennholz um sie herum aufschichtet und anzündet, dann legt man Algen darauf, auf die Algen legt man Hummer, Muscheln und Maiskolben in Schichten übereinander, und dann wird eine Teerplane darübergedeckt, die als Backhaube dient. Ich weiß nicht wieso, aber heraus kommt etwas ganz Delikates, das nach Meer und nach Mais schmeckt.»

«Ein poetisches Gericht.»

«Sie sind ein großer Freund der Poesie, Robards, das wundert mich. Ich erinnere mich dabei an einen polnischen Spielfilm, den ich vor kurzem in Yale gesehen habe, während einer Woche des kritischen polnischen Films. Er hieß *Yesterday*, in Erinnerung blieb mir eine groteske und beunruhigende Szene. Erzählt wird die Geschichte einiger junger Polen in den sechziger Jahren, die Fans der Beatles sind und eine ähnliche Musikgruppe gründen wollen, und von all den Schwierigkeiten, die das im damaligen Polen mit sich brachte. Sie werden als Agenten einer fremden Kultur angesehen, und von einem Mann beschattet, eine Art Geheimpolizist, der sie wegen ihrer Verwestlichung haßt. Bis eines Tages – ich vereinfache, weil ich keine Lust habe, Ihnen den ganzen Film zu erzählen – dieser Verfolger selbst ein Fan der Beatles wird und auf einer Semesterabschlußfeier als Sänger auftritt und Beatles-Lieder singt. Der Staat eignet sich die Beatles an, und die Beatles verlieren damit ihren Protestcharakter.»

«Sind Sie fertig?»

«Ja.»

«Und was hat diese Fabel mit mir zu tun?»

«Sie haben sich die Poesie angeeignet, die Gedichte, den Wald von Neuengland, das Meer, das Gefühl von Natur, die Dichtung Eliots.»

«Haben Staatsorgane sich von alldem fernzuhalten?»

«Sie stehen ihm von Natur aus fern, und all das existiert und ist von Wert, gerade weil es nicht der Polizei gehört. Wenn Sie ein Gedicht von Eliot zitieren, hört es auf, ein Gedicht zu sein, und wird zu Verhörtechnik.»

«Ich habe mein Wissen nicht nur aus Büchern, Ehrenwort. Ich habe eine sehr konventionelle Ausbildung genossen, und damit Sie wenigstens einen Teil Ihrer Vorurteile verlieren, werde ich Ihnen davon erzählen. Während meiner Militärzeit Anfang der fünfziger Jahre war ich in Europa, in Deutschland, genauer gesagt. Ich hatte bereits mit meinem Studium der vergleichenden Literaturwissenschaft begonnen und wurde vielleicht aus diesem Grund auf eine Spezialschule nach Oberammergau geschickt, wo ich Russisch lernte und Grundkenntnisse der Spionage und Gegenspionage. Danach wurde ich an die ostdeutsche Grenze verlegt. Dort, im Brennpunkt des Kalten Krieges, den Puls der Zeit spürend, war ich voller Idealismus und Patriotismus und zutiefst überzeugt vom Glauben an die westliche Sache. Das war Antikommunismus, der kaum isotopisch war. Ich stand in der vordersten Linie und dämmte die kommunistische Flut ein. Später kehrte ich in die Vereinigten Staaten zurück, beendete mein Studium mehr schlecht als recht und wurde dann Kremlspezialist. Für ein Jahr schickte man mich auf geheime Missionen, da war ich mit Analysen zur internationalen Lage beschäftigt, alles sehr theoretisch und bürokratisch... bis der Fall Galíndez in meine Hände geriet. Ich war einer der Leute, die untersuchten, welche Schlüsse sich daraus für die Firma ziehen ließen. Das FBI war dabei und die Firma natürlich auch. Aber wissen Sie, was ich in meiner Freizeit gemacht habe? Im Winter bis tief in die Nacht gelesen und im Sommer nach Cape Ann gefahren. Die genaue Umkehrung von Eliots Rezept aus ‹Begräbnis der Toten› in *Das wüste Land*: bis tief in die Nacht lesen und im Winter nach Süden gehen.»

«So wichtig war Galíndez?»

«Nein, überhaupt nicht, oder zumindest nicht sehr. Wichtig war das Drumherum. Er war nur ein Stein in einem Mosaik, ganz unabhängig von seiner persönlichen Bedeutung, und ohne, daß er davon wußte.»

«Ich verstehe nur nicht, was ein Kremlexperte wie Sie mit dem Fall Galíndez zu tun haben konnte.»

«Ich bin nicht befugt, Ihnen Einzelheiten darüber mitzuteilen, wie ich zu diesem Fall kam, beziehungsweise daran mitgearbeitet habe; nur soviel kann ich Ihnen verraten, daß eine Zeitlang der Verdacht bestand, Galíndez sei ein Vierfachagent, der für FBI, CIA, PNV und KGB arbeitete, vor allem KGB natürlich, ein sehr ungewöhnlicher Fall. Diese These kursierte nach seinem Verschwinden, und es hieß, das sei nur ein Trick, eine Nebelbombe, um die Nachforschungen zu erschweren. Das ist möglich, doch in der Firma hielt sich in vielen Köpfen viele Jahre lang der Verdacht, Galíndez sitze in Moskau und lache uns alle aus, genau wie Philby, Burgess, McLean und Pontecorvo.»

«Denken sie das immer noch?»

«Definitiv geschlossen wurde die Akte Galíndez erst, als der letztendlich Verantwortliche für seine Entführung, Rafael Leónidas Trujillo, Wohltäter der Dominikanischen Republik, Anfang Juni 1961, fünf Jahre nach Galíndez' Verschwinden, ermordet wurde. Kein Staat zeigte auch nur das geringste Interesse daran, den Fall Galíndez wieder aufzurollen, am wenigsten Spanien unter General Franco, der Galíndez für einen seiner ärgsten Widersacher in den Vereinigten Staaten hielt. Nur ein paar baskische Gruppen, hauptsächlich aus Santo Domingo, versuchten, etwas über das Schicksal von Galíndez in Erfahrung zu bringen. Ein dominikanischer Gerichtsarzt hatte einige Leichname unbekannter und bekannter Opfer der Diktatur in Formol eingelegt. Nach Trujillos Tod konnten diese Körper identifiziert werden, und ein paar Basken aus Santo Domingo machten sich daran, diese Stilleben, eines nach dem anderen, zu untersuchen. Nein. Keiner der toten Leiber war der von Jesús Galíndez. Fast alle waren gescheiterte Guerilleros, die versucht hatten, von Kuba oder Haiti aus in Santo Domingo einzudringen und dabei gefaßt und von der trujillistischen Polizei zu Tode geprügelt worden waren, von der Polizei und der Armee natürlich. Galíndez interessierte nicht mehr. Sogar ich hatte ihn vergessen, bis plötzlich eine dieser verschlüsselten Routinegeheimsachen mit einem Warncode hereinkam. Kein Alarmcode, sondern schlicht eine Warnung, daß ein Eindringling die Vergangenheit nicht ruhen lassen wollte, die Vergangenheit der Firma. Von denen, die 1957 mit dem Fall Galíndez befaßt waren, bin ich der letzte, der noch im aktiven Dienst ist. Galíndez war ein Fall von vielen des New Yorker Vermißtenbüros, dessen Akte jetzt wieder auf meinem Schreibtisch landete. Darin befanden sich mehrere verschlüsselte Telexe unserer spanischen und dominikanischen Informanten: Eine gewisse Muriel Colbert, Bürgerin der Vereinigten Staaten, dreißig Jahre alt, hat sich auf die Spur von Galíndez gesetzt, stellt Fragen und gibt als Alibi eine Forschungsarbeit an, für die sie ein Stipendium bekommen hat. Bisher hat sich unsere Forscherin nur an der Peripherie des Systems bewegt. Mich hat gewundert, daß sie die beiden Epizentren des Erdbebens meidet: New York und Santo Domingo. Sie ist ganz überraschend nach Spanien geflogen. Kein Mensch weiß warum. Vielleicht können Sie uns diese Reise erklären.»

«Nein. Anfangs hielt Muriel mich über jeden ihrer Schritte auf dem laufenden, aber in letzter Zeit nicht mehr. Der letzte Arbeitsentwurf, den sie mir schickte, gefiel mir nicht. Wir haben schriftlich und telefonisch darüber gestritten, und seit der Zeit meldet sie sich nur noch sporadisch und rein fachbezogen.»

«Unterschiedliche Ansichten?»

«Ich gewann den Eindruck, daß ihre Arbeit nicht mehr wissenschaftlich war, nicht einmal mehr spekulativ. Muriel nahm den Fall Galíndez persönlich.»

«Das heißt, Sie sind jetzt nicht mehr befreundet.»

«Genau.»

«Weder menschlich verbunden noch als Lehrer und Lernende.»

«So ist es.»

«Das tut mir leid. Es ist ein Jammer, und eigentlich müßte man dagegen etwas unternehmen. Sieht gut aus, Ihr Essen. Was Phantasie in der Küche doch alles bewerkstelligen kann. Und der Wein? Wein kann ich ja nicht ausstehen, nicht einmal den kalifornischen; was ich gerne mag, sind Liköre; ich mache selbst welche. Hin und wieder trinke ich ein Gläschen portugiesischen Roséwein, den meine Ex-Frau so gern mochte, aber das ist auch alles.»

«Ich hatte nicht die Absicht, in dieser Beziehung irgend etwas zu unternehmen. Das Kapitel Muriel ist für mich abgeschlossen. Wenn sie ihre Arbeit fertiggestellt hat, werde ich sie benoten, und das ist alles.»

«Diese Arbeit darf nicht fertiggestellt werden, Norman, sie darf nicht einmal fortgesetzt werden.»

«Warum nicht?»

«Wir neigen im allgemeinen zu der Annahme, die Zeit vergehe sehr schnell, alles Vergangene sei bald vergessen, aber das stimmt nicht. Wissen Sie, wie alt Jesús Galíndez heute wäre? Dreiundsiebzig. Dreiundsiebzig erst. Gewiß, die meisten, die mit dem Fall Galíndez befaßt waren, sind in ein besseres Leben hinübergegangen, ermordet oder auf mysteriöse Weise ums Leben gekommen, aber die zweithöchste Ebene ist nie durchleuchtet worden; die Ebene, auf der sich jene bewegen, die Trujillo angestiftet und die Entführung auf Grund ihres Einflusses in Santo Domingo und den Vereinigten Staaten erst ermöglicht haben. Einige von ihnen sind immer noch sehr mächtig, sowohl in Santo Domingo als auch in den Vereinigten Staaten. Auf der anderen Seite haben sowohl FBI als auch die Firma einiges abgekriegt. In den *Life*-Reportagen von Jean Terney wurden alle möglichen Verschwörungstheorien aufgestellt, die erst im Dezember 1957 begraben werden konnten, als der Bundesgerichtshof in Washington den Ex-FBI-Agenten John Frank als Söldner in Trujillos Diensten und Drahtzieher des Komplotts verurteilte. John Frank mußte als Sündenbock herhalten. Seit jener symbolischen Verurteilung sind einunddreißig Jahre vergangen. Und jetzt kommt ihre Freundin Muriel und gräbt die ganze Geschichte wieder aus.»

Und der kubische Mann beugt sich über den Tisch, bis seine Hemdbrust sich fast in die Kuchenreste drückt, das seinem Gesprächspartner plötzlich entgegengestreckte Gesicht hat sich gerötet, und seine Stimme ist nur noch ein gedämpftes Flüstern, das die vermeintliche Unerschütterlichkeit seines Gegenübers ins Wanken bringt.

«Wir werden nicht zulassen, daß ein paar sentimentale Rote unnötige Tote unnötigerweise zum Leben erwecken.»

Der Professor weiß, daß er jetzt seine Serviette auf den Tisch werfen und aufstehen müßte. Ihm sei der Appetit vergangen, müßte er sagen, sich die zu erwartenden Unflätigkeiten anhören und hinausgehen, doch die schmutziggrünen Augen des Agenten halten ihn zurück, als wären es die Mündungsöffnungen zweier Revolver.

«Wir werden uns von euch nicht so einfach an die Eier gehen lassen, Professor.»

«Sind Sie betrunken?»

«Nein, ich bin nicht betrunken. Und ich will, daß Sie alles, was wir besprochen haben, für sich behalten, ganz besonders aber das, was ich Ihnen jetzt sage. Sie müssen diese Arbeit stoppen. Ich hatte mir alles einfacher vorgestellt, weil ich von einer festen Beziehung zwischen Ihnen und Ihrer Studentin ausgegangen war, da diese aber nicht existiert, muß ich improvisieren und ändere meine Anweisungen unter Umständen noch einmal, doch für den Moment halte ich die folgende Vorgehensweise für richtig. Sie bitten Muriel Colbert um einen Zwischenbericht und teilen ihr mit, daß man langsam ungeduldig wird, weil ihre Nachforschungen doch sehr viel Zeit in Anspruch nehmen. Wenn Sie ihre Antwort erhalten haben, entmutigen Sie sie vollends und sagen ihr, sie solle nicht ihre Zeit verplempern. In ihrem Alter habe man nicht mehr allzuviel Zeit zu verlieren, und Sie schlagen ihr eine neue, eine weitaus lohnendere Variante ihres Themas vor. Wenn die Dame aufhört, im Fall Galíndez herumzuschnüffeln und sich einem anderen Thema zuwendet, können wir Mittel in drei- und vierfacher Höhe dafür bereitstellen. Das ist es uns wert.»

«Was Sie da von mir verlangen, ist empörend und für Sie außerdem gefährlich. Stellen Sie sich vor, ich wende mich morgen an die Presse und erzähle, wie Sie mich unter Druck gesetzt haben.»

«Zuerst einmal steht ihr Wort gegen das von ... Wem eigentlich? Wissen Sie, wie ich heiße?»

«Robert Robards.»

«Glauben Sie tatsächlich, daß jemand Robert Robards heißen kann? Der Einfall ist mir unterwegs gekommen. Ich las einen Artikel über Hollywood und habe den Vornamen von Robert Redford mit dem Nachnamen von Jason Robards verbunden.»

«Ich habe mir Ihre Autonummer gemerkt.»

«Ich habe eine ganze Sammlung von Autos und von Autonummern.»

«Warum sollte ich das tun, was Sie von mir verlangen?»

«Großartig, Norman, jetzt fangen Sie an, wie ein Ethikprofessor zu sprechen. Wissen Sie, welche Definition von Ethik ich aus meiner Studentenzeit behalten habe? Notieren Sie, für den Fall, daß Sie sie nicht kennen: die Wirksamkeit der Vernunft in den Verhaltensnormen. Ethisch sein heißt eindeutig, vernünftig sein; immer.»

Nicht nur die Worte spendeten Beifall, sondern auch eine Pranke, die den wie verloren auf dem Tisch liegenden Arm des Professors tätschelte, als wäre sie aus ganz weicher Watte.

«Ich werde Ihnen sämtliche Gründe auflisten, die Sie bewegen, uns zu helfen. Doch vom ersten bis zum letzten haben sie alle mit einem einzigen Motiv zu tun; nämlich dem, daß du ganz gewaltig die Hosen voll hast, mein Junge.»

Das Tätscheln der Pranke verstärkte sich, bis sie wie eine Keule auf Norman Radcliffes dünnen Arm niederging, der reglos blieb, obgleich Norman bemüht war, zumindest in seinen Blick einen Ausdruck von Ärger und Würde zu legen.

«Du hast die Hosen vor Angst gestrichen voll, mein Junge. Du sitzt dick im Schlamassel: eine anspruchsvolle Frau, die Unterhaltszahlungen, die aus deinen früheren Ehen zusammenkommen, vier Kinder, das neue mitgerechnet, das deine reiche junge Frau gerade geboren hat, der Druck deiner noch jungen Schwiegereltern – deine Schwiegermutter ist jünger als du, Norman –, die dich nicht nur als Ehemann scharf im Auge halten, sondern auch als Teilhaber des Hauskaufs in Newport oder Middletown. Achthunderttausend Dollar, Norman.»

Er stieß einen Pfiff aus, der nicht abbrach, sondern im Gegenteil immer weiter anschwoll, bis die konzentrischen Kreise, die seinen gespitzten Lippen entwichen, das ganze Restaurant erfüllten und die übrigen Gäste neugierig herüberschauen ließen.

«Müssen wir diese Farce wirklich zum Skandal ausufern lassen?»

«Entschuldigen Sie, ich hatte gar nicht bemerkt, daß wir in so großer Gesellschaft sind.»

«Ich muß mich für nichts schämen. Es gibt nichts, wovor ich mich fürchten müßte.»

«Die ganzen Weibergeschichten werden ans Licht kommen, mit Minderjährigen oder fast Minderjährigen, mit Schülerinnen oder Nichtschülerinnen. Die Stiftungen werden ihre Gelder für dieses Projekt streichen, durch das Sie finanziell unabhängig von Ihren Schwiegereltern zu werden hoffen ... das Haus ... die Villa in Newport oder Middletown. Wenn das alles platzt und sich zu einem Skandal ausweitet, welche Universität wird dann noch einen Mann Ihres Alters einstellen, der nur eineinhalb Bücher veröffentlicht hat, eines davon noch mit einem Titel wie *Antikommunismus und isotopische Moral?* Wenn man Sie nicht mit der Durchführung dieses Mammutprojekts der *Geschichte des Denkens in den Vereinigten Staaten* betraut, sind Sie ein toter Professor und ein toter Mann. Dann bleibt Ihnen nur noch Ihr dürres Körperchen, das Gerippe eines alternden Tennisspielers. Ich kann Leute mit Tennisspielerbrust nicht ausstehen, wahrscheinlich weil ich immer dickhäutig und schwerfällig gewesen bin. Und ich kann so rosarote Typen wie dich nicht ausstehen, die, wenn sie Schwimmen gehen, nie ihre Klamotten aus den Augen lassen. Ich mag auch keine Leute, die Pamphlete verfassen und sie mit Titeln wie *Antikommunismus und isotopische Moral* bemänteln und es zum Schluß nur noch darauf anlegen, eine gute Partie zu machen, um sich eine Villa in Newport oder Middletown kaufen zu können. Aber was ich mag oder nicht mag, spielt keine Rolle. Du hast jedenfalls keine Wahl, mein Junge.»

Das Tennisspielerkörperchen hat sich jetzt erhoben, jedoch ganz sanft und zivilisiert, und fährt mit der schmalen rechten Hand über ein müdes Gesicht mit finsterer Miene. Es schlendert zur Tür, als wolle es nur mal eben an die frische Luft, und lehnt sich draußen auf die Brüstung, ohne in der Ferne die flackernden Lichter von Long Island zu sehen, jenseits einer See, die langsam vom Grau zur Nacht übergeht.

«Entschuldigen Sie, Sir, aber Ihnen ist vielleicht entgangen, daß Sie noch nicht bezahlt haben.»

Die trotz ihrer Freude am Beruf blasse Kellnerin lächelt und hält ihm herausfordernd eine schmutziggraue Papierzunge entgegen.

«Ich wollte zurückkommen. Mein Begleiter ist noch da.»

«Ihr Begleiter hat seinen Teil bezahlt.»

«Entschuldigen Sie. Ich war der Meinung, er zahle alles, und wir teilten hinterher.»

«So war's aber nicht.»

Das Mädchen wird allmählich ungeduldig, und erst als der Mann im Dämmerlicht ihr seine Kreditkarte reicht, entfaltet sich ihre Freude, Kellnerin zu sein, wieder zur Gänze. Sie entschwindet ins Innere des Lokals, indem sie sich an dem dicken Agenten vorbeidrückt, der die Szene von der Türschwelle aus beobachtet hat. Und so verharren sie, fünfzehn Schritte voneinander entfernt, bis die Kellnerin mit ihrer blassen Fröhlichkeit und den geordneten Belegen zurückkehrt. Ihr Interesse, ob die Herren gut gespeist haben, erlischt schlagartig, als diese sich die Treppe hinauf in Bewegung setzen, der Straße und der frühzeitigen Dämmerung entgegen, die vom Dröhnen der *long vehicles* zerrissen wird, die sich die Straße nach Boston erobern. Der Kubus steht leutselig lächelnd am Straßenrand.

«Sie werden eine Postfachnummer mitgeteilt bekommen. An die schicken Sie die Kopien aller Briefe, die Sie mit Muriel Colbert wechseln, sowie Berichte über das, was Sie mit ihr besprechen, falls Sie telefonieren.»

Der Agent steigt in das Auto, ohne seinem Reisegefährten die Beifahrertür zu öffnen. Dann, als kehre er aus tiefer Selbstvergessenheit, in die ihn das Wiedersehen mit seinem Armaturenbrett gestürzt hat, zur Wirklichkeit zurück, drückt er auf den Knopf, der das Seitenfenster vor dem konsternierten Gesicht des Professors nach unten gleiten läßt.

«Ich vergaß, Ihnen zu sagen, daß ich Sie nicht nach Yale zurückbringen kann, aber hundert Meter von hier ist eine Bushaltestelle. Wenn alles gutgeht, sehen wir uns nicht wieder. Wenn es schiefläuft, sehen wir uns wieder; dann allerdings so, daß es Ihnen Ihr Leben lang leid tun wird.»

Das Fenster schob sich wie ein Vorhang aus Eis wieder nach oben. Norman Radcliffe erwachte aus seiner Verwirrung und machte sich zügig, die Hände in den Taschen seiner Windjacke, auf den Weg zur Bushaltestelle. Die fliegende Untertasse wendete in seinem Rücken und tauchte ihn für einen kurzen Moment in gelbes Scheinwerferlicht, das noch betonte, wie er da, groß und nach vorne gebeugt, am Straßenrand entlangging, ein Auge stets auf die todbringenden Lichtblitze der stählernen Lastzüge gerichtet. In seinem Wagen wurde der kubische Mann zu einer trägen Masse. Unmerklich nur bewegten sich die Hände am Lenkrad und die Augen, die sich an den Tunnel der nächtlichen Autostraße gewöhnten. Plötzlich gerieten die Gesichtsmuskeln des Fahrers jedoch in Bewegung, und sein Mund begann ein Lied in einer Stimmlage zu singen, die männlich wie weiblich sein konnte. Dann unterbrach er sein Lied, spie symbolisch an die eigene Windschutzscheibe und schrie:

«Norman Radcliffe, du bist ein mieses Arschloch!»

Dann deklamierte er mit schriller Sopranstimme und in immer neuen Tonlagen – allesamt verächtlich abfällig – zehn-, zwanzigmal die Titel der Bücher des Professors: Die Wurzeln des sittlichen Lebens, Antikommunismus und isotopische Moral, Die Wurzeln des sittlichen Lebens, Antikommunismus und isotopische Moral, Die Wurzeln des sittlichen Lebens, Antikommunismus und isotopische Moral... oh, ja, ich komme, Norman, steck ihn mir rein, Norman, ja, gut... steck ihn mir rein, den isotopischen, Norman, oh, jetzt... Die Wurzeln des sittlichen Lebens, Antikommunismus und isotopische Moral, Die Wurzeln des sittlichen Lebens, Antikommunismus und isotopische Moral, Die Wurzeln des sittlichen Lebens, Antikommunismus und isotopische Moral... Dr.... Radcliffe, oh, Dr. Radcliffe, der steht Ihnen aber... Wollen Sie mir den ganz reinstecken, Dr. Radcliffe?... Bis ihn das Spiel, das er mit sich selbst treibt, ermüdet, er nachdenkt, sich zu erinnern versucht und mit dem Gebaren eines griechischen Rhapsoden, die Arme gegen das Lenkrad gestemmt, rezitiert:

Was ist dies Wurzelwerk, das greift, der Ast, der sproßt
Aus diesem Steingeröll? O Menschensohn,
Du kannst nicht sagen, raten, denn du kennst nur
Gehäuf zerbrochner Bilder unter Sonnenbrand,
Der tote Baum gibt Obdach nicht, die Grille Trost nicht,
Der trockne Stein kein Wasserrauschen. Aber
Es schattet unter dem roten Stein
(Komm unter den Schatten des roten Steins),
Und ich will dir weisen ein Ding, das weder
Dein Schatten am Morgen ist, der dir nachfolgt,
Noch dein Schatten am Abend, der dir begegnet;
Ich zeige dir die Angst in einer Handvoll Staub.

Was wirst du mir denn zeigen, Norman? Was zeigst du mir denn da, Norman, willst du mich wahnsinnig machen?

Und erst kurz vor New York hörte er auf zu singen, zu deklamieren und sich wie eine hysterische junge Dame aufzuführen, die von einem lüsternen Professor bedrängt wird, war wieder ganz der behäbige Fahrer, ergriffen offenbar von der düster vor ihm aufragenden Kulisse der Bronx.

Er summt jedoch noch vor sich hin, weil ihm ein Rest von Brechreiz geblieben ist, der ihm plötzlich bitter aufstößt, bis an die Lippen.

«Theologie der Sicherheit. Du Scheißkerl. Ich werde sie dir schon noch zeigen, die Theologie der Sicherheit.»

Die Basken, ein geheimnisvolles, legendäres Volk.» Warum wiederholst du dir ein ums andere Mal das Thema deines Vortrags, als sei es das einzige, das zu artikulieren dein zertrümmerter Kopf imstande wäre, oder nein, schlimmer als zertrümmert, weich, angefüllt mit schwerem, schmutzigem Wasser? Ich danke Generalissimus Rafael Leónidas Trujillo für die herzliche Aufnahme, die er den spanischen Exilanten gewährt, und er wird uns stets an seiner Seite wissen, bereit, die Größe dieses Landes kundzutun, das er so trefflich regiert. Oder nein, das waren nicht exakt die Worte deiner Einführung, denen die Honoratioren aus Handel und Industrie in den vordersten Reihen des Athenäums von Santo Domingo zwar höflich, aber doch mit einem gewissen kreolischen Unmut folgten. Ihr wußtet bereits, daß der Diktator mit der beruflichen Zusammensetzung der Ladung Spanier, die er ins Land gelassen hatte, höchst unzufrieden war: Schriftsteller, Anwälte, Psychologen, bildende Künstler... Wozu brauche ich alle diese unnützen Idioten? Ich brauche Landwirte, Ärzte, Deckhengste, die mir die Rasse aufhellen, damit man weiß, wo die Grenze zu Haiti ist, und damit man uns nicht für Kaffern hält; das Grenzland muß dominikanisiert und all die Juden, die ich in Sosúa habe siedeln lassen, müssen durch Spanier ersetzt werden... Jesús, du heißt Jesús Galíndez... sagt zu dir die Stimme, die die Tiefe deines Traums auslotet. «Die Basken, ein geheimnisvolles, legendäres Volk.» Das Visum zu fünfzig Dollar. Fünfzig Dollar für einen Basken, für einen baskischen Deckhengst, kultiviert, aus seiner Heimat vertrieben und ohne jede Hoffnung, hattest du dich bitter bei deinen Freunden beklagt, die dir zur Antwort gaben: wir leben, Jesús, du heißt Jesús Galíndez... nein, er kommt nicht zu sich, ob wir zu weit gegangen sind? Worin sind sie zu weit gegangen? Alles riecht nach Leere, nach Erbrochenem, als stürztest du in einen Abgrund, und dieser Sturz habe einen Geruch, einen stillen Geruch, und jemand gäbe dir von innen einen Fußtritt in den Magen, und deine Augen wollen sich dem gleißenden Licht nicht aussetzen. Über dem Campus der Columbia ist es eben dunkel geworden, und Evelyn ist bestürzt, als sie hört, daß du zu Fuß durch Harlem willst: ich werde Sie wieder bis zur Metro bringen, ich bin mit dem Auto. Nein, nein, ich habe Lust, durch Harlem zu laufen, in dieser Nacht wird eine Pfingstmesse gefeiert. Wenn es um Rumbas und Merecumbés geht, kann ich mich für Religion begeistern. Sie sind verrückt, Professor. Und ihr Gringos seid zu hysterisch; seit ihr die Indianer besiegt habt, habt ihr keinen richtigen Ärger mehr im Haus gehabt, und was ein Bombenhagel ist, wißt ihr gar nicht. Man muß aus Europa oder von südlich des Rio Grande kommen, um zu wissen, was Gefahr wirklich bedeutet. Manchmal treffe ich Germán Arciniegas auf dem Columbia-Campus, und dann ziehen wir los und baden in Harlem, in Schwarzen und in Puertoricanern, in den Läden der Hundertfünfundzwanzigsten Straße; siebenfarbige Kerzen für die Liebe, fürs Geld, für die Rache, fürs Examen. Harnischkraut, um entlaufene Ehemänner zurückzugewinnen, einen Liebhaber zu finden oder einen brüllenden Gatten zu besänftigen, Liebestrank aus Wurzeln, in Pulverform oder schon flüssig, und dann gehen wir durch das finstere Harlem, und Arciniegas macht sich vor Angst in die Hosen und ich tanze auf den zerbrochenen Bänken, als wäre ich Fred Astaire, Fred Astaire natürlich, Fred Astaire ist mir lieber als Gene Kelly. Aber dann bist du doch in Evelyns Auto gestiegen und fühltest dich wie ein Professor, der der Studentin Evelyn Lang Ratschläge erteilt, und als du deine eigene Stimme hörst, denkst du an den langen Weg, der dich von den Vorlesungen bei Sánchez Román in dieses alte Auto geführt hat, in dem deine Privatvorträge mit dem Verkehrslärm und der klappernden Unordnung im Innern dieses Autos zu kämpfen haben. Siebenundfünfzigste Straße, Eighth Avenue. Adiós, Evelyn, und du brichst die zärtliche Geste ab, mit der du über ihre Wangen fahren wolltest, weil du gern zärtlich zu Frauen bist, und du weißt, daß Evelyn es verstehen wird. Dann gehst du mit den elastischen Schritten eines schlanken Mannes mit langen Beinen die Stufen zur Metro hinunter, mit dieser Tänzerfigur, wie die galanten Damen in Santo Domingo zu dir sagten, wenn du sie im Rhythmus des Slowfox elegant über die Bretter führtest.

«Du bist verrückt, Jesús, aber man sieht es dir nicht an.»

Das war Gloria, Gloria Viera. Gloria und Martínez Jara. Wie im Licht eines Blitzes siehst du sie plötzlich vor dir: Gloria und Martínez Jara, *der Lahme*. Jesús Galíndez, Sie heißen Jesús Galíndez... Jesús Galíndez, flüsterst du, und das Gesicht entfernt sich, das Lächeln zerfließt... Er hat gesprochen, sag dem Hauptmann Bescheid. Wo bist du?

«Wo bin ich?»

«Ganz ruhig, mein Freund, der Hauptmann ist gleich da.»

Die Luft riecht nach Essen, nach kaltem Essen. Du kannst unmöglich schon zu Abend gegessen haben. Du wolltest dir ein belegtes Brot machen mit irgendwas aus dem Kühlschrank, wolltest die Begrüßungsworte für das Treffen der spanischen Paradesektion schreiben und Ross anrufen, damit er den Gouverneur angeht, wegen der Erlaubnis.

«Wo bin ich?»

Eine weiche Decke senkt sich auf dich herab, und mit ihr ein Geruch von erkaltetem Fett, den du lokalisieren zu können glaubst, der hierher oder an einen konkreten Ort deiner Vergangenheit gehört, fettgebackene Kürbisfladen, Kürbisfladen, Kürbisfladen, und du sagst die Namen wunderlich klingender Gerichte auf, bis du einen Rhythmus für sie gefunden hast, einen zum Tanzen natürlich, Jesús, mit deinen Tanzbeinen, tanz mir einen Fox, einen Slowfox, einen Swing, einen Boogie, einen Boogie mehr oder weniger, was macht das schon, Kürbisfladen, Yuccakuchen, Maniokzwieback, Ragout, Ragout, Ragout, altes Huhn auf gelbem Reis, Graupen und Bananenbrei, Maistortillas oder Törtchen, Maistortillas oder Törtchen, und noch einmal Ragout, stärkende Käsetaschen für deine salzigen Tränen, Ragout, Ragout, Ragout, was hast du da nur gegessen, Jesús, gratinierte Chrisophinen, kandierte Karambolen, Kokosschaum, o welche Freude.

«Was hat er gesagt?»

«Kokosschaum, o welche Freude.»

«Tja.»

Die zweite Stimme zwingt deinen Kopf in ihre Richtung, doch alles was du siehst, ist ein Tunnel des Nichts hinter dem Lichtbalken der Deckenlampe.

«Der Idiot hat Essensnamen aufgezählt.»

«Der brabbelt nur. Der ist nicht ganz klar.»

Man hat mir gesagt, Sie seien ein guter Tänzer, Galíndez? Kein so guter wie Sie, Euer Exzellenz. Wir von den Antillen haben den Tanz im Blut, auch wenn es spanisches Blut ist, in der Karibik bewegen sich sogar die Wurzeln der Palmen. Treten Sie mit mir in den Kreis, wenn Sie Mumm haben, Spanier. Rief dir Trujillo zu, der einzige Tänzer in einem Kreis aus Höflingen, die bravo!, bravo! brüllten. Was ist mit diesen Orchesteridioten, die halten den Takt nicht, die verhunzen mir ja den Rhythmus! Und der Diktator kletterte mit Hilfe seiner Leibwächter auf die Bühne und riß dem Dirigenten den Taktstock aus der Hand. Die Schwarzen des Orchesters wurden so blaß, daß sie wie Weiße aussahen, als der Diktator mit dem Taktstock in der Hand einen nach dem andern anschaute. Anscheinend braucht ihr von einem altgedienten Soldaten eine Lektion in Sachen Musik. Aufgepaßt. Und dann spielte der Taktstock verrückt, die Instrumente begannen zu zittern, und allein der Diktator stand da wie aus Marmor gemeißelt, großmäulig und den Kopf berauscht vom einstimmigen Beifall seiner Höflinge. Kennt ihr den Merengue *Zu Pferd reit ich voran*? Das war das Signal, das den Applaus zur Ovation steigerte, woraufhin die Marmorstatue gerührt und lachend den Taktstock sinken ließ, und dann umarmte der Diktator die Musiker und versprach ihnen eine Sonderzulage. Zu Pferd reit ich voran, Galíndez, weil mein Volk mich darum bittet, und ich schulde ihm den Verzicht auf ein Privatleben, ich schulde es dem Vertrauen, das ich in den unschuldigen Augen meines Volkes lese. Retter des Vaterlands, Restaurator einer unabhängigen Währung, Generalissimus, Erster Lehrmeister des Volkes, Erster Journalist, Erster Schriftsteller, Gott und Trujillo.

Zu Pferd reit ich voran
so sprach der General,
zu Pferd reit ich voran,
Der Mann unserer Wahl.

Zu Pferd reit ich voran, und wir folgen dir zu Fuß. Der Chef ist gerecht, selbst wenn er straft. Mein Aufenthalt in der Dominikanischen Republik ist ein abgeschlossenes Kapitel, Evelyn, das ist so, als hätte ich einer kunterbunten, rasanten Theatervorstellung beigewohnt, einer mit Oboen und Federhüten. Erinnern Sie sich noch an das Foto, das ich Ihnen von Trujillo gezeigt habe, als er in Madrid war, um seinen Kumpan Franco zu besuchen? Sogar die Franquisten fanden diesen Hanswurst lächerlich, und hinter dem gefiederten Hut Trujillos sieht man Francos Würdenträger, die sich ein Lachen kaum verkneifen können. Und ihr seid zu Ehren Trujillos in einer Parade marschiert? Man hat uns darum gebeten. Die spanischen Exilanten und die Juden am Ende des Zuges. Und du bist unter dem mürrischen Blick des Diktators auf mehreren Paraden mitmarschiert, und Pepe Almoina ist schulterzuckend neben dir marschiert, wenn es ihn auch hinterher vor Lachen schier zerrissen hat, als ihr Emigranten euch im La Barraca zur «Henkersmahlzeit» aus schwarzen Bohnen mit Reis wiedertraft. Jesús, mach keinen Unsinn, der Wohltäter ist bereit, dir das Buch abzukaufen, das du gegen ihn geschrieben hast. Was kannst du von einem Mörder mehr erwarten? Um mir das zu sagen, bist du nach New York gekommen, Pepe? Hat er dich selbst nicht nach Mexiko ins Exil geschickt? Es ist deine Chance, Jesús, und vielleicht auch meine. Laß sie dir das Buch abkaufen, und er wird aufhören, dich und mich zu verfolgen. Bist du es nicht langsam müde, immer nur davonzulaufen, Jesús? Seit 1936 laufen wir davon, das sind zwanzig Jahre, Jesús, zwanzig Jahre auf der Flucht. Almoina verbeugte sich überaus elegant, dort drüben, im scharfen Schatten des Außenministeriums, wo Ramfis, des Diktators ältestem Sohn, die staatsmännischen Würden überreicht wurden. Almoina war sein Hauslehrer und legte dir nahe, über die Huldigungen an diesen jungen Pferdefreund doch einfach zu lachen. Seine Reitställe zum Beispiel habe er, verschlüsselt natürlich, nach seiner Herzensdame benannt. Maronid. Zu tief allerdings verbeugte sich Almoina, als er ein Theaterstück unter dem Namen der Gattin des Diktators schrieb, und er verbeugte sich viel zu tief an dem Tag der triumphalen Uraufführung im Theater der Schönen Künste. *Verratener Adam.* So hieß das Stück, und während Almoina sich noch nett, aber zu tief verbeugte, umringten die Damen Señora Trujillo, applaudierten ihr, überrascht und entzückt von ihrem theatralischen Talent, wenngleich im Parkett gemunkelt wurde, die Initialen des Stücks seien ein verschlüsselter Hinweis auf den Autor, der sich damit einen Spaß erlaubt habe. *Verratener Adam* / V.A. Von Almoina. Von Almoina. Von Almoina. Jedenfalls fiel Almoina in Ungnade und schrieb in Mexiko ein nüchternes Buch über seine Erlebnisse als Sekretär von Trujillo und noch ein weiteres, bohrend, grausam und voll späten Hasses, unter dem Pseudonym Bustamante. Und du bittest mich, meine Arbeit zunichte zu machen, Pepe? Und deine? Sie werden einen Strich unter die ganze Sache machen, Jesús. Wir sitzen im selben Boot. Und wir haben verloren. Ich habe mich Trujillo nicht so sehr gebeugt wie du. Aber du hast dich gebeugt. Und wer sich beugt, hat nicht das Recht zu kritisieren, wenn andere sich beugen. Diesmal nicht, Pepe. Santo Domingo. Der Wohltäter und seine ganze Sippschaft, das ist für mich ein abgeschlossenes Kapitel. Hier erreicht mich der lange Arm des Wohltäters nicht. Wer schickt dich? Felix Bernardino, Felix Bernardino und seine Schwester Minerva, du kennst sie ja. Felix Wenceslaw Bernardino, alias Buchalai und Morocota, beging seinen ersten Mord mit zwölf Jahren, und während seiner Zeit als Trujillos Botschafter in Havanna stellte er ein Killerkommando zusammen, durch das er die führenden Oppositionellen im Exil ermorden ließ. Nach seiner Jugend als Auftragskiller in den Vorstädten wurde er von Trujillo angeheuert, um diesen Beruf künftig in seinem Namen auszuüben, später zum Kulturattaché der Botschaft in Washington ernannt, um eine trujillistische Lobby in den USA aufzubauen, danach Botschafter in Havanna und Generalkonsul in New York, heute, jetzt. Bernardino schickt mich, Jesús, du weißt ja, wie das ist. Dies ist ein freies Land, Jesús, du weißt ja, wie sie sind. Dies ist ein freies Land, Jesús, du weißt ja, wie er ist. Wer? Der Wohltäter. In deiner Erinerung taucht sein Konterfei zum erstenmal auf im Wartesaal des Konsulats der Dominikanischen Republik in Bordeaux. Mit anderen Exilanten, ebenso erschöpft und mißtrauisch wie du, wartetest du 1939 auf dein Visum für die Dominikanische Republik, und da war dieser dunkle, aber doch edle Kopf, gekrönt mit Zweispitz und Federbusch. Ist das der Präsident? Nein, nein, antwortete man euch, das ist der Wohltäter. Und du verlangst von mir, über all diese Dinge zu schweigen, Pepe? Du bist schon immer der Bote deiner eigenen Unterwürfigkeit gewesen, Pepe Almoina. Ich habe mein Gedächtnis noch, und ich sehe dich Botschaften überbringen, die Trujillo mit Blut geschrieben hat, so wie damals, als du dem im kolumbianischen Exil lebenden Periclito schriebst und ihn drängtest, sich nicht weiterhin mit Trujillo anzulegen, um nicht das Leben seines Vaters Don Pericles A. Franco zu gefährden, der Vorsitzender Richter des Appellationsgerichts von San Pedro de Macorís war. Ich habe es satt, immer nur davonzulaufen, Jesús, mit allen Ratten dieser Welt auf meinen Fersen. Fünfundzwanzigtausend Dollar, Jesús. Nein. Fünfzigtausend Dollar, Jesús, und keinen Dollar mehr wird er zahlen, das ist der Preis für dein Leben und für meines. Nein. Adiós, Jesús, du verurteilst mich zum Tode und dich selbst auch. Trujillo ist keiner von denen, die die Augen schließen, um zu töten, und er nützt die aus, die sie schließen, um zu leben. Du hast geschrieben, Ramfis sei nicht der legitime Sohn Trujillos, sondern bereits unterwegs gewesen, als seine Frau noch mit dem Kubaner verheiratet war. Ich bin in New York, Pepe, dem Schaufenster des stärksten und freiesten Landes der ganzen Welt. Señor Jesús Galíndez? Ich rufe Sie unten vom Portier aus an, ja, direkt hier unten. Wären Sie so freundlich, mich zu empfangen? Ich habe wichtige Dinge mit Ihnen zu besprechen, ich heiße Manuel Hernández, ich bin bei der Handelsmarine und stamme aus Puerto Rico; ich kämpfe gegen Trujillo. Und dann stand da *der Lahme*, ein Lahmer, von dem du nicht wußtest, daß er *der Lahme* genannt wurde, ein Männchen mit grauen Augen, eines allerdings aus Glas, und einem nervösen Tick, der zeitweilig sein kleines Gesicht verunstaltet, das unter einer schlecht sitzenden Perücke nichts als Verlogenheit zeigt, und eine impulsive Abwehr durchfährt dich wie ein Stromschlag, der dich zwei Schritte zurückweichen läßt, dieselben zwei Schritte, die er mit seinem verkrüppelten Fuß vorgeht und damit nur seiner Stimme folgt, die zwar einen puertoricanischen Akzent, aber einen spanischen Klang hat. Ich muß privat mit Ihnen sprechen, können wir nicht in Ihre Wohnung hinaufgehen? Hier ist ein guter Platz, um mir zu sagen, was Sie mir zu sagen haben. Wir haben gemeinsame Freunde in der Dominikanischen Republik, und sie schicken mich, weil sie Vertrauen zu Ihnen haben. Ich bin im Besitz einer Liste mit den Namen aller Agenten Trujillos in den Vereinigten Staaten. Ich ziehe es vor, diese Liste nicht zu kennen. Und du drehtest ihm den Rücken zu, sahst ihn aus den Augenwinkeln sich herandrängen, humpelnd, als hinke er jetzt mit beiden Beinen. Ich verstehe Ihre Zurückhaltung, Sie kennen mich gar nicht, in Wirklichkeit heiße ich auch Velázquez, aber die Dokumente sind echt. Die Tür des Fahrstuhls trennt euch voneinander, und während du hinauffährst, weißt du schon, daß du Silfa anrufen wirst, um dich über diesen Menschen zu erkundigen. Silfa muß ihn kennen, er kennt sich aus im Gespinst der trujillistischen Opposition in New York. Rufe die Polizei, Jesús. So einer kann nur ein Agent Trujillos sein. Die vom FBI sagten dir das gleiche, aber sonst nichts und auch nichts weiter, als du ihnen von der zweiten Begegnung mit dem falschen Puertoricaner berichtetest, wieder in der Eingangshalle zu deiner Wohnung im Haus Nummer 30, in der Fifth Avenue, wieder mit der gleichen zudringlichen Litanei, und du voller Ekel und Verachtung, als du sprachst, obwohl dein Herz vor Angst klopfte und deine Beine dich so schnell zum Fahrstuhl trugen, wie es gemessenen Schrittes eben möglich war. Und die Wut stieg in dir hoch, als du ihn vor wenigen Tagen wiedertrafst, am selben Ort, mit seinen trüben, rissigen Augen, seiner unsäglichen Perücke, seinem übertriebenen Hinken, dem sabbernden Betteln um Vertrauen. Du warst zornig ob deines eigenen Mißtrauens, faßtest den Entschluß, auf ihn loszugehen, ihn durchzuschütteln, mit der Polizei zu drohen und merktest, wie sein Körper dem Zweifel und der Verwirrung keinen Widerstand bot, und in seinen kalten rissigen Augen sahst du dich selbst, kalt und zerrissen. Glauben Sie nicht, was man Ihnen über mich erzählt hat, Don Jesús. Die meisten Menschen aus der Dominikanischen Republik, die Sie hier in New York kennen, sind Agenten von Trujillo. Was wollen Sie von mir? Ein paar Minuten nur, ganz privat. Lassen Sie mich zufrieden. Und wieder gab dir der Fahrstuhl die Sicherheit deiner Wohnung zurück, deiner noch zu erledigenden Korrespondenz, deines Briefes an Irala, den du noch nicht zu Ende geschrieben hast, oder dieses Telefonats mit Ross, das die Formalitäten der Parade beschleunigen soll. Der Geruch von erkaltetem Fett öffnet dir wieder die Augen, lenkt sie auf einen Löffel voll Paella, den letzten Löffel Paella, den du dir aus den Reisresten in der Küche der Silfas zusammengekratzt hast, als du eine Handvoll Gläser mit den Resten eines viel zu schweren spanischen Weins darin abstellen wolltest. Ich, ich meine wir alle, stoßen auf unseren Freund Jesús Galíndez an, dessen Doktorarbeit gerade heute in der Columbia-Universität ausgezeichnet worden ist, und die ganz den Zielen unseres Kampfes für Demokratie in der Dominikanischen Republik entspricht. Stoßen wir an auf Galíndez und auf die Freiheit der Dominikanischen Republik! Ich danke euch, Freunde, daß ihr gekommen seid, um meinen bescheidenen Sieg mit mir zu feiern in dieser Nacht, in der ihr eigentlich anderes vorhattet. Alle lachen, weil ursprünglich beschlossen war, vor dem Casino Palm Garden zu demonstrieren, in das Konsul Bernardino zur offiziellen Feier der Unabhängigkeit von Santo Domingo geladen hatte. Es heißt, Espaillat sei hier, *das Stilett* sei in New York, und dieser Mann ist wie ein eisiger Wind, er setzt sich nie ohne Grund in Bewegung. Du hast Silfa nicht gesagt, daß du schon weißt, wer dieser hagere Hinkefuß ist, der dir seine Dienste andrehen wollte und auf den Namen Martínez Jara hört und nach dem spanischen Bürgerkrieg Doppelagent war, für alle, für Franco und für die Republik, Killer in Mexiko und Verschwörer gegen und für Trujillo, und daß auf seiner Liste der Agenten Trujillos, die er dir unter die Nase hielt und dabei ein paar Namen leierte, auch der Name Silfa stand, Nicolás Silfa, Kopf der Revolutionären Dominikanischen Partei im Exil. Du hast es ihm nicht gesagt, weil du nicht daran geglaubt hast, oder weil du diese Information für dich behalten wolltest, hast Silfa in jener Nacht aber doppelt interessiert beobachtet und mußtest innerlich lachen über die Doppelleben, die ihr alle führt, während ihr nach außen hin Einzigartigkeit und Redlichkeit bis in den Tod proklamiert. Germán Arciniegas pflegte hin und wieder über die Doppelmoral zu philosophieren und hielt sie für einen unverzichtbaren Bestandteil der Demokratie. Nur ein totalitäres Regime könne versuchen, eine einzige Moral durchzusetzen, in der Praxis werde das jedoch scheitern. Die Demokratie brauche eine Macht, die in der Lage ist, doppelte Moral auszutüfteln und anzuwenden, andernfalls ginge sie an ihrer eigenen Einfalt und Wehrlosigkeit zugrunde. Du hast verkündet, der Zweck dürfe nicht die Mittel heiligen, jedoch gewußt, daß du dich selbst belogst. Irgendwann beim Abendessen wurdest du von einer dominikanischen Schwarzen auf die Tanzfläche gezogen, weil sie in dir einen guten Tänzer vermutet hatte, ohne daß du mehr als die Leichtigkeit und Länge deiner Beine und einen schlanken Körper zu bieten gehabt hättest, und du fühltest diese Frucht in deinen Armen, diese weibliche Frucht mit dem Geruch von Zimt und frischem Zuckerrohr, diese weibliche Präsenz, die nur eine Frau der Karibik dir geben kann, und die so ganz anders ist, als die entrückte Anwesenheit Mirentxus in jenen Tagen des erotischen Spiels und der Schützengräben, bei einer Hitze, wie sie nur in einem Kriegssommer zu spüren ist, am Ufer eines Flusses, dessen Wasser vor granitenem Gestein sich staut. Der Tag ging zu Ende, und die Sonne war hinter den Berggipfeln verschwunden. Wie gern bist du, einen Arm um ihre Taille, mit ihr über die Landstraße gewandert; doch damals war die Luft lau, und die frische Haut unter dem bunten Kleid berauschte dein Blut. Mirentxu. Erinnerst du dich an jene Nachmittage, wenn die Sonne hinter den Bergen versank? Und du kamst zu eurem Weiher, der ihre Schönheit spiegelte und sich wollüstig ihrer Jugend auftat. Tag für Tag bautet ihr an eurem Weiher unter der Klippe, die euch vor den Strahlen der Sonne schützte, tauchtet auf den Grund des kleinen Stausees, um die Steine heraufzuholen und sie in der Verengung des Flußlaufs aufzuschichten, so daß das Wasser langsam immer höher stieg, bis es euch ganz bedeckte. Mirentxu. Erinnere dich an jene friedliche Morgenstunde, an jene friedlichen Morgenstunden. Aber es ist Winter, und das Hochwasser hat den Staudamm fortgerissen, und der Weiher ist dahin, wie eure Liebe. Er war so treu, daß er dich nicht überdauern wollte, und die Nacht, die Nacht brach herein, und deine Seele hat Trauer angelegt im Gedenken an eine Vergangenheit, die nicht wiederkehrt. Gloria, mein Name ist Gloria Estefanía Viera Martí, aber nennen Sie mich *Gogi*, Herr Doktor. Sie sind in der ganzen Karibik eine Legende, Herr Doktor, ein Symbol des Freiheitskampfes, Herr Doktor, in Puerto Rico hat es mir Muñoz Marín höchstpersönlich gesagt, und Betancourt sagt, Sie seien durch und durch Baske und hätten sich weder Franco noch Trujillo gebeugt, und in Kuba hat man mir jetzt dasselbe gesagt, ich bin auch für die Freiheit in Santo Domingo, aber nicht nur in Santo Domingo, die ganze Karibik ist meine Heimat, und meine Heimat soll die Freiheit sein. Sie schreiben sehr schön, Herr Doktor. Kennen Sie Fidel Castro? Ein Führer der Karibischen Legion, Demokrat und revolutionärer Christ, man hat mir nämlich gesagt, Sie und er seien verwandt, im Geiste und so, Gefährten der Axt und der Machete, wie man bei uns auf dem Land sagt. Sie schreiben sehr schön, Herr Doktor, in *El Bahoruco*, da bekomme ich jedesmal eine Gänsehaut, wenn ich die Geschichte von Enriquillo lese, Guarocuya, wie er bei uns hieß, sie, ich meine die Spanier, haben ja als erstes immer, und sogar der Heiligen Dreifaltigkeit, einen neuen Namen gegeben, obwohl, Sie sind ja Baske, und Basken sind anders. Sind das keine Spanier, Herr Doktor? Sie haben geschrieben, im spanischen Bürgerkrieg hätte man nur sagen müssen, ich bin Baske, und schon hätten sich einem alle Türen aufgetan, ich habe nämlich fast alles von Ihnen gelesen, Herr Doktor, fast alles, was ich bekommen konnte, habe ich gelesen, und immer noch habe ich nicht genug. Gloria hat dich aus jener kalten Reserve den Frauen gegenüber gelockt, derer dich immer nur Männer bezichtigt haben, als hätten die Frauen hinter deiner Distanziertheit den Wunsch verspürt, sie zu überwinden. Wie, sagen Sie, war Ihr Name? Gloria, Gloria Estefanía Viera, *Gogi*. Nachts war Gloria in der weiten Heimat des Bettes ein dunkler Leib, der in Decken eingemummelt auf dich wartete, ein Leib wie das Fleisch der reifen Guajave, verraten von der New Yorker Kälte und von aller Kälte dieser Welt, durch diesen Spalt kriecht die Kälte, mein Schatz, und durch den dort auch, ich habe die Haut der Karibik, mein Schatz, und sieh nur, du bringst mich um, du läßt mein Herz stillstehen, wenn du immer so spät kommst, von deinen ewigen Versammlungen, wo warst du denn nur? Laß mich an dir riechen, ob du vielleicht nach einer anderen Frau riechst, ich würde schon gerne wissen, ob du heute bei Puertoricanern, bei Spaniern oder bei Haitianern gewesen bist, du scheinst mir das Weltgewissen zu sein, mein Schatz, warum nimmst du mich nie mit? Weißt du nicht, daß ich seit zehn Jahren, seit fast zehn Jahren in der ganzen Karibik unterwegs bin, um gegen die Tyrannei zu kämpfen? Wie, sagten Sie, war Ihr Name? Gloria, Gloria Estefanía Viera, *Gogi*. Gogi? So nennt mich meine Familie. Wenn Trujillo stürzt, und das wird nicht mehr lange dauern, werde ich nach Santo Domingo zurückkehren, und du wirst mit mir kommen und wie ein Freiheitsheld empfangen werden. Da hast du ihr erzählt, daß Almoina das Buch von dir verlangt hat. Welches Buch? Das, welches ich demnächst veröffentlichen will, meine Dissertation. *Die Ära Trujillo*. Der Wohltäter will mich kaufen. Aber du läßt dich nicht kaufen, stimmt's? Nein, keine Sorge. Liebe mich, mein Schatz, zehnmal, tausendmal, und wenn wir nach Santo Domingo zurückkehren, werde ich die glücklichste Frau der Welt sein. Gloria, Gloria Estefanía Viera, alias *Gogi*. Nein, es ist nicht direkt ein *alias*, ihr benutzt solche Wörter wohl nicht. Es ist eine Art Diminutiv, als sagte man zu Robert Bobby, das wäre ungefähr das gleiche. Gloria Estefanía Viera, *Gogi*. Ja, wir haben sie in der Kartei, in der Zentrale gibt es eine Akte.

«Wird er wach?»

«Der Sack will nicht wach werden.»

«Und wie er da liegt, mit einem Bein nach Osten und einem Bein nach Westen. Ich gebe ihm am besten mal einen Tritt in die Eier.»

«Laß ihn, der Hauptmann will ihn unversehrt.»

Hier steht es, Gloria Estefanía Viera Martí, *Gogi,* liiert mit Jesús Martínez Jara, alias *der Lahme,* könnte eine Agentin Trujillos sein. Gloria? Gloria Estefanía Viera Martí. *Gogi.* Martínez Jara, Trujillo. In jener Nacht bat Gloria dich, sie zu lieben, genau wie sonst, doch jedesmal wenn sie sich an dich drängte, spürtest du die kalte Anwesenheit von Mirentxu zwischen euch, nicht um euch zu trennen, sondern um dich zu beschützen. Wie fern du bist, meine Liebe. Was bekümmert dich? Und du sagtest ihr, du könntest keinem Menschen trauen, du wüßtest, daß Trujillo sein Netz über dich ausgeworfen hat, daß er in Kuba einen Mörder gedungen hat, der dich töten solle, daß er Almoina schickte, um dich zu einer Meinungsänderung zu bewegen. Wer wird der nächste oder die nächste sein? Die nächste? Du meinst, Jesús, er würde versuchen, dir eine Agentin unterzuschieben? Welcher Mistkerl könnte so etwas fertigbringen? Du mußt aufpassen, Schatz, alles umdrehen, was in deine Nähe kommt. Umdrehen? Ja, beobachten, die Rückseite anschauen. Und mach dir nichts aus dem Gerede der Leute, die reden viel und wissen nicht, wovon, die zerreißen sich nur das Maul. Diese Nacht nicht? Nein. Diese Nacht nicht. Schade, diese Nacht hätte ich mir es sehr gewünscht, weil ich so glücklich bin, die glücklichste Frau der Welt, der Welt ist vielleicht übertrieben, aber von New York bestimmt. Wir werden ein Kind haben, Jesús. Und du wußtest nicht, ob du ihr oder dir selbst mißtrauen solltest, doch ließ dich die Nachricht keine Sekunde zögern, und du hörtest dich sagen: treibe es ab; und sie hörte es, hörte es so deutlich, daß es schien, als verursache es ein Beben in ihren Ohren und ihren Augen, das sie zuerst nicht begriff und das ihr danach großen Schmerz bereitete. Hast du mich verstanden? Ja. Du hast gesagt, ich soll es abtreiben, nicht wahr? Und die Angst in ihrem Gesicht war keine Komödie, und ihr Zurückweichen auf allen vieren ans Ende des Bettes und der dünne Schrei ebensowenig, der wie ein Faden aus ihrem Mund kam, als ziehe er den großen Schrei gleich nach sich. Sie schaute auf deine Hände, schaute auf deine Passivität, beinahe Reglosigkeit, mit der du deinen anklagenden Blick unterstrichst, oder sie schaute auf ihre Tasche, die zu weit entfernt von ihr lag, als daß sie sie hätte erreichen können. Unerbittlich leertest du den Inhalt der Tasche auf dem Bett aus. Soll ich mir mal genau ansehen, was du in der Tasche mit dir herumträgst? Da ist nichts dabei, was dich interessieren könnte. Aber sie warf sich bereits hastig in ihre Kleider, fand als Vorwand etwas ganz Dringendes, das sie vergessen oder verloren hatte. Morgen, morgen sprechen wir in Ruhe über das Kind.

«Mein Essen ist kalt geworden.»

«Ich hatte Glück; als der Idiot da gebracht wurde, hatte ich schon gegessen und 'n Täßchen Kaffee und 'n Gläschen Rum intus.»

«Wie wär's mit noch 'nem Gläschen, Kumpel?»

«Noch ein Gläschen kann ich vertragen, klar. Das hier wird 'ne Weile dauern.»

«Der Hauptmann läßt ganz schön auf sich warten.»

«Einen Fettsack kann man noch so schnüren...»

«Das ist doch das letzte, diesen mit Drogen vollgepumpten Idioten hier liegen zu haben und nicht in Ruhe essen zu können, weil man dauernd hinhören muß, ob er was sagt.»

«Der stöhnt bloß.»

«Aber er ist doch weggetreten.»

«Wer ist der Kerl eigentlich?»

«Der Hauptmann hat mir gesagt, ich soll zu ihm sagen: du heißt Jesús Galíndez.»

«Klingt aber komisch. So wird das ausgesprochen?»

«Genauso, weil er nämlich Spanier ist.»

«Scheißspanier. Die Spanier sind alle Arschlöcher.»

Der Geruch von kaltem Fett wird greifbar, steigt in deine Nase und in deine Augen, verwandelt sich in Fladen, in Kürbis- oder Yuccafladen und etwas aus Fleisch, kräftig gewürzt und fett, und dieses Bild vor deinen Augen bewirkt, daß du sie öffnest, ohne sie zu öffnen, und durch die Schlitze aus zu erkennen versuchst, wo du dich befindest. Es ist ein geschlossener Raum, in dem zwei Dominikanern das Essen kalt geworden ist, während sie auf dich aufpassen oder dich bewachen. Du unterdrückst das Wo-bin-ich, das dir Auskunft gäbe, wo du bist und wozu. Noch willst du nicht, daß man es dir sagt, willst es lieber erraten und beobachtest die fleischigen Rükken und die braunen Köpfe, die dir den querformatigen Blickwinkel verstellen, der deinen zusammengekniffenen Augen möglich ist. Und der Geruch von Fettgebackenem dringt erst jetzt zu dir, weil du mit Chloroform durchtränkt bist, mit einem Geruch nach Krieg, nach Schützengraben, nach Sanitäterzelt, du selbst bist eine einzige Flasche Chloroform, und allein das Wiedererkennen verursacht dir einen Brechreiz, den du unterdrückst, um sie nicht wissen zu lassen, daß du aufgewacht bist. Evelyn. Ross. Ross wartet auf deinen Anruf. Du mußt ihn fragen, ob er die Erlaubnis für die Parade hat, und wenn du nicht anrufst, wird er beunruhigt sein, oder Silfa, oder Evelyn, nein, Evelyn nicht, weil sie verreist ist, morgen wollte sie fahren. Morgen? Welcher Tag ist heute? Wo bist du? Wozu. Zu nichts Gutem, und als du das begreifst, gefriert dir das Blut in den Adern, doch dein Herz schlägt schneller, und vom Magen her kriecht dir eine Beklemmung in den Hals, wie vor einer Prüfung. Es werden Drohgebärden sein, ein bißchen Schau von Trujillo, um dich einzuschüchtern, und aus dem Zeitschacht des aktuellen Geschehens, aus dem du durch einen schwarzen Kreis entschwindest, bringt dich der Fahrstuhl hinauf in deine Wohnung, die braune Ledertasche hältst du in der Hand, die Tür öffnet sich, und da sind die anderen, drei oder vier, und zwei natürlich in deinem Rücken, und da trifft dich auch der Stoß entschlossen zupackender Hände. Jesús Galíndez? Ja. Und wer sind Sie? Und dann etwas klebrig feuchtes, bedrohlich Riechendes auf deinem Gesicht, deine Abwehr und zukkende Arme überall, die dich festhalten, ein Schlag auf den Kopf, einen an die Schläfe, einen anderen in den Magen, und den stickigen Schwamm auf deinem Gesicht, der dir die Lippen plattdrückt, die es noch mit Vernunft versuchen, noch an Vernunft appellieren wollten. Oder passierte alles erst später? Auf der Straße? Im Auto? Angelito. Was machst du hier, Angelito? Also, erst einmal nachdenken. Aber nein, du denkst nicht, du weißt es bereits. Dies ist eine Entführung, und Trujillo tötet und du selbst hast Grabreden auf seine Opfer verfaßt. Requena. Dein Grabgebet für den ermordeten Requena. Hier in New York fehlt es ihm nicht an Helfern, das weißt du, entweder mit Dollars gekauft oder mit den Liebesdiensten käuflicher Mädchen und Jungen geködert, das weißt du, Trujillo verdirbt oder zerstört, was immer er anrührt. Hier in New York. Bist du denn sicher, in New York zu sein? Die Luft riecht nicht steril, die Luft riecht nach Staub und Leben, und die Hitze ist feucht und erinnert dich an die Tropen, versetzt dich in die Tropen. Vielleicht Miami. Sicher Miami. Es kann nur Miami sein, sagst du dir, doch das Gewicht auf deinem Magen wird schwerer, und die Erinnerung an all die von Trujillo Ermordeten endet in einer Faust, in einer gewaltigen Faust, die dir den Magen verstopft, ihn dir voller Haß in den hintersten Winkel deines Körpers drückt. Kam *der Lahme* nicht aus Miami? Du bist zweifellos in Miami, und Frank, John Frank, dein Kontaktmann für dominikanische Belange, der Mann mit den Karteikarten von Silfa, von Gloria, von Martínez Jara, er hat es nicht an Deutlichkeit fehlen lassen: Trujillo heckt in Miami aus, was er in New York durchführt. Aber Bernardino ist in der Gegend, und Espaillat, und es war Bernardino, der den dominikanischen Gewerkschaftsführer Mauricio Báez ermorden ließ, und der während eines Baseballspiels im Play, dem Stadion von Santo Domingo, einem Polizisten das Hirn mit der eigenen Pistole wegblies, und im Cibao seine Ex-Geliebte Chabela niederschoß. Und als Konsul in New York hatte er eine Schlägertruppe aufgestellt, die Demonstrationen gegen Trujillo auseinanderprügeln sollte, während derselbe Bernardino Trujillogegner korrumpierte, ihr Gewissen kaufte und sie als reuige Sünder in eigens gecharterten Flugzeugen zu Trujillo schickte. Und wenn seine Überredungskünste versagten, zahlte er zehntausend Dollar dafür, daß man ihm Silfa und Requena aus dem Weg räumte. Um ein Haar bin ich mit dem Leben davongekommen, Galíndez, sagte Silfa zu dir, empört um Fassung ringend, weil man ihn als Agenten Trujillos verdächtigte. Sie hatten Requena und mich zu einem Treffen bestellt, aber die Mörder stürzten sich nur auf Requena, obwohl Bernardino sie bezahlt hatte, uns beide zu töten. Hören Sie auf, mir Abfall zu schicken, Bernardino. Der Müll bleibt in New York. Sie schicken mir nur reuige Sünder mit zwei ganzen Eiern, Bernardino, und wer nicht bereuen will, dem schneiden Sie sie ab, verstanden? Mit diesen Worten hatte Silfa ihm seine Informationen über Bernardinos Rolle in New York und die Reaktion Trujillos hinterbracht. Tote in New York, die auf Trujillos Konto gehen? Bencosme, Requena, aber Requena töten, hieß einen Skandal heraufbeschwören. Und jetzt schwitzt du, schwitzt vor Angst, wegen des tropischen Klimas oder wegen Miami, und du sagst dir, daß du wegen Miami schwitzt. Bernardino, ein freches Maul stopft man am besten mit einer Kugel, und in New York gibt es viele freche Mäuler, die gegen mich sind. Ja, mein Wohltäter. Und sagen Sie ihnen, sie sollen von vorn gegen mich antreten und nicht hinter meinem Rücken gegen mich konspirieren. Sie sollen mir offen entgegentreten und nicht im Verborgenen, wie Memmen. Sollen sie mich herausfordern, dann werde ich die Herausforderung annehmen. Wenn sie sich mit mir anlegen wollen, dann von Angesicht zu Angesicht, aber nicht von New York, von Kuba oder von Mexiko aus, diese Penner. Hier wirft man sie bei der Arbeit als Faulenzer und Taugenichts raus, dann gehen sie in irgendeine Botschaft und bitten um Asyl, fliegen ins Ausland, nisten sich wie Parasiten in dem Idiotenland ein, das sie aufgenommen hat, kriegen Geld und leben wie die Könige in Saus und Braus. Das Exil in der Dominikanischen Republik ist ein einziger Schmelztiegel von Ambitionen, Geschwätz, Intrigen und übelster Niedertracht, ein Loch voll Scheiße und Gewürm, in dem jeder versucht, den Kopf des anderen unterzutauchen. Du hast noch die letzte Begegnung mit ihm vor Augen, nach dem Zuckerarbeiterstreik von 1946, den der arme Báez organisiert hatte, der über seinen Erfolg so erschrocken war, daß er dich verwirrt anschaute, als erwarte er, daß du, der Berater im Arbeitsministerium, das Wissen hättest oder die Worte fändest, ihm seinen Sieg zu erklären. Aber du hattest keinen verschüchterten Báez vor dir, sondern einen wutschnaubenden Trujillo, für den der Platz im Salon nicht ausreichte, in dem er wie ein Stier hin und her stapfte. Zuerst hatte er General Fiallo geschickt, der euch mitteilte, dir mitteilte, daß der Präsident sehr ungehalten war über die Sorglosigkeit, mit der das Ministerium die Streikenden hatte gewähren lassen. Dann Almoina, immer Almoina, Vorsicht, Jesús, du hast dich zu sehr exponiert. Aber was habe ich getan? Denke lieber darüber nach, was du nicht getan hast. Das läßt auch Trujillo dir ausrichten; was er bemängelt, ist das, was du nicht getan hast, die Streikenden hingegen hast tun lassen. Stimmt es, daß Sie eine vertragliche Regelung empfohlen haben? Stimmt es, daß Sie mit diesem Geschmiere in der Zeitung, diesem Schund beweisen wollten, daß diese Idioten Recht hatten, mit dem Gesetzbuch in der Hand? Wollten Sie die Institutionen der Republik, mich selbst gar, der Lächerlichkeit preisgeben? Haben Sie wirklich Journalisten zusammengetrommelt, damit sie den Text der ‹Friedensversammlung› veröffentlichen? Soll das heißen, daß ihr verdammten Spanier, die ihr in einer unseligen

Stunde ins Land gekommen seid, mir ausgerechnet den Kommunismus ins Land geschleppt habt? Und du standst in der Tür und wartetest darauf, ihm zu sagen, daß die Gesetze, seine Arbeitsgesetze, die er selbst unterzeichnet hatte, die Forderungen der Arbeiter rechtfertigten. Daß der Streik spontan entstanden sei, daß dich die Organisationsfähigkeit der Gewerkschaften und die Argumentationskraft der Arbeiter überrascht hätten. Das seien Dinge, die sich jeder Politiker notieren sollte. Klar notiere ich sie, und wie ich sie mir notieren werde... Ich notiere alles, Herr Rechtsanwalt, und jetzt wird man Ihnen mal aufzählen, was ich mir alles notiert habe. Almoina zählte es dir auf, nachdem der Diktator gegangen war, nicht ohne vor dir stehenzubleiben und dich anzustarren, als suche er einen Platz für die Ohrfeigen, die er seinen Untergebenen verpaßte, gleich welchen Rang sie einnahmen. Das mußte ja kommen, Jesús, Trujillo besitzt einen Bericht über dich, der klar macht, wo du stehst. Du hast kritisiert, daß er uns Exilanten in einer Gruppe auf der Parade mitlaufen läßt, als wären wir ein Haufen an Cäsars Triumphwagen gebundener Gallier. Leugne es nicht. Ich weiß nicht, wie er es erfahren hat, aber er weiß es. Du hast dich geweigert, in deinen Vorlesungen Trujillo zu huldigen, als dir Spitzel in deiner Klasse Huldigungen entlocken wollten. Du hast mit Schweigen geantwortet. Der Diktator weiß das. Er weiß auch, daß du mehr als einen Schüler entlassen hast, der sein Nichtwissen mit Hymnen auf den Wohltäter kaschieren wollte. Nicht eines deiner Bücher hast du Trujillo gewidmet, nicht einmal *El Bahoruco*, das den Literaturpreis aus Anlaß der Hundertjahrfeier der Dominikanischen Republik gewonnen hat. Der Insel Quisqueya, Schmelztiegel der Rassen und Vorzimmer Amerikas, in deren Urwäldern und Ruinen noch immer die Gespenster ermordeter Indios und kriegerischer Siedler, verwegener Piraten und schwarzhäutiger Sklaven umherstreichen, die von Legenden und jahrhundertealter Erinnerung raunen und von großen Volksstämmen, die dort einmal existiert haben; zum Hundertsten Jahrestag des Volkes, das daraus hervorgegangen ist mit dem Erbe von Jahrhunderten und dem Lebensmut der Jugend... ist dies mein aufrichtiger und dankbarer Tribut an die Menschen, die mir in meinem Unglück ein Heim gegeben haben. Weißt du noch, Galíndez? Und wo, wo bleibt Trujillo in deiner Widmung? Die Falangisten der spanischen Kolonie fangen an, gegen uns zu intrigieren und Trujillo weiszumachen, wir hätten ihm den Kommunismus ins Land gebracht. Am 17. Dezember 1945 hast du einen Artikel in *La Nación* veröffentlicht, der als eine indirekte Apologie des letzten Streiks interpretiert worden ist, und man munkelt auch, daß du José Galindo bist, der in ausländischen Zeitungen Artikel gegen Trujillo schreibt. Du hast dich geweigert, an Solidaritätsveranstaltungen für Trujillo teilzunehmen, um damit den Angriffen der Venezolaner gegen ihn, gegen uns alle, entgegenzutreten. Im privaten Kreis sagt Trujillo schon, daß es ein Fehler gewesen ist, diese Roten ins Land zu lassen, die zuerst gegen Franco kämpften und jetzt anfangen, ihn zu bekämpfen. Aber er irrte. Die meisten Roten, die gegen Franco gekämpft haben, hatten es viel zu satt, noch weiter zu kämpfen und zu verlieren, und die übrigen sind, wie du selbst auch, unter den wohlwollenden Blicken Almoinas fortgegangen und ließen die trauernden baskischen Freunde zurück. Die Kommunisten sind alle in Listen erfaßt und in Pferche gesperrt worden und haben schon 1944 auf den Schonern *Jaragua, Ruth* und *Santa Margarita* das Land verlassen, und mit ihnen auch gleich ein paar Anarchisten, die Trujillo wohl zu gefährlich wurden für seinen von nordamerikanischen Agenten geförderten Plan, der große antikommunistische Führer der Karibik zu werden. Uns treibt keinerlei inquisitorischer Drang, Señor Galíndez. Sie sind Baske und Christ und kennen die guten Beziehungen, die das Außenministerium zur baskischen Exilregierung unterhält. Uns interessiert der Grad der Organisation sowie legale und illegale Aktivitäten der Kommunisten unter den Exilspaniern in Santo Domingo. Eine rein vorbeugende Maßnahme. Der Kommunismus ist Ihre Sache nicht, Señor Galíndez, und die ausgezeichnete Zusammenarbeit von baskischen und katalanischen Nationalisten mit dem Außenministerium ist Teil des Kriegseinsatzes von alliierter Seite. Wir müssen zwar die Nazis vernichten, aber man darf sich keinen Illusionen über den Kommunismus hingeben. Ein Kommunist ist ein Verfechter totalitärer Ideen, wo immer er sich befindet, auch im Exil. Wo sind die Kommunisten in der Dominikanischen Republik am stärksten? In Ciudad Trujillo? San Pedro de Macorís? Santiago? La Vega? Puerto Plata? Wie heißen die Aktivisten? Schwer zu sagen, wer Mitläufer ist und wer Aktivist. Eine ungefähre Aufstellung. Driscoll traf sich mit dir in einem Auto, das er in einer der Gassen des Viertels von San Miguel geparkt hatte, und dort sprudelten die Namen zuerst aus der Quelle deines hervorragenden Gedächtnisses und standen später auf dem Blatt Papier, das Driscoll mit aufmunterndem Lächeln einsteckte. Valeriano Marquina, Vicente Alonso, Luis Salvadores, Clemente Calzada, Ivon Labardera, Ríos Chinarro, Miguel Adam, Angel Valbuena, Gil Badallo, Manuel Alloza, Laura de Gómez, Marian de Periáñez und Domingo Cepeda, der Chef, der sich als letzter absetzte, als die Situation unhaltbar wurde und ihr anderen darüber jammertet, auch du darüber jammertest, daß sie unhaltbar geworden war. Sympathisanten? Nun, manchmal gibt es Intellektuelle, die mit dem Kommunismus flirten, ohne recht zu wissen, auf was sie sich da einlassen. Vicente Riera Llorca. Einrichtungen, in denen sie sich treffen? Demokratisches Spanisches Zentrum, Club der Spanischen Jugend, Spanische Liga der Kriegsversehrten, Solidaritätskomitee der Spanischen Emigranten, das Gewerkschaftszentrum, das Spanische Heim, Club Catalá. Publikationen. Ja, Publikationen. *Por la República, Católonia, Eri*... Sie arbeiten bei *Eri* mit, nicht? *Eri* ist eine Zeitschrift aller Exilspanier. Hat aber die Verfassung der Sowjetunion abgedruckt und sie als die demokratischste Verfassung der Menschheitsgeschichte bezeichnet. Es ist eine Exilzeitschrift, in der ich nicht die Richtung bestimme. Doch Driscoll setzte dir nicht weiter zu, und hinter ihm sahst du die stille, bejahende Geste des *lehendakari* Aguirre, als er euch in Ciudad Trujillo besuchte und zu dir sagte: Sie wollen Informationen, wissen aber nichts damit anzufangen. Sie sind uns dankbar dafür und erklären sich bereit, eine Armee baskischer Freiwilliger aufzustellen, die Euzkadi zurückerobern kann, sobald die Front in Deutschland zusammenbricht. Wir stehen auf derselben Seite, Jesús. Wir dürfen die Verbündeten nicht brüskieren. Driscoll wollte von dir vor allem etwas über Alonso Faustino und Domingo Cepeda wissen, von denen ersterer ehemals Offizier der republikanischen Armee und jetzt bei einem Handelsunternehmen beschäftigt war, und der zweite in einem Schuhgeschäft in der Arzobispo Potes arbeitete, jedoch unumstrittener Führer der spanischen Kommunisten in der Dominikanischen Republik war. Von Domingo Cepeda warst du ebenso beeindruckt wie von dem Anarchistenführer Serra Tubau. Du hattest die Befreiung Euzkadis im Sinn und sie die einer abstrakten Menschheit. Dein Paradies war grün und hatte seine Grenzen. Das ihre nicht. Es schien dir wie bitterer Hohn, daß Trujillo dich, als du bereits in New York warst, in das Weißbuch des Kommunismus aufnahm. Du hattest da Driscoll nicht mehr, bei dem du deine spöttischen Bemerkungen dazu hättest loswerden können, aber du wurdest sie auch bei Aguirre oder Irala los, wenn ihr euch in New York oder in Frankreich traft. Deutschland hat den Krieg verloren, Jesús, und Franco hat ihn ebenfalls verloren, und ein Heer von baskischen Freiwilligen wird über die Brücke des Bidasoa setzen, um den Traum vom freien Euzkadi zu verwirklichen. Die Verträge mit den Amerikanern habe ich alle abgeschlossen, und schon bald werden wir eine von ihnen ausgebildete Elitetruppe aufstellen und mit der Rückeroberung von Euzkadi beginnen können. Was ist aus dieser Elitetruppe geworden? Was aus den Träumen von Irala und Aguirre? Man darf sich nicht demoralisieren lassen, Jesús, wir müssen den Nordamerikanern weiterhin Vertrauen schenken. Sie haben mir versprochen, Druck auf Franco auszuüben, damit er die Zügel lockert, und wir baskischen Nationalisten werden die ersten sein, die aus einer Demokratisierung Spaniens Nutzen ziehen. Irala wird nach Europa zurückkehren, und du bleibst in New York. Sei unbesorgt und vernachlässige uns die Yankees nicht, Jesús, sie sind unsere einzige Rückendeckung. In Europa gibt es keine Regierung, die von der baskischen Nationalfrage eine Ahnung hat, und die Yankees haben mit uns etwas, mit dem sie Druck auf Franco ausüben können. Und es ist besser, wenn sie das in unserem Sinne tun. Cepeda war der letzte Kommunist, der Santo Domingo verließ, und da ihm kein Land ein Visum geben wollte, steckte Trujillo höchstselbst ihn mit Berdala und dem Anarchisten Serra Tubau in ein Flugzeug nach Camagüey, wo sie verhaftet und eingesperrt wurden. Heute hat Cepeda ein Schuhgeschäft in Mexiko, konspiriert nostalgisch vor sich hin und wartet darauf, daß ihm zu Weihnachten jemand einen Haufen Turrones aus Spanien schickt und erinnert sich ansonsten an eure Treffen in seinem Haus in Santo Domingo, Santiago Rodríguez Nr. 38, auf denen Fragen der republikanischen Einheitsfront erörtert wurden, in ständiger Verbindung zu Mije, der in Mexiko wohnte. Ich weiß noch, Galíndez, als wir und die Kameraden anfingen, uns in Santo Domingo zu organisieren, haben wir alles, was wir verdienten, in einen großen Topf getan, und niemand achtete darauf, wer mehr oder wer weniger hineintat, und jeder lebte nach seinen Vorstellungen von Solidarität und nach seinen Bedürfnissen. Ich habe mir gedacht, wenn eines Tages der Kommunismus auf der ganzen Welt gesiegt hat, müßte es ähnlich sein, wie das mit dem Topf. Überall ständen Töpfe, und die Leute legten hinein, was sie entbehren könnten, und nähmen heraus, was sie zum Leben bräuchten. Jedenfalls wäre damit die Topfproduktion gesichert, Cepeda. Du bist immer noch der alte Spaßvogel, Galíndez. Euch Basken interessiert nichts anderes als Euzkadi und die Küche, ihr seid sentimental und verfressen. Driscoll, ich weiß gar nicht, warum Sie sich so für die Kommunisten interessieren. Ich gebe Ihnen viel lieber Informationen über die Nazis, die sich völlig ungeniert hier umtun, weil der Wohltäter nicht weiß, auf welche Karte er setzen soll; und daß die Nazi-U-Boote die dominikanischen Schiffe unbehelligt lassen, wird ja auch seinen Grund haben. Die Nazis sind nicht das Problem, Galíndez, aber geben Sie uns Informationen über sie, wenn Sie das für nötig halten. Galíndez, alias Rojas, Agent Nummer zehn, mit Sitz in Santo Domingo und Informanten in San Pedro Macorís, Sabana de la Mar und Montecristi, ich gebe Ihnen den Bericht, den ich nach Washington weiterleiten werde, damit man Sie drüben mit offenen Armen empfängt: «Hat wertvolle und zuverlässige Informationen über spanische Emigranten jeder Art, ob Kommunisten oder Falangisten, geliefert; zögert nicht mit Informationen über kommunistische Aktivitäten. Wertvolle Informationsquelle in bezug auf die Kommunistische Partei.» Jeden Freitagabend parkte Driscoll seinen 1937er Chevrolet in einer am Freitag zuvor vereinbarten Straße im Viertel San Miguel, und wenn der Wagen nicht auftauchte, wußtest du, daß du den Yankee um sechs im Café Hollywood treffen würdest, Punkt sechs Uhr abends. Manches Mal hast du dich gefragt, was die Bewohner dieses Vorortviertels in ihren zinkblechgedeckten Holzhäusern, wo es immer nach Rum roch und wo immer die Musik einer Gitarre oder Harmonika zu hören war, wohl von den beiden «Weißen» im 1937er Chevrolet gedacht haben. Manchmal fand das Treffen an der Ecke José Reyes/Restauración statt, und in einer Ladentür wippte ein Schaukelstuhl und mit ihm eine dunkelhäutige Wirtin, die du nie etwas verkaufen sahst. Sie hieß *Tiva*, und ihre Tochter, die *Tivita*, war ebenso dunkel wie sie, und während Driscoll sprach, sich rechtfertigte, dich rechtfertigte, als sei er dabei, die jüngere Geschichte in Geheimschrift in seinem Notizbuch festzuhalten, schaltetest du Gehör und Gehirn aus und wipptest mit deinem Großvater auf dem Schaukelstuhl unter den Steinbögen des Hauses in Amurrio, saßest auf seinen Knien aus Stein, oder wenigstens schienen sie dir aus Stein.

«Ist er soweit?»

«Einigermaßen, Herr Hauptmann, er wird nur nicht wach.»

«Daß es mit ihm nicht so geht, wie mit dem, der abgekratzt ist, weil da angeblich nichts mehr zu retten war.»

«Keine Sorge. Der hier schläft nur tief und fest. Und stöhnt.»

«Und spricht vom Essen. Ich hab gehört, wie er von Tortillas gesprochen hat.»

«Das ist der Geruch von dem Schmierfett, das ihr da auf eurem Teller habt.»

«Wenn er riechen kann, lebt er noch, Herr Hauptmann.»

«Ihr habt euch wahrscheinlich ein paar hinter die Binde gekippt und nicht aufgepaßt.»

«Ein paar genehmigt haben wir uns, Herr Hauptmann, aber wir haben kein Auge von ihm gelassen.»

«Mal sehen, ob er auch sprechen kann.»

Und die Luft hat einen Korridor gebildet, durch den der Hauptmann herankommt, und du kneifst die Augen zusammen, damit er nicht sieht, daß du ihn siehst, doch er hat die Bewegung wahrgenommen, denn er ergreift eines deiner Augenlider mit den Fingerspitzen, zieht es hoch und fährt mit einem brennenden Streichholz vor deiner Pupille hin und her.

«Jesús Galíndez?»

Du öffnest die Augen mit einem Ausdruck, als habe man dich aus dem Jenseits gerufen, und du sprichst englisch, als befändest du dich an einem Ort, für den es eine Erklärung gäbe, oder als glaubtest du immer noch in Miami zu sein, verzweifelt an Miami festgeklammert, wie einer, der sich an einen letzten Zipfel Heimat klammert.

«Sprechen Sie spanisch. Hier gibt es keine Gringos. Jesús Galíndez?»

«Ja. Es geht mir nicht gut. Mein Kopf dreht sich. Mir wird übel.»

«Gebt ihm zu trinken. Wollen Sie lieber Wasser oder ein Gläschen Rum?»

«Wasser.»

Vier Hände richten dich auf, die nach fettigen Fladen riechen, die

die Fladen zusammengerollt und das schwere Öl herausgepreßt haben werden, und eine tatsächliche Übelkeit ergreift dich, Brechreiz schüttelt deinen Körper, bis sie von dir ablassen und du rücklings auf den Strohsack zurückfällst. Es ist ein Strohsack. Mit dem Gesicht zur Zimmerdecke, die feucht und völlig heruntergekommen ist, wird dir klar, daß du dich möglicherweise in einem Winkel der Welt befindest, von dem es kein Entrinnen gibt. Es ist nicht mehr die weiße Zimmerdecke der ersten Minuten, es ist eine schäbige, schmutzige, abgeblätterte Decke, unter der sich aufzuhalten, mit der Würde des Menschen unvereinbar ist.

«Bleiben Sie ganz ruhig und tun Sie, was ich Ihnen sage. Antworten Sie nur auf meine Fragen und tun Sie dasselbe, wenn meine Vorgesetzten kommen. Ein Arzt hat Sie sich angesehen, und Sie sind in Ordnung, bestens in Ordnung, also werden Sie nicht nervös oder widerspenstig, das würde alles nur verschlimmern.»

«Wo bin ich?»

«Das kann ich Ihnen nicht sagen.»

«In New York?»

«Das kann ich Ihnen nicht sagen.»

«Geben Sie mir noch Wasser.»

Sie richten deinen Körper mit eher behutsamen Handgriffen auf, und du fühlst dich kräftig genug, um zu stehen und ihnen in die Augen zu schauen, doch dein Argwohn rät dir, dich in einen Schwächeanfall zu flüchten, den sie dir abnehmen.

«Dem hat man aber eine mordsmäßige Dosis verpaßt.»

«Der hat zwei bekommen, weil er so nervös war, daß er zu früh aufgewacht ist.»

«Scheint ein schwieriger Typ zu sein.»

«Sehr mager.»

«Ein Querkopf.»

«Daß es ihm nicht so geht, wie vor einigen Wochen dem Trottel, der nur blöd daherquatschte, und als der Hauptmann ihm eine verpaßte, fiel ihm die Klappe zu, und zum Glück verknotete sich seine Zunge dabei, weil er sie sonst verschluckt hätte bei dem, was er da redete.»

«Trinkt er nicht mehr?»

«Ein Schlückchen nimmt er noch.»

«Er ist aber schon ganz munter.»

Die beiden bleiben undeutlich im Hintergrund, und der Offizier steht unter dem hellen Licht der Deckenlampe. Ein eckiger Mann mit einem dünnen schwarzen Schnurrbart, dunkel, mit mandelförmigen Augen, ein kreolischer Typ, wie man ihn zu Hunderten trifft, obwohl dir das Gesicht bekannt vorkommt, und selbst die Stimme glaubst du schon einmal gehört zu haben, aber du weißt nicht wo und nicht wann. Er beugt sich zu dir herab und betrachtet deinen entkräfteten Körper mit einer Zurückhaltung, in die du Respekt und ein wenig Mitleid hineininterpretierst.

«Was wollt ihr von mir?»

«Ich führe nur Befehle aus.»

«Sagen Sie mir wenigstens, wo ich bin.»

«Das kann ich nicht.»

«Wir sind hier nicht in New York, nicht wahr? Miami? Sind wir in Miami? Irgendwo sonst in Florida? Auf einem der Keys?»

Er schüttelt verneinend den Kopf und beobachtet dich weiterhin, als wolle er abschätzen, was er aus dir herausholen kann.

«Jesús Galíndez.»

Sagt er wieder und zieht einen Zettel aus der rechten Tasche seines Uniformhemds, um dir vorzulesen, was für dich selbstverständlich ist, daß du Jesús Galíndez heißt, daß du in Madrid geboren bist, daß du einundvierzig Jahre alt bist, daß du Vorlesungen an der Columbia-Universität hältst, und als handle es sich um einen weiteren Akt jener lustlos heruntergebeteten Litanei, kommt eine mit unerwarteter Heftigkeit gestellte Frage.

«Seit wann sind Sie aktives Mitglied der Kommunistischen Partei Spaniens?»

«Ich bin nie Kommunist gewesen. Ich bin Mitglied der PNV, der Nationalistischen Partei des Baskenlandes. Ich bin baskischer Nationalist, Vertreter der Nationalistischen Baskischen Partei in New York. Rufen Sie im Außenministerium an, da wird man es Ihnen bestätigen.»

«Alles zu seiner Zeit. Versuchen Sie nur nicht, mich hinter's Licht zu führen; ich habe zwar viel Geduld, aber meine Vorgesetzten nicht, und die wollen, daß ich Sie frage, ob Sie Kommunist sind.»

«Ich war nie Kommunist.»

«Warum haben Sie dann Cepeda besucht, als Sie in Mexiko waren?»

«Das war rein zufällig, wir kannten uns aus Santo Domingo.»

«Mit welchen Mitgliedern der Kommunistischen Partei der Dominikanischen Republik im Landesinnern haben Sie noch Kontakt? Haben Sie eine Invasion vorbereitet?»

«Mit niemandem. Ich wußte gar nicht, daß es im Landesinnern noch Kommunisten gibt.»

«Keine Mätzchen, Galíndez.»

«Ich kenne nur die Leute in New York. Ich war seit zehn Jahren nicht mehr in Santo Domingo.»

«Und Silfa? Kennen Sie Silfa nicht? Und Juan Bosch?»

«Das sind keine Kommunisten.»

«Wenn Bosch kein Kommunist ist, bin ich Rotkäppchen.»

Das Gelächter waberte heran, als käme es aus großer Ferne, doch das Gesicht des Offiziers ist direkt vor dir, und in seinen Augen steht weder Zurückhaltung noch Mitleid, sondern nur der Blick dessen, der sich als Herr der Lage fühlt.

«Dies hier ist erst der Anfang, Galíndez. Wir haben die Nase gestrichen voll davon, daß undankbare Kerle wie Sie im Ausland Ärger machen und die Leistungen des Chefs verleumden, das Werk unseres Wohltäters General Trujillo, und den guten Namen unseres ganzen Volkes durch den Dreck ziehen. Und spielen Sie mir bloß nichts vor, denn hier ist kein Mensch, der Ihnen zu Hilfe käme, hier gibt es niemanden, der Ihnen helfen will.»

Die Angst öffnet deine Augen, alle deine Augen, selbst die Augen, die du seit Gott weiß wie langer Zeit geschlossen hattest, und du siehst dich, wie du durchgeschüttelt wirst in der Luft, mit rebellierendem Magen versuchst du herauszufinden, wer dich schüttelt, wer dich da schüttelt. Du begreifst jetzt, daß das Geräusch im Hintergrund, das in deinen Ohren dröhnte, von einem Flugzeug herrührte, daß du dich in einem Flugzeug befandest, als der klebrige Schwamm dich wieder in die Traumwelt zurückbeförderte. Die Basken, ein geheimnisvolles, legendäres Volk. Morgengrauen einer Nacht vor Weihnachten, die große Stadt New York schläft still, und die Feder fährt wie von allein übers Papier, formt Sätze, armselige Sätze, die nie das Licht der Öffentlichkeit erblicken werden, weil sie aufrichtig, viel zu aufrichtig waren. Nur dieser eine hat sich gerettet. Du bist Baske und hast nichts anderes im Leben als den Stolz, es zu sein. Manche lachen, wenn du es sagst, besonders die Spanier, dieses Volk ohne Grenzen, das alles verachtet, was es nicht kennt, unter anderem die Bedeutung der Grenze. Andere haben Geld, Wohlstand, die Annehmlichkeiten eines Heims und das, was sie für hohe Ideale halten, weil es Macht bedeutet. Die Macht, andere zu beherrschen. Alldem widersetze ich mich, ich ertrage es nicht, selbst wenn ich im Morgengrauen allein und verbittert nach Hause komme und niemand mich versteht. Ich bin Baske, und weil ich es bin, kämpfe ich. Du bist allein, allein mit deinen Ängsten, und niemand wird dich je verstehn in diesem Babylon. Eines Tages aber werde ich mich unter einer Pappel schlafenlegen, die ich mir auf der Höhe eines Hügels, in einem einsamen Tal meiner Heimat ausgesucht habe, allein mit meinem Land und meinem Regen. Dort wird man mich verstehen. Hast du geschrieben und denkst es jetzt wieder, flüstert es, betest es dir immer wieder vor, damit dir nicht die Knochen schlottern und der Offizier nicht bemerkt, daß du dich bepinkelt hast und der Fleck sich wie ein Lauffeuer schändlich auf deiner Hose ausbreitet, bis es aus deinem Hosenbein tropft und deine Socke sich mit der Feuchtigkeit deines ganzen Elends vollsaugt, eines elenden Wurms auf einem Strohsack unter einem Dach, dem man ansieht, daß es dich haßt. Und daß sie nur die Urinspur nicht bemerken, o Gott, denn du spürst, daß sie das bißchen Achtung, das sie vor dir haben, verlieren werden, wenn sie sie sehen, und dann werden sie über dich herfallen und dich zerfleischen. Und die Ungewißheit, ob sie es sehen können, quält dich so sehr, daß du den Kopf anhebst, um auf deinen Hosenschlitz zu starren, und der Hauptmann fängt deinen Blick auf, folgt ihm ein kurzes Stück und ruft aus:

«Ja was . . . !»

«Was ist passiert, Herr Hauptmann?»

«Der Idiot hat sich vollgepinkelt.»

«Ja, stimmt, man riecht's bis hier.»

«Wahrscheinlich hat er sich auch noch vollgekackt.»

Ihre grinsenden Gesichter hacken auf dich ein.

«Und wenn er es noch nicht getan hat, dann tut er es bald.»

Die Hände reißen dich jetzt hoch, damit du in das Gesicht des Hauptmanns sehen kannst, dessen Mund ein Geruch von verrottetem Tabak, Rum und Verachtung entströmt.

«Wolltest du nicht wissen, wo du dich befindest?»

Du bejahst mit einem kurzem Blick.

«Nun, du bist in der Dominikanischen Republik, Galíndez.»

Du schließt deine Augen.

«Und dein Gastgeber ist der Chef, Generalissimus Trujillo, den du sehr verärgert hast, Galíndez.»

Und es ist, als sähst du dich selbst auf der Landkarte, einer Landkarte ohne Ausweg, als er fortfährt:

«Im Privatgefängnis von General Trujillo, unweit von San Silvestre.»

Aber vielleicht stimmt selbst das nicht.

Liebe Muriel. Ich habe so sehr auf Nachricht von Dir gewartet, daß ich mich nun entschlossen habe, sie selbst herbeizuführen. Einerseits weil ich natürlich gerne wissen will, wie es um Dich steht, andererseits weil es in bezug auf Deine Arbeit an der Zeit ist, Dich wie mich auf den neuesten Stand zu bringen. Deinen Aufenthaltsort habe ich dank Deiner Schwester Dorothy aus Salt Lake City ermitteln können, die wie alle Mormonen recht mißtrauisch ist; ich mußte ihr erst die Fotokopien der Belege des Forschungsstipendiums schicken, damit sie meine ‹technischen› Gründe verstand und den persönlichen nicht mißtraute. Zunächst zum Technischen, lassen wir das Persönliche für den Schluß dieses Briefes und, wie ich hoffe, für die Zukunft. Die Holyoke-Stiftung hat mich als Deinen Tutor um Informationen über den aktuellen Stand Deiner Arbeit gebeten und gewisse Zweifel an den bisherigen Resultaten zum Ausdruck gebracht. Deine Zwischenberichte schienen ihnen wohl unbefriedigend, und sie haben versucht, sich über den Fall Galíndez kundig zu machen, bis sie dann entschieden haben, er sei kaum noch von wissenschaftlichem Interesse, und du seist nicht mehr auf dem rechten Weg, würdest methodisch unsauber arbeiten. Wie Du siehst, drücke ich mich unumwunden aus, ebenso unumwunden wie die Prüfer dieser ehrwürdigen Stiftung. Sie haben zwar noch nicht beschlossen, Deinen Antrag auf Verlängerung des Stipendiums, den Du vor drei Monaten eingereicht hast und von dem ich nichts wußte (warum weiß ich so wenig von dem, was Du tust?), abzulehnen, aber sie wollen ihn überprüfen, und ich habe mir die Freiheit genommen, als Anwalt Deiner Interessen zu agieren. Nach Meinung des beratenden Ausschusses der Holyoke war deine Einführung, die den Titel ‹Die Ethik des Widerstands› begründet, vollkommen in Ordnung und überaus vielversprechend, die Konkretisierung auf den Fall Galíndez jedoch absolut uninteressant, und sie wissen auch, daß Galíndez in Spanien und selbst im Baskenland völlig unbekannt ist. Hingegen, ich weiß nicht, welcher Eierkopf für diesen Teil der Beurteilung verantwortlich ist, hielten sie es aus wissenschaftlicher und natürlich stipendiatischer, will sagen, investorischer Sicht für höchst überzeugend, wenn Du als Hauptthema deiner Forschungsarbeit die Ethik des Widerstands, wie sie in der gesellschaftlichen und politischen Moral der dreißiger und vierziger Jahre ausgeprägt war, den postmodernen Philosophen von heute gegenüberstelltest, die gerade die ethische Natur des Widerstands hinterfragen; das betrifft all jene systemkonformen Theorien der italienischen Schule, die als Überdrußreaktion auf die Vergeblichkeit des Terrorismus entstanden sind. So wie die Kritik formuliert war, sah ich, daß Dir, daß uns, denn ich bin ebenfalls involviert, noch eine Hintertür offenstand, die für Dich sogar von großem Vorteil sein könnte. Ich habe mich mit ihnen geprügelt, wie ein Wildwest-Cowboy, der für seine Lady eintritt, und ihnen klar gemacht, daß eine solch unvorhergesehene Wendung Dich in Deinen Nachforschungen weit zurückwerfen und zudem Recherchen an ganz neuen Orten erforderlich machen würde, daß Du beispielsweise die Route New York–Baskenland–Madrid–Santo Domingo aufgeben und statt dessen nach Frankreich und Italien reisen müßtest, wo all die, wie ich hoffe, ehemaligen Propheten auf Dich warten, die die Vergeblichkeit des Kompromisses gepredigt haben. Von Freund zu Freundin und von Professor zu Studentin muß ich Dir gestehen, daß ich diese neue Richtung hochinteressant finde; sie hat mehr Zukunft, verspricht einen brillanteren Abschluß, und für Dich wäre sie zweifellos von Vorteil, wenn Du daran denkst, daß Du eines Tages Dein Vagabundenleben aufgeben und mehr Wert auf Deine wissenschaftliche Laufbahn legen wirst. Das ist aber noch nicht alles. Mit meinem leidenschaftlich vorgetragenen Angriff, der in Wirklichkeit eine Verteidigung war, habe ich nicht nur erreicht, daß sie Dir das Stipendium verlängern, falls Du den Vorschlägen zustimmst, sondern auch, daß die Holyoke zwei weitere Stiftungen, die sich im kulturellen Austausch zwischen USA und Europäischer Gemeinschaft engagieren, in das Projekt einbindet, was eine überaus angemessene, ich würde sogar sagen, großzügige Aufstockung des Stipendiums zur Folge hätte, die Du selbst noch höher treiben könntest, wenn Du Dich ein wenig sperren und auf das «üble Spiel» hinweisen würdest, das man mit Dir treibt. Es würde mir sehr leid tun, wenn ich mich umsonst mit Wort und Tat eingesetzt hätte, denn du weißt, da bin ich mir sicher, daß ich ausschließlich in Deinem und nicht in meinem Interesse gehandelt habe. Ich möchte Dich daher bitten, mit der gleichen Schnelligkeit zu reagieren, wie ich es getan habe, um diese Machenschaften unbeschadet zu überstehen, und mir, sowie parallel dazu der Holyoke-Stiftung, Deine Meinung darüber kundzutun. Doch genug jetzt der akademischen Korrespondenz. Was machst du so? Ich weiß, woher du kommst, doch ich weiß nicht, wohin du gehst, und ich weiß auch nicht, ob Du mir diese primitive Paraphrase verzeihst, aber in letzter Zeit fühle ich mich etwas desolat und ziemlich unter Druck durch die Arbeit und die neuen, wenn auch angenehmen, Pflichten als Ehemann und Vater. Das mit dem Ehemann wußtest Du, das mit dem Vater noch nicht, aber ich weiß ja, daß Dich das nicht kümmert, weil Du nur an die Mütter glaubst. Ich würde all diese Pflichten über Bord werfen, über Bord eines jeden Schiffes hier auf den Meeren vor Neuengland, wenn Du Dich entschließen könntest, herzukommen und wir Gelegenheit hätten, uns über die letzten drei Jahre gegenseitiger Funkstille, die uns trennen, auszutauschen. Ich protegiere Dich aus der Ferne und begnüge mich mit der Erinnerung an Dich, die eine meiner schönsten ist, wenn nicht die schönste. Vielleicht ermöglicht die neue Ausrichtung Deiner Arbeit dieses Wiedersehen, denn unsere Gönner sind bereit, Dir alle Reisen zu finanzieren, die notwendig sind, um auf den neuen Kurs einzuschwenken. Es sind junge, erbarmungslose Inquisitoren, die, bevor sie einen Muskel bewegen, schon genau wissen, was diese Bewegung bewirkt. Aber keine Sorge. Wenn Du kommst, wird der alte Norman an deiner Seite sein und dich verteidigen. Postskriptum: Das mit dem alt ist kein Scherz.»

«Lieber Norman. Ich antworte Dir mit der gewünschten Schnelligkeit und einer nicht gewünschten Empörung, die, das schwöre ich Dir, sich nicht gegen Dich richtet. Ich muß Dich auch nicht darauf hinweisen, daß ähnliche Forschungsarbeiten wie die meine Jahrhunderte gebraucht haben, um zum Abschluß zu gelangen, und das zu weniger schwerwiegenden Themen, wo es nicht um die Geschichte der Vereinigten Staaten von Amerika ging. Wie kann man behaupten, Galíndez sei nicht von Interesse, wenn gerade ein Buch über ihn erschienen ist, von Manuel de Dios Unanúe, zudem noch in New York publiziert, bei einem gewissen Verlag Cupre, in 123–60 83 Avenue, Suite 5 F, Kew Gardens, New York 11415, gedruckt allerdings in der Dominikanischen Republik, weil es da billiger war, nehme ich an? Ich vermute, daß man die Studie von Unanúe ignoriert, aber sie ist die vollständigste Arbeit, die bis heute über den Fall Galíndez vorgelegt worden ist. Gleichwohl bleibt auch hier die Darstellung konfus, wenn es darum geht, daß er ein antikommunistischer Agent des FBI wie der CIA, als auch der Agent der baskischen Nationalisten war. Aus dem Buch von Unanúe ergibt sich, daß der Fall Galíndez sehr wohl noch aktuell ist, ebenso wie die höchst interessanten Zeugenaussagen, die konstruiert wurden, um sein Verschwinden zu ‹erklären›, und damit meine ich sowohl den Porter-Report als auch den unseligen Ernst-Report. Es stimmt, daß man über Galíndez nicht spricht, überraschenderweise nicht einmal in Spanien, nachdem Franco tot ist und demokratische Verhältnisse herrschen, und das paßt wunderbar in so eine Arbeit über die postmoderne Ethik, wie diese Schweine sie von mir verlangen. Entschuldige bitte, daß ich mich von dieser äußerst wohltuenden spanischen Sitte des Fluchens habe anstecken lassen. Aber ist die Tatsache, daß man Galíndez vergißt, nicht eine Folge dieses Bekenntnisses zur Geschichtslosigkeit, das man allenthalben hört und mit dem man Geschichte von moralischen Kategorien befreien will? Im Baskenland ist das Vergessen von Galíndez Ausdruck des Unwohlseins über seine tatsächliche Funktion als Transmissionsriemen für die Gelder, die die PNV vom US-Außenministerium erhalten oder bei nordamerikanischen und lateinamerikanischen Sympathisanten gesammelt hat; und auch über die selbst heute noch unklare Beziehung von Galíndez zu FBI und CIA nach seiner Zeit in Santo Domingo, obwohl mir dieser Teil der Geschichte immer klarer wird, denn Galíndez hat nichts anderes getan, als diszipliniert den Rat Aguirres zu befolgen. Du weißt vielleicht nicht, wer Aguirre ist, aber Du weißt, wer Reagan ist, und Du weißt auch, daß es zum Beispiel undenkbar ist, daß North in Irangate verstrickt war, ohne daß Reagan davon wußte. Oder irre ich mich da? Daß Galíndez diskret übergangen wird, schmälert nicht seine beispielhafte Bedeutung, sondern erhöht sie noch. Warum aber interessiert sich niemand für Galíndez? Hat es in Lateinamerika in jüngster Vergangenheit nicht genügend Fälle von brutalem Staatsterror gegeben, als daß man glauben könnte, Galíndez sei ein Fall für die Archäologie? Ich müßte lügen, wenn ich Dir sagte, ich sähe alles klar vor mir, ich wüßte, wonach ich suche. Dir allein gestehe ich, daß meine Arbeit noch vollkommen offen ist, und ich vielleicht nach einer unmöglichen Antwort suche. Wie hat Galíndez dem Tod ins Auge geschaut, der Tatsache, sterben zu müssen, und wie weit hat ihm das ‹Geschichtsbewußtsein› geholfen, von dem Du uns in Deinen Vorlesungen erzählt hast? Indem ich einem Toten diese Frage stelle, merke ich, daß ich sie mir selbst stelle, der heimatlosen Muriel Colbert ohne Geschichtsbewußtsein, da einem Land angehörig, das sich der Geschichte bemächtigt hat und diese widerrechtliche Aneignung verdrängt. Diese Abnormität ist jedoch kein Thema für eine Dissertation, einen Essay oder einen wissenschaftlichen Artikel, sondern für einen Roman, und das ist keine Arbeit für mich. Fassen wir also zusammen. Ich werde die Wende, um die man mich bittet, um die in bester Absicht auch Du mich bittest, nicht vollziehen. Du sagst den Holyoke-Leuten, sie könnten mich mal, und wenn sie das Stipendium nicht verlängern wollen, dann sollen sie es eben sein lassen. Die Zeugnisse und Zeugenaussagen habe ich bald beisammen, aber ich bin noch weit davon entfernt, die endgültige Arbeit schreiben zu können, das heißt, wenn sie mir das Stipendium nicht verlängern, machen sie mich fertig. Das Risiko nehme ich jedoch auf mich, und Du kannst ihnen sagen, sie sollen die postmoderne Ethik in Italien oder Frankreich von einem Astronauten erforschen lassen. Der einzige negative Aspekt meiner unwiderruflichen Entscheidung ist der, daß sie das Wiedersehen mit Dir auf diesem so poetischen Schiff auf diesem Meer vor Neuengland unmöglich macht und wir eigene Pflichten oder die anderer nicht wie Gespenster verscheuchen können. Meine Zeit in Spanien geht dem Ende zu, und das nicht ohne Ach und Weh, denn ich habe sehr komplizierte, gefühlsmäßig sehr komplizierte Zeiten erlebt. Ich habe nicht geheiratet, und ich habe keine Kinder, aber ich habe eine Liebesbeziehung zu einem, der fast noch ein Kind ist und der in gewisser Weise angesteckt ist von der angepaßten Philosophie dieser Holyoke-Bande. Im Falle meines spanischen Freundes ist es allerdings eine Folge von Geschichtsmüdigkeit nach all der Anormalität und der Wunsch, einmal die Erfahrung zu machen, daß man als Spanier genauso leben kann wie ein Schweizer oder ein Japaner. Vielleicht ist es nur ein vorläufiger Versuch, vielleicht bleibt er aber auf Dauer an diesem kritischen Punkt ohne Wiederkehr, auf den auch Du Dich in Deinen Vorlesungen so oft bezogen hast. Ich bin sicher, Du verstehst mich. Niemand kann meine Haltung besser verstehen als Du, denn Du warst der, der sie geformt, gefestigt und gefördert hat. Darum liebe ich Dich und darum denke ich so oft an Dich, als Bezugspunkt für so viele Dinge. Wenn Du kannst, hilf mir, wenn Du aber nicht kannst, weißt Du, daß ich Dir den Versuch trotzdem danke. Ich füge eine Kopie des Briefes bei, in dem ich, ohne zu fluchen, der Stiftung die Gründe darlege, die mich bewegen, die Forschungsarbeit über die ‹Ethik›, ich wiederhole ‹Ethik›, des Falles Galíndez fortzuführen. Muriel.»

Auf der Plaza Mayor herrscht geschäftiges Treiben, Stände und Buden werden aufgebaut, Weihnachten steht vor der Tür, und vom Balkon zu Ricardos Atelierwohnung kannst du es schon riechen. Dir ist kalt, und du fühlst dich niedergeschlagen, eine Nachwirkung der Heftigkeit deines Briefes, aber du fühlst auch eine wütende Entschlossenheit, eine Opferwut vor dem Altar, den du Jesús Galíndez in deinem Herzen errichtet hast. Du wirst ihn in der Endlosigkeit seines Grabes nicht allein lassen, und du stellst fest, daß sie dich immer schmerzhafter treffen, jene verächtlichen Kommentare, die du auf deiner Pilgerfahrt zu den Schlupfwinkeln der Exilanten zu hören bekommst, die zurückgekehrt sind und ihn gekannt haben; nicht weniger schmerzhaft als die Demutsliturgie zu Ehren der baskischen Heiligen, in dieser altehrwürdigen, betulichen Atmosphäre, wie sie in den gemütlichen Stuben von San Juan de Luz herrscht. Ich kann Ihnen versichern, meine Gute, daß all diese Gerüchte über Galíndez, über seine angebliche Tätigkeit als Informant der nordamerikanischen Geheimdienste, eine Folge der Verunglimpfungskampagne sind, die Trujillo und seine Leute zwischen 1956 und 1958 geführt haben, bis der Entführungsfall ein gerichtliches Ende fand. Ich habe ihn gut gekannt und war über Aguirres Initiativen stets unterrichtet, und die Worte, die Basaldua ihm gewidmet hat, kann ich bestätigen. Galíndez war ein Märtyrer der Freiheit, das ist alles. Ist das nicht mehr als genug, meine Gute? Sie sollten sich das Urteil von Basaldua oder Germán Arciniegas zu Herzen nehmen: «Galíndez ist nicht tot, er lebt und ist lebendiger als je zuvor, denn er lebt weiter im Bewußtsein aller freien Menschen.» Schön und gut, aber das klang dir doch zu sehr nach auswendig gelerntem Lincoln. Es ist das Porträt des sich in Madrid, Santo Domingo und New York aufopfernden Aktivisten Galíndez, spezialisiert auf den Kampf von Basken, Dominikanern und Puertoricanern gegen ihre jeweiligen Unterdrücker, Präsident der Gesellschaft Iberoamerikanischer Schriftsteller und Dichter in New York, Kenner der Geschichte und Rechtsordnung des Baskenlandes, politischer Essayist, heimisch in allen Welten New Yorks, sowohl in den Hinterhöfen Harlems als auch auf den Orchesterbällen der Fifth Avenue. Das Zeugnis all jener, die einmal in sein Wohnbüro, in das mythische Apartment 15 F in der Nummer 30 der Fifth Avenue eingeladen wurden, nur einen Sprung vom Washington Square entfernt und vom schillernden «underground» des Village, vor allem jedoch vom Restaurant Jai Alai des Don Valentín Aguirre, in 82 Bank Street, wo man Cazuelas aß und baskische Seeleute treffen konnte, die in New York an Land gegangen waren, wie jener Kapitän Fresnedo, der aussah wie ein Haudegen à la Hollywood, und der so gut wie ganz allein versucht hatte, Santo Domingo einzunehmen, begleitet nur von einer Handvoll Draufgänger, wie Ricardo sagen würde. Fidel Fresnedo ist tot, hatte Galíndez geschrieben. Er ist ganz unerwartet gestorben, fast zur gleichen Stunde wie sein Sohn in einem Internat im fernen Baskenland. Als exilierter Baske hatte er Venezuela zu seinem neuen Vaterland erkoren und ihm bis zum Tode treu gedient; sein Sohn war geborener Venezolaner und starb im Baskenland, in das sein Vater nicht zurückkehren konnte. Auch ein Zeichen von etwas sehr Tiefem, von dem engen Band, das uns Emigranten mit den Ländern verbunden hat, die uns aufgenommen haben, und zugleich ein Zeichen von der unvergänglichen Bindung an das Land unserer Träume. Nein, Fresnedo war nicht politisch. Ich weiß nicht, ob er überhaupt jemals Mitglied in einer Partei gewesen ist. Er war einer von vielen Basken, die 1936 für die Freiheit ihrer Heimat gekämpft haben und hinterher in alle Himmelsrichtungen über die Welt verstreut worden sind. Der Kapitän der *Mar de Biskaya* durchpflügte die Karibik unter der venezolanischen Flagge Bolívars, ein aufstrebender Biskayer. Eine mit Goldtressen besetzte Offiziersmütze war das Zeichen seines Aufsteigs, aber in New York, der großen Kreuzung aller Wege, trug er stets Zivil, wenn er sich auf ein Plauderstündchen im Jai Alai niederließ. Die Jahre gehen dahin, und die Ausfälle lichten unsere Reihen, aber ich weiß nicht, es gibt Tote, die sind auf unseren Treffen immer noch dabei. Ich würde mich gar nicht wundern, wenn ich das nächste Mal ins Jai Alai gehe und dort den alten Don Valentín Aguirre und Kapitän Fresnedo in ihrer Ecke sitzen sehe. Ich weiß ja nicht einmal, ob ich selbst nicht längst tot bin und in einer Scheinwelt unerfüllter Träume lebe. Seit zwanzig Jahren besteht unser Leben aus nichts anderem als aus Träumen und Sehnsucht. Sie fragen mich nach Galíndez, meine Gute? Nein. In Spanien hatte ich keinen Kontakt zu ihm, obwohl ich den Kreis um Sánchez Román kannte, der im republikanischen Spanien eine juristische Koryphäe war, vergleichbar mit einem Jiménez de Asúa. Und auch später im südamerikanischen Exil haben wir uns nicht getroffen, erst in New York, als wir längst erwachsen waren. Er bewegte sich in baskischen und mittelamerikanischen Kreisen, tat immer sehr geheimnisvoll, sprach fast nur flüsternd, spielte gerne mit verdeckten Karten, und, um ehrlich zu sein, wir Spanier haben ihn nie sehr ernst genommen. Wir sahen ihn in der UNO ein und aus gehen, in Emigrantenkreisen, und immer verbissen gegen Franco, genauso verbissen wie der berühmte Hauptmann Gustavo Durán. Aber Gustavo war ein anderer Fall. Er besaß mehr Klasse. Er war ein ausgeglichener Mann, während Galíndez bei den Spaniern, zumindest in meinen Kreisen, das waren hauptsächlich Lehrer, als . . . als Rastelbinder galt, genau, das ist das Wort, Rastelbinder. Und du hast dir das große Wörterbuch der Synonyme geholt und nachgeschlagen, was Rastelbinder alles heißen kann: v. ital. rastello, lat. rastellus = kleine Hacke, Vkl. von Raster: (als Untersetzer o. ä. dienendes) Geflecht, Gitter aus Draht, a) Siebmacher, b) Kesselflicker; (svw.: Leichtfuß, Schlawiner, Schwindelhuber, Gauner, Betrüger, Achselträger, Wetterfahne, Laumann, Dünnmann, Lügner, Heuchler, Gleisner, Tartüff, Hochstapler, Erpresser, Gesinnungsschnüffler, Schleicher, Angeber, Denunziant, Zwischenträger, Spion, Spitzel, Abtrünniger, Renegat, Apostat, Feigling, Lump, Schuft, Schurke). Ein Rastelbinder. Tatsache ist, daß wir ihn nicht ernst genommen haben und er das offenbar nie bemerkt hat. Ich bin für gewöhnlich sehr wählerisch in meinem Umgang und habe nie großen Wert darauf gelegt, ihn kennenzulernen, es kam erst dazu, als wir uns bei Margarita Ucelay de Da Cal mit all den anderen spanischen Lehrern und Dozenten, die in New

York lebten, getroffen haben, ich erinnere mich noch an Emilio Gonzáles López und Dr. Negrín, den Sohn von Negrín. Die anderen schienen ihn amüsant zu finden, aber ernst genommen haben sie ihn wohl auch nicht. Von einem, der sich mit etwas brüstet, das er gar nicht hat, hieß es früher, ihm gehört viel Land in Havanna, das heißt, da, wo es niemand nachprüfen kann. Galíndez hatte viel Land in Euzkadi und spann immerzu sinnlose Intrigen und schlug Schlachten ohne Pulver und Blei. Finden Sie, daß ich hart bin? Er ist berühmt dafür, es zu sein, dieser Schriftsteller, der so lange im Exil gelebt hat und jetzt einer der wenigen Autoren ist, die nach der Rückkehr nach Spanien von den Intellektuellen ihres Landes anerkannt worden sind, und er nimmt diesen Ruhm mit einer gewissen Ironie, hat sogar ein bißchen das Gesicht eines ironischen Falken. Francisco Ayala. Er empfängt dich in einer klassischen Madrider Wohlstandswohnung aus der Vorkriegszeit, breite Holztreppen bis zu einer Tür aus edlem Holz, große, lichte Räume. Vielleicht González López, wenn er noch lebt, ich glaube, er lebt noch, ist aber schon sehr alt, er könnte Ihnen von größerem Nutzen sein als ich. Er hat immer gerne mit Galíndez politisiert; mir hat so etwas nicht gelegen, ich habe es stets vorgezogen, politische Ansichten zu haben, aber... politisieren! Sie haben schon in New York mit González López gesprochen? Klar, liegt ja nahe. Die Begegnung mit González López hatte Carmen Nogués vom Spanischen Haus dir verschafft, und vor dir stand ein von seiner Altersweisheit eingenommener alter Mann. In seinem Kopf trug er die Geschichte der Republik, die seine eigene Geschichte war, und in ihr war Galíndez, ebenso wie er selbst, ein Überbleibsel jener Tragödie. An Galíndez schätzte er die Aktionsbereitschaft, die von den übrigen Spaniern in New York belächelt wurde, und er versicherte dir, sein ganzes Tun ernstgenommen zu haben, auch die Drohungen Trujillos. FBI? CIA? Don Emilio blickt dich zögernd an. Die haben doch bei uns allen angeklopft. Was hinterher geschah, war allerdings Sache des einzelnen. Und deine Gedanken oder Hintergedanken konnten ihm ebensowenig entgehen wie die Paella, die er sich in den Mund schaufelte, als empfange er das Plasma des fernen Spanien. Er ist sehr alt, aber er gehört sicher zu denen, die nicht überrascht waren, als Galíndez verschwand; es bewies doch, daß einiges von dem, was er uns erzählte, wahr sein mußte. Nun, mir hat er nicht allzuviel erzählt.

Ich habe seine Nähe, ehrlich gesagt, nicht gesucht. Manchmal kann man sich seinen Umgang ja aussuchen. Vicente Lloréns hat ihn auch gekannt, ich glaube in Santo Domingo, und hat etwas über «den Basken» geschrieben. Wir haben ihn «den Basken» genannt, und er hatte diesen Namen verdient, weil er ein richtiger Berufsbaske war und das, obwohl er nicht einmal Baske im eigentlichen Sinne war. Alles was mit Nationalismus zu tun hat, macht mich nervös, und Nationalisten erinnern mich immer an Hitler und Perón. Man braucht einen etwas simplen Charakter, um Nationalist zu sein. Ich habe zwei schreckliche Nationalismen entstehen sehen, von denen der eine kriminell und der andere leichtfertig war. Als ich in Berlin war, baten uns einige befreundete Ehepaare, unsere Gedanken nicht laut zu äußern, da sie ihren eigenen Kindern nicht trauten. Das war der heranwachsende Nazismus. In den dreißiger Jahren. Ein heranwachsender Nazismus, der sogar die Eltern der Nazis entsetzte, falls sie nicht ebenso herzlos waren wie ihre Kinder. Einmal hinderten mich junge Nazis daran, einen Vortrag zu halten, und der Grund dafür war, daß ich in *El Sol* einen Artikel gegen den «Anschluß» geschrieben hatte, um den Ortega y Gasset mich gebeten hatte. Selbst darüber wußten sie Bescheid. Der andere Nationalismus war der argentinische, der von Perón. Das war reine Unbesonnenheit. Der italienische Nationalismus war grotesk, der von Hitler unmenschlich, und der argentinische war einfach dumm. Perón lud einmal Francos Außenminister nach Argentinien ein und ließ für ihn eine riesige Menge dieser abgerissenen Peronisten aufmarschieren. Ich ging mit einem Freund hin, um mir das Spektakel anzusehen. Es waren die gleichen Massen wie immer, laut und ordinär, die den Rasen, auf dem sie lagerten, auf dem sie sich vollstopften und wieder entleerten, in wenigen Stunden zuschanden gemacht hatten. Und Sie wissen ja, die Welt ist ein Dorf. Francos Minister war ein früherer Studienkommilitone von mir, Martín Artajo, der so entsetzt über die Meute war, daß er sich zu der Bemerkung hinreißen ließ: «In Spanien haben wir uns erhoben, damit man Leute wie diese nicht mehr auf den Straßen sieht.» Im Grunde war der Peronismus, ebenso wie der Franquismus, keine Sache des kleinen Mannes, sondern des Militärs, und die Massen der «Peronisten» dienten nur als Alibi. Jeder Nationalismus reimt sich aber auf Irrationalismus, und hat seinen Ursprung im Niedergang des deutschen Idealismus im 19. Jahrhundert. Galíndez? Er befand sich in der Anfangsphase. Für ihn war das eine Erfindung voller Poesie und Theorie; aber wenn er es erreicht hätte, seinen Nationalismus in seinem Euzkadi zu errichten, dann hätte es geendet, wie es immer endet: mit Volk und Vaterland, mit Märschen und Massen, die pinkeln und kacken, wo sie gerade sitzen oder stehen. Ich hatte in Wahrheit wenig mit ihm zu tun, da ich damals noch nicht in New York wohnte und bei den spanischen Kollegen, die in verschiedenen Schulen lehrten, immer nur zu Besuch war. Sind Sie aus New York? Nein. So gut wie niemand ist in New York geboren. Das ist ähnlich wie mit Madrid. Wer ist schon in Madrid geboren? Ich weiß noch, daß mein erster Eindruck von New York, als ich sagen konnte, ich kenne die Stadt, mich an den Tod denken ließ. An den Tod? An den Tod. Wenn man zu schlafender Stunde durch die Stadt spaziert, werden Entfernungen irreal und man bewegt sich vor fernen, doch verschlossenen Horizonten des Todes. Und von überallher dringen Masken auf dich ein, vermummte Menschen, tot vielleicht und seelenlos. Ich erinnere mich an einen Tag, an dem ich über den Campus der Columbia-Universität schlenderte, mich an den blühenden Blumenbeeten erfreute und plötzlich von einem Kreis Neugieriger angezogen wurde, die etwas betrachteten, das auf der Erde lag. Ich näherte mich, und es war ein schlechter Tag, denn ich sah nun, was alle sahen: ein auf dem Asphalt aufgeschlagenes Mädchen. Tot. Sie hatte sich aus einem Fenster gestürzt. Und das war kein Einzelfall, denn wenn Sie Lorcas *Dichter in New York* lesen, spüren Sie auch diesen Todeshauch. Merkwürdig, daß Sie den Tod mit New York in Zusammenhang bringen. Haben Sie Mendoza gelesen, Eduardo Mendoza? Ich habe von ihm gehört. Er verbindet das Bild des Todes ebenfalls mit New York. Vielleicht handelt es sich um eine surrealistische Gedankenverbindung, Señorita, denn New York ist wie eine ungeheuere Dekoration, die lebendig ist, lebendig wie ein Ameisenhaufen, unten in den Straßen jedenfalls, doch schaut man nach oben, stößt man auf eine Stadt voll von zwielichtigen Nischen. Mendoza beschreibt einen Toten in New York als ein verschnürtes Totenbündel; jemand, der bei einem Streit in einer irischen Kneipe getötet wurde, in eine Zeltbahn gewickelt und mit Riemen zusammengebunden, am Jackson Square, im Hintergrund protestierende Bürger, die gegen die Errichtung eines Hamburger-Restaurants auf die Straße gegangen sind. Eine Protestdemonstration gegen ein Hamburger-Restaurant in New York? Zu meiner Zeit wäre das undenkbar gewesen. *No McDonald's in this neighborhood.* Auch der Wind, vor allem der kalte Wind, läßt Todesahnung aufkommen, und Manhattan steht allen Winden weit offen. Galíndez hatte manchmal das Gefühl, New York sei sein Gethsemane. Niemand versteht mich in diesem Babylon. Ich teile Ihre Begeisterung für diesen Menschen nicht, Señorita, obwohl ich das Vermächtnis seines Todes in Ehren halte. Denken Sie nur mal über diesen Vergleich New York – Babylon nach. Klingt Ihnen das nicht nach biederer pfäffischer Predigt? Babylon oder die Stadt der Sünde. Ich interpretiere sie als eine Stadt der Fremdheit, in der du dir der eigenen Identität unmöglich sicher sein konntest. Vielleicht. Er setzte sich die Baskenmütze auf und begleitete dich hinaus auf die Straße, wo er dich zu einem Kaffee einlud, den er dir in seiner Wohnbibliothek nicht anbieten konnte. Ich bin immer noch nicht ganz eingerichtet, weil ich immer mal wieder über den Teich fahre, um da ein paar Vorlesungen zu halten, kurz nur, und dann zurückkehre, voller Angst, man könne mir mein Plätzchen genommen haben. Wir Exilanten leben ja mit dem Komplex, kein Mensch hielte uns den Platz frei, wenn wir einmal weggehen, und wir irren uns nicht. Er geht neben dir mit dem stolzen Blick eines Falken, dem die Augen gealtert sind, aber nicht der Blick, und er nennt dir Namen von Leuten, die dir bei deiner Suche hilfreicher sein werden, als er es sein kann: Malagón, Vela Zanetti, Granell, Serrano Poncela, ach, was sage ich, Serrano ist ja tot, genau wie Vicente Lloréns. Von meinen Exilgefährten sind so viele tot, daß ich mich manchmal frage: Lebst du noch, Paco, oder liest du dich bloß?

«Gora Euzkadi Azkatuta!»

Ricardo steht der Spott im Gesicht geschrieben, und er ruft noch einmal «Gora Euzkadi Azkatuta», als er von hinten an dich herantritt, dir die Augen zuhält und dann seine Hände an dir herabgleiten läßt, um sie auf deine Brüste zu legen.

«Du bist wirklich ein Rastelbinder.»

«Ein was?»

«Ein Rastelbinder.»

«Klingt übel, aber ich weiß nicht, was das Wort bedeutet.»

«Leichtfuß, Schlawiner, Zigeuner, Laumann.»

«Und du bist eine arrogante Ziege.»
«Schuft, Lump.»
«Dämliche Kuh.»
«Ich zähle dir nur die Synonyme von Rastelbinder auf. Heute habe ich gelernt, wie viele Bedeutungen dieses Wort haben kann, und dir hätte das ganz besonders gefallen, da man sie auf deinen geliebten Galíndez angewendet hat.»
«Welcher geniale Geist war das, der Galíndez als Rastelbinder bezeichnet hat?»
«Don Francisco Ayala.»
«Kinder und alte Leute sagen immer die Wahrheit. Und die andere Lehrerin aus New York, was war mit der?»
Die Welt des Don Francisco Ayala ist eine Ecke am Prado in Madrid, mit vornehmen Straßen, die zum Kongreßgebäude führen und Zeit, Erinnerung, versteinertes Leben, sogar Schwermut in sich bergen. Margarita Ucelay hingegen schaut aus dem Turmfenster einer Dachwohnung auf Rosales herab, als hätte sie in Madrid ein Penthouse der Sixth Avenue mit Blick auf den Central Park gefunden, obgleich ihr Rosales sich jederzeit in einen Campus ohne Grenzen verwandeln kann, unter Goyahimmeln, die im übrigen nicht von Goya, sondern von Bayeu, Goyas Schwager, gemalt worden sind. Von ihrem Türmchen her schaut sie dich seltsam vergnügt an, als zweifle sie an der Realität ihrer Existenz. Sie hält sich auch nicht für besonders berufen, um über Galíndez zu sprechen, obwohl sie ihn gekannt hat, in New York, wo er oft bei ihr zu Gast war. Weder groß noch klein. Weder dumm noch gescheit. Er benahm sich, wie ein Baske sich benimmt, wie so einer, den man früher als nordischen Lümmel bezeichnete. Doch war er kein Maulheld. Im Gegenteil. Er konnte sehr sanft sein in seinen Gesten und seiner Sprache, obwohl er meistens recht laut sprach, mit dieser hohen Stimme der Basken, die einen Brustkorb aus Zement zu haben scheinen. Nein. Mit Frauen habe ich ihn nie gesehen, ich meine, nicht in diesem Sinne, obwohl er in dem Ruf stand, ein Schürzenjäger zu sein. Evelyn. Sie war eine Studentin von ihm, ja, wir haben sie kennengelernt, ein bezauberndes Mädchen. Ehrlich gesagt haben wir Galíndez nie sehr ernst genommen, da stimme ich mit dem überein, was Ayala Ihnen gesagt hat. Er ließ immer gern durchblicken, daß er bei allem seine Hände im Spiel hätte, daß ihm nichts entginge, daß in New York

nichts geschehen und keiner einen Schritt tun könnte, ohne daß er davon erfuhr. Und Baske war er, so sehr Baske, daß es schon zum Lachen reizte. Er hatte diese schlichte und unschuldige Art eines Nationalisten und legte manchmal einen Exhibitionismus an den Tag wie ein Kind. Er prahlte gern damit, bei allen möglichen Streiks dabeizusein, bei Demonstrationen gegen dieses und jenes, und wenn irgendwo etwas nach Trujillo oder Franco roch, ging er gleich auf die Barrikaden. Er erzählte auch immer Geschichten von Drohungen und Verfolgungen, aber kein Mensch glaubte ihm so recht. Als das Gerücht umging, er sei entführt worden, dachten nicht wenige, Galíndez wolle sich nur interessant machen, sich ins Gespräch bringen, und als sich dann unglücklicherweise herausstellte, daß er tatsächlich entführt worden war und wir ihn nie wiedersehen würden, da haben wir vielleicht erst gemerkt, daß wir ihn zwar immer etwas belächelt haben, aber auch eine gewisse Zärtlichkeit für ihn empfanden. Er glaubte zu sehr an das, was er sagte, und setzte sich für seine Sache ein, während wir anderen alle schon müde und desillusioniert waren. Ein Aktivist? Ja, wahrscheinlich war er das, ein Aktivist. Er war sehr liebevoll und hat immer gern mit den Kleinen gespielt, mit unseren Kindern. Das stimmt. Er war sehr geduldig mit Kindern, aber das ist ja oft so bei ledigen Männern, wenn sie zu Besuch kommen und sich beim Gastgeber beliebt machen wollen, indem sie die Kinder loben, den Hund, die Katze, die Bibliothek, den Wein, und bei Galíndez mußte man insgeheim unwillkürlich lächeln, ein bißchen auch aus Mitleid. Wie über Peter Sellers in *Der Partyschreck*? Zum Glück hat sie *Der Partyschreck* nicht gesehen, weil ihr sonst vielleicht das ganze Ausmaß deiner Erbitterung aufgegangen wäre, ob dieses zweiten abfälligen Urteils über Galíndez, das du dir an einem Tag anhören mußt, von zwei Landsleuten gewissermaßen, Landsleuten des großen Vaterlands Exil, die ähnlichen Kulturen angehören, sich jedoch unterscheiden in ihrem Elan und der Fähigkeit, Entfernungen zu bewältigen. Galíndez war ein Agitator, und sie wollten sich nicht aufrütteln lassen. Der spanische Bürgerkrieg hatte ihren Vorrat an Leidenschaft und Niederlagen aufgezehrt. So wie Jesús ständig in New York und in ganz Amerika unterwegs war, sagten wir uns, daß offenbar jeder seine eigene Art hat, die Zeit herumzubringen. Er kümmerte sich vor allem um dominikanische und puertoricanische Belange, man sah ihn häufig mit

Puertoricanern zusammen, auch als ihnen nach dem Attentat auf Truman in Blair House niemand mehr über den Weg traute. Wir verstanden nicht, wie Galíndez gute Beziehungen zu den US-Behörden unterhalten konnte – zumindest prahlte er immer damit – und zugleich mit Puertoricanern befreundet war, die der Unabhängigkeitsbewegung angehörten, wie Isabel Cuchi y Coll, die die Kampagne für die Freilassung der Truman-Attentäter initiiert hatte, besonders im Falle des zum Tode verurteilten Oscar Collazo. Jesús erzählte uns von seinen Kontakten, von seinen Beziehungen zu Figueres, dem Präsidenten von Costa Rica, zu Betancourt oder Muñoz Marín, und wir lächelten darüber. Nein. Ich glaube nicht, daß er unsere Ironie bemerkt hat. Er gehörte zu denen, die niemals auch nur im geringsten die Möglichkeit in Betracht zogen, jemand könne sich über ihn lustig machen. Er war ein fröhlicher Mensch, aber ihm fehlte der Sinn für Ironie. Das sind ja zwei verschiedene Dinge. Er war unglaublich fröhlich, obschon es nicht schien, daß er sehr viel Grund dazu hatte. Wir übrigen hatten uns ein Leben im Kreis der Familie eingerichtet und hielten Verbindung zu den Angehörigen, die in Spanien geblieben waren. Galíndez hingegen war ein Einzelgänger und stand sich wohl auch nicht sehr gut mit seiner Familie in der Heimat, sein Vater verstand das leidenschaftliche Baskentum seines Sohnes nicht, und sein Stiefbruder war Falangist, zumindest beinahe. Ich weiß noch, wie Jesús sich aufgeregt hat, als sein Bruder ihn in New York besuchte. Sie gerieten politisch ziemlich hart aneinander, obwohl er ihn zu rechtfertigen suchte, der Junge plappert nur nach, was er hört, der Franquismus vergiftet das ganze Volk. Hinterher sah sein Bruder die Dinge anders. Klar. Logisch. Er lebte auch recht bescheiden. Während der ersten Jahre in New York schrieb er Artikel und Erzählungen, die er zu Wettbewerben in ganz Lateinamerika schickte, arbeitete als «ghostwriter» an einem Buch, das Aguirre damals schrieb. Der *lehendakari* verschaffte ihm auch einen untergeordneten Posten im Baskischen Studienzentrum der Columbia-Universität. Seine Lage stabilisierte sich dann langsam, und als Aguirre nach Europa abreiste, konnte er seine Stelle besetzen.

«Soll ich Abendessen machen, oder gehen wir aus?»

Ricardos Stimme reißt dich beim Stöbern in Aufzeichnungen und Erinnerungen aus deinen Gedanken, die vorher schon immer wieder unterbrochen worden waren durch die Stimmen vom Tonband. Du bist müde und nervös, genauer: bestürzt und beleidigt, und auf der Suche nach der Ursache dafür stößt du auf Normans Brief, und schon fällt dir wieder ein, wie Bestürzung und Zorn aus dir herausbrachen, kaum daß du ihn gelesen hattest.

«Ich habe dich gefragt, ob ich was kochen soll, oder ob wir ausgehen.»

«Mach, was du willst.»

«Okay, okay, Süße, du bist schlecht gelaunt, das sieht man schon an der Art, wie du sitzt.»

«Wie sitze ich denn?»

«Angespannt. Mit dem Hintern auf der Stuhlkante. Also hör zu, Süße, ich mache es mir jetzt bequem und entstaube erst mal mein Hirn von dem ganzen Blödsinn, mit dem ich mich heute befassen mußte. Ich hau mich aufs Sofa, Schuhe aus, dazu ein Sting-Video und ein kleiner Whisky, und dann warte ich, bis die Dame wieder bei Stimmung ist und sich zu einer Entscheidung durchringen kann. Oder ich mach mir ein schönes heißes Bad mit Badesalzen und halte ein Schläfchen in der Wanne. Wenn du mich schnarchen hörst, schau ab und zu rein, damit ich nicht ertrinke.»

Dir tut es leid, so schroff gewesen zu sein, und er bittet dich indirekt, zu ihm zu kommen, indem er klagt, wie heiß das Wasser ist, und er spricht wie ein ängstliches Kind und versucht so, diesen Korridor aus Eis zu brechen, der euch verbindet und euch trennt. Er sitzt bis zum Hals im Wasser, seine spitzbübischen Augen erwarten dich, und als du neben der Badewanne niederkniest, kommen seine Arme wie Tentakeln aus dem Wasser, um dich zu umschlingen und zu einem Kuß heranzuziehen, der nach Salzen mit Veilchenaroma und nach Badedas schmeckt.

«Kommst du zu mir in die Wanne, Süße?»

«Ich habe meine Tage.»

«Schon wieder? Ihr Frauen habt immer eure Tage.»

Er stößt dich nicht zurück, aber seine Arme sinken herab, und du kannst vor dem Spiegel wieder du selbst sein, dein Haar richten, dir den feuchten Schaum abtrocknen und versuchen, du weißt nicht was zu sein, nur wieder irgendwas und irgendwer zu sein, der oder das du nicht bist.

«Ricardo.»

«Was.»

«Laß uns essen gehen.»

«Gut.»

Es dauert eine Weile, bis du die anstehenden Bewegungen koordiniert hast. Du bist nicht mehr die Fährtensucherin auf der Spur von Kalligraphien und Stimmen, Stimmen von heute und Stimmen eines unverständlichen Wirrwarrs, aus dem der Name Galíndez in allen nur denkbaren Tönen erklingt, und du bist auch nicht mehr die mitfühlende Geliebte, die zu geben versucht, was sie nicht besitzt, eine Zärtlichkeit, die du nur als Möglichkeit oder Mitleid empfindest, obgleich du eine Träumerin bist, Muriel, eine unverbesserliche Träumerin, wenn du glaubst, ihm mehr als nur Sex zu geben und die Exotik der Beziehung zu einer reifen Frau. Norman hatte zu dir die gleiche Beziehung, wie du zu Ricardo, zu diesem Jungen, der nach dem heißen Bad mit neuen Kräften vor dir steht, als sei nichts geschehen, als sei ihm nichts geschehen. Vielleicht war genau das der Punkt. Ihm war noch nie etwas geschehen. Alles war schon vorbei, als er geboren wurde oder als er erwachsen wurde. Und mit den Kräften ist der Entschluß wieder da, mit dir auszugehen, wie du es ihm vorgeschlagen hast, um der Wohnung, diesem geschlossenen Käfig, zu entfliehen, in der ihr nur aneinandergeraten und übereinander herfallen könntet, in dieser Nacht ohne den Ausweg, die Aggression in Sex umzuwandeln. Du ziehst dir biedere Sachen an, so biedere, daß man dich für Ricardos Tante halten könnte, und du ziehst sie wieder aus, ziehst dich um und noch einmal um, und er schaut dir belustigt zu.

«Was ist mit dir los, Muriel? Hat dich der Veitstanz erwischt? Man könnte glauben, du hättest Ameisen in der Hose.»

Und du ergibst dich dieser Frau, die dir mit geröteten Wangen und arrogantem Blick aus dem Spiegel in der Kleiderschranktür heraus dein Alter nennt. Fünfunddreißig Jahre, Muriel. Die Hälfte des Weges.

«Piekfein oder anthropologische Küche?»

«Was verstehst du unter piekfein oder anthropologische Küche?»

«Nun, El Amparo, das Zalacaín oder Horcher sind piekfein, und von der Casa Ciriaco bis zum hinterletzten Stehimbiß im unendlichen Madrid ist alles anthropologische Küche.»

«Casa Ciriaco ist gleich um die Ecke.»

«Wenn wir gleich um die Ecke gehen wollen, können wir auch gleich zu Hause bleiben.»

«Wäre es nicht einfacher, du sagst klar heraus, wohin du möchtest?»

Er ist gekränkt, weil du sein Spiel durchschaut hast, und er flucht leise vor sich hin, und du glaubst immer, er berechne alles, mache dich zu seinen Werkzeug. Wer macht wen zu wessen Werkzeug? Wer wollte denn heute Abend ausgehen?

«Also gut, gehen wir ins La Ancha, denn dorthin zieht es dich ja wohl, dann haben wir unseren Abend gerettet.»

«Du Neunmalkluge. Heute will ich aber nicht ins La Ancha.»

Ihr tretet auf den Platz hinaus, der dich wie den zerbrechlichen Inhalt eines Pakets einhüllt, der dich stets aufs neue daran erinnert, daß du in Madrid bist, in Spanien, und der für Ricardo schon selbstverständlich ist, eine Szenerie ohne Bedeutung und Notwendigkeit. Du gehst gerade verhalten genug, um das Gefühl dieses Platzes in dich aufzunehmen, ohne den raschen Schritt Ricardos zu beeinträchtigen, der vom Hunger oder von einem Übermaß zusätzlicher Entbehrungen vorwärtsgetrieben wird. Als ihr die Hauptstraße erreicht, bleibt er stehen, kreuzt in Erwartung deiner Entscheidung die Arme vor der Brust, und du rufst ein Taxi und verkündest, kaum daß die Wagentür hinter euch zugefallen ist:

«Ins La Ancha, Príncipe de Vergara, Nummer 264.»

«Das hast du gesagt, und ich hab keinen Ton von mir gegeben, das möchte ich klarstellen.»

«Wie will mein Bärchen denn die Nacht überstehen, wenn es keine Tortilla mit Kutteln in sich hineinschaufeln kann?»

«Man merkt, daß du Feinschmeckerin bist.»

«Und hinterdrein noch zwei Pfund Speckbohnen in Schweineschmalz.»

«Schon gut, schon gut, du bist ja heute so scharfzüngig, daß man sich an dir schneidet.»

Er ist es, der sich bemüht, euer Schweigen aufzutauen, als ihr eure Plätze einnehmt. Die Bedienung begrüßt euch, man kennt euch hier, als hättet ihr ein Lokalabonnement. Ricardo winkt zu den anderen Tischen hinüber, an denen Arbeitskollegen oder Parteifreunde sitzen, was in seinem Fall dasselbe ist. Er denkt sich, daß es zwei Arten gibt, das Essen anzugehen, und die schlechtere wäre, die

Verkrampfung aufs Kauen zu übertragen, anstatt die Tortilla mit Kutteln, die er sich bestellt hat, auf der Zunge zergehen zu lassen. Er schildert dir die Widrigkeiten seines Tages und macht diese für die unmittelbaren Verständigungsschwierigkeiten zwischen euch verantwortlich und schlägt dir vor, das gleiche zu tun. Und du tust es. Du schuldest es ihm.

«Ja, ich habe einen schlechten Tag gehabt, Scheiße.»

«So gefällst du mir schon besser, Muriel. Einmal von Herzen geflucht erleichtert die Seele.»

«Heute habe ich mit zwei spanischen Professoren gesprochen, die im Exil gelebt haben, und mußte feststellen, daß sie Galíndez nie ernst genommen haben.»

«Den Rastelbinder.»

«Ja, den Rastelbinder.»

«Wenn sie beide der gleichen Meinung sind, liegt es vielleicht daran, daß er nicht ernst zu nehmen war.»

«Nein. Ich glaube eher, daß die beiden eine Art Sippenverhalten an den Tag gelegt haben. Als sie Galíndez kennenlernen, haben sie mit ihm nichts anderes gemein als den Exilantenstatus. Galíndez war baskischer Nationalist, sie nicht. Galíndez war ein lediger Einzelgänger, während sie sich mit ihren Familien eingerichtet hatten. Galíndez bleibt weiterhin Aktivist, und was für einer, während den Lehrern, Dozenten und Professoren die Politik im Grunde zuwider ist und sie sie lieber historisieren und als Material für Bestandsaufnahmen, theoretische Betrachtungen oder Forschungsarbeiten benutzen. Galíndez macht sich schmutzig, tausendmal, jeden Tag. Sie nicht. Und da stoße ich wieder auf die Rashomon-Parabel.»

«Auf was für eine Parabel?»

«Es ist eine Parabel aus einem Film, die zwar nicht immer und überall zutreffend ist, die Norman aber oft benutzte und mir im Gedächtnis geblieben ist. So alt bin ich nämlich noch nicht, daß ich mich an einen Film von 1950 erinnern könnte. In dem Film wird ein Ereignis aus der Sicht verschiedener Zeugen geschildert, und es bleibt dem Zuschauer überlassen, einer dieser Versionen zu glauben oder aus den Bestandteilen der unterschiedlichen Versionen seine eigene Wahrheit zu bilden. So geht es mir mit Galíndez. Die Kontakte, die mir der Verleger Santolaya im Baskenland verschafft hat, vermittelten ein mythisiertes Bild von Galíndez. Er wurde mythisiert, aber auch verdächtig totgeschwiegen. Der New Yorker Kreis teilt sich in Bewunderer und Kritiker, Leute, die ihn nicht direkt kritisierten, wie Ayala und Ucelay, die nur ihr Erstaunen darüber zum Ausdruck bringen, daß Galíndez offenbar doch nicht der Spinner war, für den sie ihn gehalten haben. Um ihnen das beizubringen, mußte er allerdings erst sterben.»

«Vielleicht ist sein Tod auch nur Spinnerei gewesen.»

«Er ist aber tatsächlich entführt, tatsächlich gefoltert, tatsächlich ermordet worden.»

«Ich meine nur, vielleicht hatte er es darauf angelegt, um der Persönlichkeit zu entsprechen, die er sein wollte.»

«Darum hat er auch das Geld abgelehnt, das man ihm bot, damit er sein Buch nicht veröffentlicht?»

«Zum Beispiel.»

«Und später die Folter?»

«Was weißt du, was er unter der Folter gesagt oder gedacht hat?»

Er läßt dich mit vollem Mund erstarren und ergreift die Gelegenheit, um sein eigenes Thema ins Gespräch zu bringen. «Mal ehrlich, Süße, was tätest du, wenn so ein Punk, der wie eine schnatternde Tunte daherkommt, dich in deinem Büro überfällt und dir erzählt, er täte dir einen Gefallen, nämlich den, dich in deinem Büro zu überfallen. Nicht daß mir das zum erstenmal passiert, aber so was passiert nicht alle Tage. Ich weiß, wovon ich rede. Jedenfalls kommt dieser José Souvejón zu mir, so einer von diesen Avantgarderegisseuren, die nur schrilles Zeug inszenieren, Perverse, die sich auf der Bühne wälzen, und Weiber, die dazu bellen und so was, und der hat die Stirn, mich um eine halbe Million für sein neuestes Stück anzugehen, und hat angeblich Kontakte zu den Festspielen von Avignon, wo das Stück aufgeführt werden soll, und zu irgendeiner italienischen Firma, die Berlusconi gehören soll und die das Ganze auf Video mitschneiden will. Ich mache meine Recherchen, und dabei stellt sich heraus, die einzige Verbindung, die er zu den Festspielen in Avignon hat, die er sich wirklich warmhält, ist die zu einer der unteren Chargen bei der Festspielleitung, mit der er eine sadomasochistische Beziehung führt. Und das mit dem Video, na ja, in der gleichen Richtung. Dann lese ich mir das Stück durch, was soll ich sagen, das übliche Zeug, um die kahlen Köpfe kahlköpfiger Jungkritiker qualmen zu lassen, mehr nicht, aber wenn du so einen Mist einfach in den Papierkorb wirfst, hast du gleich die ganze Movida-Meute auf dem Hals. Zu Tiernos Zeiten war man nicht so knauserig. Unglaublich, daß ausgerechnet ihr Sozialisten so fett auf den Geldsäcken sitzt. Ich frage also die graue Eminenz, den Staatssekretär, und, jawohl, der Souvejón, klar, hunderttausend, entweder du greifst zu oder du läßt es, und Souvejón greift sich einen Briefbeschwerer aus Granit vom El Escorial und wirft ihn gegen mein Bürofenster, fast aus dem Stand, und funkelt mich dabei an, die Sekretärin steht wie gelähmt dabei, und ich, wütend wie ein kastrierter Affe, und Souvejón kommt mit der großen Theorie von der Funktion des Staates. Gehen wir von der bewiesenen Tatsache aus, daß der Staat ein hirnloser Kohlkopf ist, ein Räuber, der zugleich Gendarm ist. In einer Diktatur hältst du in einem solchen Fall den Mund und wartest auf bessere Zeiten, aber in einer Demokratie, da packst du besser den Staat am Kragen, schütteltst ihn durch, gibst ihm einen Tritt in den Hintern und siehst zu, ob was herauskommt. Bis dahin habe ich ihm mit wachsender Geduld zugehört, um die arme Kleine nicht noch mehr aufzuregen, die zitternd vor dem Fotokopierer steht, als wäre er ein elektrischer Stuhl. Als er aber sagt, man müsse dem Staat, also mir, der ich in diesem Moment der Vertreter des Staates bin, einen Arschtritt geben und sehen, was herauskommt, stehe ich auf und sage zu ihm, du bist ein Großmaul, ein Schaumschläger, aber gut, stell dir vor, du hast dem Staat einen Tritt in den Hintern gegeben, um zu sehen, was herauskommt, und herausgekommen sind hunderttausend. Du nimmst sie oder du läßt es. Soll das ein Ultimatum sein? Ganz recht. Dann werde ich eine Pressekonferenz einberufen und öffentlich verkünden, daß mir das dumme Geschwätz der Funktionäre im Kultusministerium keine Wahl läßt, als mein Werk einer autonomen Regierung anzubieten, zum Beispiel Pujol. Von Pujol kriegst du nicht einmal ein Butterbrot, du Schafskopf. Warum sollte Pujol wohl ein Werk finanzieren, das nicht einmal spanisch, sondern im Madrider Jargon geschrieben ist? Soweit es überhaupt einen Text hat. Das meiste ist ja nur Gegrunze. Ich bitte dich. Hunderttausend für ein bißchen Geschnaufe und etwas Aerobic ist doch nicht schlecht. Bei meinen letzten Worten war er schon die Wand raufgegangen und beschimpfte mich auf die schwulste, aber wirklich auf die allerschwulste Art. Ich habe nichts gegen Schwule, und wenn er schwul sein will, soll er schwul sein; aber mir soll er nicht so kommen. Ich hab das dann mit dem Staatssekretär besprochen, der es wiederum mit dem Minister besprochen hat. Der aber zögert noch. Da er mir zu lange zögert, rufe ich Ferraz an, er solle mit Clotas sprechen, um den Standpunkt der Partei herauszubekommen, falls es zu einem Presserummel käme, aber auch Clotas ist sich nicht sicher, wie der Minister reagieren wird, denn der Minister, sagt er, ist unabhängig, er hat kein Parteibuch und fühlt sich daher in puncto Kultur den Vorstellungen der Partei nicht verpflichtet. Ist das nicht zum Ausrasten? Aber es ist so. Darauf warten, daß der Minister mir Recht gibt oder nicht, derweil mir der gerupfte Punk den ganzen Hühnerstall in Aufruhr versetzt.»

«Wie heißt das Stück?»

«*Esplín*, mit dem Untertitel: *Die Nutte und der schwarze Mond.* Er hat mir erklärt, *Esplín* heiße das Stück, weil der Hauptdarsteller Baudelaire sei, die Nutte kann jede der mitwirkenden Frauen sein, und der schwarze Mond ist der Schatten der Wirklichkeit, dargestellt von einem Schauspieler, der gestisch zum Ausdruck bringen muß, daß er der schwarze Mond ist. Was tätest du, wenn du der schwarze Mond wärst?»

Dich überkommt die Lust zu alberner Aktion, und du stehst auf und beginnst wild zu gestikulieren, als wärst du der schwarze Mond, der an euerm Tisch Platz nehmen will.

«Was machst du denn da?»

Von den Nebentischen rauscht Beifall und Gelächter heran, wie eine Wolke der Sympathie, doch Ricardo hat sich mit rotem Kopf erhoben, schroff fordert er dich auf, dich wieder zu setzen.

«Welche Schraube ist denn bei dir locker?»

«Kreative Spontaneität.»

«Hier sitzen fast nur Leute aus dem Ministerium. Die müssen doch denken... ach, was weiß ich, was die denken.»

«Habe ich dich kompromittiert?»

«Etwa nicht?»

«Soll ich lieber gehen?»

«Gibt es nichts anderes, als mich lächerlich zu machen oder zu gehen?»

Für eine Antwort bleibt dir keine Zeit, da an euerem Tisch ein Pärchen aufgetaucht ist, dessen Namen dir nicht sofort einfallen,

Pilar und Mario, Parteigenossen beziehungsweise Arbeitskollegen von Ricardo.

«Bei euch ist was los. Können wir uns dazusetzen?»

Sie sind die Rettung für euch, und Ricardo muß unter ihrem Gelächter, von dem ihr nach und nach angesteckt werdet, die Geschichte noch einmal erzählen, woraufhin sie ähnliche Anekdoten zum besten geben und darüber diskutieren, wie der Staat und seine Institutionen als Kulturfunktionäre agieren. Einerseits regt er die Kreativität an, andererseits macht er es den Künstlern zu leicht, und in einer Marktwirtschaft hat stets das Publikum das letzte Wort, und das Publikum läßt sich nicht verarschen.

«Wir sitzen doch regelrecht in der Falle. Mir fällt es auch schwer, manche Anträge positiv zu bewerten, weil jeder in diesem Land glaubt, auf den Staat, auf die Sozialisten und auf die Vetternwirtschaft eindreschen zu müssen; aber wenn es ans Auszahlen geht, haben sie alle ganz gern einen Vetter in der Regierung, egal in welcher.»

Ihre Stimmen vermischen sich mit dem Gemurmel, das von den anderen Tischen herüberdringt, ein Geschnurre satter und rundherum zufriedener Kater. In dem Nebel von Atemdunst und Tabakqualm erscheint dir das scharf geschnittene, hagere Altersgesicht Francisco Ayalas vom Morgen raubvogelhaft und gebildet, voller Erinnerungen und so jung in seiner Mimik. Trotz der Meinungsunterschiede über Galíndez hast du dich beschützt gefühlt durch die Fülle seiner Erfahrung und seines Wissens, durch seinen schonungslosen Blick auf die Vergangenheit. New York, der Tod und Princeton – auch eine jener Inseln, auf der das Wissen sich erneuert und fortpflanzt – haben mich viel über die Macht der Wissenschaft und des Geistes nachdenken lassen. Wie Sie wissen, ist Princeton eine der Universitäten, die zur sogenannten *Ivy League* gehören, zur Efeu-Liga, ja, genau wie Yale, das sind Edeluniversitäten, und dieses Edle zeigt sich in ihren vom Efeu geadelten Mauern; das Efeu repräsentiert die geistige Aristokratie in den Vereinigten Staaten, eine Besonderheit des Studierens, die man in anderen Teilen der Welt nicht findet, schon gar nicht in Spanien, ich meine, im Spanien meiner Jugend. Als ich jung war, redeten sich die intellektuellen Müßiggänger in Spanien schon die Köpfe über die Moderne heiß, Moderne oder nationale Eigenständigkeit; eine Simplifizierung, Ortega versus Unamuno, von denen der eine so respektabel ist wie der andere, und das in vielerlei Hinsicht. Ich tendierte mehr zu Ortega, da mich das Spanien der Blechmusik und Kastagnetten immer gestört hat, und die Betonung nationaler Eigenständigkeit, dieser tiefe Traditionalismus Unamunos, konnte Nährboden sein, ein hehres Alibi für vieles Seichte. Auf vielen Spaziergängen über den Campus von Princeton mit Vicente Lloréns oder in Gesprächen mit Américo Castro haben wir Zeit und Raum miteinander verglichen. Wie leicht war das Wissen in den Vereinigten Staaten, und wie schwer war das Wissen in Spanien! Ein idealistischer oder ontologischer Denker würde das vielleicht an Daseinsformen knüpfen oder an Charaktereigenschaften, aber ich wußte und weiß, daß das nicht richtig ist; ich bin kein Sozialist, aber ein bißchen Soziologe, und ich habe als Soziologe gearbeitet. Ökonomie führt zur Hegemonie. Die reichen Länder haben die Pflicht, mehr zu wissen als die armen. Außerdem schafft Reichtum den Neid ab, denn der Neid ist eine Frucht der Angst um das bißchen Raum, das die andern dir lassen. Ich übernahm die Stelle von Vicente, als er Princeton verließ, und er hinterließ mir drei Dinge: das Haus, eine Katze so groß wie ein Tiger und eine ständig betrunkene Putzfrau, die mir einmal die Woche das Haus unter Wasser setzte und dafür eigens aus den fernen Bergen Pennsylvanias herüberkam. Eines Tages nahm sie die Katze mit zu sich, da es ihr, versicherte sie mir, in dem Haus in den Bergen viel besser gefallen werde, und eine Woche später hieß es, die Katze sei verschwunden. Ich stellte mir den Leidensweg des armen Tieres vor und beschwor sie, es zu suchen und es nicht einfach seinem Schicksal zu überlassen. Monate vergingen, viele Monate, und eines Tages, es war ein Samstag vor Weihnachten, ich werde das nie vergessen, da bemerke ich hinter dem von innen beschlagenen und von außen vereisten Fenster eine Bewegung, ich gehe hin und öffne es, und da springt mir die verlorene Katze ins Zimmer. Sie hatte Kilometer um Kilometer zurückgelegt, um wieder nach Hause zu gelangen, von einem geheimnisvollen inneren Programm in Gang gesetzt, auf den Weg zur verlorenen Glückseligkeit. Wir wählen niemals das Schlechte. Auf die eine oder andere Art wird es uns in den Weg gelegt, und wir müssen ständig auf der Suche nach Besserem sein, nach dem Besten. Glauben Sie nicht, daß der Fall Galíndez viel von der Geschichte mit der Katze hat, einer Katze, die dorthin zurückkehren will, wo sie glücklich war? Ich kann dazu nichts Bestimmtes sagen, und ich muß Ihnen noch einmal sagen, daß ich ihn nur sehr oberflächlich gekannt habe. Er erinnert mich an einen Vers von Hölderlin, der einmal auf mein Werk angewendet worden ist: «Hast du Herz und Verstand, so zeig nur eines von beiden, denn zeigst du sie beide, verfluchen sie dich.» Galíndez war vielleicht zu sehr ein Gefühlsmensch, einer von denen, die dir ständig versichern, ihr Herz auf der Zunge zu tragen und kein Blatt vor den Mund zu nehmen. Solche Leute sind vermutlich gute Menschen, aber in den meisten Fällen sind sie nur schwer zu ertragen. Nehmen Sie meinen Rat an, denn er gilt für alle Menschen und Völker: wenn jemand zu Ihnen sagt, er nehme kein Blatt vor den Mund, dann halten Sie sich von ihm fern, denn früher oder später wird er Sie anspucken oder beschimpfen.

«Bist du auf dem Mond?»

«Muriel, wir haben Ricardo gerade vorgeschlagen, irgendwo was trinken zu gehen. In ein Lokal, wo es ruhiger ist und wir uns unterhalten können.»

Eine billige Karre mit dem Armaturenbrett einer Luxuslimousine, hatte Mario gesagt; eine Bemerkung, die sehr gewollt geklungen hatte, als habe er sie infolge der Zwangsvorstellung, Eindruck schinden zu müssen, schon oft zum besten gegeben. Der einzige wirkliche Luxus, den das Auto habe, ist die Servolenkung, die er habe einbauen lassen, weil man die nun wirklich brauche. Alle Autos sollten Servolenkung haben, aber wenn du dir eines kaufst, das sie serienmäßig hat, landest du mit Sicherheit bei einem Modell, mit dem man sich nicht auf der Straße sehen lassen kann. Du bist so unbedacht, nach den Modellen zu fragen, mit denen man sich nicht auf der Straße sehen lassen kann, und warum nicht. Ricardo und seine beiden Kollegen werfen sich wissende Blicke zu und antworten beinah gleichzeitig, schneiden sich gegenseitig das Wort ab, lassen einander wieder den Vortritt, irritiert, doch so überzeugt wie man nur sein kann, wie sie mit dem Finger auf dich zeigen, dich anklagen, immer wieder der gleiche Vorwurf, die angebliche Korruption der Sozialisten. Da die Rechte uns politisch nicht das Wasser reichen kann, versucht sie uns zu diskreditieren, natürlich mit Hilfe der Kommunisten. Die haben es immer noch nicht verwunden, daß die linken Stimmen bei den Sozialisten gelandet sind, und warten nur darauf, daß wir Schiffbruch erleiden, um dann den Kahn auf ihre Weise wieder flott zu machen. Hast du die letzten Stellungnahmen von Anguita gelesen? Der reißt sein Maul weiter auf als ein quakender Frosch. Der glaubt, alle seien blöd und ließen sich von seinen Moralpredigten einwickeln. Marx ist nicht tot. Na, wunderbar. Und die halten sich für eine Alternative zur jetzigen Regierung. Kannst du dir Anguita als Regierungschef vorstellen? Los, streng mal deine grauen Zellen an und nenne mir ein Ministerium, in dem du dir Kommunisten vorstellen könntest. Zum Beispiel das Innenministerium, nenne du mir mal einen kommunistischen Innenminister.

«Oder Verteidigungsminister.»

«Den Kerlen geht einfach der Sinn für die Realität ab. Das Schlimme ist nur, daß sie nichts können und die behindern, die was können.»

Du lehnst dich in deinen Sitz zurück, um dich nicht an dem Gespräch beteiligen zu müssen, und Pilar tut dasselbe, bis ihr Kopf nahe genug an deinem ist, um dir zuflüstern zu können:

«Was ist mit Ricardo los?»

«Was soll mit ihm los sein?»

«Ich finde, er ist in letzter Zeit so nervös. Als das mit euch anfing, hat ihm das sehr gut getan, da war er ausgeglichener als je zuvor. Ihm ging es hervorragend, das haben wir alle gesehen. Er war selbstbewußter, selbstsicherer geworden, aber in letzter Zeit ist er immer gleich gereizt. So wie er erst den Streit mit Souvejón hochgespielt hat und dann nicht mehr weiß, wie er die Sache zu Ende bringen kann.»

Ricardo und Mario schimpfen oder lachen immer noch über die Uneinsichtigkeit der Kommunisten. Wie Pilar sich dir zuwendet, hast du keinen anderen Ausweg, und du akzeptierst das Gespräch als Kompromiß. Gerade ist dir klar geworden, daß Ricardo dich nicht interessiert, ob gereizt oder nicht gereizt.

«Vielleicht liegt es an der Arbeit.»

«Das glaube ich nicht. Es ist, als ob er sich in Frage gestellt fühlte, als ob du ihm keine Sicherheit mehr gäbst, im Gegenteil. Streitet ihr viel?»

«Nein. Wir sind oft angespannt, aber meistens löst sich das in Spaß auf.»

«Ricardo hat Angst, daß du fortgehst.»

«Warum? Hat er dir das gesagt?»

«Ja.»

«Er hat Angst davor?»

«Ja.»

Du schaust auf sein schönes Gesicht, sein edles Profil im Halbschatten, auf seinen Mund, über dessen Lippen die merkwürdig leidenschaftlichen Argumente sprudeln, und wenn du deine Augen schließt, hast du ihn ganz vor dir, nackt, mit dir im Bett, wo du ihn zu einem leidenschaftlichen Liebhaber machen oder ihn als schüchternen Geliebten in all seiner Zerbrechlichkeit akzeptieren kannst. Du sagst ihm schon langsam auf Wiedersehen, obwohl deine Lippen Pilar versichern, es sei alles nur vorübergehend, keine gute Zeit, vielleicht, eine *impasse* sowohl in seiner Arbeit als auch in deinen Nachforschungen.

«Wir haben einen undankbaren Job. Kein Mensch erkennt unsere Arbeit an. Man hält uns für hirnlose Technokraten, die nur deshalb in der Regierung oder der Partei arbeiten, weil sie ein bequemes Leben und eine sichere Stellung haben wollen. Wir glauben fast schon selbst daran. Aber daß die sozialistische Vorherrschaft zusammenbrechen könnte, ist ganz und gar undenkbar, dann könnte nur noch improvisiert werden, Tausende rechter Kader würden alles Positive zunichte machen, das wir geschaffen haben. Nein. Daran gibt es gar keinen Zweifel. In fünfzig Jahren werden die Historiker unser Werk mit dem von Karl III. vergleichen. Nie zuvor ist eine größere Anstrengung zur Modernisierung Spaniens unternommen worden. Du weißt, wie es früher war, und siehst, wie es jetzt ist. Welche Veränderung stellst du fest?»

«Ich war als Touristin hier, als ich noch ein Mädchen war, und es schien mir ein herrliches Land für einen Hemingway-Roman zu sein.»

«Und heute?»

«Heute erinnert es mich mehr an die Romane von Scott Fitzgerald.»

«Die kenne ich nicht.»

«Macht nichts. Es ist nur ein subjektiver Eindruck, so subjektiv und vielleicht verfälschend wie einer von Hemingway.»

Ab und zu schauen die Männer zu euch nach hinten und horchen in euer Gespräch.

«Die ziehen über uns her.»

«Es geht um Literatur.»

Als ihr aussteigt, gehen Ricardo und Pilar voran, weil sie ihm vielleicht von eurer Unterhaltung berichten will, und Mario geht neben dir:

«Ich habe gehört, was du gesagt hast, und ich habe Fitzgerald gelesen, aber ich verstehe deinen Vergleich nicht.»

«Ich habe nur zwei mögliche Spanienbilder in Bezug zu zwei literarischen Subjektivitäten gesetzt, der Hemingways und der Scott Fitzgeralds.»

«Ja, das habe ich gehört. Aber ich verstehe es nicht.»

«Hemingway glaubte an das Epische, und Spanien war für ihn ein episches Land heldenhafter Toreros und zäher, schicksalsgläubiger Kämpfer. Scott Fitzgerald geht von einem Gefühl der Niederlage aus, die Welt teilt sich in Arme und Reiche, in Gewinner und Verlierer, ohne die Aussicht, daß sich was ändern könnte.»

«Und das ist unser Spanien, wie du es siehst?»

«Sagen wir, ihr habt euch normalisiert. Ihr wißt eure Hoffnungen einzuschätzen und nutzlose Träume ad acta zu legen. Ihr teilt euch auf in pragmatische Zweckoptimisten und pragmatische Revolutionsromantiker.»

«Du vergißt die anderen.»

«Welche anderen?»

«Die Rechten, die ewigen Rechten.»

«Die sind desorientiert.»

«Nur desorientiert?»

«Ach, lassen wir das. Mein Kopf ist so voll von meiner Arbeit, daß ich nicht einmal über die Politik der Vereinigten Staaten sprechen könnte, geschweige denn über spanische.»

Es gibt Nächte, die ziehen sich volltrunken dahin, und es gibt Nächte, die ziehen sich dahin, ohne auch nur angetrunken zu sein. Ab und zu lockerten die drei ihren Privatcode, um dich nicht auszuschließen, und allein dein Lächeln beruhigte sie schon, denn die Worte glitten dir über die Zunge, ohne etwas sagen zu wollen. Nicht einmal, als Ricardo versucht, sie für dein Thema zu interessieren und dich auffordert, von deinem Treffen mit Ayala und Margarita Ucelay zu berichten, ergreifst du die Gelegenheit, sondern erzählst lustlos, voller Vorbehalte, als schmerze es dich, auf kleiner Flamme brennen zu lassen, was aufloderte, sobald sie dich allein ließen und du Normans Brief noch einmal lesen, deine Unterlagen und Karteikarten in die Hand nehmen könntest, das Leben der letzten vier Jahre auf der Spur von Galíndez. Vor einem Efeuhintergrund dein letztes Treffen mit Norman in Yale, seine Ratschläge, deine neugewonnene Sicherheit. Er warnte dich vor Mythenbildung; das Schlimmste bei einer Forschungsarbeit über eine historische Gestalt sei, sich von ihr anziehen oder abstoßen zu lassen und dadurch auf positive oder negative Weise zur Mythisierung beizutragen. Um dich zu reizen oder um dich zu immunisieren, sagte er, er habe Artikel, Gedichte und Briefe von Galíndez gelesen, und er halte ihn als Schriftsteller für ebenso mittelmäßig wie als Denker. Nicht ein origineller Gedanke, ein Schreiber wie viele andere. Und du glaubtest, einen Streit über die Charaktereigenschaften dieses Mannes vom Zaun brechen zu müssen. Wähle ich ihn wegen seiner Gedanken zum Thema meiner Arbeit? Wegen dem, was er geschrieben hat? Oder interessiert mich, daß er auf eine Art gestorben ist, die aus seiner Art zu leben resultierte? Lege dich nicht vorzeitig fest. Am Ende hast du vielleicht das Bild eines Monstrums gemalt. Du erinnerst dich an diesen augenzwinkernden Disput voller verschwörerischer Gesten, und du suchst aus deiner Bildermappe die sechs Fotos heraus, die José Israel Cuello dir aus der Dominikanischen Republik zugeschickt hat. Links Aguirre, als setze er gerade zu einer Rede an, mit geschwellter Brust und trotzigem Gesicht. Auf dem nächsten wieder Aguirre, vor einem Mikrophon, mit geschlossenen Augen und die geballten Fäuste zum Publikum hingestreckt, als suche er in seinem tiefsten Innern den bewegendsten Ausdruck, den, der seine Aufrichtigkeit am überzeugendsten darstellt. Auf den übrigen Fotos sieht man Aguirre zusammen mit einem anderen Mann, größer als er, schmal, mit lichtem Haar, zweifarbigen Schuhen, Strohhut und einem weiten Anzug, wie man sie in den vierziger Jahren trug. Aguirre und Galíndez. Santo Domingo 1942, eine Gruppe baskischer Emigranten im Hintergrund, allen voran aber der dünne Mann und der starke Mann, Galíndez und Aguirre, zusammen auf einem Foto, Galíndez geht einen halben Schritt vor Aguirre, der sich gerade den Hut aufsetzt, auf den Fotografen zu, ein leichtes Lächeln umspielt seine Lippen, der eigensinnige Blick geht weit voraus. Wie dünn er war. Du bist gerührt.

«Wir könnten diesen Sommer eine *roulotte* mieten und an der

Mittelmeerküste entlangfahren, bis nach Griechenland und von dort mit dem Schiff wieder zurück. Obwohl wir die ganze Nacht über nichts anderes gesprochen haben, sage ich es dir noch mal, weil du die ganze Zeit so abwesend warst, als hättest du was gegen Pilar und Mario.»

«Nein. Ach wo.»

«Entschuldige, wenn wir uns zu sehr in unseren Kram verstiegen haben, aber das passiert dir auch schon mal. Du bist dann wie eine Jalousie, verschlossen und unzugänglich.»

«Das stimmt.»

«Willst du nicht mehr lesen?»

«Nein. Mir wäre es lieber, wenn du das Licht löschst, damit ich nachdenken kann. Damit ich in meinen Gedanken das schreiben kann, was ich lesen möchte.»

«Ich hab den Wink verstanden.»

Er hat das Licht gelöscht, und du spürst, daß er wach und angespannt ist und die Zimmerdecke fragt, was mit euch los ist, wie es mit euch weitergehen soll. Du willst ihm kein Wort der Erleichterung sagen, um ihm nicht den falschen Eindruck einer vorübergehenden Krise zu vermitteln. Aber du findest auch kein Wort des Abschieds. Du warst so unhöflich, dich nicht am Gespräch zu beteiligen, das diese drei jungen Leute beschäftigte, und du hast es damit gerechtfertigt, daß dieses Land für dich eine Durchgangsstation ist. Und Galíndez? Warum hat Galíndez für dich vier Himmelsrichtungen, während dieses Land, das Ricardo, Pilar und Mario dir anbieten, nur eine schlaffe Landkarte ist, eine zerfließende Landkarte, wie eine der surrealistischen Uhren von Dalí?

«Muriel.»

«Ja?»

«Manchmal denke ich bei der Arbeit an dich. Wenn ich Ärger habe und mich aufrege. Dann würde ich am liebsten davonlaufen und hierher zu dir kommen.»

Du kehrst ihm den Rücken zu, als wolltest du dir mit deinem Körper einen Raum für den Schlaf schaffen. Aber dir ist nach Weinen zumute. Eine krankhafte Lust nach Tränen überkommt dich, nach schweren, heißen Tränen, die wie Knospen aus deinen Augen sprießen.

Er tunkte das Messer in das Glas mit der grünlichweißen Paste und strich sich die groteske Schmiere dick auf eine Scheibe Toastbrot. Danach nahm er mit den Fingern Anschovis aus ihrem fettigen Blechsarg und legte sie auf die Paste, um das Ganze dann mit einer weiteren Scheibe Toastbrot zu bedecken. Er leckte sich das Anschovisfett und Reste der Paste von den Fingern und wiederholte den Vorgang mit zwei neuen Scheiben Toast. Die beiden belegten Brote preßte er aufeinander und schnitt mit einem Sägemesser die weichen Krusten ab. Dann legte er die beiden Brote nebeneinander, wickelte jedes in Stanniolpapier ein und tat sie in eine Pappschachtel, auf der nur der Name *Marvel* stand, ohne jeden sonstigen Hinweis auf ihren Ursprung oder Verwendungszweck. Er betrachtete die Brote in ihrem neuen Behältnis und bewegte die Finger in der Luft wie ein Raubvogel, der nach neuer Beute späht. Neben dem Glas mit der grünlichweißen Schmiere lagen die hartgekochten Eier und eine Essiggurke. Er nahm vier weitere Scheiben Brot, legte sie nebeneinander, bestrich sie mit dem Kleister aus dem Glastopf, legte auf zwei von ihnen die in Scheiben geschnittenen hartgekochten Eier und die Scheiben der Gurke und deckte sie mit ihren Pendants zu. Wieder schnitt er die Ränder ab und überlegte, ob er die neuen Brote längs durchschneiden sollte, setzte schon das Messer an die beiden Sandwichkonstruktionen, die Sägezähne ritzten ins Brot, doch dann drehte er sie, schnitt diagonal und wickelte sie wie die andern in Stanniolpapier. Sie landeten in der Schachtel, auf die er dann den Deckel stülpte.

«Kein Küchenchef hätte das besser machen können.»

Er leckte sich wieder die Finger ab, und es schmeckte ihm so gut, daß er einen Finger ganz ins Glas steckte und genug herausholte, um mit vollem Mund das prickelnde Brennen der Meerrettichsoße zu kosten, das durch den Schmelzkäse und den Sauerrahm gemildert wurde. Er nahm das Glas mit ins Bad, steckte den Finger noch einmal tief hinein und leckte ihn ab, bevor er den Wasserhahn aufdrehte und sich bedächtig die Hände wusch. Auf dem Weg durchs Zimmer zog er unter den zerwühlten Laken und Decken eine dünne Aktenmappe hervor, die er sich unter den Arm klemmte, mit dem er schon das Glas hielt. Die Lässigkeit, mit der er das volle Glas balancierte, verwandelte sich in Unbeholfenheit, als er freien Platz für die Mappe schaffen mußte. Mit einem Arm schob er alles zur Seite, was auf dem Küchentisch stand, wischte mit einem Lappen über die freigeräumte Stelle und legte den Aktendeckel darauf. Er setzte sich davor, stützte die Ellenbogen auf die Tischplatte und senkte den Kopf, bis er Halt auf den Handballen fand. Dann löste er eine Hand und öffnete die Mappe. Zum Vorschein kamen beschriftete Blätter, und er zählte sie mit der Fingerkuppe, die er zuvor betrachtete und dann beroch, um festzustellen, ob der Meerrettichgeruch oder der Geruch der Seife sich durchgesetzt hatte. Drei Blätter. Er legte sie auf die Tischfläche, als wären es drei Karten, endlich aufgedeckt, um das entscheidende Spiel zu beginnen.

«Mal, sehen, was du uns mitzuteilen hast, Norman.»

Aus seiner Pyjamatasche zog er einen Filzschreiber mit dicker Spitze und ließ ihn wie einen Raubvogel über den Text kreisen, den er las, als könne er die Worte hören: «Liebe Muriel. Ich habe so sehr auf Nachricht von Dir gewartet, daß ich mich nun entschlossen habe, sie selbst herbeizuführen...» Schleiche nur um den heißen Brei herum, du Clown, mal sehen, wie du zur Sache kommst. Und immer wenn er glaubte, daß es jetzt so weit sei, kreiste er den Satz, der ihm darauf hinzudeuten schien, mit seinem Stift ein. «Die Holyoke-Stiftung hat mich als Deinen Tutor um Informationen über den aktuellen Stand Deiner Arbeit gebeten und gewisse Zweifel an den bisherigen Resultaten zum Ausdruck gebracht.» Gute Einleitung, jawohl, mein Herr, da haben wir auch gleich die Schuldigen, die logischerweise wahren Schuldigen, die von der Holyoke-Stiftung, und Norman, der brave Junge, weiß, an welcher Krankheit man sterben kann, und kollaboriert: «... haben versucht, sich über den Fall Galíndez kundig zu machen, bis sie dann entschieden haben, er sei kaum noch von wissenschaftlichem Interesse und Du seist nicht mehr auf dem rechten Weg, würdest methodisch unsauber arbeiten. Wie Du siehst, drücke ich mich unumwunden aus, ebenso unumwunden wie die Prüfer dieser ehrwürdigen Stiftung.» Bewundernswert, diese kritische Distanz zum Henker, aber da er zugleich der Bote des Henkers ist, «... habe mir die Freiheit genommen, als Anwalt Deiner Interessen zu agieren.» Weiter so, weiter, Norman, kehr den Professor heraus, den besorgten Professor, der zum Verbündeten wird, um unverdächtig den Wunsch des Henkers unterbreiten zu können, «... wenn Du als Hauptthema Deiner Forschungsarbeit die Ethik des Widerstands, wie sie in der gesellschaftlichen und politischen Moral der dreißiger und vierziger Jahre ausgeprägt war, den postmodernen Philosophien von heute gegenüberstelltest, die gerade die ethische Natur des Widerstands hinterfragen, das betrifft all jene systemkonformen Theorien der italienischen Schule, die als Überdrußreaktion auf die Vergeblichkeit des Terrorismus entstanden sind. So wie die Kritik formuliert war, sah ich, daß Dir, daß uns, denn ich bin ebenfalls involviert, noch eine Hintertür offenstand...» Da täuschst du dich nicht, Norman, das ist eure einzige Hintertür, das hast du gut erkannt, «... und ihnen klargemacht, daß eine solch unvorhergesehene Wendung Dich in Deinen Nachforschungen weit zurückwerfen und zudem Recherchen an ganz neuen Orten erforderlich machen würde, daß Du beispielsweise die Route New York–Baskenland–Madrid–Santo Domingo aufgeben und statt dessen nach Frankreich und Italien reisen müßtest, wo all die, wie ich hoffe, ehemaligen Propheten auf Dich warten, die die Vergeblichkeit des Kompromisses gepredigt haben.» Man muß den Hut ziehen vor diesen Intellektuellen, wie sie nur mit Worten Hoffnungen begraben und wiederbeleben, wie sie dich in Versuchung führen und durch die Versuchung erretten und dich wieder in den Stand der Tugend setzen, obwohl du gesündigt hast, da muß man wirklich den Hut ziehen, und dieser Reisevorschlag, Frankreich, Italien, wie im Kino, und wenn die Empfängerin des Briefes überrascht ist und zögert, dann kommt der vertrauliche Hinweis des Mitverschworenen: «Von Freund zu Freundin und von Professor zu Studentin muß ich Dir gestehen, daß ich diese neue Richtung hochinteressant finde; sie hat mehr Zukunft, verspricht einen brillanteren Abschluß, und für Dich wäre sie zweifellos von Vorteil, wenn Du daran denkst, daß Du eines Tages Dein Vagabundenleben aufgeben und mehr Wert auf Deine wissenschaftliche Laufbahn legen wirst.»

«Genial! Absolut genial!»

Der Mann ist aufgestanden und hält die Blätter in Richtung eines Stillebens vor sich: ein leeres Glas, weißbeschlagen von der Milch, die darin war, was einmal zwei Scheiben Toast mit Butter und Sirup waren, sind jetzt nur noch zwei angeknabberte Krusten, die verloren auf dem Tellerrand liegen, ein angefangenes Puzzle, das vermutlich die Brooklyn-Brücke darstellen soll, sechs Filzschreiber, eine Kiste Macanudozigarren, ein Aschenbecher, in dem zwischen Asche und abgebrannten Streichhölzern eine ausgedrückte halbe Zigarre liegt, deren Mundstück zerfasert und speichelgetränkt, aber fast wieder getrocknet ist, die Schachtel mit den belegten Broten und genau vor den hochgehaltenen Blättern die Wandschränke einer seit Tagen unaufgeräumten Küche. «Das ist aber noch nicht alles.» Gut so, bleib am Ball, Norman, nicht nachlassen. «Mit meinem leidenschaftlich vorgetragenen Angriff, der in Wirklichkeit eine Verteidigung war, habe ich nicht nur erreicht, daß sie Dir das Stipendium verlängern, falls Du den Vorschlägen zustimmst, sondern auch, daß die Holyoke zwei weitere Stiftungen, die sich im kulturellen Austausch zwischen USA und Europäischer Gemeinschaft engagieren, in das Projekt einbindet, was eine überaus angemessene, ich würde sagen, großzügige Aufstockung des Stipendiums zur Folge hätte, die Du selbst noch höher treiben könntest, wenn Du Dich ein wenig sperren und auf das ‹üble Spiel› hinweisen würdest, das man mit Dir treibt.» Das heißt, das «üble Spiel» steht schon in Anführungszeichen, ist also gar kein übles Spiel mehr, sondern nur noch ein übles Spiel, um dem Gegner Schuld zuweisen und so mehr Geld aus ihm herausholen zu können, und wenn die dialektische Arbeit getan und der Vorschlag gekommen ist, das ganze von seiner praktischen Seite zu nehmen, dann probiert er es auf die sentimentale Tour, falls in den Herzen der alten Liebenden noch etwas lebendig ist, «... aber in letzter Zeit fühle ich mich etwas desolat...», «... würde all diese Pflichten über Bord werfen, über Bord eines jeden Schiffes hier auf den Meeren vor Neuengland, wenn Du Dich entschließen könntest, herzukommen und wir Gelegenheit hätten, uns über die letzten drei Jahre gegenseitiger Funkstille, die uns trennen...».

«Drei Jahre gegenseitiger Funkstille.» Das klingt ja fast nach Emily Dickinson.

«Ich protegiere Dich aus der Ferne und begnüge mich mit der

Erinnerung an Dich, die eine meiner schönsten ist, wenn nicht die schönste.»

Der Mann schlägt mit der freien Hand bestätigend auf die Papiere, schnalzt mit der Zunge, verstaut die Blätter sorgsam in dem Umschlag mit der Aufschrift «Vertraulich» und versucht, den jämmerlichen Stumpen wieder zum Leben zu erwecken. Er spuckt das abgebissene Mundstück aus, zündet die Zigarre an, steckt sie mit dem brennenden Ende in den Mund und bläst den Rauch zum speichelfeuchten Ende hinaus, nimmt sie wieder aus dem Mund und plaziert sie mit der feuchten Spitze zwischen die fleischigen, befriedigt sich auseinanderziehenden Lippen. Er schiebt alle Reste vom Tisch auf einen Teller und bringt ihn zum Spülbecken, in dem schon die schmutzigen Reste früherer Kompositionen einsamer Mahlzeiten lagern.

«Soll Mrs. Tate den Abwasch machen.»

Er geht ins Badezimmer, das beleuchtet wird von Glühbirnen, die einen großen, querformatigen Wandspiegel umrahmen. Er putzt sich die Zähne mit einer elektrischen Zahnbürste und fährt danach mit der Fingerkuppe prüfend über jeden einzelnen Zahn. Der Spiegel zeigt ihm die Grimassen, die er sich schneidet, und er nähert sein Gesicht dem Spiegel, bis er einen Kuß auf seine eigenen Lippen drücken kann. Wie kalt die Lippen im Spiegel immer sind. Er zieht seinen Pyjama aus und geht in ein Zimmer, das ebenso vorhersehbar ist wie der Tag, der ihn erwartet. Einen Kontrast zur ganzen Unordnung bildet das makellose Erscheinungsbild eines Anzugs auf einem Kleiderständer, der wie ein vertebrales Konstrukt im Zimmer steht, als sei der Anzug die Botschaft einer anderen Ordnung der Dinge, als gehöre er zu einem anderen Bereich desselben Lebens. Und als er ihn anzieht und wieder vor den Spiegel tritt, um sich zu bestätigen und zu akzeptieren, fühlt er sich durch das blankgeputzte Spiegelglas geschmeichelt.

«Du hältst dich gut, Edward. So leicht kann dir keiner.»

Die Folge dieser Behauptung ist, daß er nicht auf den schweren Fahrstuhl aus Mahagoniholz mit den bleiverglasten *Liberty*-Fenstern wartet, sondern die Treppenstufen mit der ganzen Lässigkeit nimmt, die sein voluminöser Körper und die Vorsicht zulassen, mit der er die Brotschachtel unter dem Arm hält. Der Portier ist angeblich Indio, in Wirklichkeit jedoch Chicano, oder angeblich Chicano, in Wirklichkeit aber Indio, er hat noch nicht die Zeit gefunden, ihn zu fragen, er findet nie Zeit, ihn zu fragen, denn er ist ein Mann, der ein Schattendasein führt zwischen dem Schlüsselbrett und seiner Pförtnerloge, aus der er nur verdrießlich hervorlugt, wenn man ihn ruft.

«Wartet man schon auf mich?»

Der Portier nickt. In der zweiten Reihe hält ein Taxi, und darin sieht er die stämmige Gestalt von Somes, der ihm Zeichen macht, sich zu beeilen.

«Du hast dich verspätet. Ein Polizist hat schon herübergeschaut.»

Der Taxifahrer ist heute Duncan, und er wendet sich um, um ihm zuzulächeln und sich zu erkennen zu geben. Er drückt mit zwei Fingern seine Nasenflügel zusammen und fragt im reinsten Negersklavenjargon:

«Wohin darf ich die Herrschaften bringen?»

Es ist sein Lieblingsscherz, und er ist der einzige, der darüber lacht, während er den Wagen in den fließenden Verkehr einordnet, Richtung Madison Square Garden, der unmittelbar vor ihnen bereits zu sehen ist. Ohne sich von dem Ziel ablenken zu lassen, auf den Broadway einzubiegen, hält Duncan den Knopf gedrückt, der die Trennscheibe nach oben surren läßt, doch bevor das Glas die Rückbank vollends von ihm trennt, dringt Somes' mahnende Stimme an sein Ohr.

«Lassen Sie mich im Village heraus.»

Als die Trennscheibe oben eingerastet ist, scheint Somes seine Worte der Kürze der Zeit anpassen zu wollen, die er noch im Taxi sein wird.

«Die Verspätung zwingt mich, auf Höflichkeiten zu verzichten. Wie stehen die Dinge?»

«Der Professor spielt zur vollsten Zufriedenheit mit.»

«Das weiß ich bereits. Wird er überwacht, für den Fall, daß er auf anderem Wege versucht, sich zu korrigieren? Hat er sonstigen Kontakt zu dem Mädchen aufgenommen?»

«Nein. Wir warten jetzt auf die Antwort.»

«Es ist blöd, aber es ist so. Ein Tritt in den Hintern wird zwar immer von oben nach unten weitergegeben, aber es bleibt doch ein Tritt in den Hintern. Ich kriege ihn, und ich gebe ihn an dich weiter. Diese Angelegenheit darf sich nicht ewig hinziehen, und in Santo

Domingo können wir uns bei einem blinden Präsidenten, der zudem schon an der Schwelle zu einem besseren Leben steht, nicht den geringsten destabilisierenden Faktor leisten. Wir können keine zwei Unruheherde auf einer Insel dulden, durch deren Mitte eine Grenze läuft, Somes, muß ich mir von Seiner Erhabenheit wieder anhören, und er sagt es, als wäre ich dämlich und wüßte nicht, daß er einen direkten Draht zum Außenministerium hat, wo man schon dabei ist, sämtliche Überreste der 56er-Aktion unter den Teppich zu kehren.»

«Dreißig Jahre sind nichts.»

«Kommt darauf an, für wen, aber wir wollen nicht philosophieren. Warten wir die Antwort der Kleinen ab und lesen wir sie besonders aufmerksam. Ich bin mir immer noch nicht sicher, ob die beiden nicht einen Geheimcode vereinbart haben.»

«Für mich sind sie literarische Verschwörer, keine politischen.»

«An dir ist ein Dichter verlorengegangen. Seine Erhabenheit ist da anderer Meinung. Seine Erhabenheit ist immer noch der Meinung, daß die Roten nichts ohne Grund tun.»

«Wann wird Seine Erhabenheit pensioniert?»

«Nie. Oberhalb einer gewissen Ebene geht man nicht mehr in Pension. Uns schicken sie in Pension, den mittleren Dienst, der die Drecksarbeit macht.»

«Wir sind ungefähr vom selben Jahrgang. Wann bist du eingestiegen?»

«Meine Premiere hatte ich 1956 in Suez. Ich hatte aber nur einen winzigen Auftritt; wie ein Jungschauspieler, der die Szene betritt und sagt: Es ist angerichtet. So etwas ähnliches habe ich auch gesagt.»

«Und weiter? Ich glaube nicht, daß du vier Blocks weit mit mir fährst, um mir Anekdoten zu erzählen.»

«Nein. Hör zu. Wenn die Kleine keinen Rückzieher macht, müssen wir das gesamte Programm durchziehen und sofort die nächste Phase aktivieren.»

«Ich werde die nötigen Anweisungen geben.»

«Nein.»

«Was soll das heißen?»

«Die nächste Phase bist du selbst, das Sonderkommando hältst du gegebenenfalls für einen späteren Einsatz bereit, auf jeden Fall aber vollkommen unabhängig von dem, was du tust. Du machst nur Don Angelito mobil.»

«Die Mumie?»

«Die Mumie.»

«Die Rückkehr der Mumien.»

«Du bist eine Mumie, ich bin eine Mumie.»

«Diese Geschichte riecht mir langsam zu sehr nach ägyptischem Sarkophag.»

«Dann halte dir die Nase zu. Du wirst nicht fürs Riechen bezahlt.»

«Da hast du recht.»

«Und sonst geht's gut? Familie, Kinder?»

«Somes, ich bin seit zehn Jahren geschieden. Ich weiß gar nicht, wo die Kinder sind.»

Somes nimmt ihm das nicht ab. Er kennt doch die Geschichte des Mannes, er hat eine Akte gelesen, aber vielleicht war es die Akte eines anderen Mannes.

«Im Ernst?»

Der sanfte Ruck des bremsenden Autos beendet das Gespräch, was ihn so erleichtert, daß er seinen fetten Leib bewegt, als bestehe er noch aus Muskeln. Forsch steigt er aus, auf dem Asphalt rückt er sich den Anzug zurecht und wendet sich dabei mit breitem Lächeln an sein Gegenüber.

«Und denk dran.»

«Ich denk dran.»

Das Taxi fährt jetzt durchs Village, als streife es sanft seine Oberfläche. Duncan hat die Trennscheibe versenkt und erzählt ihm von der Einsamkeit der Stadt an Sonntagvormittagen.

«So müßte es immer sein. Manchmal fahre ich Sonntag morgens durch den Financial District. Eine solche Ruhe wie in Wall Street am Sonntagmorgen gibt es kein zweites Mal; und wenn man dann die Leute im Battery Park herumfaulenzen sieht, glaubt man, sie kämen aus einer anderen Stadt oder einer anderen Welt.»

Das Taxi umrundet das Civic Center und fährt in die Brooklyn Bridge ein, zu einem schnellen Transit unter den langsamen Kondensstreifen der Jogger, die über die Holzbohlen des Gehsteigs trampeln und Atemdämpfe ausstoßen, als wären sie lebende Auspuffrohre. Bei der Ausfahrt in Brooklyn Heights fragt der Mann:

«Kennen Sie den Film *Der Schrecken von Brooklyn*, mit Danny Kaye?»

«Danny Kaye habe ich nie gemocht. Er war mir zu albern. Bob Hope war mir immer lieber.»

«Bob Hope.»

Murmelt er und fragt sich, ob er noch lebt.

«Lebt Hope noch?»

«Er lebt und arbeitet auch noch. Er hat uns in Korea besucht. Waren Sie in Korea?»

«Nein.»

Das Auto biegt in eine Straße ein mit symmetrischen Wohnblocks aus rotem Backstein und einer Unmenge von Feuerleitern. Ab und zu kann man durch eine Baulücke das trübe Wasser des Buttermilk Channel sehen und in der Ferne, bruchstückhaft, die Skyline von Manhattan. Der Mann fragt nach dem Fahrpreis, bezahlt und steckt die Quittung ein. Sie verabschieden sich nur mit einer Handbewegung, und die zwölf Stufen, die zu einer geschnitzten Holztür mit vergittertem Fenster hinaufführen, nimmt er kraftvoll wie ein Athlet. Mit einer Hand hält er die Brotschachtel, und mit der anderen schiebt er ein Plastikkärtchen in einen Schlitz neben der Aufschrift Development Agency. Die Tür öffnet sich. In dem Korridor mit den Mosaikfliesen ist offenbar niemand, doch hinter den Milchglasscheiben zu beiden Seiten sind zwei uniformierte Schatten zu erkennen, die ihn beobachten, wie er den Flur entlanggeht zu einem Zimmer, in dem zwanzig, da Sonntag ist, verlassene Computertische stehen. Und neben dem verlassensten Computertisch von allen befindet sich eine wandhohe Fotoreproduktion von New York aus einer sogenannten Vogelperspektive. Das Foto aus dem Jahr 1922 gleitet jedoch über die Holzimitatplatten der Tapete zur Seite, als der Mann unter die Tischplatte des letzten Schreibtisches greift, als wolle er dort einen abgekauten Kaugummi festkleben und fände statt dessen einen Knopf, der den Zugang zu Ali Babas Höhle öffnet. Hinter der Fotovergrößerung von New York, 1922, ein weiterer Gang, wieder eine Tür, und dann plötzlich ein Büro wie das eines Managers aus dem Werbefernsehen, weder übermäßig groß noch allzu klein, und drei Männer, die Augenbrauen und Schultern hochziehen, als sie ihn hereinkommen und mit der Entschiedenheit eines Chefs zu dem Schreibtisch aus echtem Holz gehen sehen, dem man seine Herkunft aus dem Wald von Neuengland, allerdings nicht mehr anmerkt. Blicke und Lächeln der Verständigung, als der Neuankömmling Platz genommen und die Brotschachtel auf die Tischplatte gestellt hat. Er nimmt einen Filzschreiber von den fünfen oder sechsen, die in der Schreibschale liegen, und kritzelt auf ein leeres Blatt Papier: «Rojas, Informant NY-5075».

«Ich nehme an, Sie haben die Dossiers gelesen und wissen, um was es geht. Lernen Sie sie, soweit es geht, auswendig und geben Sie sie dann ans Archiv zurück. Was Sie nicht auswendig lernen, verschlüsseln Sie.»

Während er sprach, kritzelte er über das Geschriebene, knüllte das Papier zu einer Kugel zusammen, stand auf, trat ans offene Fenster und warf die Papierkugel nach draußen, in Richtung Buttermilk Channel, kam aber nicht weit genug. Seit zehn Jahren versuchte er es, und die Papierkugel flog gerade bis in den Innenhof hinunter, nicht einmal bis zur Baulücke, durch die man ein Stück von der Brooklyn Bridge sah, eineinhalb Autos pro Blick, zumm, zumm.

«Robert Robards. Alles was auf diesen Namen eingeht, leiten Sie an mich weiter, aber ohne mich ansonsten mit diesem Namen in Verbindung zu bringen. Ich bleibe in jeder Hinsicht Edward Hook. Diskrete Beschattung Radcliffes, ohne ihn zu erschrecken, aber doch kontinuierlich. Vor allem will ich wissen, was er mit Spanien, mit Muriel Colbert bespricht. Der Fall Rojas, Informant NY-5075 muß auf schnellstem Wege abgeschlossen werden.»

Er öffnete die mit dem Wort *Marvel* beschriftete Pappschachtel, und zum Vorschein kamen vier belegte Brote, die aussahen wie gestauchte Pyramiden.

«Es reicht für alle. Essen wir was, und derweil fasse ich den Stand der Dinge zusammen.»

«Für das Archiv ist der Fall Rojas, New York-5075 abgeschlossen, seit John Frank am 9. Dezember 1957 vor dem Bundesgericht in Washington angeklagt worden ist, ein Agent Trujillos zu sein und damit verantwortlich für die Entführung und das Verschwinden von ‹Rojas›, das heißt, Jesús Galíndez.»

«Das stimmt, Yerby. Es gibt jedoch Akten, die liegen im Archiv und nähren sich vom Blut der Lebenden, und jetzt ist Rojas oder der Geist von «Rojas» wieder da. Ich will nicht euer Herz erweichen, Jungs, aber wir haben es mit dem Fall eines Kollegen zu tun. Das

Brot hier ist mit Meerrettich und Anschovis. Sieht phantastisch aus. Für dich, Yerby, weil du was gesagt hast. Hat noch jemand etwas Intelligentes hinzuzufügen? Oder etwas Unintelligentes? Na gut. Dann laßt mich bitte mein Brot essen und dabei zusammenfassen.»

Er zog eine Schreibtischschublade auf, und ans Licht kamen sechs Dosen Bier, die klappernd gegeneinanderstießen bei ihrem Bemühen, dem finsteren Verließ zu entkommen. Er holte eine nach der anderen heraus und warf sie seinen Kollegen zu.

«Wenn ihr gesehen hättet, was dieser Eierkopf von Yale gegessen hat, würdet ihr kotzen. Wie man ißt, so denkt man auch, und wenn du siehst, was diese Kerle für komisches Zeug essen, dann begreifst du, daß sie gar nicht anders als komisch sein können. Doch zurück zum Thema. Rojas in New York entführt, von einem trujillistischen Kommando in die Dominikanische Republik gebracht, mit Unterstützung der Vereinigten Staaten sowohl in der Logistik der Operation als auch beim Transport. Ihr kennt die Einzelheiten. Rojas hatte mit dem FBI und mit der Firma zusammengearbeitet, was Trujillo nicht wußte und weshalb ihm der Fall außer Kontrolle geriet. Für die Öffentlichkeit mußte man eine glaubwürdige Erklärung finden, nachdem die Verleumdungskampagne gegen Galíndez fehlgeschlagen war. Ein Senator von Oregon, Charles O. Porter, verlangte eine Erklärung für den Tod von Murphy, dem Piloten, der Galíndez nach Puerto Rico geflogen hatte, und fing an, die Pferde scheu zu machen. Er war einer von diesen Kamikaze-Liberalen, die unser Land überschwemmen. Er ging nicht nur auf Trujillo los, sondern verriet nebenbei auch noch die Beteiligung des FBI, der Polizei von New York und verschiedener Persönlichkeiten der trujillistischen Lobby. Der Typ hielt sich für Davy Crockett und rief zu einem kontinentalen Kreuzzug auf, bei dem es im Grunde immer um den Fall Galíndez ging, obwohl vordergründig stets um die Aufklärung der Todesumstände des Amerikaners Murphy gestritten wurde. Porter wurde untersucht, aber man konnte keine Anzeichen eines Kontakts mit subversiven Gruppierungen finden, nichts, was ihn in die Nähe unamerikanischer Umtriebe gebracht hätte. Er kehrte den Liberalen heraus und brachte schließlich alle Politiker gegen sich auf, weil sich jeder indirekt beschuldigt fühlte, Trujillo zu unterstützen. Porters politische Karriere endete 1961, merkwürdig, in dem Jahr, in dem Trujillo ermordet wurde; es war sozusagen der posthume Sieg des Senators, denn sein Kampf hatte Trujillos Ansehen schwer geschadet, und wir selbst mußten ja sogar eingreifen, damit er abgelöst werden konnte.»

«Waren Sie damals dabei?»

«Ja. Ich bekam die Akte Galíndez in die Hand, als der Fall noch ganz frisch war und Hoover ihn als seine Privatangelegenheit betrachtete, weil Galíndez hauptsächlich sein Agent gewesen war und er befürchtete, sein Laden könne in Verruf geraten. Für Hoover war das FBI so etwas wie ein Familienbetrieb, den er mit den Ersparnissen seines ganzen Lebens aufgebaut hatte. Trujillos Tod hatte viele verstummen lassen, und inzwischen war Fidel Castro nachgerückt, der Volksfeind Nummer eins. Der Fall Galíndez galt als abgeschlossen, zumal die ganze Verantwortung auf John Khane, das heißt Joseph Frank, abgewälzt worden war, einen abtrünnigen FBI-Mann, der den Informanten von Galíndez gespielt hatte und in Wirklichkeit ein Agent Trujillos gewesen war. Auf der anderen Seite gab es den *Report and Opinion in the Matter of Galíndez* von Morris L. Ernst. Alles was bei Porter schwarz gewesen war, wurde bei Ernst weiß. Er war ein angesehener Anwalt, der ein Gutachten erstellen sollte, das verschiedene Mitglieder der Trujillolobby entlastet hätte, unter anderen den Sohn Roosevelts. Ernst kam zu dem Schluß, Galíndez sei einfach nur ‹verschwunden›, nährte jedoch den Verdacht, er sei ein kommunistischer Agent gewesen, der sich gut mit Dollars gepolstert in die UdSSR abgesetzt habe, um dort Pontecorvo, Burgess, McLean und Philby Gesellschaft zu leisten. Porter ärgerte sich dermaßen über den Report von Ernst, daß er ihn öffentlich zur Rede stellte. Was ist aus dem großen Liberalen geworden, der er gestern noch war? Was aus dem großen Anwalt? Warum hatte er sein Talent an Trujillo verkauft? Der arme Porter verstand die Welt nicht mehr, aber das Durcheinander war einmal gesät, Trujillo ermordet, keiner der an der Entführung und Ermordung von Galíndez Beteiligten lebte mehr, und Balaguer, der Nachfolger Trujillos, ließ die Archive verbrennen. Porter gegen Ernst, Ernst gegen Porter. Unsere Agenten hatten sich in Santo Domingo mächtig ins Zeug gelegt, um Trujillo ins Aus zu manövrieren, und empfanden eine Phase der Liberalisierung nach dem Tod des Diktators als normal. Aus diesem Grund bat die neue demokratische Regierung auch die Regierung der Vereinigten Staaten um Einsicht in die Akten einiger der Opfer Trujillos. Das betraf vor allem Requena und Galíndez. Man verhörte einige von Trujillos gedungenen Mördern, speziell Bernardino, der in Santo Domingo im Gefängnis saß, und so erfuhren wir, daß Galíndez 1954 zum Tode verurteilt worden war und daß Trujillo während seines Spanienbesuchs von der Franco-Regierung Informationen über Galíndez erbeten hatte. Schauen Sie in Ihre Unterlagen, und Sie werden bestätigt finden, was ich Ihnen sage: Am 30. August 1963 erklärte der Sprecher des für die Nachlaßverwaltung am Bezirksgericht von Manhattan zuständigen Staatsanwalts Galíndez offiziell für tot, ermordet in der Dominikanischen Republik, auf Befehl von Trujillo. Es wurde beschlossen, Galíndez' Vater den Nachlaß seines Sohnes zu übergeben, sowie ein Schmerzensgeld in Höhe von 37000 Dollar zu zahlen. So war der Stand der Dinge bis vor vier Jahren.»

Wieder zog er die Schublade auf, und wieder drängten die Dosen sich gegenseitig anrempelnd ins Freie. Die anderen verzichteten. Der blonde, fast kahlköpfige Mann mit der kubischen Figur bog den Verschluß mit der Spitze eines langen, harten Fingernagels auf, und die herauszischende Kohlensäure zauberte ein befriedigtes Lächeln auf sein Gesicht.

«37000 Dollar Schmerzensgeld.»

«37000 Dollar der sechziger Jahre. Das war noch Geld.»

«Der Vater von Galíndez brauchte das Geld nicht. Er war Gynäkologe oder Zahnarzt, ich weiß es nicht mehr, in Madrid. Er verdiente gut und war, glaube ich, Präsident eines Fußballclubs.»

«Von Ajax?»

«Ajax ist nicht in Madrid, Sullivan.»

«Ich habe immer gedacht, Ajax wäre ein spanischer oder griechischer Club.»

«Egal. Also weiter. Vor vier Jahren bekamen wir Nachricht, daß eine gewisse Muriel Colbert, geschiedene Ehefrau eines Mormonenpredigers und mit einem chilenischen Fotografen liiert, zeitweise liiert, denn bis vor kurzem war sie die Geliebte von Norman Radcliffe, bei dem sie auch studierte, daß diese Muriel Colbert also dabei ist, ihre Nase in den Fall Galíndez zu stecken. Blatt zwölf, Memorandum Radcliffe. Die Warnlampen gehen an, als sie anfängt, in New York alles aufzurühren und sogar Ernst aufsucht und die Kreise, in denen Galíndez verkehrte, die, die überlebt haben. Wir nahmen an, daß ihr Weg sie früher oder später nach Santo Domingo führen würde, und das gab Alarm. Ehrlich gesagt, weiß ich nicht, wer den Alarm ausgelöst und all das in die Wege geleitet hat. Ich nahm an einer geheimen Besprechung auf höchster Ebene teil. Es galt, Sicherheitszonen festzulegen, und sobald Muriel Colbert eine dieser Sicherheitszonen betrat, mußte sie gestoppt werden, doch bis es soweit ist, hält man Vorsorge noch für die beste Lösung. Wir hatten alles vorbereitet, um sie in Santo Domingo in die Irre laufen zu lassen, da schwenkt sie ganz überraschend um und fährt nach Spanien. Zuerst ins Baskenland, wo sie mit ehemaligen Emigranten spricht, die Galíndez gekannt haben. Dann geht sie nach Madrid, wo unsere Leute sie nicht mehr aus den Augen lassen, und sie sich mit einem Funktionär des Kultusministeriums befreundet, intim befreundet.»

«Ein anfälliges Kind.»

«Heiß, die Kleine.»

«Vielleicht würde es schon reichen, ihr ordentlich den Hintern zu versohlen.»

«Womit denn am liebsten?»

«Reißt euch am Riemen. Ihren Aufenthalt in Madrid haben wir genutzt, um Radcliffe ein wenig in die Mangel zu nehmen. Das habe ich selbst übernommen und dabei festgestellt, daß Radcliffe weich wie Wachs ist. Er hat schon die Hosen voll, wenn er nur daran denkt, daß er seinen Swimmingpool verlieren könnte. Ein Maulheld, der radikal erscheinen will, aber gleichzeitig an seinem Lebensstandard hängt. Er ist jetzt am Zug. Entweder kann er die Colbert überzeugen, die Nachforschungen im Fall Galíndez einzustellen, oder wir müssen uns ein paar neue Finten einfallen lassen, bevor uns die Sache aus den Händen gleitet.»

«Ist alles vorbereitet, falls sie doch nach Santo Domingo fährt?»

«Ja, aber wir sind uns längst nicht mehr so sicher wie zu Beginn. In Santo Domingo sind die Leute, die das Sagen haben, jetzt andere. Die, die das Mordkomplott gebilligt haben, sind alt und gebrechlich geworden, und die, die bereit sind, den Schleier der Vergangenheit zu lüften, haben ihre Angst vor dem Schatten Trujillos verloren. Der Beweis dafür ist ein Brief, den Muriel Colbert von José Israel Cuello erhalten hat, einem Verleger aus Santo Domingo, der in Intellektuellenkreisen hochangesehen ist, ein ehemaliger Kommunist, der zu seiner Zeit ein wichtiger Mann für die gesamte Karibik war und sogar in der Sowjetunion gewesen ist. Cuello schickt ihr Originaldokumente zum Fall Galíndez und bietet ihr an, in Santo Domingo zu wohnen, um dort ihre Nachforschungen in ‹authentischer Atmosphäre› weiterzuführen. Sie dankt für die Einladung, nennt jedoch keinen Reisetermin, hält sich die Möglichkeit aber offen. In Santo Domingo stecken wir eine Sicherheitszone ab, und falls sie in diese eindringt, behalte ich mir eine vorletzte Intervention vor. Sollte sie auch dieses Hindernis überwinden, treten Sie in Aktion.»

Der blonde, fast kahlköpfige Mann mit der kubischen Figur mustert seine drei Kollegen und wundert sich über ihre lässige Haltung. Sie haben ihm mit professioneller Aufmerksamkeit zugehört und zwischendurch immer wieder auf die Uhr geschaut, und das aus dem gleichen Grund, warum er seine Ausführungen möglichst kurz gehalten hatte.

«Das Spiel beginnt erst um sieben.»

«Ich brauche zwei Stunden bis nach Hause.»

«Ich werde euch nicht mehr lange aufhalten. Ihr habt die Unterlagen, und ich möchte, daß ihr sie auswendig lernt. Merkt euch die Fotos und die Beschreibungen. Falls ihr eingreifen müßt, was ich nicht hoffe, müssen die Unterlagen verschwinden.»

«Falls es zu einem direkten Einsatz kommt, wer wird die Aktion leiten?»

«Ich.»

Der Mann nimmt geschmeichelt zur Kenntnis, daß seine Kollegen überrascht sind. Jeder wäre überrascht, wenn er ihn als Leiter einer Einsatzgruppe zugeteilt bekäme, ihn, einen der erfahrensten Regionalchefs.

«Der Fall scheint ganz schön wichtig zu sein.»

«Oder gänzlich unwichtig.»

Sich räkelnd und streckend verließen sie den Raum, aber vielleicht lockerten sie auch nur ihre steif gewordenen Muskeln, die für große Pausen viel zu hochgetrimmt waren. Aufrecht und in Bewegung nahm man ihre aggressiven, biegsamen Körper deutlicher wahr, die sie unter einer Freizeitkleidung verbargen, wie sie Manager tragen, wenn man sie sonntags ertappt. Mit ihren weichen Sportsohlen auf den gebohnerten Korkfliesen treten sie, drei wachsame Katzen, jetzt in den stillen Mittag von Brooklyn Heights hinaus. Als er allein ist, macht sich der kubische Mann über die beiden verschmähten und übriggebliebenen Brote her, und wieder rollen die Dosen durch die Schublade, doch mit bereits merklich weniger Hoffnung auf ein Entkommen. Es sind noch zwei, die er langsam austrinkt, eine nach der anderen. Danach klopft er sich auf den geblähten Bauch und vergleicht ihn mit denen der eben Gegangenen. Ein Grund, sich Gedanken über den eigenen Körper zu machen, der immer schon eher kräftig als muskulös gewesen ist.

«Ein Möbel, Edward, du siehst aus wie ein Möbel. Du hast den Leib eines Flußpferds und die Seele eines Buschwindröschens.»

Seine drei Frauen hatten es zwar anders ausgedrückt, doch in der Sache waren sie derselben Meinung gewesen.

Das Flußpferd ruht im dicken Dreck,
gemütlich auf dem Rückenspeck;
es ist aus Fleisch und Blut,
auch wenn es nicht so tut.

«An dir ist ein Dichter verlorengegangen, Edward.»

Er sagt es mit seiner natürlichen Stimme, und danach imitiert er Somes.

«An dir ist ein Dichter verlorengegangen, Edward. Und die Familie, die Kinder?»

Er steht lachend auf und wieder an den Fenstern, aus denen er drei leere Bierdosen hinausschleudert, die die Luft durchschneiden und abstürzen, bevor sie den Horizont erreichen. Er geht, wie er gekommen ist, durchquert den Schlafraum der Computer, weiß sich von den schrägen Schatten der Wächter beobachtet und tritt auf die Straße an einem frühen Nachmittag, der noch sonnig geworden ist. Er geht mit schnellen Schritten auf den Eingang der Metro High Station Brooklyn zu und durchquert die Dunkelheit unter dem Bett des Kanals, die Augen ans Waggondach geheftet und mit den Gedanken bei der Wassermenge über seinem Kopf. In Greenwich Village steigt er aus und schlendert angesteckt von der Milde des Tages durch die Straßen. Er schiebt sich durch wahre Knäuel drängender Familien hindurch, die einen Platz zum Essen suchen oder mit dörflichem Gleichmut an den Flohmarktständen entlang bummeln, steckt in Pulks andächtig glotzender Touristen, die über die plötzlich europäisch anmutende und legendenumwobene Atmosphäre von Jazz und Literatur in diesem bizarren Netz von Straßen staunen, das nichts gemein hat mit dem auf dem Reißbrett entworfenen Manhattan. Durch diese Straßen sind Edgar Allan Poe, Melville und Henry James gegangen.

Auf dem Washington Square blühen die Happenings, und der schwarze Clown im Kreise fröhlicher Schaulustiger koexistiert friedlich mit dem Fahrradakrobaten und den Nietenjacken tragenden Punks, die kein anderes Publikum haben als sich selbst. Plötzlich ist das Village von einer universitären Kälte, vor ihm erhebt sich die New York University, und er macht mit angewidertem Gesicht kehrt, als hätte er um ein Haar in Norman Radcliffes mürbe Seele getreten. Er sucht sich einen Burger King und findet ihn. Einen Moment lang gerät er vor dem barocken Berg eines doppelten Hamburgers in Verzückung, dann beißt er langsam hinein, auf daß es niemals ende, sein ganzer Mund wird von der Ketchupsäure beherrscht, und seine Zähne suchen das harte Knacken der Zwiebel und des Salatblattherzens. Mit der Zungenspitze fährt er sich durch alle Ecken und Winkel des Mundes, um Raum für den Apfelkuchen mit Sahne zu schaffen, der schon wartet und den er löffelweise verschlingt, nicht langsam, sondern als schleudere er Kuchen und Sahne in die Abgründe seines Magens. Er ist gesättigt, und den kalten Schauer, der ihm über den Rücken läuft, gleicht er mit einer großen Tasse Kaffee aus. Als er den *fast-food* verläßt, hat sich das Village geleert. Die Restaurants haben sich gefüllt, und er sieht die Gäste hinter den Fenstern, sieht nur die Oberkörper, mit der typischen Sonntagsstimmung über italienische, chinesische oder indische Gerichte gebeugt. Er folgt dem Bogen des Washington Square und geht in Richtung Fifth Avenue, wieder in New York mit den Verheißungen seiner Skyline aus Wolkenkratzern. Vor der Nummer 30 gönnt er sich jedoch eine Pause und liebkost mit seinem Blick die Backsteinfassade, die Tür mit der Markise, schaut sich um und stellt sich Galíndez vor, wie er vom Gehweg auf die Straße tritt, elastischen Schritts vermutlich und stark mit dem Kopf nickend, denn er erinnert sich schwach an einen langen, schmalen Körper und einen nicht sehr starken Hals, und an einen Kopf, der im Verhältnis dazu fast überdimensioniert wirkte. Er stellt sich zwei große dunkle Hände um Galíndez' Hals vor und schließt die Augen, damit das Bild verschwinde. Plötzlich hat er es eilig und ruft ein Taxi. Auf dem Rücksitz wendet er sich um und sieht die Fassade der Nummer 30 in immer weitere Ferne rücken und ignoriert eine Weile die Fragen des Fahrers.

«Soll ich Sie irgendwo absetzen oder herumfahren?»

«Lassen Sie mich vor dem Madison raus.»

Das ist eine nicht eben lange Fahrt, und der Taxifahrer murrt. Der blonde, aber fast kahlköpfige Mann schaut auf seine Füße, die bald sechzig Jahre alt sind und die er rot und geschwollen, wund und entwürdigt in Erinnerung hat. Die Füße danken ihm die Erholungspause im Taxi, empfinden es jedoch als Zumutung, daß er sie mit dem letzten Wegstück bis zu seinem Dachsbau quält. Von dem Indio- oder Chicanoportier keine Spur, und er ist ganz dankbar dafür, da er sich den Gruß sparen kann, den der andere ohnhin nur erwidert, wenn er stehenbleibt und noch einmal grüßt. Sobald er die abgestandene Luft seiner Wohnung atmet, fühlt er sich wohler, als könne er jetzt freier atmen, und er zieht mit den Füßen die Slipper aus, die er im Flur liegenläßt, und geht beinah leichtfüßig in seine Küche. Als er an der Wohnzimmertür vorbeigeht, bemerkt er jedoch aus dem Augenwinkel eine überraschende Ordnung. Jemand hat seine Unordnung geordnet, und Mrs. Tate kann es, heute am Sonntag, nicht gewesen sein. Er fährt mit der Hand unter seine Jacke und schieb sie an das Schulterhalfter. Doch mit dem ersten Blick schon sieht er sie lang hingestreckt und schlafend auf dem zerschlissenen Plüschsofa liegen. Er erkennt sie an den dünnen Beinen, an der Hautfarbe, die irgendwas zwischen weiß und grau ist, sieht den Lederrock über der Wölbung ihres verführerischen Hinterns, der das einzig Verführerische an diesem Körper ist, dann die weiße Bluse und ihre Schultern, über die die aus einem billigen Frisiersalon stammenden und als solche kaum noch zu erkennenden Locken fallen. Die Frau schläft mit einem Arm unter dem Kopf und schützt damit zugleich ihre Augen, die der Rückenlehne des Sofas zugewandt sind. Neben der Schlafzimmertür eine Reisetasche, und überall Anzeichen des Versuchs, die ursprüngliche Schlampigkeit zu korrigieren. In der Küche ist sogar abgewaschen und das Geschirr bereits trocken, keine Spur mehr von der Verpflegungsschlacht am Morgen, und dieselbe Ordnung findet sich auch im Kühlschrank wieder. Es riecht nach Fichtennadelspray, und der Mann denkt beschämt an seine Schuhe, die er im Flur gelassen hat. Er will sie gerade holen, als eine Stimme ihn aufhält.

«Edward?»

«Judith, so eine Überraschung.»

«Edward.»

Sie hat sich aufgesetzt und fährt mit den Händen durch ihr Gesicht, das von einem helleren Grau ist als die Beine, versucht die Lichter aus ihren vom Unterarm malträtierten Augen zu verscheuchen, ihre Gesichtszüge nehmen allmählich wieder normale Formen an und stellen sich auf die Situation ein, sie lächelt ihn an.

«Edward!»

«Ich vermutete dich zweihundert Meilen von hier entfernt.»

«Das erkläre ich dir später.»

Er überlegt, ob es ihm gefällt oder nicht gefällt, daß diese Mulattin in seine Wohnung und damit wieder in sein Leben eingedrungen ist.

«Fühl dich wie zu Hause.»

«Tue ich schon. Ich habe eine fürchterliche Reise hinter mir.»

Er fühlt sich vom Gürtel abwärts gelähmt, wenn er sie sich nackt auf dem Sofa vorstellt, wie in früheren Zeiten.

«Warum hast du mich nicht benachrichtigt?»

«Es ging alles so schnell, ich erzähle es dir noch. Schenkst du mir einen ein? Ich habe den Whisky an seinen Platz gestellt.»

Welches ist der Platz für den Whisky? Da fällt ihm ein, daß es einen Barschrank gibt, sogar mit ausklappbarer Theke, auf der sich Bücher und halbvolle Flaschen stapeln. Da steht er ja, in der Ecke des Wohnzimmers. Die Bücher stehen aufrecht, und die Flaschen dienen als Halter.

«Du hast gründliche Arbeit geleistet.»

«Ich habe mir gedacht, daß du spät zurückkommen würdest, und ich habe mich gelangweilt. Ich konnte nur grübeln, weinen oder mich langweilen.»

Sie hat große gerötete Mulattenaugen und aufgequollene Lippen von der Verzweiflung, die in ihr brennt. Der Mann wendet sich seufzend ab und fühlt sich schon wie ein Barmann, als er mit dem Inhalt einer Flasche Old Crow zwei Gläser halb füllt. Er hat keine Lust, noch zur Küche zu gehen, und fragt:

«Ich nehme kein Eis, und du?»

«Ich auch nicht.»

Er reicht ihr das Glas und setzt sich ihr gegenüber. Sie trinken bedächtig den ersten Schluck, und er versucht sich vorzustellen, welche Geschichte er gleich hören wird. Sie überlegt, wie sie sie ihm erzählen soll.

«Kann ich ein paar Tage hierbleiben?»

«Klar.»

Aber ihr ist das kurze Zögern nicht entgangen.

«Bringe ich dich in Schwierigkeiten? Lebst du mit jemandem zusammen?»

«Nein, das ist es nicht. Ich habe eine Frau, die hier putzt, ja, auch wenn du es nicht glaubst. Sie kommt einmal oder zweimal die Woche, ich glaube zweimal. Sie ist angehalten zu putzen, aber nicht allzusehr aufzuräumen. Ich habe hier meine eigene Ordnung. Bei der Arbeit bin ich sehr ordentlich, und zu Hause genieße ich es, es nicht zu sein.»

«Tut mir leid.»

«Nein. Du hattest ganz recht. Alles hat seine Grenzen, und ich muß gestehen, heute sah es hier wie in einem Saustall aus.»

«Wird deine Haushälterin sehr empört sein?»

«Sie ist keine Haushälterin, sie ist eine neugierige Negerin.»

Er beißt sich auf die Lippen, kaum daß er das Wort Negerin ausgesprochen hat, doch Judith fühlt sich nicht im mindesten angesprochen.

«Du kannst ruhig ein paar Tage bleiben, aber denk daran, daß ich wegen meiner Arbeit diskret sein muß, äußerst diskret.»

«Was ist das für eine Arbeit, Edward?»

«Gewerbeauskunft. Ich beschaffe Informationen für Gewerbebetriebe.»

«Nach deinen Büchern zu urteilen, müßtest du Lehrer sein. Es sind nicht viele, aber es sind die Bücher eines Lehrers. Dichter. Als wir uns in Chicago kennenlernten, hast du mir erzählt, du seist Reisevertreter.»

«Vielleicht war ich damals Reisevertreter. Stimmt. Ich reise viel.»

«Früher war ich ja immer nur vorübergehend in dieser Wohnung, da habe ich mich nie um solche Dinge gekümmert. Ich möchte nicht, daß du dich durch meine Anwesenheit bedrängt fühlst, aber ich will mir in New York Arbeit suchen. Mit Richard habe ich Schluß gemacht.»

Wer ist Richard? denkt er, nickt jedoch verständnisvoll und betrachtet sie über den Rand seines leeren Glases hinweg, das er vor sein Gesicht hält, damit sie nicht sieht, daß ihm die Sache eigentlich nicht paßt.

«Ich habe Geld; nur nicht genug, um mir ein Hotel leisten zu können. Vielleicht ein billiges.»

«Entlang der Columbus findest du anständige und preiswerte Hotels, die dazu noch den Vorteil haben, daß die Kakerlaken kleiner sind. Sie sind dort nicht so gut genährt wie im Plaza oder im Waldorf.»

«Wenn es dir nichts ausmacht, würde ich gerne baden. Ich fühle mich sehr angespannt.»

Er wies ihr großzügig den Weg zum Bad und betrachtete ihren trotz des hervorstehenden Hinterns elastischen Gang; in seinen Fingerkuppen lebte noch die Erinnerung an diesen kalten Hintern mit der fast weißen, grießigen Haut und dann plötzlich die feuchte Vulva mit den tiefschwarzen glatten Haaren, wie das Auge eines Zyklopen unter gigantischen feuchten Wimpern. Er schloß die Augen und versuchte, sich die Vorteile seiner neuen Situation vorzustellen. Keine. Vom Bauchnabel abwärts fühlte er sich weiterhin wie betäubt, als weigere sich sein Hirn eigensinnig, Lustgefühle zu entwickeln. Er schenkte sich noch einen Old Crow ein. Und noch einen. Er rief sich frühere Begegnungen mit Judith in Erinnerung, ein gelegentlicher Beischlaf auf Dienstreisen, aus dem eine Gelegenheitsbeziehung entstanden war, beinah schon vergessen. Und der Schlüssel? Wie war sie hereingekommen? In welcher geistigen Umnachtung oder sexuellen Euphorie hatte er ihr seinen Zweitschlüssel gegeben? Er ging zur Badezimmertür und rief:

«Was hat denn der Portier zu dir gesagt?»

«Er war nicht da, aber er kennt mich.»

«Er kennt dich?»

«Ich habe mich früher ein paarmal mit ihm unterhalten.»

«Du hast mit dem Portier gesprochen? Das habe ich in den vier Jahren noch nicht geschafft, die ich hier wohne.»

Geräusch von Wasser, aus dem sich ein Bein heraushebt. Er stellt sich das graue Bein vor, wie es lotrecht aus dem Seifenwasser in die Höhe steigt. Sie hätte eine zimtfarbene oder fast weiße oder auch dunkle Mulattin sein können. Woher hatte sie nur diese graue Farbe einer kranken Schwarzen? Allerdings hatte sie einen anmutigen Körper, einen gut zu knetenden Hintern und zwei tanzende Brüste mit Höfen, die fast so groß waren wie der Rest. Er vermied es aber, nachzuschauen, ob sich all diese Dinge noch an ihrem Platz befanden, und ging ins Wohnzimmer zurück und zur Whiskyflasche. Sein Kopf war heiß von den Drinks, die Atmung schon etwas beschleunigt, genau wie die Bilder und wie seine Gedanken, die Stimme nicht mehr ganz kontrolliert, als er die Frau willkommen hieß, die sich in ein weißes Handtuch gehüllt hatte und ihr Haar in ein zweites Handtuch in Form eines Turbans.

«Du siehst aus wie eine Maharani.»

«Und du wie ein Nilpferd auf Besuch in deiner eigenen Wohnung.»

Mit steifen Lippen rezitierte er:

Das Flußpferd ruht im dicken Dreck,
gemütlich auf dem Rückenspeck;
es ist aus Fleisch und Blut,
auch wenn es nicht so tut.

«Siehst du? Du bist ein Dichter.»

«Ich hätte einer sein können. Ich hätte Lehrer oder Professor werden können.»

«Und warum bist du keiner geworden?»

«Eine Zeitlang war ich es, aber dann mußte ich mich entscheiden zwischen lesen oder leben.»

Sie schlug das Handtuch zurück, das ihren Körper bedeckte, und zeigte sich nackt im Halbschatten, der eigentlich schon überging in die Dämmerung.

«Hast du Lust?»

«Später.»

Das Handtuch bedeckte wieder den Körper, und die Frau trat an die Bar, um sich ein weiteres Glas einzuschenken.

«Was passieren mußte, ist passiert. Jahrelang habe ich nichts anderes getan, als mich selbst und Richard zu betrügen, doch die Dinge sind, wie sie sind. Wer war das, der gesagt hat, in Amerika sind die Dinge immer, wie sie sind? Das weiß ich noch aus der Schule, in der Volksschule haben wir das gelernt.»

«Calvin Coolidge. Das war sein bester Satz.»

«Der Präsident?»

«Der Präsident.»

«Damit hatte er recht. Die Dinge sind, wie sie sind. Du kennst Richard ja.»

«Nein. Das Vergnügen hatte ich noch nicht.»

«Ich habe ihn dir doch vorgestellt. Ich erinnere mich genau.»

«Nein. Die Richards, die mir im Leben vorgestellt worden sind, vergesse ich nicht so leicht.»

«Bist du betrunken?»

«Ein bißchen.»

Sie entnimmt ihrer Tasche ein Reisenecessaire und dem wiederum ein Fingernageletui. Dann setzt sie sich ihm gegenüber, kreuzt die schlanken grauen Beine, die jetzt einen etwas weicheren Glanz haben, und widmet sich ihren Fingernägeln, als hinge davon das Gleichgewicht der Welt ab. Der Mann erinnert sich an einen früheren Vorsatz und springt abrupt auf.

«Das Spiel!»

Seine Augen suchen etwas offenbar Unentbehrliches und finden es nicht.

«Wo hast du die Fernbedienung hingelegt?»

Sie deutet mit dem Kinn zum Fernseher, auf dem der elektronische Diener liegt und darauf wartet, in die Hand genommen zu werden. Er nimmt ihn, läßt sich ins Sofa fallen und stellt den Kanal ein. Aus dem Innern des Nichts entstehen die Bilder auf dem grünen, bereits vom Flutlicht angestrahlten Universum. Jets und Giants wälzen und türmen sich im Stadion, und die Stimme des Kommentators scheint die Bewegungen dieser polychromen Wichte zu lenken.

«Nie werde ich das Endspiel im Super Bowl von 1986 zwischen Giants und Denver Broncos in Pasadena vergessen. Das war die Wiedergeburt der Giants. Das brauchte New York.»

Es war ein Monolog, den sie nicht aufgenommen hat. Zwei Tränenspuren verraten, daß die Konzentration auf ihre von gefräßigen kleinen Scherenspitzen heimgesuchten Fingernägel nicht echt ist.

Aber auch er läßt die Tränenbotschaft ins Leere laufen und widmet dem Bildschirm die ganze Aufmerksamkeit, die er verdient, kämpft gegen die ihm immer wieder zufallenden Augenlider, die ihm die Wiederkehr der altbekannten Schläfrigkeit signalisieren, dieser vertrauten Begleiterin, die beim Trinken und Fernsehen sich einstellt, Balsam für alle Wunden, den er anfänglich noch zurückweist, der letztendlich jedoch seinen Augen den Frieden gibt, den Schlaf, das Nichts. Und als er aufwacht, sind Heerscharen von Insekten an dem flimmernden Bildschirm irre geworden, doch nicht das Summen des Apparats hat ihn aus den Tiefen des Schlafs herausgerissen, sondern der beharrliche Ruf der Türsprechanlage, die ihn mit dem Portier verbindet. Mühsam kommt er auf die Beine, und es dauert, bis er die Botschaft realisiert, die gegen sein korkiges Gehirn hämmert und die er erst der Wirklichkeit zuordnet, als er zur Sprechanlage taumelt. Die Stimme des Indio- oder Chicanoportiers scheint ihm weniger unpersönlich als sonst zu klingen. Er ist verärgert.

«Ich rufe Sie seit einer halben Stunde.»

«Ich habe geschlafen.»

«Hier unten ist ein Bote. Seine Botschaft muß wohl sehr wichtig sein, denn es ist zwei Uhr morgens, und er hat mich geweckt.»

«Das tut mir leid.»

«Mir auch. Soll ich ihn hinaufschicken?»

«Hat er einen Ausweis dabei?»

«Er hat einen Ausweis dabei.»

«Schicken Sie ihn herauf.»

Er erwartet ihn bei angelehnter Tür, um ihn früher zu sehen, als er selbst zu sehen ist, und da kommt ein ledernes Insekt mit einem Helm auf dem Kopf und dunkler Brille. Am Helm steckt der Botenausweis der Firma. Wortlos tauschen sie Briefumschlag und Empfangsbeleg aus. Er schließt die Tür, legt den Umschlag auf eine Konsole, geht in die Küche und hält den Kopf unter den Kaltwasserhahn, füllt ein Glas mit Wasser und wirft zwei Alka Seltzer hinein. Er leert das Glas in einem Zug, nimmt den Briefumschlag an sich und läßt sich ins Sofa fallen, belästigt von einem Geräusch, das er nicht auf Anhieb in dem unnütz laufenden Fernseher ortet. Vor morgen wird er nicht erfahren, wie das Spiel der Giants gegen die Jets ausgegangen ist. Ein Infrarotstrahl beendet das Gewimmel der leuchtenden Insekten, und die Stille lindert den Schmerz in seinem Kopf. Vier

Blätter fallen aus dem Umschlag. Auf dem ersten die Chiffre, die er liest, als hätte er eine Dechiffriermaschine im Kopf, und die drei anderen ein Brief, von Muriel Colbert unterschrieben und an Norman Radcliffe gerichtet. Er überfliegt ihn, aber es ist, als lese er nicht, sondern empfange nur eine Nachricht, die ihn beunruhigt, ihn dazu treibt, wieder in die Küche zu gehen, an den Kühlschrank, und gierig ein Bier in sich hineinzuschütten, bis die Flüssigkeit aus seinem Mund schäumt und ihm übers Kinn rinnt, auf die Brust tropft und auf das Hemd über seinem aufgeblähten Bauch. Er faßt sich an den feuchtgewordenen Bauch und knurrt:

«Das ökologische Gleichgewicht muß wiederhergestellt werden.»

Und jetzt nimmt er sich den Brief vor und liest mit den Augen eines Chirurgen, der fremde Gefühle seziert. Er legt die drei Seiten auf den Küchentisch, als wären sie drei Karten, endlich aufgedeckt zum entscheidenden Spiel.

«Mal sehen, was du uns zu sagen hast, Muriel.»

Er tastet automatisch nach dem roten Stift, den er am Morgen in der Pyjamatasche trug. Judith! Wo war Judith! Zweifellos im Bett, und der Blick auf den Stift, an seinem Platz neben dem Kühlschrank an einem Notizblock hängend, lenkt seine Gedanken von dem ungebetenen Gast ab. Er setzt sich an den Tisch, bereit, zu lesen und zu schreiben. «Lieber Norman. Ich antworte Dir mit der gewünschten Schnelligkeit und einer nicht gewünschten Empörung, die, das schwöre ich Dir, sich nicht gegen Dich richtet.» Kindchen, laß die Empörung, renne nicht blind in dein Unglück. «Wie kann man behaupten, Galíndez sei nicht von Interesse, wenn gerade ein Buch über ihn erschienen ist von Manuel de Dios Unanúe, zudem noch in New York publiziert, bei einem gewissen Verlag Cupre...» Kindchen, wache auf, das Buch wird höchstens von ein paar sentimentalen Radikalen gelesen, ist zudem noch auf Spanisch geschrieben und so wenig bekannt, daß kein Mensch auch nur eine Miene deswegen verzieht. «...ist die vollständigste Arbeit, die bis heute über den Fall Galíndez vorgelegt worden ist. Gleichwohl bleibt auch hier die Darstellung konfus, wenn es darum geht, daß er ein antikommunistischer Agent des FBI wie der CIA, als auch Agent der baskischen Nationalisten war...» Du weißt es, und es kümmert dich nicht oder vielleicht willst du nur nicht zugeben, daß du es weißt, weil dich vor allem die Leidenschaft für diese Mumie beherrscht, deren Reste als

Plankton vor der Küste der Dominikanischen Republik im Meer schwimmen, Überbleibsel eines Festmahls der Haie ... «Aus dem Buch von Unanúe ergibt sich, daß der Fall Galíndez sehr wohl noch aktuell ist, ebenso wie die höchst interessanten Zeugenaussagen, die konstruiert wurden, um sein Verschwinden zu ‹erklären›, und damit meine ich sowohl den Porter-Report als auch den unseligen Ernst-Report.» Armer Ernst, fast dreißig Jahre nach der Befriedung des politischen Gewissens der Vereinigten Staaten noch so von der Geschichte gebeutelt zu werden ... «Aber ist die Tatsache, daß man Galíndez vergißt, nicht eine Folge dieses Bekenntnisses zur Geschichtslosigkeit, das man allenthalben hört und mit dem man Geschichte von moralischen Kategorien befreien will?» Die moralischen Kategorien der Geschichte, die moralischen Kategorien des Historischen. Was soll das sein, Kindchen? Ein paar Zeilen aus dem Lexikon? «Warum aber interessiert sich niemand für Galíndez? Hat es in Lateinamerika in jüngster Vergangenheit nicht genügend Fälle von brutalem Staatsterror gegeben, als daß man glauben könnte, Galíndez sei ein Fall für die Archäologie?» Ach, Kindchen, du glaubst immer noch, daß die Geschichte ihre Schuldigen hat. In den Geschichtsbüchern ist kein Platz für Schuld, oder höchstens eine Zeile, die nicht einmal für die Opfer reicht. «Dir allein gestehe ich, daß meine Arbeit noch vollkommen offen ist und ich vielleicht nach einer unmöglichen Antwort suche. Wie hat Galíndez dem Tod ins Auge geschaut, der Tatsache, sterben zu müssen, und wie weit hat ihm das ‹Geschichtsbewußtsein› geholfen, von dem Du uns in Deinen Vorlesungen erzählt hast?» Darüber hast du in deinen Vorlesungen gesprochen, Norman? Du solltest dich schämen, du Schlingel. Dein eigenes Geschichtsbewußtsein besteht doch nur darin, daß du dir deine Scheinradikalität erhältst, das Konto deiner Schwiegereltern und das frische Fötzchen deiner jungen Frau, du Arschloch. «Ich werde die Wende, um die man mich bittet ... nicht vollziehen.» Kindchen, mach keinen Fehler. Laß dich nicht zu vorschnellen Entschlüssen verleiten. «... an diesem kritischen Punkt ohne Wiederkehr ...» Was ist das? Irgend so ein rotes Theoriegewichse? Von wo kehrt man nicht zurück? Von den Dingen, wie sie sind? Ist man schon einmal von der Eindeutigkeit zurückgekehrt? Warum sollte man vor der Eindeutigkeit fliehen wollen? «Ich bin sicher, Du verstehst mich. Niemand kann meine Haltung besser verstehen als Du, denn Du warst der, der sie geformt, gefestigt und gefördert hat.» Du, Norman, und noch Tausende anderer Arschlöcher deiner Sorte fördern den Kampf gegen das Eindeutige und nicht zu Ändernde in der Welt. Gefühllos für das Scheitern, für die Leichen der anderen. Er legte die Seiten aufeinander und studierte die Unterschrift mit den fast verlorengeglaubten Resten einer graphologischen Ausbildung. Sie sah aus wie die Unterschrift eines Musikers, und ihm fiel nicht mehr ein, welcher Musiker das war, an den die Unterschrift ihn erinnerte.

«Naiv. Dumm und naiv. Solche wird es immer geben. Sie sind zu bedauern.»

Er fürchtete, Judith könne ihn gehört haben, und er schlich auf Zehenspitzen zum Schlafzimmer, um zu sehen, ob sie schlief. Aber das Bett war leer, nicht einmal der Abdruck eines Körpers. Es gab auch keine Frauenkleider, und er fand ihre Reisetasche nicht im Wohnzimmer, wohl hingegen einen Zettel unter der Flasche Old Crow.

«Ich suche mir ein Zimmer. Leb wohl, du Schwein.»

Na, na, nicht so dramatisch. So schlimm war es doch nicht. Er hatte nichts weiter getan, als an seinem Appetit gezweifelt und seiner Erinnerung mißtraut. Obwohl er die Frau jetzt gern an seiner Seite im Bett gehabt und ihr im Halbschlaf den Hintern geknetet hätte, selbst auf die Gefahr hin, ihren Atem zu riechen, den Atem einer grauen Mulattin. Er ging ins Bad zurück und klappte den Spiegel von der Wand, der das Bild seines Gesichts mitnahm, und hinter dem Spiegel erschien ein eingemauerter Safe. Er schloß ihn auf, und die kleine Tür öffnete sich elektrisch. In die offene Nische legte er den Umschlag und zog einen blauen Hefter aus einem säuberlich geschichteten Stapel. Auf dem Deckblatt stand «Don Angelito», und der Mann knurrte: «Das ist die Auferstehung der Mumien.»

Nun ja, die Reichen weinen auch, Doña Carmen.»

«Ich weiß nicht, ob die Reichen weinen oder nicht, Voltaire, aber ich kann gar nicht mehr aufhören, seit diese Serie läuft.»

«Weinen ist gesund, Doña Carmen.»

«Ja, vielleicht nur nicht so oft, Voltaire.»

«Wie wär's denn mit einem Kaffee und einem kleinen Rum dazu?»

«So früh schon und in Ihrem Alter.»

«Eben drum, Doña Carmen. So bringe ich gleich den Kreislauf in Schwung.»

«Noch mehr habe ich ja über diese armen Frauen geweint, Don Voltaire.»

«Welche Frauen?»

«Haben Sie nicht davon gehört? Immer die alte Geschichte, diese verdammte Einwanderungsbehörde. Ein Flüchtlingsschiff voll mit Frauen aus Martinique, in Holzkisten gesteckt haben sie die Ärmsten und dann ins Wasser geworfen, damit sie an die Küste treiben, die Ärmsten. Zwölf sind ertrunken, und nur sechs sind angekommen.»

«Von Martinique, das ist aber neu, Doña Carmen.»

«Ganz Amerika drängt nach Miami.»

«Aber wo sollen wir die alle lassen? Je mehr von den Barracudas gefressen werden, desto besser.»

«Wie können Sie nur so herzlos, aber wirklich so was von herzlos sein, Voltaire? Sie selbst sind doch auch einmal hier angekommen.»

«Als ich hier angekommen bin, gab es nur Gringos, Gringos, ein paar liederliche Kubaner und eine Handvoll baskischer Pelotaspieler. Darum bin ich ja hergekommen, Doña Carmen, Sie wissen doch, Pelota ist mein Leben, und die Jai Alais sind meine zweite

Heimat. Und hier bin ich versumpft, darum sage ich immer, Miami ist ein Sumpf; in dem stecke ich nun seit vierzig Jahren. Als ich ankam, gab es hier noch nicht einmal Straßen.»

«Und das ist Ihnen gut bekommen, bei Ihrem Alter haben Sie noch eine Haut wie ein junger Mann und ein Figürchen wie ein Tänzer.»

Voltaire lachte und zeigte ein schimmerndes Gebiß, das in seinem braunen, von den hellen Schatten der faltigen Haut zerfurchten Gesicht glänzte. Er trank einen kleinen Schluck von dem Rum, goß den Rest in seinen Kaffee und gab zwei Würfel Zucker dazu.

«Wie, sagen Sie, nennt sich das?»

«*Carajillo*. Das kenne ich aus Spanien. Eine bessere Medizin als die gibt es nicht.»

«Was Sie schon alles von der Welt gesehen haben, Don Voltaire, da beneide ich Sie richtig. Ich bin von Sagua direkt hierhergekommen und war vorher, als ich geheiratet habe, einmal in Havanna, um da den Trauzeugen meines seligen Mannes zu besuchen.»

«Bevor die Bärtigen in Havanna einmarschiert sind, war ich jede Woche da, so wie man eben nach Miami Beach hinausfährt. Ich hatte immer ein Hotel auf dem Malecón, das *Riviera*, da wurde gespielt; oder ich bin ins Galizische Zentrum gegangen, um mir einen *Spanien in Flammen* zu genehmigen.»

«Was ist denn das schon wieder, Don Voltaire?»

«Cognac und Cidre, ich mag doch das Gemischte, Doña Carmen, weil ich selbst gemischt bin und eine Vorliebe für alles Gemischte habe. Mein Vater hat mich zu Ehren der größten Revolution der Menschheitsgeschichte Voltaire genannt, O'Shea, weil er von freigelassenen Sklaven der Finca O'Shea in Guayana abstammte, und Zarraluqui, weil meine Mutter Spanierin war, aus dem Baskenland, wo Pelota herkommt. Mein Vater war Schnapsbrenner und meine Mutter Musiklehrerin. Wollen Sie's noch gemischter?»

«Mein seliger Mann war Arbeiter in den Zuckerrohrfeldern, bis Castro mit seinen Bärtigen kam und wir hierher geflüchtet sind, und ich war Modistin, ich hatte sehr geschickte Hände, dafür war ich in der ganzen Gegend bekannt, und die angesehensten Damen von Josua haben bei mir anfertigen lassen.»

«Na so was, und ich habe Sie immer für eine Voodoo-Priesterin gehalten, Doña Carmen.»

«Voodoo-Priesterin, ich?»

Die Mulattin schlug ein Kreuz und hielt sich die dicke Patschhand vor den Mund, um nicht laut loszuprusten.

«Don Voltaire, Sie sind mir heute aber ein ganz Schlimmer. Alles was ich im Haus habe, ist ein Bild von der Barmherzigen Jungfrau, und die habe ich gerade mit einer wunderschönen Orchidee geschmückt, die mir mein Sohn von einer Weekendtour mitgebracht hat.»

«Eine richtige Tempeltänzerin habe ich mir vorgestellt.»

«Tempeltänzerin, ich? Wenn Sie weiter so ungezogen sind, werde ich Ihnen das Gläschen Rum und das Täßchen Kaffee berechnen und ganz schnell vergessen, wie sehr ich Sie mag, Don Voltaire.»

Er schob sich den alten Strohhut so schief ins Gesicht, daß er fast ein Auge verdeckte, knöpfte den taillierten weißen Rock zu, warf einen prüfenden Blick auf seine glänzenden Schuhe und fuhr sich dann mit der Papierserviette über das gelblichweiße Schnurrbärtchen.

«Ich werde mal zum Park hinuntergehen und den Schachspielern zuschauen, das ist ein schöner Spaziergang, und der Arzt hat mir geraten, meine alten Knochen zu bewegen, um das Blut in Schwung zu halten. Wenn ich einmal sterbe, möchte ich meine Leiche schließlich in bestem Zustand wissen.»

«Guter Gott, Don Voltaire!»

Doch der Alte drehte sich bereits tänzelnd im Kreis und sang, wie ein Tänzer, der sich selbst begleitet, mit lachenden Augen und bebendem Kinn:

Liebe mit Liebe vergolten,
welch schöne Weisheit da spricht,
doch der Schatz, den du verloren,
noch einmal gibt es ihn nicht.
Nur er ward auf der Welt geboren,
dein innig Geliebter zu sein.
Die Liebe ist ein blühender Garten,
der ewig und wunderbar ist;
drum darfst du von mir nicht erwarten,
daß mein Herz dich jemals vergißt.

So tänzelte er hinaus auf die Straße, verfolgt vom Gelächter der Wirtin.

«Alter Narr, nichts als Unsinn im Kopf.»

Sie schaute beifallheischend zu den übrigen Gästen, die kaum den Kopf gehoben hatten, als Don Voltaire seine *show* abzog, was vielleicht daran lag, daß sie junge Latinos waren, die nur Augen für ihren Reis mit schwarzen Bohnen hatten, die sie so gierig verschlangen, daß sie mit Bohnen, Reis und Fett ihre T-Shirts bekleckerten, die die Namen und Gesichter von Barry Manilow, Bruce Springsteen und El Puma trugen. Don Voltaire war schon auf der Straße und grüßte den Eigentümer des Bestattungsunternehmens, der sich mit einem Palmwedel Kühlung zufächelte, und ging an seinem Schaufenster voller Heiligenbildchen, frommer Bücher und Anti-Castro-Propaganda vorbei. In der Luft lag der Geruch von kubanischen Restaurantküchen und ein saurer Blumenduft aus den vom letzten Regen versumpften Gärten, so daß er schnüffelnd seine Äuglein schloß und sich schwor, standhaft den Versuchungen all der appetitlichen Gerichte zu widerstehen, wie der einer guten Portion Reis mit schwarzen Bohnen, der von ausgekochtem Suppenfleisch oder kreolischem Hackfleisch, von chiligedämpften Langusten oder einer sämigen Garnelensuppe mit Reis und hinterher einen leckeren Froschschenkel in Rumlikör oder einen aromatischen Tuff Tuff. Je schneller er zur Calle Ocho kam, desto schneller würde er den Versuchungen der Küchendüfte entkommen.

«Don Voltaire, wie wär's mit einem Gläschen Rum?»

Das war der böse Schatten von Evaristo Ripoll mit seinem Jíbaroschrumpfkopf, der auf der Spitze einer wabbeligen Fettpyramide thronte.

«Ich hab mir schon gerade einen *Carta de Oro* mit einem Täßchen Kaffee genehmigt.»

«Dann ein Likörchen zum Magenöffnen; ist auch sehr nahrhaft.»

«Wenn Sie mir ein Gläschen Grapefruitsaft ohne Rum gäben, würde ich nicht nein sagen, Don Evaristo, aber ich will nicht schon am frühen Morgen die Leber reizen und den Blutdruck auf hundert bringen.»

Evaristo bat ihn, einzutreten, doch Voltaire bevorzugte den Schaukelstuhl unter einem gewaltigen Fikus, von dem aus er den wogenden Strunk einer Bananenstaude betrachten konnte, deren

Blätter der Hagel zerfetzt hatte. Evaristo kam mit einem Tablett heraus, auf dem die Gläser bedrohlich klirrten, und der Alte sprang behende auf die Beine, um es ihm abzunehmen und eine Katastrophe zu verhindern.

«Danke. Sie sind flink wie ein Fisch, Voltaire.»

«Und Sie sind ein Pottwal, der nicht mehr weiß, wohin mit seinem Fett.»

«Ich verbrenne zu wenig.»

«Sie essen zuviel. Sie sollten es machen wie ich; am Morgen ein Gläschen Saft, später einen Kaffee mit einem Schüßchen Rum, wieder ein Säftchen, später ein bißchen gegrilltes Fleisch und einen Salat dazu, nachmittags Gemüse und am Abend Obst. Da, sehen Sie selbst.»

«Und das nennen Sie essen? Wozu in Ihrem Alter noch so gesund sein, Don Voltaire? Nicht daß ich Sie nicht beneide. Vor einigen Tagen habe ich Sie in Radio Mambí über die Musik auf den Antillen reden hören und gedacht, so ein kluger Kopf, dieser Don Voltaire, was der alles weiß. Und ein andermal über Literatur und die alten Piratenwege, ohne Kubaner zu sein, wissen Sie mehr über Kuba, als wir achthunderttausend Kubaner hier in Miami. Hochinteressant, dieser Korsar Hayn, wie er in Matanzas die Spanier gezwungen hat, die Hosen runterzulassen, und auch die fünfzigtausend Gold- und Silberpesos, die Morgan aus Camagüey rausgeholt hat. Sie müssen viel gelesen haben, Don Voltaire.»

«Und viel gereist, das haben die alten Lateiner schon gesagt, *leben muß man nicht, zur See fahren aber wohl*, und das ist auch immer mein Wahlspruch gewesen, bis ich hier in Miami versumpft bin, als es sozusagen noch nicht einmal Straßen gab und Kuba zu nichts anderem gut war, als kurz mal hinzufahren und sich umzuschauen, um dann im Club Americano davon zu erzählen. Damals gab es hier weder Haitianer noch Nicaraguaner, nur ein paar Kubaner, die aus politischen Gründen zusahen, daß sie genügend Wasser zwischen sich und ihre Insel brachten und der Küstenwache der Gringos nicht ins Netz gingen. Aber das war später, unter Batista.»

«Der hübsche Mulatte, daß er so enden mußte ... Ich könnte mir die Zunge abbeißen, wenn ich denke, daß ich schlecht von ihm gesprochen habe, als er noch unser Präsident war und uns vor den verlausten Kommunisten beschützt hat. Und Sie, Don Voltaire, Sie kennen doch viele Leute, hören sich bei denen von der Zeitung und vom Radio um, haben viel gelesen und sind viel gereist, meinen Sie, daß der Läusebart diesmal reif ist?»

«Castro?»

«Der elende Hund, ja.»

«Der überlebt uns alle.»

«Sagen Sie nicht so was, das ist ja defätistisch.»

«Miami ist das Paradies der Fanatiker, aber wenn ihr Castro fertigmachen wollt, dann braucht ihr einen kühlen Kopf und einen klaren Verstand, einen ebenso kühlen Kopf und klaren Verstand wie der Feind.»

«Wenn wir ihn nicht stürzen, Voltaire, dann stürzt ihn niemand mehr. Ich sehe doch die Jugend, meine Enkel zum Beispiel, für die ist Castro so was wie der Mann im Mond, obwohl er nur einen Steinwurf von uns entfernt ist. Ich bin mit der ersten Emigrantenwelle gekommen, der von '59, und meine Frau und die Kinder sind Mitte der siebziger Jahre gekommen. Das waren noch andere als die Meute von Kriminellen, Nutten und Schwulen, die Castro den Gringos aus Mariel rübergeschickt hat. Meine Enkel denken schon genau wie die Yankees, haben nur Rock und Baseball im Kopf, und in zehn Jahren ist die Flamme erloschen. Ich will nach Havanna zurück, in mein freies Havanna, nicht in dieses elende Havanna, das die Castro-Anhänger heruntergewirtschaftet haben, weil sie die alten Zeiten haßten.»

«Sie werden nie mehr nach Havanna zurückkehren. Begnügen Sie sich mit diesen neun Kilometern von Little Havanna. So gut wie in Miami leben Sie sonst nirgends. Warum wollen Sie zurück? Hier haben Sie dasselbe Klima, dasselbe Essen, hier drinnen wird nur Spanisch gesprochen, aber immer nur Castro hier und Castro da. Sperren Sie doch mal die Ohren auf und hören sich an, was aus all diesen beschissenen Radios aus all diesen beschissenen offenstehenden Fenstern dröhnt, hört man da was anderes als Castro, Kommunismus, Castro, Kommunismus...? Da brauchen Sie sich nicht zu wundern, daß Ihre Enkel sich die Ohren zuhalten.»

«Wenn ich Sie nicht kennen würde, Don Voltaire, könnte ich fast glauben, Sie seien ein Defätist, ein Anhänger Castros.»

«Ein Anhänger Castros, ich? Ich habe die Grausamkeit des Kommunismus auf der halben Welt kennengelernt. In Spanien habe ich sie erlebt. Nach dem Krieg bin ich durch Europa gefahren, bis ich mit der Nase an den Eisernen Vorhang gestoßen bin. Wollen Sie mir beibringen, was Kommunismus ist?»

«Regen Sie sich nicht auf, Don Voltaire, trinken Sie noch ein Glas, ich bringe Ihnen noch einen *Juice*.»

«Mir ist jetzt die Laune verdorben, Don Evaristo, ich gehe lieber in den Maceo Park und schau den Schachspielern zu, vielleicht läßt man mich auch eine Runde beim Domino mitspielen.»

«Hier finden Sie jedenfalls immer einen Freund, Don Voltaire.»

Das Anerbieten hatte er noch im Ohr, als er schon über den Gehsteig zockelte, den er abrupt verließ, um einen *Miami Herald* von einem jungen Schwarzen zu erstehen, der die Zeitung mitten auf der Straße an die Autofahrer verkaufte. Einwanderung: Reagans Dilemma. Haitianer zurückgeschickt. Leichtathletik, die Mutter aller Sportarten. Der Dichter und die Zensur: der Fall Angel Cuadra... Einwanderung, ein Problem für Reagan. Er brummelte die Schlagzeile vor sich hin, als wäre es sein eigener Gedanke. Im Gehen blätterte er die Zeitung durch und hob und senkte abwechselnd den Blick, um nicht mit entgegenkommenden Passanten zusammenzustoßen oder gegen einen Hydranten zu laufen. Je näher er der Calle Ocho kam, desto ungehinderter konnte der Blick schweifen. Die Häuser hier waren gestrichen, man sah, daß ein Architekt am Werk gewesen war, und man sah auch, was sie gekostet hatten. Voltaire ging jetzt in einem Tempo, daß einige Passanten ihm heimlich nachschauten, denn der alte Mann lief, als würde er von einer starken inneren Kraft vorangezerrt. Doch dann verlangsamte er seinen Schritt wieder und paßte ihn dem behaglichen Glanz der Calle Ocho an, während er zugleich feststellte, daß immer noch das Spruchband dort hing, das verkündete, daß man im pulsierenden Herzen von Little Havanna angekommen war. «Bienvenido a la Calle Ocho.» Er stieß auf ein Trio blonder, blauäugiger Mädchen. «Habt ihr euch verlaufen, ihr Rotkäppchen?» Er war erstaunt über diesen angelsächsischen Farbtupfer inmitten der braunen Blässe des schicken kubanischen Viertels von Miami, und er entlockte ihnen ein Kichern über diesen wunderlichen Alten, der sie unter seinem Don Ameche-Hut anblinzelte und ihnen mit gespitzten Lippen Küsse zuwarf. Voltaire folgte seiner gewohnten Route zum Maceo Park und atmete erleichtert auf, als er sah, daß am Dominotisch noch nicht gespielt wurde, so als wartete man auf ihn.

«Wartet ihr auf mich?»

«Nicht direkt, Don Voltaire, wir hatten kein *Quorum.*»

«Du meinst, ihr hattet einen Mann zu wenig?»

«Sie sagen doch immer *Quorum*, Don Voltaire.»

«Sei kein Esel, Germinal. *Quorum* ist lateinisch und der Genitiv Plural von *qui*. Gemeint ist die Anzahl der Beteiligten, die man für eine Entscheidung braucht.»

«Das meinte ich doch, Don Voltaire, eine Partie Viererdomino hat ihr *Quorum*, wenn vier Leute zusammen sind.»

«Germinal, was man mit siebzig Jahren nicht gelernt hat, das lernt man nie.»

Der Ex-Zigarrenmeister von Vuelta Abajo mischte die Dominosteine, die vollständig unter seinen Schaufelhänden verschwanden. Ein alter Vogel beäugte aufmerksam jede Bewegung dieser Pranken mit seiner spitzen Nase und pickenden Augen, und der vierte war ein Einarmiger, der über seinen alten, aber immer noch muskulösen Oberkörper ein T-Shirt gezogen hatte, auf dem das Konterfei von Don Johnson prangte.

«Wen trägst du denn auf deiner Brust spazieren, Alberto?»

«Haben Sie keinen Fernseher, Don Voltaire? Das ist Crockett von *Miami Vice*, sein richtiger Name ist aber Don Johnson.»

«Hast du es neuerdings mit den Angebern aus dem Fernsehen, wie die jungen Milchgesichter heute?»

«Mein Enkel hat mir das Hemd zum Geburtstag geschenkt.»

«Na ja, ich würde jedenfalls nicht als Zeitungsverkäufer verkleidet auf die Straße gehen.»

«Immer adrett, wie aus dem Ei gepellt, Don Voltaire.»

«Man sieht Ihnen an, daß Sie nicht fernsehen.»

«Natürlich sehe ich fern, und ich kenne auch die Namen von denen, die in dieser albernen Serie spielen, Tubbs und Leutnant Castillo, stimmt's? Ich sehe mir das aber nur an, weil ich es amüsant finde, daß sie *Miami Vice* nennen, was in Wirklichkeit ein Reklamespot für diese Stadt ist, der in der ganzen Welt gesendet wird. Sie machen Reklame mit Schwulen, Nutten und Drogensüchtigen, mit dem ganzen Pöbel, der aus Mariel herübergekommen ist. Hat dieser Johnson irgendeine Ähnlichkeit mit den Polizisten, die ihr kennt?

Wißt ihr, was ein Polizist in der Woche verdient? Vierhundertfünfzig Dollar, das ist die Hälfte von dem, was die Seidenunterhosen von diesem Schönling kosten.»

«Und woher wissen Sie, daß er seidene Unterhosen trägt, Voltaire?»

«Weil ich Zeitung lese, was ihr nicht tut. Ich lasse mir kein X für ein U vormachen, Alberto, schließlich war ich schon in Miami, als es hier noch gar keine Straßen gab.»

«Zweier Pasch.»

«Pasch fünf geht drüber.»

«Ich passe. Mein Stein ist schwärzer als ein Loch.»

«Als es hier noch keine Straßen gab, da gab es noch richtige Kriminalität, mit Bandenkriegen an jeder Straßenecke, die mit Uzis und Mac 1 ausgetragen wurden.»

«Das sind doch neue Waffen, Voltaire.»

«Nun, mit welchen Waffen auch immer. Jedenfalls haben sie sich hier mit Uzis und Mac 1 beschossen, oder etwa nicht?»

«Aber das war später.»

«Dies ist eine Gangsterstadt, die von ihren eigenen Legenden lebt, vom Waschen von Drogengeldern und von den Touristen.»

«Was ist daran so schlimm, Voltaire?»

«Die Touristen sehen vor lauter Sonne den Abschaum nicht. Die denken, dies sei Tahiti, und es ist Beirut.»

«Was ist Beirut?»

«Die Hauptstadt des Libanon.»

«Ich habe einen Schwager, der kommt aus dem Libanon, das ist in Afrika.»

«Pasch sechs!» platzte Voltaire heraus, als er seinen Stein setzen konnte, und war darüber so begeistert, daß er auf Germinals geographischen Unsinn keine Antwort gab, sondern es bei einem Seitenblick bewenden ließ. Mit demselben Seitenblick sah er den kleinen Mann mit dem ewig speckigen Anzug und der Krawatte vom Format einer kugelsicheren Weste herankommen.

«Da kommt der Mann, der an seiner Krawatte erstickt.»

«Spielen wir weiter, als ob nichts wäre.»

Der Herankommende trug einen Bilderrahmen mit einem verblichenen Porträt vor sich her, als wäre es eine Opfergabe an die Menschen im Park, die ihm jedoch keinerlei Beachtung schenkten, obschon sich vielleicht eine Frau bekreuzigte, die ihm entgegenkam, oder ein Mann Anstalten machte, seinen Hut zu ziehen. Er blieb an einem Tisch mit Schachspielern stehen, die ihm zulächelten, ohne sich in ihren Überlegungen von ihm unterbrechen zu lassen, so daß der Bildträger von seiner Habt-acht-Haltung in eine Rührt-euch-Stellung wechselte und danach die von ihm allein gebildete Kompanie wegtreten ließ, wie Voltaire seine Mitspieler informierte, denen er zum besten gab, was er aus den Augenwinkeln beobachtete.

«Und jetzt kommt er mit seinem auf Händen getragenen General zu uns.»

«Und da Sie ihn unweigerlich anquatschen werden, Don Voltaire, haben wir ihn am Hals, und er stiehlt uns die Zeit. Wir wissen doch, daß Sie es nicht lassen können, ihn auszuholen.»

Don Voltaire kniff die Äuglein zusammen, solange Germinal mit seinen Pranken die schwarzen Rücken der Dominosteine nach oben kehrte und mischte. Der Träger des Bildes war jetzt bei ihnen angekommen, grüßte mit einem Kopfnicken und hielt ihnen das auf Karton abgezogene, schon recht mitgenommene Bildnis hin, das so oft ausgeführt und der Sonne ausgesetzt worden war, daß selbst der Rahmen darunter gelitten hatte, mein armer General, bemerkte Voltaire, langsam reicht es doch, Don José Manuel, ihn herumzuführen, als ginge man mit dem Heiligen Herzen Jesu auf Prozession.

«Es gibt nicht mehr viele, die des Generals Don Fulgencio Batista gedenken, und ich bin sein letzter Soldat, der ihn all den undankbaren Kubanern vorhält, die ihn fallen und von den roten Barbaren mit Füßen treten lassen haben.»

«Ein Heiliger hätte keine treffenderen Worte finden können, aber soweit ich weiß, haben Sie Don Fulgencio nicht einmal gekannt.»

«Ich hatte die Ehre, ihm während einer Audienz die Hand zu geben, und während seines leidvollen Exils stand ich im Briefwechsel mit ihm.»

«Exil ja, aber doch nicht leidvoll, Don José Manuel.»

«Von jenem schmachvollen 1. Januar 1959, an dem man ihn aus dem Vaterland verjagte, bis zu jenem unseligen Tag des Jahres 1973, an dem er im treulosen Spanien starb, war es das übergroße Leid, das sein Leben verkürzt hat, das Leben des größten Kubaners dieses Jahrhunderts.»

«Ich halte das Andenken des Generals in hohen Ehren», warf Alberto ein, «und es gibt keinen Kubaner in Miami, den die Undankbarkeit des kubanischen Volkes nicht reute, aber hier hätte er uns helfen können, Kuba zurückzuerobern, und es war ein Fehler, erst nach Santo Domingo und später nach Spanien ins Exil zu gehen.»

«Wahrscheinlich hat man ihm das Visum verweigert.»

«Don Voltaire, werden Sie nicht blasphemisch.»

«Glaubt ihr denn, die Yankees sind blöd? Die Yankees setzen niemals auf Verlierer. Ihr habt keine Ahnung von Geschichte, das ist immer schon so gewesen. Die Yankees setzen nicht auf ein Pferd, das schon gestürzt ist. Batista hatte in Kuba alles und hat alles verloren. Er hat es nicht einmal verstanden, das Land wie Trujillo, mit den Füßen voran, zu verlassen.»

Die Stirn des letzten Husars seines Generals verfinsterte sich, und er knirschte:

«Nur weil er zu nachgiebig war. Hätte er denen von der Moncada-Kaserne statt der Eier die Köpfe abgeschnitten, dann ständen wir jetzt anders da.»

Voltaire stand auf und reichte ihm die Hand.

«Jetzt sprechen Sie endlich wie ein Soldat des Kaisers.»

Der Batistamann nahm seine Hand, war aber ansonsten ebenso verblüfft wie die anderen über diese neue dialektische Pirouette Don Voltaires. Er war sich bewußt, daß er Erwartungen geweckt hatte, und erläuterte ihnen seinen überraschenden Ausbruch, während er die aufgenommenen Steine mit der Rückseite zu den Blicken der anderen aufstellte.

«Der hier anwesende Don José Manuel García, Fahnenträger seines Generals Fulgencio Batista, erinnert mich an den letzten Soldaten des großen Kaisers. Ein Franzose, wie es nur wenige gibt, denn die Franzosen sind ja bekanntlich so liederlich wie die Unterwäsche, die sie tragen, doch dieser legte jedes Jahr, wenn der Tag der Landung Napoleons nach seiner Verbannung auf der Insel Elba sich jährte, die Uniform der kaiserlichen Husaren an und eine symbolische Blume vor dem Invalidendom nieder; jedes Jahr.»

«Haben Sie das gesehen?»

«Paris ohne mich war damals undenkbar, und ich hatte mir zufällig das Datum der Landung Napoleons gemerkt...»

«Wissen Sie es noch, Don Voltaire?»

«Der 1. März 1815.»

«Was dieser Mann nicht weiß!»

«Und Sie sagen, er zog jedes Jahr die Uniform der kaiserlichen Husaren an und legte eine Blume nieder?»

Der Batistamann war beeindruckt, und Voltaire erhob sich erneut, umarmte ihn und sprach:

«Machen Sie sich keine Gedanken wegen der Blume, Don José Manuel, mit dem Bild haben Sie Ihre Pflicht mehr als erfüllt.»

«Ich nehme es auch überall mit. Wo ich hingehe, habe ich es bei mir. Ich verkaufe Bürsten und komme durch die ganze Stadt, und mit mir reist General Fulgencio Batista. Ich erstatte ihm Bericht. Ich mache ihm Meldung über die Kubaner; über die von Little Cuba, aber auch über die armen Kubaner von Union City oder New Jersey. Er war für sie alle wie ein Vater, der General, und er kam von ganz unten, war ein Mulatte, der hübsche Mulatte nannten sie ihn, weil er gut aussah, und nicht wie der Trampel, der jetzt an seiner Stelle sitzt, der ein verfluchter Kreole ist, der Sohn eines Ausbeuters. Und ich sage zu ihm: Mein General, die Kubaner stehen auf der ganzen Welt an erster Stelle. Der Geschäftsführer von Coca-Cola ist Kubaner, ein Kubaner entwirft die Kleider für Nancy Reagan, ein Kubaner ist der Weltrekordmann über achthundert Meter, und Amerikas Primaballerina ist eine Kubanerin.»

«Jetzt muß ich allerdings passen, denn mir fällt ums Verrecken nicht ein, wer der Weltrekordmann und wer die Primaballerina ist.»

«Juantorena und Alicia Alonso.»

«Aber das sind doch Castro-Anhänger.»

«Sind Sie sicher? Wie kann jemand, der besser als alle anderen ist, Castro-Anhänger sein? Castros Philosophie ist die Mittelmäßigkeit.»

«Gut gesagt.»

Damit waren sie alle einer Meinung, sogar Voltaire, obgleich seine abschließende Bemerkung dazu sich ganz nach einem Witz anhörte.

«Man sagt ja zu Recht, Kuba sei heute so universal wie nie zuvor, denn die Insel befindet sich in der Karibik, die Regierung in Moskau, die Armee in Afrika, und die Bevölkerung lebt in Miami.»

Sie kicherten und mußten sich zusammennehmen, um nicht laut loszuprusten, nur der posthume Soldat des Generals Fulgencio Batista nicht, der mit dem Porträt im Arm Haltung annahm, auf dem Absatz kehrtmachte und der nächsten Gruppe zustrebte.

«Den hat es übel erwischt. Ich sehe ihn immer im Pub Calle Ocho, da trinkt er seinen Kaffee und hat das Bild auf dem Schoß. Er traut sich nicht einmal, es auf den Boden zu stellen», sagte Voltaire seufzend, wurde mit einem doppelten Vierer gleich zwei Steine los und murmelte:

«Das Heimweh macht ihn krank.»

«Sehr schön gesagt, Voltaire. Genau das ist es. Welcher Kubaner ist nicht krank vor Heimweh? Letztens haben Sie was gesagt, das mir richtig ans Herz gegangen ist, etwas über das Exil.»

«Nichts ist erfolgreicher als das Exil.»

«Ist das von Martí?»

«Nein, es hätte aber von ihm sein können. Es ist von einem kubanischen Schriftsteller, der im Exil lebt, ganz berühmt, und er hat den Satz in dieser Stadt gesagt, vor eurer Nase, zumindest vor deiner, Germinal, denn du und ich, wir waren beide auf dieser Veranstaltung.»

«Es war Carpentier.»

«Der war doch ein Roter. Der war nie im Exil. Nein, Cabrera Infante. Der Autor von *Drei traurige Tiger* und *Infante's Inferno*.»

«Mann, was für Titel.»

«Eine so kleine Insel und solche Talente.»

«Vorige Tage habe ich den verrückten Estrella im Fernsehen gesehen, aber halt, der ist kein bißchen verrückt. Er sagte, er gedächte zu sterben, ohne ein Wort Englisch gelernt zu haben, und daß die Yankees den Boden küssen müßten, auf dem wir gehen, denn bevor wir gekommen wären, wäre Miami nichts gewesen, aber absolut gar nichts. Ein Kaff.»

«Das stimmt aber nicht, Alberto, ich war schon in Miami, als es noch nicht einmal Straßen gab, und da war was los. Da hießen die Gangster noch Al Capone, und waren keine Fernsehgangster wie diese Angeber von *Miami Vice*.»

«Ich habe nur gesagt, was ich gehört habe. Aber sicher ist doch wohl, daß das Geld, das wir 1959 hier hereingebracht haben, ich meine, die, die Devisen hatten und sie mitnehmen konnten, daß das der Grundstock für den Wohlstand in dieser Stadt war.»

«Fertig!»

«Dieser gerissene Hund. Da denkt man, er spielt gar nicht, ist mit den Gedanken bei den Traurigen und bei den Tigern, und dann hängt er uns ab. Dieser gerissene alte Hund.»

«Schluß mit Domino, Schluß mit dem Heimweh, Freunde, ich habe schon so feuchte Augen davon bekommen, daß mir Champignons herauswachsen. Nächstes Jahr in Havanna.»

«So gefallen Sie mir, Don Voltaire, und nicht als so ein verdammter Defätist.»

«Betet zur Barmherzigen Jungfrau oder nehmt Orisha und betet zu Oloff, damit Ochún euch schütze, oder besser, Orula, der große Seher der Zukunft, oder seine Geliebte, Changó. Und wäre La Cubanísima morgen unser, ich würde in einen dieser Läden gehen, in denen Wundermittel und magische Schriften angeboten werden, und anstatt Liebestau zu kaufen, um einen Liebsten zu finden, oder Männerglück, damit mein Mann mich nicht verläßt, würde ich mir ein Bildnis von Orula kaufen, um zu sehen, ob er uns diesmal mit Gewißheit sagen kann: nächstes Jahr in Havanna.»

Er wartete die Wirkung seiner Worte nicht ab, sondern schob sich den Hut in die Stirn und zockelte so flink wie er gekommen war davon, auf die erste Ampel der Calle Ocho zu und dann durch die Straßen in nördlicher Richtung, die ihn nach Hause führten. Bei dem Gedanken an die Verwirrung, die er gestiftet hatte, mußte er innerlich lachen, so sehr lachen, daß es schließlich aus ihm herausbrach und er sich an eine Hauswand lehnen mußte, um sich wieder zu fangen. Plötzlich sah er García mit dem Bild vor sich, oder García vor einigen Tagen, wie er behauptete, Batista könne Wunder wirken und selbst im Tode noch die Trockenheit besiegen, wie er selbst einmal bewiesen hatte.

«Ich habe das Bild des Generals und einen Lautsprecher auf mein Auto gebunden, das Band mit der Rede des Generals eingelegt und bin dann unter dem Klang dieser prophetischen Stimme durch die Straßen von Miami gefahren. Und die Stimme hat den Regen gebracht. Es hat geregnet.»

Voltaire vollführte einen übertriebenen Hüftschwung, als gelänge es ihm nur mit Mühe, zwei hüpfenden Mädchen in weißen Söckchen und weißen Turnschuhen auszuweichen.

«Ach, wolltet Ihr mein Herz mit Füßen treten!»

Die Mädchen lachten, Voltaire setzte seinen Weg fort, und je tiefer er in sein Viertel eindrang, desto häufiger grüßte er die Leute und wurde er gegrüßt. Er hielt vor einem weiß und grün gestrichenen Mietshaus, dessen Anstrich von Sonne und Regen verblaßt war, drückte eine Kennzahl in dem automatischen Türöffner, und die Tür ging auf. Eine Hausmeisterin aus Fleisch und Blut wischte die synthetischen Fliesen des Hausflurs und war ein einziger Hintern, der sich zur Seite schob, als sie Don Voltaires Anwesenheit spürte.

«Lassen Sie Ihre Hände bei sich.»

«Habe ich dir was getan, Dolores?»

«Das nicht. Aber für alle Fälle.»

Voltaire stieg die Stufen zum ersten Stock empor und öffnete die erste Tür. Kaum war er eingestiegen, empfing ihn eine Klagemauer von fünf Katzen, die ihn mit den unterschiedlichsten Erwartungen bedrängten.

«Alles zu seiner Zeit, meine Damen, Voltaire hat jetzt einen strammen Appetit, und für euch ist auch genug da.»

Aus dem Kühlschrank, der so alt war wie er selbst, sich aber nicht so gut gehalten hatte, nahm er eine Plastiktüte mit vorgewaschenem Salat und einen Streifen Fleisch, den er auf die Küchenwaage legte. Neben der Waage richtete er den Salat mit Limonen und zwei Tropfen Öl an und legte das Fleisch kurz in die heiße Pfanne, ohne es zu salzen. Nachdem er es auf einen Teller gelegt hatte, stellte er das bescheidene Mahl auf den Tisch, goß sich ein Glas Kirschsaft ein und holte aus der Speisekammer eine Schachtel Knuspercrisps. Die Katzen reckten die Hälse, zogen ihre Lefzen und Schnurrbärte hoch und miauten herzerweichend zu dem alten Mann hinauf.

«Gefräßige Kreaturen, immer denkt ihr nur ans Essen, ihr werdet euch noch mal zu Tode fressen.»

Er verteilte fünf Häufchen Knuspercrisps in der Küche, auf dem Boden, auf einem Stuhl, und das größte Häufchen eine Handbreit von seinem Teller entfernt auf dem Tisch. Jede Katze kannte ihr Häufchen, und eine große weiße Katze mit rosigem Maul hatte die Ehre, sich den Tisch mit Don Voltaire zu teilen. Sie fraß mit einer possierlichen Pedanterie, die sich in nichts von der des Alten unterschied.

«Wie schön das knirscht, was du da ißt, *Dama Blanca*; ich wollte, ich hätte deine scharfen Zähnchen und nicht dieses scheuernde Gebiß.»

Nach dem Essen stritten die Katzen um das Vorrecht, sich an seinen Hosenbeinen zu reiben, und nur *Dama Blanca* lief geschmeidig über den Tisch, um sich mit einem wohlberechneten Satz auf Don Voltaires Schultern niederzulassen.

«Euch fehlt nur noch, daß ihr sprechen könnt, dann hättet ihr sogar studieren können. Zweifellos hättet ihr bessere Noten bekommen als mancher Trottel, der jetzt studiert.»

Bei dem Wort studieren stutzte er, als sei er auf etwas gestoßen, das er während des ganzen Heimweges im Hinterkopf gehabt hätte, und mit der Katze auf der Schulter erhob er sich und ging die paar Schritte zu seinem sauber aufgeräumten Schlafzimmer, dessen lange Seitenwand von einem Bücherregal voller Enzyklopädien bedeckt war: die Britannica, das Colliers, eine Große Billiken Enzyklopädie, der Illustrierte Larousse, Espasa und Salvat in je zwanzig Bänden, sowie weitere Bücher enzyklopädischen Weltwissens, ob nun von Uthea oder dem Fondo de Cultura Económica. Er schlug den Larousse auf und suchte nach dem Stichwort Napoleon: «Die Freiheitskriege führten zum Rückzug Napoleons und zu seiner Absetzung am 2. 4. 1814 durch den Senat; am 6. 4. dankte Napoleon in Fontainebleau ab. Er erhielt die Insel Elba zum Wohnsitz als Souverän mit dem Kaisertitel. Die Hoffnung auf den Zerfall der antifranzösischen Koalition auf dem Wiener Kongreß ließ Napoleon noch einmal nach der Herrschaft greifen (die hundert Tage von seiner überraschenden Landung bei Cannes am 1. 3. 1815 ...»

«Am 1. 3. 1815! Heureka! Voltaire, deine grauen Zellen funktionieren noch!»

«... bis zur Niederlage bei Waterloo am 18. 6. 1815).»

«Die Landung bei Cannes! Eine tollkühne Landung, *Dama Blanca*!»

Dama Blanca schloß die Augen, als Don Voltaire das dicke Buch zuklappte und ins Regal zurückstellte. Er ging ins Badezimmer, füllte ein Glas mit Wasser und löste einige Tropfen einer braunen Tinktur darin auf, um sich damit den Mund auszuspülen und zu gurgeln, was die Katze jedoch nicht dazu brachte, ihren Hochsitz zu verlassen. Sie paßte sich vielmehr den Bewegungen ihres Herrn an, auch der plötzlichen Verbeugung über das Wasserbecken, um auszuspucken. Mit zwei Fingern, geschickt wie eine Präzisionszange, nahm Voltaire sein Gebiß aus dem Mund, und sein kleines Gesicht schrumpfte auf die Hälfte zusammen, derweil das Gebiß wie ein erstarrtes Grinsen auf den Grund des erneut gefüllten Glases sank. Voltaire fuhr mit seiner Zunge durch die befreite Mundhöhle und besonders vorsichtig an den wunden Stellen des Zahnfleisches entlang. Aus einer vergoldeten Schachtel mit geprägten Lettern nahm er zwei Ginsengkapseln und schluckte sie in dem Gefühl, sich etwas Gutes zu tun.

«Wenn du mal älter bist, so alt wie ich, *Dama Blanca*, dann gebe ich dir ein Stückchen von der Pille ab, und so wirst du bis ans Ende deiner Tage schön sein, und alle Katzen werden dich beneiden, besonders diese widerliche *Rosalia* von Gertrudis, dieser Hure, die eine Hure und die Tochter einer Hure ist, genau wie ihre Mutter.»

Er ließ dem Katzenvieh bei der Besetzung des Bettes den Vortritt, und als er sah, daß es sich in einer Höhlung zusammenrollte, die wie geschaffen dafür schien, zog Voltaire seine Schuhe aus und ließ seinen kleinen Körper vorsichtig auf das Bett sinken. Fast unverzüglich lag er fast reglos da, mit einer Hand noch das Fell der Katze streichelnd, ohne es wirklich zu berühren, ein abstraktes, einschläferndes Ritual. Seine Augen hielt er offen, und nur seine Atmung veränderte sich, bis sie wie gedämpftes Pfeifen klang, wobei ihm ein dünner Speichelfaden aus dem Mundwinkel rann, als sei er das überschüssige Schmiermittel des Tons. Aus den Fenstern zum Hof drangen sich überlagernde Melodien an sein Ohr, am lautesten war die Musik von El Puma, die sanfteste war von José Luis Perales, und mittendrein Julio Iglesias: *«Siempre hay por quién luchar, a quién amar...»* Dösend lauschte er den Liedern, ignorierte die, die ihn nervten, und fing schließlich an mitzuträllern, was die Katze, die zu wittern versuchte, woher die Melodien kamen, mit geduldiger Neugier verfolgte. Und von der Musik zurück zur Wirklichkeit der Zimmerdecke, zum angespannten Verharren der Flügel des Deckenventilators aus imitiertem Holz. Er richtete sich auf, um die Situation, seine und die der Katze, wieder in den Griff zu kriegen.

«Im Bett stets nur so lange, wie man zum Schlafen braucht, *Dama Blanca*, niemals zum Sterben.»

Im Badezimmer kämmte er sich, nahm das Gebiß aus dem Glas und trocknete es mit einem Handtuch ab, setzte es wieder ein und klapperte mit den falschen Zähnen, um den Sitz zu prüfen. Sein Gesicht war jetzt wieder vollständig, und mit ihm lehnte er sich aus dem Fenster, das auf den Innenhof mit einer riesigen Palme hinausging.

«He, Nachbarinnen! Könnt ihr mir das Radio nicht ein bißchen leiser drehen? Dabei können alte Leute und Katzen doch unmöglich schlafen.»

Ein großes, glänzendes Frauengesicht schaute lachend aus dem Fenster.

«Musik besänftigt wilde Tiere, Don Voltaire.»

«Nicht in diesem Zoo. Sie sollten lieber singen, das gefiele mir besser.»

«Was möchten Sie denn hören, Don Voltaire?»

«Was Ihr Busen hergibt, dafür haben Sie ihn ja, und nicht zu knapp. Singen Sie mir *Marasuá*, Frau Nachbarin, das geht Ihnen so schön von den Lippen.»

«Sie sind mir einer, Don Voltaire, das Lied hat meine Mutter als kleines Mädchen gesungen. Ich singe es Ihnen, wenn ich es noch auf die Reihe bekomme.»

«Denken Sie an Ihre Mutter, Frau Nachbarin, und stellen Sie Radio Manguí mit seinem ewig gleichen Perales ab.»

Die Nachbarin trat kichernd vom Fenster zurück, und nach einer Weile drang von da, wo sie eben noch gestanden hatte, das Lied nach draußen, das von ganzem Herzen Voltaire gewidmet war.

Eine Königin des Orients, Marasuá,
die große Liebe ihres Königs war,
doch reitet er fort, so wartet ein junger Prinz,
und liebt die Königin Mará, Marasuá.
Oh, süße Marasuá,
deine Liebe für mich ganz allein!
Laß mich träumen, ich wäre auch dein,
dein einziger Schatz, Marasuá.
Mein Herz will zerspringen vor Wonne,
doch kehrt der König dann heim,
so laß mich träumen, o du meine Sonne,
der Herr deiner Liebe zu sein.

Das Lied ging noch weiter, und Voltaire brummte: «Sie quakt wie ein Frosch, die alte Sumpfkuh...», lehnte aber schon aus dem Fenster und rief:

«Nachtigall ... ! Nachtigall ... !»

«Gilt das mir?»

Ihr Lachen ist breiter als das Fenster.

«Sie singen wie eine Nachtigall, glauben Sie mir.»

«Ich singe es für Sie, wann immer Sie wollen.»

«Und immer wenn Ihr Mann nicht da ist, ich könnte das Lied nämlich wörtlich nehmen, und Ihnen mal einen kleinen Besuch abstatten.»

«Einen Besuch jederzeit, Don Voltaire.»

Der Vorteil der Katzen ist, daß sie nur miauen, knurrte der Alte, vom Schrillen des Telefons aufgeschreckt, das er mit einem kontinuierlichen komme schon, komme schon beantwortete, bis er den Hörer in der Hand hielt.

«Ja?»

Je länger er lauschte, desto mehr vertrieben neue Sorgen seine bisherigen.

«Verstanden.»

Mehr sagte er nicht und legte mit einem Schauern den Hörer auf die Gabel. Mit dem Fuß schob er sanft die Katze beiseite, die ihre Krallen an seinem Hosenbein wetzte, und obwohl die Bewegung keineswegs heftig gewesen war, tat sie ihm sogleich leid, doch er bat das Tier nicht um Verzeihung, er hatte kurz daran gedacht, tat es dann aber nicht. Im Schlafzimmer zog er gleich die erste Schublade auf, fuhr mit den Händen zwischen die zweckdienlich sortierte Unterwäsche, schob sie zu beiden Seiten auseinander, um das darunter befindliche Geheimfach freizulegen. Er drückte mit zwei Fingern auf die Mitte, und der doppelte Boden glitt zur rechten Seite, wobei ein Hohlraum sichtbar wurde, dessen auffälligster Inhalt ein Wildlederbeutel war. Er nahm ihn heraus, zog die Schleife auf, mit der er verknotet war, und beförderte eine Beretta mit Schulterhalfter und ein Springmesser zutage. Er prüfte das Magazin der Pistole und den Mechanismus des Messers, der die stählerne Seele hervorspringen ließ. Das Messer steckte er in die Tasche, und die Pistole hängte er sich unter die Achsel, dann sah er prüfend im Spiegel nach, wie seine Jacke saß. Den Strohhut schob er sich über das linke Auge.

«Auf Wiedersehen, die Damen, und benehmt euch, denn ich erfahre alles», sagte er zu den Katzen. Auf der Straße schritt er wieder zügig voran und hielt nach einem leeren Taxi Ausschau. Als er eines sah, winkte er es heran und stieg ein. Er brauchte eine Weile, bis er sich konzentrieren konnte, weil ihn der alles beherrschende Erdbeerduft eines Raumsprays irritierte.

«Soviel Parfüm; gehst du auf ein Fest, Bruder?»

Der Taxifahrer war jedoch weder Kubaner noch Nicaraguaner, sondern ein Haitianer, der ein Gemisch aus Kreolisch und Spanisch sprach.

«Fahr mich zum Barnacle, ich will mich überzeugen, ob es noch steht.»

Der Taxifahrer verstand den Scherz nicht, und Voltaire schnüffelte in der Luft, um herauszufinden, ob es stimmte, was die Kubaner sagten, daß die Haitianer alle stanken und AIDS hatten. Er spürte ein banges Zucken in seinem Gesäß, als könne der AIDS-Virus durch die Plastiksitze in seinen Körper dringen. Vor ihm lag eine lange Fahrt, und er versuchte, die Zeit damit zu verbringen, daß er die zunehmend älter werdende Umgebung betrachtete, die darauf hindeutete, daß sie sich dem Zentrum des alten Miami näherten, jener Stadt, in der er noch Zeit gehabt hatte, jung zu sein.

«Als ich nach Miami kam, gab es noch nicht einmal Straßen.»

Auch diesen Scherz verstand der Taxifahrer nicht, aber er lächelte freundlich.

«Sind Sie aus Haiti?»

Wieder lächelte er und nickte dabei.

«Wie schafft ihr es nur, aus dem Krome zu entkommen? Ich habe gehört, die Kontrollen sollen da noch strenger sein als in Ellis Island.»

«*Avec pacience.*»

«Immer mehr Haitianer kommen nach Miami. Ich war in eurem Bezirk, als ihr den Sturz von Duvalier gefeiert habt. Zwischen 2nd Avenue Nordost und vierundfünfzigster Straße ging nichts mehr. Absolutes Verkehrschaos. Die Leute tanzten auf den Straßen, manche seit dem Morgengrauen. Und überall blaurote Fahnen und das Hupen der Autos den ganzen Tag lang. *À bas Duvalier! À bas Duvalier! À bas Duvalier!*»

Der Taxifahrer ließ sich anstecken und drückte laut lachend im selben Rhythmus auf die Hupe.

«Sind Sie Kubaner?»

«Nein. Aber so gut wie und auch wieder nicht. Ich bin Weltbürger und Freidenker, so wie der, der mir meinen Namen gegeben hat, Jean Baptiste Arouet, ‹Voltaire›.»

«War er Haitianer?»

«Franzose. Ich kenne Haiti nur von einem Blick über die Grenze, in der Zeit, als ich in Santo Domingo gelebt habe. Ich war nie da, aber ich war mit den haitianischen Malern gut befreundet, die in der dominikanischen Hauptstadt lebten. Gute Maler.»

«Wir Haitianer sind gute Maler», bestätigte er, den Blick schon auf das Meer der Biscayne Bay und die Vegetation der Parks und Vorgärten von Coconut Grove gerichtet.

«Ich bin aber nicht wegen der Politik aus Haiti weg», erklärte er, wandte sich um und führte eine zur Schnabelspitze geformte Hand zum Mund.

«Sondern weil ich da nichts zu Beißen hatte.»

«Duvalier war ein Geizhals. Ich meine den Vater von diesem Lackaffen, den ihr jetzt abgesetzt habt. Er war kein Staatsmann, sondern ein Halsabschneider. Ich kannte Trujillo ganz gut, und der war genauso ein Tyrann wie Duvalier.»

«Trujillo ganz schlimm. Hat Haitianer totschlagen lassen.»

«Er war ein Tyrann wie Duvalier, aber er war kein Geizhals. Als Duvalier schon zum Präsidenten auf Lebenszeit ernannt worden war, benutzte er immer noch die alten Briefbögen und schrieb mit der Hand *à vie* dahinter, um das Geld für neue Briefbögen zu sparen.»

Der Taxifahrer stimmte zu.

«Das Gute an euch ist, daß ihr so bescheiden seid.»

«Ja, wir sind sehr bescheiden.»

«Während die Kubaner große Aufschneider sind.»

«Was sind Aufschneider?»

«Großmäuler, *fanfarons*.»

«Ah, *fanfarons*! Ja, *ils sont des fanfarons*.»

«Und Rassisten, die die Schwarzen in Kuba verachten und euch auch, nur weil ihr Schwarze seid.»

«Ja, große Rassisten.»

«Und Castro ist auch ein Rassist. Alle Anführer der Revolution waren Weiße. Wo sind die Schwarzen?»

«Hier, alle Schwarzen sind hier.»

«Mit den letzten kubanischen Schiffen sind nur verrückte, drogensüchtige und kriminelle Schwarze angekommen...»

«Die Stadt ist voll mit Schwarzen», bestätigte der Taxifahrer, ob dieser Offenkundigkeit besorgt.

«Wenn es nach den Kubanern ginge, käme kein einziger Haitianer mehr nach Miami herein, sie würden sie im Krome verrotten lassen.»

«Sie sind ein großer Freund des haitianischen Volkes.»

«Weil die Haitianer bescheidene Menschen sind und ich schon hier war, als es hier noch gar keine Straßen gab, und die Kubaner glauben, daß alles nur ihnen zu verdanken ist und Miami ohne sie gar nicht existieren würde.»

«*Ils sont des fanfarons.*»

«Außerdem können sie euch nicht leiden, weil ihr euch gegen einen reaktionären Diktator erhoben habt, und die Kubaner hier sind alle Reaktionäre. Ich habe ihnen gesagt, Duvalier ist ein Mörder, und sie antworteten, Castro ist schlimmer als Duvalier. Was sagst du dazu, Bruder?»

«Davon habe ich keine Ahnung, von Politik werde ich nicht satt.»

Das Taxi war in den Peacock Park eingebogen und suchte nach dem Gebäude des Barnacle.

«Ist gut, Bruder, ich steige hier aus und nutze das letzte Stück für einen kleinen Spaziergang.»

Und als er ausgestiegen war, drehte er sich zu dem Fahrer um und verabschiedete sich mit erhobener Faust.

«Es lebe das freie Haiti!»

Der Taxifahrer lachte, ahmte die Handbewegung seines Fahrgastes aber nicht nach, obwohl er ihm nachlächelte, als er ihn über den Rasen davongehen sah, unter Palmen hin, die auf goldschimmernden Sandinseln wuchsen, den winzigkleinen Don Voltaire, winzig im Vergleich zu den Eichen, den Quimbombos und Mahagonibäumen, die die Auffahrt zum Barnacle säumten, The Barnacle, mit seiner gerade hundertjährigen Geschichte, der Geschichte des Holzes von gestrandeten Schiffen. Voltaire ging an dem ehemaligen Haus der Munroes und jetzigen Museum vorbei, um einen Blick auf den Ozean zu werfen, auf die Inseln in der Bucht und auf Key Biscayne in weiter Ferne. Sie hatten noch immer etwas Wildes, diese Mangroven. Ganz anders das langgestreckte Miami Beach am Horizont, mit der gezackten Linie seiner Luxushotels am Rande des endlosen Ozeans, wie ein Instantmuseum der Pracht und der Herrlichkeit Floridas. Auf ein Holzgeländer gestützt, überschaute Voltaire alle Wege, die zum Barnacle führten, und sah den Mann kommen, der ihn herbestellt hatte, sah den roten Haarschopf und den viel zu weiten Anzug über dem mageren Gerippe. Sein Gesicht erinnerte ihn an ein verdrießliches Tier, das sich irgendwo befindet, wo es nicht hingehört, mit unstetem Blick und dem sichtbaren Wunsch, an irgendeinem Ort, nur nicht an diesem zu sein. Er kam allein, und der Park lag fast gänzlich verlassen. Der dürre Rotschopf betrat das Barnacle, und Voltaire blieb noch ein paar Minuten an seinem Platz, schaute witternd in alle Richtungen, ob vielleicht noch weitere Leute kamen. Erst als ein Schulbus ein halbes Hundert lärmender blonder Kinder auf den Rasen hinausließ, begab sich Voltaire in das Gebäude, um diesen erbarmungslosen blinden Ameisen zuvorzukommen. Er traf den Dürren in dem Raum mit Fotografien aus dem ehemaligen Dade County, die der alte Ralph Munroe aufgenommen hatte.

«Kaum zu glauben, daß das einmal Miami war.»

Der rothaarige Mann fährt erschrocken herum und braucht eine Weile, bis er Voltaire wiedererkennt, der ob der geglückten Überraschung ganz aus dem Häuschen ist.

«Ich war schon in Miami, als es hier noch keine Straßen gab, und dieser alte Munroeschuppen war schon damals Geschichte. Haben Sie die Möbel gesehen? Die Bibliothek? Ah, dies hier ist einer der wenigen Orte in Miami, an dem man Geschichte atmen kann, die Geschichte der Yankees natürlich, eure Geschichte, denn nur ihr seid imstande, es als historisch zu bezeichnen, daß 1913 die Elektrizität in dieses Haus kam oder das Dachgeschoß ein einfaches Luftkühlsystem hatte, wie es eure Architekten heutzutage wieder neu erfinden. In Europa hätte das gerade für eine Sendung im Regionalfernsehen gereicht, und ihr macht daraus Geschichte. Glückliches Volk.»

Der Rotschopf hatte sich die Rede nervös mit den Augen zuckend angehört und traute dem Alten ebensowenig über den Weg wie den Geräuschen der sich nähernden Schülerinvasion.

«Sie sind immer noch ganz derselbe.»

«Man bleibt immer ganz derselbe, bis man stirbt.»

«Ich meine, Sie haben sich gut gehalten.»

«Ich achte auf meine Gesundheit.»

«Sie werden bald Besuch bekommen.»

«Ich dachte, man hätte mich längst vergessen.»

«Ein gewisser Robards wird Sie aus dem Fontainebleau Hilton anrufen. Sie können den Namen unbesorgt nennen, da er nach der Operation gelöscht wird.»

«Wo liegt der Hase im Pfeffer?»

«Was meinen Sie damit? Ich komme schon seit Jahren nicht mehr aus Miami heraus und bin bei eurem Vokabular nicht mehr ganz auf dem laufenden.»

«Wozu braucht man mich?»

«Der Fall Rojas, New York.»

Der Alte unterdrückt ein Zittern, das durch seinen ganzen Körper fährt und sich nur verrät, weil seine Zähne klappern, was tatsächlich wie Kastagnetten klingt, seine trüben Augen werden noch trüber, und das schmale Schnurrbärtchen verwandelt sich in einen gelblich-weißen Winkel, der zu schlecht eingefärbt war, um noch irgendwie jugendlich zu wirken.

«Auch das noch.»

«Ich weiß nicht, um was es geht. Ich bin diesmal nur Ihr erster Kontakt. Und sonst, alles in Ordnung?»

«Ich mache meine Berichte, wie vereinbart, obwohl das hier alles abgehakt und erledigt ist. Die Sache ist längst entschieden. Hier hat jeder sein Plätzchen gefunden; die Kubaner, die Nicaraguaner, die Haitianer, Paraguayer... Haben sich jahrelang herumgeschlagen, um ihre Diktatoren loszuwerden, und sind jetzt müde oder alt geworden oder haben Kinder, die mit dem Hintern in Miami festgewachsen sind und den Teufel tun werden, hier wegzugehen.»

«Die Contras, die nicaraguanischen Contras, die machen uns Sorgen, weil man nicht weiß, wie weit sie infiltriert sind.»

«Mit denen kenne ich mich nicht besonders aus. Ich verstehe mich auf Kubaner und Haitianer, und von den Haitianern kann ich Ihnen sagen, daß seit dem Sturz von Baby Doc nur noch die Hungerleider in der Stadt sind. Alle andern sind konspirativ in der Karibik und in Zentralamerika unterwegs. Miami ist für sie zu einer Falle geworden. Es wimmelt hier von Informanten wie mir, die sie nicht aus den Augen lassen. Sie sollten aber auch wissen, mein Freund, daß die Kontrollen, die sie bei den illegalen Einwanderern im Krome vornehmen, absolut unzuverlässig sind. Da sitzen wohl nur Bürokraten, die mit der Dienstvorschrift in der Hand die Verhöre führen, wenn nicht direkt mit dem Gesetzbuch.»

«Was sollen wir tun? Sollen wir sie foltern?»

«Ich informiere nur und gebe keine Ratschläge, aber im Krome würde euch sogar ein als Strichjunge vom Copacabana verkleideter Che Guevara durch die Lappen gehen.»

«Okay, Don Angelito.»

Der Alte wartete ab, bis der Gringo den Namen mit all seinen Höhen und Tiefen und mit jenem langgezogenen «o» am Ende, das in ein «u» überging, ausgesprochen hatte, schaute ihm dann fest in die Augen und wählte den härtesten Tonfall, den ihm sein rutschiges Gebiß erlaubte.

«Müssen Sie diesen Namen in aller Öffentlichkeit erwähnen?»

«Für uns sind Sie Don Angelito, unter diesem Namen führen wir Sie in der Kartei; aber keine Sorge, der Kontaktmann kennt Ihren aktuellen Namen und wird sich daran halten.»

«Kenne ich den Kontaktmann?»

«Sie kennen ihn. Sie kennen ihn seit vielen Jahren. Laut Akte haben Sie zum erstenmal 1957 mit ihm zusammengearbeitet.»

«Und wann geht's los?»

«Je nach dem. Es kann sogar sein, daß der Kontakt gar nicht zustande kommt. Ich soll Ihnen nur sagen, daß Sie sich bereithalten für alles, was mit dem Fall Rojas, New York-5075 zu tun hat. So, und jetzt empfehle ich mich.»

Bei diesen Worten schaute er über Voltaires Schulter auf die hereinstürmenden Schüler, die in diesem Augenblick den Saal mit den vergilbten Fotografien des alten Dade County in Besitz nahmen. Er bahnte sich einen Weg durch das wogende Ährenfeld der Kinder, und Voltaire nutzte die entstandene Gasse für seinen eigenen Rückzug, den Blick fest auf die Fersen des dürren Rotschopfs geheftet, auf die zu kurzen Hosenbeine und heruntergerutschten Socken, die ein Stück seiner weißen Beine sehen ließen, sehr weiße Beine mit braunen Flecken, mit großen braunen Altersflecken. Als Voltaire in den Park hinaustrat, war der andere nur noch eine winzige Gestalt, die in den Alltag von Miami zurückkehrte, während Voltaire unter den Bäumen dahinschlenderte und mit den Augen erneut die Küstenlinie suchte, die Inseln am fernen Horizont, den gezackten Rücken der Hotelreihe vor dem ozeanischen Himmel und der Einsamkeit des Atlantiks, als einen unanfechtbaren, allumfassenden Hintergrund für seine Erinnerungen, die ihn nach Ciudad Trujillo führten, zu einem Spaziergang mit Galíndez auf der Strandpromenade der George Washington Avenue, mit all den kleinen Restaurants und Milchbars, den Ständen der Fruchtsaftverkäufer, der *coco locos*, und über allem der schwere Zigarrenduft der *Elegantes*. Was mich am Baskischen vor allem so anrührt, Angelito, ist die Verbundenheit mit dem Meer, was vielleicht daran liegt, daß Amurrio, die Heimat meiner Vorfahren, landeinwärts liegt und ich so lange, viel zu lange in Madrid gelebt habe. Hier in Santo Domingo gibt es nur wenige Basken, Angelito, und da muß ich immer mal aufs Meer hinausschauen, um es mir voller Kapitäne aus Euzkadi vorzustellen. Wo ein Baske ist, da ist Euzkadi, Angelito; das trifft auch für dich zu, obwohl du halb Baske und halb ein kubanischer Yoruba bist. Das mit den Yorubas ist graue Vorzeit, Jesús, mein Vater hatte schon ein ziemlich helles Fell und war Geiger im Orchester von Havanna und Professor am Konservatorium, und meine Mutter war so baskisch, wie du es bist, Jesús, die Tochter eines Seemanns aus Zarauz, der sich in Santiago niedergelassen hatte. Soll ich es dir vorsingen, Jesús? Ich kann es ebensogut wie du oder noch besser. Wir singen es gemeinsam, Angelito, hier im Angesicht der Karibik, damit der Atlantik es mit sich nimmt und bis nach Euzkadi trägt. Voltaire sang das Lied in seiner Erinnerung, aber auch seine Lippen bewegten sich jetzt, bis vor dem Binnenmeer der Bucht von Biscayne eine Stimme daraus wurde.

Gernikako Arbola da bedeinkatuba
euskaldunen artea gutiz maitatuba.
Eman ta zabaltzazu munduban frutuba
adoratzein zaitugu arbola satuba.

Es war in einem Café, in einem Café, Angelito, in dem der große Iparraguirre zum erstenmal dieses Lied sang, das zum musikalischen Symbol der baskischen Heimat werden sollte. Ob in einem Café oder sonstwo, Jesús, du singst es schief. Dann sing du es noch mal, Angelito, ich liebe diesen tänzerischen Schwung, den dein karibischer Akzent ihm gibt. Und er sang es noch einmal, damals und jetzt, doch jetzt nur die erste Strophe, die die einzige war, an die er sich noch erinnerte. Meine Mutter hat es mir beigebracht, Jesús, diese Erinnerung an sie ist geblieben. Und vor Jesús brauchte man nur eine Mutter zu erwähnen, ganz gleich welche, dann schaute er betrübt, und wenn er betrunken war, weinte er sogar oder begann zu singen: «*Alouette, gentille Alouette...*» Er sang stets nur dieses Lied. Er hatte es aus Frankreich, von einem jener Schiffe voller Menschen, die vor dem Terror in Europa flohen, Schiffe mit europäischen Namen: *Delassalle, Flandre, Venezia*. Fünfzig Dollar das Visum. Jeder Einwanderer erhielt ein Bett und einen Stuhl, und wenn es eine Familie war, noch einen Tisch dazu. Geboten wurde ihnen das Leben als Siedler im Urwald, in den Niederlassungen Pedro Sánchez und Dajabón, aus denen sie mit Fieber und blutiggerissenen Händen zurückkehrten. Wissenschaftler und Gelehrte schlugen mit Macheten, die sie kaum zu handhaben wußten, Wege in den Urwald. Galíndez versuchte, ihnen zu helfen und arbeitete dabei mit dem Wohltätigkeitsverein der nordamerikanischen Quäker oder mit dem *British Committee for Refugees* zusammen. Vor allem versuchte er, ihnen das Schicksal von Siedlern auf den Zuckerrohrfeldern zu ersparen, aber einige von ihnen fanden ein noch schlimmeres Ende, als schwimmende Kadaver auf dem Ozama, Opfer eines Mißverständnisses, einer Rache, der Suche nach einem zu leichten Weg. Die Katalanen halfen den Katalanen, die Basken den Basken, und im Café Hollywood trafen sich alle, um ein verlorenes Stück Heimat wiederzufinden oder nur um beisammen zu sein. Er erinnerte sich an einen Spaziergang mit Galíndez über die Calle Conde zum Parque Colón, und unter den Bäumen saß ein Mann mit einem Gipsbein. Das ist Präsident Peynado. Trujillos Marionette. Und er hat keine Angst hier? Er sitzt mehr auf diesem Baststuhl als auf dem Präsidentensessel. Er zählt nicht. Eine andere Erinnerung, ebenso konkret, im Kino Travieso, ein nordamerikanischer Film mit Clark Gable und Claudette Colbert, eine alte Kopie, verkratzte Bilder, Pfiffe. Danach der unvermeidliche Spaziergang mit dem Tänzer, dem Spaziergänger Galíndez zum Ufer des Meeres, in Erwartung des Postdampfers, der alle vierzehn Tage aus Havanna kam, und Jesús mit gerecktem Hals, als sähe er ein Entrinnen am Horizont oder vielleicht sogar Euzkadi. *Alouette, gentille Alouette*. Der Baske ging auch gern in die Armenviertel unten am Meer, in denen es keine Straßen und keine Kanalisation gab, nur Baracken aus Wellblech und Holz, Schwarze, in ihrer Zahl unüberschaubar durch ihre Schwärze, hungernde Kinder, Abfall. Oder er hatte ihn zu harmlosen Voodoo-Sitzungen mitgenommen, Voodoo ohne Grausamkeit, vernünftigem Voodoo, einem Voodoo, der alle Verbote einer Diktatur respektierte. Oder zu den Bibelstunden der protestantischen Sekte der *cocolos*, karibischer Schwarzer, in der Calle del Arzobispo Merino, die vollkommen waren in ihrem Gebet. Wie schön die Protestanten beten, Angelito, und wie schön sie singen! Ich bin gerührt von den religiösen Feiern der Protestanten, weil sie nicht so bombastisch sind wie die in den katholischen Kathedralen. Der Protestantismus ist eine Religion fürs Wohnzimmer, Angelito.

Warum klingen einzelne Zeilen dieses Liedes mit der Stimme von Eduardo Brito in deinem Kopf wie ein Geschmack, der wieder aufgestoßen ist? «Sklave bin ich, mit schwarzer Haut geboren...», als dränge die Melodie noch immer durch die offenen Fenster der Calle Conde an dein Ohr, Santo Domingo oder Ciudad Trujillo, 1941. «Schwarz ist meine Haut, schwarz auch meine Zukunft...» Vielleicht weil das Lied wie die Hintergrundmusik zu einem Kaffeehausgespräch mit Martínez Ubago klingt, der von Sabana de la Mar in die Hauptstadt gekommen ist, oder mit Vicente Lloréns; und noch andere Namen bringt dir das Lied in Erinnerung: Serrano Poncela, Paz y Mateos, Bernaldo de Quirós, Granell Gausach, Almoina... Und jetzt die Kommunisten, allein die Kommunisten interessieren uns, Señor Galíndez, du Miststück, du Dreckskerl, wir schneiden dir die Eier mit einem stumpfen Messer ab, du schwule Sau. Alaminos, Adam Lecina, Vicente Alonso, Luis Salvadores, Badallo Casado, Barberán Roca, Berdale Barco, Clemente Calzada, López de Sardi, Hernández Jiménez, Cepeda. War das in Hollywood? Mit wem waren Sie zusammen? Driscoll? Angelito?

«Jetzt erzähle uns von deinen Kontakten mit Cepeda in Mexiko.»

Erzählen? Mit welchem Mund, mit welcher Zunge denn? Deine Zunge liegt dir wie eine aufgedunsene Kartoffel im Mund, geschwollen und zerbissen von deinen eigenen Zähnen, als dein Kiefer im Rhythmus der elektrischen Stromstöße tanzte. Schreien möchtest du aus bodenloser Angst heraus, aber du tust es nicht, weil du in ihren Augen lesen kannst, was ihre Worte dir sagen.

«Wenn du schreist, machst du uns nur ärgerlich, und kein Mensch kann dich hier hören. Wer vermißt dich denn? Wer sollte sich die Mühe machen, dich zu suchen? Wer dein Verschwinden bedauern? Franco?»

Ross. Ross würde sich wundern. Und Silfa. Die ganze Organisation der Festparade hing von deinen Kontakten zu Ross ab, von der Erlaubnis des Bürgermeisters.

«Wie hältst du Verbindung zu den Roten im In- und Ausland? Du bist nämlich ein verdammter russischer Agent, da hilft dir auch deine Tarnung als Professor, als Demokrat, als Baske oder als verlauster Spanier nicht. Du bist ein Roter. Unsere dominikanischen Kommunisten sind seit zehn Jahren alle hinter Gittern oder unter der Erde, und die übrigen haben als politische Asylanten irgendwo Unterschlupf gefunden. Die Feigheit der Feiglinge. Jetzt zehren sie von ihren Märtyrern in Mexiko, in Kuba, in Guatemala, in Argentinien, Costa Rica, New York. Sprechen wir von New York. Wer steht hinter Silfa?»

«Ich bin Repräsentant der Baskischen Regierung.»

«Welcher Regierung? Was du dir einbildest, interessiert mich nicht. Erzähl mir von den Roten, die gibt es wirklich.»

Du hast ihnen alle Namen genannt, die sie kannten; Namen, die an den steinernen Gesichtern der Büttel abprallten oder an dem scheinbar leutseligen Lächeln des Offiziers.

«Ich will Sie nicht diesen Totschlägern überlassen, Professor. Ich bin Offizier, und wenn Sie mir die Sache ein wenig erleichtern, können Sie noch mit einem blauen Auge davonkommen.»

«Ich bin Agent des FBI. Meine Organisation wird Erklärungen von Ihnen verlangen.»

«Spielen Sie sich nicht auf, Professor. Niemand verlangt Erklärungen bis in alle Ewigkeit hinein. Und Sie sind hier. In der Ewigkeit.»

Aber warum dann das alles, warum diese Grausamkeit? Er fragt dich um des Fragens willen, er folgt einem Ritual, das nur sie allein kennen und das auf deinem Körper zelebriert wird. Nicht den Strom, um Gottes willen. Warum Gott, du Arschloch? Warum Gott? Was bedeutet Gott für einen Kommunisten? Dir schmerzen die Arme vom Abwehren all der Schläge, vor denen du deinen orientierungslosen Kopf zu schützen suchst, auf den ihre mit Schlagringen bestückten Fäuste niedergehen.

«Nein, zerschlagt ihm nicht den Kopf, zum Teufel, das ist ein Professor, und diese Kerle haben alles in ihrem Kopf, alles, was sie denken. Macht ihn mir nicht unbrauchbar, dann taugt er zu nichts mehr. Mit den Eierchen, die er da hängen hat, kann er jedenfalls nicht viel anfangen. Hören Sie, Professor, ich lasse immer noch mit mir reden, und der Chef sieht Ihnen den ganzen Dreck, den Sie über ihn verbreitet haben, vielleicht nach, wenn Sie bereit sind, dem Vaterland einen Dienst zu erweisen. Dem Chef liegt nämlich das Wohl des Vaterlandes mehr am Herzen als sein eigenes Leben; ein Leben, ganz und gar darauf ausgerichtet, das dominikanische Volk aus dem Elend zu erlösen, in das es all jene gestürzt haben, die hergekommen sind, um zu rauben, was uns gehört. Ihr zum Beispiel, und viele andere, die unseligerweise hier angekommen sind und unsere Gastfreundschaft dazu mißbraucht haben, im ganzen Land ihre Schlangeneier abzulegen. Franco hat euch aus dem Land gejagt, und ihr habt eure Saat gesät, wo es gerade ging, habt die Gastfreundschaft solch großherziger Menschen wie Generalissimus Trujillo mißbraucht. Warum sind Sie nicht in Spanien und säen da Ihre Schlangenbrut aus? Trauen Sie sich nicht, in Spanien für Ihre Ideale zu kämpfen? Warum haben Sie sich unter dem Rock der Freiheitsstatue verkrochen? Professor, warum? Was können Sie schon wissen, wenn Sie alles, was Sie wissen, dazu verwendet haben, diesen Dreck zu schreiben? Lesen Sie den Titel, lesen Sie, es kostet Sie nichts, es kostet Sie nicht einen Peso, mir den Titel vorzulesen, Professor. Was steht da? Was haben Sie gesagt? *Die Ära Trujillo*, sehr gut, der Professor kann lesen. *Die Ära Trujillo*, jawohl. Und schon im Titel liegt die erste niederträchtige Bosheit. Er soll die Tatsache lächerlich machen, daß mit Trujillo eine neue Ära begonnen hat. Stimmt das etwa nicht? Muß man die Geschichte unserer Republik nicht in ein Vor und ein Nach dem Chef unterteilen? Glauben Sie, wir sind alle blöd? Brich dir nicht die Hand, Berto, sein Gesicht hält mehr aus als deine Faust. Gib ihm was mit dem nassen Handtuch und halte ihm mal den Stab an seine lächerlichen Füße. Wissen Sie noch, was Sie über Requena gesagt haben, drüben in New York, als Sie sich unter dem Rock der Freiheitsstatue schön sicher fühlten? Erinnern Sie sich nicht? Ich werde Ihr Gedächtnis auffrischen, Professor. Hören Sie gut zu, es sind Ihre eigenen Worte: ‹Vor einem Jahr wurde ein dominikanischer Emigrant in New York auf offener Straße ermordet. Sein Mörder glaubt sich vielleicht in Sicherheit, weil die Zeit vieles vergessen macht. Wir, seine Freunde, haben uns jedoch hier an diesem Ort, an dem er getötet wurde, zu seinem Gedenken versammelt. Manch einer mag glauben, ein symbolischer Protest wie dieser bewirke nichts, und ein Gewohnheitskiller könne über die angerückten Klageweiber nur lachen. Wie viele Freiheitskämpfer sind in diesem Jahr in vorderster Linie gefallen, und wie viele Zeilen sind ihrem Andenken gewidmet worden, falls man ihre Namen überhaupt kennt! Angefangen bei dem spanischen Sozialistenführer Tomás Centeno, der in den Verliesen der Sicherheitspolizei in Madrid ermordet wurde, bis hin zu den Tausenden namenloser kolumbianischer Landarbeiter, die in den letzten Monaten der Diktatur gefallen sind. Was nutzt es dann zu kämpfen?› Haben Sie sich diese Frage selbst einmal gestellt, Professor? Was nutzt es Ihnen jetzt? Wer kommt Ihnen zu Hilfe? Überlegen Sie mal. Sie haben nicht einmal ein Land, zu dem Sie gehören. Für Franco sind Sie kein Spanier, ja Sie selbst betrachten sich nicht als Spanier, sondern als Basken. Was ist das? Weht Ihre Fahne vor der UNO? Haben Sie Grenzen? Einen Zoll? Eine Währung? Nicht einmal eine Währung haben die Basken, Scheiße auch, in Dollar lassen Sie sich bezahlen, Professor. Sie kassieren verdammte nordamerikanische Dollars. Vielleicht kassieren Sie aber auch noch Rubel. Soll ich weiterlesen? Oder bleiben wir lieber bei dem, was uns betrifft? Sind Sie bereit, über Ihre Kontakte in Ciudad Trujillo zu sprechen? In Ciudad Trujillo, in Puerto Plata, in Macorís oder in Sabana de la Mar. Was sagt Ihnen der Name Sabana de la Mar?»

«Da wohnt mein Freund, Dr. Martínez Ubago. Aber alle Welt weiß, daß Martínez Ubago kein Kommunist ist. Er ist mein Nachfolger als Vertreter der baskischen Nationalisten.»

«Martínez Ubago. Die Dominikaner verehren diesen Doktor wie einen Heiligen; ein Heiliger, der viel Gutes tut. Hat er euch schon einmal kuriert, dieser Doktor? Meine Leute hat er noch nie kuriert, und mich auch nicht. Doch sehen wir uns diese Korrespondenz hier an. Erkennen Sie Ihre Unterschrift? Diesen Brief haben Sie am 6. Juli 1941 nach Sabana de la Mar geschickt. Damals wohnten Sie in der Calle Lovatón. Erinnern Sie sich noch an die Calle Lovatón? So nah und doch so fern. Nun, es ist ein ganz normaler Brief, mit Grüßen an Frau und Kind. Das Kind ist kein Kind mehr. Ist der Sohn von Martínez Ubago vielleicht Ihr Kontaktmann? Na, lassen wir das. In einem Brief vom 18. Dezember 1945 schreiben Sie Ihrem Freund, diesem Heiligen, daß ein gewisser Lendakari Ihnen vorgeschlagen hat, in New York mit ihm zusammenzuarbeiten. Wer ist Lendakari?»

«Es ist die Bezeichnung für den baskischen Regierungschef im Exil. Sein Name ist Aguirre.»

«Aguirre, ich weiß schon, wer Aguirre ist. Er war mal hier, der gute Mann. Ich habe sogar Fotos, auf denen Sie neben ihm abgebildet sind, hier in Ciudad Trujillo. Da haben Sie noch besser ausgesehen, wenn ich ehrlich bin; die Jahre gehen doch nicht spurlos vorüber. Aguirre. Und Sie sagen Lendakari zu Aguirre. Warum nennen Sie ihn nicht direkt Aguirre?»

«Es ist das gleiche, als wenn Sie der Chef sagen, so müssen Sie nicht immer Trujillo sagen.»

«Generalissimus Trujillo sagen.»

«Generalissimus Trujillo sagen.»

«Generalissimus Rafael Leónidas Trujillo sagen.»

«Generalissimus Rafael Leónidas Trujillo sagen.»

«Also gut, Lendakari. Nehmen wir an, Lendakari sei Aguirre, obwohl ich das nachprüfen werde, falls Sie glauben sollten, einen Idioten vor sich zu haben. Sie schreiben diesem angeblich so heiligen Doktor, daß jemand hier die Stelle des baskischen Repräsentanten einnehmen muß, wenn Sie die Dominikanische Republik verlassen. Hören Sie gut zu, Professor: ‹... gibt es zwei Kandidaten, die in Frage kommen, Zabala und Du, und von euch beiden glaube ich ganz ehrlich, daß Du der geeignetere bist, vor allem deswegen, weil Du mehr Möglichkeiten hast, Dich durchzuschlagen. Wer es aber auch sein wird, ich kann ihm ein paar Dinge überlassen, die mit der Vertretung verbunden sind, hauptsächlich zum Beispiel eine Stelle als freier Mitarbeiter für die französische Presse, die, glaube ich, noch nie weniger als einhundertfünfzig Pesos im Monat gebracht hat...› Hier gilt es, etwas zu klären. Was heißt ‹... mehr Möglichkeiten... Dich durchzuschlagen›? Was wollen Sie damit andeuten?»

«Sie haben es selbst vorgelesen. Es ist eine Frage der Finanzen. Dr. Martínez Ubago ist keineswegs reich, denn er nimmt von den Kranken kein Geld oder fast kein Geld, nur das, was sie bezahlen können. Ein gewisses Einkommen hat er aber. Zabala hingegen muß tagein, tagaus hart arbeiten, um über die Runden zu kommen, und hätte möglicherweise nicht die Zeit aufbringen können, die für die Arbeit als Repräsentant erforderlich war.»

«Und auch nicht, um Artikel für die französische Presse zu schreiben, in denen der Chef verleumdet, ja das ganze dominikanische Volk verleumdet wird. Wer ist José Galindo?»

«Das weiß ich nicht.»

«Kommen Sie, von Galindo bis Galíndez, da fehlt nicht viel, ein Fliegenschiß, mehr nicht. Galindo, Galíndez. Galindo, dieser Dreckskerl, hat in ganz Lateinamerika Artikel veröffentlicht, in denen er den Namen des Chefs beschmutzt, oder besser gesagt, zu beschmutzen versucht, denn der ganze Dreck, den er schreibt, fällt auf ihn zurück.»

«Ich bin nicht Galindo.»

«Nein. Sie sind Galíndez. Ganz ausgezeichnet. Und Martínez Ubago haben wir als Mitverschwörer, der Ihren Platz in dem Komplott einnimmt, als Sie sich nach New York absetzen, um die große Welt kennenzulernen und Karriere zu machen. Aber bevor Sie verschwinden, schicken Sie noch eine verschlüsselte Nachricht, einen Brief, nein, eine verschlüsselte Nachricht an Martínez Ubago. Lesen Sie, da, lesen Sie, was in dieser Zeile steht.»

«Grüße und Glückwunsch für den Weihrauch, den es für deine Kantorei gegeben hat.»

«Und wie würde ein anständiger Christenmensch das ausdrükken? Was wollen Sie ihm damit sagen, ohne daß einer von uns was damit anfangen kann?»

«Martínez Ubago hatte eine Kantorei organisiert; nach baskischer Art. Musik mit Gesang. Einen Sängerchor.»

«Basken?»

«Nein, es war unmöglich, in Sabana de la Mar genügend Basken für eine Kantorei zu finden. Da gab es noch andere Spanier und auch ein paar Dominikaner.»

«Na, wenn das keine erstklassige Arbeit war. Leute um sich scharen, ihnen ein bißchen was vorzwitschern und sie nebenbei indoktrinieren und gegen den Chef aufbringen, und sie dem Kommunismus in die Arme treiben.»

«Wir Basken haben eine Leidenschaft für die Musik.»

«Warum lassen Sie ihn nicht was singen, Herr Hauptmann?»

«Weil der Professor keine Kantorei ist.»

«Wenn Sie ihn mir überlassen, singt er aber. Wie ein Chor aus tausend Kehlen singt er dann. Einen Bolero würde der singen.»

«Nehmen wir an, das mit der Kantorei ist richtig, obwohl, verdrehter kann man sich ja kaum ausdrücken. Weihrauch, den es für deine Kantorei gegeben hat.»

«Er hatte einen Preis für seine Kantorei bekommen.»

«Einen Preis.»

«Das mit dem Weihrauch ist eine Metapher.»

«Eine Metapher... natürlich ist das eine Metapher, ich frage mich nur, was so eine gottverfluchte Metapher in einem anständigen Brief zu suchen hat, ich schwöre Ihnen, Sie werden noch lange an uns denken. Obwohl, ich weiß gar nicht, ob ich in diesem Ton zu Ihnen sprechen darf, Professor, denn eigentlich bin ich tief beeindruckt von Ihnen, ich nehme schier Haltung an und lege die Hand an die Mütze, wenn ich sehe, daß Sie Ihren nächsten Brief an Martínez Ubago, abgeschickt am 15. Februar 1946 aus New York, bereits auf Dienstbögen voll mit Bezeichnungen, Titeln und Untertiteln geschrieben haben, als wären Sie der Zar von Rußland, Professor. *Basque Delegation in the USA,* da bleibt mir die Luft weg, Professor, das bricht mir ja die Zunge. Und hier. *Euzkadiko Lendakaritza.* Was für ein Parteichinesisch ist denn das, Bruder? Lendakaritza muß irgendwas mit Lendakari zu tun haben. Oder irre ich mich? Nein, ich irre mich nicht. 30 Fifth Avenue, New York, N. Y. Tel. Gramercy 3-3556. Gut. Jetzt sind wir also in New York.»

Und plötzlich ist er deinem Blick entschwunden, weil deine geschwollenen Lider ihr eigenes Gewicht nicht mehr tragen und weil er den Lichtkegel in der Mitte des Raums verlassen und sich in die Tiefe einer endlosen Schwärze zurückgezogen hat. Wenn jetzt nur die beiden anderen nicht kommen, o Gott, laß sie nicht in den Lichtkreis treten mit ihren tausend schmerzbringenden Armen und diesen Augen wie hohles Glas. Vor dir ist dieser leere Lichtkegel, durch den alles eintreten, in dem im nächsten Augenblick alles passieren kann, obwohl deine schmerzenden Augen die dunklen Umrisse der Akteure noch in der dahinterliegenden Finsternis erkennen. Sie geben dir Zeit, um wieder zur Vernunft zu kommen, doch das kann dir kein Trost sein, denn es ist ihre Art von Vernunft. Sie haben dich geschlagen, ohne dir zu sagen warum, obwohl du wußtest, daß sie dich im Namen Trujillos schlugen, im Namen der Logik deines ganzen Lebens. Und sie haben dich soweit gebracht, daß du diese Logik verlierst, daß du dich nur noch wie eine von Schlägen bedrohte Körpermasse fühlst, die um Gnade winselt, die um Vergebung fleht für alles, was du getan und was du nicht getan hast. Ja, mein Herr, jawohl, Herr Hauptmann, Sie haben mich ganz falsch eingeschätzt, ich bin nie Kommunist gewesen, ich hasse den Kommunismus, ich bin militanter Antikommunist. Man hat es Ihnen vielleicht nicht gesagt, aber ich arbeite für den Geheimdienst der Vereinigten Staaten, sogar hier, jawohl, hier, Herr Hauptmann, war ich als Informant für Driscoll tätig, habe alles vermieden, was zu einer Belastung der Beziehungen zwischen Generalissimus Trujillo und den mächtigen USA führen konnte; ich habe, und das, Herr Hauptmann, müssen Sie mir wirklich anrechnen, nicht einmal die Tatsache, über die Sie natürlich informiert sind, öffentlich gemacht, daß Trujillo, ich meine, der Generalissimus, Nazis und Nazikollaborateure gedeckt hat, ich meine, ihnen Asyl gewährt hat, obwohl die Dominikanische Republik Hitlerdeutschland den Krieg erklärt hatte. Und in New York habe ich der Demokratie als Informant gedient, in voller Übereinstimmung mit meinen Vorgesetzten, meinen natürlichen baskischen Vorgesetzten, die mich davon überzeugt haben, daß ein gutes Verhältnis zu den Vereinigten Staaten der Schlüssel dafür ist, daß eines Tages die Demokratie nach Spanien zurückkehrt und damit die Freiheit für das baskische Volk. Haben Sie nicht vielleicht einen baskischen Urgroßvater, Herr Kommandant? Die baskische Saat sprießt in der ganzen Welt. Doch da kamen sie schon heran, und taten, als tadelten sie den Hauptmann, der sich lächelnd zurückzog, wie ein Kind, das beim verbotenen Gespräch mit dem Gefangenen ertappt wurde, und die beiden dunklen Fleischberge preßten dir einen Aufschrei ab, unterdrückt jedoch mit dem letzten Rest an menschlicher Würde, die noch in deinem Körper steckte, in deinem geschundenen, zitternden Körper, der dir nicht mehr gehorchte. Schlagt doch nicht um des Schlagens willen. Flehte eine Stimme über diesen menschlichen Quadern, denen du nicht in die Augen zu schauen wagtest, weil in ihnen der schlimmste aller Schrecken stand, der fingierte Haß, der der schrecklichste Haß ist, ein Haß, der kein Mitleid kennt. Und dann wolltest du nicht die Verwüstungen zählen, die sie an dir hinterlassen haben, wolltest sogar die Zähne vergessen, die du ausgespuckt und hinterher wieder aufgesammelt hast, als wären sie ein unentbehrliches Andenken deiner selbst, das dich dein aus Verzweiflung geborener Wahn ans

Herz drücken läßt. Dieser Zahn, der so viele Jahre zu dir gehört hat, an dem der Kannibalismus deines Lebens und deiner Lebensgeschichte abzulesen war, dieser Zahn wird eines Tages von den gleichgültigen Borsten eines Besens hinausgekehrt werden, der an die Hinterlassenschaften dieses Raums gewöhnt ist, der nur Schmach und Erniedrigung kennt. Aber schon die großen Worte bereiten dir Schmerzen, als sei dein Gehirn von einer für große Worte viel zu empfindlichen Haut überzogen. Freunde, Freunde aus New York. Wo bleibt ihr? Wie ist es nur möglich, daß Ross und die andern nicht Himmel und Erde in Bewegung gesetzt haben, um mich aufzuspüren? Wie ist es nur möglich, daß sie nicht erraten haben, was passiert ist, nicht die Botschaft zum Einschreiten gezwungen haben? Einmal hast du kurz die Wunden an deinem Körper gezählt und so eine Ahnung gehabt, als könnten sie für immer ungesühnt bleiben, für immer verborgen in der einen großen, tödlichen Wunde. Zum Glück hast du dir deinen Tod vorgestellt, wie die anderen Tode, die du im Bürgerkrieg gesehen hast, und er schien dir der Tod anderer zu sein, für andere gemacht, vielleicht auch, um die von anderen erlittenen Folterqualen dahinter zu verbergen. Folterqualen, die du manchmal mit Abscheu gesehen, aber dann mit deiner Autorität zugedeckt hast. Basken, Basken in New York; wo bleibt ihr? Ich sehe euch unter einer gewaltigen, im Wind flatternden Ikurriña, die Balsam ist für meine Augen, wie ein warmer Lappen, der flatternd meinen Blick sucht. Meine erste Ikurriña bekam ich heimlich auf dem Fußballplatz von Amurrio, das war zur Zeit der Diktatur von Primo de Rivera, und der sie mir gab, maß ihr eine schicksalhafte Bedeutung bei, verstecke sie, sagte er, verstecke sie, beharrte er. Ihr Basken in New York. Bekennen, daß wir Basken sind, heißt die erste Zeile unseres nationalen Katechismus. Basken der Vereinigten Staaten. Was tut ihr für mich? Was tust du, Patxi Abrisketa, nachdem du gerade die nordamerikanische Staatsangehörigkeit erhalten hast? Und du, José Ramón Estella, was kannst du von deinem Chefsessel in der lateinamerikanischen Abteilung der *Stimme Amerikas* für mich tun? Du, Estella, weißt sehr gut, was mich erwarten kann, denn du hast in Santo Domingo gelebt, hast hier die Tageszeitung *La Opinión* herausgegeben. Was kannst du für mich tun, José Ramón? Um Gottes willen, tu es bald. Und du, Roberto Echeverría, wenn du einen Moment aufhörst, an deine Geschäfte und an die Macht des Geldes zu denken, findest du in deinem geistigen Etat dann noch ein Eckchen für deinen Tischgenossen bei den Cazuelas im Jai Alai? Weißt du noch, wie uns einmal in deiner Wohnung in Forest Hills die Tränen gekommen sind, nach einer Unmenge von Essen und Erinnerungen und nachdem wir immer wieder *Ume eder bat* gesungen hatten? Sogar deine nichtbaskische Frau hat mitgesungen und mitgeweint. Und ihr anderen Dozenten, Kollegen, Genossen, Soledad Carrasco, Margarita Ucelay, Amador Marín, in deinem Rockefeller-Center. Was kannst du vom Rockefeller-Center aus für mich tun? Warum hat es für mich immer den Klang von etwas Bedeutendem, von geballter Macht gehabt, während es doch in Wahrheit nur ein Ort ist, an dem Menschen als Schlittschuhläufer verkleidet über eine Eisbahn gleiten? Wie Schlittschuhläufer auf dem Eis. Und Alberto Uriarte, Leiter des Baskischen Zentrums, amerikanischer Staatsbürger, was tust du? Was tust du für mich? Und jetzt spreche ich zu dir, Aguirre, um der Barmherzigkeit Gottes willen, hol mich hier heraus, wende dich an wen auch immer, aber hol mich hier heraus. Lehendakari, dies ist nicht der Moment, mich auszutricksen, dies ist kein Fußballspiel, und es nutzt deiner Karriere nichts, an mir vorbeizustürmen. Sag es ihm, Irala, und hört auf, abzuwägen und zu berechnen, ihr müßt Himmel und Erde in Bewegung setzen. Vater, du bist alles, was mir auf der Welt noch bleibt. Wir haben uns nie verstanden, aber ich flehe dich an, hol mich hier heraus, bei dem, was dir am liebsten ist auf Erden, beim Andenken an meine Mutter, wenn es dir noch etwas bedeutet, hol mich hier heraus; bitte Franco um Hilfe, ganz gleich, wen du bittest, aber hol mich hier heraus. Und als du schon fast wieder bei Besinnung bist, dich wahrnimmst und auch wieder diese helle Panik, da scheint ein menschlicher Umriß sich dem Lichtkreis zu nähern, hält jedoch ein, gibt dir noch etwas Zeit, und du stellst dich auf ein weiteres Verhör ein, in dem du nichts zu verbergen hast, in dem du nichts verbergen willst, in dem sie dich fragen um des Fragens willen, als wäre es ein Ritual, das sich selbst genügt. Was wollen sie wissen? Nein. Sie wollen nichts wissen. Aber warum fragen sie dann? Wenn sie nur nicht wieder mit dem Tisch kommen, mit diesem schrecklichen Brett, auf das sie dich nackt hinlegen, dich festbinden, daß nur noch der Kopf sich bewegen kann, um zu schreien und wild ins Leere zu schlagen, wenn sie gemächlich das kalte Wasser über deinen nackten Körper gießen, und dann eine Stille, in der nur dein Wimmern zu hören ist und dein Stöhnen, das dem tatsächlichen Stöhnen vorangeht, wenn sie dir den Elektrostab ans Geschlecht halten und dein Körper sich aufbäumt, soweit es geht, und wieder zusammensackt im Takt deines Geheuls. Du hast ihre Arbeitsweisen zu unterscheiden gelernt; der eine berührt nur leicht deine Eichel oder deine Hoden, und es ist ein Schmerz, als reiße man mit einer Zange an deinem Geschlecht, der andere preßt das Folterinstrument an dein Glied, und dann ist deine Angst beinah größer als der Schmerz, als würde die Angst sich in Schmerz verwandeln, oder der Schmerz in greifbare Angst. Und deine Schreie. Nie zuvor hattest du dich selbst schreien hören, du kannst dir nicht einmal vorstellen, daß du es bist, der diese heiseren Schreie ausstößt, zu Beginn noch abgerissen, weil du sie vielleicht unterdrückst, aber dann voll schmutziger Luft sind, die in Wellen durch das Licht zu den geschwärzten Höhen der Zimmerdecke sich wälzen. Schreie eines entsetzten Tiers, nicht eines gedemütigten Tiers. Warum fühlst du dich nicht gedemütigt? Warum ist dir das Gefühl für Demütigung abhanden gekommen? Jesús Galíndez. Hier nennt dich niemand bei deinem Namen, damit du dich wiedererkennen, deiner selbst gewiß sein kannst, Jesús, es würde dir gefallen, wenn jemand dich jetzt bei deinem Namen riefe, Jesús, damit eine Frage möglich würde, ein Wunsch artikuliert werden könnte. Jesús, hast du Hunger? Jesús, kommst du mit zu einem kleinen Spaziergang? Jesús, wie eine Mutter, eine Frau, ein Freund dich rufen würde. Du fühlst dich nicht wie du selbst, und du weißt nicht, wo du bist, im Privatgefängnis von Trujillo haben sie dir gesagt, aber dieser Raum kann in jedem Keller in jedem Teil der Welt sein, und zu jeder Zeit, denn die Zeit wird von der Qual bestimmt, Zeit des Leidens, Zeit der bangen Ungewißheit, und wenn sie dich schlafen lassen, häufen sich deine Träume vor einer Glasscheibe auf, durch die verzerrte Gesichter dich anschauen, aber unerreichbar sind. Amurrio, Madrid, Santo Domingo, New York, sie schauen dem Spektakel deiner Vernichtung zu. Und unter den Gesichtern das von Angelito. Was tat Angelito in dem Zimmer der Fifth Avenue Nummer 30? Du siehst sein Gesicht jetzt ganz deutlich, den Ausdruck der Beunruhigung, als wolle er dich warnen, ohne dich wirklich zu warnen, als habe er nicht teil, aber sei dennoch Bestandteil des Geschehens. Wo mag

Angelito jetzt sein? Vielleicht ist er ebenfalls entführt worden, und zugleich mit deinen Schreien ertönen in einem ähnlichen Zimmer wie diesem ganz in der Nähe andere Schreie. Du hast zerbrochene Bilder von einer langen Reise zusammengesetzt, immer wieder unterbrochene Versuche einer Bewußtwerdung, ein Gesicht, ein Geruch, Gesicht eines Arztes, Geruch eines Hospitals, Chloroform, allein der Gedanke daran verursacht dir Brechreiz, aber du kannst nicht erbrechen, nicht pinkeln und nicht kacken, ohne daß sie dir dabei zusehen, in diesen alten Konserveneimer, in den sie dann und wann ein paar Händevoll Sägemehl streuen. Jeden Morgen? Vielleicht ist das Sägemehl die Sanduhr, die dir die Tage anzeigt. Wie oft haben sie bisher das Sägemehl erneuert? Fünfmal? Fünfzigmal? Fünfhundertmal? Nicht einmal bei dieser Überlegung kannst du dich erholen, da du die Lichtglocke im Auge behalten mußt, die sie plötzlich durchschreiten und auf dich zukommen, in der Absicht, dir neuen Schmerz zuzufügen, unbekümmert um die Wirkung ihrer Schläge, als müßten sie niemandem und niemals Rechenschaft über deinen zerschlagenen Körper ablegen. Niemandem. Niemals. Du bist ein toter Mann, Jesús Galíndez, und du mußt dich darauf einstellen, deinem Tod ins Auge zu schauen, damit man dir ansieht, daß du dem Tod verantwortungsbewußt gegenübertrittst, damit sie dich würdig sterben sehen. Und dieses Aufstöhnen eines Tieres in Todesangst, wie eine Kuh es empfindet, sobald sie den Schlachthof betritt, mußt du unterdrücken. Da ist er. Ein Körper unter dem Licht, ein neues Gesicht von einer Hand beschirmt, um dich jenseits der Helligkeit erkennen zu können.

«Ist er da?»

«Ja, er ist da. Er ist nicht gegangen. Der geht nicht, keine Angst.»

Jemand lacht, und der Mann geht weiter, sicherer jetzt, entdeckt dich, als er das Licht in seinem Rücken hat.

«Jesús Galíndez? Sind Sie Jesús Galíndez?»

Er spricht wie ein Spanier, und du riechst in ihm einen Spanier, der seine Bestürzung zu verbergen sucht, als er dich schließlich sieht und sein Blick über deinen zerschundenen Körper fährt.

«Um Gottes willen, was ist denn mit Ihnen passiert?»

«Das, was sie mit mir gemacht haben.»

Der Mann schüttelt den Kopf und sucht etwas, auf das er sich setzen kann, um deiner am Boden liegenden Gestalt näher zu sein. Einer der Gorillas durchquert das Lichtbündel mit einem Hocker in der Hand und stellt ihn dem Neuangekommenen hinter die Beine. Er setzt sich. Er sieht dich an und öffnet eine Aktentasche, der er einige Papiere entnimmt, durchblättert, dich ansieht, die Papiere berichten ihm von dir, und er versucht herauszufinden, ob das, was er da liest, noch mit dem mißhandelten Tier, das da vor ihm liegt, in Übereinstimmung zu bringen ist.

«Sind Sie Spanier?»

«Ich stelle hier die Fragen. Sie könnten alles sehr erleichtern, wenn Sie sich zur Zusammenarbeit entschließen würden. Sie sind Spanier, und obwohl Sie ein Vaterlandsverräter sind, kommt doch der Augenblick, in dem selbst der herzloseste Staatsbürger den Ruf der Heimat vernimmt.»

«Beim allmächtigen Gott, wenn Sie Spanier sind, helfen Sie mir. Sehen Sie doch, wie man mich zugerichtet hat. Das hier ist alles illegal. Ich bin entführt worden. Man hat mich gefoltert. Ich habe gute Beziehungen in New York, und es muß dort bestimmt einen gewaltigen Skandal gegeben haben.»

«Ich versichere Ihnen, daß Skandale mich nicht im geringsten berühren. Ich tue nur meine Pflicht. Man hat mich beauftragt, Ihnen ein paar Fragen zu stellen.»

«Wer?»

«Die Fragen stelle ich.»

Aber er stellt sie nicht, weil er sich den Verlauf eines Verhörs unter solchen Bedingungen nicht vorstellen kann. Er ist möglicherweise nur ein gerissener, aggressiver Beamter, doch wiederum nicht so schlimm, daß er deinen Anblick einfach hinnimmt, und so wendet er sich um, fast das ganze Gesicht dunkel von einem starken, frisch rasierten Bartwuchs, und ruft zur anderen Seite des gleißenden Vorhangs.

«Muß er auf der Erde liegen, während ich ihn verhöre?»

Wieder überschreitet eine wuchtige Gestalt die Grenze, trägt eine Kiste in der Hand, stellt sie neben dir ab, greift dir mit aggressiven Händen unter die Achseln, hebt dich hoch, als seist du ohne Gewicht, und setzt dich auf die Kiste. Der Mann mit dem starken Bartwuchs atmet erleichtert auf, erkennt in dir jetzt einen zu Verhörenden, wie er seiner Erfahrung entspricht, und fühlt sich ob der Verbesserung deiner Lage sehr zufrieden. Er tut noch mehr für dich. Aus der Tasche seiner karierten Jacke zieht er ein zerknittertes Zigarettenpäckchen und hält dir eine hin.

«Rauchen Sie?»

«Eigentlich nicht, aber jetzt schon.»

Was dich zugreifen läßt, ist die Normalität, das Vertraute der Situation, eine Zigarette zu rauchen, die jemand dir anzündet, obwohl ihm die Hand dabei zittert und er sie mit der anderen Hand abstützen muß. Den Rauch aus deinem Mund zu blasen, ist das erste Spiel, welches du dir in dieser Nacht gestattest. Durch seine Mitleidsgeste beruhigt und erlöst von der Schuldigkeit, Teilnahme an deiner Situation bekunden zu müssen, klingt die Stimme des andern jetzt normal.

«Es könnte interessant für Sie sein, uns ein paar Fragen zu beantworten.»

«Wem?»

«Beschränken Sie sich auf die Aussagen, ob Sie uns helfen können, wollen und werden. Es wird nicht zu Ihrem Nachteil sein. Im Gegenteil.»

«Können Sie mich hier herausholen? Können Sie verhindern, daß die mich noch weiter quälen?»

«Nun übertreiben Sie nicht, eine ordentliche Tracht Prügel hat noch keinem geschadet.»

Zweifellos ein Spanier. Nur ein Spanier kann denken, daß eine ordentliche Tracht Prügel noch keinem geschadet hat.

«Vor allem muß ich Ihnen sagen, daß wir für Ihre jetzige Lage nicht verantwortlich sind.»

«Aber wer sind Sie? Wer ist nicht verantwortlich für meine jetzige Lage?»

«Ich weiß nur, welche Fragen ich Ihnen zu stellen habe.»

«Und wenn ich sie beantworte, holen Sie mich dann hier heraus? Ich will nur als normaler Gefangener anerkannt werden, sie sollen mich in ein Gefängnis stecken, ich will einen Richter sehen, auch wenn es ein dominikanischer Richter ist, aber einen Richter.»

«Ich kann Ihnen keine konkreten Zusagen machen. Nur soviel, daß wir es zu berücksichtigen wissen werden, wenn Sie mit uns zusammenarbeiten.»

«Und was wollen Sie wissen?»

«Wir wollen Informationen über spanienfeindliche Aktivitäten in New Yorker Emigrantenkreisen.»

«Es gibt keine geheimen Informationen.»

«Es gibt geheime Informationen, zum Beispiel über Ihre Beziehungen – die der PNV – zum US-Außenministerium. Wir wissen, daß Sie ein Abkommen mit der Regierung Roosevelt unterzeichnet haben, welches unter Truman aufrechterhalten wurde, und nach dem die Vereinigten Staaten Ihnen bei dem Versuch, die politische Kontrolle über das Baskenland wiederzuerlangen, behilflich sein werden.»

«Der Plan wurde schon aufgegeben, bevor das franquistische Spanien in die UNO aufgenommen wurde.»

«Fangen wir nicht damit an. Es gibt kein anderes Spanien als das franquistische. Sie genießen immer noch einen Sonderstatus. Die Vereinigten Staaten sind zwar unsere Verbündeten, und Vertrauen ist gut, aber Kontrolle ist besser, und so halten sie immer noch ein paar Druckmittel gegen die spanische Regierung in der Hand, um sich eine bessere Verhandlungsposition zu verschaffen.»

«Sind Sie ein offizieller Vertreter der spanischen Regierung?»

«Nein.»

«Wen vertreten Sie dann?»

«Ich wiederhole, hier stelle nur ich die Fragen.»

«Ich kann nicht antworten, wenn ich nicht weiß, wem ich antworte, und wozu meine Antworten verwendet werden. Sie müssen mich hier herausbringen. Wenn ich draußen bin, mache ich Ihnen einen Bericht über alles, was Sie wissen wollen.»

«Ich kann Sie hier nicht herausholen.»

«Wer kann mich hier herausholen?»

«Ich weiß es nicht.»

«Was gewinne ich, wenn ich antworte? Werden Sie mich foltern? Denen da antworte ich, wenn sie mich foltern.»

«Guter Mann, ich bin kein Folterer, und ich glaube auch nicht, daß die sie gefoltert haben. Es hieß, Sie hätten Widerstand geleistet.»

«Widerstand? Wogegen? Gegen eine Entführung? Gegen ein Kidnapping? Wie kann ein betäubter Mensch Widerstand leisten?»

«Ich kann Ihnen nur versprechen, daß ich alles tun werde, damit in Ihrem Fall alles legal abläuft.»

«Haben Sie keinen richterlichen Haftbefehl sehen wollen?»

«Nein.»

«Und nicht einmal der Botschafter in Washington oder der Botschafter hier, in der Dominikanischen Republik, hat einen sehen wollen?»

«Ich bin über die Aktivitäten der Botschafter nicht informiert.»

«Wer sind Sie?»

«Ein Landsmann. Allein deswegen sollten Sie mir schon vertrauen.»

«Sie sind Baske?»

«Nein. Es ist nicht wichtig, woher ich komme.»

«Wir beide haben etwas gemeinsam. Ich bin nie radikal antispanisch gewesen. Ich habe fast mein ganzes Leben in Madrid verbracht. Um unserer Gemeinsamkeiten willen bitte ich Sie: Holen Sie mich hier heraus.»

«Das kann ich nicht.»

«Dann wäre es doch absurd, mich einem Verhör zu unterziehen.»

«Ich kann dazu beitragen, daß die dort nicht wütend werden.»

«Das heißt, Sie könnten ebenfalls dazu beitragen, daß die dort wütend werden.»

«Das habe ich nicht gesagt.»

Seine Stimme klingt ärgerlich, weil du ihm gezeigt hast, welche Rolle er spielt. Bestimmt hatte er bis zu diesem Augenblick eine unübertreffliche Meinung von sich selbst, und du ziehst sie unvernünftigerweise in Zweifel.

«Sie sehen aus wie ein guter Mensch.»

«Ich glaube nicht, daß ich ein schlechter Mensch bin.»

«Ist es denn nicht nur vernünftig, um was ich Sie bitte? Daß Sie mich hier herausholen, bevor ich mit Ihnen zusammenarbeite?»

«Es gehört nicht zu meinen Aufgaben, Vernunft von Unvernunft zu unterscheiden.»

«Dann nicht.»

«Wenn ich jetzt gehe, ist Ihr Schicksal besiegelt.»

«Dann sehen Sie mich noch einmal genau an, damit Sie das Bild nie vergessen.»

«Ich habe einen Krieg mitgemacht, und ich habe Schlimmeres gesehen. In einem eurer Volksgefängnisse habe ich eine ähnliche Situation erlebt.»

«Ich habe nie im Leben was mit einem Volksgefängnis zu tun gehabt.»

«Sie sind für die rote Barbarei mitverantwortlich.»

«Und Sie sind für die andere Barbarei mitverantwortlich, die seit Jahrhunderten andauert.»

«So übel kann man Ihnen nicht mitgespielt haben, Ihre Zunge ist noch ganz gewandt.»

«Wollen Sie sie sehen?»

Du öffnest den Mund und versuchst, deine geschundene, blutunterlaufene Zunge wie ein Zeugnis der Anklage zwischen deine Lippen durchzuschieben, würdest sogar die Krusten geronnenen Blutes aus deinem Mund vor ihn hinspucken, wenn du könntest, doch er hat nur die Augenbrauen gerunzelt, dann die Augen geschlossen und den Blick auf seine Papiere sinken lassen, die er jetzt ordnet und wieder in die Aktentasche zurücklegt.

«Jeder findet das Ende, das er verdient.»

Er hat dir den Rücken gekehrt, und du möchtest ihn bitten, bitte, ich flehe Sie an, bleiben Sie, solange Sie hier sind, werden die mich nicht schlagen. Doch kein Wort kommt über deine Lippen, weil der Mann einen Rücken aus Marmor hat und dieser Marmor ins Licht tritt und sich den ursprünglichen Schatten zurückerobert, in dem er seine Form verliert und zu Klangfetzen eines Gesprächs mit den andern wird. Ich habe getan, was ich konnte. Wir haben Ihnen ja gesagt, daß er ein unverbesserlicher Idiot ist. Es gibt Leute, die nur durch Prügel lernen. Niemand wird sagen können, ich hätte es nicht versucht. Wir nehmen ihn uns vor, bis er Ihnen aus der Hand frißt. Ich übernehme keinerlei Verantwortung für das, was ab jetzt passiert. Sie machen Ihre Arbeit, Kollege, und wir machen unsere. Noch, noch hättest du Zeit, ihm zuzurufen, bitte, gehen Sie bitte nicht, doch du weißt, daß dadurch nur der Grad deiner Demütigung steigen würde, aber nicht deine Hoffnung. Du rufst: Die Vereinigten Staaten werden eine offizielle Erklärung fordern für diesen Akt der Gewalt! Du bezweifelst jedoch, daß sie dich gehört haben, daß deine Stimme auf diese Entfernung mehr ist als das Grunzen eines Stück Viehs ohne Zunge. Das Knarren einer Tür, ein offener Spalt zu einem erleuchteten Raum, dann ist er fort, denn die Tür schließt sich hinter seinem Rücken, und als es dir bewußt wird, schließt du deine Augen ebenfalls, um die zurückgehaltenen Tränen zu bedekken, die treuen Gefährten mit den heißen Leibern, die dich stets begleiten, wenn du am Rande der Schreie, der Schläge und der Stromstöße wieder zu dir kommst. Du kletterst auf den Schoß deines Großvaters, der auf einer mächtigen Baumwurzel am Hang von Larrabeode sitzt und das samtgrüne Tal betrachtet, in dem Amurrio wie eine Ansammlung winziger Häuser liegt, im Norden die Berge von Undio, ein von Gott gegebener Deich gegen die kalten Nordwinde, eine geologische Geste, die deinen Großvater mit Stolz erfüllt. Die Berge von Undio bedecken und schützen uns, daher ist dieses Tal auch warm, wenn du es mit den anderen Tälern Euzkadis vergleichst, und sogar Wein und Obst wachsen hier. Wir Basken haben gelernt, den Himmel von der Enge der Täler aus zu betrachten, Jesús, darum klettern wir auch so gern auf die Hügel und versuchen, ihn mit den Händen zu berühren. Denke mal, Jesús, wie viele baskische Namen auf Mendi enden, das heißt Berg, und es gibt ja keine Täler ohne Berge. Auf die Berge führen auch unsere Prozessionen, und unsere Feste feiern wir auf ihnen. Ein bedeutender französischer Philosoph, Voltaire hieß er, hat einmal gesagt, wir seien «*... un petit peuple qui danse aux pieds des Pyrénées*». Erstaunlich, daß ihm das Bild tanzender Basken in Erinnerung geblieben ist, denn tanzen liegt uns ja tatsächlich im Blut, Jesús; wenn ich eine *txistu* höre, gehen meine Beine mit mir durch. Voltaire hatte ganz recht, wir Basken tanzen nicht nur auf unseren Volkstänzen, wie beim *aurresku*, sondern sogar beim Essen, wenn die dampfenden *porrulsadas* auf dem Tisch stehen, oder wenn wir Pelota spielen oder zum Fischen hinausfahren und auf den Wellen des kantabrischen Meeres tanzen. Wir lieben den Tanz, weil wir uns durch Bewegung über die Enge unserer Täler hinwegsetzen. Unsere Tänze sind schwungvoll, schwungvoll, aber feierlich, wie beim *ezpata-dantza*, bei dem die Tänzer Schwerter und Fahnen schwingende Krieger sind und am Schluß den Leib des toten Kriegers in die Höhe heben, dem Himmel zu, Jesús, stets dem Himmel zu, einem Himmel der Götter oder der Hexen. Wir haben zwischen dem Zeichen der Götter und dem der Hexen nie einen großen Unterschied gemacht, und unsere Kultstätten waren vor allem immer Orte der Fröhlichkeit und der Befreiung. Die barbarischen Bräuche der Christen sind nie bis nach Euzkadi vorgedrungen, keine Folter und keine Inquisition, und kämpfen lehrte man uns nur zur Verteidigung der Grenzen unserer

Berge, darüber hinaus niemals. An ein Jenseits haben wir nie so recht geglaubt, obwohl unsere Seefahrer die ersten waren, die um den Erdball gefahren sind, als hätten sie ihre Zweifel an ihm gehabt. Der Körperkontakt mit deinem Großvater war dein Kontakt mit der Erde, durch seine Knie hindurch spürtest du den Puls der Erde. Du atmest säuerlich verdickte Luft, und ohne den Lichtbogen der Folter aus den Augen zu lassen, versuchst du, deine Moral aufzurichten, indem du jenen Gefährten aus San Juan de Luz in deine Erinnerung zurückholst, der aus dem Fenster sprang, um seiner Repatriierung ins franquistische Spanien zu entgehen, der bis zum Hals im Wasser des winterlichen Flusses steckte und zusah, wie seine gesamte Familie verhaftet wurde, und der noch einmal zurückkam, um verräterische Dokumente zu vernichten, Dokumente, die euch alle ans Messer geliefert hätten. Du schuldest ihm einen solchen Akt der Solidarität. Du summst *Wir sind baskische Soldaten* und *Gernikako Arbolea* vor dich hin, doch wieder hält dein Zustand nur so lange, bis sie kommen und dich in deine nackte Wirklichkeit zurückstoßen. Es ist sogar schon soweit mit dir gekommen, daß du glaubst, Mitleid in ihren Augen zu sehen, während sie dich schlagen, daß du glaubst, sie hätten ihre Gründe, und die Schuld läge vielleicht bei dir selbst. Vielleicht haben sie dir dein Hirn schon weichgeprügelt, oder es liegt an dieser schmierigen Hitze, die du wieder vergessen hattest, die du aus deinem Gedächtnis verbannst, indem du dir Schnee vorstellst oder an die ersten Kältetage in Madrid denkst, im Oktober, wenn der dünne Wind des ewigen Schnees von den Bergen hinunterweht. Oder an den Schnee in jenem Februar 1939, als du im Gefangenenlager von Argelès auf deine erste Verschickung wartetest. Ohne Decke, nur mit einem republikanischen Fünfpesetenstück in der Tasche, den eisigen Sternen als Dach über dem Kopf, und in deinem Körper ein einziges Gefühl von Niederlage und Einsamkeit unter dem Doppelschatten der senegalesischen Wachen oder dem einfachen Schatten der französischen Soldaten. In einem von ihnen glaubtest du eine ursprüngliche Verbundenheit wahrzunehmen, und er blickte dich an, als sehe er zum erstenmal einen Menschen. Er war ein französischer Baske, und als du ihn ungläubig fragtest, *Euskalduna?*, da umarmte er dich und flüsterte atemlos: *Bai, zu?* Ihm hattest du es zu verdanken, daß man dich nach Bourg-Madame gehen und dein Fünfpesetenstück in neun Francs umwechseln ließ, und neun Francs in Brot und Wein. Die Explosion eines Munitionsdepots in Puigcerdá auf der anderen Seite der Grenze zeigte dir, daß der Krieg noch nicht zu Ende war, daß er für dich niemals enden durfte, und diese Hoffnung half dir über die siebenmonatige Gefangenschaft hinweg, half dir bei deiner Flucht zu Fuß auf der Suche nach den vertrauten Wahrnehmungen der Täler des französischen Baskenlands. Bordeaux. Das Konsulat der Dominikanischen Republik, das Bild des Wohltäters. Nein, er ist nicht der Präsident, er ist unser Wohltäter. Neun Francs in Brot und Wein. Was gäbest du jetzt dafür, dein Brot in Freiheit zu essen und einen munteren Wein zu trinken, in Gemeinschaft mit dir selbst, und nicht diese wäßrigen Brühen, in denen der Maniok wie eine rachitische Zyste schwimmt, oder diese käsesauren Brotsuppen mit faulem Ei, die nach ranzigem Erdnußfett stinken. Und plötzlich explodiert dein Kopf oder der Raum explodiert, weil ein Licht von oben die weißleuchtende Glocke zerreißt und euch alle bloßstellt, einen jeden an seinem Platz. Am Boden liegend und mühsam auf einen Ellenbogen gestützt, siehst du fünf Gestalten am anderen Ende des Raums, der für dich ein blaßgrüner Kasten ist, in dem die Farbe von den Wänden blättert und die Feuchtigkeit sich in dunkelgrünen Rinnen einen Weg nach unten bahnt, dessen Decke schwarz ist von Schmutz und festgebackenen Spinnweben. Der Hauptmann erstattet zwei neu angekommenen Offizieren respektvoll Bericht. Der eine hört sich aufmerksam an, was er ihm zu sagen hat, unentwegt zustimmend mit allen Rundungen seines Gesichts und seines Körpers, der eine einzige Anhäufung von Wülsten ist. Der andere aber hört nicht richtig hin, und von ferne nagelt sein hoher Blick dich fest, der sich hinter dunklen, runden Gläsern verbirgt. Das schmale Bärtchen über den schmalen Lippen in diesem bis zur Spitze eines Dreiecks verlängerten Gesicht, ein berechnendes Gehirn unter der Schirmmütze auf dem Scheitel einer schlanken Gestalt, die das genaue Gegenteil des gewöhnlichen dominikanischen Offiziers ist, dieser starre Blick und dieses regungslose Gesicht, die Hand, die über den kleinen Dolch am Gürtel streicht. Du zuckst zusammen, als du ihn erkennst. Es ist Arturo Espaillat, der derzeitige Günstling des Wohltäters, der die Drecksgeschäfte erledigt, der gerade zum Konsul in New York und Vertreter seines Landes bei der UNO ernannt worden ist, der einzige Offizier der Dominikanischen Republik, der in West Point ausgebildet wurde, eine

Stahlrute, die zuschlägt, wenn Trujillo es befiehlt. Sich seiner Macht und seiner Statur bewußt, hört er sich die Erklärungen deines Folterhauptmanns an, Geflüster, das er mit gelegentlichem Nicken quittiert, derweil der andere sich fast den Kopf von den Schultern schüttelt beim Katzbuckeln, und bei dem, was sie reden, geht es um dich, was du gesagt hast, was du ihnen nicht gesagt hast oder nicht sagen konntest. Espaillat ist wegen seiner Disziplin und zurückhaltenden Intelligenz eher eine Zypresse als Trujillos Schatten; eine Zypresse, die Trujillo in den Schatten stellt, wie böse Zungen behaupteten, und nach jeder bösen Behauptung sah der Statthalter sich gezwungen, noch größere Loyalität zu zeigen, noch gemeiner, noch grausamer zu sein. Der Wohltäter hatte ihn in antitrujillistische Exilantengruppen einschleusen lassen, und es gelang ihm, bei Victor Durand mitzumischen, einem störrischen alten Haudegen der Demokratiebewegung in der Karibik. Mit ihm schiffte er irgendwo an der Küste der Dominikanischen Republik eine Ladung Munition aus, die für Widerstandsgruppen im Landesinneren bestimmt waren. An der Küste wartete aber schon die Geheimpolizei unter dem Kommando von Augusto Sebastián, einem Exilspanier, dessen Grausamkeit sich sowohl im Bürgerkrieg als auch in Trujillos schmutzigen Diensten gezeigt hatte. Sebastián legte ihnen einen Hinterhalt, und als er Durand in die Finger bekam, kastrierte er ihn auf dem Strand und ließ ihn dort verbluten. Dann wandte er sich dem jungen Espaillat zu, und da er ihn nicht als eingeschleusten Agenten erkannte, befahl er, ihn zusammenzuschlagen, bis er nur noch eine blutige Masse war. Es fällt dir schwer, dir diesen schlanken, drahtigen Offizier als zu blutigem Klump geschlagenen Guerillero vorzustellen. Nach vier Monaten im Krankenhaus bat Espaillat den Generalissimus um Wiederverwendung im Außendienst, und der Alte rieb sich schon innerlich die Hände ob der bevorstehenden Rache. Espaillat umgarnte die Köchin von Sebastián und wurde ihr Liebhaber, er kleidete sich wie ein Landarbeiter, wie ein schlanker, drahtiger Landarbeiter, und sah in der Verkleidung aus wie die Unschuld vom Lande. Hinterher hatte er seinen lachenden Offizierskameraden berichtet, das Schwierigste sei gewesen, die Köchin zu besteigen, weil sie so unsäglich gestunken hätte. Er konnte seinen Ekel jedoch so gründlich überwinden, daß sie sich eines Tages vor sexueller Erschöpfung nicht mehr rühren und er Sebastián im Haus auflauern konnte, als er heimkam, die Leibwache fortschickte, müde die Treppe zum Schlafzimmer hinaufstieg, um sich auszuruhen. Dort wartete der Offizier auf ihn, dieses Stilett, das dich aus der Ferne ansieht, überwältigte ihn, schlug ihn bewußtlos und fesselte ihn, half ihm, wieder zu sich zu kommen und sich seine Lage vor Augen zu führen. Espaillats Geschichte war über die Küsten der Insel hinausgedrungen und wurde sogar in New Yorker Emigrantenkreisen erzählt. Als er wieder bei Sinnen war, saß Sebastián gefesselt und geknebelt auf einem Stuhl vor einem Standspiegel, damit er seine Vernichtung in ihrem ganzen Ausmaß verfolgen konnte. Drei Stangen Dynamit waren um seinen Kopf gebunden, und eine einzige hätte ausgereicht, um eine Palme zu fällen. Sebastián wußte das, erzählte Espaillat, seine Augen gaben mir zu verstehen, daß er es wisse, doch ich fühlte mich verpflichtet, es ihm zu erklären, wie man einem Rekruten eine Waffe erklärt. Dies ist ein auf drei Minuten eingestellter Zeitzünder, verbunden mit einer nicht elektronischen Zündkapsel. Die Dynamitstangen kennen Sie ja, mein Freund, wenn die in drei Minuten explodieren, fliegt Ihr Kopf durch das Dach. Ein Dach wie dieses vielleicht, ein schmutziges Dach, an dem die schleimigen Fetzen eines gesprengten Kopfes kleben. Espaillat hatte den Zünder eingestellt, blieb aber noch, um sich anzusehen, wie der hilflose Körper des Mörders darauf reagierte. Und verdammt, die Augen traten ihm aus den Höhlen, doch plötzlich sanken seine Lider herab, und er wäre zu Boden geglitten, wenn er nicht auf dem Stuhl festgebunden gewesen wäre. Ich schüttelte ihn, doch vergebens. Er war vor Angst gestorben, aber obwohl er tot war, ließ ich die Dinge, wie sie waren. Er sollte in die Luft fliegen, und er tat es. Von draußen hörte ich die Explosion, und ich sah oder träumte, wie Sebastiáns Kopf durch das Dach in den Himmel hinauf oder in die Hölle flog. Aber etwas müßt ihr wissen, ich habe ihn bei alldem nicht ein einziges Mal beschimpft oder beleidigt, denn wer seinem Feind droht, verliert sich leicht in Worten, und wer zu viele Worte macht, schreitet nicht zur Tat. Espaillat, *das Stilett*, die Legende des Folterers, der sein eigenes Messer mitbringt. Espaillat, der sich plötzlich entschließt, seine Kameraden stehenzulassen und ihr Gespräch zu unterbrechen, da sie ihn zu dir gehen sehen, wie er den aus deiner Perspektive riesigen Saal durchquert und zwei Schritte vor deiner halb am Boden liegenden Gestalt stehenbleibt.

«Setzen Sie sich.»

Es ist ein Befehl, und so nimmst du ihn auch. Du kannst zwischen dem Hocker, auf dem der Spanier gesessen hat, und der Kiste wählen, und du wählst die Holzkiste, bescheiden, damit deine Bescheidenheit den in der Luft liegenden Zorn besänftige. Espaillat bleibt stehen. Er hält dir einen Zeitungsausschnitt hin und befiehlt dir ebenso ruhig wie bestimmt:

«Lesen Sie.»

«Mit knapp sechsunddreißig Jahren ist General Espaillat der jüngste General der Militärakademie West Point. Aus Anlaß des Entführungsfalles Galíndez kam der General, der gerade seine Ernennung zum Generalkonsul in New York und zum Vertreter seines Landes bei der UNO angenommen hat und zum Zeitpunkt der Entführung des Vertreters der baskischen Exilregierung, Jesús Galíndez, als Staatssekretär im Verteidigungsministerium in Ciudad Trujillo arbeitete, nach New York, um die offizielle Stellungnahme seiner Regierung bekanntzugeben. Der General, ein gutaussehender, sportlicher Mann, wies in aller Form darauf hin, daß Gerüchte, Angehörige der dominikanischen Sicherheitskräfte hätten sich mitten in New York einen Mann ‹geschnappt›, abenteuerlichste Spekulationen seien.»

«Wissen Sie, wie man mich nennt?»

«Nein.»

«*Das Stilett.* Jeder interpretiert das auf seine Weise, aber mich lassen Interpretationen kalt. Man sagt, ich töte meine Gegner mit einem Messer, aber in Wirklichkeit trage ich diesen Spitznamen, weil ich stets direkt ins Herz der Dinge stoße. Kein einziger Dominikaner kann sagen, ich hätte ihn gefoltert; keine dominikanische Familie hat einen Toten zu betrauern, den ich zu verschulden hätte. Jeder kennt hier jeden, und meine Familie ist eine der ältesten und mächtigsten auf dieser Insel. Wir kennen uns hier alle, ob Freund oder Feind. Letztens sprach mich der Vater eines verhafteten Kommunisten auf der Straße an, eines Schriftstellers, der Zukunft haben könnte, wenn er vom Kommunismus ließe, und fragte mich nach seinem Sohn. Ich sagte ihm, was ich in solchen Fällen immer sage: wenn er nichts getan hat, ist er in drei Tagen wieder draußen. Das ist meine Vorgehensweise, von der weiche ich nie ab. Denken Sie darüber nach, und machen Sie sich ein realistisches Bild von Ihrer Lage.

Sie werden hier illegal festgehalten, das ist offensichtlich, aber wir haben uns zu diesem Schritt entschlossen, weil unsere traditionelle Hochachtung der Menschenrechte in diesem Fall der Staatsraison weichen mußte. Man sucht Sie in New York, in ganz Amerika, im Meer, und nicht wenige glauben, Sie seien in den Heizkesseln des dominikanischen Frachters *Fundación* gelandet, und ich hätte Sie persönlich hineingeworfen. Ich werde die *Fundación* nach New York bringen, damit man ihre Kessel untersucht. Von Ihnen keine Spur, und unterdessen werden all die Spuren verwischt, die zu diesem Zimmer führen. Ich habe Sie nicht in den Ofen gesteckt, Galíndez. Aber hat man erst einen gewissen Ruf erlangt, trauen sie einem alles zu. Sie wissen, daß es nicht stimmt. Sie wissen, daß Sie hier sind, aber Sie wissen auch, daß Sie sich in einer unangenehmen Situation befinden.»

«Aber warum? Warum diese Brutalität? Welche Macht, glaubt ihr, könnte ich haben?»

«Die Macht, unseren Wohltäter zu beleidigen und zu verunglimpfen. Die Macht, die Gringos vollzuquatschen, damit sie ihre Hilfe für uns einstellen. Die Macht, mit diesen Demokraten von der Legion Karibik zu konspirieren, mit Figueres, Betancourt, Muñoz Marín und all dem anderen Gesindel. Sie treffen sich häufig mit Muñoz Marín und Figueres.»

«Das sind alte Kontakte aus meiner Zeit als Repräsentant des baskischen Volkes im Exil. In Puerto Rico gibt es viele Basken.»

«Sperren Sie sich nicht. Was wir wissen wollen, kriegen wir aus Ihnen heraus. Wenn Sie sich hier sperren, ist das unsinnige Vogel-Strauß-Politik. Sie stecken den Kopf in den Sand, aber wir sehen Ihren Hintern, Professor.»

«Die halbe Welt sucht mich.»

«Soviel nun auch wieder nicht, und nicht allzulange.»

«Ihr könnt mich nicht einfach verschwinden lassen.»

«Sie lesen wohl gerne Abenteuerromane. Seit dem spanischen Bürgerkrieg sind Sie ja selbst so ein Abenteurer. Ich nehme an, daß Sie auch meine Abenteuer kennen, sowohl die tatsächlichen wie auch die erfundenen. Aber ich will Ihnen von einem erzählen, das Sie sicher interessieren wird, weil es mit Ihrer Legion Karibik zu tun hat. Der Chef gab mir den Auftrag, eine Ihrer Kommandogruppen zu unterwandern, die südlich des Rio Grande operierte. Den genauen Ort werde ich Ihnen nicht nennen, nicht weil ich glaube, daß Sie die Information eines Tages verwerten könnten, sondern weil ich grundsätzlich nicht die Örtlichkeit meiner Aktionen preisgebe. Der ganze Planet ist mein Aktionsfeld, wenn ich mein Vaterland und meinen obersten Befehlshaber zu verteidigen habe. Wir hatten einen Hinweis auf zwölf Lastwagen mit Munition bekommen, die aus einem Konvoi abgezweigt worden waren, der für Korea bestimmt war. Man hatte sie in ein sicheres Versteck gebracht, von dem aus sie der Legion Karibik übergeben werden sollten, um den Dominikanern Feuer unter dem Hintern zu machen. Sie wissen ja, wie solche Unternehmen enden. Wenn sie die Grenze überschreiten, prügeln wir ihnen die Seele aus dem Leib, und wenn die Dreckskerle sich nach Haiti absetzen, werden sie aufgefressen. Mehr als ein politischer Flüchtling ist im Kochtopf eines haitianischen Negers gelandet. Nun gut. Ich bekam Verbindung zu diesem Kommando der Legion, gab mich als Gegner Trujillos aus und gewann schließlich das Vertrauen des Anführers, eines Deutschen. Eines Nachts fuhren wir in einem Motorboot aufs Meer hinaus, um einen Kontakt herzustellen. Ich kehrte in den Hafen zurück, der Deutsche nicht. Die Polizei nahm mich fest, und ich erstickte fast an der Scheiße, die sie mich fragten. Durchsucht mich doch. Ich habe den Deutschen nicht auf dem Gewissen. Aber die Dinge nahmen eine ungünstige Wendung, und ich beauftragte eine Freundin, eine kleine Nutte, die ich kurz zuvor kennengelernt hatte, eine Leiche zu besorgen, um sie als die Leiche des Deutschen zu präsentieren. Sie sind Europäer und wissen, daß eine solche Operation in Europa unmöglich wäre. In der Karibik ist alles möglich. Meine Freundin tat zwar ihr Bestes, aber alles, was sie auftreiben konnte, war der Kadaver eines verschrumpelten kleinen Indios. Vom Gefängnis aus wies ich sie an, die Leiche ein wenig verwesen zu lassen, nicht gänzlich zerfallen, sondern nur soviel, daß sie gehörig stank, und sie mit ein paar dicken Steinen in einen Sarg zu packen, so daß man glauben konnte, ein schwerer Deutscher läge darin und nicht ein verhungerter Indio. Aus dem Sarg kam ein solcher Gestank, daß der deutsche Konsul bat, ihn nicht zu öffnen, sondern sich mit dem Obduktionsbefund des Krankenhausarztes zufrieden gab. Herzversagen, der Deutsche war an Herzversagen gestorben. Viel gekostet hat es mich nicht, weil ich zu Rosita gesagt hatte, sieh zu, daß es billig wird. Wo das Geld nicht hinreicht, muß der dominikanische Geheimdienst seine Phantasie spielen lassen. Unser Geld geben wir für das Schweigen der Mächtigen aus. Wir kämpfen mit einer Hand, während wir mit der anderen die Taschen hoher Politiker vollstopfen, sogar in den Vereinigten Staaten. Das ist die Strategie des Armen. So stehen die Dinge also, und Ihnen sollte langsam klarwerden, wo Sie stehen. Welche Karten haben Sie in diesem Spiel?»

«Ich weiß es nicht.»

«Die schlechtesten.»

«Ich bin Agent des FBI, ich habe für die OSS gearbeitet und später für die CIA. Man wird mich nicht im Stich lassen.»

«Möglich. Die Wahrheit ist, daß wir nicht genau wußten, bis zu welchem Grad Sie mit den Geheimdiensten der Yankees zusammenarbeiteten. Wir waren der Meinung, es sei das übliche Informationsangebot im Tausch gegen Protektion. Wir werden feststellen, ob die umlaufenden Gerüchte der Wahrheit entsprechen, aber nur, um unsere Erklärungen abzusichern und glaubhafter zu machen. Die Dinge sind schon zu weit gediehen, als daß wir noch zurückkönnten. Ich habe einmal einen Mann vor einen Spiegel gesetzt, damit er seinem eigenen Tod zusehen konnte. Jetzt habe ich Sie vor diesen Spiegel gesetzt, Professor. Denken Sie daran, wenn die Dinge ihren Lauf nehmen, besonders in den nächsten Stunden.»

Er hat auf dem Absatz kehrtgemacht, ein militärischer Tick, der nicht zu ihm paßt, und geht zu seinen Leuten zurück, die respektvoll auf ihn gewartet haben, um ihr Gespräch wieder aufzunehmen, das ihn weiterhin nicht interessiert. Von seiner hohen Warte aus kann er sehen, was vor der offenen Tür vor sich geht, was dir selbst verwehrt ist. Seine hohe Gestalt erlaubt ihm auch, als erster wie auf dem Exerzierplatz Achtung! zu rufen, woraufhin die anderen zuerst strammstehen und dann die Symmetrie der Linie suchen, indem sie vor der Tür eine kleine menschliche Gasse bilden.

«Achtung! Der General!»

Dein Herz stürzt in einen Abgrund, und du spürst schon vorher den Aufschlag auf Klippen, die dir die Knochen brechen, oder auf gespitzten Pfählen, und im Fall zersplittern die letzten Worte Espaillats, werden zu fetten Schlagzeilen, die dir wieder und wieder durch den Kopf gehen, während du dir den Eintritt des Generals vorstellst, noch bevor du ihn siehst.

«Achtung! Der General!»

In der Zeit von Espaillats Ankündigung bis zu dem Moment, in dem Trujillo die Schwelle überschreitet, kannst du dich an eure wenigen, aber intensiven Begegnungen erinnern. Tanz, Spanier, tanz, und du siehst dich den *ezpata-dantza* tanzen, kniend in der Ausgangsposition, und als du dich erhebst, trägst du den Leichnam des toten Kriegers in deinen Armen. Dich selbst.

«Achtung! Der General!»

Voltaire hatte ganz recht, Jesús, wir Basken tanzen nicht nur auf unseren Volkstänzen, wie beim *aurresku*, sondern sogar beim Essen, wenn die dampfenden *porrulsadas* auf dem Tisch stehen, oder wenn wir Pelota spielen oder zum Fischen hinausfahren und auf den Wellen des kantabrischen Meeres tanzen. Wir lieben den Tanz, weil wir uns durch Bewegung über die Enge unserer Täler hinwegsetzen. Unsere Tänze sind schwungvoll, schwungvoll, aber feierlich, wie beim *ezpata-dantza*, bei dem die Tänzer Schwerter und Fahnen schwingende Krieger sind und am Schluß den Leib des toten Kriegers in die Höhe heben, dem Himmel zu, Jesús, stets dem Himmel zu, einem Himmel der Götter oder der Hexen.

«Achtung! Der General!»

Da tritt er ein, verdeckt mit seiner ausladenden Gestalt, die durch die ausgebreiteten Arme noch breiter wirkt, den schwitzenden Offizier mit dem Stuhl in der Hand, den er einfach nicht loslassen will. Man muß ihm tragen helfen, und derweil die drei Träger ihre sechs Füße durch den Raum bewegen, auf der Suche nach einem Platz, an dem Trujillo sitzen möchte, vergißt du ihn, weil du ganz gefangen bist von dieser körperlichen Darbietung, die du sogar komisch finden könntest.

«Setzt ihn an die Seite! So daß ich ihn sehen kann, aber nicht riechen muß.»

Er sieht dich nicht einmal an. Gemessen grüßt er das Empfangskomitee und geht zu dem Sessel, in den er sich mit einer Bewegung niederläßt, die außer dem Willen, sich zu setzen, Besitznahme und Selbstbeherrschung erkennen läßt. Da sitzt er vor dir. Als wäre er das Bild aus dem Konsulat in Bordeaux, das man abgehängt und vor dir auf den Stuhl gestellt hat. Da sitzt er vor dir, ganz für dich allein, der Wohltäter und Vater des Neuen Vaterlands, du ganz allein für ihn. Trujillo läßt seinen Blick noch immer aufmerksam durch den Raum schweifen, und irgendwas vergnügt ihn, denn seine Wangen ziehen sich beinah zu einem Lächeln zur Seite. Mit einem Ruck unterbricht er es und wirft dir einen Blick aus seinen großen, kohlschwarzen Augen zu, eiskalt, wie zwei Kugeln aus einer schwarzen Pistole.

«Weitermachen!»

Der Offizier, der dich bis vor wenigen Minuten noch terrorisiert hat, tritt vor und scheint dir fast ein Verbündeter im Vergleich zu dem heißen, dunklen Zorn, den du in Trujillo erahnst, oder zu der kalten Grausamkeit Espaillats, der hinter dem Sessel seines Herrn steht. Der Offizier hält etwas in den Händen, das dir gehört, ein maschinengeschriebenes Exemplar deiner *Ära Trujillo*, hält es mit einer besonderen Vorsicht, als habe er es mit einem explosiven Stoff zu tun, oder mit einem frisch entnommenen inneren Organ. Ein inneres Organ. Dein Herz. Dein Herz ist entsetzt und hämmert in seiner Todesangst gegen die Wand deiner gemarterten Brust.

«Mit Ihrer Erlaubnis, Herr General.»

Und er liest vor, einzelne Stellen, kenntlich gemacht durch lange Papierstreifen, die zu Boden fallen, wie die Blütenblätter der Todesrose.

Kaum habe ich eine Frau kennengelernt, heiratet sie einen andern. Dieser Satz könnte von Woody Allen stammen, Señorita, aber er ist von Jesús Galíndez. Es hat dich überrascht, den Namen Woody Allen von diesen alten Lippen zu hören; Lippen, die mehr flüstern als sprechen, wie sie jetzt die Erinnerungen an Galíndez flüstern, eigene politische Erinnerungen habe ich ja kaum. Sagen wir mal so, Señorita, Galíndez vertrat vor allem soziale Positionen, sagen wir soziale Positionen der PNV, was recht bemerkenswert war in einer Zeit nationalistischen Ungestüms, in der es auch genug Gründe gab, uns von sozialistischen und kommunistischen Positionen zu distanzieren. Ja. Ja. Ich weiß, Gregorio Morán hat diesen Aspekt in seinem Buch *Die Basken: Spanier, die keine mehr sind* behandelt. Ja. Der Junge weiß viel über die Basken. Vielleicht zuviel. Mit den Jahren haben wir uns verändert, aber damals standen wir alle hinter Sabino Araná und der PNV und haben Galíndez nicht immer verstanden. Irgendwer forderte sogar einmal seinen Kopf, als er geschrieben hatte, die PNV hätte der sozialen Wirklichkeit zu wenig Beachtung geschenkt, während die PSOE zum Beispiel im Gegensatz dazu patriotische Themen vermissen ließ und sich nur über soziale Fragen legitimierte. Eine von Galíndez' Behauptungen wurde von der Parteiführung im Exil heftig diskutiert. Dem Exil haben wir viel zu verdanken, hören Sie sich das an, das ist der reine Selbstmord, und dann sagte er noch, Niederlage und Besatzung, die in vieler Hinsicht und auf lange Zeit verhängnisvolle Folgen haben können, haben uns das Tor der Pyrenäen aufgestoßen, haben uns nach Europa getrieben und in die ganze Welt hinaus, wohin wir gehören. Und noch andere Dinge, die mehr als nur Staub aufgewirbelt und dazu geführt haben, daß man ihn beschuldigte, ein verkümmertes Nationalgefühl zu haben. So sagte er zum Beispiel, daß

Baske sein keineswegs bedeute, anderen Völkern überlegen zu sein, oder man dürfe nicht nur unter einem religiösem Vorwand Antikommunist sein, Fundamentalist würde man heute sagen, oder wenn er sagt, Patriotismus darf nicht mit der Bewegung einer privilegierten Schicht verwechselt werden, so patriotisch einzelne Mitglieder auch sein mögen. Sie denken, wie ein Mensch am Ende dieses Jahrhunderts denkt, am Ende des zweiten Jahrtausends, Señorita, aber vergessen Sie nicht, daß diese Worte in den vierziger Jahren laut wurden, in einem Abstand von nur wenigen Jahren und wenigen Kilometern zur bittersten Niederlage des baskischen Volkes. Trotzdem glaubte kein Mensch an die Möglichkeit, Galíndez könnte ein kommunistischer Spitzel gewesen sein, der sich in den Osten abgesetzt hätte, wie es im Ernst-Report oder in der Rufmordkampagne der trujillistischen Lobby angedeutet wurde. An Galíndez war nichts Geheimnisvolles. Er war nicht der durchtriebene, schillernde Doppel- oder Dreifachagent, den jene aus ihm gemacht haben, die ein Interesse daran hatten, ihn zu diskreditieren. Er hatte Geld auf seinem Privatkonto, aber das war das Geld der Partei. Eine seiner wesentlichen Aufgaben war ja, das amerikanische Geld der PNV zu kanalisieren, nicht zu «waschen», wie gesagt worden ist; «Geld waschen» ist Sache der Mafia, nicht seine. Das war wohl auch der Grund für eine gewisse Heimlichkeit, mit der die Führung sein Verschwinden und sein Martyrium umgab. Aber erinnern Sie sich einmal an den Briefwechsel mit Landaburu, den Sie vermutlich gelesen haben werden. Da ist oft die Rede von Schwierigkeiten bei der Erneuerung der Aufenthaltsgenehmigung. Hätte ein Supergeheimagent solche Schwierigkeiten gehabt? Er war nur ein kleiner Informant, wie so viele Asylsuchende in den USA, die ihren Zehnten zu entrichten und damit unter Beweis zu stellen hatten, daß sie jeglichen Totalitarismus ablehnten. Vergessen Sie nicht, daß Galíndez zu einer Zeit agierte, als die Vereinigten Staaten die Fahne des Kalten Krieges, des Koreakrieges und der Berliner Luftbrücke schwangen und gerade das puertoricanische Attentat auf Truman verübt worden war. So wie es geheißen hat, Galíndez sei Kommunist, hat es auch geheißen, er sei homosexuell und sein Verschwinden habe damit zu tun. Man hat nie von dauerhaften Beziehungen zu einer Frau bei ihm gewußt, obwohl er immer sehr charmant zu Frauen war. Nein, die Geschichte mit dem Sohn der Dominikanerin glaube ich nicht, die hat mir immer zu sehr nach Jungfrau Maria und Heiliger Geist geklungen. Entschuldigen Sie, wenn sich das ein wenig blasphemisch anhört, aber ich hätte es nie gesagt, wenn ich nicht selbst erzkatholisch wäre. Sind Sie katholisch? Mormonin. Sie fahren aber schweres Geschütz auf. Nein, Galíndez' Ehrenhaftigkeit war immer unzweifelhaft, und Aguirre, der Lehendakari, stellte sie gänzlich außer Frage, als er erklärte: für die Ehrenhaftigkeit meines Landsmannes Galíndez verbürge ich mich, stellen Sie sich das nur vor, Señorita, für die Ehrenhaftigkeit meines Landsmannes Galíndez verbürge ich mich. Und du hast dem Alten, der all das noch erlebt hatte und sich jetzt im matten Licht eines Wintermorgens in San Juan de Luz in seine karierte Decke mummelte, nicht gesagt, daß Aguirre kaum weniger hätte tun können, als er getan hat. Ob in Santo Domingo oder in New York, er hatte Galíndez an jeder seiner Unternehmungen, an jedem seiner Winkelzüge beteiligt, und der Gehorsam des Professors war immer größer als sein Starrsinn, bis auf ein einziges Mal, als es um die Veröffentlichung seiner Arbeit über Trujillo ging. Es hieß sogar, Galíndez sei in Havanna gesehen worden, als Castro die Stadt befreite, und er sei mit einer Million Dollar in einem russischen U-Boot geflohen. Der New Yorker Korrespondent einer franquistischen Zeitung verglich Galíndez mit Porfirio Rubirosa, dem Playboy, Casares hieß dieser Mensch, Manuel Casares, ich weiß nicht mehr, für welche Zeitung er schrieb, ist auch gleich, damals waren alle Zeitungen in Spanien gleich. Die Haltung der spanischen Regierung war beschämend. Sie hat keinen Finger für ihn gerührt, und wenn sie einen gerührt hat, dann nur, um alles in Nebel zu hüllen, damit nichts über den wahren Charakter dieses Staatsverbrechens bekannt wurde. Vielleicht gibt es ein Dossier darüber im Außenministerium, der damalige Botschafter in Washington war José María de Areilza und bei der UNO Lequerica, ein schönes Gespann von Basken die beiden, der alte Fuchs und der junge Fuchs, zwei durchtriebene Baskenfüchse. Galíndez galt immer als das schwarze Schaf, das die franquistischen Bemühungen um den Beitritt zur UNO hintertrieb, er war einer der unnachgiebigsten Gegner dieses Beitritts, und Sie müssen nur mal diesen Text lesen, den er Weihnachten 1955 geschrieben hat, drei Monate vor seinem Martyrium, da erkennen sie die Trauer, die in diesen wenigen Zeilen liegt, es ist die Trauer Galileis, der die Worte *Eppure si muove* spricht. Die Länder der Welt hatten die franquistische Beschmutzung der UNO, des Sitzes der Vereinten Nationen zugelassen. Er war ein Rebell, ein stiller Rebell mit dem Aussehen eines Gentleman, lesen Sie nur diesen Text, Señorita, lesen Sie ihn, da haben Sie den ganzen Galíndez. Wie einfach wäre es, sich dem hinzugeben, dem sich alle hingeben: dem Ruhme Spaniens, dem unantastbaren Glauben unserer Väter, der Achtung vor dem Wohlstand! Ja, ich möchte Geld, sehr viel Geld, aber es würde dafür benutzt, sie alle zu bekämpfen. Ihre Salons widern mich an, und ich gehe verbittert hinaus. Meine Leute sind die Leute aus dem Volk, die lachen und singen, wenn ihnen danach ist, die ohne Vorurteile fühlen, die aufrichtig sind. Die Salons der Gesellschaft ersticken mich mit ihren verlogenen Umarmungen und Lobgesängen, die den Dolch schon im Gewande tragen, wenn sie dir schmeicheln. Heute mußte ich mir Lobeshymnen auf Cortés und Pizarro anhören, die «uns die Rasse, das Blut und den Glauben hinterlassen haben», und das von dem Vertreter eines Landes, in dem Millionen Indios ein Sklavendasein fristen. Ist das der Glaube unserer Vorfahren, der Glaube Christi? Andere forderten von mir, zu vergessen, was niemals vergessen werden kann, weil es unauslöschlich eingeschrieben ist mit dem Blut meiner Brüder, die ihr Leben ließen in den Bergen von Euzkadi. Solchen Rufen zu folgen, wäre sarkastisch. Ich glaube nicht an diese Lügen. Ich hoffe auf etwas, das keine Lüge ist. An meinen Schläfen zeigen sich die ersten grauen Haare, die Jugend ist dahin. Ich werde jedoch weiterkämpfen, auch wenn niemand mir glaubt, wenn niemand mir folgt. Meine Erinnerung wird mir folgen und meine Sehnsucht. Eine Sehnsucht nach ich-weiß-nicht-was. Denn manchmal träume ich im Wachen, träume bevor der andere, der wirkliche Traum mich alles vergessen läßt, sogar meine Einsamkeit. Ich träume, gegen Windmühlen zu kämpfen, träume von einer Gerechtigkeit, die ich in meinem Herzen trage, eine Gerechtigkeit, die für mich Gott ist, ein Gott, der nicht in den goldenen Tempeln der Kardinäle wohnt, die die Macht verherrlichen, ein Gott, den ich allein in den Bergen finde, in den kleinen Kapellen, die niemand betritt. Ich bin Baske. Manche lachen darüber, andere hassen mich deswegen. Es ist alles, was mir noch bleibt, wenn Hoffnungslosigkeit mich überfällt und ich ziellos durch die Straßen laufe. Ich bin Baske, und weit draußen, da gibt es ein Volk, zu dem ich gehöre. Ich allein bin nichts, eine unausgegorene Masse ungestillten Verlangens. Aber ich bin Teil dieses Volkes, das ich in meinen Wachträumen sehe, das ich als baskische Kämpfer die Berge erklimmen sehe, das ich auf seinen Prozessionen sehe und wenn der Tag sich neigt, auf dem Weg nach Hause. Ich sehe es in der körperlichen Anstrengung des Pelotaspiels, und ich sehe es in den Fischern, die aufs Meer hinausfahren, ich sehe es singen, und ich sehe es beten, ich sehe es durch die Jahrhunderte hinweg. Ich bin allein, allein mit meinem Leid. Aber ich gehe weiter, schreite voran, obwohl mich niemand versteht in diesem Babylon. Und eines Tages lege ich mich im Schatten einer Pappel zur Ruhe, auf einem Hügel in einem einsamen Tal meiner Heimat, allein mit meinem Land und meinem Regen. Sie werden mich endlich verstehen. Entschuldigen Sie, daß mir jedesmal die Tränen kommen, wenn ich diese Zeilen lese, Señorita. Ich weiß nicht einmal, ob sie gut geschrieben sind, aber uns Basken, die wir das Exil erlebt haben, rühren sie ans Herz. Ich bringe sie mit der Mutlosigkeit in Verbindung, die Jesús ergriff, als wir mit ansehen mußten, wie der Vatikan, wie die Amerikaner, wie die UNO ihren Mantel über Franco hielten. Es war so, als wären Hitler und Mussolini kaum zehn Jahre nach dem Zweiten Weltkrieg rehabilitiert worden. Der Beitritt verhinderte jedoch nicht, daß Galíndez ganz allein vor seinen Mördern stand und die franquistische Diplomatie dem Schicksal dieses Gerechten vollkommen gleichgültig gegenüberstand. Letzten Endes war Galíndez einer von denen, die den Bürgerkrieg verloren hatten. Ich weiß nicht, was die spanische Diplomatie unternommen hat. Ich weiß nicht, ob sie Böses getan hat, Gutes hat sie jedenfalls nicht getan, was abzusehen war. Sr. Don Francisco Fernández Ordóñez, Außenministerium, Madrid. Sehr geehrter Herr Minister, ich heiße Muriel Colbert, bin nordamerikanische Staatsbürgerin und halte mich zur Zeit in Spanien auf, um für meine Doktorarbeit über Jesús Galíndez zu recherchieren, einen baskischen Exilanten, der am 12. März 1956 von einem Kommando Trujillos in New York entführt wurde und verschwand. Meine Nachforschungen haben ergeben, daß in Ihrem Ministerium ein Dossier über jene Ereignisse existiert, und es wäre mir eine bedeutende Hilfe, dieses Dossier einsehen zu können, wozu ich bemerken möchte, daß diese Ereignisse vor mehr als dreißig Jahren stattfanden und damit definitiv Geschichte geworden sind. Ohne Sie über Gebühr beanspruchen zu wollen, möchte ich Sie dennoch bitten, sich in den entsprechenden Abteilungen Ihres Ministeriums für mich zu verwenden, damit man mir den Zugang zum Archiv ermöglicht. In Erwartung Ihrer Antwort verbleibe ich. Das ist gelaufen, Muriel, du weißt doch selbst, daß kein Mensch dich hindern wird, über eine Sache zu forschen, die zur Zeit von Amenophis I. passiert ist. Ich habe schon ein paar Spezis im Ministerium angezapft, die Sache geht klar. Mrs. Muriel Colbert. Verehrte Dame, ich habe Ihren Brief vom Oktober dieses Jahres erhalten, in dem Sie mir Ihr hochinteressantes Forschungsvorhaben darlegen. Falls das genannte Dossier über Jesús Galíndez und die bedauerlichen Vorfälle, die Sie erwähnen, tatsächlich existiert, steht Ihnen unsererseits nichts im Wege, es einzusehen. Um den Vorgang zu erleichtern, schlage ich Ihnen vor, sich mit der Leiterin des Generalarchivs und der Bibliothek des Ministeriums, Doña María José Lozano Rincón in Verbindung zu setzen. Ich hoffe, Sie finden das gewünschte Material für Ihre Arbeit und grüße Sie herzlich. Francisco Fernández Ordóñez. Die Señora oder Señorita Lozano Rincón scheint kurz vor der Pensionierung zu stehen und schwebt über allen Wolken, als sie erfährt, daß der Herr Minister sie namentlich erwähnt hat.

«Er nennt mich in dem Brief?»

Du gibst ihn ihr.

«Tatsächlich, er kennt meinen Namen, hier steht er. Doña María Lozano Rincón. Das bin ich.»

«Ja, das sind Sie.»

«Und der Herr Minister weiß, daß es mich gibt, daß ich in dieser Abteilung seines Ministeriums arbeite.»

«Offensichtlich weiß er das.»

Sie schaut dich voller Hochachtung und mit einer gewissen Dankbarkeit an. Für einen Augenblick hast du sie aus der Unterwelt der Archive und Aktenbündel in die höheren Gefilde dieses Bauwerks im Escorialstil, eine einst harmonische Mischung aus Marmoren und Quadersteinen, in das grelle, indirekte Licht der im Deckenrechteck verborgenen Neonleuchten entführt. Das Erdgeschoß war vollgestellt mit Hunderten von alten Möbelstücken, Büromaterialkisten, soweit das Auge sah, Ausstellungsvitrinen mit Inkunabeln von Friedensverträgen und Annexionsurkunden, die hier vielleicht unter Glas liegen, seit dieses Palastgebäude des Herzogs von Santa

Cruz seiner Bestimmung übergeben wurde. Es wirkt wie das Ministerium eines Landes, das sich auf dem Rückzug befindet, ganz gleich von wo, vielleicht von seiner eigenen Vergangenheit, mitten in der Inventur seiner alten Rollschränke und Vitrinentische, seiner verwelkten Bürokratie. Dann, im Leseraum des Archivs, Studenten oder Studierende, die Gemächlichkeit der Angestellten, selbst gerade der archivaren Unterwelt entstiegen, in der die Angestellten dahindämmern.

Akte R 4850, Vorgang Nr. 51: Aktivitäten des baskischen Emigranten Jesús de Galíndez Suárez in Amerika.

Akte R 3733, Vorgang Nr. 71: Beurkundung der Vereidigung und Kopie der rechtsanwaltlichen Ernennung des baskischen Emigranten Jesús de Galíndez Suárez.

Akte R 5596, Vorgang Nr. 15: Jesús de Galíndez Suárez in New York verschwunden.

Akte R 5979, Vorgang Nr. 30 und Nr. 31: Entführung des baskischen Emigranten Jesús de Galíndez Suárez in New York.

«Nur bis 1962, Fräulein. Sie dürfen auch nur einsehen, was nicht unter das Verwaltungsgeheimnis fällt.»

«Das reicht mir.»

Du wolltest nur den Ton der Berichte hören. Wie kommentierte die spanische Diplomatie das Drama des Jesús Galíndez, des verlorenen Sohns, der das franquistische Paradies zurückgewiesen hatte? Du hast die Nummer 2059, Jahr 1988, und als solche identifizierst du dich jedesmal, wenn du dir eine neue Akte geben läßt oder eine zurückgibst. In der ersten die Fotokopie eines Artikels von Galíndez über baskische Nationalfragen aus dem Jahre 1951, und dahinter falsch abgelegt ein Bericht des Botschafters in Lima, Antonio Gullón, über das Echo des Verschwindens von Galíndez. August 1956. Ein Mann ist hinter der Tür grausamsten Martyriums spurlos verschwunden, und ein Landsmann, ein spanischer Botschafter, zieht es aus seinem keimfreien Diplomatendasein heraus in Zweifel und nennt den Verschwundenen einen «Agenten der sogenannten baskischen Exilregierung», der wiederholt die Regierung angegriffen und systematisch ignoriert hat, in welchem Maße die Regierung zur Erhaltung der Bräuche des baskischen Volkes beigetragen hat. Im nächsten schmalen Aktendeckel das Zertifikat der Übersendung einer Abschrift seines akademischen Titels, das war vor dem Drama, als Galíndez sich bemüht, seine Lehrbefähigung nachzuweisen, um im Exil Arbeit zu finden. Und plötzlich werden die Akten dicker, und du wirst Zeugin einer Doppelberichterstattung: der dramatischen, wenn nicht sensationslüsternen in den Zeitungsausschnitten und der in den prophylaktischen Briefen fast aller Botschafter an den ersten Staatssekretär im Außenministerium. Sie machen sich zum Sprachrohr des Echos, das Galíndez' Verschwinden in jedem lateinamerikanischen Land hervorruft, aber gleichermaßen zu Kolporteuren der von Trujillo inszenierten Täuschungsmanöver. Die Presse will Licht in die mysteriöse Angelegenheit bringen, aber steigert die Verwirrung noch, wie die scheinbar gutgemeinten Informationen des spanischsprachigen *Diario de Nueva York* bezeugen, das von Ross herausgegeben wird, dem Mann, den Galíndez am Tag nach seinem Verschwinden treffen sollte, und der sich eine Menge Zeit ließ, davon zu berichten, daß Galíndez nicht kam; und als er es endlich tat, da führte er mehr in die Irre, als daß er Licht in die Sache brachte, indem er die Öffentlichkeit auf die falsche Spur setzte: Galíndez sei entführt und auf dem Seeweg außer Landes gebracht worden. Warum hatte Galíndez diesem Ross vertraut, einem ehemaligen Schergen Trujillos, der seinem Chef die als Propagandaforum benutzte Zeitung *El Caribe* seinerzeit aufgebaut hatte? Dann sind da noch diplomatische Tagesberichte, direkt zur Lage oder solche, die sich der Erklärungen bedienen, die von denen stammen, die die Desinformationskampagne schüren. «Der Fall des Ex-Republikaners und spanischen Kommunisten, 7. September 1956», von Galíndez war da schon nichts mehr geblieben, und die juristische Abteilung des Antikommunistischen Komitees von New Orleans, Louisiana, versichert, daß Galíndez in Europa seit langem als Kommunist und Krimineller bekannt ist. Amts- und Zivilregister, Auszug Galíndez, übermittelt vom diplomatischen Informationsbüro. Registernummer 927. Betrifft: persönliche Daten Jesús de Galíndez. Wie dokumentiert, wurde Jesús de Galíndez 1915 geboren. Studium der Rechte an der Universität von Madrid, Examen 1936. Rechtsberater der zentralen Gefängnisleitung, einer Unterabteilung des roten Justizministeriums. Offizieller Beisitzer des ständigen Tribunals beim XI. Heereskorps der roten Streitkräfte. Flüchtete nach dem Krieg erst nach Frankreich und ein Jahr später in die Dominikanische Republik, wo er sechs Jahre verbrachte. 1946, Ankunft in New York. Dozent für Internationales Recht an der Columbia-Universität und Repräsentant der baskischen Exilregierung in den Vereinigten Staaten. Schatzmeister genannter Regierung für Lateinamerika. Mehrere Dozententätigkeiten wie Aushilfsvorlesungen an der Universität von Madrid und Ordinarius an der Diplomatischen Hochschule der Dominikanischen Republik. Sein literarisches Schaffen umfaßt acht Bücher, deren letztes mit dem Titel *Eindrücke des Krieges* in Buenos Aires erschien. Mitarbeiter unter anderem bei den Zeitungen *El Mercurio* in Santiago de Chile, *El Tiempo* in Bogotá, *El Día* und *El País* in Montevideo und *Comercio* in Lima. Außerdem war Jesús de Galíndez als ständiger Beobachter der Regierung von Euzkadi bei den Vereinten Nationen zugelassen. Mit Datum vom 12. März dieses Jahres wurde in der Presse über sein Verschwinden berichtet. Madrid, 13. Juni 1956. Das war alles. Doch versöhnt dich mit dem unbekannten Autor dieser Notiz seine Neutralität, seine fast objektive Schilderung eines Lebenslaufs, bei der er sich ideologischer Adjektive weitgehend enthält, abgesehen davon, daß er die Verlierer des Bürgerkriegs als Rote bezeichnet. Wer mag in einer zutiefst franquistischen Zeit diesen so wenig franquistischen Bericht geschrieben haben? Danach der Tanz der Diplomaten, immer wieder Gullón aus Lima, obwohl immer weniger verbohrt, vielleicht zunehmend überwältigt von der Dramatik des Geschehens. Die Bemühungen des Konsuls Presilla aus New York, der um die Erlaubnis bittet, Galíndez' Vater bei der Suche nach seinem verschwundenen Sohn behilflich sein zu dürfen, beigefügt die Empfehlung eines Priesters namens Lobo. Vorsicht, Presilla, die spanische Regierung hat kein Interesse daran, in den Fall verwickelt zu werden. Martín Artajo. Und mit welch vorausschauender Zurückhaltung Areilza in der Washingtoner Botschaft zu Werke geht; seine Mitteilungen sind die eines distanzierten Anwalts, der über den Fall berichtet, als schreibe er aus den Zeitungen ab. Ergänzend zur Mitteilung Nr. 143 vom 29. Januar habe ich in der Anlage die Ehre, Eurer Exzellenz eine in der New Yorker Presse erschienene Notiz vom 19. Februar 1957 zur Kenntnis zu bringen, in der von einer Beschwerde berichtet wird, die das Justizministerium der Dominikanischen Republik dem Außenamt des Landes wegen der Haltung des Geschäftsträgers der USA in Ciudad Trujillo bezüglich der ungeklärten Todesumstände des nordamerikanischen

Piloten Gerald Murphy vorgelegt hat, der möglicherweise in Zusammenhang mit dem Verschwinden des Dozenten der Columbia-Universität, Jesús de Galíndez, gesehen werden muß. Gott schütze Euch. José María de Areilza, Botschafter. Die spanische Botschaft in Santo Domingo bittet um Informationen über die rote Vergangenheit des baskischen Emigranten Jesús de Galíndez, und danach lösen sich zwei Botschafter ab, die für zwei sehr unterschiedliche Verhaltensweisen stehen. Ein gewisser Merry del Val enthüllt dir seine elegante Distanz zur Barbarei Trujillos, ohne die diplomatische Vorsorglichkeit zu gefährden, aber auch ohne auf den abwesenden Galíndez einzuprügeln, obwohl er vermutet, daß «... Galíndez in der Publikation seines Buches über die Machenschaften Trujillos eine Goldader sah», woraus jedermann schließen kann, daß er vom Gold geblendet in den Tod ging. Dennoch ist Merry weit von der ebenso eindeutigen wie widerwärtigen Komplizenschaft eines Sánchez Bella entfernt. Wer war Sánchez Bella? Ein verschlagenes Individuum, das Trujillo ebenso ergeben war wie Franco, und Galíndez allein deswegen haßte, weil er zu einem diplomatischen Problem geworden war. Was Trujillo verdroß, verdroß auch ihn. Merry hat in Erwägung gezogen, daß Galíndez in geistiger Verwirrung verschwunden sein könnte, und hat auch alle anderen Möglichkeiten eines Verschwindens aus freien Stücken nicht ausgeschlossen, Sánchez Bella hingegen denunziert ihn als politischen Feind, beschuldigt alle, die Trujillo beschuldigen, lobt den Ernst-Report als objektiv und unabhängig, obwohl der Diktator ihn mit 150000 Dollar honoriert hat, den Ernst-Report, von dem eine maschinengeschriebene Kopie beiliegt, die Sánchez Bella geschickt hat, und der Galíndez alles Mögliche, nur nicht tot sein lassen will, der Ernst-Report, mit einem beiliegenden Foto von Ernst, der wie ein Doppelgänger Trumans aussieht, mit seinem in gutbezahlte, verantwortungsvolle Falten gelegten Gesicht eines gutbezahlten Anwalts, dem es gleich ist, woher sein Geld kommt. Manchmal schaut wieder Galíndez aus diesen Akten hervor, in vergilbten Zeitungsausschnitten, die ihn dem Meeresgrund entreißen, wie jener vom 6. Juni 1956, der ihn mit gröberen Gesichtszügen zeigt als auf seinen Fotos aus der Dominikanischen Republik, mit Fliege und mit der Bildunterschrift: «Doktor der Philosophie, Columbia verleiht Doktorwürde in absentia.» 6178 Studenten haben an jenem 6. Juni 1956 promoviert, allein

Galíndez fehlte. Columbia, Universität, 1793 gegründet. Es ist das Gesicht eines Mannes, der weiß, was er darstellt, als sei das Foto des Doktors gemacht worden, noch bevor er einer war. Ein vertrauliches Ersuchen der dominikanischen Regierung an die spanische um Rükkendeckung bei der Interpellation, die der uruguayische Botschafter der UNO vorzutragen gedenkt. Es wird erinnert an die internationale Böswilligkeit, mit der das Francoregime sich in der Vergangenheit konfrontiert sah, und die sich heute gegen die Regierung der Dominikanischen Republik richtete. Die Solidarität der Tyrannen. Und wieder Sánchez Bella. Aber wer zum Teufel war dieser Mann? Er beklagt die linkslastige Politik der Vereinigten Staaten bei den Nachforschungen im Fall Galíndez, der längst der Fall Murphy und der Fall De la Maza geworden ist, im Verlauf von Trujillos unaufhaltsamer Vernichtungskampagne zur Ermordung der Mörder, ein Mörder ermordet den anderen Mörder, und dieser lange Arm erreicht auch den nach Kanada geflohenen Espaillat, der 1967 Selbstmord begeht, als sein Chef bereits seit Jahren tot ist. Soviel Lärm wegen des Verschwindens eines «obskuren Professors». Sánchez Bella *dixit*. Noch schlimmer ein anderer Botschafter, Spottorno, in Haiti, der Professor in Anführungszeichen schreibt und ihn als Persönchen bezeichnet, dieser diplomatische Zwerg bezeichnet einen Verschwundenen als Persönchen, der theoretisch ein Landsmann ist, und charakterisiert ihn als «eine unbedeutende Marionette, die sowohl von Aguirre und den Separatisten als auch von den Trujillogegnern benutzt wurde». Eine Doktorandin darf sich von ihrer Forschungsarbeit nicht in Rage bringen lassen, darf die Akte nicht zuknallen, wie du es getan hast, darf sie auch nicht öffnen mit diesem Gefühl, sich ihres Tuns schämen zu müssen. Lautaro Silva, ein antikommunistischer chilenischer Schriftsteller, der sich rühmt, Schriftsteller, Chilene und Antikommunist zu sein, behauptet, *Die Ära Trujillo* sei in Wirklichkeit von Pablo Neruda, Juan José Arévalo, dem ehemaligen kommunistischen Präsidenten von Guatemala, und Vittorio Codovila, einem italienischen Agenten der Komintern geschrieben worden. Galíndez schrieb nur zwanzig Seiten von dem Buch. Nicht neunzehn und auch nicht einundzwanzig, sondern zwanzig Seiten. Espaillat, der gerade zum Konsul in New York ernannt worden ist, führt der Öffentlichkeit die Kessel der *Fundación* vor, damit man sie auf Reste von Galíndez untersuche, der dort angeblich lebendigen Leibes hineingeworfen wurde. Ein anonymer Heizer posiert für die historische Aufnahme mit einem breiten Lachen, das den dunklen Schlund des offenen Kessels verdoppelt. Und alle, die sie bestochen wurden, um Verwirrung zu stiften, haben Galíndez in Kuba gesehen, in Budapest, in Spanien, irgendwo in Lateinamerika. Zwei Jahre Stille, dann bricht der Fall Murphy wieder auf, die Aktenordner füllen sich erneut, wieder beginnt der verbale Tanz der Botschafter mit ihren in Formol, Alkohol oder Wasserstoffperoxyd eingelegten Zungen, je nach Grad ihrer Verschworenheit mit dem Tod. Unterdessen hat aber ein Priester aus Managua, Antonio Bonet heißt er, ein Pamphlet gegen *Die Ära Trujillo* verfaßt, 1957 hat er sie verfaßt und kündigt an, nach Spanien reisen zu wollen, um Kindheit und Jugend des Sünders Galíndez zu erforschen, des Sünders gegen das Christentum und gegen den Wohltäter. Wer schickt Bonets Buch an das Außenministerium nach Spanien? Vierhändig, Sánchez Bella und Areilza, jeder in dem ihm eigenen Stil. Ross, Ross, der immer hilft, ohne je wirklich zu helfen, der über Galíndez stets das verbreitet, was er hätte sein können und nicht war, und der die Öffentlichkeit über ein Angebot der Mafia unterrichtet: für 50000 Dollar ist man bereit, die Wahrheit zu enthüllen, die ganze Wahrheit über den Fall Galíndez. Du kennst die ganzen Fakten, hast sie vier Jahre lang widergekäut wie eine Kuh, und dich fasziniert nur noch, wie sie in diesen Akten niedergelegt sind, ihr Dasein fristen, infiziert von der ganzen Routine und dem Schattendasein im Innern dieses klassizistischen Verwaltungsbaus. Dir kommen sogar die Namen von Botschaftern bekannt vor, die ein wechselvolles Schicksal durch Amerika führt, die von Uruguay nach Caracas versetzt werden, wie Saavedra, obwohl dir, als du seine Berichte liest, einer wie ein Rasiermesser ins Auge schneidet. Espaillat, wurde er nicht *Das Stilett* oder *Gillette* genannt? Saavedra berichtet, daß die Brüder Vicioso, zwei Intellektuelle und Offiziere der Dominikanischen Republik, die die Freiheit gewählt haben, das tatsächliche Ende von Galíndez beschreiben. Er wurde erdrosselt, erdrosselt, erdrosselt, Señor Sánchez Bella, in einem Militärlager erdrosselt, Señor Sánchez Bella, im Militärlager 18. Dezember, nachdem er brutal gefoltert worden war, und dann begrub man ihn ihn der Nähe eines Schießplatzes am Strand. Du wußtest davon, doch jetzt liest du es schwarz auf weiß, es steht direkt vor deinen

Augen, es ist kein *flash back*, oder ist es doch einer, der dich in die Zeit zurückführt, nicht die Zeit zu dir bringt, und du fühlst den Schmerz im Nacken, den Schmerz des Körpers von Galíndez unter den Schaufeln voll Sand, obwohl du weißt, daß er nicht begraben wurde, daß er ein Toter ohne Grab ist, der den gefräßigen Haien Trujillos vorgeworfen wurde, die auch als Mörder auf der Lohnliste Trujillos stehen. Und endlich scheint auch Sánchez Bella zu merken, was passiert ist, und in was für einem Land er seinen Beruf als Botschafter ausübt. Trujillo hat Galíndez verschwinden lassen, den amerikanischen Piloten Murphy, der ihn aus New York herausgeflogen hat, und den dominikanischen Piloten, Hauptmann De la Maza, der bei der Entführung als Espaillats rechte Hand fungierte. Der Schwiegervater De la Mazas heißt Rúa, er ist Spanier, und er wendet sich an Sánchez Bella um Hilfe, weil er sich bedroht fühlt. Er weiß, daß sein Schwiegersohn nicht in der Zelle Selbstmord begangen hat, er hat einen handgeschriebenen Brief, der einem anderen handgeschriebenen Brief widerspricht, in dem er seinen Selbstmord ankündigt. Ciudad Trujillo. Dominikanische Republik. Staatsangelegenheit. Streng vertraulich. Betrifft: Tod zweier Piloten in Verbindung mit dem Fall Galíndez. «Die spanische Botschaft war stets bemüht, sich aus diesem so unübersichtlichen wie heiklen Fall herauszuhalten, in dem die dominikanische Regierung – wie zu erwarten gewesen – sich einer neuen internationalen Verleumdungskampagne gegenübersieht...»

«Anzunehmen ist, daß US-Botschafter Pheiffer – ein Freund und Geschäftspartner Trujillos bei all seinen großen Geschäften – nicht in der Lage war, die Nachforschungen und die Kampagne zu unterbinden, die in seiner Abwesenheit der Geschäftsträger der Vereinigten Staaten, Richard H. Stephens, ein alter Verfechter der ‹democracy›, in Gang gesetzt hatte.» Man hört die Nachtigall deutlich trapsen, Sánchez Bella, an diesem Fall ärgert dich mehr, daß es noch Demokraten alter Schule gibt, als daß man Galíndez, Murphy und De la Maza ermordet hat. «Wie in Mitteilung Nr. 60 vom 30. Januar 1957 angekündigt, traf am 2. Februar der Graphologe und Professor für ältere Geschichte der Universität von Madrid, Dr. Manuel Ferrandis Torres, in Ciudad Trujillo ein, nachdem ihn der dominikanische Konsul in Madrid aufgesucht und 48 Stunden später ins Flugzeug gesetzt hatte. Sr. Ferrandis war nicht darüber informiert worden, welche Art von Dokument er überprüfen sollte, und nahm an, es handle sich um ein historisches Dokument. Bei seiner Ankunft auf dem Flughafen wurde er vom Dekan der geisteswissenschaftlichen Fakultät der hiesigen Universität, Sr. Fabio Motta (bekannter Freimaurer), sowie dem Staatsanwalt Sr. Elpidio Beras praktisch ‹entführt› und keine Minute mehr aus den Augen gelassen, was so weit führte, daß Strandausflüge und Besuche in Nachtbars für ihn arrangiert wurden, und zwar in der deutlich erkennbaren – und unnötigen – Absicht, Sr. Ferrandis daran zu hindern, der spanischen Botschaft einen normalen und durchaus üblichen Besuch abzustatten, bei dem er möglicherweise erfahren hätte, welche Art von Arbeit auf ihn wartete. Unwissentlich erleichtert hat Sr. Ferrandis die Aufgabe der Herren Motta und Beras, indem er darauf drang, unverzüglich mit der Arbeit zu beginnen, da er in spätestens drei oder vier Tagen zurück in Madrid sein müsse. Am Sonntag, dem 3. Februar, wurden ihm die zu prüfenden Papiere übergeben.» Sánchez Bella ist verstimmt, weil der Graphologe den spanischen Botschafter ignoriert, und zitiert ihn ein paar Tage später in seine Residenz. «... wurde Sr. Ferrandis am Nachmittag desselben Tages in der Botschaft vorstellig. Im Verlauf eines Mittagessens am nächsten Tag gab er einen minuziösen Bericht seiner Arbeit. Zusammenfassung: Zum Vergleich vorgelegt wurden mir a) der Brief eines Selbstmörders, b) eine Steuererklärung, ein privater Brief und eine Postkarte. Die Frage an mich lautete: Hat die Person, die b) geschrieben hat, auch a) geschrieben? Nach gründlicher Untersuchung der Schriften kam ich zu dem unumstößlichen Ergebnis, daß alle Schriftstücke von einer Person stammen. Umstände, Personen und Zusammenhänge sind mir unbekannt, mein Urteil ist rein wissenschaftlicher Natur. Das unumstößliche Ergebnis von Sr. Ferrandis ist mit größter Vorsicht zu bewerten, da es unwiderlegbare Beweise gibt, die dieser für die dominikanischen Behörden ungemein befriedigenden Version widersprechen. Es steht zu vermuten, daß Sr. Ferrandis Schriftstücke vorgelegt wurden, die alle von der gleichen Hand geschrieben und als von De la Maza stammend ausgegeben wurden; weiterhin ist zweifelhaft, ob Sr. Ferrandis – bei allem Respekt vor seinem Ruf als Professor für ältere Geschichte – die technische Qualifikation für ein solches graphologisches Gutachten mitbringt, wobei man weiterhin bedenken muß, daß die Graphologie keine exakte

Wissenschaft ist.» Keine Frage, der Herr Botschafter merkt allmählich, mit welchem Freund er es zu tun hat, vor allem als Rúa, der untröstliche Schwiegervater, ihm einen Brief De la Mazas zeigt, in dem mit keinem Wort von Selbstmord die Rede ist und er gleichzeitig in der Botschaft um Asyl bittet. Langsam werden Sie wach, Herr Botschafter. «... wie in der US-amerikanischen Presse zu lesen, wird der Tod von De la Maza und Murphy dort mit dem Tod von Galíndez in Zusammenhang gebracht. Die Botschaft kennt leider nur die Presseberichte, die mit Diplomatengepäck aus Puerto Rico kommen, da die Zensur hier ausgesprochen streng und – wie Euer Exzellenz wohl wissen – es hier durchaus üblich ist, daß die Polizei die Botschaftskorrespondenz aufbricht, wobei Briefe verlorengehen, aufgebrochene Briefe nachlässig verschlossen werden und zynischerweise sogar ganze Absätze vom Stift des Zensors markiert werden, bevor die Briefe schließlich die Botschaft erreichen. Der Bericht in *Time* vom 11. Februar (Anlage Nr. 1) scheint zu bestätigen, was wir einen Monat zuvor bereits ohne ausreichende Erkenntnisgrundlage vermutet und in Mitteilung Nr. 43 vom 15. Januar ausgeführt haben: Murphy und De la Maza werden mit dem Transport einer Person in die Dominikanische Republik in Verbindung gebracht, die mit dem Verschwinden von Galíndez zu tun haben soll. Es handelt sich vermutlich um einen spanischen Kommunisten, der unter dem Spitznamen *der Lahme* bekannt ist und angeblich als ‹Schneider Arranz› in Ciudad Trujillo gelebt hat, möglicherweise aber noch unter anderem Namen...» Als zornige Reaktion auf die Berichterstattung in der internationalen Presse müssen zweifellos jene beiden Artikel in der halbamtlichen Tageszeitung *El Caribe* vom 8. Februar gesehen werden, die in scheinbarer Unabhängigkeit voneinander, in Wirklichkeit jedoch – in diesem Mikrokosmos, in dem jeder jeden kennt – eine zynische Attacke auf Sr. Rúa darstellten, wie sie kaum zu begreifen und unmöglich zu rechtfertigen ist. Es handelte sich dabei um 1. einen anonymen Leserbrief, in dem Rúa als «Betrüger», «gemeiner Schuft» und «unverbesserliches Lügenmaul» beschimpft wurde, und das unter der Rubrik *Leserforum*, die – wie Eure Exzellenz wissen – Trujillo persönlich überwacht, und die der tägliche Schrecken aller Einwohner dieses Landes ist, die des Morgens als erstes diese Rubrik aufschlagen, um nachzusehen, ob ihr Name genannt wird; 2. eine Stellungnahme der Staatsanwaltschaft, in der es heißt, daß «angesichts der im Ausland, aber auch in den ausländischen Kreisen unseres Landes, kursierenden Spekulationen» in bezug auf De la Mazas Selbstmord, eine neue Leichenöffnung angeordnet worden ist, deren «wissenschaftliches» Ergebnis später veröffentlicht werden wird. Zu den Medizinern, die die Autopsie vornehmen würden, gehörten unter anderen ein nordamerikanischer und ein peruanischer Arzt...» – «Die Autopsie war eine makabre, unbegreifliche Farce. Ein gewisser Sr. Urarte, ehemaliger Oberstleutnant im Technischen Korps der spanischen Armee und heute Leiter einer technischen Abteilung im Bauministerium der Dominikanischen Republik, wandte sich spontan an unsere Botschaft, um nachfolgend zitierte Aussage zu Protokoll zu geben, die ihn – woran keinerlei Zweifel besteht – das Leben kosten wird, falls die dominikanische Polizei Kenntnis davon erhält: ‹Ich wohne in einem Haus mit dem peruanischen Pathologen Dr. J. R. Ravens, der als Amtsarzt bei der dominikanischen Sozialversicherung arbeitet. Ravens befand sich bis vor wenigen Tagen mit seiner nordamerikanischen Frau auf Urlaub in den Vereinigten Staaten, als er eine telegrafische Anweisung über 1400 Dollar erhielt, sowie die Order, unverzüglich nach Ciudad Trujillo zurückzukehren. Er tat es und wurde von Trujillo persönlich empfangen. Er blieb zwei oder drei Tage verschwunden und erschien danach völlig erschöpft und mit den Nerven am Ende in seiner Wohnung, wo er mich bald darauf zu einer Aussprache bat und mir gestand, daß De la Maza gefoltert worden sei und zwei Einschüsse unterschiedlichen Kalibers in der Brust aufwies und man von ihm verlangt habe, als Todesursache Atemstillstand zu bescheinigen.›» – «Außerdem wurde in dieses so ungeschickte wie unnötige Manöver der nordamerikanische Arzt Dr. William A. Morgan hineingezogen, ein persönlicher Freund und Geschäftspartner Trujillos, der in der Dominikanischen Republik viel Sympathie und großes berufliches Ansehen genießt. Er wurde ebenfalls aufgefordert, den Selbstmord De la Mazas zu bescheinigen, was er jedoch ablehnte. Bis zum 15. Februar scheint er allerdings nachgegeben und darüber hinaus auch Ravens dazu aufgefordert zu haben, was darauf hindeutet, daß enorme Geldsummen im Spiel sein müssen.» – «Der Erklärung von Oberstleutnant Urarte ist nichts weiter hinzuzufügen. Bis zum heutigen Tage ist das ‹wissenschaftliche› Ergebnis der Autopsie nicht bekanntgegeben worden.»

«*Neue Ungereimtheiten* – Am 13. und 14. erscheinen in *El Caribe* lächerliche Berichte über einen in Mexiko wieder aufgetauchten Galíndez (Mitteilung Nr. 70 vom 13. Februar 1957). Autoren dieser Zeitungsente waren die chilenischen Journalisten Lautaro Silva und M. C. Meneses, die sich an den beiden genannten Tagen im Luxushotel Jaragua in Ciudad Trujillo aufhielten. Wie wir erfahren haben, wollten voreilige Trujillo-Anhänger sie auf einer großen Pressekonferenz vorstellen und sie ihre ‹Begegnung› mit Galíndez ‹erläutern› lassen; die wahnwitzige Aktion wurde dann von Prats Ramírez, dem Vorsitzenden des Zentralrats der Dominikanischen Partei, und anderen Trujillofreunden erfolgreich verhindert.»

«*Stichwort: der Lahme* – Seit fast einem Jahr ist von einem spanischen Emigranten mit dem Beinamen *der Lahme* die Rede, der mit der Entführung von Galíndez zu tun haben soll. Diese Person wird von der Polizei in den USA, in Puerto Rico, Kuba, Venezuela und anderen Ländern gesucht. Die *Time* vom 11. Februar 1957 gibt seinen Namen mit Francisco Martínez Jara an. Unsere Botschaft erinnerte sich an einen älteren Bericht der spanischen Kollegen in Haiti über ein Individuum namens Martínez Jara, einen roten Emigranten mit zahllosen Vorstrafen, der in die Dominikanische Republik geflohen war. Wir fanden heraus, daß Martínez Jara in Ciudad Trujillo gelebt und beim Radio- und Fernsehsender ‹Stimme Domínicas› gearbeitet hat, der General Arismendi Trujillo gehört, einem Bruder des Generalissimus. An Hand des Vorstrafenregisters ist Martínez Jara leicht als *der Lahme* identifiziert, der an der Entführung von Galíndez mitgewirkt und ihn vermutlich getötet hat. Beigefügt als Anlage Nr. 3 ist eine Kopie des Vorstrafenregisters, dessen Original sich in unserem Besitz befindet.»

«*Time* vom 11. Februar berichtete, die Frau des Lahmen sei im August in Ciudad Trujillo bei einem Autounfall ums Leben gekommen, und der Lahme selbst sei verschwunden. Von dem Sohn der beiden kein Wort.»

«*Rúa übergibt der spanischen Botschaft einen handgeschriebenen Brief seines Schwiegersohns De la Maza* – Am 25. Februar bringen *Time* und *Life* Reportagen über das spurlose Verschwinden von Galíndez und dessen Folgen (Anlage Nr. 4), in denen es heißt, Murphy habe den Entführten in einem eigens zu diesem Zweck gecharterten Flugzeug in die Dominikanische Republik geflogen. Ohne ihm davon Kenntnis zu geben – und zweifellos weiß er nicht das Geringste davon –, wurde Rúa wiederholt darauf hingewiesen, daß der Fall seines Schwiegersohnes internationale Aufmerksamkeit genießt und von ihm absolutes Stillschweigen erwartet werde, da sein Leben und das seiner Familie von internationalen Kräften, die daran interessiert seien, einen Skandal heraufzubeschwören, in Gefahr gebracht werden könne. Rúa verpflichtet sich daraufhin zu strikter Befolgung der Anweisungen. Ein Vorfall, der mit der genannten Angelegenheit nichts zu tun hat, jedoch einen Eindruck über das Vorgehen der Behörden vermittelt, hat Rúa zu erhöhter Vorsicht und spontaner Hinterlegung eines handgeschriebenen Briefes seines Schwiegersohns De la Maza in der Botschaft veranlaßt – ein Dokument, für das die nordamerikanischen Behörden größtes Interesse zeigten –, wo es zur Zeit in einem versiegelten Umschlag im Stahlschrank aufbewahrt wird, wie auch alle anderen Unterlagen zu diesem Fall. (Der erwähnte Vorfall: Im vergangenen Dezember wurde auf Grund eines in der hiesigen Presse veröffentlichten Dekrets ein Provinzgouverneur seines Amtes enthoben und sogleich ins Gefängis eingeliefert. In einem späteren Gerichtsverfahren wurde er zu einem Jahr Haft verurteilt. Am 18. Februar dieses Jahres wurde er – wie die Botschaft durch einen vertraulichen Hinweis erfahren hat – aus dem Gefängnis entlassen und starb am 19. Februar bei einem ‹Autounfall› auf einer Landstraße, zusammen mit seinem Chauffeur. Solche Ungeheuerlichkeiten mag man kaum glauben, aber sie werden hier in der Presse veröffentlicht.)» – «Unser Botschaftssekretär, Sr. Ortiz Armengol, erhielt einen überraschenden Anruf von Sr. Balaguer, in dem dieser ihn bat, unverzüglich in seinem Büro im Regierungsgebäude vorzusprechen. Wie Eure Exzellenz wissen, wird Don Joaquín Balaguer im kommenden Mai zum Vizepräsidenten der Republik ernannt und ist die absolut höchstrangige Zivilperson in dieser Regierung. Er ist ein Intellektueller, der Trujillos Anweisungen direkt an die Presse weitergibt, die ihm insgesamt unterstellt ist. Im Volk ist er absolut unbekannt, da sein Name so selten in der Presse auftaucht, wie er selbst bei öffentlichen Anlässen in Erscheinung tritt. An diesem 19. Februar informierte Sr. Balaguer den Herrn Botschaftssekretär dahingehend, daß Generalissimus Trujillo kurz zuvor mit einem gewissen Pater Posada gesprochen und dieser nun ihm versichert habe, Rúa habe nichts zu befürchten. Er legte noch Wert auf die Feststellung, daß die Regierung der Dominikanischen Republik den Diplomaten Stephens als feindlich gesinnt betrachte, im Unterschied zu Botschafter Pheiffer, der stets ein Freund des dominikanischen Volkes gewesen sei. Zum Schluß der Unterredung bat Sr. Balaguer, die spanische Botschaft möge überprüfen, ob Sr. Rúa möglicherweise Informationen an die Vereinigten Staaten weitergebe, und legte besonderen Wert darauf, daß Sr. Rúa nicht erfahre, wer an der Aufklärung dieser Frage interessiert sei, zu diesem Zwecke möge man es als Angelegenheit der spanischen Botschaft darstellen. Die Antwort des Botschaftssekretärs, Sr. Ortiz Armengol, der zuvor meine Direktiven in dieser Sache erhalten hatte, an Sr. Balaguer lautete wie folgt: a) Die spanische Botschaft hält sich vollkommen aus dem Fall Murphy–De la Maza heraus, ist allerdings gezwungen, ihre Verpflichtungen dem spanischen Staatsbürger Rúa gegenüber wahrzunehmen. b) Die spanische Botschaft wird auf keinen Fall den Feinden der Dominikanischen Republik in die Hände arbeiten (was heißen sollte, daß wir bei der Untersuchung der Affäre nicht mit den USA zusammenarbeiten würden, was wir auch nicht beabsichtigten). c) Gesetzt den Fall, Sr. Rúa und seine Familie erkennen die Authentizität des De la Maza zugeschriebenen Briefes an, könnte die Regierung der Dominikanischen Republik in einem solchen Fall garantieren, daß künftig Angriffe auf Sr. Rúa in der Presse und von anderer Seite unterbleiben? In diesem Zusammenhang wurde auch an die Garantien erinnert, die Wochen zuvor der Herr Außenminister gegeben hatte, und die in diesem Gespräch von Sr. Balaguer selbst bestätigt worden waren. Sr. Balaguer antwortete, man würde mit großem Dank zur Kenntnis nehmen, wenn Sr. Rúa sich mit den Tatsachen abfinden könnte, und er dankte der spanischen Botschaft für ihre Bereitschaft, sich den internationalen Kräften, die einen Skandal heraufbeschwören wollten, zu verweigern. Im Anschluß an dieses Gespräch wurde Sr. Rúa in der Botschaft diskret gefragt, ob er in Diensten Dritter stehe, was er rundheraus verneinte. Gefragt, ob er bereit sei, seinen Seelenfrieden und den seiner Familie mit der sicher nicht leichten Anerkennung des angeblichen Briefes seines Schwiegersohns zu erkaufen, entschloß er sich zur Annahme dieses Vorschlags, was ihm selbst und seinem Gewissen sichtlich Überwindung kostete, wofür ihm aber im Gegenzug die volle Rehabilitation in aller Öffentlichkeit im *Leserforum* zugesagt wurde. Nachdem über diese Vorgehensweise Einigung erzielt war, wurde Sr. Rúa noch einmal darauf hingewiesen, daß die dominikanische Regierung sich in dieser Angelegenheit einer rücksichtslosen Kampagne gegenübersah, deren erstes Opfer leicht er, Rúa, sein könne. Er wiederholte daraufhin seine schon oft bekundete Bereitschaft zu extremer Zurückhaltung und extremer Vorsicht. Auf Anregung der Botschaft begab sich Sr. Rúa am 21. Februar zur Staatsanwaltschaft und unterschrieb dort eine Erklärung, daß er die offizielle Version anerkenne, was, wie er einige Stunden später in der Botschaft verlauten ließ, der traurigste und bitterste Augenblick seines Lebens gewesen sei. Nachfolgend informierte Sr. Rúa die Botschaft über eine Komplizierung des Falles, da seine Tochter, die Witwe De la Mazas, von der Familie Murphy auf Zahlung eines Schmerzensgeldes in Höhe von 50000 Dollar verklagt worden sei, was damit begründet wurde, daß De la Maza den Tod von Murphy herbeigeführt habe. Der Anwalt, der diese Forderung in der Dominikanischen Republik vertrat, war der dominikanische Staatsbürger Sr. Cruz Ayala, Rechtsanwalt mit guten Verbindungen zur US-Botschaft in Ciudad Trujillo.»

«*Abschließende Beobachtungen* – Bis zum heutigen Tage ist in der Presse noch keine Erklärung veröffentlicht worden, die Rúa rehabilitiert hätte. Als Sr. Ortiz Armengol gelegentlich Sr. Balaguer diskret auf diesen Tatbestand hinwies, antwortete dieser mit Ausflüchten. Sr. Rúa erscheint regelmäßig in der Botschaft, um sein ‹Recht› auf öffentliche Wiedergutmachung einzuklagen. Er versichert, anläßlich eines Besuches beim Untersuchungsrichter, der in einer gegen ihn anhängigen ‹Betrugssache› ermittle, habe dieser Richter, Sr. Cabral Novoa, ihm zugesagt, in vier oder fünf Tagen werde Sr. Rúa in der Zeitung moralische Wiedergutmachung erfahren, da er nicht mehr bestreite, daß sein Schwiegersohn Selbstmord begangen habe. Bedauerliche Tatsache ist jedoch, daß Sr. Rúa weiterhin von den Behörden unter nichtigen Vorwänden belästigt wird. (Am 7. März erhielt er eine Vorladung von Staatsanwalt Aristy Ortiz, in der er aufgefordert wurde, seinen Verpflichtungen gegenüber Sr. Milciades Mejía Carrasco nachzukommen. Laut Sr. Rúa ist dieser Mejía Polizist, der ihm in seiner Freizeit ein paar Türen und Möbelstücke angestrichen hat, für die er auch bezahlt wurde, daß er jetzt jedoch angebe, auch das Auto des Sr. Rúa lackiert zu haben, was dieser bestreitet. Rúa erscheint zum staatsanwaltlichen Termin, nicht jedoch Mejía. Am nächsten Tag erhält Rúa ein Telegramm, in dem er aufgefordert wird, seinen Verpflichtungen innerhalb von acht Tagen nachzukommen.) Anläßlich eines Botschaftsempfangs für den Staatssekretär Sr. Francisco Elpidio Beras setzte ich mich in freundlicher Weise für Sr. Rúas Belange ein und wurde aufgefordert, ihm mitzuteilen, er möge Sr. Beras persönlich aufsuchen, ohne daß ich bisher erfahren hätte, ob dieses Treffen zu einem Ergebnis geführt hat. Was bei dieser ganzen schwerwiegenden Angelegenheit deutlich wird, sind die unbegreiflichen Ungeschicklichkeiten und Übergriffe der hiesigen Polizei, die unverständliche Politik, ungerechterweise eine Person zu terrorisieren, die still und loyal zu halten angebrachter wäre, und schließlich die ganze Härte der repressiven Politik dieser Regierung, die kein Pardon gelten läßt. Ich erlaube mir, Eure Exzellenz darauf hinzuweisen, wie wichtig die höchste Geheimhaltung dieser Mitteilung ist, da von ihr das Leben einiger in der Dominikanischen Republik lebenden Spanier abhängt. Von diesem Schreiben existiert eine vom Botschatssekretär maschinengeschriebene Kopie, die sich in einem versiegelten Umschlag im Safe dieser Botschaft befindet, und auf der alle Familiennamen gestrichen worden sind. Gott schütze Eure Exzellenz.»

Dir schmerzen die Augen. Du spürst eine Art geistigen Muskelkater, den Muskelkater der großen Niederlagen der Intelligenz. Der Herr Botschafter verhilft Trujillo zu dem eingeschüchterten Stillschweigen der Familie De la Maza, wofür ihm garantiert wird, was nur ein irrsinniger Tyrann garantieren kann, daß den spanischstämmigen Einwohnern des Landes kein Leid geschieht. Der Herr Botschafter weiß, wer *der Lahme* ist, aber er weiß nicht, daß die angebliche Frau des Lahmen, die bei einem Verkehrsunfall starb, Gloria Viera ist, allein in ihrem Auto gestorben, ohne Auto fahren zu können. Logisch, wer nicht Auto fahren kann, fährt sich über kurz oder lang zu Tode. Er weiß auch nicht, daß Gloria Vieras Sohn als Sohn von Galíndez ausgegeben werden wird, und als solcher immer noch lebt; das einzige, was von Galíndez geblieben ist. Der einzige Balsam für deine brennenden Augen ist am Ende der ganzen Geschichte, nachdem die Akten jetzt geschlossen sind, allein das diplomatische Mitgefühl, das Konsul Presilla dem alten Galíndez entgegengebracht hat, diesem für seine Zeit und im Verhältnis zur

Durchschnittsgröße des Spaniers der Jahrhundertmitte großen alten Mann, dessen Bild aus einem Zeitungsausschnitt des *Diario de Nueva York* vom Sonntag, den 9. März 1958, sich in deine Netzhaut eingebrannt hat. Zwei Jahre nach dem Verlust ihres Sohnes tragen die Eltern Galíndez noch immer schwarz. Die Eltern von Galíndez? Das alte Mütterchen, das zum Einkaufen auf die Straße geht, ist seine Stiefmutter, und weder sie noch ihr Mann haben irgendwelche Auskünfte geben wollen, denn der Berichterstatter kann nur vermuten, was sie denken, was sie fühlen, was sie verschweigen. Und dort steht Dr. Galíndez, schlank wie eine Tanne, stilisiert durch einen langen schwarzen Mantel und einen ebenfalls schwarzen Hut, gerade im Begriff, in ein schwarzes Taxi zu steigen, auf dessen Schutzblech, das auf dem Foto zu sehen ist, ein riesiges «E» für España prangt. Wie ist dieser Dr. Galíndez? Das fragt sich der Berichterstatter. Groß, schlank, fast mager und mit schlaffer Haut, die im Gesicht und an den Händen faltig ist. Er hat einen durchdringenden Blick, und seine Sprache ist mal sanft, mal hart. Er trägt nur noch schwarz, seit sein Sohn tot ist, und bestimmt wird er auch schwarz gekleidet sterben. Trotz seines Alters – er dürfte an die fünfundsiebzig sein – arbeitet er ununterbrochen, vielleicht um nicht denken zu müssen, was in seinem Fall sich erinnern müssen heißt. «Es war furchtbar», sagt uns der gute Mann, «der schlimmste Schlag, der mich je getroffen hat. Ich habe mich noch immer nicht davon erholt. Wie wollen Sie das verstehen? Das Schlimmste sind die immer wiederkehrenden Erinnerungen. Es ist ein ununterbrochener Alptraum. Vor zwei Jahren ist es passiert, und es ist mir so gegenwärtig, als wäre es gestern gewesen, oder gar heute. Ich bitte Sie, alte Wunden nicht wieder aufzureißen.» Nach deinem Besuch im klassizistischen Ministerium gehst du zur Calle Cava Baja Nr. 10, in der sich die Klinik der Doktoren Galíndez befand, Vater und Sohn, der Halbbruder von Jesús, der Junge, der ihn in New York besuchte und dort eine Lektion über das Exil lernte, die er nie mehr vergessen sollte. Die Patienten, einfache Leute aus der Provinz, schreibt der Berichterstatter der Zeitung, fünfzig Peseten die erste Konsultation, fünfundzwanzig jede weitere. Die Familie Galíndez wohnte aber nicht dort, sondern in der Villanueva Nr. 29, in einem der ältesten Häuser des Salamanca-Viertels, und da sieht man auch die regelmäßigen Balkone auf dem Foto, stets fest verschlossen, nur einmal gelang es dem Fotografen, ein Dienstmädchen der Familie Galíndez zu überraschen, als es über das Balkongeländer, in dessen schmiedeeisernem Gitter ein trockener Palmwedel vom Palmsonntag steckte, auf die Straße schaute. «Die Mieter des Hauses – zwei alte Seefahrerfamilien, der Vater des derzeitigen Bildungsministers, zwei Maler und noch ein paar wohlhabende Familien – schützen und achten Dr. Galíndez für seine Ehrenhaftigkeit und Herzlichkeit. Er verläßt das Haus jeden Morgen um neun Uhr, vor der Tür erwartet ihn sein Sohn, Don Fermín, mit seinem schwarzen Seat und fährt ihn in die Klinik. Gegen halb zwei fährt er denselben Weg zurück, ißt zu Mittag und hält dann Einzelsprechstunde. Zu dieser kommen vornehme Herrschaften, die auch höhere Honorare zahlen. Am Spätnachmittag fahren die Doktoren Galíndez oft ins Sankt Raphael Asyl, in dem Don Jesús ehrenamtlich als Augenarzt und Don Fermín als regulärer Augenarzt tätig ist.» Du verläßt das Ministerium durch den Ausgang, der auf die Calle del Salvador führt, gehst die Atocha hinauf, bis du wieder auf der Plaza de la Provincia stehst, vor der Fassade dieses Palastes aus dem Jahre 1636, gebaut unter der Herrschaft Philipps IV., die Arkaden zugeordnet wie auf einem Dorfplatz, der im Zentrum des Madrids der Österreicher vor Anker gegangen ist, sich verlängernde oder neuerscheinende Arkaden, wenn der Blick Richtung Plaza Mayor frei wird. Wo beginnt die Plaza de la Provincia, und wo endet die von Santa Cruz? Zu Beginn deines Aufenthalts in Madrid warst du eine Sklavin des Stadtplans, vor allem innerhalb dieser Ellipse, dieses Rugbyballs der Madrider Altstadt, die wie ein historischer Tumor im aufgeblähten Stadtbild ist. Auf fünf Stadtplanzentimetern die Praxis von Dr. Galíndez, das Ministerium, in dem Galíndez in der Ordnung der Akten zur Ruhe gekommen ist, und Ricardos Wohnung an der Plaza Mayor, seine «Junggesellenbude», wie sein Freunde sie nannten, bis er dich «heiratete». Verheiratet warst du vielleicht einmal mit Reverend O'Higgins, bis Reverend O'Higgins dich eines Tages mit einem mehrversprechenden Reverend im Bett überraschte, der es sicherlich noch bis zum Bischof der Mormonen gebracht hätte, wenn er nicht der sündigen Versuchung deines Leibes erlegen wäre, der so jung noch war, ein so jugendlicher Leib, daß du ihn nur noch als die Schande der ganzen Sekte in Erinnerung hast, vor allem aber als die Schande deines «armen alten Vaters», wie all jene ihn nannten, die mit dem Finger auf dich zeigten, um dich noch armseliger und deine Schande um vieles größer zu machen. Du ließt dich dann aus jener Höhle verstoßen, die von den Verbannten der Stadt der Heiligen, Salt Lake City, bewohnt wurde, und begabst dich auf eine entmythologisierende Reise, jener entgegengesetzt, die Richard F. Burton im Jahre 1860 unternommen hatte. Dein Liebhaber greinte am Telefon hinter dir her, und später hängte er die Soutane an den Nagel und verkaufte Bungalows in Kalifornien. Danach die Begegnung mit Norman, zuerst in New York, dann in Yale, als er dich unter seine Fittiche nahm und damit der Hoffnungslosigkeit jenes unreifen chilenischen Fotografen entriß, der vor dem Terror Pinochets geflohen war. Fremdes Leid berührte dich nicht, vielleicht weil deine ganze Empfänglichkeit für fremdes Leid von deinem «armen alten Vater» aufgebraucht worden war, der, wie die Chronisten zu berichten wußten, in wenigen Stunden um dreißig Jahre gealtert war, als du jenen Skandal heraufbeschworst, von dem heute noch ganz Utah spricht. Ein dünner Faden verbindet dich gerade noch mit deiner Schwester Dorothy, die du anfangs in jedem Brief um Verzeihung gebeten hast, aber schließlich nur noch um deine Zeugnisse, die du für dein Studium brauchtest, für dein Stipendium und für einen geordneten Umgang mit der Einsamkeit deines Körpers und deines Geistes. Bis du am Grund des Meeres und der Erinnerung auf Galíndez gestoßen bist, als hätte er dich gerufen, dich, seine Mutter, Euzkadi, ein vaginales Vaterland, eine Heimat, ein Tal. Was verbindet dich mit Ricardo? Du stellst dir die Frage, als du den Türgriff zum Reisebüro auf der Calle Mayor schon fast in der Hand hältst, als könnte sie dich an deinem Entschluß hindern, aber sie hindert dich nicht, denn deine Hand hat schon den Befehl befolgt, die Tür zu öffnen, und du hast vor einem dieser typischen jungen Männer Platz genommen.

«Madrid–Santo Domingo. Hin- und Rückflug?»

Hin- und Rückflug? Ricardo hat dir seine Gastfreundschaft geschenkt, seine jugendliche Großzügigkeit, sein überschwengliches Temperament eines reifen jungen Mannes, der sich sehr geschmeichelt fühlt, weil er eine angelsächsische, rothaarige Schönheit erobert hat: dich. Er hat sich dagegen gewehrt, von dir vereinnahmt zu werden, doch fürchtest du, daß er der Verlierer einer Schlacht sein wird, die du nicht gegen ihn führst, sondern er gegen sich selbst, vielleicht auch gegen Galíndez oder die grausame Geschichte Spaniens, die er ablehnt, die er haßt, die er fürchtet, weil sie ein Erbe ist, das er nicht verdient hat.

«Hin- und Rückflug? Möchten Sie von Santo Domingo aus in ein anderes Land weiterfliegen? Der Hinflug allein kostet 105 000 Peseten, während ein *round-trip-ticket* deutlich günstiger käme, vorausgesetzt, Sie bleiben mindestens zwei Wochen im Land. Brauchen Sie ein Hotel in Santo Domingo? Wollen Sie in La Romana bleiben? Dort steigen die meisten Touristen ab.»

«Hinflug.»

«Nur Hinflug?»

«Hinflug, und lassen Sie das Ticket bitte offen. Ich weiß noch nicht, wohin ich danach fliege.»

«Das kommt Sie zwar doppelt so teuer, aber Sie sind die perfekte Weltreisende. So würde ich selbst auch gerne reisen.»

Mit einem wehmütigen Seufzer wandte er sich dem Computer zu, sklavisch dem inneren Rhythmus der Maschine folgend. Du bezahlst mit der Kreditkarte, die von der Holyoke und von deiner älteren Schwester am Leben gehalten wird, mehr von der Holyoke als von deiner Schwester, und du versteckst sie mehr, als daß du sie einsteckst, versteckst sie vor Ricardo, was kindisch ist, oder vor dir selbst, was noch kindischer ist. Um es ihm zu sagen vielleicht, oder als Entschädigung, gehst du die Calle Montera hoch, Gran Vía, Barquillo, bis zur Plaza del Rey, wo du vorm Eingang des Kultusministeriums wartest, noch immer im Zweifel, ob du ihn erwarten, ihn vergessen oder nach ihm fragen sollst. Ricardo nimmt den ersten Fahrstuhl, den er findet, und er kommt mit dem breiten Lachen eines Schülers auf dich zu, der von seiner Mutter abgeholt wird, bevor der Unterricht zu Ende ist. Er küßt dich nicht, weil er dich im Ministerium niemals küßt, aber er streichelt zärtlich deinen Arm, ergreift ihn und führt dich hinaus auf die Plaza.

«Das nenne ich Telepathie. Gerade hatte ich mir die Frage gestellt, was wäre jetzt die größte Freude für dich? Und die Antwort lautete, daß die Amerikanerin dich abholt und mit dir anständig essen geht, einen Hammel oder einen halben Hammel oder so ein Gericht, wie Ihr es nur an *thanksgiving* vorgesetzt bekommt. Du kannst dir nicht vorstellen, wie uns der Minister heute zugesetzt hat. Der Typ ist eigentlich ganz in Ordnung, aber er ist nicht nur eben erst im Ministerium, sondern auch gerade erst in Spanien gelandet, und er spricht, als hätte er einen Reporter von *Le Nouvel Observateur* vor sich. Hast du auch so einen Hunger wie ich?»

«Es gibt wahrscheinlich nicht einen Menschen auf der ganzen Welt, der so einen Hunger hat wie du.»

«Ach komm, das Leben ist kurz.»

Du siehst zu, wie er einen Riesenteller Reis al Aragón verputzt, sowie einen kräftigen Gemüseeintopf mit viel Chorizo, derweil du in einer halben Portion Lamm herumstocherst, dessen Fleisch dir wie ein Tampon im Hals steckenbleibt, während er zwischen jedem Bissen erzählt und erzählt, dich jedoch beobachtet, weil dein Schweigen ihn beunruhigt, obwohl er ihm keine Bedeutung beimessen will.

«Wie hast du denn den Vormittag verbracht, Süße?»

«Ich war im Außenamt, wie Ihr es nennt.»

«Galíndez?»

«Wer sonst?»

«Interessant?»

«Aufschlußreich. Galíndez war ein Verlierer, auch in der Zeit nach seinem Verschwinden. Und ich bin am Ende.»

«Am Ende womit?»

«Mit allem, was Europa mir zu Galíndez zu bieten hat. Jetzt bleibt nur noch Santo Domingo.»

«So was Ähnliches habe ich mir gedacht. Du hattest mir von dieser Reise nach Santo Domingo ja schon erzählt. Ich habe einen Vorschlag.»

«Was für einen Vorschlag?»

«Über Ostern kann ich ein paar Tage frei bekommen. Ich habe noch ein paar Urlaubstage gut, und du weißt ja, über die Osterfeiertage läuft in Spanien nichts. Da könnten wir zusammen nach Santo Domingo fahren. Ich bade im Meer und liege in der Sonne, trinke alle Kokosnüsse leer, und du gehst deinen Forschungen nach.»

«Das ist zu spät.»

«Was heißt zu spät?»

«Versteh doch. Jetzt bin ich heiß.»

«Ich bin auch heiß. Komm, wir gehen nach Hause.»

«Esel. Du bist ein richtiger Esel. Ich habe das Gefühl, den Fall jetzt richtig im Griff zu haben, ich kann nicht bis Ostern warten.»

Er hört auf zu essen und stochert nur noch auf dem Teller herum, stochert mit der Gabel und mit den Augen auf dem Teller herum.

«Wann fährst du?»

«Übermorgen.»

«Übermorgen?»

Es ist eine Frage, aber es liegt auch Empörung darin, Verwirrung, eine Beunruhigung, die sein Gesicht verzerrt.

«Und das sagst du mir einfach so?»

«Je früher, desto besser.»

«Wie lange?»

«Ich weiß es nicht.»

«Du weißt es nicht?»

«Nein. Ich habe auch nicht gewußt, wie lange ich in Spanien bleiben würde, und jetzt bin ich schon sechs Monate hier, laufe herum, suche nach Anhaltspunkten und weiß, daß mein Platz jetzt in Santo Domingo ist.»

Er ist abrupt aufgesprungen und hat dir dabei mit den Knien die Tischkante in den Bauch gedrückt. Du schließt vor Schmerz die Augen und siehst nicht, wie er davongeht, wie er mit drei Schritten am Tisch vorbei und an der Tür ist. Du würdest hinterherlaufen, aber jemand muß bezahlen. Später wartest du auf ihn bis in die frühen Morgenstunden, nur mühsam konzentriert auf die Notizen, die du dir im Ministerium gemacht hast, auf die Fotokopien der Briefe, versuchst dir vorzustellen, wie Sánchez Bella ausgesehen haben mag. Wer war dieser Sánchez Bella? Du erinnerst dich an Fotos von Areilza, ein pedantischer alter Mann, ein Graf, ein echter Graf, erhaben selbst über das Wohl und Wehe des Francoregimes, das er repräsentierte und später ablehnte. «Aus Informationsgründen erlaube ich mir, Eurer Exzellenz als Anlage den Sonderbericht ‹Der Schmerz der Familie Galíndez› von J. Castilla beizufügen. der im *Diario de Nueva York* vom 9. März erschienen ist. In besagtem Artikel werden den Lesern Person und Lebensumstände des Dr. Don Jesús Galíndez und seiner Frau vorgestellt, den Eltern des verschwundenen Professors Galíndez von der Columbia-Universität. Gott schütze Eure Exzellenz. José María de Areilza. Botschafter.» Diplomatische Distanz und Irrtum. Die spanische Diplomatie hatte nicht die Zeit, herauszufinden, daß Galíndez Halbwaise war. Gegen drei Uhr morgens schläfst du ein. Um vier erwachst du wieder, doch nur um festzustellen, daß Ricardo noch immer nicht zurückgekehrt ist und auch nicht vor dem Abend des nächsten Tages zurückkehren wird. Er kommt traurig und erschöpft, aber doch, um die letzte Nacht mit dir zusammen zu sein, und bevor er anfängt, sich selbst zu bemitleiden, fragst du ihn.

«Was für ein Mensch war Sánchez Bella?»

«Ich erinnere mich nur vage an ihn. Ein fetter Kerl, Informationsminister, glaube ich. Ein ziemlicher Idiot und ein ausgesprochenes Ekelpaket. Aber nagele mich nicht darauf fest. Du weißt ja, daß ich nicht das Gedächtnis habe, das dich interessiert. Wie spät fährst du?»

«Früh.»

«Ich habe den Vormittag frei genommen. Ich fahre dich zum Flughafen.»

Seine Augen huschen über den Koffer, der neben der kleinen *Brother*, die dich seit vier Jahren begleitet, auf dem Boden steht.

«Nimmst du alles mit?»

«Es ist ja nicht viel.»

«Du könntest ein paar Sachen hierlassen.»

«Ich brauche alles.»

Er bittet dich nicht, mit ihm zu schlafen. Er schläft nicht und sucht an der Decke vielleicht das, was von einer sechsmonatigen Beziehung geblieben ist.

«Ich habe keinerlei Adresse von dir in den USA.»

«Ich lasse dir die Anschrift meiner Schwester da, aber ich weiß noch gar nicht, ob ich hinterher zurück in die Staaten fahre.»

Er schläft ein, erschöpft von einer Traurigkeit, die dich bekümmert, die du aber gerade nicht gebrauchen kannst. Wenn doch nur alle Traurigkeit so wäre, wie die dieses siebenundzwanzigjährigen Jungen. Als du ihn fest eingeschlafen glaubst, streichelst du sein Gesicht, als wolltest du dir eine Erinnerung an seine Maske ertasten. Deine Finger sagen dir jedoch, daß dieser Junge keine Maske trägt.

«Ich komme zurück, Ricardo, ich komme zurück.»

Doch du sagst diese Worte, weil du weißt, daß er sie nicht hört.

Von der Terrasse aus wirkte der Hotelgarten wie eine Insel mit einer Lagune, umgeben vom feinsten Rasen dieser Welt und von Zwergpalmen, die aber vollauf genügten. Die Lagune wurde von einem Wasserfall gespeist, der auf Tarzans tollkühnen Sprung wartete, und es gab künstliche Felsen, künstliche Grotten und künstliche Buchten, in die mit hohem Druck warmes Wasser gepumpt wurde. Jenseits dieses pflanzlichen Flecks der weiße Sandstreifen von Miami Beach und der als Karibik sich ausgebende Atlantik, dessen Türkisfarbe noch intensiver war als die Karibik selbst. Er legte sich behutsam in die Hängematte, damit kein Tropfen seines Daiquiri verschüttet wurde, der ihm gerade gebracht worden war. Unter der brennenden Sonne kamen seine Sommersprossen zahlreich zum Vorschein, er tastete mit seinen Händen darüber und nahm sich vor, nicht länger als eine halbe Stunde in der Sonne zu bleiben, eine halbe Stunde würde vollauf genügen, ihn wie einen Krebs mit gebrochenen Zangen und Beinen aussehen zu lassen. Niemand würde ihm jedoch die Befriedigung dieser ersten halben Stunde in der Sonne und dieser ersten drei Daiquiris nehmen können, die er bei dem Ober im Viertelstundenrhythmus bestellt hatte.

«Drei Daiquiris hintereinander, alle fünfzehn Minuten einen.»

Das Rechteck einer Broschüre des Fontainebleau Hilton schützte seine Augen vor dem grellen Sonnenlicht und half ihm, genügend Aufmerksamkeit aufzubringen, um ihn von der Angst vor einem Sonnenstich abzulenken. Er drehte sich zur Seite und hob einen Kugelschreiber vom Boden der Terrasse auf, um auf dem weißen Rand der Hotelbroschüre alle Serviceleistungen zu notieren, die er in Anspruch zu nehmen gedachte, und zu denen das Bad in der Lagune ebenso gehörte wie die Partie Squash, die Sauna und die Vorstellung von Debbie Reynolds, mit der er vor dem neugierigen Blick des *bell captain* zusammengestoßen war. Debbie sah aus wie ein altes Mütterchen, das man mühsam in Technicolor restauriert hatte. Er erinnerte sich an sie in dem Film *Tammy*, und er erinnerte sich an sich selbst, wie fasziniert er von der Zartheit jenes scheinbar halbwüchsigen Mädchens gewesen war und vor allem von der Zartheit der Melodie, die sich wie eine wehmütige Ballade durch den ganzen Film zog. Debbie bewegte sich noch immer wie in jungen Jahren; das war allerdings das einzige, was sie von ihrer Jugendlichkeit bewahrt hatte, obwohl es eigentlich nicht so schlimm um sie stehen konnte, daß sie im Fontainebleau Hilton auftreten mußte.

«Mr. Robards, Ihr zweiter Daiquiri.»

Er zwinkerte dem Kellner zu. Man sah dem Hotel an, daß es teuer war, und er wußte teure Hotels zu schätzen, denn die Firma zahlte nicht immer solche teuren Hotels. Nur wenn das Drehbuch es verlangte, und in diesem Drehbuch war er Mr. Robert Robards aus Seattle, Inhaber einer Sportartikelfabrik, der besten und größten Sportartikelfabrik in einem Umkreis von fünfhundert Meilen, spezialisiert auf den Export von Sportartikeln nach China. Ein Gesprächsthema, das er perfekt beherrschte, fast perfekter noch als das über Neuengland, Eliot und Melville, das er für auszuforschende Professoren der Ivy League konzipiert hatte, war das Gesprächsthema China, eine ganz aufschlußreiche Jugendsünde, zu der ihn ein Film mit Clark Gable und Jean Harlow verführt hatte, in dem Clark malayische Stiefel angelegt werden, ohne daß er auch nur die Stirn runzelt. Ein paar Schweißperlen, das ist alles. Im Flugzeug hat er seine Rolle als Sportartikelverkäufer geprobt und seinen Sitznachbarn, ob gewünscht oder unerwünscht, die stets für eine Überraschung gute Hymne auf China gesungen, dem wichtigsten Auslandsmarkt für seine Produkte.

«Welche Sportarten betreiben denn die Chinesen?»

«Alle.»

«Alle?»

Es wollte keinem Menschen in den Kopf, daß die Chinesen außer Gymnastik und Verbeugen auch andere Sportarten betrieben.

«Was wissen wir schon von den Chinesen.»

Rief er aus, als müßte man ein schlechtes Gewissen haben. Mit geschlossenen Augen sah er den kleinen Hintern von Debbie Reynolds, als sie noch ein junges Huhn war und Susana hieß und die

Männer verrückt machte, besonders den armen Glenn Ford. Frauen wie Debbie Reynolds dürften nicht altern, ihr Alter läßt uns altern. Wie Debbie Reynolds wohl nackt aussah? Wie ein Mädchen mit hinlänglichen Brüsten, oder wie eine Frau in Kleinformat, deren Formen kleine Förmchen sind, die Brüstchen, das Hinterchen, die kleine Möse, aber alle sehr saftig, diese fraulichen Portionen, wie manche Steaks, die, wenn du mit einem Sägemesser hineinschneidest, ihr saftiges, rosafarbenes Fleisch zeigen, das wie das Innere einer frischen Vagina ist. Debbie Reynolds' kleiner Hintern verlangte nach *blue jeans*. Kleider standen Debbie Reynolds nicht so gut, weil ihre Beine vergleichsweise kurz und ihre Waden zu dick waren, die Waden einer Tänzerin. Er hatte immer eine Vorliebe für winzige Frauen gehabt, aber dreimal hatte er Frauen geheiratet, die ebenso wuchtig waren wie er selbst. Eine große Frau streichelt mit großen Händen und kann im Bett ziemlich problematisch sein, vor allem wenn ihr der Sinn dafür fehlt, was ein Blick oder ein leichter Druck mit dem Finger bedeuten. Seine erste Frau war ein Klotz von Mensch gewesen, und sie zur Veränderung einer Stellung zu bewegen, hatte weitschweifige Erklärungen wie in einer Bastelanleitung erfordert. Alma hingegen, seine zweite Frau, war ein Märchen. Du brauchtest ihr nur leicht einen Finger in die Hüfte zu drücken, aber schon ziemlich zum Hinterteil hin, damit sie sich auf allen vieren und mit gespreizter Scham in Stellung brachte – sie selbst hielt sie mit zwei Fingern auf – und wie ein Huhn mit dem Hintern wackelte. Er stellte sich Debbie Reynolds vor, wie sie wie ein Huhn mit dem Hintern wackelte, wie ein kleines Hühnchen, zick, zack, und dabei den Kopf zu ihm umwandte, ihm zuzwinkerte und sich mit einer enormen Zunge die Lippen leckte. Kleine, wohlgerundete Frauen müssen eine große Zunge haben, groß, aber einfühlsam, nicht wie die seiner dritten Frau, die wie eine Eisenfeile war, eine entsetzliche Zunge, die sein Gebiß geschliffen hatte, da ihr Ehrgeiz offenbar darin bestand, beim Polieren der Zähne und Massieren des Zahnfleisches den Zahnarzt zu ersetzen. Er stellte sich Debbie Reynolds nackt von hinten vor, wie sie sich unter lustvollen Ahs und Ohs langsam auf seinen Penis schob. Aus seinem Erinnerungskatalog gekaufter Frauen hoben sich besonders eine Mexikanerin aus einem Bordell in Acapulco heraus, die sich wie eine Schlange auf seinem rosafarbenen, sommersprossigen Körper wand, sowie eine Asiatin aus Singapur oder Bangkok oder vielleicht Saigon, obwohl der Sex in Saigon eher alles hatte schrumpfen lassen, als ihm Lust bereitet. Er hatte Debbie Reynolds jetzt ganz auf seinem Stecken, dieselbe Debbie Reynolds, die er aus den Technicolorfilmen kannte, bevor Eddie Fisher sie wegen Liz Taylor verließ. Er hatte sie in der Rezeption gesehen, eine gealterte Debbie, aber vielleicht war sie nackt noch immer appetitlich, obschon alternden Frauen ja die Haut am Fleisch herunterhängt, als wäre es die Haut einer anderen Person, die sie sich umgehängt haben, um den Verfall des Fleisches zu bedecken. Er bemerkte die Wölbung seines Geschlechts und setzte sich, halb blind vom Gewicht der Sonne auf seinen Lidern und noch blinder, als er in seine Suite trat und zum Bad ging, wo er über der Toilettenschüssel bedächtig masturbierte. Obwohl er die Masturbation mit Debbies lächelndem kleinen Akt im Innern seiner geschlossenen Augen begann, erschien, als sein Orgasmus kam, Almas gewaltiger nackter Leib vor ihm. Es ist eine Hommage, Alma, eine Hommage an dich, für all die Lust, die du mir bereitest hast. Er ging zur Terrasse zurück, um sich die Verheißungen der Körper anzusehen, die sich nun langsam am Rand der Lagune oder auf dem Rasen niederließen, oder eine Flucht nackter Leiber auf dem Weg zum Hotelstrand bildeten. Auf dem Wasser zeigten sich in einiger Entfernung Windsurfer, ihre Segel wie Trikoloren von einer warmen Brise gebläht, die wie ein Versprechen von Jugend und Leben auf seine Haut traf, obwohl er sich leer fühlte, erschöpft von der Anstrengung der Masturbation. Er holte den kurzen weißen Bademantel aus dem Bad und warf sich ein Handtuch über die Schulter. Im Fahrstuhl traf er weitere Bademantelträger, und man musterte sich diskret, wie in Fahrstühlen üblich, nur hier vielleicht noch eine Spur diskreter, wegen der leichten Bekleidung. Unter den Passagieren in Richtung Wasser fand sich eine entsetzlich nervende alte Dame mit Lockenwicklern im Haar, einer dicken Schicht Creme auf der Haut und Krampfadern an den Beinen, die hysterisch auf ihren Begleiter einredete, einem Trottel von Mann, der zwar im Fahrstuhl stand, aber doch nicht anwesend war, als sei er mit seinen Gedanken in einem anderen Fahrstuhl und bei einer anderen Frau. Den mutmaßlichen Gaffern im Garten trat er mit elastischen Schritten und herausgestreckter Brust entgegen, als lasse ihn der Glanz seines tonnenförmigen Leibes über den Rasen schweben. Er suchte sich eine leere Sonnenliege und bat einen der Hotelboys, sie mit zwei Badetüchern zu polstern. Er legte sich bäuchlings darauf, um das menschliche Panorama besser im Auge zu haben, und riß derweil ein paar Gräser aus, die noch frisch vom letzten Gießen oder vom feuchten Seewind waren. Die Lagune hatte sich mit Badenden gefüllt, und einige schwammen unter Gelächter und Rufen durch den Wasserfall. Alle spielten sie mit in der Farce der glücklichen freien Welt, und nur die goldglänzenden Mädchen aus Miami schienen sich zurückzuhalten, als seien sie aus zu kostbarem Material, kaum verhüllt von den angeblichen Oberteilen und knalligen Tangas, die unter ihren Hintern hervorlugten. Er zog die Sonnenliege in den Schatten einer Palme und begutachtete die Leiber in seinem Blickfeld. Nach einer Weile hatte er vier Frauen aussortiert, die er eregend fand, drei Frauen und ein Mädchen, alle in Begleitung, denn noch nie hatte er eine erregende Frau getroffen, die nicht in Begleitung gewesen wäre. Wo verbargen schöne Frauen ihre Einsamkeit? Oder waren sie gar nicht einsam? Verhielt er sich eigentlich wie ein extrovertierter Geschäftsmann aus Seattle oder wie ein verklemmter Ex-Lehrer, der seine Lektionen gelernt und wieder vergessen hat, um einmal einen verstohlenen Blick über den Zaun seines Alltags zu werfen? Auf dem Bauch liegend, fühlte er sich vom Alter niedergedrückt, als ob er sich damit abgefunden hätte, und er beschloß daher, wieder auf die Beine zu kommen, um sich selbst und allen anderen zu beweisen, welche Kraft noch in ihm steckte. Er lief athletisch zum Rand des Lagunenbeckens, krümmte sich im Kopfsprung und tauchte perfekt wie ein Stilett ins Wasser ein. Es roch nach teurem Chlor, nach einem besseren Chlor als das in öffentlichen Schwimmbädern oder dem Hallenbad in Soho, in dem er regelmäßig schwamm, um sich in Form zu halten. Jemand mochte ihn im Wasser beobachten, und so schwamm er mit betont athletischen Zügen durch alle Schwimmstile, bis ihn ein Dutzend kraftvoller Schmetterlingsschläge an den Fuß des Wasserfalls brachten. Er betrachtete den senkrechten Fall des Wassers, tauchte unter und durchschwamm den abgebrochenen Wasservorhang, dessen Druck er aber noch auf den Nieren spürte. Er tauchte in einer Grotte auf, in der zwei kleine Jungen mit einem Kescher nach nicht vorhandenen Krebsen suchten. Im Innern der Felsenhöhle fühlte er sich müde und zufrieden, seinen fast sechzigjährigen Leib sauerstoffgesättigt nach dem Kraftakt, das Wunder

der Wärme nur wenige Flugstunden von New York entfernt, als habe er die Logik der Jahreszeiten überlistet, fühlte sich grenzenlos frei, zu vergessen, wer er war und wozu er in Miami war. Er fühlte sich ganz er selbst, nackt und ohne Adjektive er selbst, ohne falschen Namen, und laut sprach er seinen richtigen Namen, Alfred, ein-, zwei-, drei-, zehnmal, geschützt durch den Lärm der herabstürzenden Wasser. Er zog sich an den Steinen der Grotte hoch und folgte dem unterirdischen Pfad, der ins Freie und zu den in den Fels gehauenen Jakuzzis führte. Wenn man drinnen auf den ausgehauenen Steinbänken saß, reichte das warme Wasser bis zur Hüfte, und er plazierte seinen Körper in einiger Entfernung von einem selbstvergessenen Pärchen, das in den Flitterwochen war, ohne Zweifel in den ersten. Von überall her schoß das Wasser in harten Stößen herein, traf die eingetauchten Leiber und deformierte die Haut, trug abgestorbene Zellen in unsichtbare Kanalisationen. Er fühlte sich wohl, und das Pärchen küßte sich. Einmal traf ihn der Blick des Mannes, während das Mädchen an seinen Lippen saugte, und er blinzelte ihm so verschwörerisch zu, wie es der beste Sportartikelfabrikant aus Seattle nicht verschwörerischer hätte tun können. Der Mann geriet ob des langen Kusses jedoch in Verlegenheit und schob das Mädchen mit sanfter Gewalt von sich, ohne daß sie den Grund dafür erkannte, bis sie die Anwesenheit des Eindringlings bemerkte, den sie kritisch musterte, als wäre er ein alter Spanner, dessen Blick kein Kompliment für sie sein konnte. Ohne die Hand ihres Mannes loszulassen, stand sie auf und zog ihn fort von dieser *ménage à trois*. Ihre Beine waren für ihren Oberkörper zu lang, doch hatte sie einen bezaubernden kleinen Hintern, auf dessen kecke Wölbung man einen Klaps landen oder einen Tom Collins abstellen konnte. Er blieb nicht lange allein, denn die Alte mit den Lockenwicklern kam, setzte sich auf den Beckenrand und entledigte sich ihrer hochhackigen Frotteeschuhe, derweil sie sich irgendwelche Entschuldigungen ihres Mannes anhörte. Wieder keifend und unter neuerlichen Entschuldigungen ihres eseligen Gatten, der sich näher bei ihm als bei seiner Frau einen Platz suchte, stieg sie ins Wasser. Er blinzelte erst dem Mann und dann der Frau zu, deren Gesicht sich sofort verwandelte und errötete, huldvoll wie das einer Göttin. Nichts hatte dieser Ausdruck mehr mit dem verächtlichen Blick eines alternden Starletts gemein, den sie bis eben noch für ihren Mann übriggehabt hatte. Er verließ den Pool mit Durst auf einen hochprozentigen Longdrink und suchte mit den Augen das typisch tropische Palmendach, unter dem gewöhnlich die Cocktails gemixt wurden. Den Shaker handhabte ein gurkenköpfiger Schwarzer, bei dem er die Spezialität des Tages bestellte.

«So was haben wir nicht. Aber wir bieten diese Woche Hollywood-Cocktails an.»

«Und was ist das?»

«Cocktails, die Schauspieler gern getrunken haben.»

«Woher weiß man das denn?»

«Das steht auf dem Zettel da.»

Er deutete vage mit dem Kopf auf ein verblichenes Rezeptblatt, das mit einem Nagel an den Pfahl geheftet war, auf dem das Dach aus trockenen Palmwedeln hing.

«Welchen können Sie mir empfehlen?»

«Ist mir egal.»

«Nennen Sie mir einen Namen.»

«Einen *Tarzan*. Der wird gern getrunken.»

«Woraus besteht der?»

«Der ist sehr nahrhaft. Bananenscheiben, einen Schuß Pfefferminzsirup, einen halben Whisky, ein Viertel Gin, ein Viertel Cointreau, dazu Eis, gut schütteln das Ganze und fertig.»

«Geht in Ordnung. Und was kann ich dazu essen?»

«Ich habe ein paar *beach combers*, die sind gleich fertig. Toastscheiben mit Geflügelsalat.»

«Dann zwei davon und einen *Tarzan*. Warum heißt er eigentlich *Tarzan*?»

«Wahrscheinlich hat Tarzan ihn gern getrunken. Oder er hat ihn erfunden.»

«Ja, wahrscheinlich.»

Das Sandwich kostete elf Dollar fünfundneunzig, und er bekam ein flaues Gefühl im Magen, bis ihm einfiel, daß alles auf die Spesenrechnung ging. Mit wiederhergestelltem Appetit biß er in sein Geflügelsalatbrot und ließ sämtliche Glücksverheißungen des Hotels noch einmal vor seinem inneren Auge Revue passieren. Das ist kein Cocktail, das ist ein Nachtisch, brummte er, als er die Bananenscheiben kaute, die mit den Eiswürfeln und einem Rest des Pfefferminzsirups, der jeden anderen Geschmack und jedes andere Aroma überlagert hatte, im Glas zurückgeblieben waren. Er wandte sich wieder dem Tresen zu, hinter dem plötzlich ein ganz anderer Schwarzer stand.

«Geben Sie mir einen neuen Hollywood-Cocktail, aber ohne Zeug darin. Ich will einen Cocktail trinken, nicht essen.»

Dem Schwarzen gefiel sein Ton nicht, aber er war daran gewöhnt, daß ihm der Ton der Gäste nicht gefiel.

«Einen *Tyrone Power*?»

«Haben Sie nichts Jüngeres?»

«Ich glaube, das Jüngste, was wir haben, ist ein *Robert Taylor*.»

«Trinken die jüngeren Schauspieler nicht mehr?»

«Die trinken Orangensaft und schnupfen Kokain.»

«Na, irgendeinen trockenen Longdrink.»

«Einen *Boris Karloff*. Ein Drittel Rum, ein Drittel Cognac, ein Drittel Limonensaft, einen Schuß Dubonnet, Eis und einen Limonenriegel.»

«Dürfte der reine Horror sein. Her damit.»

Der Schwarze kannte Boris Karloff aber nicht, sondern nur den Cocktail *Boris Karloff*. Er war jetzt gehobenerer Stimmung, Großzügigkeit und Wohlbefinden standen ihm jetzt im Gesicht geschrieben. Er hatte nicht zuviel gegessen, um in die Sauna gehen zu können und sich die Poren zu reinigen, bevor er sich zu einem Schläfchen in die feinen Laken seines Bettes legte. Sogleich machte er sich auf den Weg, trat ins Hotel und begab sich umstandslos in die untere Ebene der Saunas und der Massagen. Eine kleine braune, gutgebaute Hispanierin mit der Unbefangenheit einer Weißen wählte ihm eine leere Saunakammer aus. Er setzte sich nackt auf die Holzbank, lehnte seinen Rücken an die Holzbretter der Wand und starrte auf die heißen Steine und die von ihnen aufsteigenden Dampfschwaden, wenn er eine Kelle Wasser über sie goß. Vom Anblick des Wassers, oder von der Menge Flüssigkeit, die er getrunken hatte, überkam ihn das Bedürfnis zu urinieren, und schon erhob er sich, um sein Handtuch um die Hüften zu binden und die Toiletten aufzusuchen, als sein Blick auf die frisch begossenen Steine fiel und er innehielt. Durch das Türfensterchen schaute er nach draußen, ob niemand kam, dann beugte er sich hastig über die Steine und urinierte lange, aber mit Unterbrechungen, weil ihm manchmal der Strahl versiegte, wenn er draußen das Geräusch von Schritten vernahm. Kaum hatte er sich erleichtert wieder hingesetzt, als von den mißbrauchten Steinen ein fauliger, beißender Gestank aufstieg, der eine Zumutung für seine eigene Nase war und weithin zu riechen sein mußte, denn als er noch vollkommen perplex seine nächsten Schritte überlegte, wurde die Tür seines gemieteten Reichs aufgerissen und die entsetzte Hispanierin rief mit gerümpfter Nase:

«Was ist denn hier passiert? Der Gestank dringt bis zur Rezeption hinauf.»

«Ich weiß auch nicht, ich wollte Sie gerade rufen. Plötzlich fing es hier an, unerträglich zu stinken. Vielleicht sind Exkremente von irgendeinem Tier unter die Steine geraten.»

«Hier gibt es keine Tiere. Sie haben gepinkelt.»

Er wirft ihr einen vernichtenden Blick zu, der sie aber keineswegs vernichtet. Sie schaut ihm herausfordernd ins Gesicht und dann auf den unter dem Handtuch verborgenen Verursacher der ökologischen Katastrophe.

«Die Steine liegen da nicht, damit die Gäste daraufpinkeln.»

«Sie haben wohl zuviel getrunken.»

«Wenn einer zuviel getrunken hat, dann Sie. Und jetzt gehen Sie, damit ich jemand rufen kann, der das hier in Ordnung bringt.»

Seine Beine gehorchten, aber sein Gesicht behielt den Ausdruck der Empörung ob ihrer Dreistigkeit bei, er kehrte ihr den Rücken und schritt würdevoll dem Ausgang zu, als überlasse er diese stinkende Unterwelt ganz ihr, die sie ihr Leben darin verbringen mußte, bis sie eine widerliche, häßliche, alte Mestizin wäre, schiefgebogen vom Rheuma. Die Vorstellung von einem gräßlichen Altersdasein der Hispanierin tröstete den Mann, der jedes Schuldgefühl in sich im Keim erstickte. Unmöglich, daß sein Urin so stinken sollte, wer wußte denn schon, aus welchem Drecksloch die Steine zusammengeklaubt waren, obwohl es eigentlich undenkbar war, daß in einem so teuren Hotel minderwertige Steine Verwendung fanden. Er warf sich aufs Bett, um sich zu sammeln, und ließ sich vom Fernseher unfreiwillig mit Bildern und Hintergrundgeräuschen beplätschern. Bei einem neuerlichen Gedanken an den Auftritt der Frau mußte er laut lachen.

«Wie McArthur bei der Bombardierung von Nordkorea hat die alberne Gans sich aufgeführt.»

Er schrie noch ein paarmal laut alberne Gans, und da niemand antwortete, ging er ins Bad und duschte, trocknete sich sorgfältig ab und parfümierte sich mit einem Spray, das er am Flughafen gekauft hatte. Er zog eine grün-weiß karierte Hose an, eine violette Hemdjacke und Turnschuhe. Er sah nach, ob die Pistole sich noch im Koffer unter der Wäsche befand und überlegte, ob er sie herausnehmen sollte. Die Vorschrift jedoch, sie unter dem Jackett zu tragen oder sie mit einem Jackett zu bedecken, ließ ihn davon Abstand nehmen und statt dessen ein Springmesser einstecken. Don Angelito würde ihm mit seinen weit über siebzig Jahren nicht gefährlich werden, gefährlich werden konnte ihm höchstens das gesamte Dasein dieses alten Bastards, den sie im Department den *Piraña von Miami* nannten. Bis zur Verabredung war noch eine Stunde Zeit, und er beschloß, sich das ganze Hotel vom Dach bis zum Keller anzusehen, um festzustellen, ob die Wirklichkeit der Broschürenwerbung standhielt. Alles war nagelneu und glänzte in diesem subtropischen Luxus, der nichts mit der schmutzigen Realität der armen Tropen und Subtropen gemein hatte, in denen die Unterentwicklung zu einer Selbstverständlichkeit geworden war, die schon Patina angesetzt hatte. Er war stolz darauf, daß Miami so war, und das Fontainebleau und die Kette der Hotelhochhäuser, die sich dem Atlantik wie eine Opfergabe amerikanischer Selbstbeweihräucherung darboten. Von der Dachterrasse aus betrachtete er die ozeanische Wasserwüste, die nur von wenigen kaum erkennbaren Schiffen in der Ferne durchpflügt wurde, und später auf der Straße ging er die Collins Avenue in Richtung Norden entlang, auf der Suche nach Indian Creek und den Anlegestellen der privaten Luxusyachten. Er hatte Lust, am Kanal entlang in Richtung Surfside zu wandern, kehrte jedoch wieder um und lief durch die schmalen Sträßchen südlich seines Hotels, angezogen von den kleinen Pensionen für Witwen, die in kleinen Balkonschachteln saßen, wo sie ihre vorletzten Dauerwellen und ihre Diamanten in den Himmel hielten, die ihre Ehemänner ihnen gekauft hatten, bevor sie sie einem tapferen Lebensabend in einem zweifelhaften Miami überließen. Es war, als schreite er Galerien von Todeskandidaten ab, die sich auf ihrem letzten Gang als Sommerfrischler verkleidet hatten, und es war ihm ein Trost zu wissen, daß er keine Witwe mit einer Rente für einen langsamen, stillen Todeskampf in Miami hinterließ. Er ging zu seinem Hotel zurück, und als die Uhr in der Empfangshalle ihm anzeigte, daß es Viertel vor fünf war, ging er nach kurzem Zögern auf sein Zimmer, legte das Schulterhalfter mit der Pistole an und zog ein grünes, mit Golfmotiven abgesetztes Jackett darüber. Dann fuhr er mit dem Fahrstuhl zur Cocktailterrasse hinunter, auf der die ersten Getränke serviert wurden und eine Latinoband spielte, zu deren Rhythmen und unbeirrt vom bevorstehenden Untergang des rotglühenden Sonnenballs einige Pärchen tanzten. Er suchte sich einen Tisch in der äußersten Ecke und setzte sich mit dem Rücken zum Terrassengeländer, so daß er alle anderen Tische im Auge behalten konnte. Die übrigen Gäste waren Eindringlinge in dieser Szenerie, die nur für ihn und Don Angelito arrangiert war, als hätten sie es darauf abgesehen, die Ankunft des Alten zu verhindern. Doch um Viertel nach fünf, die verabredete Zeit, sagten seine Augen, erschien über der obersten Treppenstufe ein dürres altes Männchen mit einem Strohhut auf dem Kopf, die Äuglein, hinter einer Goldrandbrille verborgen, huschten wachsam durch den Raum. Das Männchen bewegte sich wie eine aufgezogene Puppe zwischen den Tischen, als gehorchten seine Beine irgendwelchen Befehlen, die sie, sobald das Gehirn die Richtung angab, eine Zehntelsekunde später befolgten. Während er sich zwischen den Tischen vorwärts bewegte, eliminierte der Alte nach und nach mögliche Ziele, und als er ihn schließlich erkannte, sah niemand ihm an, daß er mit einem Rest von Zweifel auf ihn zuging, weil er seinem Gedächtnis nicht unbedingt zutraute, sich dem Verfall so vieler Jahre anzupassen.

«Robards! Welche Freude für meine Augen.»

«Voltaire, immer noch die Pünktlichkeit in Person.»

Sie lagen sich in den Armen und schauten sich aus der schrecklichen Distanz von dreißig Zentimetern Größenunterschied an, die Robards von Voltaire trennten. Der eine oder andere Gast schaute sich um, wurde aufmerksam, das Interesse ließ jedoch gleich wieder nach, da die beiden ihre Umgebung ignorierten und sich mit dem Blick zum Meer hinsetzten, um ein Gespräch zu beginnen, das niemanden interessierte.

«Ich war der Meinung, Ihr hättet mich längst vergessen.»

«Sie sind doch unvergeßlich, Don Angelito.»

«Nennen Sie mich weiterhin Voltaire, sonst verplappern Sie sich noch vor dem Kellner, und in Miami hat jeder mindestens vier Ohren und vier Augen. Ich halte es schon für unvernünftig, uns hier draußen zu treffen.»

«Übertreiben Sie nicht ein bißchen?»

«Lange nicht mehr in Miami gewesen?»

«Zwanzig Jahre.»

«Zeit genug, um die Stadt nicht mehr zu kennen. Ich war schon hier, als es noch keine Straßen gab, und es fällt mir täglich schwerer, mich mit dieser Stadt auszukennen. Ich habe geglaubt, man hätte mich vergessen. Vor fünf Jahren habe ich mich an die Firma um Hilfe gewandt. Von den Zuwendungen für meine gelegentlichen Informationen kann ich nicht leben. Das sind Almosen, Rentnerpreise, aber für die Dienste, die ich früher geleistet habe, bekomme ich nichts. Wenn es mit mir mal zu Ende geht, wenn ich nicht mehr kann, dann stehe ich wirklich nirgends mehr, in keinem Register und auf keiner Gehaltsliste, und meine Nachbarinnen müssen mich der Fürsorge übergeben, bei der wenigen Fürsorge, die es hier gibt. Und was wird aus meinen Katzen? Man soll mich wenigstens in meiner Wohnung verfaulen lassen, damit die Katzen mich fressen können, die Ärmsten, von irgendwas müssen sie ja leben.»

«Ich werde es mir notieren.»

«Wenigstens etwas. Weiteren Versprechungen glaube ich ohnehin nicht.»

«Mir geht es selbst nicht besser. Ich habe noch nicht alle Marken beisammen, aber letztens bekam ich doch einen Schreck, als man mir eine Auflistung meiner Rentenbeiträge schickte. Ich war der Meinung, mir fehlten noch vier Beitragsjahre, und mir fehlen acht.»

«Wenn sie Versprechungen machen, ist alles ganz einfach. Wenn es aber ans Einlösen geht, fangen plötzlich die Schwierigkeiten an. Werden Sie sich für mich einsetzen?»

«Ich habe den Eindruck, Sie zäumen das Pferd von hinten auf, Voltaire.»

«Ich weiß genau, wo ich anzufangen habe, aber keine Sorge, ich komme darauf zurück. Jetzt bin ich ganz Ohr.»

«Der Fall Rojas.»

«Wieder Rojas. Der Leichnam ohne Grab. Es ist wie ein Fluch. Wenn ein Leichnam nicht begraben wird, geistert er herum und taucht wieder auf, wenn man es am wenigsten erwartet. Man hat ihn in einer bösen Stunde den Haien vorgeworfen, und jetzt lebt er in jedem Hai und steigt plötzlich als Mensch aus dem Meer, der an Land geht, um sich auf unsere Fährte zu setzen. Manchmal träume ich von Rojas, wie er über und über mit Algen und Schlamm bedeckt aus dem Meer steigt und mich mit leeren Augenhöhlen anstarrt. Was schlecht angefangen hat, nimmt auch ein schlechtes Ende, und wenn ich damals gewußt hätte, auf was für eine Pfuscharbeit ich mich einlasse, hätte ich mich da herausgehalten. Wohl hundertmal habe ich es Espaillat gesagt, als er hier Konsul wurde: die Leiche muß auf irgendeiner Müllkippe in New York, in irgendeinem Hinterhof von Harlem auftauchen. Falsch war jedenfalls, ihn auf Nimmerwiedersehen verschwinden zu lassen, als ob er sich in Luft aufgelöst hätte. Eines Tages wird er zurückkommen, wie in den Märchen der Tropen, und uns die Augen ausreißen; Ihnen nicht, weil Sie ihn nie kennengelernt haben, aber hinter mir wird er her sein wie der Teufel hinter einer armen Seele, der verdammte Baske. Was wollt ihr jetzt noch von mir? Habe ich nicht genug getan? In meinem Alter habe ich mich auf Kubaner und Haitianer spezialisiert, vor allem auf Haitianer, weil die Kubaner aus dieser Stadt ohnehin nicht mehr wegzudenken sind. Sie glauben zwar, daß sie eines Tages nach Havanna zurückkehren, aber ich weiß, daß sie das nicht tun werden, selbst wenn Castro stürzt, werden sie nicht zurückkehren. Denen geht es genau wie mir; sie wissen nicht, wohin sie gehören. Sie sind überall und nirgends zu Hause. Manchmal frage ich mich, Voltaire, Voltaire, wohin würdest du zurückkehren, wenn du zurückkehren könntest? Und das ist furchtbar, denn ich habe nichts, wohin ich zurückkehren kann. Nach Spanien, der Heimat meiner Mutter? Nach Kuba, der Heimat meines Vaters? Wo du glücklich gewesen bist, Voltaire, sage ich mir immer wieder, aber: wo bin ich glücklich gewesen? Wissen Sie das vielleicht? Ich nicht. Vielleicht wäre ich gerne wieder Kriegsberichterstatter im spanischen Bürgerkrieg, aber da mache ich mir gern was vor. Damals war ich jung. Aber wahrscheinlich nicht glücklich.»

Aus den Augenwinkeln beobachtete er, welche Wirkung sein Monolog auf den Gringo hatte, und als er erkannte, daß er ihn langweilte, fuhr er sich, ohne seine Brille abzunehmen, mit der Hand über die Augen, als werde er soeben von einem unwiderstehlichen Drang nach konkreten Informationen erfaßt.

«Aber Sie sind nicht hier, um sich das Gejammer eines alten Mannes anzuhören, der sich fürchtet, noch älter zu werden. Welches Stück soll gespielt werden, und welche Rolle spiele ich in diesem Stück?»

«Der Fall Rojas. Wir fürchteten, er würde wieder aufleben, als die Revolution, ich meine die Demokratie nach Spanien kam, und unter anderem auch die PNV rehabilitiert wurde. Niemand rührte jedoch einen Finger. Man begnügte sich damit, Galíndez ein Denkmal zu setzen, vor kurzem erst, es steht jetzt in seinem Dorf, nun ja, was er als sein Dorf bezeichnete.»

«Amurrio.»

«So ähnlich klingt es wohl. Die spanischen Namen brechen mir die Zunge, und die baskischen noch viel mehr. Das hört sich für mich an wie kollernde Steine.»

«Amurrio, natürlich. Meine Mutter stammte aus dem Tal von Bidasoa, und Amurrio ist weiter südlich, in der Provinz Vitoria.»

«Wenn Sie es sagen, wird es wohl stimmen. Der Fall Galíndez schien jedenfalls definitiv abgeschlossen, da gab es mit einemmal Alarm. Jemand rückte dem alten Ernst auf den Leib und wollte Erklärungen, sprach aus demselben Grund mit den Angehörigen von Porter und wühlte in den der Öffentlichkeit zugänglichen FBI-Archiven. Man ging der Spur nach und fand den Grund für den Alarm. Eine angehende Doktorandin von Yale, deren Doktorvater ein alter Bekannter der Agentur ist; der typische Salonagitator, ein Professor, der seine Schülerin und Geliebte auf den Fall Galíndez aufmerksam gemacht hatte. Eine wissenschaftliche Forschungsarbeit, die erste Ungereimtheiten zutage förderte. Wissen Sie, wie viele der Verantwortlichen oder Mitverantwortlichen an der Rojasentführung noch am Leben sind? Vielleicht zehn, und das, obwohl Trujillo zu seinen Lebzeiten die Beteiligten systematisch hat beseitigen lassen. Wenn der Fall wieder aufgerollt werden sollte, könnte er das politische Gleichgewicht in Santo Domingo ins Wanken bringen, und gleich nebenan haben wir Haiti, wo die Lage noch prekärer ist, gar nicht zu reden von der Verwicklung der USA in den Fall, was sich wieder zu einer Staatsaffäre auswachsen könnte, wie 1956. Nach Trujillos Tod, 1961, hatten wir Sorge, der Fall könnte an die Öffentlichkeit gezerrt werden, doch damals reichte das politische Gewicht der dominikanischen Beteiligten noch aus, um das zu verhindern.

Zum Beispiel lebte Espaillat noch, und Balaguer, der zur Zeit von Rojas' Verschwinden Justizminister war, wurde sogar Nachfolger Trujillos. Doch jetzt hat sich die Situation geändert. Die Furcht vor dem Schatten des Diktators ist geschwunden, und unsere Wissenschaftlerin ist auf dem Weg in die Dominikanische Republik. Und dort gibt es ein großes Bedürfnis, zu sprechen und Tote wieder zum Leben zu erwecken. Und das nicht einmal aus politischen Gründen, sondern einfach als Spiel, um mal zu gucken wie das ist, Tote zum Leben zu erwecken. Die mittelbaren Folgen könnten katastrophal sein.»

«Wer wird diese Frau in der Dominikanischen Republik betreuen?»

«Ein ehemaliger kommunistischer Schriftsteller, der heute einen Verlag leitet, José Israel Cuello.»

«Der Sohn von Don Antonio Cuello, ein angesehener Professor.»

«Ja, der.»

«Ist sie schon in Santo Domingo?»

«Nein. Sie ist noch in Spanien, aber ihre nächste Station ist Santo Domingo. Wir werden sie dort nicht aus den Augen lassen, aber wir dürfen auch nicht zulassen, daß sie Spuren aufnimmt. Sie muß abgelenkt werden, wir müssen Zeit gewinnen. Wir müssen sie aus Santo Domingo fernhalten, aber nicht jetzt, das würde sie nur mißtrauisch machen, sondern wenn sie dort ist, und zwar mit Hilfe irgendeiner Sache oder Person, auf die sie dort erst trifft. Und diese Sache oder Person wird sie zu Ihnen führen, hierher nach Miami.»

«Und wieder muß der alte Voltaire den Leichnam von Rojas zusammenschnüren, den Leichnam, den der Atlantik wieder angespült hat. Es macht mich traurig. Ich halte seine Freundschaft und sein Andenken immer noch in Ehren. Wir haben uns im Bürgerkrieg kennengelernt, und er machte sich immer darüber lustig, daß ich halb Baske, halb Kubaner bin. Was soll ich jetzt also tun?»

«Sie tauchen als ein alter Busenfreund von Galíndez auf, als sein Vetrauensmann, als die Schlüsselfigur seines Kontakts zu unseren Geheimdiensten. Sie können ihr daher auch die schmutzigen Seiten dieser Persönlichkeit zeigen, die schmutzigsten Aspekte seiner Arbeit als konterrevolutionärer Informant. Sie müssen ihr einen moralischen Abgrund auftun. Falls sie ihre Nachforschungen weiterführt, wird Rojas vor der Geschichte dastehen mit einer Menge Dreck am Stecken.»

«Das wird sie kaum stören. Sie ist Wissenschaftlerin, und das Ergebnis ihrer Nachforschungen betrifft sie nicht.»

«Sie ist nicht nur Wissenschaftlerin. Sie ist in den Mythos Galíndez verliebt; sie will ihn rehabilitieren. Sie will den Leichnam finden und ihn hoch über alle Köpfe heben, damit die ganze Welt ihn sehen kann. An diesem schwachen Punkt müssen Sie nachbohren. Sie müssen ihr einen Rojas beschreiben, der unvorzeigbar ist.»

«Widersprüchlich.»

«Nicht vorzeigbar.»

«Das wird sie mir nicht abnehmen.»

«Wir vertrauen Ihren Qualitäten.»

Der Alte ließ seinen Blick über den Ozean schweifen und sah in ihm schon den Entwurf seines künftigen Vorgehens, bewegte sogar schon die Lippen in einem imaginären Dialog mit jener Frau.

«Wie ist der Name dieser Frau?»

«Muriel. Muriel Colbert. Sie ist fünfunddreißig Jahre alt, ihre wissenschaftliche Laufbahn ist nicht gerade glänzend, sie stammt von Mormonen ab, ihre Familie lebt noch immer in der Mormonenbastion Salt Lake, im Herzen der Sekte. Sie selbst praktiziert den Glauben nicht. Sie ist eine Radikale, aber ich sage Ihnen das mit den Mormonen, weil das meist merkwürdige Leute sind, unberechenbar, voller Komplexe, wie alle Minderheiten.»

«Ist sie hübsch?»

«Vielleicht, mein Fall ist sie nicht. Groß, schlank, rothaarig, sommersprossig, auf den Fotos wirkt sie eher wie eine ins Großstadtleben gestoßene Farmersfrau.»

«Muriel ist ein schöner Name, obwohl er mich an Mariel erinnert, den Hafen, in dem Castro all seine verlausten Gegner ausgesetzt hat. Eine schöne Bescherung hat er uns mit diesen Kriminellen gemacht, vor allem uns Alteingesessenen von Miami, die wir schon hier waren, als es hier noch nicht einmal Straßen gab. Ich habe mich in Miami niedergelassen, als der Krieg in Europa vorbei war, und habe abwechselnd in Santo Domingo und Miami für Driscoll und Butler gearbeitet. Driscoll hatte den direkten Kontakt zu Rojas, und Butler zu mir. Butler war Marineattaché der Botschaft in Santo Domingo und in den vierziger Jahren der Hauptinformant der hiesigen Zentrale. Er starb gegen Ende des Krieges im Pazifik. In Santo Domingo hatte er spanische Kommunisten gejagt, und dann haben ihn japanische Faschisten getötet. Damals war ich, an unsere Zeit im spanischen Bürgerkrieg anknüpfend, viel mit Rojas zusammen und ging später nach Europa, um dort das Kriegsende mitzuerleben. Als ich schon in Miami war, bat man mich, Rojas davon zu überzeugen, ebenso wie Pepe Almoina sein Buch nicht zu veröffentlichen. Meine nächste Aufgabe war, die Gruppe in seine Wohnung zu bringen, ohne daß er vorher Verdacht schöpfte. Später habe ich darum gebeten, als Sie für den unsichtbaren Teil des Eisbergs zuständig waren, in Zukunft nicht mehr eingeschaltet zu werden.»

«Aber jedesmal, wenn ein Stück an die Oberfläche kam, haben wir Sie wieder eingeschaltet.»

«Diesmal nicht. Ich habe endgültig genug, und außerdem interessiert mich der Fall Rojas gar nicht mehr.»

«Eben schienen Sie noch sehr interessiert, und ich glaubte sogar zu erkennen, daß Sie sich schon ein paar Ideen durch den Kopf gehen ließen.»

«Das haben Sie falsch erkannt. Außerdem bin ich verärgert. Die Firma hat mich schlecht behandelt. Ich habe es Ihnen bereits erzählt. Wenn ich sterbe, kann ich mir nicht mal einen Sarg leisten.»

«Ich will sehen, was ich tun kann, Voltaire.»

«Miami ist ein hartes Pflaster. Sie sind doch ein gebildeter Mensch, Robards. Sie wissen noch, daß Sandburg und Capote in Miami gelebt haben, aber wenn man diese Namen heute nennt, denkt jeder, man meint einen Unterführer von Comandante Cero oder gar Capone. Die Leute hier sind glücklich, weil es neunundzwanzig Grad warm ist, während zur gleichen Zeit in Minnesota die Temperatur bei minus zwanzig liegt. Das ist ihr Hauptstolz. Der Stolz des Klimas. Sie leben wie auf einer Kodachrome-Ansichtskarte, und jeder tut, als wäre er von braungebrannten Badenixen umgeben, wie es sie eben nur in Miami gibt. Wer gebildet ist, verheimlicht es. Ich verdiene mir ein Zubrot, indem ich ein bißchen Kultur in die Anti-Castro-Sender bringe, aber man hält mich da für einen Spinner und beschäftigt mich nur, damit es nicht heißt, sie reden nur über Politik. Ab und zu gehe ich in eine sehr schöne und sehr gut sortierte Buchhandlung in Coral Gables, sie heißt Books and Books, und da sehe ich mir die Neuerscheinungen an, nehme sie in die Hand und streichle über die Buchdeckel, aber ich kaufe sie nicht, weil mir das Geld dazu fehlt und weil ich es mehr mit Enzyklopädien als mit Neuerscheinungen habe. Aber ich weiß, was Kultur ist, und das heißt, ich bin hier wie auf dem Mars. Wer mich hier schalten und walten sieht, könnte den Eindruck gewinnen, ich sei in meinem Element, sei der Herr der Calle Ocho. Aber tief in mir drinnen, da nagt es, da sitzt eine Bitterkeit, weil meine Fähigkeiten nicht genutzt werden.»

«Worauf wollen Sie hinaus, Voltaire?»

«Überlegen Sie, Sie haben den Kopf dazu, ich bin keiner von diesen blutigen Anfängern, die hier herumlaufen. Von mir wird eine hochspezialisierte Arbeit verlangt. Das ist mehr, als jemanden beschatten oder einen Bericht schreiben. Ich muß eine Rolle spielen, muß Schauspieler sein, und außerdem muß ich die Komödie noch schreiben, ich muß das Stück schreiben.»

«Das Stück ist seit mehr als dreißig Jahren geschrieben.»

«Nein. Dieser Teil nicht. Und damit das Stück ein Erfolg wird, muß ich alles hineinlegen, was ich weiß, was ich von diesem Fall weiß und von allen Fällen, denn ein Gespräch mit dieser jungen Dame ist kein Gespräch mit einer haitianischen Waschfrau oder mit dem kubanischen Tierarzt, der meine Katzen untersucht. Es muß ein behutsames Gespräch sein, damit ich was herauskriegen, damit ich überzeugen kann. Das kann nicht jeder.»

«Darum haben wir Sie ausgewählt, Don Voltaire. Auch ich muß meine Themen vorbereiten. Man muß über immer mehr Dinge Bescheid wissen, die immer schwerer zu behalten sind. Und glauben Sie nicht, wir würden übermäßig gut bezahlt. Dieses Hotel ist eine absolute Ausnahme, denn meistens müssen wir unsere Spesen bis in demütigende Einzelheiten hinein abrechnen.»

«Der Staat ist ein schlechter Arbeitgeber. Es gibt nur einen noch schlechteren Arbeitgeber als den Staat, und das ist der eigene Vater.»

Robards nickte zustimmend.

«Wem sagen Sie das. Ich habe aus Abenteuerlust angefangen, weil ich, vor die Wahl gestellt, Literatur zu lehren oder Geschichte zu machen, es vorgezogen habe, Geschichte zu machen, oder weil ich Poesie lieber lebe als schreibe.»

«Ein schönes Bild, Robards, ein sehr schönes Bild.»

«Leben wir etwa nicht auf sehr poetische Weise? Sie und ich?»

«Wie man's nimmt.»

«Beginnen wir nicht jeden Tag mit einem leeren Blatt Papier und haben nur vierundzwanzig Stunden Zeit, es zu beschriften?»

«Ich hatte Ihre poetische Ader ganz vergessen, Robards. Jetzt erinnere ich mich wieder, wie angenehm die Gespräche mit Ihnen immer waren, und wie ungewöhnlich es mir stets vorkam, Sie Verse rezitieren zu hören. Damals traf man nur harte Burschen in dem Geschäft, sehr harte Burschen, die waren wie Göring, die brauchten das Wort Kultur nur zu hören, da hatten die schon die Pistole in der Hand. Sie könnten was für mich tun.»

«Was soll das sein?»

Der Alte kniff die Äuglein zusammen und starrte Robards ins Gesicht, als wolle er seine Fähigkeit zu lügen ausschalten oder ihn zumindest wissen lassen, daß seine Lügen nicht akzeptiert würden.

«Ich will ein festes monatliches Gehalt in Höhe von zweitausendfünfhundert Dollar und einen gesicherten Platz in der Hartley-Residenz für den Fall, daß ich pflegebedürftig werde. Mit dem Recht, meine Katzen bei mir behalten zu dürfen. Für den Fall, daß meine Katzen mich überleben, sollen sie in den Park zum Guten Hirten gegeben werden, ein wirklich vorbildliches Tierheim. Schriftlich.»

«Schriftlich was?»

«Alles.»

«Das mit den Katzen schriftlich?»

«Gerade das. Das ist für mich wichtiger als alles andere.»

Der Mann lehnte sich in seinen Korbstuhl zurück und sah den Alten eisig an, doch der starrte ihm immer noch ins Gesicht, berührte es fast mit seinen Augen, um jede Möglichkeit der Verstellung auszuschließen.

«Sie erwarten von mir, daß ich um eine Rente für Katzen nachsuche? Können Sie sich eine solche Bitte als schriftlichen Antrag vorstellen?»

«Mein Problem ist, mich um die Señorita zu kümmern, und Ihres, mir eine Vergütung auszuhandeln.»

«Versuchen kann man es.»

«Versuchen Sie, was sie wollen, nur sollten Sie es getan haben, bevor ich in Aktion trete.»

Er stand abrupt auf, verabschiedete sich mit einem elektrischen Kopfnicken und wollte davonmarschieren, als Robards' Stimme ihn aufhielt.

«Sie wissen, daß wir Sie zwingen können.»

Der Adamsapfel machte einen Satz, doch der Kopf wandte sich nicht um, obwohl der Körper stehengeblieben war, als warte er darauf, daß der andere mit seinen Drohungen fortfahre.

«Die Firma ist unerbittlich, wenn sie sich an Dinge erinnert, die sie als Hebel benutzen kann.»

Der Alte drehte sich mit bebendem Kinn um und spie seine Worte aus.

«Eure Erinnerung könnt ihr euch in den Arsch schieben. Ich fürchte mich nur noch vor meinen eigenen Erinnerungen. Vor zehn, fünfzehn Jahren hätte es mir noch was ausgemacht, wenn gewisse Aspekte meines Lebens bekannt geworden wären. Aber heute lebt keiner mehr von denen, die das interessiert hätte. Ich bin mein eigener Herr und ganz allein dafür verantwortlich, ob ich mein Gesicht oder meinen Arsch verliere. Señor.»

Und das letzte, was er ausspuckte, war ebendiese Anrede gewesen. Señor. Sein Blick begleitete den Rückzug des Alten, und er unterdrückte den Wunsch, ihm zu folgen, ihn sich vorzunehmen und einzuschüchtern, bis er klein beigegeben hätte. Er war aus Furcht vor seiner eigenen Schwäche so schnell verschwunden und nicht, weil er sich stark gefühlt hatte. Der alte Homo hatte sich verzogen, bevor er ihm richtig einheizen konnte, diesem warmen Bruder. Er machte sich ein paar Notizen auf der Papierserviette und steckte sie dann wie ein Ziertüchlein in die Brusttasche seines Jacketts. Es verlieh ihm sogar eine gewisse Eleganz. Der Stuhl, von dem der Alte aufgestanden war, blieb nicht lange leer. Es störte ihn, daß der Mann sich setzte, ohne es für nötig zu befinden, sich vorzustellen.

«Du bist ein schmales Hemd, Brigges, aber du bist nicht unsichtbar.»

«Warum sollte ich unsichtbar sein?»

«Niemand hat uns bisher zusammen gesehen, so daß du dich nicht mit größter Selbstverständlichkeit zu mir setzen solltest.»

«Ich habe mich mit größter Natürlichkeit zu dir gesetzt, das ist was anderes. Mein lieber Freund, eine tolle Bleibe hat man dir da aber gesucht. In einem Hotel wie dem hier habe ich noch nie gewohnt. Ich habe fast jede Woche in diesem Revier zu tun und kriege immer nur Drei-Sterne-Hotels in Little Havanna bezahlt. Hier läßt es sich aushalten. Was hat der Alte gesagt?»

«Macht Schwierigkeiten. Er will ein Festgehalt und eine Alterssicherung für sich und seine Katzen.»

«Immer noch billiger, als wenn er es für seine Strichjüngelchen verlangt hätte. Obwohl, er ist ja nicht in den Jungbrunnen gefallen, zu mehr als zum Pinkeln braucht er ihn nicht mehr.»

«Ich habe ihm gesagt, ihn daran erinnert, daß wir das Material über ihn haben, aber das scheint ihn nicht sonderlich zu beeindrukken. Er ist zu alt, um auf einen guten Ruf Wert zu legen.»

«Gib uns schriftlich, was er verlangt. Er soll erst mal loslegen, danach sehen wir weiter.»

«Er will eine schriftliche Zusage, und zwar bevor er in Aktion tritt.»

«Ich drehe dem Kerl den Hals um, bis er wie ein Gewinde aussieht. Vergangene Tage hätte ich es schon tun sollen, als wir uns im Barnacle getroffen haben. Er ist ein verdammter Klugscheißer, der sich für was Besseres hält. Ich werde seine verdammten Katzen ersäufen, dann hat er keine Sorgen mehr. Oder besser noch, ich bringe erst eine um, als Warnung, und wenn er dann immer noch keine Ruhe gibt, bringe ich sie alle um, eine nach der anderen.»

«Laß die Katzen in Frieden. Ich schreibe auf, was er verlangt, die Firma oder wer sonst unterschriftberechtigt ist, unterzeichnet, der Alte zeichnet gegen, gibt Ruhe und fertig aus. Dieser Fall dauert nicht ewig, auch wenn es den Anschein hat.»

«Ich weiß nicht, was es mit diesem Fall auf sich hat, interessiert mich auch nicht. Für mich ist das der Fall Rojas 5075, und mehr muß ich nicht wissen. Ich sitze nur am Computer und tippe den lieben Tag lang verschlüsselte Nachrichten ein. Mein Hintern hat schon die Form meines Drehstuhls. Ich verstehe nicht, wieso man sich noch auf diese Mumie verläßt.»

«Er war einmal ein Künstler.»

«Vielleicht als Tunte. Wie in den Transvestitenshows. Hast du gesehen, wie er sich bewegt, wie er geht? Wie Fred Astaire mit Arthritis. Spendierst du mir einen Drink?»

«Logisch.»

Er hoffte, der andere nähme einen kurzen Drink, damit er möglichst bald von seiner Gesellschaft und jeglichem Zwang zur Konversation befreit wäre. Mit der Auffassung stand er jedoch alleine da, und der Blick von der Terrasse aufs Meer veranlaßte seinen Kollegen zu einem wortreichen Exkurs über den Fall der Frauen von Martinique, die der Kapitän eines illegalen Immigrantenschiffes vor einigen Tagen in kaum schwimmfähigen Kisten über Bord geworfen hatte.

«Im Auffanglager Krome haben sie illegale Immigranten aus fünfunddreißig Ländern eingesperrt; fünfunddreißig amerikanische Länder, die sich auf unsere Kosten gesundschrumpfen wollen. Hauptsächlich Leute aus der Karibik und Mittelamerika, aber auch aus Kolumbien, Peru und Bolivien. Südlich des Río Grande gibt es nur Hungerleider, und wenn sie weiter in diesen Massen hier ankommen, werden bald wir die Hungerleider sein. Sogar aus Südostasien kommen sie, meistens versuchen sie von den Bahamas aus den Sprung hierher. Viele von diesen Menschenschmugglerschiffen erreichen gar nicht unsere Küste, und irgendwann werden dann die Leichen angeschwemmt. Leichen nehmen zwar keinen Platz weg, aber sie werden zu Fällen, und die produzieren Papier, Papier, Papier. Die besten Schmugglerkapitäne kommen von Grand Cayman und Nassau, die sind wahre Spezialisten auf ihrem Gebiet. Wenn alles gutgeht, bringen sie ihre Fracht an Land; geht es schief, heißt es schwimmen. Und diese armen Teufel können meistens nicht schwimmen. Die können sich zu Hause nicht mal sattessen, wie sollen sie da schwimmen können?»

Der Drink ist ausgetrunken, vielleicht hofft er noch auf einen weiteren, den niemand ihm spendiert, wie auch niemand seinem Monolog zuhört, und die Sonne ist nur noch ein orangener Schein, ein Schatten ihrer selbst. Er steht auf und streckt die Hand aus.

«Gute Nacht, Mr. Robards, wir erwarten dann Ihre Anweisungen. Unsere New Yorker Abteilung wird sie so schnell wie möglich bearbeiten.»

«Das hoffe ich. Ich werde sie wahrscheinlich morgen schon fertig haben.»

«Was macht Seattle?»

«Kalt. Sehr kalt.»

«Da lobe ich mir Miami. Wenn ihr in Seattle mit Mantel und Mütze herumlauft, baden wir hier im Meer.»

«Ihr wißt gar nicht, wie gut ihr es habt.»

Er ist jetzt allein, und er hat Hunger. Er sucht sich einen Platz im Restaurant, jedem Pärchen seine Insel, mit brennender Kerze, mit brennender Haut auch, von zuviel Sonne, entspannte Unterhaltung, hart antrainiert, wie es sich für dieses Paradies gehört. In der Speisekarte, die man ihm bringt, steht nur ausländischer Dreck, er klappt sie mißmutig zu und verlangt ein New York Sirloin Steak mit einer anständigen Beilage.

«Welche Beilage darf es sein?»

«Alle.»

Er sagt sich, daß das Meer seinen Appetit geweckt hat, gesteht sich aber gleich darauf ein, daß er noch nie ein Meer gebraucht hat, um seinen Appetit zu wecken. Debbies Auftritt ist für halb elf angekündigt, und er schlägt die Zeit tot, indem er zum Strand hinuntergeht, den erhöhten Brettersteig entlangspaziert, der sich scheinbar endlos über die ganze Länge von Miami Beach hinzieht. Turtelnde Pärchen stehen herum, junge Leute laufen, als trainierten sie für einen Marathon, und Witwen, Witwen, Witwen mit platinblonden Dauerwellen, in Grüppchen, zu zweit oder allein, verzückt vom Seewind und der Sichel des Mondes im Meer. So sieht er aus wie ein Papierdrachen von Kindern, sagt man, wie ein Papierdrachen, der noch nicht in die Höhe gestiegen ist. Der Mond hat Schatten, die ihn aussehen lassen, als habe er eine Maske aufgesetzt. Aber wozu eine Maske, um was zu verbergen? Das zweite Gesicht. Eine ganze Stunde noch bis zum Beginn der Vorstellung, und er verbringt sie auf seinem Bett ausgestreckt, den Kopf zur Seite abgeknickt, um im Fernsehen *Trommeln am Fluß* zu sehen, ein zu Gewohnheit gewordener Zeitvertreib, eine bewegliche Landschaft, an der ihn nichts interessiert, als starre er auf die Goldfische in einem beleuchteten Aquarium. Er stellt sich ein vom Kopfende seines Bettes bis zum Waschbecken gespanntes Seil vor, an dem Don Angelitos Katzen hängen, aufgereiht und vom Tod unwirklich langgezogen. Unglaublich, wie schmal der Tod die Katzen macht, und auch Kaninchen, als hätten sie ihr Leben lang mit einer falschen Größe angegeben, und als sei jetzt die Luft aus ihnen herausgelassen. Er stellt sich vor den Badezimmerspiegel, betrachtet sich eingehend und macht sich Komplimente, sehr gut, ausgezeichnet, Alfred oder Edward, die Nacht ist dein. Oder bist du Robert? Robert, du bist Robert, Geschäftsmann aus Seattle, und du mußt den Abend herumbringen, wie Robert Robards, der Geschäftsmann aus Seattle, ihn herumbringen würde. Morgen würde er früh aufstehen und den ersten Bericht über sein Treffen mit Don Angelito schreiben, doch jetzt erwartet ihn Debbie Reynolds, und er vertraut ganz darauf, daß man ihm einen guten Tisch reserviert hat. Empfangschefs sind gemeinhin Wesen, die auf Fünfzig-Dollar-Trinkgelder höchst sensibel reagieren. Der Tisch steht in der vierten Reihe, ein wenig seitlich, mit gutem Blick auf die Bühne.

«Eine Flasche Bourbon, einen Kübel mit Eiswürfeln und ein Glas.»

«Welche Marke wäre Ihnen recht?»

«Was sie haben.»

Das Bühnenlicht hat Debbies Falten geglättet, und nur die welke Haut unterhalb der Achseln verrät die optische Manipulation. Sie bewegt sich aber sehr gewandt, sowohl die Beine als auch die Augen, die in alle vier Himmelsrichtungen gleichzeitig blinzeln können. Sie spielt ihre Rolle, die des kessen Mädchens, das in die Jahre gekommen ist, tanzt wie eine durchtrainierte Tänzerin, und nur ihre Stimme hat einen dumpf metallischen Nachklang, ist nicht mehr die glockenhelle Stimme des Südstaatenmädchens *Tammy*. Aber sie singt das Lied noch, weil er sie auf einem Zettel, den er dem Kellner in die Hand gedrückt hat, darum bittet, und es ist nicht der einzige Zettel, auf dem dieses Lied gewünscht wird, sie kommen alle von Tischen, an denen ältere Herrschaften sitzen. Junge Leute sind fast gar nicht anwesend. Und die wenigen jungen Pärchen, die gekommen sind, lächeln, als sähen sie sich in ein Museum fremder Erinnerungen versetzt. Zwei Zugaben. Sie fegt zwischen den Tischen hindurch, sprühend, augenzwinkernd, Küßchen werfend, beinah richtige Küsse auf männliche Münder drückend, aber nur beinah, und dann ein *sprint* auf Gazellenbeinen Richtung Garderobe, dabei Kopf und Oberkörper ab und zu in gewaltsamer Drehung nach hinten werfend, um zum Abschied das vom Triumph beglückte Gesicht erstrahlen zu lassen. Der Weg zur Garderobe führt an seinem Tisch vorbei, und Debbie wendet sich noch einmal dem Publikum zu, verbeugt sich, ihr kleiner Brustkorb einen halben Meter entfernt, auf gleicher Höhe wie der mit Bourbon gefüllte Kopf des Mannes. Oberkörper und Gesicht aus der Nähe und im Licht schonungslos dargeboten, eine Schicht von Schminke, gegen die sich alle Falten zur Wehr setzen, bis das Lächeln zu einer schmerzenden Grimasse wird.

Mit Ihrer Erlaubnis, Herr General. Wir sind hier, um anzuhören, abzuwägen und zu vollziehen, da es bewiesene Tatsachen gibt, die ein Handeln notwendig machen. Sie lassen sich auf eine einzige Tatsache zurückführen, die die ursprüngliche, wesentliche, letztendliche und entscheidende ist: die Heimtücke und Böswilligkeit des Angeklagten, Jesús Galíndez Suárez, spanischer Staatsangehöriger, seit dem Sieg General Francos über den atheistischen Kommunismus im Exil lebend, das ihm durch die Großherzigkeit des dominikanischen Volkes hier zuteil geworden ist, vor allem jedoch durch die Großzügigkeit des ersten Dieners seines Volkes, des Oberbefehlshabers der Armee und der Flotte, des obersten Generals des Heeres, des verdienstvollen Sohnes der Republik, des Wohltäters des Vaterlandes und Vaters des neuen Staates, des herausragendsten Geistes unter allen herausragenden Geistern des dominikanischen Volkes, des größten Befreiers Amerikas seit Bolívar, Seiner Exzellenz Rafael Leónidas Trujillo. Es war das wohltätige Herz unseres großen Caudillo, das sich dem durch den Krieg in Spanien verursachten Leid nicht verschließen konnte und das Vaterland all jenen öffnete, die sich dankbarerweise dem vaterländischen Wohl verpflichtet fühlten und von denen einige bereits in geweihter dominikanischer Erde begraben liegen, aber auch einigen wenigen, eine verschwindende Minderheit zugegebenermaßen, die die böse Saat der Verderbnis und der Verschwörung, des Kommunismus und des Vaterlandsverrats gesät haben. Das Herz unseres großen Führers stand allen offen, ohne zu fragen, welche Sprache sie sprachen oder was sie sprachen, und ganz besonders stand es Männern wie Jesús Galíndez Suárez offen, die von der Vorsehung mit lichtem Geist ausgestattet und dazu ausersehen waren, ihre Intelligenz in den Dienst des Wahren, Guten und Schönen zu stellen. Der Angeklagte jedoch benutzte seine Intelligenz für andere Zwecke. Er war die Schlange, die die Brut der Subversion züchtete und das Vertrauen des dominikanischen Volkes mißbrauchte, seinen Frieden störte und all die Arbeitskämpfe und subversiven Bewegungen zu verantworten hat, die das dominikanische Volk in den vierziger Jahren entzweit und dadurch eine heilsame Politik unnachgiebiger Verfolgung und Verbannung erforderlich gemacht hat, da der höchste aller Werte, der noch über dem unschätzbaren Wert des Asyls rangiert, das Wohl des Vaterlands, das Gemeinwohl des dominikanischen Volkes ist. Noch nicht zufrieden damit, Zwietracht unter uns gesät zu haben, suchte Galíndez in einem anderen Land ein neues Ziel für seine teuflische Intelligenz, wohl wissend, daß dieses Land, die Vereinigten Staaten von Amerika, Hüter der freien Welt, die wichtigste Stütze unserer Politik war. Er machte es sich zur Aufgabe, das Vertrauen nordamerikanischer Regierungsstellen in unseren Wohltäter und sein allgewaltiges, unstreitiges Lebenswerk zu untergraben, das die heutige Dominikanische Republik in Frieden und Fortschritt, in Freiheit und Wohlstand ist. Mehr als einmal hat er in Wort und Schrift die freundschaftlichen politischen Beziehungen kritisiert, die die Vereinigten Staaten zu den befreundeten Völkern des amerikanischen Kontinents unterhalten, unter ihnen das dominikanische Volk, eine verläßliche Bastion gegen die kommunistische Infiltration. Der Angeklagte hat nicht nur zersetzende Aktionen im Ausland unterstützt, sondern auch solche, die hier bei uns, im eigenen Land, von verblendeten Fanatikern ins Werk gesetzt wurden, von isolierten Minderheiten, die den Einflüsterungen bedenkenloser Agitatoren vom Schlage eines Galíndez Suárez erlegen sind, die nur mit Worten kämpfen, Matadore des Wortes, die mit Worten töten. Nun, Euer hochwohlgeborene Exzellenz wissen besser als wir alle, mit welch grenzenloser Geduld Sie diesen Anfeindungen begegnet sind, wie wenig Schaden diese kümmerliche Politik der Nadelstiche dem friedlichen Miteinander unseres Volkes anhaben konnte. Doch nicht genug, daß er denen, die ihn in Liebe aufgenommen hatten, mit offenem Haß begegnete, sah Jesús Galíndez die Krönung seines Tuns in diesem schimpflichen, verwerflichen, niedrigen, degenerierten, infamen, hündischen, verachtenswerten, ehrlosen, widerwärtigen, schmutzigen Pamphlet, aus dem ich nur auf ausdrücklichen Befehl zitiere und das mir trotzdem

Übelkeit verursacht. Und nur die eiserne Disziplin, die mir der geheiligte Auftrag Eurer Exzellenz auferlegt, gibt mir die Kraft, es in der Hand zu halten und jene Teile daraus vorzulesen, die für seine Schmutzigkeit und Undankbarkeit exemplarisch sind. Teile, Eure Exzellenz, die auszusuchen schwerfällt, da das ganze Buch ein einziges, zugegebenermaßen talentiert errichtetes und daher als noch schwerwiegender zu bewertendes Lügengebilde und eine Verunglimpfung unseres Wohltäters, seiner Familie und seines Dienstes an unserem Volke ist. Man muß gar nicht lange suchen. Gleich zu Beginn deutet er an, daß Eure Exzellenz seinen Aufstieg dem Verrat an General Horacio Vázquez verdankt, indem er sich mit den Aufständischen unter Estrella Ureña bei der nationalen Erhebung vom 23. Februar 1930 verbündet. Und gleich darauf, im gleichen Atemzug sozusagen, folgt die Reihe der Schmähungen gegen den Wohltäter, wobei der Angeklagte sich auf sogenannte Quellen beruft, die von nichts anderem gespeist werden als vom Haß auf die Politik unseres Wohltäters ... Da heißt es: ‹Der Unterschied in den Wahlkampfmethoden macht sich sogleich bemerkbar. Wer immer gegen Trujillo geschrieben hat, stimmt darin überein, daß es von diesem Augenblick an immer wieder zu Überfällen und Morden kam, die eindeutig von Trujillos Schergen begangen wurden. Zu trauriger Berühmtheit gelangte in diesem Zusammenhang die ‚42.', eine offenbar aus Armeeangehörigen bestehende Einheit unter dem Kommando von Miguel Angel Paulino.› Auf diese von Vaterlandsverrätern dokumentierte Tatsachenverdrehung folgt nun eine Auflistung angeblicher Morde, die er wie einen Kübel Unrat über die edle Gestalt unseres Wohltäters ausleert. In der Folge beschreibt er die systematische Ermordung politischer Gegner mit einem süffisanten Schlenker, den vorzulesen ich nicht widerstehen kann. ‹Die Flüchtigen des Terrors, die zurückkehrten, kehrten in Särgen zurück; posthum ließ Trujillo sie dann ehren.› Mir fehlen die Worte, mein General, um dieser Logik beizukommen, die Sie auf zweifache Weise zu beschmutzen sucht, nämlich als Mörder und als herzlosen Zyniker. Und nicht nur der Wohltäter wird mit Unrat überschüttet, sondern auch sogar die Mitglieder seiner beispielhaften Familie, wobei nicht einmal vor einem unschuldigen Kind haltgemacht wird. Die Rede ist von Rafael Leónidas Trujillo Martínez, Ramfis, unserem Ramfis, dem Stolz der dominikanischen Jugend.»

«Lassen Sie die Familie noch einen Augenblick aus dem Spiel, Hauptmann. Heben Sie das Thema Familie für den Schluß auf, wenn ich mich persönlich mit dem Hosenscheißer befasse. Das mit meiner Familie geht nur mich etwas an, was das Vaterland betrifft, geht alle an.»

Er hebt dich für den Schluß auf, und der vorgebliche Richter spricht weiter, seine Hände, die dich gefoltert haben, sind frisch gewaschen, und du wohnst dieser Farce als Bestandteil oder als Beobachter bei, als würde dir eine Meinung zugestanden über die Richtigkeit oder Unrichtigkeit dessen, was er sagt, wie er es sagt, was du geschrieben hast, wie du es geschrieben hast.

«Erlauben Eure Exzellenz, die Niederträchtigkeiten zur Sprache zu bringen, die er über Lina Lovatón geschrieben hat?»

«Señorita Lovatón hat nie zur Familie gehört, daher können Sie getrost über sie sprechen, Hauptmann, ich habe nichts zu verbergen.»

«Nun denn, der, mit dem wir es hier zu tun haben, spielt in unverschämter Weise auf die Beziehungen Eurer Exzellenz zu Lina Lovatón an, die 1937 unsere Karnevalsprinzessin war. In boshaftester Weise bringt Galíndez die Proklamation von Señorita Lovatón in Zusammenhang mit der Schlüsselübergabe der Stadt an Eure Exzellenz sowie mit der Verleihung des Titels ‹Großer Wohltäter und Einzigartiger Beschützer der Stadt› an Eure Exzellenz, an Eure tugendhafte Gattin und Eure geheiligte Mutter, während Ramfis Trujillo...»

«Zum Teufel, Hauptmann, nicht die Familie.»

«Verzeihung, mein General, ich erwähnte ihn, damit das, mit dem ich fortfahre, einen Sinn ergibt.»

«Fahren Sie fort.»

«Er schreibt, daß Ramfis, der Sohn Eurer Exzellenz, zum Kronprinzen ernannt und daß ein Obelisk an der Uferpromenade anläßlich des Jahrestages der Umbenennung von Santo Domingo in Ciudad Trujillo eingeweiht wurde, in Anerkennung der unerreichten Verdienste Eurer Exzellenz für das Vaterland. Der Bericht endet mit der anzüglichen Bemerkung: ‹Die Zeitung vom 8. Februar berichtet in den gleichen dicken Schlagzeilen von der Krönung Lina Lovatóns und dem offiziellen Ball im Präsidentenpalast. Lina Lovatón regiert bis zum heutigen Tage in einer Villa in Miami.› Damit nicht genug, führt er noch einen Seitenhieb auf unsere Presse, indem er ihr vorhält, immer noch das Lob unserer ehemaligen Schönheitskönigin zu singen, das doch ein Lob auf die Schönheit unserer dominikanischen Frauen ist, und zwar in lyrischen Worten: ‹Die verführerische Macht Anacochas, Jaraguas königlicher Dichterin, liegt wie ein unsterblicher Zauber, wie ferner Liebreiz in ihrem Blick...›»

«Man sieht, daß der Hosenscheißer von Frauen nichts versteht. Wahrscheinlich ist er schwul. Habt ihr nachgesehen, ob er überhaupt Eier hat?»

«Jawohl, Euer Exzellenz, er hat welche; winzige zwar und dicht am Hintern hängend wie bei den Pumas, aber er hat welche.»

Sie warten erst, bis Trujillo lacht, um selbst loszulachen, die Tränen kommen ihnen vor Lachen, und wenn einer in dem prustenden Gelächter nachläßt, werden die andern um so lauter, weil der Diktator immer noch von scheinbar mühsam unterdrücktem Gelächter geschüttelt wird. Sich so ungehemmter Frivolität hingegeben zu haben, ist dem Diktator peinlich, und ein Blick von ihm genügt, um wieder den Ernst eines Tribunals in den Raum zurückkehren zu lassen.

«Nichts ist ihm heilig, Exzellenz, weder Ihr Wahlspruch ‹Gott und Trujillo›, der die christliche Wurzel Ihres Mandats zum Ausdruck bringt, noch die Art, wie Sie die Demokratie verteidigen. Der Angeklagte führt hierzu als Beispiel Periclito Franco an, den Sie angeblich unter Druck setzten, indem Sie seinen Vater, Don Pericles, bedrohten; als wäre Don Pericles, dieser schattenspendende alte Baum, als Geisel gegen seinen kommunistischen Sohn im Exil gebraucht worden. Er kritisiert weiter, daß das dominikanische Volk vor Eurer Exzellenz defiliert und daß am Ende der Parade des begeisterten Volkes erst die Juden und danach die Exilspanier mitmarschieren, zum Zeichen der Anerkennung des von Eurer Exzellenz so überaus edelmütig gewährten Exils. Und sich selbst damit brüstend, an der ersten Parade nicht teilgenommen zu haben, schreibt er: ‹Ich konnte der ersten Parade entgehen, weil ich zwei Wochen zu spät ankam; doch in den darauffolgenden Jahren blieb mir nichts anderes übrig, als teilzunehmen. Meine Kameraden berichteten mir von dem ergötzlichen...› ich wiederhole es mit Nachdruck, Eure Exzellenz... ‹ergötzlichen Eindruck, den diese Parade auf sie machte, die der erste Eindruck war, den sie von Trujillos Regime bekommen hatten.›»

«So wunderbar, aufrichtig und spontan, wie das damals war...»

«Es war das Schönste, was unser Land je auf den Straßen gesehen hat. Vor allem die erste Parade, sie war die spontanste von allen.»

Der dicke Offizier hat gewagt, sich zu Wort zu melden, und der ranghöhere Espaillat taucht ihn in einen eisigen Blick, der nichts Gutes bedeutet, noch bevor Trujillo sich umwendet und ihn anfährt.

«Wollen Sie damit sagen, Oberst, daß die übrigen nicht spontan und freiwillig waren? Habe ich jemals verlangt, daß man mir huldigt? Oft genug habe ich selbst verboten, mir zu huldigen. Eine der wichtigsten Tugenden eines Staatschefs ist nämlich, unterscheiden zu können, ob man ihm in den Hintern kriecht oder ob man ihm in den Hintern tritt.»

«Verzeihung, Exzellenz, das lag nicht in meiner Absicht. Ich meinte die allgemeine Begeisterung, die Begeisterung des Volkes.»

Es scheint, als ob er in zehn Sekunden abgemagert und die Mestizenbräune verblaßt sei, was vielleicht daran liegt, daß das Weiße seiner Augen fast sein ganzes Gesicht ausfüllt.

«Fahren Sie fort, Hauptmann, selbst unter meinen Offizieren gibt es welche, die nicht wissen, was sie reden.»

Und er fährt fort, Punkt für Punkt deine Streitschrift gegen die Diktatur zu lesen, deine Zusammenfassung der kollektiven Erinnerung eines ganzen Volkes.

«Und das alles hat der Scheißkerl aufgeschrieben, während er bei uns gelebt, unser Brot gegessen und unseren Rum getrunken hat. Damals war er schon der Skorpion, der sich auf den tödlichen Stich vorbereitete.»

«Anders kann man es nicht erklären, Exzellenz, denn die meisten seiner Angaben betreffen die Zeit, bevor er unser Land verlassen hat.»

«Wenn er noch diesen ganzen Haß erst später ausgebrütet hätte ... Aber er hat ihn ausgebrütet, während wir ihn gekleidet und durchgefüttert haben, ihn und den ganzen Exilantenpöbel, der uns das Brot vom Mund und das Hemd vom Leib gestohlen hat.»

«Genauso ist es gewesen, Chef.»

«Und ich habe Beweise, Beweise, die ich der ganzen Welt vorlegen werde, daß dieser elende Hund, kurz bevor er die Republik verlassen hat, einen Brief an Troncoso geschrieben und ihn um fünfzehntausend Pesos gebeten hat, um eine Studie über die Arbeitsgesetze der Dominikanischen Republik fertigstellen zu können.

Lesen Sie, lesen Sie diesen Brief und sagen Sie vorher allen, wer ihn unterschrieben hat, lesen Sie die Unterschrift, lesen Sie vor, hundertmal, wenn nötig.»

«Jesús Galíndez Suárez.»

«Noch mal.»

«Jesús Galíndez Suárez.»

«Lesen Sie bis zu dieser Stelle, Hauptmann.»

«‹...möchte ich mich erkenntlich zeigen für die herzliche Aufnahme, die mir die Regierung und das Volk der Dominikanischen Republik haben zuteil werden lassen, mit einem bescheidenen Beitrag zum Aufschwung, den ich in diesem Land außergewöhnlicher Gastfreundschaft festgestellt habe, einen Aufschwung, der sich in dem hohen Niveau der Kultur und der Forschrittlichkeit niederschlägt, wie sie Seine Durchlaucht Doktor General Rafael Leónidas Trujillo y Molina, Präsident der Dominikanischen Republik, allzeit gefördert hat, und dessen hohe demokratischen Ideale ich ebenso bewundere und achte wie seine Genialität als Staatsmann und seine großherzige Gastfreundschaft, die er den spanischen Exilanten gegenüber unter Beweis gestellt hat, und wende mich daher an Sie mit dem Vorschlag, die als Frucht der ständigen Sorge des Generalissimus um die Verbesserung der Lebensbedingungen der arbeitenden Bevölkerung existierende große Zahl der auf die Lohnarbeit bezogenen gesetzlichen Bestimmungen zu sichten und, mit dem Ziel, ihre genauere Kenntnis sowohl Arbeitern als auch Arbeitgebern zu ermöglichen, in einem Buch gesammelt zu veröffentlichen, eine Arbeit, zu deren Durchführung ich Ihrem Ministerium meine Dienste anbieten möchte...› Bei allem Respekt, Chef, da kann ich unmöglich weiterlesen, soviel Zynismus schnürt mir die Kehle zu.»

«Zehntausend Pesos haben wir ihm als Vorschuß bezahlt, und mit zehntausend Pesos hat er sich davongemacht, um von den Vereinigten Staaten aus seinen Kübel Unrat über uns auszukippen.»

Von welchem Brief ist da die Rede? Wann sollst du solch einen Brief geschrieben haben? Doch Trujillo läßt dir keine Zeit, aufzubegehren. Er reißt dem Offizier den Brief aus der Hand und bedeutet ihm mit einem Kopfnicken, fortzufahren, dein Buch zu zerpflücken. Verleumdung über Verleumdung. Mord, Entführung, Korruption. Du schließt die Augen, weil du das Gefühl hast, mit jedem dieser Zitate dir selbst einen Nagel in dein Hirn zu schlagen, jeder angeführte Fall ein Nagel, der ganz bewußt und mit Bedacht in dein Hirn eingeschlagen wird, wie in dem Roman von Alarcón. Du willst ihn dir ausreißen. Du willst ihnen sagen, daß sie das Negative überbewerten, daß es auch positive Ausführungen gibt, doch du scheiterst an dieser Mauer des Nichts, die sie vor dir errichtet haben. Alles was geschieht, geschieht hinter dieser Mauer, und du bist zur Beobachtung deiner eigenen Verurteilung verdammt. Bevor der Erzähler die Worte ausspricht, rufst du dir dein Buch in Erinnerung, und du weißt jedesmal im voraus, was er als nächstes zitiert, welche Sätze über die wulstigen Lippen des Hauptmanns kommen, über die sich ein schmal gestutztes Bärtchen drahtiger Borstenhaare zieht. Der Diktator windet sich in seinem Stuhl, als von den Reichtümern die Rede ist, die er angehäuft hat, während ein verächtliches Grinsen in seinem Gesicht schwimmt, als du, du, Jesús Galíndez, dich über seine größenwahnsinnigen Anwandlungen ausläßt.

«Für Zwerge sind Regenwürmer Schlangen. Lesen Sie noch einmal das Kapitel mit den widerrechtlichen Aneignungen, Hauptmann, damit hat er sich endgültig reingeritten, der baskische Schweinehund.»

Und es beginnt die Auflistung seiner widerrechtlichen Aneignungen: die Monopolisierung der Salzgewinnung und -verarbeitung durch die Salinengesellschaft unter der Leitung eines US-amerikanischen Staatsbürgers, der ihm als Strohmann diente; Monopolisierung der Versicherungen mittels der Versicherungsgesellschaft San Rafael, deren Vorsitz ein Onkel Trujillos führte, der würdige und ehrenwerte Teódulo Pina Chevalier; die Fruchtsaftanlage...»

«Der Saft auch, Hauptmann?»

«Auch der Saft, und er gibt an, die Finca *La Fundación* in San Cristóbal, in der die Fruchtpressen stehen, sei durch Manipulation in Ihren Besitz gelangt.»

«Man sollte dem verdammten Basken mal ein bißchen Saft geben, damit er weiß, wovon er redet.»

«Er ist schon ausgiebig bedient worden, mein General.»

«Er kann noch mehr haben. Saft ist gesund. Saft vom Generator. Eine ordentliche Ladung Saft.»

«Außerdem behauptet er, Sie hätten den früheren Konzessionären das Tabakmonopol gestohlen, das jetzt die Staatliche Tabakgesellschaft kontrolliert, weiterhin hätten Sie sich die Lotterie angeeignet sowie die Speiseölindustrie, die Bierabfüllung, die Schuhindustrie, die Holzproduktion, die Reis- und Zuckergewinnung, den Schiffsbau, die Luftfahrtkonzessionen, die Banken.»

«Lesen Sie etwas Spaßiges, Hauptmann; etwas, worüber ich lachen kann.»

«Er behauptet, Sie ließen die Lotterie manipulieren, damit die Gewinne an Ihre Arschkriecher gehen.»

«Sagt er Arschkriecher?»

«Nicht ausdrücklich, Exzellenz, aber darauf läuft es hinaus. Und all diese niederträchtigen Informationen hat er aus dem schamlosen Machwerk *Eine Tyrannei in der Karibik*, das der verräterische Almoina unter dem Pseudonym Gregorio R. Bustamante geschrieben hat.»

«Züchte Raben. Ich werde diesem verfluchten Galicier schon noch geben, was er verdient.»

«Ich übergehe das Kapitel, in dem er von Vetternwirtschaft schreibt und Ihre Familie beschimpft, und dann schreibt er, Sie hätten sich die Gesetze nach Ihren Bedürfnissen zurechtgestutzt, und Sie förderten Untertänigkeit und Kriecherei.»

«Ich bin schon heiß, Hauptmann, hören Sie jetzt auf, sonst werde ich noch heißer, es ist an der Zeit, daß ich auch mal was sage. Untertänigkeit und Kriecherei. Aber eins nach dem andern. Fangen wir mit der widerrechtlichen Aneignung an, vielleicht ist das wahr, aber ist das wirklich alles meins? Arbeitet nicht das ganze dominikanische Volk auf Grund meiner Arbeit, meiner Geschäfte, die ich richtig zu lenken gewußt habe und die das wirtschaftliche Gerüst des Vaterlands bilden? Wo waren diese Industrien früher? In den Händen von Ausländern, und jetzt sind sie in meinen Händen, in dominikanischen Händen. Und esse ich alles allein, was ich produziere? Esse ich das alles ganz allein? Beantworten Sie mir diese Frage ganz aufrichtig, meine Herren, ohne Ansehen dessen, was ich bin, ja, ich gehe sogar noch weiter, ich trete zurück, in diesem Augenblick trete ich zurück. Espaillat, nehmen Sie meine Demission zur Kenntnis.»

«Jawohl, Exzellenz.»

«Ich trete von allem zurück, von der Heeresführung, von der Präsidentschaft, von allem. Ich bin jetzt nur noch Rafael Leónidas Trujillo, hier anwesend, mit nichts anderem als meinen Eiern zwischen den Beinen, Eiern wie von einem Pferd. Ich bin nur noch ein einfacher Bürger dieser Republik. Ihr könnt mir jetzt sagen, was ihr wollt. Also los, esse ich das alles allein, was ich produziere?»

Der dicke Offizier, der ungläubig und mit offenem Mund zugehört hat, knallt die Hacken zusammen, tritt einen Schritt vor und fällt fast auf die Knie.

«Ich flehe Euch an, mein General, treten Sie nicht zurück.»

«Keine Diskussionen. Ich bin zurückgetreten, fahren wir fort.»

«Wären Sie nicht da, wo Sie sind, Exzellenz, wären wir es, die nichts zu essen hätten.»

«Da hören Sie's. Das ist die Stimme des einfachen Volkes und nicht dieser hohlen Wasserköpfe, die nur Pisse in ihren Schädeln haben. Durch mich wird produziert. Ich bin der Motor der dominikanischen Wirtschaft, und entsprechend geht es uns. Und jetzt zur Untertänigkeit und Kriecherei. Mal hören, was der kluge Professor dazu zu sagen hat.»

«Daß Sie dieselben Techniken wie Hitler und Stalin anwenden, um dem dominikanischen Volk das Gehirn mit Propaganda vollzustopfen, und daß es aus diesem Grund auf die Straße läuft und Ihren Namen schreit, Exzellenz. Und daß sogar über dem Eingang der Irrenanstalt von Nigua ein Schild mit der Aufschrift ‹Alles verdanken wir Trujillo› angebracht wurde, als ob sie das Irresein auch Ihnen verdankten, mein General.»

«Dieser verdammte Schweinehund, sogar mit meinem Mitgefühl für die armen Irren treibt er seinen Spott.»

Er nimmt sich zusammen, unter dem respektvollen, betretenen Schweigen aller Anwesenden nimmt er sich zusammen, und zum erstenmal zeigen seine Blicke alle Gründe, die ihn zu dir geführt haben. Er bekräftigt erneut eine der kriecherischsten Maximen, die du in deinem Buch erwähnst und woran sich offenbar nichts geändert hat: der Chef ist gerecht, auch wenn er straft. Er sieht dich an und sagt nichts. Schweigend denkt er nach, kommt vielleicht auf eine Lösung für alle Fragen, die er sich aufgespart hat, die du hinter diesem ausdruckslosen Gesicht erahnst, die er zurückhält, um desto unerwarteter seine Augen wie Pistolenmündungen auf dich zu richten, die dich jetzt anklagen, denen du ausgeliefert bist, weil du weißt, daß dies eine letzte Audienz sein wird.

«Señor Jesús Galíndez Suárez. Sie sind, wie ich annehme, Jesús Galíndez Suárez?»

«Ja, Exzellenz.»

«Exzellenz. Sagen Sie, was Sie denken. Nennen Sie mich ein Arschloch, wenn Sie Mumm haben.»

«Das denke ich nicht von Ihnen, Exzellenz.»

«Stehen Sie auf, zumindest aus Höflichkeit.»

Und zum erstenmal seit du-weißt-nicht-wie-oft gewechseltem Sägemehl erhebst du dich auf deine Beine, wunderst dich, daß sie dich tragen, obwohl sie in deinen Hosenbeinen schlottern, deinen Hosenbeinen, die beschmutzt sind von deinem Blut, deinem Speichel, deinen Tränen, deinem Urin und deiner eigenen getrockneten Scheiße.

«Ich darf Ihnen sagen, daß ich ehrenvoll geboren bin, als Enkel eines spanischen Offiziers und verwandt mit einem französischen Herzog. Ich habe aber gelesen, daß Sie die Position meiner Feinde vertreten und geschrieben haben, mein Großvater sei ein spanischer Polizist gewesen und meine Frau stamme von Haitianern ab. Nun habe ich keinen Grund, mit einer Mißgeburt wie Ihnen über meine Abkunft zu streiten, doch der Anfang ist gemacht, da Sie mich bis in meine Wurzeln beleidigt haben. Allein dafür sollte ich Sie an Ihren Eiern aufhängen, bis Ihnen der Kropf rauskommt. Was habe ich Ihnen getan, daß Sie mich so hassen?»

«Erlauben Sie mir die Bemerkung, Exzellenz, mit allem Respekt, daß in diesem Buch, aus dem der Herr Hauptmann vorgelesen hat, auch vieles zu Ihrem Gunsten gesagt wird. Ich habe die Wahrung der öffentlichen Ordnung hervorgehoben, den materiellen Fortschritt und den kulturellen Fortschritt, den kulturellen Fortschritt beispielsweise. Sie, Exzellenz, haben einen außergewöhnlichen Zuwachs an Schulplätzen bewirkt, haben rücksichtslos den Analphabetismus bekämpft. Sie haben bei einer Analphabetenrate von 75 Prozent angefangen. Sie haben das Symphonieorchester ins Leben gerufen und die Universitätsbibliothek gegründet; die Verschönerung von Santo Domingo, pardon, Ciudad Trujillo ist Ihr Werk, die Wandmalereien von Vela Zanetti, zum Beispiel, sind großartig und zeugen von Ihrem Willen zur Förderung der Kunst. Und was das Regieren betrifft, kann man durchaus verstehen, daß Sie großenteils gezwungen waren, hart durchzugreifen, es ist nicht leicht, ein unterentwickeltes Volk mit kriegerischer Vergangenheit zu regieren, das sich gegen die anderen karibischen Völker behaupten muß, auch gegen Haiti. Ich gebe zu, das ist nicht leicht, Exzellenz. Ich zitiere auch sehr anerkennend Don Joaquín Balaguer, der gesagt hat: ‹... die zersetzende Neigung und der aufrührerische Geist des dominikanischen Volkes ist für immer verbannt›. Es ist nicht alles nur negativ, Exzellenz. Es ist eine wissenschaftliche Arbeit, eine schlichte Doktorarbeit, die nur bei einer Handvoll Oppositioneller und einigen Experten Beachtung finden wird. Nichts von Bedeutung, Exzellenz, das versichere ich Ihnen.»

«Sie müssen mir nichts versichern. Ich weiß selbst, daß Ihr Buch Schund ist und keinerlei Auswirkung haben wird. Bücher können Rafael Leónidas Trujillo nicht aus der Fassung bringen. Aber mich als Mann ärgert, daß ein hergelaufener Strolch mein heiligstes Empfinden, meine Familie beleidigt. Halten Sie den Mund und hören Sie zu, jetzt rede ich.»

Er zog eine Brille aus der oberen Jackentasche, setzte sie behutsam auf, als fürchte er, sich dabei weh zu tun, und zog dann aus derselben Tasche ein Blatt Papier, das er mit Bedacht auseinanderfaltete, wobei er mit der Zunge die beiden Finger befeuchtete, die er zu dieser Verrichtung benutzte.

«Nun wollen wir mal sehen, wie das mit der Familie ist, angefangen bei meinem Bruder, Hector Bienvenido Trujillo, *Negro* genannt, den ich, wie Sie schreiben, zum Hauptmann gemacht habe, wie andere eine Papierschwalbe basteln, und elf Jahre später zum Oberbefehlshaber der Nationalgarde, vom militärischen Niemand zum Oberkommandierenden. Wissen Sie nicht, daß es Menschen mit angeborenen Führungsqualitäten gibt? Bin ich nicht selbst ein Beispiel dafür? Können wir sie nicht von unserem Großvater, dem spanischen Offizier, geerbt haben? Von meiner Tochter Flor de Oro Trujillo sagen Sie, sie sei Mulattin und körperlich sehr anziehend, körperlich anziehend, meine Herren, das ist eine Grobheit, eine säuische Grobheit, denn er hätte auch sagen können, sie sei schön, sie ist schön, aber nein, der Herr Professor meint, sie sei körperlich anziehend, als wäre sie eine Hure, Huren sind körperlich anziehend. Und dann wiederholt er, wiederholt bis zum Erbrechen, daß meine Tochter siebenmal verheiratet war, siebenmal, damit jedem klar wird, daß sie leicht flachzulegen ist, daß sie eine Nutte ist, die körperlich anziehend ist. Und jetzt zu Radamés und Angelita, meinen Jüngsten, meinen Herzenskindern, die ich so liebe, daß mir ihr Anblick noch immer Tränen der Rührung in die Augen treibt. Sie sind ehelich geboren, Ihrer Meinung nach sind diese beiden ehelich geboren. Immerhin etwas. Von Angelita sagen Sie, sie sei sehr hübsch, das gefällt mir schon besser, jawohl, sie ist auch nicht mehr körperlich anziehend, wie ihre Schwester, sie ist nur hübsch. Meine Töchter gefallen Ihnen, Professor, das merkt man. Angelita ist hübsch, und Radamés ist ein mißratener Bengel, den ich in eine Feldmarschalluniform stecke und während meiner Reise ins Mutterland zum Gespött von ganz Spanien mache. Nicht daß ich Ihnen eine Erklärung schuldete, aber wenn ich meinen Radamés zum Ehrenmajor des Heeres ernannt habe, als er zehn Jahre alt wurde, dann nicht, weil ich ein Esel bin und glaube, daß mein Sohn mit zehn Jahren Offizier sein könnte, soviel angeborenes militärisches Talent er auch haben mag und auch hat, sondern ich tat es aus demselben Grund, aus dem man einem Kind ein Flugzeug schenkt oder was mir sonst in den Sinn gekommen wäre, aber ich tat es auch, damit mein Volk durch meinen Sohn Zuneigung zum Soldatenberuf faßt, denn das Volk liebt meine Kinder, es verehrt sie. Über meine anderen Brüder schreiben Sie, daß sie vollkommen von meinen Launen abhängig wären, befördert oder degradiert würden, wie es mir gerade in den Sinn käme. Sie lassen sogar durchblicken, ich hätte meinen Bruder Aníbal Julio umgebracht oder in den Selbstmord getrieben, weil er schwachsinnig war, die letzten Jahre seines Lebens sei er wie ein kleines Kind gewesen; und ich habe ihn wohl umgebracht, damit er nicht dasteht und in der Öffentlichkeit seine Popel ißt, nehme ich an, denn das ist ja ein typischer Grund, aus dem man Brüder umbringt. Meinen Bruder Petán stellen Sie als Nichtsnutz hin, und meinen anderen Bruder, Pipí, muß jeder für einen Ganoven halten; zumindest verstehe ich das so, wenn ich lese, daß er ‹... in nicht ganz saubere Geschäfte› verwickelt ist. Und meine restlichen Geschwister, klarer Fall, die kriegen die restlichen Böswilligkeiten und Gehässigkeiten ab, die Ihnen noch einfallen. Ich will Ihnen das nachsehen, Professor. Ich sehe auch darüber hinweg, daß Sie meine Onkel und meine Nichten und Neffen in den Dreck ziehen, und ich danke Ihnen, daß Sie sich nicht noch über meine Vettern und Urur-großenkel hergemacht haben. Aber eins ist unschön, das müssen Sie einsehen, es ist unschön, meinen Neffen Virgilito indirekt eines Banküberfalls zu bezichtigen, beziehungsweise selbigen nicht verhindert zu haben, als wäre er ein Komplize, der einen Teil der Beute abgekriegt hätte. Und dann die Schwäger, die Schwäger hatte ich ganz vergessen. Lohnt sich auch kaum. Sie schreiben, ich würde meine Schwäger protegieren, was wohl soviel heißen soll, als daß es verboten ist, Schwäger zu protegieren. Da ich schließlich ein Esel bin, sind meine Schwäger und Schwägerinnen auch alle Esel, und ich gebe ihnen einflußreiche Stellungen, um zu vertuschen, daß sie nur Iaahh schreien können. So weit, so gut, Professor. Ich will Ihnen weder meine Neffen, noch meine Brüder, noch meine Schwäger verübeln, und auch nicht, daß meine Tochter Flor de Oro körperlich anziehend oder mein Radamés ein Clown ist. Aber Sie haben den Namen meiner Frau, meiner Mutter, meines Vaters und meines Sohnes Ramfis in den Mund genommen, und da Ihr Mund ein Eimer voll Scheiße ist, haftet diese Scheiße jetzt an ihnen. Von meinem Vater sagen Sie, daß er ein notorischer Prozessierer war, daß man ihm den Spitznamen *Dallocito* gegeben hat, weil er sich einen Sport daraus gemacht habe, wegen jeder Kleinigkeit und Nichtigkeit einen Prozeß zu führen, und daß ich ihn mit einem Strohhut auf den Briefmarken verewigt hätte, als sei er ein Zuckerrohrarbeiter. Ich habe ihn mit einem Strohhut abbilden lassen, weil er immer einen Strohhut getragen hat, und jedesmal, wenn ich sein Bild auf einer Briefmarke gesehen habe, hat sich ein Schleier von Tränen über meine Augen gelegt, und mit meinen Tränen spaßt man nicht, über meine Tränen lacht niemand. Meine Mutter lassen Sie in Frieden, obwohl Sie das mit der Mulattin und den haitianischen Vorfahren angedeutet haben, wodurch Sie mich bloßstellen und indirekt ebenfalls beleidigen wollen. Wir kommen dem Allerheiligsten immer näher, elender Hund. Jetzt sind wir schon bei meinen Frauen, bei meiner angeblichen Geliebten, der Lovatón, die Sie meine Favoritin nennen, das heißt eine Hure, und von der Sie sagen, ich hätte sie heimlich abgeschoben und meinem Bruder untergeschoben. Sehr schön, Professor, raffiniert formuliert. Und von meiner ersten Frau sagen Sie, es sei unmöglich, über sie etwas in Erfahrung zu bringen, da ich anscheinend haitianischen Eintopf aus ihr gemacht und dann gegessen hätte, ich hab sie also aufgegessen, klar, ein Hungerleider wie ich, da kommt so eine kräftige, fleischige Mulattin gerade recht, also ab in den Topf mit ihr, in den Bauch und dann ausgekackt, was? Dann war ich nicht Manns genug, um meine zweite Frau Bienvenida

Ricardo zu schwängern, hört euch das an, Freunde, General Trujillo war eingetrocknet und konnte Bienvenida nicht schwängern, obwohl er hinterher einen Sack voll Kinder mit der dummen Tucke Maria Martínez hatte und dann noch eine Tochter mit Bienvenida. Meine Frau ist doch eine dumme Tucke, oder? Sie schreiben es hier. Sie sagen, man habe ihr die moralischen Ergüsse geschrieben, die in *La Nación* abgedruckt worden seien, aber Sie verschweigen den Namen des tatsächlichen Autors, weil Sie ihn zwar kennen, aber nicht bloßstellen wollen, es ist nämlich diese Kröte von Almoina, der mir hier mit seiner gespaltenen Zunge den Arsch geleckt hat, und kaum daß er aus dem Land war, mich mit seiner gespaltenen Zunge nur noch aufs Übelste beschimpft. Sie wissen, daß Almoina sich das ausgedacht hat, um mich der Lächerlichkeit preiszugeben, noch hier in Ciudad Trujillo, als er mein Hausdiener war, der Diener meines Sohnes Ramfis. Und meine María ist nicht nur dumm, blöd, einfältig und verlogen, denn es ist ja eine Lüge, wenn man vorgibt, etwas geschrieben zu haben, was in Wahrheit andere geschrieben haben, sondern sie war auch eine Hure, und wer einmal eine Hure war, bleibt immer eine Hure, genau wie Ihre verehrte Frau Mutter, Professor Galíndez. Und jetzt kommen wir zum Kern der Sache, ob Hirn oder Hoden, das bleibt sich gleich.»

Er ist aufgestanden, und du siehst, ohne sogleich glauben zu können, was du siehst, wie er eine großkalibrige Pistole aus dem Hosenbund zieht. Er geht zu dir, während die übrigen sich ahnungsvoll zurückziehen und auf ihren Gesichtern das Claqueursgelächter verstummt, und sogar der gelegentliche verhaltene Applaus, mit dem sie in ihrer Begeisterung das Sprechstück des Generalissimus angefeuert haben, erstirbt.

«Ich will, daß Sie sich diese Pistole ansehen und anfangen zu zittern bei dem Gedanken, was ein gottloser Kerl wie ich mit dieser Pistole in der Hand anstellen kann. Ich werde dir sagen, und ich duze dich jetzt, weil du das Anrecht auf ein Sie verloren hast, wie du jeden Anspruch auf Respekt verloren hast, du Schweinehund, ich werde dir jetzt sagen, warum du diesen Raum nicht lebend verlassen wirst. Von María Martínez Alba behauptest du, sie sei mit einem Kubaner verheiratet gewesen und mein Ramfis sei von ihm, ich hätte den Sohn, der gar nicht meiner war, aber hingenommen, als ich sie dem Kubaner ausgespannt hätte. Es ist so widerlich, wie du die Mutter meiner Kinder, mich selbst und vor allem Ramfis durch den Schmutz ziehst, daß ich eigentlich gar nicht weitersprechen, sondern dir gleich eine Kugel zwischen deine Scheißaugen schießen sollte. Da du aber ein Professor bist, und Professoren immer auf der Suche nach der Wahrheit sind, will ich dir eine Geschichte erzählen, die dir eine Vorstellung davon gibt, was Ehre ist. Ich hatte ein Liebesverhältnis mit der, die später meine Frau wurde, was aber nicht bekannt werden durfte, weil ich noch verheiratet war. Schließlich war ich ein richtiger Mann und hatte nicht genug an der dummen Gans Bienvenida, die so frigide war wie eine vertrocknete Feige. Und der María habe ich einen Sohn gemacht, mit diesen Eiern hier, denn damit werden Söhne gemacht, und zur Tarnung habe ich ihr einen kubanischen Ehemann verpaßt, damit sie nicht ins Gerede kam, und damit Ramfis sich nicht zu schämen hätte, wenn er anfing, sich über solche Dinge Gedanken zu machen. Ramfis ist mein ganzer Stolz geworden, und der Stolz meines Volkes. Vielleicht weißt du es nicht, Baske, aber 1933, als Ramfis vier Jahre alt war, habe ich ihn zum Oberst der Armee ernannt. Tut man das für ein Kind, das nicht sein eigen Fleisch und Blut ist? Und mit seiner Mutter bin ich erst ein Jahr später vor den Altar getreten. Das war ein Zeichen; ein Zeichen für alle vollgeschissenen Hirne wie deines, daß Ramfis mein legitimer Sohn war. Und er ist mein ganzer Stolz geworden, denn 1943 legte er alle Ehrentitel ab, die ich ihm verliehen hatte, und ging als Kadett auf die Militärakademie. Er wurde einer der besten, wie es sich für ihn als meinen Sohn gehörte. Er hat Jura studiert und aus eigenem Verdienst die höchsten militärischen Dienstgrade erreicht, ein junger Mann, ein glänzender junger Mann ohne die Sorgen, die ich hatte, das Land voranzubringen, der sein Leben voll ausgelebt hat, eine Nummer eins, eine Nummer eins an den Waffen und bei den Frauen, bei Autos und bei Flugzeugen, mit einem Wort, der würdige Sohn von Rafael Leónidas, Beweise über Beweise, daß er nur der Sohn von Rafael Leónidas sein konnte. An seiner Brust trägt er all die Ehrenzeichen, die wir am höchsten achten, den Trujilloorden, den Duarteorden, den Kolumbusorden, den Verdienstorden des Heeres, den Verdienstorden der Marine, den Verdienstorden der Luftwaffe, den Verdienstorden der Polizei... Habe ich sie ihm angeheftet? Lüge. Meine Untergebenen kamen immer wieder mit Orden und Beförderungen und Ehrenbezeugungen für ihn, und ich habe sie abgelehnt. Ein dutzendmal haben sie mir 1954 die Ernennungsurkunde zum Oberbefehlshaber auf den Tisch gelegt. Espaillat, du warst in West Point, was sagst du zu den militärischen Qualitäten meines Sohnes Ramfis?»

Espaillat spricht, fast ohne einen Muskel oder seine Lippen zu bewegen.

«Eine Nummer eins, Exzellenz. Sie haben es gesagt. Natürliche Begabung und durch nichts anzufechtender Leistungswille. Ihm obliegt die Organisation der dominikanischen Luftwaffe.»

«Noch einmal, Arturo.»

«Natürliche Begabung und durch nichts anzufechtender Leistungswille. Die geborene Nummer eins.»

«Was er weiß, das weiß er, und außerdem noch das, was er von mir gelernt hat. Ich habe ihm beigebracht, niemandem zu vertrauen, weder Freunden noch Verbündeten, und nicht einmal den Gringos, weil die immer mehr wissen, als sie sagen, und sich bei jedem Geschäft die Rosinen rauspicken und dich mit dem Rest stehenlassen. Es schmerzt mich, daß sie in ihrem Land solch ein Gewürm wie dich herumkriechen lassen, und Ramfis, meine Zukunft, die Zukunft der Dominikanischen Republik, sollte das wissen. Die Vereinigten Staaten selbst sind es, die meinen Sohn in einem ganz falschen Licht zeigen und so tun, als sei er ein Herz und eine Seele mit Porfirio Rubirosa und habe nur sein Vergnügen und die Weiber im Kopf. Klar, die Weiber sind verrückt nach dem Jungen, und ich habe ihm schon mehr als eine abgetreten, wenn ich genug von ihnen hatte, und die ich ihm nicht abgetreten habe, die hat er mir ausgespannt, wie die eine hier in San Cristóbal. Zuerst hat mich das geschmerzt, aber dann sagte ich mir, der Apfel fällt nicht weit vom Stamm, und außerdem bleibt alles in der Familie. Aber die Gringos haben meinen Sohn schlecht gemacht und wie einen schäbigen Mestizen behandelt, als er an der Militärakademie von Fort Leavenworth studierte und nebenbei Weiber wie Kim Novak oder Zsa Zsa Gabor flachlegte, weil er nur noch auf seinen Schwager, den Nichtsnutz Porfirio, gehört hat. Als er in die Schlagzeilen geriet und die Presse ihn fertigmachen wollte, habe ich ihn hergerufen und ihm gesagt, komm zurück, hier bist du größer als alle Gringos, die dich herunterputzen wollen. Espaillat, sage diesem Mistkerl, warum die Gringos sich mit meinem Sohn angelegt haben.»

«Aus Neid, Exzellenz.»

«Warum hast du West Point bestehen können, und mein Sohn nicht die Schule von Leavenworth?»

«Ich war für die Gringos nur einer von vielen, Exzellenz, aber von Ihrem Sohn verlangten sie, daß er sich wie ein Thronfolger verhielt.»

«Wie ein Kronprinz.»

«Wie ein Kronprinz, Exzellenz. Ramfis hat in den Vereinigten Staaten nicht versagt, sondern sie haben ihn auflaufen lassen, weil sie immer nur daran denken, wie sie ihren Verbündeten einen Fuß in den Nacken setzen können.»

«Diese Worte haben mir gefehlt, Arturo. Einen Fuß in den Nakken, ja, aber nicht so einen Hahnentritt, wie von diesem Vogel da. Ich habe meinen Sohn kurz gehalten, auch wenn es nicht so ausgesehen hat, und seinen schlechten Umgang habe ich ihm mit Hieben ausgetrieben, selbst wenn es sich um meinen Schwiegersohn gehandelt hat, denn Porfirio war mit der verheiratet, die du körperlich so anziehend findest. Einmal habe ich diesem Dummkopf eins über den Schädel gezogen, weil er meinem Sohn nur die Zeit stiehlt und ihn vom Studieren abhält. Und auch wenn mir ganz warm ums Herz wird, wenn ich ihn beim Polo über den Rasen galoppieren sehe, wie ihm das keiner aus der Familie nachmacht, so weiß ich doch auch, wie ich ihn auf all das vorzubereiten habe, was eines Tages ihm gehören wird, denn er ist von Geburt an auf alles vorbereitet, von der Wiege an, seit seine Mutter ihn bekommen hat, und zwar von dem hier.»

Und mit der Hand, die nicht die Pistole hält, greift er sich in den Schritt und widmet dir wieder die Aufmerksamkeit, die anscheinend abgeschweift war.

«Ich habe zu keiner Zeit andeuten wollen, Ramfis sei nicht Euer Sohn, Exzellenz.»

«Mach den Mund auf.»

«Das sollte keine Beleidigung sein, Exzellenz.»

«Sei still und mach's Maul auf, oder ich schlage dir mit dem Lauf dieser Pistole die Zähne ein.»

Du öffnest den Mund und heftest deinen starren Blick auf die Augen des Alten, die sich dir, schwarz wie das All, mit seinem Gesicht nähern, mit seinem ganzen Körper, mit seiner Hand, die die

Pistole hält und dir den Lauf gegen die geschwollene Zunge stößt, damit du zwischen Schmerz und Angst wählen kannst. Es ist die Angst, die deine Zähne an den runden Lauf schlagen läßt, während mit dem Speichel ein Geschmack von Metall und ranzigem Fett durch deinen Mund rinnt, deine Augen nicht groß genug sind, um die Augen deines Henkers zu erfassen oder seine Hand, die sich wie angeschweißt um Kolben und Abzug krampft. Dein Blickfeld ist mit dem vom Wahnsinn verzerrten Gesicht des cholerischen Alten ausgefüllt oder mit seiner Faust, die sich nur ganz wenig bewegen muß, um alle Schmerzen und alles Blut in deinem Mund aufwallen zu lassen, und wenn du zu sprechen versuchst, dringt der eiserne Lauf noch tiefer ein, bis er dein Zäpfchen kitzelt. Schon bei einem Runzeln seiner Augenbrauen könnte der Schuß sich lösen, und du würdest aufhören, trotz dieses Alptraums am Leben zu hängen, die Furcht wäre vorbei, er könne jeden Moment Schluß machen; ein Gedanke, der dich Wortfetzen stammeln läßt, die der Lauf in deinem Mund daran hindert, zu Schreien zu werden, zu erbärmlichem Flehen und Hoffen, das durch den Alten hindurchgeht und sich sogar an das Mordgesindel richtet, das einen diffusen Hintergrund bildet, in dem nicht das leiseste Atmen mehr zu hören ist.

«Halt's Maul und nimm den Lauf zwischen die Zähne. Denk daran, daß ich nur auf den Abzug drücken muß, damit dir der Kopf wie eine Melone zerplatzt. Du hast es nicht verdient zu leben. Ich werde alle Vorwürfe gegen dich vergessen, aber nicht, daß du meine Männlichkeit, die Ehre meiner Frau und die Abstammung meines Sohnes Ramfis in Zweifel gezogen hast. Ich kann eine Stunde so aushalten, meine Hand ist noch immer so sicher wie die Hand eines jungen Mannes, und ich kann eine, zwei, so viele Stunden aushalten, wie nötig sind, damit du vor Angst stirbst oder mich anflehst, abzudrücken, damit endlich Schluß ist.»

Doch dann reißt er die Waffe mit einem Ruck zurück, daß du aufschreist und ein Zahn wie ein Splitter von dir aus dem Mund fliegt, während durch den offenen Tunnel, den der Pistolenlauf hinterlassen hat, die Luft in dich hineinströmt und ein hysterisches Schluchzen herausbricht, das dich zu Boden wirft und in einem haltlosen Wimmern zerfließt.

«Seht ihn euch an, wie er sich windet. Kerle wie der sind nur auf dem Papier mutig. Machen Sie weiter, Hauptmann. Lesen Sie ihm die Anklageschrift vor und sprechen Sie das Urteil.»

Der Rücken entfernt sich und wird wieder zum Gesicht der Bedrohung, als der Diktator sich auf den Stuhl fallen läßt.

«Ich bin zu alt für solche Gewalttätigkeiten. Fahren Sie fort, Hauptmann, bringen wir es hinter uns.»

Die anderen haben Mühe, in ihre alten Rollen zurückzufinden, doch dem Hauptmann gelingt es, nachdem Espaillat ihm einen Blick zugeworfen hat, der wie ein Befehl ist. Er nimmt Haltung an und geht zwei Schritte in Richtung deines zusammengefallenen Körpers.

«Stehen Sie auf und pinkeln Sie sich in diesem für Sie so bedeutenden Augenblick nicht die Hosen voll.»

Du kommst aber nicht auf die Beine, und wieder müssen die vier Pranken der Schergen dich hochheben und festhalten, denn sobald sie deine Achseln loslassen, sinkst du zusammen, als sei alles in dir zerbrochen.

«Haltet ihn hoch, ich habe keine Lust, das Urteil über eine Fußmatte zu sprechen. Exzellenz, General Espaillat, die Schlußfolgerungen sind nicht die meinen, sondern ergeben sich logisch aus dem, was der Angeklagte selbst am Schluß seines Buches schreibt. In seinen Worten finden sich beleidigende Anschuldigungen gegen unseren Wohltäter, und daher verwandeln sie sich in Beweise der Anklage, die für sich stehen und die ich nicht erläutern muß, da wir sie schriftlich haben, geschrieben vom Angeklagten persönlich. Dieser behauptet: 1. Die Regierung der Dominikanischen Republik ist eine Diktatur, beziehungsweise eine tyrannische Alleinherrschaft. 2. Ihre besondere Eigenart – worin sie fast allen Diktaturen Lateinamerikas gleicht – ist die Wahrung eines verfassungsgemäßen, demokratischen Scheins, der in der Praxis jedoch pervertiert wird (Wahlen, Parlament, Gerichte, Verfassungsreformen etc.). 3. Mit anderen klassischen Diktaturen gemein hat sie die Unterdrückung der Freiheitsrechte sowie die Benutzung der Armee als Sicherungsinstrument. 4. Von anderen totalitären Regimes hat sie einige neuzeitliche Methoden wie Einheitspartei, staatliche Gewerkschaften und Propagandatechniken übernommen, doch fehlt ihr ein Grundsatzprogramm. 5. Sie gibt vor, sich an den internationalen Regeln der westlichen Welt zu orientieren, verschafft ihnen jedoch keine

Geltung. Zugleich ist sie direktem politischen Druck ausgesetzt und übt diesen in der turbulenten politischen Welt der Karibik auch selbst aus. 6. In den letzten Jahren rechtfertigt sie ihr Gebaren als ‹Antikommunismus›, ungeachtet der Tatsache, daß sie Jahre zuvor mit dem Kommunismus paktiert hat; eine Entwicklung, die auch andere lateinamerikanische Regierungen durchlaufen haben. 7. Im persönlichen Bereich wird dieses Bild vervollständigt durch Trujillos Größenwahnsinn, seinen Ämtermißbrauch, seine Vetternwirtschaft, die Untertänigkeit und Willfährigkeit seiner jeweiligen Günstlinge, wobei er sorgsam darauf bedacht ist, keinen von ihnen zu lange in Amt und Würden zu lassen. 8. Wie jede Gewaltherrschaft hat sie die Staatsordnung gefestigt und vor allem auf materiellem Gebiet gewisse Fortschritte erzielt. 9. Dieser Fortschritt kommt jedoch nicht der Bevölkerung insgesamt zugute und wird durch die körperliche Ausbeutung mehr als aufgehoben. 10. Die Zukunft des Landes sähe chaotisch aus, gäbe es nicht politisch-gesellschaftliche Kräfte und demokratische Institutionen, die nach dem Sturz des Tyrannen eine geregelte Regierungsnachfolge ermöglichten, wobei die Kommunistische Partei eine wesentliche Rolle spielen könnte.

So weit hat der Fisch sein Maul aufgerissen, und durch das Maul ereilt den Fisch der Tod. Es kann keinen anderen Urteilsspruch als den Schuldspruch geben – wegen Majestätsbeleidigung.»

«Majestätsbeleidigung.»

Nuschelt der Generalissimus, der erschöpft in seinem Stuhl sitzt, mit hängenden Gesichtsfalten und Augenlidern, als wäre deine Erschöpfung auch seine Erschöpfung.

«Lesen Sie noch einmal Punkt zehn, Hauptmann.»

Während dieser liest und der Diktator zuhört, stellst du fest, daß einige Kräfte dir wieder zu Hilfe eilen, die Beine tragen dich, die Spinnweben des Entsetzens sind von deinen Augen gewichen, du fühlst dich müde und erleichtert, wie nach einem Bombenhagel an der Ebrofront, als der Krieg bereits verloren und der eigene Tod nutzlos geworden war. Etwas war bereits tot, die Sache, für die du gekämpft hattest, du selbst zum Teil, wie jetzt. Du bist bereits tot, Jesús Galíndez, sie können dich nicht mehr töten, als sie dich bereits getötet haben.

«Darf ich sprechen?»

Sie sind überrascht, halten in ihren müden, nur noch rhetorischen Bewegungen inne. Sie widmen dir, widmen sich selbst wieder Aufmerksamkeit und sind zugleich ein wenig beunruhigt und besorgt.

«Sprich nur, Baske, sprich.»

«Ich weiß nicht, wie lange ich noch zu leben habe. In Wirklichkeit bin ich bereits tot und möchte ein paar Dinge klarstellen. Ich bin Repräsentant der Baskischen Exilregierung vor dem US-Außenministerium und übe nachrichtendienstliche Tätigkeiten für die Geheimdienste der Vereinigten Staaten aus. Ich bin Baske, ich bin Hochschullehrer, ich bin Schriftsteller, und wenn ich mich als Politiker betätige, dann deshalb, weil die Geschichte meines Landes mich dazu zwingt. Als Werkzeug dieser Geschichte und als Opfer des Kampfes für die Demokratie stehe ich hier, und ich protestiere gegen die unmenschliche Behandlung, die man mir hat zuteil werden lassen.»

Alle schweigen und warten, daß der Diktator dich mit einem einzigen Blick vernichtet, ohne sich bewegen zu müssen, einen unsichtbaren Knopf betätigt, der dich aus der Entfernung zerstört, oder du selbst in dir zusammensinkst, als Folge deiner unvermuteten, beleidigenden Kühnheit. Eine unkontrollierte, unkontrollierbare Angst läßt deinen ganzen Körper schwanken, während der Alte dich jetzt beobachtet, ein Auge weiter geöffnet als das andere.

«Für Mutproben ist es jetzt zu spät, Baske. Espaillat, daß mir alles wie besprochen erledigt wird.»

Er steht auf und strebt zur Tür, als finde er erst jetzt wieder zu sich selbst, zum Grund seiner Eile. Die anderen bahnen ihm überstürzt eine Gasse, außer Espaillat, der hinter ihm her geht und ihn mit einer Frage aufhält, bevor er den Raum verlassen kann.

«Ich weiß nicht genau, was Sie damit meinen, daß alles wie besprochen erledigt wird.»

Trujillo fährt mit einem für sein Alter und sein Gewicht übertriebenen Elan herum und durchbohrt jetzt Espaillat mit einem zornigen Blick.

«Für die zehn Punkte hat er schon gebüßt, für das mit Ramfis gebt ihm das Halstuch.»

Und mit ihm geht die Angst, obwohl seine Stimme noch herüberhallt.

«Halstuch beidhändig. Vergeßt mir das nicht.»

Espaillat spricht auf der Türschwelle, und du weißt nicht, ob er dich dabei ansieht oder ob er ins Leere starrt, ob er dich lebend sieht oder schon tot, obgleich dir das Wort Halstuch nichts sagt, du seinen Sinn aber erahnst.

«Ihr habt es gehört.»

Ja, sie haben es gehört, sie haben es gehört, und seine Anwesenheit erübrigt sich daher, wie auch jede Frage, die sie dir stellen, oder jede Antwort, die du geben könntest; es herrscht die Stille der endgültigen Niederlage, wie du sie auf dem Schlachtfeld von Aragón empfunden hast, als dir in deiner Hauptmannsuniform die Nacht nur dazu diente, die unwiderrufliche Niederlage des anbrechenden Tages abzuwarten, und deine Gedanken bereits bei Flucht und Rückeroberung waren. In jener Nacht kam Basaldúa mit ein paar Landsleuten zu dir, Soldaten der versprengten Baskischen Brigade, und mit ihnen Angelito, wie immer als Kriegsberichterstatter verkleidet, als Burenkriegsberichterstatter scherzte einer, weil Angelito stets einen Kalabreser und eine gelbgepunktete Fliege trug, eine exotische Extravaganz am Ende eines Krieges, dessen Schauplatz die exotischen Beobachter längst geräumt hatten. Die Beobachter sind immer die ersten, die die Schauplätze verlassen, wie Espaillat, und zurück blieben nur die Gefährten langer Tage oder was immer das zwischen den Erneuerungen des Sägemehls gewesen war. In jener Nacht standet ihr am Ufer des Ebro, und während ihr in ein Brombeergebüsch pinkeltet, sagte einer *Heriotzak ez gaitu bildurtzen*… der Tod schreckt uns nicht, doch pinkelte er in aller Hast, um schnell wieder in den schützenden Graben zu kommen. Jetzt kannst auch du mit dem Mut der Verzweiflung sagen *heriotzak ez gaitu bildurtzen*, weil du keine Hoffnung mehr hast, weil du diese Worte fühlst, weil sie in deinem Herzen sind und deine Augen sie den drei Schlächtern entgegenschleudern, die bei dir geblieben sind, aber nicht mehr zu dir hinüberschauen, nicht einmal hämisch. Das Deckenlicht nimmt der Tragödie den Kontrast, hier jene, die töten, dort jener, der sterben wird, das ist alles, was bleibt. Doch wie? Gebt ihm das Halstuch. Beidhändig. Du traust dich nicht, zu fragen, was für ein Tod das ist, weil du deine neuerwachte Stärke liebgewonnen hast und fürchtest, sie könne zerbrechen, denn in einem schmalen Spalt, den du nicht unter Kontrolle hast und den ihre Folter nicht hat aufbrechen können, glimmt noch ein Funke von Lebenswillen. Wie man stirbt, erfragt man besser nicht und beharrt auf dem Wozu, ist sich dessen sicher und überläßt es nicht denen, die dich einfach nur auf dem Altar ihres Tyrannen schlachten wollen, weil du seine Männlichkeit bezweifelt hast oder die Ehre seines nichtswürdigen Sohnes. Je länger du deine Folterqualen mit dem wahren Grund für sie vergleichst, desto wütender wirst du, deine Anwandlungen von Angst und politischem Schuldgefühl verschwinden, und es macht dich rasend, wegen eines Kneipenhändels sterben zu sollen, weil du jemanden ein Arschloch genannt hast, der ein zu großes Arschloch ist, um das hinzunehmen. Im Geiste verfluchst du Trujillo, und du verfluchst ihn mit deinen Augen, die sein Bild in einem wahren Blitzlichtgewitter ausspucken, das ihn dir noch einmal in seiner ganzen Großmäuligkeit zeigt. Du tötest mich, weil dir Hörner aufgesetzt wurden, doch ich sterbe für die Freiheit, für die Freiheit, die zwanzig Jahren meines Lebens einen Sinn gegeben hat, für die Freiheit, zu schreiben, was mir am Herzen lag und die Geschichte moralisch von mir verlangte. Und du hast Gedichte, deine Gedichte, um deinen Zorn zu schüren, bis du dich in einem seltsamen Fieber fühlst.

Freiheit, Freiheit, teure Fahne
der versklavten und unterdrückten Völker,
höchster Lohn der Besiegten,
das Ziel derer, die für die Hoffnung kämpfen.

Oder nein, keine Verallgemeinerungen. Du hast dein Euzkadi zu besingen, deine Mutter, die Geliebte deines Herzens.

Euzkadi, geliebtes und ersehntes Vaterland,
schwarze Flore künden heute von deiner Traurigkeit.
Im Todeskampf streckst du empor dein Leid
auf verdunkelter Erde des Märtyrers Hand.
Felder und Dörfer, eine Erinnerung, nicht mehr,
gleich wie Arbeit und Freude, ihr höchstes Gut.
Nur die Erinnerung an deinen Mut
gibt in der Geschichte dir hohe Ehr'.
Leide nicht mehr, die Zukunft wartet auf dich,
denn ein Land, das gefallen im Krieg,

wird in Kraft und Herrlichkeit wieder erstehn.
Du wurdest verraten, ihr Sieg verblich,
dein Triumph ist der letztendliche Sieg,
den deine Söhne zu schmieden verstehn.

Basaldúa gefielen deine Gedichte, doch Angelito rümpfte die Nase und sagte, sie seien zwar gefühlvoll, aber nicht unbedingt gut. Ihr Spanier habt keine Ader für Gedichte, überlaßt das lieber uns Amerikanern. Was hattest du bei ihnen zu suchen, Angelito? Und mit einemmal wird dir klar, daß nach deinem Tod noch weit mehr deiner Mörder frei herumlaufen werden, als die in diesem Raum. Minerva Bernardino, Espaillat, Félix Bernardino, Gloria Viera, *der Lahme*, die diffusen Gesichter deiner Entführer, Angelito. Sie werden ungestraft davonkommen, und du wirst nicht einmal wissen, welche Rolle sie gespielt haben in diesem Spiel, in dem nur deine eigene Rolle klar bezeichnet ist.

«Hauptmann, bitte kommen Sie.»

Der Hauptmann kommt zu dir, hält deinem Blick viel zu angestrengt stand, als daß es ein ruhiger Blick sein könnte, und daher zittert auch seine Hand, als er dir eine Zigarette anbietet.

«Was geht draußen vor? Hat mein Verschwinden viel Staub aufgewirbelt?»

«Der wird sich bald gelegt haben.»

«Warum haben Sie mich gefoltert, wenn Sie nichts wissen wollten, wenn mein Schicksal schon besiegelt war?»

«Befehl des Generals. Züchtigt ihn mir, wie der Stier in der Arena gezüchtigt wird, hat er gesagt, danach komme ich mit dem Degen. Sehen Sie, Professor, ich habe persönlich nichts gegen Sie, und die beiden da auch nicht.»

Die beiden anderen nicken aus der Entfernung und schauen so unschuldig drein, soweit das bei Henkern eben möglich ist.

«Wir führen nur Befehle aus. Wir wissen nicht mal, wer Sie hergebracht hat. In diesen Raum geht man hinein, aber man kommt nicht mehr heraus.»

«Ich bin nicht der erste?»

«Nein.»

«Und es verläuft immer nach demselben Muster? Sie tun immer das gleiche?»

«Diesmal war es was Besonderes. Stimmt's, Freunde?»

«Ganz was Besonderes.»

Sagen sie zu dir, dir sagen sie es, sagen es beinah einstimmig, bauen dich auf.

«Sie waren anders als alle anderen.»

«Der Chef ist sogar heruntergekommen. Das tut er sonst nie.»

Es wertet dich in ihren Augen auf, daß du den Chef in Bewegung gesetzt hast, denn die Anwesenheit des Chefs wertet ihre Arbeit auf.

«Bekommen Sie dafür einen Orden, Hauptmann?»

«Meine Orden verdiene ich mir auf dem Schlachtfeld.»

Endlich findest du die Kraft zu der Frage, die deinen Körper wie in einen Sack einschnürt, der um deinen Hals festgezurrt ist.

«Was ist das Halstuch, Hauptmann?»

Er schluckt, und im Schlucken sagt er:

«Der Strang.»

In einem Winkel deines Professorengedächtnisses visualisiert sich eine lexikalische Eintragung: Wer einen Gehenkten ohne richterlichen Befehl vom Galgen nimmt, zahlt nach Salischem Gesetz eine Strafe von 1800 Kupfermünzen oder 45 Soldi, auch in Naturalien möglich. Wer ohne richterliche Zustimmung den Körper eines Delinquenten vom Baum abnimmt, der soll 1200 Kupfermünzen oder 30 Soldi zahlen.

Vom Regen gewaschen sind wir und gesäubert,
von der Sonne getrocknet und tief gebräunt.
Die Augen ausgepickt haben uns Krähen und Raben,
den Bart haben sie uns ausgerissen und die Brauen.

Du borgst dir besser ein paar Verse bei Villon oder beeilst dich mit deiner Erinnerung, denn auch die werden sie dir nehmen, und deinem Gefühl für die Ewigkeit traust du ebensowenig wie deinem Glauben an das christliche Jenseits, obwohl du Christ bist und wiederholt über deinen Glauben gesprochen und geschrieben hast, wie du auch über dein Volk und seine Sitten und Gebräuche geschrieben hast. Wie bei einer polizeilichen Gegenüberstellung siehst du in die Gesichter all jener, die du in diesen Tagen herbeigesehnt hast, während die Zeit der Sägemehluhr verrann, von Wechsel zu Wechsel, und sie sind für dich wie Fotografien eines Albums, das man vergißt. Es ist dein eigener Tod, den du im Spiegel betrachtest, doch nicht mehr das Bild des zerstörten Menschen, wie Espaillat es verlangte, sondern deine aufrechte Gestalt, wie damals, als du im heraufziehenden Morgen das Zeichen der endgültigen Niederlage suchtest, damals am Ebro. Und plötzlich, während das Gefühl in dich zurückkehrt, ein Mensch zu sein, stellst du fest, daß du die Sitzkiste umrundest, schnellen Schritts im Kreise gehst, als entflöhest du ohne zu entfliehen, unter den verschlagenen, immer noch argwöhnischen Blicken der Schergen.

«Darf ich einen Brief schreiben?»

«Nein.»

Woran werden sie mich aufhängen? Im Mittelalter wurden die Galgen aus steinernen Pfeilern gebildet, über die Querbalken gelegt wurden, an die man die Verurteilten hängte. Diese Galgen standen auf freiem Feld, meist am Rande der Straßen, vorzugsweise auf einem Hügel. Die Zahl der Säulen richtete sich nach der Stellung des Hinzurichtenden, der Pöbel wurde an einen Holzgalgen gehängt, der Edelmann bekam zwei Pfeiler, und so ging es aufwärts, Barone vier, Grafen sechs, Herzöge acht, und für Könige war die Zahl unbegrenzt. Doch wann wurde mal ein König gehenkt? Und dich beidhändig. Daß an meinem Leichnam nichts auszusetzen ist! Von wem hast du diese Worte? War es nicht Durán, der treue Durán, Hauptmann Durán, ebenso wie du Geißel der Franquisten in den Korridoren der UNO, der zu sagen pflegte, wenn man mich umbringt, sorgt dafür, daß an meinem Leichnam nichts auszusetzen ist? Doch für dein Äußeres bist du nur so lange verantwortlich, wie sie dich am Leben lassen, und du mußt etwas Wichtiges sagen, etwas, das sie nicht vergessen, das dich in ihrer Erinnerung zum Sieger über den Tod macht. Auf Baskisch zum Beispiel.

«*Gora Euzkadi Azkatuta!*»

Sie glauben aber, du sprichst mit dir selbst und lassen sich in ihrer dreistimmigen Verschwörung nicht stören.

«*Gora espainako langileak!*»

Jetzt sehen sie zu dir herüber, als wärst du verrückt, ein Verrückter, der um eine unsichtbare Achse im Kreis läuft und Worte spricht, die sie nicht verstehen.

«*Nere herria da bakarrik ni juzgatzeko nezaneka!*»

Aus den Augenwinkeln siehst du den Strick, der plötzlich in ihren

Händen liegt wie eine Schlange, die sie tätscheln, und dein Hals hilft dem Kopf, den Blick nach oben zu richten, um zu sehen, ob da der Balken ist, an dem du hängen wirst. Da ist kein Balken, aber der Strick ist da, die beiden Chorknaben der Folter halten ihn in der Hand, während der Hauptmann sich herumdrückt und sich dabei entfernt.

«Ihr wollt mich nicht hängen! Ihr wollt mich erdrosseln!»

Wer hat geschrien? Warst du das, der geschrien hat? Sie kommen auf dich zu, und du weißt, daß du schreist, daß vermutlich du es bist, der schreit, obwohl du dich eigentlich um das Aussehen deines Leichnams sorgst, der makellos aussehen muß, damit morgen, wenn er auf den Titelblättern erscheint, Aguirre, Irala, Abrisqueta, Irujo, Monzón dich wie einen baskischen Patrioten grüßen und dein Großvater zufrieden mit dem Kopf nicken kann auf seinem Hügel in Larrabeode. Nichts hat dein Schrei auch mit der Kraft zu tun, mit der du noch singen, noch eine Kriegshymne singen kannst.

Eusko gudariak gera
Euskadi askatzeko
gertrurik daukagu odola
bere aldez emateko.

Ja. Wir sind baskische Soldaten, und wir werden Euzkadi befreien, für unsere Sache sind wir bereit, unser Blut hinzugeben. Doch es wird kein Blut sein. Luft wird es sein. Verpestete, faulig stinkende Luft, die dir die Frage von den Lippen nimmt, als sie auf dich zukommen, entschlossen jetzt, es hinter sich zu bringen. Und sie sagen zu dir:

«Ganz ruhig, dann geht es schnell.»

Und du willst ihnen sagen, daß ihr Standpunkt nicht richtig ist oder ein Lied singen oder dich im Spiegel sehen, ein letztes Mal. Aber schon haben sie das Seil um deinen Hals geworfen, und als du sie noch zu warten bittest, um eine Erklärung bittest, da siehst du, wie ihnen das Blut ins Gesicht steigt. Es steigt ihnen aus einem anderen Grund ins Gesicht als dir. Denkst du. Sagst dir aber: Ich ersticke.

Plötzlich ist es wieder da, dieses schwache gelbe Licht in den armen tropischen Ländern, des Nachts, Panama, viel zu lange ist das her. Du hast es direkt vor dir, brauchst nur die Lichtinsel des Sheraton zu verlassen und auf der Suche nach dem Meer in dieses unbestimmte Gewirr von Häusern einzutauchen, die alle wie verlassen aussehen, es aber nicht sind. Manchmal dringt das helle Licht der Fernsehschirme nach draußen, doch überwiegt das gelbliche Flackern altersschwacher Glühbirnen oder das nervöse Blinken ersterbender Neonröhren. Die dunkle Haut der Menschen ist jetzt noch dunkler, die Beschaffenheit der Stoffe und Körper noch billiger, selbst die Vegetation macht in der Nacht einen verarmten Eindruck, als wäre sie eine Vegetation aus zweiter Hand für ein tropisches Land, das sich den Glanz der vollen Farbentfaltung nicht leisten kann. Santo Domingo. Vom Fenster deines Zimmers aus kannst du auch auf den Lichtfleck des erleuchteten Pools hinuntersehen, auf die Kolonie der ihn umlagernden Gringos, blond, hochrot und formlos, übel zugerichtet von der Sonne und den Daiquiris, deine Leute, und dahinter die wirkliche Farbe der Nacht, die hereinbricht. Bis zu dir herauf steigt weder der Geruch des Holzkohlengrills noch der Geruch der ärmlichen Vegetation in den ärmlichen Gärten der ärmlichen Hotels, noch der Geruch der üppigen Vegetation des Hotel Jaragua, in dem die Yankees wohnen, die eine Insel auf der Insel suchen. Ich habe für Sie ein kleines Treffen mit hiesigen Intellektuellen arrangiert, von denen einige Galíndez gekannt haben, was sie später zu vergessen suchten und woran ich sie heute wieder erinnert habe. José Israel Cuello genießt das Erschauern, das deine Ankunft in Santo Domingo hervorgerufen hat. Mit vier Leuten hat er bereits telefoniert, und alle hatten etwas Besseres zu tun, zum Beispiel, nicht zu erscheinen. José Israel ist ein kleiner, dunkelhäutiger Karibe mit großen schwarzen Augen und einem ironischen Ausdruck im Gesicht, das ansonsten von einem grauen Schnauzbart beherrscht wird.

«Don Gabriel, schön, daß ich Sie erreiche, was macht die Gesundheit, Don Gabriel? Das ist gut. Noch ganz der alte Kampfhahn, was, Don Gabriel? Ich habe Ihren Artikel gelesen, der hatte es aber in sich, ja, Sie und ich wissen, gegen wen das ging. Ich habe noch zu meiner Frau gesagt, Lourdes, Don Gabriel läßt sich nicht unterkriegen. Der ist noch genau wie früher. Richtig. Das ist nett von Ihnen. Nun, ich rufe Sie an, um Ihnen guten Tag zu sagen, Sie zu beglückwünschen und um Ihnen mitzuteilen, daß eine Wissenschaftlerin aus den Vereinigten Staaten in Santo Domingo eingetroffen ist, die eine Arbeit über Galíndez schreibt und sich über die Zeit seines Aufenthalts in der Dominikanischen Republik informieren möchte. Welchen Galíndez, fragen Sie?»

José Israel bedeckt die Sprechmuschel und kneift dir und seiner Frau ein Auge zu.

«Wohl verkalkt. Sie erinnern sich doch an den Fall Galíndez, der Baske, Sie haben im Justizministerium gearbeitet, als das mit seiner Entführung war. Jetzt erinnern Sie sich. Ja, genau. Genau, Don Gabriel. Regen Sie sich nicht auf, ich unterstelle gar nichts, Don Gabriel, nein, ich behaupte nichts und über niemanden, ich vermittle nur zwischen der jungen Dame und denen, die ihr bei ihrer Arbeit helfen könnten. Nun, was nicht sein kann, kann nicht sein, Don Gabriel. Ich verstehe schon, daß das ein Gedächtnisproblem ist. Ja, ganz meinerseits. Einen Gruß auch an Doña Consuelo.»

Lourdes und José Israel konspirieren über getätigte und noch zu tätigende Anrufe, versichern dir, daß ganz gewiß Leute kommen werden, hochinteressante sogar, versichert Cuello, mit großen Augen sieht er schon, was du noch nicht siehst. Du erinnerst ihn daran, wie Manuel de Jesús Javier García ihn in seinem Buch *Zwanzig Jahre mit Trujillo und anderen Präsidenten im Regierungspalast* beschrieben hat. Er berichtet da von den Bombenanschlägen, die Anfang 1960 vermutlich von der verbotenen Revolutionären Bewegung 14. Juni verübt wurden. Der Diktator hat einige der Verantwortlichen freigelassen und läßt sie zu sich in den Präsidentenpalast kommen. «... ließ sie in kleinen Gruppen zu sich kommen und las ihnen die Leviten: entweder sie hörten auf, sich gegen ihn zu verschwören, oder er würde ihnen beim nächstenmal den Hals umdrehen. Das war jedenfalls der Kern seiner Aussage. Was ihn beim Zusammentreffen mit der ersten Gruppe schier aus dem Häuschen brachte, waren das spöttische Grinsen und die herausfordernden Blicke des noch keine zwanzig Jahre zählenden, als umtriebig bekannten Ingenieur- und Architekturstudenten José Israel Cuello Hernández und der Ärztin Dr. Asela Morel, eine der vielversprechendsten jungen Medizinerinnen jener Zeit. Haben Sie – fragte Trujillo zornbebend die ihn Umgebenden – dieses frechdreiste Pärchen gesehen? Dieser verdammte Bengel von Don Antonio Cuello, legt Bomben und wiegelt die Leute auf und grinst frech, als habe er die größte Heldentat vollbracht. Gerettet hat ihn nur, daß er der Sohn von Antonio Cuello ist, einem der rechtschaffendsten und angesehensten Männer unseres Landes. Deswegen achte und schätze ich ihn.» Mehr als zwanzig Jahre später sitzt dieser José Israel Cuello vor dir und trägt noch immer dieses spöttische Lächeln zur Schau, mit dem er dir jetzt erklärt, daß diese Geschichte eher eine Legende sei. «Ich weiß gar nicht, ob ich gegrinst habe, ich bezweifle es aber, denn mir schlotterten die Knie, weil ich wußte, daß mit diesem alten Reptil nicht zu spaßen war. Als wir die Treppenstufen des Präsidentenpalasts hinuntergingen, spürten wir deutlich die Blicke Trujillos und seiner Gorillas im Nacken, man brauchte sich gar nicht umzudrehen, um ihre verkniffenen Blicke zu spüren. Mein Vater flüsterte mir zu, ganz ruhig, ganz ruhig, und nahm mich am Arm, als wolle er mich an einer unbedachten Bewegung hindern, die Trujillo da oben, am Ende der Treppe hätte nervös machen können. Heutzutage ist jeder ein heimlicher Trujillogegner gewesen, aber damals haben sich nur ganz wenige getraut, dem Alten die Stirn zu bieten; nicht mal 1960, als sein Stern schon im Sinken begriffen und er schon zum Tode verurteilt war, ohne es zu wissen. Das heißt, er wußte es doch schon.» Dann mahnte er das nächste Telefongespräch an, ohne das Geheimnis seiner letzten Bemerkung gelüftet zu haben. Don Ariel Liñán? Was macht das Leben, alter Freund? Oh, ich verspreche Ihnen, daß es das erste sein wird, was ich tun werde, wenn Sie mich mal mitnehmen. Ich möchte nichts verpassen von dem, was Sie sagen. Aber weshalb ich Sie anrufe, Don Ariel, da ist eine angesehene Professorin aus den USA in Santo Domingo angekommen...» Er hat dich befördert, denn du bist weder angesehen, noch bist du schon

Professorin, aber Cuello und Lourdes sind entschlossen, dir einen Korb voll Überlebender aus den Galíndezjahren zu präsentieren, die deine sachlich nüchternen, immer noch im Zettelkasten schmorenden Worte mit der Musik des Merengue aus Santo Domingo unterlegen können. Wer am meisten zu erzählen hätte, sagt Israel, als er den Korb schon gut gefüllt hat, ist natürlich Balaguer, der weiß am besten Bescheid, ja, Balaguer, der Präsident. Wir waren so frei, in Ihrem Namen um eine Audienz zu bitten, mehr als nein sagen kann er ja nicht. Deine Augen sind so groß geworden wie die von José Israel. Ist es denkbar, daß Balaguer, der die Entführung und Ermordung von Galíndez unmittelbar begünstigt hat, dich empfängt? Der Mann, der befohlen hat, die Archive der trujillistischen Regierung, vor allem die des militärischen Geheimdienstes, zu vernichten? War er nicht Staatssekretär im Präsidentenpalast gewesen, das heißt, direkter Mitarbeiter Trujillos, als Galíndez entführt wurde? Wissen Sie nicht, daß es Balaguer war, der 1956, als wegen des Entführungsfalls Galíndez in den Vereinigten Staaten die Kampagne gegen Trujillo begann, die *New York Times* der Lüge bezichtigte und ihr vorwarf, sich für einen baskischen Kommunisten einzusetzen, der im spanischen Bürgerkrieg den Befehl zur Erschießung von elf Bischöfen, von elf, gegeben hatte? Wissen Sie, was Balaguer einmal über Galíndez gesagt hat? «Galíndez war menschlich ein Verbrecher und politisch ein Kommunist.» So steht es in der Zeitung *El Caribe* vom 31. Mai 1956. Du hast mit fahrigen Bewegungen deine Karteikarten über Santo Domingo zu Rate gezogen, die fast zur gleichen Zeit aus deiner Handtasche zum Vorschein kommen wie die Worte von deinen Lippen. Vielleicht hast du Lourdes damit beeindrucken können, obwohl sie sehr mit den Vorbereitungen zu dem nächtlichen Imbiß nach dem Treffen beschäftigt ist, jedoch nicht Cuello. Es ist nicht so einfach, diesen Mann zu beeindrucken, der zu einer Zeit Generalsekretär der Kommunistischen Partei war, als man mit diesem Posten noch sein Leben riskierte, der in direktem Kontakt zu Oberst Caamaño stand, als dieser im kubanischen Exil lebte, und der dir jetzt erklärt, warum er vorerst skeptisch ist. Ich helfe Ihnen, weil es mir gefällt, daß eine Gringa sich eine Erinnerung zu eigen macht, die nicht die ihre ist, aber niemand wird Gerechtigkeit üben. Was heißt Gerechtigkeit noch nach dreißig Jahren? Ohne direkt auf deine leidenschaftliche Kritik an Balaguer einzugehen, ist Cuello aufgestanden, hat ein Buch aus seinem Bücherschrank geholt und *La palabra encadenada* von Balaguer vor dir auf den Tisch gelegt. Der Herr Präsident schreibt auch, er ist kein Vargas Llosa, aber er schreibt auch, und mit zusammengekniffenen Augen sucht er eine Textstelle, die ihm für dich passend erscheint. Hier, sehen Sie nur, mit wie wenig Worten und wie nebensächlich er Galíndez erwähnt, als wäre er nur ein Anhängsel des Falles De la Maza. Und er kompromittiert sich auch nicht selbst, indem er die Geschehnisse gutheißt, sondern legt Trujillo die Worte in den Mund, als dieser sich über die internationale Verschwörung gegen ihn beklagt. Galíndez ist der Stein im Schuh des Herrn Präsidenten, der Knoten in seinem Hals, und ich weiß nicht, ob wegen der Dinge, die er getan hat, oder der, die er nicht getan hat. Wer hat schon wirklich was getan gegen Trujillo? Die Toten. Fragt und antwortet sich José Israel Cuello. Dort sind die Toten, auf den Seiten Balaguers, die du auf der Suche nach einer Erwähnung von Galíndez begierig umblätterst. Nichts. So gut wie nichts. Nur Trujillo spricht von Galíndez als «... einem spanischen Emigranten, der bis zu dem Zeitpunkt, an dem er dieses Land aus freien Stücken verließ, die vorbehaltlose Gastfreundschaft des dominikanischen Volkes genossen hat. Doch was hat diese Regierung mit einem Verbrechen zu tun, das im Ausland begangen worden ist, in einem Land, in dem täglich Hunderte von Menschen verschwinden, ohne daß auch nur ein Mensch auf den Gedanken käme, solch einen Fall zu einem internationalen Problem hochzuspielen?» Balaguer überläßt Galíndez ganz diskret und ganz allein Trujillo, während er selbst dem Diktator eins auswischt, indem er seine Doppelzüngigkeit anprangert, mit der er sich öffentlich über Verbrechen empört, die er im vertrauten Kreis selbst befohlen hat. Als er sich der drei Mirabal-Schwestern durch einen angeblichen Autounfall auf der Straße nach Luperón entledigt hatte, ließ er, als er einige Tage später an der Stelle vorbeifuhr, seinen Wagen anhalten und sagte zu seinem Begleiter: «An dieser Stelle sind die Mirabal-Schwestern verunglückt. Möge der Herr im Himmel sie zu sich nehmen.» Als er, um den Mord an Galíndez zu vertuschen, Murphy umbringen läßt, und um den Mord an Murphy zu vertuschen, Octavio De la Maza aufhängen läßt, und als sogar sein angebeteter Sohn Ramfis glaubt, daß er in den Mord an seinem Saufkumpanen verwickelt ist, da ruft Trujillo seinen Hofstaat und auch Ramfis zu sich, um kategorisch festzustellen, daß das Blut des Erhängten nicht an seinen Händen klebt: «Welches Interesse sollte die Regierung daran haben, sich eines ihrer zuverlässigsten Piloten zu entledigen?» Unterdessen verbreiten die Handlanger des Wohltäters in Ciudad Trujillo überall, daß De la Maza aus Zorn über die homosexuellen Annäherungen Murphys diesen umgebracht und danach aus Verzweiflung Selbstmord begangen habe. Balaguer bezeugt die zunehmende Abgebrühtheit des Tyrannen. «Am Tag vor der Eliminierung des Anwalts Diógenes del Orbe beförderte er diesen zum Generalstaatsanwalt von La Vega. Und nur wenige Stunden, nachdem Marrero Aristy von Trujillo im Präsidentenpalast empfangen worden war, wo dieser ihm sein Vertrauen aussprach, wurde er von den Schlägern des Johnny Abbes García ermordet. Am Abend des Verbrechens, als Marrero mit Sicherheit schon in die Schlucht geworfen worden war, in der man seinen Leichnam später zusammen mit dem seines Chauffeurs fand, kam Trujillo in mein Büro und fragte nach ihm. Danach fragte er auch den kolumbianischen Journalisten Osorio Lisarazo, der im Zimmer nebenan im zweiten Stockwerk des Regierungspalastes arbeitete, nach Marrero und äußerte sein Befremden darüber, daß dieser nicht in seinem Büro in der Presseabteilung war, die sich im selben Flügel des Regierungspalasts befand, und daß er sein Fernbleiben auch nicht entschuldigt hatte. Als wir am nächsten Tag im Speisesaal des dritten Stocks mit Trujillo zu Mittag aßen, klingelte das Telefon, und Oberst Luís Rafael Trujillo stand auf, um den Anruf entgegenzunehmen. Als er zurückkam, meldete er knapp, auf der Straße nach Constanza sei Marreros Leiche gefunden worden. Die Nachricht wurde mit finsterem Schweigen aufgenommen. Kurz danach sagte Trujillo: «Seltsamer Unfall. Was hatte Marrero auf der Straße nach Constanza verloren?» Dir entfährt ein Lachen, und Cuello freut sich, daß du lachst. Was sollen wir sonst tun, sollen wir weinen? Lourdes mußte für ihre live-übertragene Fernsehsendung über Regeln und Besonderheiten der dominikanischen Sprache zum Sender und hat dir angeboten, du selbst könntest für deine Sache vor der Kamera werben. «Da werden Sie von vielen Leuten gesehen, und dadurch lösen sich vielleicht Zungen und Erinnerungen.» Sie hat dich in ihrem Auto mitgenommen, und sie verliert keinen Moment ihr Lächeln oder ihre kreolische Freundlichkeit. Sie erzählt dir von den Jahren des Kampfes, als José Israel in eine Menge Dinge verwikkelt war, die ihn den Kopf kosten konnten. Jetzt sind wir Beobachter. Nein, es sind nicht die Jahre. Das ist das, was wir gelernt haben. Politik kann in diesen Breiten sehr dramatisch sein, aber sie verliert doch nie ihren Charakter eines südländischen Karnevals. Und dann folgt die Sendung Grammatik für jedermann von Doña Lourdes Camilo de Cuello, einen wunderschönen guten Morgen, Lourdes. Worüber berichtet unser Senderchen den lieben Zuschauern zu Hause denn heute? Über Diminutive, na so was! Ich bin ja ein großer Freund dieser kleinen Kerlchen. Wir möchten unsere lieben Zuschauer noch darauf hinweisen, daß Doña Lourdes heute eine bekannte Wissenschaftlerin aus den USA mitgebracht hat, die nach Santo Domingo gekommen ist, um wissenschaftliche Nachforschungen anzustellen, was auch sonst, ha, ha, aber nicht irgendwelche wissenschaftlichen Nachforschungen, sondern welche über das Leben eines Spaniers, der hier zu Zeiten Trujillos auf mysteriöse Weise verschwunden ist. Nicht gerade viel. Zuerst einmal überlasse ich Sie nun aber der vorzüglichen Gesellschaft von Doña Lourdes Camilo de Cuello. Lourdes erzählt von einer Dominikanerin, der sie einmal auf der Frankfurter Buchmesse begegnet ist, «... eine junge, mit einem Deutschen verheiratete Frau aus der Dominikanischen Republik, sehr weltoffen und wißbegierig auf alles, was in der Heimat passierte. Ihr Name ist Gina Cucurrullo, und sie hat eine Studie über den erzieherischen Nutzen von Museen verfaßt. Sie und auch Magaly de Kampur, die Kulturbeauftragte unserer Botschaft in Bonn, verbrachten einen ganzen Tag mit uns am Buchmessenstand der Dominikanischen Republik. Irgendwann sprach Gina mich darauf an, wie die Personen in einigen von unseren Romanen sprechen, und dabei fiel ihr auf, wie sehr sie die Sprache ihrer Heimat vermißte. Das erinnerte mich an das herrliche Buch von Don Ramón Emilio Jiménez *Die dominikanische Sprache*. Ich habe eine Ausgabe von 1941 mitgebracht. Haben wir eine besondere Art, Diminutive zu verwenden? Sehen wir einmal, was Don Ramón dazu sagt. Er schreibt, daß wir mit der Bildung des Diminutivs einem Namen oder Substantiv unterschiedliche Bedeutungen geben können. So hat unser ‹Alterchen› zum Beispiel noch einen liebevollen Beiklang. Unser ‹Momentchen› heißt, je nach Betonung, sowohl einen kleinen Moment noch, als auch warte mal. Eine ähnliche Mehrdeutigkeit finden wir bei den Diminutiven ‹Freundchen› oder ‹Geschäftchen› oder bei unserem ‹Früchtchen›, das häufig ‹ein schönes› ist. In Verbindung mit ‹schön› kann ein Diminutiv aber auch eine Verstärkung und räumliche Weite ausdrücken. So fühlen wir zum Beispiel einen gut verarbeiteten Stoff an und sagen bewundernd ‹schönes Stöffchen›, oder wir sagen ‹ein schönes Stückchen Wegs›, wenn es bis zum Ziel noch ‹ganz schön weit› ist. Und nur ‹ein Gläschen Rum› trinken gehen, kann eine beträchtliche Schlagseite zur Folge haben. Nun, wie schön jedenfalls, daß heute diese berühmte Professorin hier bei uns ist und uns ein Wörtchen zu dem Motiv ihres Besuchs in Santo Domingo sagen will.» Während du dich bemühst, eine gestraffte Fassung des Lebens und Sterbens von Jesús Galíndez vorzutragen, nimmt die Moderatorin sichtlich interessiert Witterung auf, wie schön, das Schicksal von Galíndez ist für sie nicht dasselbe wie die Peloponnesischen Kriege, doch dieser Eindruck hat getäuscht, denn hinterher, als die Scheinwerfer aus sind und du nicht mehr *on screen* bist, hat sie dich mit anerkennendem Blick nach der Marke deines Parfüms gefragt. «Ein Düftchen ist das...» Während José Israel noch mit den letzten Vorbereitungen für deinen abendlichen Auftritt beschäftigt ist, lädt Lourdes dich zum Essen in ein Restaurant im Kolonialviertel ein, in unmittelbarer Nähe zum Alcázar de Colón, den in goldenes Licht getauchten Überresten monumentaler Eroberungspracht. Im erfrischenden Halbdunkel des Lokals, derweil du deinen Fisch mit Kokosnuß mehr sezierst als ißt, beendet Lourdes ihren politischen Zustandsbericht über die Insel. Balaguer ist die Kontinuität in Person und wird es bis zu seinem Tode bleiben. Der alte Fuchs bewegt nichts mehr und läßt nichts mehr bewegen, aber vielleicht ist es genau das, was die Leute wollen. Die fortschrittlichen Kräfte hingegen zerfleischen sich untereinander, heute mit Worten, und die Linke leidet wie überall auf der Welt an fehlenden Vorbildern. Na, wer hätte das gedacht. Die Yankees halten ein wachsames Auge auf dieses Touristenreservat, das jedoch nie denselben Platz in ihrem Herzen finden konnte wie das vorrevolutionäre Kuba. Sie kommen zu den Stränden im Norden und Nordosten des Landes, wo sie sich vom Überfluß zu entgiften suchen, indem sie den Sinnenüberschuß des Landes und seiner Leute konsumieren. Lourdes spricht zu dir, als seist du keine von jenen, und du weißt nicht recht, ob du ihr dafür danken oder deprimiert sein sollst. Wer bist du? Welcher Kultur gehörst du an? Im Schatten welcher kollektiven Erinnerung gedeiht deine gebrochene Erinnerung, schon die Bilanz einer unzureichenden Jugend? Dein verlassener oder sich selbst überlassener Mann existiert nur als Bestandteil einer Katastrophe, eines inneren Museums. Dein chilenischer, fürs Exil geborener Liebhaber, befindet sich in der Gefühlsabteilung dieses Museums, genau wie deine Mormonenfamilie, und nur dein Vater, dein schrecklicher Vater, haust in einem Nebenraum, den du ab und zu betrittst, um traurig zu sein oder ungläubig oder einfach loszulachen, ob all der albernen Dinge, die zu Zwängen deines Lebens werden konnten. Nachdem du das Museum deines unausgefüllten Lebens verlassen hast, betrittst du die Bibliothek Galíndez', und nicht einmal die Mühen, die du auf dieses Puzzle verwendest, führen dich zu der Reinkarnation deines tiefen Sehnens. Das äußerste, was du gewinnen kannst, ist eine Vorstellung von ihm, die bis zur letzten Konsequenz der Vorstellungskraft führt; du kannst seinem Leben einen rebellisch sympathischen Anstrich geben, der mal sichtbar ist, mal unsichtbar, der dich aber stets daran erinnert, daß du ein Eindringling in Galíndez' Leben bist, in der spanzischen Geschichte, in der Geschichte der Basken, in Santo Domingo. Halten Sie doch eine Siesta, sonst sind Sie am Abend zerschlagen, und José Israel pflegt solche Inszenierungen sehr intensiv zu gestalten. Du erwiderst, daß du lieber einen kleinen Spaziergang unternehmen möchtest, trotz der Hitze, die auch nicht schlimmer ist als die Augusthitze in Madrid, und nachdem sie sich dir als Stadtführerin angeboten hat, ohne daß du auf ihr Angebot eingegangen bist, überläßt sie dich unauffällig dir selbst. Die Calle El Conde hinauf und wieder hinunter suchen deine Füße auf dem unregelmäßigen Pflaster des Gehsteigs nach Spuren, die Galíndez auf ähnlichen Spaziergängen hinterlassen haben könnte, auf Spaziergängen zwischen ähnlichen Farben und Gerüchen, intensiviert durch seine europäische Nase und durch die Jungfräulichkeit dieser Breiten in den vierziger Jahren. Vielleicht bist du aber auch konditioniert durch all die Filme, die von deinen Landsleuten auf Kosten der *typischen* Karibik gedreht wurden. *Haben und Nichthaben.* Warum schiebt sich manchmal das Gesicht von Humphrey Bogart über das von Galíndez? Bist du sicher, dir nicht selbst einen Film zu erzählen? Später in der Lovatón Nr. 8 fährt dein Blick über die Fassade des Hauses, in dessen Mauern er einen Gutteil seines Lebens in Santo Domingo verbrachte, und von diesem Grund und Boden geht die Botschaft an dich, daß du entwurzelt bist. Der Wunsch zu fliehen überfällt dich, verbunden mit dem Gefühl, auf der Durchreise zu sein, ein Gefühl, welches Jesús Galíndez, während er in dieser Stadt lebte, vermutlich auch beherrschte. Aber er hatte das Baskenland in seinem Kopf, und du nicht einmal mehr die Haut deines letzten Geliebten, Ricardo, armer Ricardo, verführt und verlassen. Der Taxifahrer läßt dich an einer der jetzt menschenleeren Straßenecken aussteigen, an der sich Galíndez gelegentlich mit seinem Kontaktmann vom Geheimdienst traf, und an der das einzige Lebewesen außer dir eine Schwarze in einer Verandaschaukel ist, die sieht, ohne zu unterscheiden, was sie sieht, ganz anders als du, die du unentwegt sortierst, was du siehst, was du weißt, was du fühlst, als wäre jeder Eindruck für dich nur eine Karteikarte im Kopf. Du spürst einen Riß zwischen der Routine dieser Reise, die eine von mehreren Phasen deiner Forschungsarbeit darstellt, und dem Gefühl in dir, zu einem Sprung auf unbekanntes Gebiet anzusetzen. Vielleicht liegt es auch nur an der Ungewißheit über die Verlängerung deines Stipendiums oder an den Drohungen, die in Normans Worten mitschwangen, armer Norman, der niemals seine Seele eines braven Haustiers würde loswerden können, obwohl er täglich für eine halbe Stunde zu Supermann wird, für eine halbe Stunde geistiger Gymnastik, um in Würde alt zu werden, eine halbe Stunde kritischer Einbildungskraft, kritischen Erinnerns, kritischen Wünschens, nur eine halbe Stunde täglich, eine Therapie, um weiterhin das brave Haustier sein zu können. Du zumindest bist kein braves Haustier gewesen. In jenem alten Santo Domingo mußten die Steine der nahegelegenen Kirche von Altagracia oder des Hospitals San Nicolás de Bari Galíndez einen Eindruck der monumentalen Vergangenheit vermittelt haben, die sich an der Kirche nackt und am Hospital heruntergekommen zeigte, eine Archäologie unter der drohenden Rache der Tropen an den allzu aufdringlich aufgeschichteten Steinen. Die Calle Lovatón hinunter bis zum Ehrenfriedhof, oder die Calle Lovatón hinauf bis zur Kirche der Barmherzigen Jungfrau. Die Gebäude sind wunderschön, stehen aber mitten im Verkehr wie im Exil, und Galíndez dürfte eine besondere Art der Zuneigung zu ihnen gefaßt haben. Die Sonne tobt sich an den weiß gekalkten Hauswänden der zum Alcázar führenden Straßen aus, salziger Schweiß klebt dir die Kleider an den Leib, und du bleibst schließlich stehen und sehnst die klimatisierte Luft des Sheraton herbei. Euch Yankees bleibt immer der letzte Ausweg des Sheraton oder Hilton. Überall auf der Welt hat man irgendeine Fluchtburg vor der Wirklichkeit für euch errichtet, in die ihr euch zurückziehen könnt, in das du dich gemächlich von einem Taxi zurückbringen läßt, aus dessen Radio ein Schlager von El Puma schallt. Eine Ewigkeit dauert die Fahrt, das Warten vor dem Aufzug, der Gang über den Hotelflur, und dann stürzt du in die Fertigbauatmosphäre deines Zimmers, wie der Verdurstende an den Tümpel der Oase. Du hast dich aus deinen verschwitzten Kleidern geschält, hast dich betastet, nackt und feucht, merkwürdig kalt bist du, die rauhe Haut der Rothaarigen von der Feuchtigkeit der Tropen gedemütigt. Auf dem Bett streichelst du, so lang wie du bist, wie lang du bist!, hatte Ricardo immer gemault, zärtlich deinen Körper, als seist du deine beste Freundin, was du aber nicht bist. Nach zwei Stunden wachst du in dem beklemmenden Gefühl auf, irgendwohin zu spät zu kommen, doch der Wecker gibt dir noch Zeit, reichlich Zeit, um dir deinen Bikini anzuziehen, zum Swimmingpool hinunterzugehen und die vier Schwimmstile durchzuprobieren, als befändest du dich bei der Schwimmprüfung in der Schule. Dunkle Blicke von dunklen, massigen Männern und dunklen, dicken Frauen folgen dir, doch die Mehrheit der in ihren Fruchtcocktails badenden Gringos beachtet dich kaum. Für sie bist du nur ein weiterer Punkt im Raster ihrer eigenen Touristenwelt, und sie wissen nichts von deinem Einsatz für das Leben und Sterben eines Mannes, der nicht einmal beerdigt ist. In diesem Augenblick erklärt sich dir die Daseinsberechtigung deiner langen Reise, dieses fast exklusive Geheimnis, das du nur teilst, wenn es dir zweckdienlich erscheint, als wäre Galíndez manchmal ein Plüschbär, ein Kuscheltier, ein Bettknuddel, den man an sich drückt, wenn man nicht einschlafen kann oder die Alpträume kommen. Der Tag neigt sich, und du hast Frieden geschlossen mit der Hitze deiner Haut und der Kälte deiner Gedanken. Du ziehst ein malvenfarbenes Kleid über deinen nackten Körper, gürtest es mit einer goldenen Kordel und ziehst goldene Sandaletten an, mit denen du über die Fliesengänge des Sheraton gehst und dann auf die Suche nach dem Meeresufer durch die Straßen mit den Verkaufsständen der Bilder haitianischer Maler, die die einzigen Emigranten aus dem benachbarten Haiti sind, die in Santo Domingo geduldet werden, weil man sie zu einer Touristenattraktion vermarkten kann. Die Bilder stehen stapelweise rum, und ihr Preis richtet sich nach der Signatur, nach der Größe und nach der Menge der aufgetragenen Farbe, die für die Anhäufungen von Pflanzen, Früchten, Tieren und Schwarzen erforderlich waren, die auf veilchenblauen Pfaden durch lichte Urwälder laufen. Nicht ein einziger Weißer, nicht einmal im hintersten Winkel eines Bildes. Für die naiven Maler Haitis sind die Weißen nur Käufer ihrer Bilder, niemals Protagonisten ihrer rituellen Malerei. Du wirst Ricardo eins schenken. Wann willst du es ihm geben? Kehrst du nach Spanien zurück? Falls du noch einmal zurückkehrtest, würdest du Zuflucht bei den Migueloas suchen, den verwandelten Wald suchen oder den Klangschweif des Liedes von Laboa. Nein, der Winter darf dich nicht schrecken, wenn auch jetzt noch Sommer ist, denn die Gegenwart bleibt in der Zukunft erhalten, wie eine endlose Kette, die nicht klirrt. Nein, auch die morgendliche Kälte darf dich nicht schrecken, die rauhreifbedeckten Felder nicht, wenn die Natur wie leblos wirkt, weil unser Herz das Licht der entschwundenen Sonnen bewahrt und unsere Augen die Erinnerungen der Vergangenheit, und auch der Tod darf dich nicht schrecken, denn die Reben bringen trotzdem neuen Wein, und unser Heute legt den Grundstein für das Morgen der andern. Du hast schon das Gefühl, weinen zu können, doch erst mit der letzten Strophe forderst du die Tränen heraus. Es macht mich nicht traurig, die letzten Blumen des Gartens zu pflücken, ohne Atem zu gehen, über alle Grenzen hinweg, auf der Suche nach einem Grund, all meine Sinne dem Abendlicht unterworfen, denn der Tod bringt einen Traum, der alle Träume für immer besänftigt. José Israel Cuello überrascht dich vor deiner Guanábana-Eismilch und dem Glas Bourbon, den du mit Wasser und Eis verlängerst. Bringen Sie sich schon in Stimmung? Die Nacht ist lang. Lourdes erwartet uns im Dominikanischen Institut für Hispanische Kultur. Die Veranstaltung findet im Garten statt, und hinterher haben wir ein Abendessen hier im Haus. Stellen Sie sich darauf ein, nur die Hälfte von dem zu glauben, was Sie zu hören bekommen. Ich habe interessante Leute eingeladen, aber auch ein paar Veteranen, die nach Trujillo nahtlos bei Balaguer weitergemacht haben. Er liest dir eine Liste der Gäste vor, die zugesagt haben, und der Name Palazón kommt dir bekannt vor. Hat er nicht mit Galíndez während seiner Zeit als Rechtsbeistand für die Gewerkschaft zusammengearbeitet? Genau. Er war ein junger Revolutionär, der später seine Idee von einer Revolution aufgab und auf die Seite Trujillos überwechselte. Im Lauf der Jahre ist er dann auf den berühmten Mittelweg eingeschwenkt. Später im Hotel hast du deine «dominikanischen» Papiere gesichtet und die Fotokopie eines von Palazón anläßlich des Verschwindens von Galíndez geschriebenen Artikels gefunden, der Sánchez Bella gerade recht kam, um ihn ans Außenministerium nach Spanien zu schicken. *Galíndez, der Katholik ohne Skapulier. Seine politisch korrupte Agitation in unserem Land. Von José Miguel Palazón.* «Als der spanische Kommunist Dr. Antonio Román Durán, der sich selbst als Doktor der Psychiatrie bezeichnete, auf der Suche nach einem seinem marxistischen Naturell bekömmlicheren politischen Klima die Dominikanische Republik verließ, heißt es, er habe mit einem hoffnungsvollen Lächeln zu seinem ‹Genossen› José Antonio Bonilla Atiles gesagt: ‹Wir gehen, aber die Saat ist gesät.›

Später trafen sich Román Durán und Bonilla Atiles in Guatemala wieder, wo jene ‹Saat› ihre bitteren Früchte hervorgebracht hatte: soziale Unruhen und inneramerikanische Zwistigkeiten im Überfluß. Als sich diese Agenten einer kommunistischen Regierung, unter der das angesehene Land des Quetzals damals zu leiden hatte, mit proletarischen Absichten die bürgerlichen Hände reichten, da waren ihre Worte in Erfüllung gegangen, mit denen sie sich in Ciudad Trujillo verabschiedet hatten.

Diese Worte wurden – leider – zu einer tragischen Gewißheit: die kommunistische Saat war gesät.

Als die Brandungswelle des spanischen Gewitters Flüchtlinge und Emigranten aus Spanien an unsere Küsten spülte, da durfte zu Recht angenommen werden, daß diese, wenn nicht mit Dankbarkeit, dann doch mit Respekt und Höflichkeit die Gastfreundschaft erwidern würden, die ihnen in der Stunde ihrer größten Not zuteil geworden war.

Abgesehen von den rühmlichen Ausnahmen jener Spanier, die in einem Verhältnis gegenseitiger Zuneigung und Achtung mit uns gelebt haben und von denen einige sogar in schönster Harmonie eins geworden sind mit dem dominikanischen Volk, hat uns die spanische Flut den übelsten Abschaum von Politikern, Kommunisten und Anarchisten ins Land gebracht, vergiftet von Haß und bitterem Groll untereinander.

Die Kommunisten verloren keine Zeit. Bevor sie sich auf den Weg in die Dominikanische Republik machten, hatten sie in Paris die letzten Weisungen der Dritten Kommunistischen Internationale mit auf den Weg bekommen.

Einige von ihnen, Arbeiter und Bauern, begaben sich zur wirksameren Umsetzung ihrer geheimen Instruktionen in den Osten der Republik und ließen sich in der Landarbeitersiedlung Pedro Sánchez nieder, da sie sich schon vorher darüber informiert hatten, daß sich im Osten des Landes zahlreiche Siedlungen von Arbeitern der Zukkerrohrfabriken befanden. Unter dem Deckmantel der künstlerischen und kulturellen Arbeit erledigten sie ihren Auftrag. Junge Leute wie die Studenten Roberto McCabe Aristy und Dato Pagán Perdomo oder Arbeiter wie Justino José del Orbe trugen das Gift des Marxismus, das ihnen in jener Zeit eingeimpft wurde, seitdem unauslöschlich in sich.

Anderen, sogenannten Intellektuellen, gelang es, sich in unserer altehrwürdigen Universität einzunisten. Ihre Mission war dem äußeren Anschein nach einfach, in ihren absehbaren Folgen jedoch von höchst komplexer und unheilvoller Wirkung und lautete: Bekehrung junger Studenten zum marxistischen Dogma.

Zu unserem Leidwesen müssen wir eingestehen, daß die spanischen Kommunisten bei ihrer antidominikanischen und kriminellen Arbeit auf die heimliche Unterstützung eines dominikanischen Verräters zählen konnten: J. A. Bonilla Atiles, der in unentschuldbarer politischer Doppelzüngigkeit – Lob und Ruhm Trujillos in Presse und Öffentlichkeit nach außen hin, insgeheim jedoch in schmählichem Bündnis mit den Feinden des Vaterlands, des Glaubens und der dominikanischen Familie – das Vertrauen und die Hilfe eines jungen Hochschullehrers, des Dr. Moisés Bienvenido Soto Martínez erschlich, der mit ihm verwandt und sein Schützling war und der später an der Aktion von Key Confites teilnahm.

Zu diesen falschen spanischen Intellektuellen gehörte auch Jesús Galíndez oder Jesús de Galíndez, wie er sich später in den Vereinigten Staaten von Amerika nennen ließ, der wegen seiner Aufgeblasenheit und seines exhibitionistischen Gehabes jedoch im Volksmund nur unter dem Spottnamen ‹der Baskengeck› bekannt war.

Als Galíndez dominikanischen Boden betrat, besaß er nichts weiter als den zerlumpten Anzug, der ihm am Körper hing.

Auf dominikanischer Erde fand er, ebenso wie alle anderen Exilanten aus Spanien, die dank der großzügigen und menschenfreundlichen Gefühle unseres Generalissimus Trujillo in den Genuß unserer Gastfreundschaft gelangten, alles, was ein Mensch sich nur wünschen kann, um seine verlorene Lebensfreude wiederzuerlangen und seine zerstörte Existenz neu aufzubauen: Brot, Unterkunft, Zuneigung, Aufmerksamkeit und das Gefühl, gebraucht zu werden.

Galíndez zeigte sich auf eine Weise dankbar, wie sie für Kommunisten typisch ist.

Jesús Galíndez war seine eigene wandelnde Autobiographie. Wir, die wir ihn kannten – und davon kann jeder wahrhaftigst Zeugnis ablegen, der damals in Universitäts- und Intellektuellenkreisen verkehrte –, litten zunehmend unter seinem haltlosen Dünkel, seiner narzißtischen Ichbezogenheit und seinem Größenwahn, von dem wir nicht wußten, ob er von einer völlig falschen Selbsteinschätzung herrührte oder von der – im Hirn eines Geistesgestörten sich vollziehenden – Herabsetzung all jener, die wie wir die Schmach erdulden mußten, ihn zu kennen.

Galíndez nannte sich zwar einen schlichten Menschen, doch wenn er von seinen Heldentaten im Bürgerkrieg erzählte, die kaum von denen des Cid oder Don Pelayos übertroffen wurden, mußte man innerlich lächeln. Über seine Verbrechen als Kommunist, zu denen die Ermordung der elf Bischöfe gehörte, verlor er natürlich nie ein Wort.

Er sprach stets von seiner Rechtschaffenheit, doch jeder weiß von den arglistigen Täuschungen, die er für ein paar Pesos beging, indem er mittelmäßigen Studenten mit Hilfe von Wörterbüchern und ebenso skrupellosen Professorenkollegen, wie er selbst einer war, durch die Seminare half und schließlich auch ihre Dissertationen in den Fakultäten für Philosophie, Literatur und Jura ermöglichte.

Er rühmte sich auch seines glühenden Katholizismus, doch sah kein Mensch ihn je eine Kirche betreten oder ein Kirchenlied summen. Im Gegenteil, er hat sich nicht nur verabscheuungswürdiger Verbrechen an wehrlosen Geistlichen im spanischen Bürgerkrieg schuldig gemacht, sondern hat auch bei uns in verbrecherischer Weise viele junge Studenten dem katholischen Glauben entfremdet, indem er ihren Geist mit dem marxistischen Virus vergiftete. Der angebliche Katholizismus von Galíndez ist einer der zahlreichen Köder, die die Kommunisten benutzen, um Gruppen und Bewegungen zu unterwandern, die mit politischem Aktivismus zum Teil überhaupt nichts zu tun haben.

Basken fühlen katholisch. Das konnte nur jemand sagen, der sich selbst zum ‹Chef der baskischen Kolonie in der Dominikanischen Republik› ernannt hatte und das nur tun konnte, weil er sich selbst als katholisch bezeichnete, was ebenso falsch war, wie dieses heilige Empfinden mit der satanischen Doktrin des Kommunismus unvereinbar ist.

Und zum Schluß ernennt Galíndez sich mit dem leeren Pathos eines Gymnasiasten noch zum ‹liberalen Demokraten›, ein Kommunist!

Als Vertreter des grausamsten und willkürlichsten Imperialismus des ganzen Planeten präsentierte sich Jesús Galíndez oder Jesús de Galíndez als einfacher, rechtschaffener, katholischer und demokratischer Mensch. Hier bei uns aber hinterließ er nichts als den stinkenden Atem seiner marxistischen Ideologie, die die Negation aller Einfachheit, aller Rechtschaffenheit, aller Religiosität und aller Demokratie ist.

An der Universität von Santo Domingo hat Galíndez die kommunistischen Weisungen aus Paris in die Tat umgesetzt, und das buchstabengetreu.

Junge Studenten wie Francisco Alberto Henríquez Vázquez, alias Chito, Félix Servicio Ducoudray Mansfield, María Herminia Ornes Coiscou (Maricusa), Rafael Moore Garrido und viele andere wurden zu fanatischen Kommunisten, verführt von dem listigen Professor, der als einfacher, rechtschaffener, katholischer und demokratischer Baske unter uns lebte, ohne daß den ehrbaren Bürgern dieser Republik, die ihn aufgenommen hatten, auch nur der geringste Verdacht oder Argwohn kam.

Wir sagten bereits, daß kein Mensch Galíndez je in einer Kirche sah.

Hingegen konnten die dominikanischen Behörden feststellen, daß er eifrig an jenen geheimen Zusammenkünften teilnahm, auf denen die übelbeleumdete ‹Revolutionäre Demokratische Dominikanische Partei› und die ihr angeschlossene ‹Revolutionäre Jugend› ihre tolldreisten terroristischen Pläne schmiedeten.

Jesús Galíndez war der Mentor dieser jungen Leute, der Verführer dieser unschuldigen Geister, die dem Studium und der ehrbaren Arbeit für immer verlorengingen, die vom kommunistischen Fieber eines Mannes infiziert worden sind, der, indem er sich selbst als Vertreter des baskischen Volkes bezeichnet, eine der ältesten, edelsten und tugendhaftesten Volksgemeinschaften zwar nicht beflekken kann, aber sie dennoch beleidigt.

Den Kommunisten Jesús Galíndez trieb, anstatt Liebe und Dankbarkeit zu empfinden, Haß auf das Volk, das sein Denken und Handeln unverbrüchlich an das Denken und Handeln seines großen Führers, Generalissimus Trujillo, geknüpft hat, um jenen kraftvollen, entschlossenen Widerstand zu leisten, an dem bisher die wütenden Angriffe des Kommunismus zerschellt sind und auch in Zukunft zerschellen werden. Für den internationalen Kommunismus war die Dominikanische Republik die unverzichtbare Ausgangsbasis, um aus der Karibik ein sowjetisches Meer zu machen. Trujillo hat das verhindert. Und das werden ihm die Kommunisten nicht verzeihen, ob sie nun Galíndez, Arciniegas oder Ornes Coiscou heißen.

Aus diesem Grund kann es uns, dem dominikanischen Volk, absolut gleichgültig sein, welche niederträchtigen Schmähungen die Kommunisten über uns verbreiten. Aus ebendiesem Grund: weil sie Kommunisten sind.»

Auf dem Weg zum Dominikanischen Institut für Hispanische Kultur war dieser Artikel nichts weiter als ein unbestimmter Haufen unzusammenhängender Absätze, und wird jetzt auf einmal zur konkreten Gestalt ihres Autors dreißig Jahre danach. Es ist dieser gepflegte alte Herr, der dir als vierter oder fünfter in der aufwendigen Eingangshalle des alten Kolonialgebäudes vorgestellt worden ist, unter vielen anderen Vorstellungen der kulturellen Oberschicht, Angehörige der Cuellos darunter. Sie alle engagiert im intellektuellen und journalistischen Leben Santo Domingos. Der da ist der angebliche Sohn von Galíndez. Deine Augen wandern mit höherer Geschwindigkeit als bisher, um auf einem mittelgroßen Dreißigjährigen zu verweilen, der etwas hölzern wirkt, feierlich, bewegt von diesem Akt, der dem Andenken meines Vaters eine große Würdigung sein wird, sprechen seine Lippen, obwohl seine Augen vielleicht etwas anderes sagen. Im Garten, den die wuchtigen Quader des weitläufigen Hauses umgeben, sind im imaginären Schatten der nächtlichen Palmen Reihen von Klappstühlen aufgestellt worden, auf denen die Gäste mit ihren Fächern jetzt langsam Platz nehmen. Die Nacht ist angebrochen und die Hitze noch groß; du stellst es fest, als du auf deinem Ehrensitz zwischen zwei Rednern, Cuello und einer Persönlichkeit des kulturellen Lebens der Stadt, aus deinen Gedankengängen ausbrechen willst. Zu deiner Linken erwartet ein Stehpult kommende Reden, von denen du die erste halten sollst, nachdem du in einer kurzen Einführung als unnachgiebige Streiterin für das lebendige Andenken an Galíndez vorgestellt worden bist, wozu der runde Kopf und der flache Blick des angeblichen Sohnes sich zustimmend senken. Die Reihe ist jetzt an dir. Du fühlst dich blockiert, wie vor einer Prüfung, unsicher, ob du bei ihnen das gleiche Interesse wie bei dir wachrufen kannst, da doch außer für die ältesten Anwesenden Galíndez nur ein schwacher Schatten der Grausamkeiten aus der Zeit Trujillos ist, zu der sie noch Kinder oder Jugendliche waren. Aber vielleicht waren die Grausamkeiten nachhaltig genug, und nach und nach entspannt und bestätigt dich die Aufmerksamkeit, die du auf ihren Gesichtern liest, und du hörst dich selbst sprechen und glaubst fast an das, was du sagst. Namen erwähnst du nicht, weil du keinen der Anwesenden, möglicherweise Beteiligten an der Jagd, wenn auch nur als Treiber oder deren Nachkommen, verletzen willst. Die Ethik des Widerstands, sagst du abschließend, ist mehr, als nur ein zu historisierender Zustand. Es ist ein Prinzip, eine Haltung gegenüber der Macht, weil Macht naturgemäß verdächtig ist, und diese Aussage ist nicht ein Echo anarchistischen Gedankenguts, sondern eine empirische Feststellung. Macht neigt zur Überheblichkeit und zur Selbstlegitimation aus dieser Überheblichkeit heraus, und das gilt sogar für die demokratische Macht. Dies war eine von Normans Lieblingsthesen, die er dir als erste einschärfte, und sie gefiel auch dem Publikum, dessen Beifall durch die Nacht rauschte. Und Palazón drückt dir innig die Hand, während er schon aufsteht und wartet bis der Applaus sich legt, um dann seinerseits ans Pult zu treten, auf dem er sich einige Blätter zurechtlegt. Er setzt seine Brille auf, hebt den rechten Arm, hält den

Atem an und unterbricht dann die Stille mit einer Stimme, die für seine gut siebzig Lebensjahre viel zu energisch klingt. Ich möchte die Erinnerung an einen vorbildlichen Mann beleben, einen jener Spanier, die zu uns kamen, um die Saat der Demokratie zu säen, die sie in ihrem Vaterland vergebens zu säen versucht hatten. Und ich darf diese Worte zu Ihnen sprechen, weil ich die Ehre hatte, diesen bedeutenden Menschen gekannt zu haben, als ich noch ein junger Anwalt und als solcher in gewisser Weise an den Zuckerstreiks von 1945 beteiligt war, die letztendlich den Fortgang jenes großen Basken, Jesús de Galíndez, zur Folge haben sollten. Ich arbeitete an seiner Seite, und er hat mir die Ernsthaftigkeit und Gewißheit eines Kämpfers für eine historische Sache vermittelt, eines unbeugsamen Kämpfers, eines titanischen, eines gewaltigen ... gewaltigen ... gewaltigen ... Aus Palazóns Stimme ist die Kraft gewichen. Sein Arm fährt mit weniger Schwung durch die Nachtluft, sinkt langsam herab, bis er kein Windmühlenflügelarm mehr ist, sondern zu einer Klammer wird, die sich an das Pult krallt. Auch die andere Hand umklammert das Pult, während sein Oberkörper sich nach vorn krümmt, die Luft anhält und das Wort «gewaltig» verkümmern läßt, das nur noch geflüstert über seine Lippen dringt. Du bist fasziniert von dem Ausbruch und dem darauffolgenden Rückzug dieses alten Mannes, der alles noch erlebt hat, doch jäh wird dir bewußt, daß dies keine rhetorische Geste ist, die ihn nach vorn wirft, ihn über das Pult krümmt, weil der Körper jetzt langsam nach links abzurutschen beginnt und eine Art Röcheln aus seinem Mund kommt, deutlich genug jedenfalls, daß du aufspringst und rechtzeitig bei ihm bist, um seinen Sturz aufzufangen. Der fast tote Körper ist jedoch zu schwer für dich, und deine Augen flehen Hilfe herbei, deine Stimme gehorcht dir nicht, sie versagt unter dem Druck aufsteigender Angst. Andere Arme eilen dir zu Hilfe, den Sturz Palazóns aufzuhalten, und ihr schleppt ihn zu einem der Stühle, auf dem er wie eine kraftlose Puppe mit verzerrtem Mund sitzenbleibt, die Augen zu einer fernen Galaxis verdreht, die ihr nicht sehen könnt. Die Stille ist größer als die Aufregung um ihn herum, und als du nach einem Arzt verlangst, hält die Eilfertigkeit sich in Grenzen, als sei auch dieses vorgesehen oder vorhersehbar gewesen. Irgendwer hat jedoch eine Ambulanz benachrichtigt, und während deine Hände die Krawatte des leicht röchelnden Alten öffnen, wird ihm das Hemd aufgeknöpft, eine stoßweise Atmung wird erkennbar, und das Wort, das hinter deinem Rücken von Mund zu Mund geht, erhält einen Sinn. Schlaganfall. Die Ambulanz kommt mit südländischer Gelassenheit, und auf der Trage liegt der alte Palazón wie ein verwundetes und erschrecktes Tier, das seinen eigenen Körper um Erbarmen anfleht. Es gibt jedoch keine solidarischen Gefühle unter den Anwesenden, und eine Stimme, die zuzuordnen dir nicht gelingt, erhebt sich über die andern. Das war entweder die Rache Trujillos oder die Rache von Galíndez. Auf einigen Gesichtern zeigt sich sogar flüchtiges Lächeln, und als du vorschlägst, die Veranstaltung abzubrechen, ins Krankenhaus zu fahren, irgendwas zu unternehmen, das euch erlaubt, dieser Voodooszenerie zu entfliehen, schlägt dir höfliche Ablehnung entgegen, vor allem vom nächsten Redner, in Palazóns Alter ungefähr und weit mehr beschäftigt mit dem, was er gleich sagen wird, als mit dem, was gerade geschehen ist. Und wie von Zauberhand dirigiert kehren die Gäste auf ihre Stühle zurück, die Situation zu der ihr eigenen Logik, der Redner zu seiner sehnsüchtig erwarteten Bekundung treuen Gedenkens an Galíndez, du zum Vorsitz der Veranstaltung, indessen die Ambulanz milde durch die milde Nacht fährt und einen Mann transportiert, der vielleicht sterben muß, weil er seine eigene Erinnerung hintergangen hat. Der Redner ist brillant, zupackend, mokant, und erwähnt den gerade geschehenen Unfall mit keinem Wort. Auch später wird er kaum erwähnt, als die Zuhörer sich in Gesprächen über deine hochinteressante Arbeit ergehen und darüber, daß Galíndez viel zu sehr in Vergessenheit geraten ist, obwohl man ja eine Straße nach ihm benannt hat, eine kleine zuerst, und danach eine in einer besseren Gegend, in einer Neubausiedlung am Ozama. Sie haben sie noch nicht gesehen? Ich habe noch keine Zeit gehabt, ich bin gerade erst angekommen. Bleiben Sie länger? Sie müssen unbedingt über die Insel fahren, sich die Strände von Guayacanes ansehen und nach San Pedro de Macorís und La Romana hinauffahren oder zu den Kaffeeplantagen. An der Grenze zu Haiti ist es sehr schön, und im Norden gibt es noch gänzlich unberührte Strände, die mir fast lieber sind als die im Westen. Gegensätzliche Meinungen halten euch auf, und der letzte, der euch aufhält, ist der Sohn von Galíndez, dessen Hände jetzt noch heißer sind, und dessen Blick dir eine Solidarität zu übermitteln versucht, die ganz auf deine Form der Solidarität zugeschnitten ist.

Daß Sie so für das Andenken meines Vaters kämpfen, bewegt mich tief. Er sagt es dir noch dreimal, derweil José Israel sanft deinen Arm ergreift und dich fortzieht. Wenn wir jetzt nicht gehen, kommen wir nie mehr weg, flüstert er dir zu, während ihr Galíndez jr. zurücklaßt. Lourdes erwartet euch bereits am Steuer des Wagens. Wir müssen noch zum Krankenhaus, murmelt José Israel. Weitere Kommentare lassen auf sich warten, bis du fragst. Warum diese Gefühlskälte der Leute? Warum haben sie so zögernd reagiert, bei dem Anfall? Jeder kennt hier jeden, Muriel, und jeder der Anwesenden hat gewußt, daß Palazón sein Gehirn überstrapaziert, sich entweder mit Galíndez oder mit Trujillo belügt. Du nimmst Palazón in Schutz, als wäre es nötig, ihn in Schutz zu nehmen. Er hat den Mut besessen, seiner Vergangenheit ins Auge zu sehen, obwohl er wußte, daß sie allen Anwesenden bekannt war. Das stimmt. Lourdes und José Israel nicken zustimmend. Im Krankenhaus nimmst du erstmals dieses schwache gelbe Licht der armen tropischen Länder wieder wahr, diesen totalen Gegensatz zum blendenden Licht des Tages. An der Tür zur Ambulanz drücken sich Palazóns Angehörige herum, sie sind besorgt, aber liebenswürdig, eine Liebenswürdigkeit, die dich überrascht, da du dich eigentlich für den Vorfall verantwortlich fühlst. Sein Zustand ist weiterhin stabil. Glück im Unglück. In seinem Alter, die Aufregung... Das übliche Krankenhaus-, Kondolenz- oder Kirchhofsgespräch. Der Mann kann diese Nacht sterben, und er ist nicht der, der es am meisten verdient hat. Die tatsächlichen Mörder werden jetzt zu Hause sitzen und fernsehen, gleichgeschaltet in einem anderen schwachen gelben Licht wie diesem, doch erwischt hat es diesen Alten, der zu lange mit zwei Wahrheiten im Herzen gelebt hat, philosophierte José Israel später auf dem Weg zu seinem Haus. Er ist daran zerbrochen, ja, er ist daran zerbrochen, denn der Akt war für ihn gleichermaßen eine willkommene Gelegenheit wie ein Grund zur Beunruhigung. Diesen Kelch hätte er besser an sich vorübergehen lassen. Die Cuellos wohnen in einem großen Haus im Kolonialstil, in dem euch bereits ein Teil der Gäste aus dem Kulturinstitut erwartete, sowie Freunde und Verwandte, die sich bei eurer Ankunft über dieses und jenes, über alles mögliche unterhalten. Man zeigt eine gewisse Neugier für das, was Palazón zugestoßen ist, jedoch viel interessierter ist man an den Dingen deiner Arbeit, an Spanien, und man wundert sich auch, wie gut du Spanisch sprichst. Wir in Santo Domingo legen ganz besonderen Wert auf unsere Sprache, erzählt dir ein Universitätsprofessor, weil wir den Komplex nicht loswerden, unser Vokabular allzusehr reduziert zu haben. Einer unserer brillantesten Gelehrten, Dr. Antonio Zaglul, hat einmal gesagt, ein Dominikaner, selbst ein intelligenter Dominikaner, erwecke stets den Eindruck, als seien ihm die Worte im Brocaschen Sprachzentrum verlorengegangen, dem Teil der Großhirnrinde, in dem sich das motorische Sprachvermögen befindet. Sie können fast immer den Beruf eines Sprechenden erraten, weil er sich seines berufsspezifischen Vokabulars bedient. Ein Mediziner wird medizinische Vokabeln benutzen, und wenn einer Politiker ist, einer von denen, die man als Politiker kennt, jeden Beweis dafür aber schuldig geblieben sind, dann wird er in Worten sprechen, denen schon einige Buchstaben fehlen, so abgedroschen sind sie. Die Kommunisten verfügen ohnehin nur über ein marxistisches Wörterbuch, das keine zehn Seiten dick ist, nicht wahr, José Israel? Die Rechten sind in dieser Beziehung ehrlicher, sie reden erst gar nicht, sondern dreschen gleich drauflos, weil sie nämlich taub und stumm sind. José Israel lächelt und öffnet dir neue Konversationsfronten, sorgt für Wein oder Rum oder Whisky oder Fruchtsäfte, und du wandelst von einem Gespräch zum nächsten, von einem Getränk zum andern, bis du zu schweben glaubst in diesen vornehmen Hallen, in denen Lourdes und die ganz nach ihrem Ebenbild geratenen Söhne sich um den ersten Appetit und Durst der Gäste kümmern. Einige der anwesenden Historiker diskutieren über das Thema Galíndez und sind überrascht, als sie feststellen, daß du Werke wie *Jesús de Galíndez, «der Baske»*, von Miguel A. Vázquez gelesen hast, und auch die Studien Bernardo Vegas über die spanische Einwanderung von 1939 und die Anfänge des Marxismus-Leninismus in der Dominikanischen Republik. Bernardo Vega ist selbst anwesend und übergibt dir seine neueste Zusammenstellung von Schriftstücken Trujillos, aus denen hervorgeht, wie sehr den Tyrannen alles bedrückte, was Ramfis zu schaffen machen konnte, der sich als Folge der Enthüllungen über seine ersten Jahre als illegitimes Kind des Chefs einer psychiatrischen Behandlung unterziehen mußte. Für Vega war dies der Auslöser für die gegen Galíndez gerichtete kriminelle Besessenheit Trujillos. Noch immer schwebt der Schatten des Diktators über den Anwesenden, überschattet die Erinnerungen dieser gebildeten Dominikaner, die von ihm sprechen als dem Beginn einer Ära, in der sie immer noch leben. Seine Grausamkeit ist heute Anekdote, ebenso wie die Uniform des Tyrannen, die er 1947 bei seiner offiziellen Ernennung trug: einen Frack mit Goldstickereien von zwölf Kilogramm Gewicht, einen goldbetreßten Zweispitz mit Federbusch, aus Papageienfedern angeblich, Glacélederhandschuhe, eine Schärpe in den Landesfarben mit Goldtroddeln und Lackschuhe mit goldenen Schnallen. Wie konnte er nur soviel Glanz und Gewicht unter der tropischen Sonne ertragen? *Mein Vers hat keinen Glanz / mein Wort hat kein Gewicht / im Angesicht Trujillos / der größer als Kolumbus ist,* schrieb ein spanischer Exildichter gerührt von soviel Pomp und Federschmuck. Haben Sie den Artikel in *La Nación* gelesen, in dem Trujillos Geburt mit der Geburt Christi verglichen wird? Ein umwerfendes Machwerk mit dem Titel «Das Wunder ist erblüht», in dem das Geburtshaus von Rafael Leónidas in San Cristóbal als der Stall von Bethlehem beschrieben wird: «Die ganze Gegend durchströmt ein Gefühl der Verzückung... ein seltsam überirdisches Licht ergießt sich über das ehrwürdige alte Haus, auf dem der Duft von Rechtschaffenheit und Heiligkeit liegt... Dieses Haus ist unser Stall von Bethlehem... 24. Oktober 1891... Das Wunder ist Fleisch geworden, Hosianna... Rafael Leónidas Trujillo y Molina ist geboren!» Die Anwesenden belächeln wohlerzogen ihre eigene Vergangenheit, die über Balaguers lebenslanges Amt bis in ihre Gegenwart reicht. Vor diesem Hintergrund sehen sie das Duell Trujillo/Galíndez als ein *fatum,* dem zu entrinnen nicht einmal Trujillo gelang. Und Galíndez? Galíndez ist ihnen ein menschliches Rätsel. Sie möchten etwas über den ideologischen Standort von Galíndez erfahren, und du übernimmst die Rolle der nach einigen Gläschen etwas alkoholisierten Expertin, die ihnen von einem 1953 in *Guernika* abgedruckten Artikel von Galíndez erzählt, in dem er ein Baskentum nach Gehöften und Weilern verurteilt und die Einbeziehung einwandernder Arbeiter fordert, die auch ohne ein «k» in ihrem Namen Euzkadi lieben und für seine Freiheit und sein Wohlergehen arbeiten. Und dann fügt Galíndez hinzu, wir können den Kommunismus nur aufhalten, indem wir bessere Lösungen anbieten, und wir Basken finden sie in unserem eigenen Volk, dem es bisher ganz gut gegangen ist, und in dem die Evolution auf der

Grundlage der Freiheit die Revolution verhindern kann. Interessanter Gesichtspunkt. Einleuchtend. Ein ganz neuer Gedanke auch in jenen Zeiten des Fanatismus. José Israel bleibt weiterhin eine Sphinx, bis ihm das Vorgeplänkel abgeflaut scheint, und er Lourdes behilflich ist, die Gäste in einen Innenhof zu bitten, in dem das Buffet mit dominikanischen Speisen wartet, sowie Tische und Stühle für die, die etwas essen wollen. Vom Trinken hat sich dein Magen in einen Sumpf verwandelt, und um ihn auszutrocknen, häufst du dir einen Teller bis über den Rand voll mit der ganzen Speisenvielfalt, die Lourdes auf den Tisch gebracht hat, Salatbohnen mit Reis, Spanferkelbraten, Fleischpastetchen, gemischte Salate, Fisch mit Kokosraspel, gesüßte Kakaobohnen, Maniokbrot, Gemüsebiskuits, gesüßte Sesamspeise... Diese Süßspeise muß man lächelnd essen, da sie Alegría, Freude, heißt. Kultur und Zuvorkommenheit gebildeter Kreolen, mit progressiver Vergangenheit die meisten, deren Feuer durch die Jahre und die süße Zähflüssigkeit der Tropen zu einer warmen Glut heruntergebrannt ist. Du siehst besorgt aus, sagt Lourdes plötzlich, und sieht dich mit ihren hübschen, glänzenden Augen forschend an. Du gestehst ihr, daß du den Vorfall im Institut noch immer nicht verdaut hast, das Gefühl, einer Schicksalsfügung beigewohnt zu haben, etwas, das passieren mußte, so wie es passiert ist, und die Passivität der Leute. Das ist genau das Wort, Passivität, man hat uns an die Passivität gewöhnt. Es gibt das dominikanische Sprichwort «auf der Hut ist immer gut», womit ausgedrückt werden soll, daß man allem und jedem besser erst einmal mit Mißtrauen begegnet, besonders in der Politik, aber auch in allen übrigen Lebensbereichen. Das ist eine Volksweisheit, die in den Erfahrungen unserer Geschichte begründet liegt und die sich unter Trujillo nur besonders stark ausgeprägt hat. Wir mißtrauen den Dingen, den Menschen, uns selbst. Aber alle lächeln. Natürlich lächeln wir. Mißtrauen schließt Höflichkeit nicht aus, nicht einmal uns selbst gegenüber. José Israel gesellt sich dazu und fragt dich nach deinen morgigen Plänen, rät dir aber zugleich, nichts zu überstürzen, da ihr heute die Netze ausgeworfen habt und mit Sicherheit der eine oder andere Fisch hineingegangen ist. Und was ist, wenn alle Welt auf der Hut ist, weil das immer gut ist? Woher haben Sie denn diesen Ausdruck? Lourdes? Sie wissen doch, daß Menschen und ganze Völker von einem Extrem ins andere fallen können. Es heißt, als die

Spanier auf diese Insel kamen, trafen sie auf stumme Hunde, die nicht bellen konnten. Im Gefängnis La Cuarenta, in dem viele Menschen gefoltert worden sind und kaum einer lebend herausgekommen ist, hing vor Jahren einmal ein Schild mit der Aufschrift «Den Fisch ereilt der Tod durchs Maul». Nach Trujillo gab es praktisch keine Erneuerung, weil das trujillistische System in der Allianz zwischen Balaguer und den Vereinigten Staaten im Grunde weiterbestand, aber es gibt auch nicht mehr diese Angst, die zum Beispiel die Menschen meiner Generation gekannt haben; weder die Angst noch den Mut. Irgendwer wird sprechen. Ich bin sicher, daß einige Fische im Netz zappeln. In einer Ecke des Patios lachen einige ausgelassen über die Witze, die der fette Freddy erzählt, ein beliebter Fernsehkomiker und Freund von Lourdes Cuello. Du gehst zu dieser Gruppe und hörst dir die Witze an, die wie alle Witze einen melancholischen Nachklang haben, wo immer man sie erzählt und wer immer sie erzählt. José Israel schlägt vor, dich ins Hotel zurückzubringen, da er wohl ahnt, daß deine Müdigkeit größer ist als deine Höflichkeit. Unterwegs enthebt er dich der Mühe des Sprechens, indem er dir noch einmal ein Bild jener Menschen gibt, denen du heute abend begegnet bist. Sie gehören alle zur progressiven Szene, haben jedoch unterschiedliche Erinnerungen, und allen gemeinsam ist das Gefühl, daß viel getan werden muß, aber keiner weiß, wie. Doch hören Sie nicht auf das, was wir Ihnen sagen. Zaglul hat einmal geschrieben, wir Dominikaner seien allesamt paranoid und hätten dank dieser Paranoia überlebt. Das ist das Mißtrauen, von dem ich Ihnen erzählt habe. Wenn wir in der Zeitung lesen, daß jemand gestorben ist, denken wir sogleich: er ist ermordet worden. X ist ertrunken, nein, man hat ihn ertränkt. Y hat sich erhängt, nein, man hat ihn erhängt. Das rührt daher, daß wir im Lauf unserer Geschichte öfters umgebracht worden sind, als eines natürlichen Todes gestorben. Wir haben dafür einen Ausdruck, der diese ständige Furcht verdeutlicht; wir sagen, man will diesen oder jenen *an den Haken nehmen*. Eine Falle stellen? Vielleicht heißt es das. Übel mitspielen. Vielleicht. Zaglul selbst hat einmal erzählt, daß er eine Zeitlang Direktor einer Irrenanstalt war, in der Irre saßen, die schon vor 1930 da eingeliefert worden waren, noch bevor Trujillo kam, und daß trotzdem keiner von ihnen freiwillig über Politik sprechen wollte. Sogar die Verrückten hatten Angst davor, an den Haken genommen zu werden. Doch wenn diese Befangenheit einmal überwunden ist, tritt das genaue Gegenteil ein. Der Wunsch, sich die Paranoia von der Seele zu reden, ist der Beweis für die Existenz dieser Paranoia. Du erinnerst dich an das Bruchstück eines Gesprächs mit José Israel, das er nicht zu Ende geführt hat, und in dem es um Trujillo ging, als habe der Diktator Angst um sein Leben gehabt, Angst davor, an den Haken genommen zu werden. José Israel freut es, daß du die dominikanischen Wendungen so rasch aufnimmst, er versorgt dich gern mit weiteren und wird das unterbrochene Gespräch wieder aufnehmen. Nachdem Sie einen ganzen Tag unter uns verbracht haben, werden Sie es besser verstehen, und außerdem geht es dabei um zwei der berühmtesten Paranoiker des Landes, um Trujillo selbst und Balaguer. Ende der fünfziger Jahre sah sich Trujillo von oppositionellen Kräften im eigenen Land wie im Ausland bedrängt, außerdem von den Amerikanern auf Grund der Auswirkungen der Fälle Galíndez, Murphy und De la Maza. Stellen Sie sich nun die Szene vor, die beiden alten Füchse, Trujillo, der tollwütige Fuchs, und Balaguer, der sanftmütige Fuchs, beide zusammen in einem Fahrstuhl des Regierungspalasts. Trujillo steht da in Gedanken versunken und sagt ganz unvermittelt: «Ich glaube nur an das», wobei er mit der Hand einen Halbkreis um seinen Hals zieht. Töten oder getötet werden. Er hatte sich eine Philosophie geschaffen, mit der er stets im Recht war. José Israel hat dich bis zur Hotelrezeption begleitet, um zu sehen, ob Mitteilungen für dich eingegangen sind. Drei. Du gibst ihm die Zettel, und er liest sie durch. José Rivera Maculeto, Dante Laforja Camps, Lucy de Silfa. Lächelnd notiert er sich die Namen auf einem Blatt Papier, das er aus der Jackentasche gezogen hat. Er gibt dir die Mitteilungen zurück und rät dir, dich mit Lucy de Silfa zu treffen, sie ist die Ex-Ehefrau von Silfa und hat Galíndez in New York mit Sicherheit gut gekannt. Die anderen beiden kennt er nicht und will Nachforschungen anstellen. Will man mich an den Haken nehmen? Möglich ist alles. Morgen früh willst du dir die Straße ansehen, die den Namen von Galíndez trägt, und du kannst José Israels Besorgnis so weit zerstreuen, daß er dich im Taxi dorthin fahren lassen will. Im Hotelzimmer hast du in deinen Notizen gewühlt und wieder den Artikel von Palazón zur Hand genommen, hast ihn noch einmal durchgelesen, jedes Wort beinah abgeschmeckt und aus jedem nur möglichen Blickwinkel betrachtet, aus der Erinnerung dieses Abends, aus der wissenschaftlichen Sicht, mit der du Galíndez' Spur seit Jahren verfolgst, aus der Sicht jedermanns mit Angst vor der Angst der anderen. Du lehnst dich über das Geländer deines Balkons nach draußen, und unter dir stolpern noch immer still betrunken oder ausgelassen die Touristen herum, Teilnehmer des «Barbecue am Donnerstag», wie ein Schild an der Rezeption verkündet. Es ist das einzige lebendige Licht im Umkreis von hundert Kilometern, der Rest ist ein dämmriges Gelb, das durch die nächtliche Stadt wogt, dieses dämmrige Gelb, das dich wieder in die Notaufnahme des Krankenhauses führt. Du hast angerufen, um dich nach dem Befinden von Señor Palazón zu erkundigen. Eine Bekannte, ja, eine ausländische Bekannte. Señor Palazón schläft. Der Schlaf wird ihm guttun.

Dama Blanca, ich sorge mich um deine Zukunft, und du flitterst hier durch die Hinterhöfe, bis dich eines Tages so ein gewissenloser Kater mit seinem rosigen Stöpselchen vornimmt, und dann stehst du da wie das Leiden Christi, *Dama Blanca,* beziehungsweise wie die Jungfrau Maria mit einem Haupt voll Blut und Wunden, wie damals, als der *Hercules* von Doña Veneciana über dich hergefallen ist und dir beinah ein Auge ausgekratzt hat, du weißt doch, daß manche Kater mehr beißen und kratzen als rosig zu stöpseln. Und wenn sie dich schwängern, komme mir bitte nicht mit neuen Kätzchen, in dieser Wohnung ist kein Platz mehr, auch nicht für ein Junges von dir. Ich habe dich schon so verwöhnt und dich nicht sterilisieren lassen, du bist die einzige Prinzessin in diesem Reich, die fruchtbar geblieben ist, und das nur, weil du es bist, meine Liebe, weil ich gerne Enkel von dir habe, aber nicht immerzu, *Dama Blanca,* schließlich wartet auf mich nicht mehr das Alter, sondern schon der Tod, und wer sorgt dann für euch, ihr dummen Tierchen? Wollt ihr mir das wohl mal sagen, ihr undankbaren Geschöpfe? Ihr wißt wohl nicht, daß ich mich auf ein sehr, sehr riskantes Geschäft eingelassen habe, nur weil ich an eure Zukunft denke, an deine, *Dama Blanca,* aber auch an die von euch andern? Wenn der alte Voltaire eines Tages stirbt, wird man euch mit Stöcken hier rausprügeln, oder schlimmer noch, abknallen werden sie euch, meine Armen, diese ganze Bande schießwütiger Marielitos, damit sie was in die Töpfe kriegen. Was haltet ihr aber vom Park zum Guten Hirten? Daran habt ihr noch nie gedacht? Wie Prinzessinnen werden sie euch dort behandeln und es wird euch an nichts fehlen, solange ihr lebt, alles innerhalb gewisser Regeln, versteht sich, denn ihr dürft nicht denken, daß es genauso sein wird wie hier, daß ihr veranstalten könnt, was euch gerade in den Sinn kommt, wie letztens, als ihr mir alles auf den Kopf gestellt habt, weil es gedonnert hat und ihr nervös geworden seid. Aber in den Park zum Guten Hirten kommt ihr erst im Falle meines Ablebens, denn solange ich lebe, aber euch nicht mehr pflegen, euch nicht mehr das Essen bereiten oder gar selbst nicht mehr allein essen oder mich sauber halten kann, werden wir zuerst alle miteinander in der Hartley-Residenz wohnen, die ein ganz schnuckeliges Prachtstück ist, eine Residenz im Kolonialstil voller reicher alter Leute, reich wie die Pharaonen, und wie die Pharaonen im Luxus begraben, umgeben von ihren Lieblingstieren. Aber Vorsicht, große Vorsicht, denn der alte Voltaire ist zwar ein gutmütiger Kerl und hat viel Geduld, aber die Geduld kann einmal reißen, wie bei allen Menschen, also strapaziert sie nicht allzusehr. Vor allem du, *Dama Blanca*, da du meine Lieblingskatze bist, kann dich der Bannstrahl am härtesten treffen. Muß ich dich erst vom Tisch stoßen und in den Kühlschrank stecken, damit du weißt, wie die Katzenhölle ist? Ich könnte mich ohrfeigen, weil ich so unmenschlich zu dir gesprochen habe, aber du bringst mich auch völlig aus dem Häuschen mit deinen Eskapaden und deinem immer-nur-das-tun, wozu du Lust hast.»

«Beten Sie Litaneien, Don Voltaire?»

«Ich erziehe meine Kätzchen, die allesamt Dummerchen sind.»

«Es hörte sich nämlich an wie eine Litanei, als ob ein Priester betet, Don Voltaire.»

«Man hört, was man hören will, und wenn Sie, anstatt halb aus dem Fenster zu hängen, da wären, wo Ihr restlicher Körper ist, dann könnte ich mit meinen Katzen sprechen, ohne daß meine Nachbarinnen mir nachspionierten.»

«Spionieren, ich? Sie reden doch in einer Lautstärke, als predigten Sie von der Kanzel.»

«Und Sie kläffen wie ein Köter.»

Voltaire schlug den Fensterladen zu und dämpfte so das anschwellende Schimpfen der Nachbarin.

«Was hat der verrückte Alte nur? Der wechselt seine Laune wie andere das Fernsehprogramm.»

Besoffene Schlampe, besoffene Schlampe, nur der Gestank deiner Lenden übertrifft noch den deiner Achseln, du frißt doch Scheiße, du Krankenhausabfall, Küchenabfall, Latrinendreck, Dreck, Dreck, Dreck, hämmerte Don Voltaire in das selbstgeschaffene Halbdunkel. Die Katzen kümmerte seine Empörung nicht im geringsten, am allerwenigsten *Dama Blanca*, die sich ein Bein leckte und es dann hinter das Ohr hob, gänzlich ungerührt ob des inneren Aufruhrs ihres Herrchens. Die bringt mich noch um, die bringt mich um. Er verließ die Küche, und *Dama Blanca* unterbrach ihre hochmütige *toilette*, um ihm ins Schlafzimmer zu folgen. Don Voltaire zog den Fensterladen zu, um das Licht zu dämpfen, zog seine Schuhe aus und ging mit nun unsicherer gewordenen Schritten zum Bett, in dessen Mitte er sich niederlegte und dort ruhte, wie eine Feder auf einem großen Kissen. *Dama Blanca* sprang an seine Seite, trippelte auf der Suche nach dem richtigen Platz umher und rollte sich dann dicht neben Voltaire zusammen, derweil die übrigen Mitglieder der Katzenkolonie die gewohnten oder andere geeignete Plätze im Zimmer aufsuchten, um zu meditieren, zu schlafen, sich zu lecken oder mit Schattenreflexen zu spielen, die nur sie selbst sehen konnten. Der Alte legte eine kraftlose Hand über seine Augen, und mit der anderen tastete er nach dem Fell der Katze, die bei jedem Streicheln die Augen schloß.

«Soll ich dir eines deiner Lieblingslieder vorsingen? Versprichst du mir dann auch, nicht mehr davonzulaufen und mir die Aufregung zu ersparen, die du mir immer verursachst? Ansonsten ist das nämlich das letzte Mal. Also paß auf:

Man fragt mich, warum ich mit dir geh,
man fragt mich, warum ich dich nur seh,
und sie wissen nicht, wie sehr ich dich begehr
und Tag um Tag nach dir mich verzehr.
Was wissen die Leute, wie sehr ich dich liebe,
was wissen sie von den Dingen, die ich empfinde!
Drum sage ich stets, wenn sie mich fragen,
sage allen und jedem direkt ins Gesicht:
Ich lieb meine Liebste! Warum?
Wegen ihres hübschen Gesichts.
Ich lieb meine Liebste! Warum?
Wegen ihrer strahlenden Augen.
Weil sie so schön ist, daß ich
meine Sorgen bei ihr vergeß.
Ich lieb meine Liebste! Warum?

Wegen so vieler Dinge.
Ich liebe die Grazie, olé!
mit der sie ihre Beine bewegt.
Und wenn sie singt und lacht und weint,
und wenn sie mich anschaut und mich dann küßt
dann lieb ich meine Liebste!
Ja, singend und lachend und weinend
und schauend und küssend, olé!
so lieb ich meine Liebste.

Don Voltaire hatte sich in Stimmung gesungen und bewegte Arme und Beine zur Melodie des Pasodoble, worauf die Katze erschreckt vom Bett sprang und ein Plätzchen in sicherer Entfernung von den rudernden Armen und Beinen ihres Herrchens suchte. Nachdem der Sänger sich wieder beruhigt hatte, suchte er die Berührung mit dem Tier, und als er es nicht fand, stützte er sich auf einen Ellbogen auf und schaute sich suchend im Zimmer um.

«Wohin hast du dich verkrochen? Komm, *Dama Blanca*, komm, ich singe dir ein ruhigeres Liedchen.»

Doch nicht nur, daß die Katze ihm nicht gehorchte, sie marschierte sogar aus dem Zimmer, und Don Voltaire sank trübsinnig aufs Bett zurück. Seine Lippen summten: «Keinen Schritt geh ich mehr / trauernde Seele in mir / man hat dich zerbrochen / sterben wollen wir hier. / Wozu denn vorwärts nur streben / wie ein Fakir dulden nur Pein / die Welt kann auch ohne mich leben. / Man hat mich stets nur betrogen / seit dem Tage meiner Geburt / die Weiber haben mich belogen / meine Frau... seit langem schon fort. / Also los, ich mach mich nach Norden / laß richtig raus mal die Sau / zum Schluß greif ich mir dann den Trommel / und sage nur noch... tschau! / Legen wir uns nieder zur Ruh! / Ich hege keinen Groll / habe in mir kein Gift, keinen Haß / es ist nur der Wunsch zu vergessen / und Furcht vor dem, was kommen mag. / Ich bin wieder da, man schaut mich an / ich lache über das, was war. / Was habe ich nur für Dinge geträumt / Verzweifeln wollte ich schier! / Vertrau dich mir an / kindische Seele in mir. / Drei Karten? / Ich passe, ich steige ganz aus. / Vorm letzten adiós bleibt ein Kuß mir versagt / drum, wenn ich jetzt nicht zugreif, dann... tschau! / Legen wir uns nieder zur Ruh!» Das Lied betrübte ihn so, daß Tränen in seine Augen traten, und dann übermannte den Alten der Kummer, daß er zu schluchzen begann und Worte des Selbstmitleids stammelte, Vater und Mutter beschwor und alte Fotografien, die sich in seinen Augen brachen, in seinen Tränen schwammen, bevor sie in einem Brackwasser aus Erinnerung und Vergessen versanken. Der Tod wird wohl ein langsames Versinken sein, während die andern weiterrudern über ein Meer ohne Ufer, rezitierte Voltaire, dessen poetische Ader nun die weinerliche Verzagtheit überwand, und als er gerade tief in das Meer der poetischen Bilder einzutauchen trachtete, um seine Katzen zu beeindrucken, die zwar nicht seine Lieblinge, doch deshalb nicht weniger glücklich waren, da zerbrach der heisere Ruf der Sprechanlage das Glasperlenspiel seiner Tränen, die noch immer in seinen Augen und in seinem Kopf schwammen. Der Alte reagierte mit einiger Verzögerung, da die Wachsamkeit erst noch die Schwermut überwinden mußte. Doch dann sprang er mit gekünstelter Leichtigkeit aus dem Bett und lief zur Kommode, in der er im Rhythmus eines unhörbaren komm-ja-schon, komm-ja-schon nach seiner Pistole wühlte. Er steckte sie seitlich in den Hosenbund und ging zur Sprechanlage neben der Tür.

«Wer ist da?»

«Wohnt da Voltaire O'Shea Zarraluqui?»

«Wohnt hier.»

«Ich bringe eine Nachricht und warte auf Antwort.»

«Stellen Sie sich in die Mitte des Innenhofs, damit ich Sie sehen kann.»

«O. K.»

Ein riesiger schwarzer Yankee mit mehr Helm als Gesicht, ein Bote mit dem Kennzeichen der Firma am gelben Hemd. Voltaire stieg in seine Schuhe, zog seine Jacke an und steckte die Pistole in die Jackentasche. Ich komme schon, ich komme schon, nicht mal ausruhen, nicht träumen und nicht Trübsal blasen lassen einen die Schweinehunde. Unten vor der Haustür stand der schwarze Riese, die Fäuste in die Hüften gestemmt, und als er ihn bemerkte, stieß seine Hand mit dem Briefumschlag vor, damit dieser zu sehen war. Der Alte öffnete die Tür gerade soweit, daß er einen Arm, den linken, hindurchstrecken konnte, während die andere auf der kalten Haut des gerippten Pistolengriffs lag. Kaum hielt er die Nachricht in der Hand, schloß er die Tür. «Dringend. Angelegenheit geregelt, weitere Weisungen. Fergusson and Brothers, Rechtsanwälte. 4 Postmeridian, 63 NE 125th, Mr. Robards.»

«Welche Antwort erwarten Sie von mir?»

«Wenn Sie fertig sind, begleite ich Sie. Sie haben noch eine halbe Stunde Zeit.»

Von dem schwarzen Gesicht war nur soviel zu erkennen, daß Voltaire gerade mal sehen konnte, wie die Lippen antworteten.

«Soll ich mich etwa zu Ihnen aufs Motorrad schwingen? Meinen Sie nicht, daß ich etwas zu alt für *gymkhanas* bin?»

«Ein Auto erwartet Sie, ein beiger Ford. Zwei Blocks weiter, auf dieser Straßenseite.»

Der Schwarze hielt ihm jetzt einen Ausweis hin, auf dem er nur den Namen zu lesen brauchte: *Development Agency.*

«Gebt mir noch Zeit, mich anzuziehen, man will ja nicht so unzüchtig herumlaufen.»

Auftrag erledigt, der Bote vollzog eine Kehrtwendung um die eigene Achse und ging mit schwingenden Hüften davon. Voltaire sah ihm nach und dachte, daß er zwar kein Benehmen, aber die Schenkel eines jungen Pferdes hatte, und stieg wieder die Stufen zu seiner Wohnung empor. Er brachte vor dem Spiegel sein Aussehen in Ordnung, strich ein wenig Schminke in seine Gesichtsfalten, träufelte sich Augenwasser in die Augen, und als er schon auf dem Weg zur Tür war, drängte sich *Dama Blanca* an seine Hosenbeine.

«Jetzt erinnerst du dich wieder an mich? Du willst wohl Frieden schließen. Gut, wir unterhalten uns, wenn ich zurückkomme. Aber kein Ausbüchsen mehr.»

Er trat auf die Straße, sah in der Ferne das Auto am Straßenrand parken und versuchte zu erkennen, wie viele Personen darin saßen. Einer nur, der Fahrer, und es war auch nicht einer, sondern eine, denn diese lange blonde Mähne konnte nur einer Frau gehören. Er war beruhigt, umkreiste den Wagen jedoch, um sich die Fahrerin von der anderen Straßenseite aus anzusehen. Es war eine weiße, blonde Frau, vielleicht zu weiß und zu blond, die ihn auf der anderen Straßenseite bereits wahrgenommen hatte und ihm zulächelte.

«Sind Sie Voltaire O'Shea?»

«Fragen Sie das noch einmal, mein Schatz, aus Ihrem Mund klingt es so hübsch.»

Sie wiederholte die Frage, jedoch, ohne daß man ihr Lächeln jetzt ein Lachen hätte nennen können, und Voltaire ließ sich, etwas steif ob seines mäßigen Erfolgs, neben der Blonden auf den Beifahrersitz nieder. Während der Fahrt beschränkte sie sich auf einsilbige Antworten und auf ihr Lächeln; ihr letztes war wohl das breiteste und anhaltendste.

«Warten Sie auf mich?»

«Ich nicht. Ich nehme aber an, daß man Sie hier nicht stehenlassen wird.»

Vor Voltaire erhob sich ein mittelprächtiges Bürohochhaus mit verwitterter und vernachlässigter Fassade, in das er nie gegangen wäre, um einen Anwalt zu suchen. Die Schwarze am Empfang hatte die Statur einer Watussi.

«Seit wir uns das letzte Mal gesehen haben, bist du aber kräftig gewachsen, mein Schatz.»

«Sie kennen mich?»

«Nein. Aber wenn ich dich kennen würde, hätte ich mit Sicherheit dasselbe gesagt.»

Die junge Frau knurrte etwas Unverständliches und führte ihn in ein konventionelles Büro, so konventionell, daß selbst die Milchglasscheibe in der Tür nicht fehlte. In dem Büro blätterte ein rothaariger Glatzkopf, der etwas von einem Mestizen hatte, staunenden Auges in einer aufgeschlagenen Akte, und Robards hatte seine Anatomie in einer merkwürdigen Sitzgelegenheit untergebracht, die wie ein Rotkohlblatt aussah und auch die Farbe hatte. In einer Hand hielt er ein Glas mit Bourbon und Eis, und von der anderen Hand gebrauchte er nur einen Finger, um sich damit im Ohr zu kratzen. Die Tür fiel hinter Voltaire ins Schloß, und keiner der beiden Männer schenkte ihm besondere Beachtung. Der rothaarige Glatzkopf streckte einen Arm aus und wies einladend auf ein zweites Rotkohlblatt.

«Das macht einem ja angst. Es sieht aus wie eine fleischfressende Pflanze, und ich bin nicht sehr groß.»

Der Kahlköpfige fuhr mit der Durchsicht der Blätter fort, und Robards schnitt ihm eine Grimasse, die als freundlich gelten konnte. Er hatte seine entspannte Haltung aufgegeben und beugte sich zu Voltaires kleinem Körperchen, das in dem ihn verschlingenden Sessel noch winziger wirkte.

«Wenn Sie es sich bequem gemacht haben, können wir anfangen. Die Zeit drängt.»

«Dies ist kein Sessel, sondern ein Sumpf.»

Voltaire entschied sich für die provisorische Lösung, sich auf den Sesselrand zu setzen und sich so dem Treibsand der Sesseltiefe zu entziehen. Dann wandte er Robards seine höchste Aufmerksamkeit zu.

«Ihre Wünsche sind in Erfüllung gegangen.»

«Alle?»

«Alle. Wenn ich mich recht entsinne war das eine monatliche Rente von zweitausendfünfhundert Dollar...»

«Ein Almosen.»

«Sie selbst haben die Höhe festgesetzt. Also weiter. Einen Platz in der Hartley-Residenz, wenn Sie nicht mehr für sich selbst sorgen können. Versorgung Ihrer Katzen, die mit Ihnen in der Hartley-Residenz leben können und im Falle Ihres Ablebens in die Obhut des Parks zum Guten Hirten kommen, wo sie bis zum Tod versorgt werden.»

Robards schaute zu dem Mann hinter dem Schreibtisch.

«Jetzt sind Sie an der Reihe, Mr. Fergusson.»

Dessen schmale Lippen verzogen sich zu einem eisigen Lächeln, und ohne aufzusehen, begann er ein Dokument vorzulesen.

«Miami, den soundsovielten, soundsovielten, zwischen der *Development Agency* und Mr. Voltaire O'Shea Zarraluqui, wohnhaft in usw. usw. wird vereinbart, daß als Gegenleistung für von Mr. Voltaire O'Shea der Agentur geleistete Dienste diese sich verpflichtet, eine Versicherungspolice auf seinen Namen zu finanzieren, die ihm einen monatlichen Zinsertrag von 2500 Dollar garantiert.

Für den Fall der Invalidität von Mr. O'Shea wird seine Einlieferung und weitere Versorgung auf Kosten der D. A. in die Hartley-Residenz in Tamiani Park vereinbart, in Begleitung aller ihm gehörenden Haustiere.

Die Agentur verpflichtet sich weiterhin, im Falle des Ablebens von Mr. O'Shea, seine ihn überlebenden Haustiere in den Park zum Guten Hirten zu überführen, wo sie bis zu ihrem Tod versorgt werden.

Miami, das Übliche und die Unterschriften.»

«Kann ich es einmal lesen?»

Der Kahlköpfige warf ihm das Papier zu, und Voltaire fing es im

Flug. Er las es fast an die Wimpern gepreßt aufmerksam durch und schüttelte unwillig den Kopf.

«Zweitausendfünfhundert Dollar von heute können morgen ein Hungerlohn sein. Ich möchte, daß die Inflationsrate berücksichtigt und der Betrag entsprechend angeglichen wird.»

«Kein Problem.»

Kam Robards den Vorbehalten des Anwalts zuvor.

«Ist das alles?»

«Nein. Hier steckt noch eine Katze im Sack.»

«Treffender hätten Sie es nicht ausdrücken können, Don Voltaire.»

«Sehr spaßig, aber mir gefällt nicht, wie Sie die Regelung mit meinen Tieren formuliert haben. Da steht, daß die Haustiere, die mich überleben, in den Park zum Guten Hirten überführt werden, wo man sie bis zu ihrem Tod versorgt.»

«Genau das hatten Sie verlangt.»

«So wie es da steht, könnten Sie meine Tierchen umbringen.»

«Das liegt nicht in unserem Interesse. In deinem, Henry?»

«Darüber kann ich mir erst eine Meinung bilden, wenn ich die Katzen kennengelernt habe.»

«Der Vertrag muß dahingehend ergänzt werden, daß die Tiere nicht getötet werden dürfen.»

«Was halten Sie davon, wenn wir das Wort natürlich davor schreiben, wenn wir natürlichen Tod schreiben?»

«... ‹seine ihn überlebenden Haustiere in den Park zum Guten Hirten zu überführen, wo sie bis zu ihrem natürlichen Tod versorgt werden›. So. Ja, das ist gut.»

«Möchten Sie noch eine Spezialklausel einfügen, zum Beispiel, welche Art von Speisen die Katzen zu sich nehmen dürfen, oder auf welche Weise sie gekämmt und manikürt werden sollen?»

«Voltaire, Henry will sich bestimmt nicht über Sie lustig machen, aber verstehen Sie bitte, daß Sie uns einen so ungewöhnlichen Vertrag aufgezwungen haben, daß er gute Aussichten hat, in die Geschichte der Privatverträge einzugehen.»

«Zu Tieren muß man sich ein gutes Verhältnis bewahren.»

«Soweit dann alles korrekt, Voltaire?»

Der Alte las den Text noch einmal aufmerksam durch und stimmte mit entschlossenem Kopfnicken zu.

«Henry unterschreibt im Namen der Agentur, er hat Vollmacht.»

«Kann ich diese Vollmacht sehen?»

«Henry, die Vollmacht.»

Der Anwalt reichte ihm ein Dokument, dem Voltaire die nächsten zehn Minuten seine ganze Aufmerksamkeit schenkte. Er ließ ihn lesen, und Robards schien an alles Mögliche zu denken, nur nicht an das, was gerade um ihn herum vorging.

«Ich möchte den Stempel der Agentur auf dem Vertrag sehen, und zwar auf dem Original und auf der Kopie.»

Henry unterzeichnete das Original und zwei Kopien und stempelte sie.

«Eine Ausfertigung fürs Registeramt, eine für Sie, und die dritte für die D. A.»

«Zufrieden, Voltaire?»

«Ich habe mein Erstgeburtsrecht für einen Teller Linsen verkauft.»

«Wir kommen in ein Alter, da ist das Erstgeburtsrecht nichts mehr wert. Sie haben Glück, Sie haben sich bis an Ihr Lebensende wenigstens einen Teller Linsen gesichert.»

«Ich sorge mich nur um meine Katzen. Ich bin für sie verantwortlich. Ich habe sie als Haustiere gehalten und habe sie verwöhnt, alleingelassen würden sie nicht einen Tag in der Stadt überleben. Ich darf gar nicht daran denken. Meine arme *Dama Blanca*.»

Robards blickte mit hochgezogener Braue zu Henry, der das Zimmer daraufhin verließ und Voltaire im Vorbeigehen zunickte. Der Alte beugte sich zu Robards hinüber, um mit gesenkter Stimme sprechen zu können.

«Mit den jungen Leuten von heute komme ich nicht klar. Die haben weder Blut in den Adern noch Hirn im Kopf, das sind alles Geschöpfe dieser verdammten Computer. Die haben keine Ideen mehr und kennen keine Prinzipien, die Stadt ist voll davon, und die Schlimmsten sind die *Yuccas*, die jungen kapitalistischen Kubanoamerikaner. Das sind die fanatischen Neureichen hier. Sie nennen sich Architekten eines neuen Landes, aber in Wirklichkeit geht alles vor die Hunde, Sie entschuldigen, Robards, aber ich spreche zu Ihnen mit der Autorität dessen, der Miami schon aus der Zeit kennt, als es hier noch keine Straßen gab. Sie verstehen mich schon. Nach dem, was in der Zeitschrift dieser *Yuccas* steht, im *Miami Mensual*, ist dies hier Eldorado. Aber dies ist nicht Eldorado. Dies ist die ungesundeste Region der ganzen Vereinigten Staaten, die ungesundeste und die sonnengebräunteste, um das Ungesunde zu übertünchen. Wo gibt es mehr Dicke als hier, Robards, von all der Scheiße und all dem Fett, das die Kubaner, die Neger und die Haitianer fressen. Und wo gleichzeitig mehr halbverhungerte arme Schlucker, weil viele Neger und viele Haitianer nur wenig oder nichts zu essen haben. Und AIDS, von all den verweichlichten Schwulen, die hier herumlaufen, und von den vielen Haitianern, man sagt ja, daß die Haitianer den AIDS-Virus ins Land bringen, das wird sogar so laut herausposaunt, daß die Behörden schon gar keine infizierten Haitianer mehr in die Statistiken aufnehmen, damit es nicht zu Lynchjustiz kommt. Und Hautkrebs, die ganze goldbraune Menschheit, die das ganze Jahr über in der Sonne brät, voller Hautkrebs, vor allem die jungen Hühner mit ihren Tangas, alle voller Krebs noch bevor sie vierzig sind. In diesem Paradies, das keines ist, gibt es nicht einmal Wasser. Letztens hörte ich im Sender *La Cubana*, daß Florida im Jahr 2000 der drittreichste Staat der Union sein wird, aber dann nicht mehr genug Wasser hat, um damit ein Bidet zu füllen. Und jeden Tag mehr Immigranten. Niemand kann sie aufhalten. Und wenn man einen elektrischen Zaun um die ganze Halbinsel zöge.»

«Sie klingen ja richtig pessimistisch, Don Voltaire.»

«Ich bin müde. Ich würde gern den Markt wechseln.»

«Aus Florida fort?»

«Nein. Andere Menschen. Ich habe keine Lust mehr, mich unter Kubanern und Haitianern herumzutreiben. Da erfährt man nichts Neues. Die Kubaner geben keine Rätsel mehr auf, die sind die Herren der Stadt oder werden es bald sein. Und die Haitianer werden ihre Diener. Noch zehn, zwanzig Jahre. Bis dahin ist jede Ideologie auf der Strecke geblieben, und dann wird auch Miami als Propagandaflugzeugträger vor Kuba und Haiti überflüssig sein. Man weiß doch längst alles. Wenn ich mich unter diese Leute mische, dann bin ich ein englischer Bobby, der seine Runde macht.»

«Und was wäre Ihnen lieber?»

«Daß man mich auf die Kolumbianer oder Bolivianer ansetzte. Aber auf die dicken Fische. Meine Bildung fordert den Umgang mit der Elite des Drogenhandels und nicht mit dem Abschaum, mit ihren Mörderbanden, die die schlimmsten in diesem Dschungel sind. Diese Leute verbünden sich mit jedem, der ihnen nützlich ist. Hier sitzen doch die Reichsten der Reichen aus Kolumbien und Bolivien, von hier aus überwachen sie ihre Besitzungen und auch die Guerillas, die ihnen diese Besitzungen wegnehmen wollen. Hier sitzen sie in ihren Villen in Key Biscayne mit ihren goldenen Badewannen und ihren Goldzähnen, mit ihren Smaragden und ihrem Kokain, das auf tausend geheimen Wegen ins Land gebracht wird. Die herrschaftlichen Häuser in der Brickell Avenue, zu denen möchte ich Zutritt bekommen, denn dann wäre ich auf dem tatsächlichen Stand der Dinge, weil ich mich da zu bewegen wüßte, als wahrer Herr, der ich zeitlebens gewesen bin. Ich habe den billigen Pöbel satt und möchte mit dem reichen Pöbel verkehren. Stellen Sie sich vor, Sie ständen mitten in der Biscayne Bay, dann ständen Sie genau im Zentrum des Machtkampfes zwischen dem jüdischen Miami von Palm Beach und dem Miami der reichen Hispanos. Da werden die dicken Sachen durchgeschleust, und dem alten Voltaire gibt man nach wie vor die trockenen Brotkrumen. Gewinnen werden die reichen Hispanos, vor allem die Juden unter ihnen. Sie riskieren jetzt schon eine große Lippe, wie der verrückte Estrella, der aus dem Fernsehen, der sich weigert, Englisch zu sprechen und sich über die Yankees lustig macht, auf Spanisch natürlich, und sagt, bevor die Kubaner nach Miami gekommen wären, sei das hier ein Kuhdorf gewesen. Möglich, aber ein ruhiges Kuhdorf, sage ich. Kennen Sie Miami vielleicht noch aus der Zeit, bevor die gekommen sind?»

«Ja. Das wissen Sie doch. Die Firma betrieb hier einen Sender, die JMWAVE, mit deren Hilfe die ganzen Aktionen in Lateinamerika koordiniert wurden. Die Büros befanden sich in der Homestead Air Force Base, aber ich hatte meine Kontakte immer am Strand, um meinen Hautkrebs zu pflegen, wie Sie sagen. Im Grunde hat sich nicht viel geändert. Die Firma verfolgt hier immer noch dieselben Ziele wie zu Beginn: Sammlung aller Informationen über Einwanderungsbewegungen sowie Organisation paramilitärischer Aktionen zur Einschleusung nach und Flucht aus Kuba. Manchmal sind in Miami aber auch Aktionen für andere Länder vorbereitet worden, für Südamerika zum Beispiel, für Uruguay, und dafür ist es unerläßlich, daß Mitarbeiter wie Sie aus nächster

Nähe beobachten. Das kann man nicht improvisieren, dazu benötigt man Spezialisten.»

«Kuba verrottet von ganz allein oder gar nicht, aber das ist den Vereinigten Staaten doch vollkommen gleichgültig, sie tun nur noch so, als ob es sie interessierte, und die Kubanoamerikaner spielen die Komödie des Abhängigseins mit, laufen durch die Straßen und rufen:

Reagan, Reagan,
que Dios te bendiga.
Reagan, Reagan,
may god bless you.

Genau so, in Spanisch und Englisch, oder wenn sie ihre überschüssigen Kräfte auf antikommunistischen Demonstrationen verschwenden und sich die Seele aus dem Leib schreien mit *Viva Granada libre! Viva Nicaragua libre! Viva Cuba libre! Viva Reagan!* Das sind doch alles nur Worte, mit denen sie verschleiern wollen, wie etabliert sie sind; die gehen doch nie im Leben mehr nach Kuba zurück, und wenn, dann höchstens zur Parade anläßlich der Befreiung, und danach kommen sie ganz schnell wieder hierher. Ich möchte dieses ganze kubanoamerikanische Gesindel mal sehen, wenn es wieder in einem unterentwickelten Land leben müßte. Nein, Robards, ich hab die Schnauze voll von diesem Pack, ich will was anderes.»

«Ich kann mir meine Arbeit auch nicht aussuchen.»

«Aber Sie sind ein hoher Funktionär, und ich nur ein kleiner Mitarbeiter.»

Robards schien von dem Gefühlsausbruch Voltaires in die Enge getrieben. Er machte ein grüblerisches Gesicht, nickte hin und wieder zustimmend oder wälzte seinen Körper, wenn er die Wortkaskaden des Alten unterbrechen wollte.

«Ich würde mich auch gern verändern, Voltaire. Meine eigentliche Berufung ist, an Hochschulen zu lehren, Gedichte oder Romane zu schreiben, aber wir kommen an einen Punkt, an dem es kein Zurück mehr gibt. Das ist ein Problem der Tatmenschen, die von der Theorie kommen; wenn wir zu ihr zurückkehren, erscheint sie uns stets unzureichend. Einmal hatte ich Kontakt zu einem spanischen Kinderarzt, der Vorsitzender der Kommunistischen Partei geworden war. Er wußte nicht, daß ich Agent war und glaubte meine Tarngeschichte. Ich schrieb an einer Arbeit über den wachsenden Widerstand in Spanien gegen Franco. Der Kinderarzt gestand mir, daß er manchmal regelrecht verzagte, doch wenn er dann zu seinen alten Büchern griffe und sich vorstellte, den kleinen Darm so eines Kindes in die Hand zu nehmen, um den Krankheitsherd zu lokalisieren, würde ihm jedesmal übel. Nach zehn Jahren ist von einer Spezialisierung nicht mehr viel übrig, wenn der Spezialist anderweitig gearbeitet hat.»

«Aber ich will nicht meine Spezialität aufgeben, ich will die Kundschaft wechseln.»

«Ich bin manchmal noch weiter gegangen, ich wollte aussteigen, alles hinschmeißen. Aber ich habe Kollegen gesehen, die es getan haben und dann ihren Platz im normalen Leben nicht finden. Entweder verzehren sie sich innerlich vor Sehnsucht nach Aktion, oder sie vergehen vor Angst, die Agentur könnte sie eines Tages liquidieren.»

«Rom entlohnt keine Getreuen, trifft eher zu, als Rom entlohnt keine Verräter. Es ist ein Vergnügen, sich mit Ihnen zu unterhalten, Robards, aber den Kontaktmann, den Sie mir geschickt haben, diesen rothaarigen Hohlkopf, dem muß man wie einem Analphabeten jedes einzelne Buchstabenkürzel erklären.»

«Etwas ungeschliffen, aber sonst nicht übel.»

«Und diese jungen Leute, die haben ja vor nichts mehr Respekt. Die wissen gar nicht, wer ich bin, und ich werde nicht ständig mit meinem Lebenslauf in der Hand herumlaufen. Bitter ist das. Mit den jungen Leuten von heute komme ich nicht klar. Die haben weder Blut in den Adern noch Hirn im Kopf, das sind alles Geschöpfe dieser verdammten Computer.»

«Denselben Eindruck habe ich auch, Voltaire; aber es fällt mir schwer, Sie Voltaire zu nennen, so unter uns, Don Angelito.»

«Ich muß darauf bestehen. Wenn irgendwas durchsickert, ist meine Arbeit ruiniert.»

«Viel Arbeit wartet ja nicht mehr auf Sie, Voltaire. Ich würde mich an Ihrer Stelle zurückziehen und die Jahre, die Ihnen noch bleiben, in Ruhe genießen.»

«Es hält mich munter. Lauschen, provozieren, spionieren, das ist für mich das halbe Leben. Selbst der älteste Kater wittert noch die Maus.»

«Freut mich, Sie so voller Tatendrang zu sehen, denn unsere Angelegenheit beschleunigt sich. Sie müssen mit der Kleinen in Kontakt treten. Das belebt vielleicht Ihre tägliche Routine.»

«Ist sie hier?»

«Das nicht, aber ganz in der Nähe. In Santo Domingo, und sie muß dazu gebracht werden, hierher zu kommen. Wir haben schon alles vorbereitet, damit Sie im entscheidenden Augenblick tätig werden können.»

«Wann soll das sein?»

«Heute Abend. Um Punkt elf rufen Sie die Nummer in Santo Domingo an, die Sie im *dossier* finden, es ist die Nummer des Sheraton. Die Kleine ist vorbereitet. Sie wird sogar ahnen, daß Sie sie anrufen.»

«Das gefällt mir nicht.»

«Was gefällt Ihnen nicht?»

«Ich habe nicht die Initiative. Ihr habt mir alles mundgerecht zubereitet, und ich muß nur noch wiederkäuen.»

«Nicht einmal das.»

«Es gefällt mir nicht. In meinem Fach bin ich ein Künstler.»

«Voltaire. Wir können nicht länger warten. Auch ich kann nicht länger warten. Seit dreißig Jahren klebt mir diese Sache an den Schuhen, wie ein Kaugummi, den ich nicht mal selbst gekaut habe. Hören Sie gut zu. Sie rufen heute abend an und machen ihr glaubhaft, daß Sie den Schlüssel zu dem Rätsel Galíndez haben und daß Sie mir ihr sprechen müssen. Dazu muß sie unbedingt aus Santo Domingo herkommen, und zwar schnellstens. Wenn sie erfahren hat, was Sie ihr zu sagen haben, kann sie wieder zurückfahren. Wichtig ist, daß sie Santo Domingo unter falschem Namen verläßt und niemandem etwas davon sagt. Zu diesem Zweck müssen Sie ihr Mißtrauen gegen alle wecken, mit denen sie dort zu tun hat, sogar gegen ihre Gastgeber. Versichern Sie ihr, daß ihr Besuch in Miami unbemerkt bleiben wird, da er nur wenige Stunden in Anspruch nehmen wird. Was Sie ihr beibringen sollen, teilen wir ihnen noch mit. Bereiten Sie sich gut vor. Uns brennt die Sache auf den Nägeln. Sie müssen sich mit ihr am Ende der Lake Street verabreden, an der Ecke Morningside Park. Unterhalten Sie sich im Gehen. Gehen Sie irgendwohin, wo Sie mich später anrufen und mir sagen können, wie die Sache läuft, aber das Gespräch darf dadurch unter keinen Umständen beendet werden. Halten Sie ihr Interesse wach, wenn nicht für Galíndez, dann für Sie. Sie sind eine interessante Persönlichkeit, Voltaire.»

«Sie müssen mir nicht sagen, wie ich meinen Job zu verrichten habe. Ich kann ihr aus so vielen Leben berichten, daß eines davon sie schon interessieren wird.»

«Sie müssen Galíndez vernichten. Dieses Mädchen hat ihn zu einem Idol gemacht, und sie muß Miami mit den Trümmern dieses Idols verlassen, sie darf nur noch einen Scherbenhaufen in ihrem Kopf haben, wenn sie Miami verläßt.»

«Ist das alles?»

«Ist das nicht genug?»

«Sie kennen mich schlecht, Robards, oder wie immer Sie heißen. Ich habe mein Leben lang Rollen gespielt, so daß ich manchmal selbst nicht mehr weiß, wer ich wirklich bin. Wenn diese Kleine Miami verläßt, werde ich den Platz von Galíndez eingenommen haben. Ich habe etwas, nach dem sie sucht, wie nach einem wertvollen Schatz, und ich werde es ihr geben, überschütten werde ich sie damit, bis sie genug davon hat.»

«Und was ist das, was Sie so haufenweise besitzen?»

«Erinnerung. Ich habe die höchsten Höhen und die tiefsten Tiefen miterlebt, eine letzte vollkommene Romantik.»

«Galíndez war ein Romantiker?»

«Eindeutig. Ich auch. Und Sie ebenfalls. Wir haben unser Schicksal herausgefordert und uns zugleich seinen Spielregeln unterworfen.»

«Sie sehen das alles als eine Abfolge von Spielen?»

«Von Wetten. Von Angst und Gefahr. Das ist es, was mich am Leben erhält. Sie sollten mich in Aktion sehen, wie ein Dompteur bändige ich die Leute, während ich sie aushole. Ich weiß, was sie mir sagen werden und was sie mir sagen können. Und ich weiß auch, was für ein Mensch diese Kleine ist, ich habe das Gefühl, sie schon seit Jahren zu kennen, seit vielen Jahren. Menschen wie sie hat es immer schon gegeben, und sie haben immer ein böses Ende genommen. Die Unschuldigen, die armen Unschuldigen, gefangen im Bernstein ihrer eigenen Harmlosigkeit. Die weltlichen Heiligen.

Zerbrechlich. Sämtliche Türen ihrer Häuser und ihrer Körper stets weit geöffnet.»

Robards nahm einen schwarzen Hefter aus dem Umschlag vom Tisch und gab ihn Voltaire.

«Hier finden Sie Ihre vorgekauten Instruktionen. Lernen Sie sie und vernichten Sie sie dann. Sie können jetzt gehen.»

«Sie setzen mich einfach auf die Straße?»

«Man wird Sie nach Hause fahren.»

«Ich wollte zumindest noch mit Ihnen besprechen, welche Rolle die ratsamste sein könnte. Kennen Sie das Mädchen?»

«Persönlich nicht. Aber schauen Sie in den Hefter. Da finden Sie ein paar Fotografien.»

Der Alte legte den Hefter auf seine Knie und suchte unter den von irgendeinem verfluchten Computer beschrifteten Blättern nach den Fotos, die ihm die erste Begegnung mit Muriel versprachen.

«Sieht aus wie eine Werbung für die Durchschnittsamerikanerin. Für die nordamerikanische Durchschnittsstudentin. Groß ist sie, zu groß. Große Frauen machen mich nervös. Lange Beine, kleiner Kopf, vielleicht sieht er aber auch nur so klein aus, weil er länglich ist, vielleicht ist er gar nicht so klein. Wo sind die Fotos aufgenommen worden?»

«Fast alle in Spanien, einige sind von früher, es ist sogar eines vom Collegeabschluß dabei und eines von der Universität. Von Interesse sind nur die aus Spanien. Auf der Rückseite steht jeweils, wo sie aufgenommen sind.»

Muriel in einem Wald, vielleicht auf dem Gipfel eines Berges, neben einem ovalen Stein, auf dem etwas geschrieben steht. Galíndez-Denkmal auf dem Hügel von Larrabeode, Amurrio, Alava, Spanien. Muriel beim Verlassen eines Restaurants, in Begleitung eines jungen Mannes, der offensichtlich mit ihr tändelt, und sie dreht vergnügt das Gesicht zur Seite. Beim Verlassen des Restaurants *La Ancha*, Madrid. Muriel allein in der prallen Sonne, eine Straße hinuntergehend. Nach einem Besuch im Archiv des Außenministeriums. Muriel auf der Plaza Mayor von Madrid, in gestellter Pose, offensichtlich ohne Lust zu posieren. Wieder mit dem jungen Mann, in einem *auto-scooter* auf der Kirmes von San Antonio, Madrid.

«Das ist alles? Habt ihr keine Fotos von Kontakten? Wer ist dieser Junge?»

«Lesen Sie den Bericht, ein spanischer Liebhaber. Arbeitet im Kultusministerium, Sozialist, gemäßigter Sozialist. Aufschlußreichere Kontakte sind uns nicht bekannt, obwohl es welche gegeben haben kann. In Spanien sind die Dinge vollkommen unübersichtlich, die Sozialistische Partei ist mit Ex-Kommunisten durchseucht, und einige dieser Ex könnten ohne weiteres noch immer Kommunisten sein. Die Kontakte hier beschränken sich auf ihren früheren Uniprofessor, einen Sympathisanten der Roten, jetzt aber neutralisiert. Andere Kontakte sind uns zumindest nicht bekannt, denn Muriel war bis zum ersten Alarmzeichen für uns ein gänzlich unbeschriebenes Blatt. Ein Kontakt mit einem baskischen Verleger aus Vitoria, der ihr Verbindungen zu überlebenden baskischen Exilanten knüpft. Ein weiterer mit dem Zivilgouverneur von Burgos, der Vela Zanetti kennt, einen spanischen Maler im Exil in der Dominikanischen Republik. Dann häufen sich die Informationen, und als wir der Sache auf den Grund gehen, kommt eine typische US-Stipendiatin zum Vorschein, die die Großzügigkeit unseres Systems ausnutzt und wissenschaftliche Nachforschungen anstellt, heute nennt man ja alles wissenschaftlich.»

«Ist sie eine Rote?»

«Nach den aufgenommenen Gesprächen zu urteilen, nicht, wenigstens nicht bewußt, aber sie denkt und handelt wie eine Rote.»

«Heiliger Himmel, daß es so was noch gibt. Sie können einem wirklich leid tun. Aber so hatte ich sie mir vorgestellt, genau so. Was halten Sie davon, wenn ich wie ein Großvater zu ihr spreche, wie dieser Großvater, den jeder gerne gehabt hätte? Sogar ich, der ich so viele Großväter hatte, wie ich Personen verkörpert habe. Mit Sicherheit habt ihr sie nicht alle in eurer Kartei.»

«Wir haben die, die uns interessieren.»

«Ich werde zu ihr sagen: Mädchen, sei doch nicht naiv. Galíndez lebte zu einer Zeit, in der wir uns alle in dem Recht glaubten, töten zu dürfen. Das Mitgefühl, das du ihm entgegenbringst, hat er wirklich nicht verdient. Außerdem war er ein Spitzel, und nichts ist widerwärtiger als ein Spitzel. Jene Zeit haben nur wenige mit reiner Weste überlebt, mit einer so reinen Weste, wie sie nur Verlierer haben. Nichts ist erfolgreicher als das Exil, hat ein großer exilkubanischer Schriftsteller gesagt, und nur wir, die wir im äußeren oder inneren Exil verharren, haben unsere Integrität bewahrt, und das allein zählt. Und dann werde ich ihr erzählen, was Galíndez alles für die Geheimdienste getan hat.»

«Ausgezeichnet, Sie sprechen schon so, als hätten Sie selbst nie zum Geheimdienst gehört.»

«Das ist meine beste Rolle. Ich habe sie hier tausendmal gespielt, wenn es galt, die Haitianer zu infiltrieren, die früher die einzigen Exilanten in Miami waren, die man halbwegs als links bezeichnen konnte. Und wissen Sie, warum mir diese Rolle so liegt? Weil sie ein Teil von mir ist. Auch von Ihnen ist sie ein Teil. Ihr Gegenteil. Wie der Henker sein Opfer in sich trägt und der Gefängniswärter seine Gefangenen.»

«Sparen Sie sich Ihre Argumente für Muriel auf, da werden Sie sie brauchen. Sie ist eine störrische Person.»

«Sollten diese Argumente nicht ziehen, habe ich noch andere bereit. Wollen Sie Galíndez entblößen, wollen Sie, daß man ihn so sieht, wie er wirklich war, daß sein Mythos zerstört wird? Wollen Sie Ihrem geliebten Galíndez das antun? Sein Verhalten war im Licht der damaligen Zeit vielleicht noch verständlich, aber heute? Um ein Land zu verstehen, muß man sein Brot gegessen und seinen Wein getrunken haben, und um Geschichte zu verstehen, muß man sie erlitten haben, in ihr gekämpft haben.»

«Viel Glück, Voltaire.»

«Sie setzen mich einfach auf die Straße?»

«Man wird Sie nach Hause bringen, das habe ich Ihnen doch gesagt.»

«Aber ich muß üben.»

«Üben Sie vor Ihren Katzen.»

«Sehe ich Sie nicht mehr?»

«Nein. Ich glaube nicht. Wir haben nur so lange miteinander zu tun, wie diese Geschichte dauert. Ich möchte sie gern für immer abschließen. Es war mir eine große Freude, Sie wiederzusehen, Don Angelito, und erlauben Sie mir, Sie mit Ihrem Decknamen anzusprechen, denn das ist der, mit dem Sie mir am nächsten sind.»

«Eines Tages werde ich über diese Geschichte schreiben.»

«Seien Sie nicht närrisch. Warten sie damit, bis alle Beteiligten gestorben sind.»

«Ich selbst auch?»

Robards zuckte die Achseln und erhob sich. Neben ihm wirkte der

Alte wie eine zerbrechliche Miniatur. Voltaire begnügte sich nicht damit, die Hand des Giganten zu schütteln, sondern umarmte ihn, wobei er mit seinen Ärmchen kaum die Taille des Mannes umfassen konnte. Er klopfte Robards auf die Nieren und wartete auf dessen Umarmung, erhielt als Antwort aber nur eine Handfläche, die ihn sanft fortschob und in das unwillige Gesicht des Gringos schauen ließ.

«Wir alten Leute werden so leicht sentimental.»

«Das habe ich schon gehört.»

Die Flure waren leer, nicht das geringste Geräusch einer Schreibmaschine deutete auf Arbeit hin, und nicht einmal die Watussi war da, um ihn zu verabschieden. Am Eingang erwartete ihn die Fahrerin, nicht mehr lächelnd, übelgelaunt sogar.

«Hätte ich gewußt, daß Sie auf mich warten, wäre ich früher gekommen.»

«Einfach wieder zurück?»

«Nein. Seien Sie ein gutes Mädchen und einem alten Narren nicht böse, der Sie wie ein Frosch anglotzt, weil das Verlangen sich über die Kraft erhebt, wie schon der große Shakespeare gesagt hat. Könnten Sie mich zum Miami Jai Alai bringen? Das ist in der Nähe des Flughafens, in der NW 37 Avenue, es ist zwar ein Umweg, aber mit dem Auto ...»

Die Frau blies eine Haarsträhne aus der Stirn und machte ein unfreundliches Gesicht, doch das Auto gehorchte dem Wunsch Voltaires, der sich in das Sitzfell des Beifahrersitzes kuschelte, die sehnigen Händchen brav auf dem Hosenschlitz gefaltet.

«Wohl wahr, wohl wahr.»

Sie schien nicht daran interessiert, was er wohl meinen könnte, und so beobachtete Voltaire aus den Augenwinkeln heraus, welche Wirkung seine mit Inbrunst hervorgestoßenen nächsten Worte haben würden.

«Wie traurig ist der Zustand des Menschen, in dem das Verlangen sich über die Kraft erhebt.»

Nichts. Keine Wirkung. Sie schien ihn nicht einmal gehört zu haben. So wenig, wie seine theatralische Dankesrede, als sie ihn unter der Neonschrift des Pelota-Stadions abgesetzt hatte. Seine letzte Verbeugung richtete er an das Heck des Autos, das sich weiter oben nervös wieder in den Verkehr einfädelte, und danach schlug

Voltaire die linke Hand so heftig in die Armbeuge des rechten Arms, daß er ihn hinterher unwillkürlich rieb, um den Schmerz zu lindern.

«Ticket für die Show?»

«Sehe ich aus, als würde ich 30 Dollar für den ekelhaften Fraß ausgeben, den man hier serviert? Du kennst mich wohl nicht mehr, Bruder?»

«Treten Sie nur ein, Don Voltaire, aber Sie könnten wirklich mal zum Essen bleiben.»

«Der Mensch ist, was er ißt, das hat schon Aristoteles gesagt. Ich werde mir ein Säftchen genehmigen und mir das Spiel ansehen.»

«Und wetten wohl auch nicht.»

«Das Glücksspiel macht den Menschen zum Tier, Dantón.»

Der gigantische Schwarze, der aus Camagüey kam, ließ ihn eintreten, und Voltaires Blick verwandelte sich in den Blick eines anspruchsvollen Gastes, der das ihm Dargebotene so argwöhnisch betrachtet, als werde es zur Befriedigung seiner Wünsche wohl kaum ausreichen. Hinter dem schützenden Maschendraht kämpfen vier kräftige, weißgekleidete Burschen, zwei von ihnen mit roten Leibbinden und zwei mit schwarzen, mit einem Ball, der aus Stein zu sein scheint. Chiquito de Beasain I und Palero III gegen Aristarain und Amescúa, informiert ihn ein chinesisch aussehender Alter mit dem nasalen Tonfall eines Kubaners. Der Buchmacher steht in der zweiten Reihe mit dem Gesicht zum Publikum, und Voltaires Blick geht über ihn hinweg, um keine Bewegung der Spieler zu verpassen.

«Ein Jammer, daß es solche Spieler wie zu meiner Zeit nicht mehr gibt. Chiquito de Anoeta. Er hatte Hände wie Felsbrocken, die machten den Ball zur Frikadelle.»

«Von welchem Jahrhundert erzählen Sie, Kollege?»

«Vom neunzehnten. Sehen Sie nur, wie sie herumspringen, wie die Antilopen.»

Seine Pupillen ruhten liebevoll auf der regungslosen Schräglage des *pelotari*, nachdem der Ball seine Hand verlassen hat und gegen die Wand kracht, daß sie ächzt. Und dann das Aufbäumen des Körpers, wenn der Ball wie tot in der Hand liegt, und sie wie eine Schaufel ihn wieder hochbringen muß, eine geduckte Körpermasse wächst in die Höhe, strafft und entfaltet sich wie ein Mechanismus aus Muskeln und Kraft. Was für Kerle, was für Kerle. Ohne Harmonie zwar, doch welche Kraft.

Der Kollege an seiner Seite blinzelt ihn aus den Augenwinkeln mißbilligend an, kann sich dem Geschwätz des Alten jedoch nicht entziehen.

«Ich habe sie bis zum Überdruß gesehen, ganz in ihrem Element, Bruder, in den Arenen im Baskenland oder in Navarra. Jedes Dorf hat da seine Schlagwand stehen, und die Basken prügeln von Kindesbeinen an auf den Ball ein, deswegen sind sie auch die besten Pelotaspieler der Welt.»

«Was erzählen Sie mir da, Kollege? Wo ist das?»

«In Spanien.»

«Das ist in Europa. Spanien liegt in der Nähe von Deutschland, das weiß ich, aber ich dachte, das Spiel sei römisch.»

«Quatsch, römisch. Das ist ein baskisches Spiel, obwohl es natürlich auf der ganzen Welt gespielt wird, sogar auf den Philippinen, weil wir Spanier es überall eingeführt haben, als wir die Herren der Welt waren.»

«Und das war im neunzehnten Jahrhundert?»

«Meinetwegen im neunzehnten.»

«Ich habe dieses Spiel schon als Kind gern gemocht, aber daß es ein spanisches ist, wußte ich nicht.»

«Ein baskisches, Mann, ein baskisches.»

Der kubanische Chinese grübelte über den Unterschied zwischen baskisch und spanisch nach, mußte sich jedoch entscheiden, ob er weiterhin dem wandelnden Lexikon lauschen oder dem Spiel zusehen wollte und entschied sich für letzteres. Voltaires Augen blickten gebannt auf Amescúa, auf die kräftige Gestalt dieses dunklen Burschen mit dem ungebändigten schwarzen Haarschopf, der wie ein Helmbusch auf dem quadratischen Schädel stand. Unter dem weißen Tuch der Hose erahnte er die soliden und sehnigen Schenkel eines *pelotari*, der sowohl springen können als auch mit beiden Beinen fest auf dem Boden stehen muß, wenn der Ball mit tödlicher Geschwindigkeit auf ihn zufliegt. Voltaire lehnte sich wie in Trance oder im Traum auf der Holzbank zurück, doch seine Äuglein huschten so geschwind wie die Spieler. Der andere hörte es nicht, aber er nannte jede der unterschiedlichen Spielvarianten beim Namen, bis zu siebenundzwanzig, bis zu siebenundzwanzig Spielarten, obwohl die allzu Bequemen nur die drei Grundformen des Pelota mit der Hand, mit dem Schlagholz oder mit dem Fangschläger unterscheiden. Für mich gibt es nur das Handspiel, mit dem Fangschläger wirkt es wie ein Spiel von Einarmigen, und das Schlagholz zerstört das Ebenmaß der Bewegung, die rauhe Spielharmonie, in der die Seele eines Volkes zum Ausdruck kommt. Baskische Seefahrer haben diesen Sport hierher gebracht, als man an diesen Küsten noch von gestrandeten Schiffen und geenterten Frachtern lebte, das können Sie mir glauben, schließlich bin ich kein Zugezogener, sondern habe schon in Miami gelebt, als es hier noch gar keine Straßen gab. Der Ball prallte gegen die Wand, schnellte mit einer kleinen Abweichung zurück, so daß Amescúa ihn verfehlte, und da er den Aufprall gebraucht hätte, um seine Geschwindigkeit zu stoppen, sauste er jetzt ins Leere, stolperte, stürzte, und sein schweißnasser Körper schlitterte wie auf einer Eisbahn über den Boden. Die Körpermasse verwandelte sich in einen Berg widerstreitender Muskeln, jene, die die Rutschpartie unterstützten, und jene, die sie zu beenden suchten, und als der Athlet schließlich zum Stillstand kam und einen Arm in die Höhe reckte, als entsteige er dem Brunnen seiner Ohnmacht, da glaubte Voltaire, ein gemeißeltes Monument in Bewegung zu sehen und flüsterte inbrünstig, du Kerl, du Kerl, du nach Kampfer riechender Kerl, denn einmal in seinem Leben hatte er einen Spieler an seiner Seite gehabt, der nach Kampfer gerochen hatte. Während seine Augen sich an den Bewegungen der Spieler ergötzten, drangen an seine Ohren das wabernde Gemurmel der Zuschauer, Laute erstarrter Spannung oder des Anfeuerns, das Ächzen der Wand oder das grimmige Sirren des Maschendrahts als letztes Geräusch eines Fehlschlags. Das Spiel ist aus, und Voltaire erwacht nur langsam aus seiner Trance, um mit seinem Sitznachbarn das Ergebnis zu erörtern, doch der Nachbar ist ein sturer Hund, der über die Bänke steigt, direkten Wegs zur Bar. Um ihn herum gibt es nur noch leere Sitze und Gruppen von Leuten, die hinausgehen und sich über kommende Spiele unterhalten. Unter seinem Arm klemmt der schwarze Hefter, der ihn daran erinnert, die Zeit im Auge zu behalten. Er hat noch genug, nach Hause zu gehen, den Bericht durchzuarbeiten und den ersten Akt einzustudieren, diesen Telefonanruf, von dem der Rest seiner Vorstellung abhängen wird.

«Gehen Sie schon, Voltaire?»

«Ich wollte nur meine Augen ein wenig ausruhen.»

«Wo andere müde werden, ruhen Sie sich aus.»

«Das wird es sein, Dantón, aber mal sehen, ob hier auch mal richtige Spieler spielen. Der einzige, der mir gefallen hat, ist Amescúa. Ist der neu?»

«Ich habe seit neun Jahren kein Spiel mehr gesehen, Voltaire. Entweder steht man an der Tür, oder man sitzt drinnen. Ich weiß nicht, wie dieser Amescúa spielt, ob er überhaupt die Kraft zum Spielen hat, denn wenn er hier rauskommt, hat er immer vier oder fünf von diesen Witwen am Hals, die mit Bussen aus dem Sheraton, dem Copacabana oder dem Hilton kommen. Ich glaube, er verdient außerhalb des Spielfelds mehr als drinnen. Wahrscheinlich spielen sie mit den Witwen im Hotel Pelota. Die Jungs stellen die Bälle und die Witwen die Hände.»

Dantóns brüllendes Gelächter verfolgte ihn die Straße hinab, während er nach einem Taxi fuchtelte, außer sich vor Zorn über die Geschmacklosigkeit des Türstehers. Auf seiner Netzhaut bewahrte er die Bewegungen der Spieler, im Gehör das dumpfe Geräusch der Aufschläge, in seinen Händen das Gefühl des schwarzen Hefters, nicht das Tastempfinden auf dem Plastikumschlag, sondern das Gefühl für das Leben, die vergangene und zukünftige Bewegung, die darin eingeschlossen war, als sei das Mädchen ein unsteter Geist in einer provisorischen Behausung. Er war angespannt wie ein beutewitterndes Tier, zugleich aber freudig und erregt, ganz auf das Theaterstück konzentriert, das er uraufführen und dessen Autor, Regisseur und Hauptdarsteller er sein würde, ausgehend von einer vagen Idee, an deren Zustandekommen die ganze Agentur beteiligt war. Als walte ein heiliges Geheimnis in seinem Körper und seinem Geist, betrat er Carmens Snack-Bar durch einen kleinen, allein für ihn sich öffnenden menschlichen Korridor, ohne richtig wahrzunehmen, daß Carmen ihn von der anderen Seite der Theke her ansprach.

«Haben Sie Olokun gesehen, Don Voltaire?»

«Was meinen Sie?»

«So ein vergeßlicher Mensch, da haben Sie mich erst in Angst und Schrecken versetzt, mit all Ihren afrikanischen Göttern, und jetzt wissen Sie nicht mal mehr, wer Olokun ist, der mir von allen am meisten angst gemacht hat, Voltaire.»

«Man kann Olokun nicht sehen, ohne zu sterben.»

«Eben drum, weil Sie aussehen wie ein Toter, Voltaire, wie ein träumender Toter, aber wie ein Toter.»

«Ich war in Geschäften unterwegs.»

«Na, das werden schöne Geschäfte sein.»

«Sehr schöne Geschäfte. Ich werde nämlich bald reich sein, und dann können Sie mich in einem zweispännigen Landauer vorfahren sehen.»

«Was ist denn ein Landauer, Voltaire?»

«Eine Kutsche, eine Kutsche mit zwei Pferden davor, wie sie nur Könige benutzen. Und ich werde in dieser Kutsche sitzen und aussehen wie ein haitianischer Feldmarschall, Doña Carmen.»

«Kann es kein kubanischer Feldmarschall sein?»

«Nein, es muß ein haitianischer sein, die Uniformen der haitianischen Offiziere gefallen mir besser.»

«Um was für Geschäfte handelt's sich denn, Don Voltaire?»

«Ha, du geschwätzige schwarze Hexe, dir werde ich mein Geheimnis auf die Nase binden. Gib mir einen Papayasaft.»

Sie brachte ihn. Voltaire trank ihn in kleinen Spatzenschlucken, legte einen Geldschein auf die Theke, und stieg ohne auf Wechselgeld zu warten die Treppe hinauf, bis er an seine Tür kam, die sich in eine miauende Mauer verwandelte, sobald die Katzen den Schlüssel im Türschloß vernahmen. Sie strichen ihm um die Beine, als wären sie eine einzige Katze, als bildeten sie alle zusammen eine sich windende Schlange, mit Ausnahme von *Dama Blanca*, die ihn auf der Tischdecke des Eßtisches erwartete. Er nahm die Dose mit Katzenfutter aus dem Kühlschrank und verteilte den Inhalt auf die Näpfchen in ihren entsprechenden Zimmerecken, doch die dicksten Löffel füllte er in das Glasschälchen auf dem Tisch, aus dem *Dama Blanca* fraß. Er setzte sich an den Tisch vor den aufgeschlagenen Hefter und las die Instruktionen zum erstenmal ganz durch. Dann blätterte er in den Fotografien herum und versuchte sich Muriel Colbert leibhaftig vorzustellen, als sich die leibhaftige, ihn streifende Gestalt der über die Blätter und Fotos stolzierenden *Dama Blanca* dazwischen schob.

«Vorsicht, *Dama Blanca*, darin steckt unsere Zukunft.»

Wollte er gerade die Katze zur Ordnung rufen, als ihm eine bessere Idee kam, so daß er sie machen ließ und statt dessen anfing, das Hohelied der jungen Dame auf den Fotos zu singen.

«Der erste Blick hat mir genügt, um in Ihnen das Abbild der ewigen Jugend der Menschheit zu erkennen. Gäbe es keine Menschen wie Sie, die Welt hätte schon vor langer Zeit aufgehört zu existieren, und das zu recht. In Ihnen erkenne ich mich selbst wieder, sehe den jungen Idealisten vor mir, der sich auf die Seite jeder gerechten Sache dieser Welt schlug. Sandino? Auf nach Nicaragua, zum Kampf an der Seite Sandinos. Bürgerkrieg in Spanien? Auf nach Spanien und auf seiten der Republik gekämpft. Faschismus in Europa? In die französische Rèsistence; sogar in der jugoslawischen bin ich gewesen, um den Faschismus aufzuhalten. *No pasarán. No pasarán.* Und offensichtlich sind sie nicht durchgekommen. Nennen Sie mir eine gerechte Sache der letzten fünfzig Jahre, und in allen finden Sie den, der hier zu Ihnen spricht. Ich bin aus dem Holz der ewigen Rebellen geschnitzt, wie diese verdienstvollen Yankees, die mit zwanzig Jahren in Spanien in der Brigade Lincoln gekämpft haben und jetzt mit siebzig oder achtzig Jahren noch Aufrufe gegen die Blockade von Nicaragua unterschreiben. Und selbst hier, im Herzen des Imperiums, haben von den für ihre Unabhängigkeit kämpfenden Puertoricanern bis zu den *black panthers* oder der Symbiotischen Befreiungsarmee alle auf mich zählen können. Und diese moralische Statur, die die einzige ist, die so ein kleines Männchen wie ich aufzuweisen hat, erlaubt mir, Ihnen zu helfen, mein Kind, und ich sage mein Kind, weil Sie meine Enkelin sein könnten, wenn ich nicht der Geschichte zuliebe auf eine Familie, auf eine so prachtvolle Enkelin wie Sie verzichtet hätte. Na, wie war das, *Dama Blanca*? Gib zu, daß du überwältigt bist, daß eine gewisse Magie in meinen Worten gelegen hat. Und dann werde ich ihre Hand ergreifen, ganz leicht, aber ihr doch das ganze Wohlwollen eines alten Mannes übermittelnd, dem kaum noch Zeit zum Sterben bleibt, und zu ihr sagen: Sie sind einem falschen Stern gefolgt. Die Geschichte verfährt so ungerecht mit den treuesten ihrer Diener, daß man sehr sorgfältig auswählen muß, wen von den Schiffbrüchigen man rettet. Sie glauben, noch rechtzeitig einen Märtyrer aus den Wellen gezogen zu haben, bevor der Ozean des Vergessens über ihm zusammenschlägt, aber Sie haben den falschen Schiffbrüchigen gerettet. Na? Oder findest du das zu aufgesetzt? Stimmt, ist es auch, aber sie erwartet dieses Aufgesetzte von mir, es entspricht dem Stil meiner Zeit. Vielleicht sollte ich das Ganze an Hand eines Datums präzisieren, im Stil einer Reportage. Also merke dir: 4. März 1941. Galíndez gesteht mir, daß er

Informationen an die US-Botschaft weitergibt. Ort? Ein Café in der Calle Colón. Zeit? Punkt sieben Uhr abends. Ich erinnere mich so genau daran, weil ich mich an alle meine Katastrophen so genau erinnere. Nein. Wenn du dich für einen Reportagestil entscheidest, dann schießt du damit übers Ziel hinaus, das mit den Katastrophen bringt dich ins Schwimmen. Entweder ganz oder gar nicht. Vermischen ist schlecht. Bei der ersten Version fühle ich mich wohler, *Dama Blanca*, obwohl es vielleicht nur eine Frage der Betonung ist. Wenn ich nicht so bedeutsam tue, so wird es auch nicht so bedeutsam ankommen. Es muß mir gelingen, so zu sprechen, wie ein alter Schüler des Actor's Studio Shakespeare rezitieren würde, doch stets mit großväterlichem Wohlwollen, einem Wohlwollen, das ganz ihr gilt. Das sind die drei wichtigsten Punkte: Rhetorik, natürliche Betonung und großväterliches Wohlwollen. So, nun hör mir noch einmal zu, *Dama Blanca*, ob es jetzt überzeugender klingt. Aber erst einmal werde ich etwas essen, *mens sana in corpore sano*.»

Er nahm in Würfel geschnittene Sellerie, Möhren, Tomaten und eine halbe Zwiebel aus dem Kühlschrank, warf alles in einen Mixer, fügte einen Löffel Selleriesalz hinzu und schaltete das Gerät ein. Während der Inhalt zu Brei geschlagen wurde, schnitt er ein Stück frischen Käse ab, legte es auf einen Teller, bestreute es mit einer Fingerspitze voll Pfeffer, Thymian und darüber einen kleinen Spritzer Olivenöl. Er schaltete den Mixer ab, goß den Inhalt in ein Glas, deckte den Tisch, um die trostlose Mahlzeit und das Glas mit der sonnenblumenfarbenen Flüssigkeit zwischen Besteck aus rostfreiem Stahl zu postieren. Er aß Käse und trank Saft und wischte sich die Lippen mit der sauberen Serviette ab. Nach dem Essen goß er sich einen Tee aus Minzeblättern, Baldrianwurzeln, Orangenblättern, Lindenblüten und Kamille auf und trank zwei Tassen, die er mit Honig süßte.

«Den Leib gesättigt, meine Lieben, darf ich euch mitteilen, daß heute für uns alle ein großer Tag gewesen ist. Unsere Zukunft ist gesichert. In Ruhe können wir unseren alten Tagen entgegensehen, ohne Furcht vor dem grausamen Ende, das sich selbst überlassene Menschen und Katzen zu erwarten pflegt. Ich muß allerdings dafür sorgen, daß die Kolonie nicht größer wird; weswegen ich mich gezwungen sehe, *Dama Blanca*, dich sterilisieren zu lassen, zu deinem eigenen Besten. Aber keine Angst. Nicht irgendein Veterinär wird sich an dir vergreifen. Man hat mir von einem Tierarzt aus Tampa berichtet, vor dessen Tür die vornehmsten Tiere Floridas Schlange stehen. Da ich euch kenne, weiß ich, daß es vergebliche Liebesmüh ist, euch anzuraten, eure Wohlgelittenheit nicht überzustrapazieren. Ich weiß auch, daß ihr schlicht verfressen seid, aber einer in der Familie muß den Überblick behalten, und dieser eine werde ich sein. Ich werde euch weiterhin mit den Produkten des Hauses Crispp versorgen, und nur zu ausgesuchten Gelegenheiten werde ich frischen Fisch kaufen, aber nicht für alle, denn ich weiß, daß einige von euch nichts anderes mehr genießen können, als dieses Zeug, das die Menschen für euch erfunden haben, ohne daß man je einen von ihnen selbst so was hätte essen sehen. Aber so seid ihr nun mal, ihr seid so, und ich werde nicht derjenige sein, der euren Geschmack ändert.»

Er räumte Teller, Glas und Näpfe fort, und auf den bis auf die Tischdecke und *Dama Blanca* leeren Tisch legte er den geöffneten Hefter, studierte Muriels Gesichtszüge und fragte sich, wie jeden Abend, ob es normal war, daß er müde wurde, sobald er mit aufgestützten Ellenbogen unter der Hypnose der Deckenlampe am Tisch saß. Er wollte aufstehen und sich zum Wachbleiben zwingen, indem er den Fernseher einschaltete, doch es war bereits zu spät, und der Schlaf übermannte ihn, für kurze Zeit aber nur, denn nach wenigen Minuten schreckte er wieder auf. Über der Vegetation des Innenhofs war die Nacht hereingebrochen, und er schaute auf die Uhr. Er seufzte erleichtert, noch blieb ihm eine halbe Stunde, um sich auf das Telefongespräch vorzubereiten, und er verbrachte sie damit, um den Küchentisch herumzulaufen und seine voraussichtlichen Einlassungen aufzusagen, bis er zweifelnd innehielt und an seine Bücherwand mit den Enzyklopädien trat: «... wurde Präsident Belaunde Terry am 3. Oktober 1968 durch einen Militärputsch gestürzt. Der Anführer des Putsches, General Velasco Alvarado, löste das Parlament auf und setzte eine national-reformerische Militärregierung ein.» Dritter Oktober 1968. Dritter Oktober 1968. Dritter Oktober 1968. «Was haben Sie am 3. Oktober 1968 gemacht, Señorita? Die Frage stelle ich nicht ohne Grund. Ich saß im Flugzeug nach Lima, Peru, kaum daß ich von dem fortschrittlichen Putsch des Generals erfahren hatte, der die Türen der revolutionären Erneuerung des amerikanischen Kontinents weit aufstoßen würde. Ich war zur Stelle, wie immer, und habe mit Velasco Alvarado zusammengearbeitet, bis die Ereignisse ihn überrollten. Ich besitze noch einen freundschaftlichen Brief des Generals. Hier, sehen Sie, ich lasse Sie ihn lesen, denn hier in Miami kann ich ihn keinem Menschen zeigen.» Er ging ins Schlafzimmer, wühlte in einer Schublade seines Nachtschränkchens und förderte einen Stoß alter Papiere zutage. Er sah sich jedes Blatt einzeln an und seufzte dann erleichtert. Ja, das war der Brief von Velasco Alvarado. Die Uhr rief ihn jetzt jedoch zur Eile. Er mußte in Santo Domingo anrufen, Hotel Sheraton, Telefon (809) 685–5151.

Eine so tropische und zugleich so ordentliche Straße hättest du nicht erwartet. Eine halbe Straße eigentlich nur, zwischen Lions Club und Curazao, im neuen Stadtteil Ozama, mit der Duarte-Brücke über dem Fluß. Wer war Duarte? Wer gab seinen Namen der Brücke, die dich dieser parapsychologischen Empfindung zuführt, als erwartetest du, Galíndez hier in Santo Domingo zu begegnen, auf der Straße, die seinen Namen trägt, als gehöre sie ihm, eine Art Dividende der Investition seines Todes? «Balaguer hat ihm eine größere Straße gegeben. Vorher hatte man ihm ein kurzes Sträßchen gewidmet, dann hat Balaguer ihn aufgewertet und ihm diese Straße gegeben. In dem Wohnviertel haben sich vor allem pensionierte Militärs der oberen und mittleren Ränge zur Ruhe gesetzt. Es wäre nicht verwunderlich, wenn dort der eine oder andere direkt an dem Mord Beteiligte wohnen würde. Balaguer weiß alles, und er liebt solche Anspielungen, es ist nur ein Scherz, aber auch eine Anspielung. Achtung, ich habe deine Straße nach deinem Opfer benannt.» José Israels Humor ist am Telefon noch verwirrender. Von Angesicht zu Angesicht kündigen seine glänzenden Augen den Scherz oder Sarkasmus an, an dem er gerade feilte. Am Telefon will es dir nicht ohne weiteres einleuchten, daß man auf Kosten des geistigen Voodoo des Herrn Präsidenten ironisch sein kann. Auf dem Schild steht: Calle Jesús de Galíndez. Es ist seine Straße, wie jenes lächerliche Denkmal auf dem Hügel von Larrabeode sein Denkmal ist, und du vergleichst diese gänzlich undramatische lichtdurchflutete Straße im Neubauviertel von Ozama mit der dramatischen Landschaft des Tals von Amurrio, über dem noch der Blick des Kindes Jesús schwebt und die Sehnsucht eines ganzen Lebens im Exil. Hinter den Gartenmauern sieht man die Spitzen der Jacarandas, Bananenstauden und Flamboyants, Feuerbäume mit Blüten wie glühende Kohlen, und hinter dem Grün verzierte Gitter, Mauern, Bungalows im Hintergrund oder Häuser, die Kolonialstil imitieren, wie eine gut erhaltene Insel inmitten all des Verfalls, der auch den Luxus in den Tropen nicht verschont. Du schließt die Augen, versuchst Verbindung zu jenem Teil von dir zu bekommen, der schon Jesús Galíndez ist. Und du findest ihn nicht, er ist nicht in dir, weil er nicht in dieser Straße ist, auch wenn man noch so viele Schilder mit seinem Namen hier aufstellt. Wenn du über den Malecón gehst, vielleicht, oder besser noch über die Avenida George Washington mit Blick auf das offene Meer, auf die Gruft, in der die Haie sich über all jene hergemacht haben, die Trujillo verschwinden ließ. Vielleicht erreicht dich dort eine Nachricht von Jesús, doch nicht in diesem umfriedeten Goldfischteich, in dem die Elite des Regimes sich zur Ruhe gesetzt hat; eines Regimes, das über seine Zeit soweit hinausgewachsen ist, daß Balaguer eine Straße nach einem seiner Opfer benennen kann, einem Opfer seiner Gedanken, Worte und Unterlassungen. Du machst ein paar Fotos, um sie vorzeigen zu können. Aber wem? Wem willst du sie zeigen? Norman ist weit fort, muß weit fort sein, und die einzigen, die diese Fotos jetzt verstehen würden, wären Ricardo und Galíndez. Jesús und Ricardo, nur diese beiden Namen stehen auf deiner Tanzkarte, ein Toter und ein junger Geliebter mit Groll im Herzen, den du vermutlich nie wiedersehen wirst. Doch du hast diese Fotos geschossen, um sie zeigen zu können, wie nach einer Trennung, wenn du allein verreist bist und die Dinge plötzlich in Bezug zum anderen gesehen hast, zum letzten anderen, mit dem du die Suche nach dem Alles und dem Nichts geteilt hast, die Suche nach der Zahnbürste, dem Glück, dem Orgasmus, dem Autobus. Bevor du wieder gehst, läufst du noch zwei-, dreimal die Straße auf und ab, derweil der Taxifahrer auf dem Kotflügel seines Wagens sitzt und sich die Fingernägel schneidet, das heißt, er beißt sie zuerst mit den Zähnen ab und beschneidet sie dann mit einer kleinen Schere, die er sorgfältig in einem Etui aus weichem Leder aufbewahrt, als wäre sie ein Schatz. «Wie heißen diese lilafarbenen und blauen Blumen? Passionsblumen. Und die da? Orchideen, Señorita. Haben Sie nie Orchideen geschenkt bekommen?» Alles, was sich nach einer halben Stunde in dir angesammelt hat, sind Namen von Blumen und Bäumen, und ab und zu fällt dein Blick auf das Straßenschild: Calle Jesús de Galíndez, ein Straßenschild ohne ihn, eine Straße, in der er nicht anwesend ist. Du fährst zum Hotel zurück, weil die erste Verabredung des Tages auf dich wartet. Lucy de Silfa, Exfrau des Führers der Opposition gegen Trujillo in New York, mit dem Galíndez vertrauliche und geheime Dinge ihrer beider Beziehung zum US-Außenministerium zu besprechen pflegte. Du würdest gern auf eine Weise altern, wie diese Frau es getan hat, die beweglich geblieben ist und sich noch wie ein junges Mädchen bewegen kann, ganz im Einklang mit der Kleinwüchsigkeit ihres Körpers, der für einen alten Menschen ungewöhnlich gut erhalten ist. Wir haben ihn sehr gemocht, ja, wir haben ihn alle sehr gemocht, denn Jesús war ein Mensch, den man einfach mögen mußte. Meine Kinder haben geweint, als sie erfuhren, daß sie ihn nie wiedersehen würden, und trotz der vielen Jahre, die vergangen sind, ist meine Erinnerung an ihn noch so lebendig, als sähe ich ihn vor mir, mit seinem stets leicht zur Seite gewandten Gesicht, wie in ständiger Bereitschaft zuzuhören, mit übereinandergeschlagenen Beinen, immer abwartend, immer beobachtend. Mein Mann und er waren eng befreundet, er hat ihn bei seiner Doktorarbeit beraten, sie haben sich Bücher ausgeliehen; er war sehr pedantisch mit Büchern, sowohl mit geborgten als auch mit verliehenen. Er war ein Ehrenmann. Ein Mann, der Eindruck machte, ja, den Frauen konnte er gefallen, obwohl er sehr zurückhaltend war. Daß er ein Frauenheld war, stimmt nicht, das ist falsch. Genauso falsch ist auch, daß wir nicht beunruhigt waren, als wir von seinem Verschwinden erfuhren, angeblich in dem Glauben, da stecke eine Frau dahinter. Ich will Ihnen eine Situation schildern, damit Sie verstehen, was ich meine. Zu unserm Kreis gehörte ein Mädchen, das gern mit allen möglichen Dingen angab, die sie hatte und die sie nicht hatte, und jeder merkte, daß sie hinter Jesús her war, vielleicht aus dem einfachen Grund, weil er Junggeselle war, ich weiß es nicht. Sie setzte sich mit übereinandergeschlagenen Beinen vor ihn hin, mit kurzen oder bis über die Schenkel hochgezogenen Röcken, um ihn verrückt zu machen. Sie sind eine Frau und wissen, was ich meine. Nun, einmal benahm sie sich so unmöglich, daß Jesús sich einen anderen Platz suchte, um das Schauspiel nicht länger mit ansehen zu müssen. Er war verheiratet, verheiratet mit seiner Sache. Er hatte manchmal vier oder fünf Versammlungen in einer Nacht. Nein, ein argwöhnischer Mensch war er nicht, er war nicht mißtrauisch, aber er wurde auch nicht vertraulich, ich weiß nicht, ob Sie verstehen, was ich meine, er war der ideale Gast, der mithalf und zuhörte, der nie eine Meinung oder einen Standpunkt durchzusetzen versuchte und nur leidenschaftlich wurde, wenn das Thema Baskenland zur Sprache kam. Er hat sogar uns zu überzeugten Basken gemacht, und Nicolás, mein verstorbener Mann, und ich haben oft unsere Witze darüber gemacht. Zu uns hatte er Vertrauen, er beriet sich sogar mit meinem Mann über den Besuch des Lahmen, Martínez Jara, ein Finsterling, der sich in New York an seine Fersen geheftet hatte und auf Weisung von Bernardino, von Espaillat und sogar von Trujillo persönlich handelte. Wir alle waren in Gefahr, das wußten wir, und die Ermordung Requenas war eine Warnung. Galíndez hatte die Polizei um Schutz gebeten, und wenn er uns besuchen wollte, rief er vorher an, damit wir Bescheid wußten, falls ihm unterwegs was zustoßen sollte. Es stimmt. Die Spanier haben ihn nie ganz für voll genommen, sie sind recht eigentümliche Menschen, besonders die damalige New Yorker Gruppe war sehr eigen in ihren Dingen. Sie hatten den Bürgerkrieg mitgemacht, hatten ihn verloren, und damit hielten sie ihre Pflicht für getan. Wir Lateinamerikaner aus der Karibik waren für sie so etwas wie eine Folkloregruppe, und Trujillos Verbrechen waren für sie ebenso folkloristisch wie sein Mörder. Jesús war sehr religiös, nun ja, sehr... zumindest ging er zur Messe. Informant der Geheimdienste? An dieser Stelle gerät der von Lucy de Silfa geführte Monolog ins Stocken, sie schaut dich offen an, doch liegt ein harter Glanz in ihren Augen, und sie sagt energisch: Wer war das nicht? Wie hätten wir in New York überleben sollen, von den verbrecherischen Geheimdiensten Trujillos verfolgt, von Botschaft und Konsulat unter Druck gesetzt, wenn wir nicht mit dem FBI oder der CIA zusammengearbeitet hätten? Das war ein Preis, der bezahlt werden mußte, und das tat man möglichst ohne seine Würde zu verlieren, indem man schützte, was einem schützenswert schien, und das war für uns die Wiedereinführung demokratischer Verhältnisse in der Dominikanischen Republik und für Jesús die Befreiung des Baskenlands. Die Gringos klopften an jede Tür, und wer öffnete, hatte die Wahl. Niemand legte Wert darauf, zu erfahren, was passierte, wenn der Agent die Schwelle überschritten und die Tür sich hinter ihm geschlossen hatte. Die Antwort gleicht fast aufs Haar der von Emilio González. Als Jesús verschwand, war ich die ersten Tage wie betäubt und versuchte noch, die Trauer meines Sohnes zu lindern, der ihn immer Papi Galíndez genannt hat. Er hatte ein besonderes Verhältnis zu Kindern, sie flogen auf ihn. Mein Sohn bewunderte ihn. Er war so selbstlos. Er hatte nicht eine Minute für sich, vielleicht lag es daran, daß sein Privatleben keinerlei Geheimnis barg, es existierte einfach nicht. Er war sehr gebildet, ein Fachmann nicht nur in spanischem Recht, sondern auch in nordamerikanischen Rechtsfragen und denen anderer Länder Amerikas, außerdem hatte er gute Beziehungen zu den US-Behörden und wußte, wie man mit ihnen umzugehen hatte, darum war er bei allen lateinamerikanischen Emigranten ein gefragter Mann und wurde zu einer Art Kultur- und Rechtsbeistand für sie; aber nicht, um Einfluß zu gewinnen, sondern weil sein Gefühl für Solidarität ihn dazu antrieb. Das ist wohl das treffende Wort. Er war solidarisch mit allem, was gerecht war auf dieser Welt, und darin fand sein Leben seinen Sinn. Sie haben ihn hier getötet, ja. Es hat von Anfang an Gerüchte gegeben, daß es in einem von Trujillos Privatgefängnissen passierte, siebzehn Kilometer von Santo Domingo in Richtung Yaguate, aber Trujillo konnte selbst die größte Schweinerei vertuschen oder schlichtweg bestreiten, und kein Mensch sagte was dazu. Selbst heute gibt es noch genügend Leute, die sagen könnten, was mit Jesús nach dem 12. März 1956 geschehen ist. So viele Jahre sind noch nicht vergangen, daß man solch ein schreckliches Ereignis, solch ein Unrecht vergessen hätte. Ich habe von Ihrer Ankunft hier durch die Fernsehsendung erfahren und aus der Zeitung heute, in der über die gestrige Veranstaltung im Institut berichtet wird. Ich hätte gern daran teilgenommen, aber ich hatte viel Arbeit. Schreiben Sie sich meine Adresse auf. Viel weiß ich nicht, doch was mir noch einfällt, sollen Sie wissen. Es ist, als sei mit Ihrer Ankunft ein Bodensatz aufgewühlt worden, und mit dem Bodensatz die Erinnerung und die Tränen. Ich weiß noch, daß Nicolás geweint hat wie selten in seinem Leben, als er von dem Verbrechen an Jesús erfahren hat. Mir ist manchmal noch so, als sähe ich ihn in meiner Wohnung am Broadway auftauchen, lächelnd und höflich, stets den Kopf voller Neuigkeiten und Pläne, obwohl er in den letzten Jahren pessimistischer geworden war, besser gesagt, in den letzten Monaten. Die Aufnahme des franquistischen Spanien in die UNO war für ihn ein Tiefschlag. Er war trotz des dicken Fells, das er sich im Lauf einer langen, harten Geschichte zugelegt hatte, doch stets ein Träumer. Ihr verabschiedet euch voneinander wie zwei Witwen ein und desselben Mannes, und du brauchst als nächstes ein Bad im Swimmingpool, damit die Massage des Wassers dir Klarheit verschafft, nicht über deine Gedanken, sondern über deine Gefühle. Du erinnerst dich an ein Gespräch mit Norman über die Persönlichkeit, an seine Theorie, daß die Persönlichkeit wie eine Abfolge von Fotogrammen aller möglichen Verhaltensweisen eines ganzen Lebens sei, aus denen du eine herausgreifst, und das sei dann deine vorherrschende Persönlichkeit, als die du dich empfindest, während alle andern die auswählen, die ihnen am genehmsten ist, und so siehst du dich mit einemmal allen möglichen Arten von Galíndez gegenüber: dem harten Vollstrecker der Republik, dem Rastelbinder von Ayala, dem edlen Patrioten der baskischen Emigranten, dem klugen Vertrauensmann des Emilio González, dem verschlagenen Superagenten des Buches von Unanúe, diesem *chevalier servant*, den Lucy de Silfa dir beschrieben hat, und Jesús war vermutlich jeder dieser möglichen Typen und keiner von ihnen. Vielleicht behielt er sich in seinem Innern auch noch einen Bereich vor, der das Refugium des Kindes mit dem Selbstmitleidskomplex wegen der unbekannten Mutter und der fernen, unerreichbaren Heimat war. Welchen Typ wählte er im Augenblick seines Todes? Du würdest gern wie eine Veronika in das Verlies hinabsteigen und ein Schweißtuch auf sein Antlitz legen, um den wahrhaftigen Gesichtsausdruck dessen zu verewigen, der sterben muß. Ist dieser Ausdruck denn wahrhaftig? Sind wir durch unsere Kultur nicht zu einem Gesichtsausdruck des Todes erzogen worden, sogar zu einem letzten Satz? Was würde ein menschliches Wesen ohne Kultur im Angesicht des Todes rufen? Einen gellenden Schrei würde es ausstoßen, der der aufrichtigste Laut ist, einen Schrei oder in dessen Ermangelung die physische Trauer des Schicksalergebenen, der dem Tod die Pforten seines Körpers wehmütig und kraftlos öffnet, die inneren Augen geschlossen im Angesicht des Unvermeidlichen. Das Wasser des Schwimmbeckens hält deine Tränen auf, du tauchst, als wolltest du dich der Realität des Tages und der Erde verweigern, und als du wieder auftauchst, hast du deine Beklemmung im Wasser zurückgelassen wie einen klebrigen Schmutz der Seele, und vor dir erscheint die senkrechte

Silhouette eines Kellners, der den exakten Punkt deines Auftauchens erraten hat.

«Miss Colbert? Miss Muriel Colbert?»

«Ja.»

«Ein Herr möchte Sie sprechen. Er sagt, er sei mit Ihnen verabredet.»

«Wartet er am Empfang?»

«Nein. Er steht dort drüben, an der Bar. Der Herr mit dem blauen Jackett.»

Der Wasserschleier, der noch auf deinen Augen liegt, läßt dich ihn nicht klar erkennen. Du wischst sie dir mit dem Bademantel trocken, ziehst ihn danach an und wartest auf das Ergebnis der Worte, die der Kellner mit dem Unbekannten wechselt. Er verläßt die Bar und kommt auf dich zu. Es ist ein Mann um die Fünfzig oder sieht zumindest so aus. Es fällt ihm schwer, die passenden Worte zu finden, um sich vorzustellen, und er ersetzt sie durch einen Handkuß, der an einem Swimmingpool recht deplaziert wirkt. Um deine Verwirrung zu verbergen, schlägst du ihm einen Drink unter dem Sonnenschirm vor. Er bestellt einen dunklen Rum aus Macorís, und das Getränk paßt zu seinem hageren Gesicht, das von Pockennarben übersät ist, die ihm sogar einen Teil des linken Augenlids zerfressen haben. Ich habe Sie im Fernsehen gesehen, und ich glaube, ich kann Ihnen von Nutzen sein. Nicht so sehr wie andere, aber ich glaube doch, Ihnen nützlich sein zu können. Er stockt, überlegt, memoriert vielleicht seine vorbereitete Rede und entscheidet sich dann.

«Ich war da. Ich meine, ich war da, als der kranke Mann kam, der, den Sie suchen, der Spanier. Jesús Galíndez, Don Jesús de Galíndez. Ich war da, ja. Verrichtete dort meinen Militärdienst. Ich war damals zwanzig.»

Es ist, als öffne sich dir die Tür zur letzten Kammer einer Pyramide mit endlosen Geheimgängen. Ihr Name? José Rivera Maculeto, zu Ihren Diensten. Ich habe Ihnen gestern eine Nachricht an der Rezeption hinterlassen. Sie waren da? Was heißt, da?

«Das ist eine lange Geschichte, und vielleicht sollten Sie danach mit jemandem sprechen, der das, was ich gesagt habe, noch weiter ausführen kann.»

«Heißt dieser jemand Dante Laforja?»

«Nein, ich habe nicht das Vergnügen, den zu kennen. Nein.

Wenn es Ihnen recht ist, gehen wir der Reihe nach vor. Ich bin es nicht gewohnt, viel zu sprechen, ich gerate leicht aus der Fassung, und dann bleiben mir die Worte weg. Darf ich mir noch ein Gläschen Rum bestellen? Ich lade Sie ein, Señorita, ich möchte nicht, daß Sie sich durch einen trinkenden Mann beleidigt fühlen. Ich genehmige mir jeden Morgen zwei, drei Gläschen, weil ich niedrigen Blutdruck habe, und damit treibe ich ihn hoch. Jedenfalls hatte ich an dem Tag Dienst in Kilometerstein 9, so nannte man das Gefängnis, wohin das Paket mit der Ambulanz kam, ein Paket war ein Gefangener. Und dieser mußte ein ganz besonderer sein, denn man achtete darauf, daß niemand im Hof war, außer den Soldaten, die mit im Auto gesessen hatten. Ich war beim Waffenputzen in der Waffenkammer, und von dort aus konnte man alles sehen, was im Hof passierte. Sie luden einen Mann aus, der tot zu sein schien, aber nicht tot war, denn als seine Beine die Erde berührten, versuchte er, zu stehen, fiel aber hin, so schlapp war er, nehme ich an, und außerdem war er viel zu warm angezogen, als ob er aus einem Land kam, wo es kalt war. Gerade seine Kleidung versetzte mir einen richtigen Schrecken, ich glaube, er trug sogar einen Mantel. Sie wissen ja, wie die Menschen sind. Bei soviel Heimlichtuerei versuchte ich natürlich herauszufinden, was los war, und schon ein paar Minuten später wußten alle, daß es ein Spezialgefangener war, den sie aus Montecristi herübergebracht hatten. Ich weiß nicht, ob Sie wissen, daß in Montecristi ein Flugplatz ist, und hinterher haben wir dann erfahren, daß er da ausgeladen worden ist. Es war Galíndez, Don Jesús de Galíndez.»

«Haben Sie ihn gesehen? Konnten Sie mit ihm sprechen?»

«Nein, wo denken Sie hin. Unmöglich. Ich war nur ein einfacher Wachsoldat. Aber die Gerüchte drangen auch bis zu den einfachen Wachsoldaten, und es hieß, er sei ein ganz besonderer Gefangener, einer von denen, auf die der Chef scharf war, ganz besonders scharf sogar. Einen oder zwei Tage später, ich glaube, es war am nächsten Tag, aber ich bin mir nicht sicher, wurden wieder alle aus dem Hof geschickt, damit es keine Zeugen gab, aber danach hörte man ein solches Geknalle von Autotüren und ein solches Achtunggebrülle, daß alle gleich ahnten, daß der Chef persönlich gekommen war. Klar. Hinterher wurde es dann auch bestätigt. Der Chef hatte den Gefangenen besucht. Er soll ihn gefragt haben: Bist du dieser Idiot Jesús Galíndez? Und der antwortete ihm nicht, entweder weil er nicht konnte oder weil er nicht wollte, aber wenn Sie sich mal in seine Lage versetzen, dann mit Sicherheit, weil er nicht konnte, denn dem Chef blieb niemand eine Antwort schuldig, ohne sich auf alles mögliche gefaßt machen zu müssen. Und so war es dann wohl auch. Mir erzählte man hinterher, der Chef hätte ihn getreten.»

«Einen Fußtritt gegeben?»

«Ja, Fußtritte und solche Sachen. Ich weiß nicht, wie lange das gegangen ist. Später ist der Chef dann unter denselben Sicherheitsvorkehrungen wieder verschwunden.»

«Haben Sie erfahren, was mit dem Gefangenen passiert ist?»

«Wir haben nur gehört, daß man ihm das Halstuch gegeben hat, aber ich weiß nicht, ob direkt im Gefängnis oder anderswo.»

«Was heißt das, das Halstuch gegeben?»

«Aufhängen oder strangulieren. Das Ergebnis bleibt sich gleich.»

Du hast es gewußt, hast es gelesen, doch der Bericht eines Zeugen, der so gut wie dabei war, verdickt deinen Speichel im Hals zu einem schmerzenden Pfropf.

«Sie sehen also, ich habe Ihnen gesagt, was ich weiß, obwohl ich dadurch immer noch Schwierigkeiten bekommen kann, denn es leben noch welche von denen, die mit dem Mann zu tun hatten. Aber die meisten sind tot. Ich bin nicht so gebildet, als daß ich alle Namen der Hauptbeteiligten wüßte, von denen später viele umgebracht worden sind, aber ich habe einen Kontakt, der bereit ist, mit Ihnen zu reden und die ganze Geschichte aufzurollen.»

«Hier in Santo Domingo?»

«Ja, aber an einem verschwiegenen Ort, und auch nur, falls Sie jetzt auf der Stelle mitkommen und niemand davon erfährt. Sie verlassen die Insel wieder, aber wir bleiben hier. Sie wissen, was ich meine.»

«Was hat Sie dazu bewogen, mich aufzusuchen?»

«Manchmal sprechen wir über all diese Dinge. Er war nicht nur irgendein Toter. Die Ereignisse überschlugen sich hinterher, und die Ermordung von Galíndez hat Trujillo wenige Jahre später die Macht und das Leben gekostet. Ich war sehr umtriebig zu der Zeit, äußerst umtriebig. Als wir noch glaubten, die Dinge ändern zu können. Ich habe zwar keinen verantwortlichen Posten gehabt, das nicht, aber ich war dabei.»

«Mit Caamaño? Mit Bosch?»

«Ja, mit denen auch, obwohl das Spinner waren, das hat man ja gesehen, ein bißchen realistisch muß man schon sein. Aber klar, mit Caamaño habe ich zusammengearbeitet, ich war sogar bei seinem Invasionsversuch dabei. Ich wurde von den anderen abgeschnitten und bin vierzig Kilometer zu Fuß durch die Berge von Ocoa gelaufen, bis ich ein sicheres Versteck bei meinem Patenonkel fand. Ein bekannter Gefolgsmann Balaguers. Auf die eine oder andere Weise versteckt man sich letzten Endes immer zwischen den Beinen von Balaguer. Könnten Sie jetzt sofort mit mir kommen, Señorita? Mein Kontaktmann könnte es sich anders überlegen. Ich habe ihn überzeugt. Herr Oberst, er ist Oberst, dies ist die Gelegenheit, den Frieden mit Ihrer Vergangenheit zu machen und die junge Dame ans Ziel ihrer Arbeit zu führen. Verstehen Sie? Und der Herr Oberst hat zugestimmt. Der Oberst ist jetzt pensioniert und in der Freihandelszone von Puerto Plata im Tabakgeschäft tätig, ist aber meistens hier in der Stadt. Seine Söhne und Schwiegersöhne führen die Geschäfte. Er ist ein wichtiger Mann, ein sehr wichtiger Mann.»

«Welche Rolle hat er in der Sache gespielt?»

«Er wird Ihnen erzählen, was er erzählen will, aber ich wiederhole, niemand darf von der Begegnung erfahren.»

«Kann ich mich umziehen?»

«Selbstverständlich, Señorita. Aber rufen Sie niemanden an, der Oberst könnte es erfahren.»

«Der Oberst hört die Telefongespräche des Hotels ab?»

«Der Oberst könnte davon erfahren, und wenn wir dann zu ihm kommen, stehen wir vor verschlossenen Türen. Nachdem Sie mit ihm gesprochen haben, können Sie frei entscheiden. Er muß Sie nur erst kennenlernen, muß Sie sehen, bevor er sich zum Sprechen entschließt.»

Mit den Augen am Telefon hast du dich angezogen, und am Telefon hing dein Blick, als du aus dem Zimmer gingst. Am Empfang hast du daran gedacht, das Unterschreiben einer Rechnung vorzutäuschen und eine Notiz für José Israel oder Lourdes zu hinterlassen, doch der Mann blieb dir zu dicht auf den Fersen, und es gab auch zuviel Licht in den Tropen, als daß du dich in Nichts auflösen könntest, wie Galíndez in der Fifth Avenue von New York in Nichts aufgelöst worden ist.

«Kann ich eine Nachricht hinterlassen, daß ich mit Ihnen gegangen bin?»

«Selbstverständlich, wenn Sie nicht schreiben wohin.»

«José Israel, ich gehe mit José Rivera Maculeto, der mir einen Kontakt in der uns interessierenden Angelegenheit herstellt. Ich rufe Sie an, sobald ich zurück bin.»

«Das ist mein Cousin, Juan de Dios, ich selbst habe kein Auto.»

Der Fahrer sieht aus wie dein Begleiter, nur ohne Pockennarben. Du kennst Santo Domingo nicht gut genug, um zu wissen, wohin sie dich bringen, als ihr die großen, aufs Meer führenden Avenidas verlaßt und in ein lärmendes Viertel einbiegt, in dem die Menschen sich drängen und die Geschäfte trotz des grellen Sonnenlichts düster aussehen und der Geruch von in der Sonne faulenden Früchten in der Luft liegt. Der Wagen hält vor dem Tor eines alten zweistöckigen Gebäudes, an der Wand die Aufschrift: «Reparaturen aller Art.» Eine Mechanikerwerkstatt mit blau-gelb gestrichener Fassade. Rivera geht dir voran, eine Holztreppe mit schwerem, geschmiedetem Eisengeländer hinauf und stößt eine Schwingtür auf, über der du die Aufschrift «Tabaquería Areces» liest. Das kleine Empfangszimmer wird fast ganz von einer jungen Mulattin mit ausladendem Gesäß beansprucht, die gelangweilt aussieht, doch emsig beschäftigt ist. Ja, der Oberst ist da und erwartet Sie. Reklameschilder von Areces-Tabaken, Landkarten von den Tabakanbaugebieten der Insel, in einer Vitrine Muster der hergestellten Zigarren und Zigarillos, von Zeit und Staub bedeckt, mumifiziert. In dem geschlossenen Büroraum wirbelt ein Ventilator die stickige Luft über einem dicken Mann durcheinander, der seine Leibesfülle auf einen hölzernen Drehstuhl gewälzt hat. Er sitzt hinter einem Schreibtisch voller Papiere, die aussehen, als lägen sie schon seit Jahren da. An einem seiner dicken Finger glänzt ein mächtiger Ring aus allem Gold und allen Diamanten dieser Erde, umnebelt vom Qualm einer pfundschweren Zigarre, die seine herabhängenden violetten Lippen in den Mund saugen und wieder ausstoßen. Oberst Areces' Hautfarbe ist unter seinem Silberhaar, das er über den Ohren straff nach hinten gekämmt hat, dunkel wie der Tabak, und noch dunkler sind seine Hände, von denen eine sich dir zum Gruß entgegenstreckt und die andere dir einen Platz anbietet, unterstützt von einer Kasernenhofstimme, die die letzte Silbe der Wörter verschluckt.

«Ich hätte Sie gerne bei mir zu Hause empfangen, aber ich habe dringende Lieferungen abzuwickeln und eine Menge Probleme, die Sie nicht verstehen werden. Kennen Sie sich im Tabakgeschäft aus? Nein? Wenn Sie Wert darauf legen, mache ich meine Zigarre aus. Vielen Dank. Mich machen Leute auch nervös, die Tabak hassen und das zu einer Frage der nationalen Sicherheit hochspielen. Vor kurzem noch hatte ich einen Zusammenstoß mit so einem in einem Amiflugzeug. Ich war auf dem Weg nach Virginia, um über eine Lieferung Deckblätter zu verhandeln, und rauchte meine *Obús* in der Raucherabteilung. Die andern rauchten ihre Zigaretten und ich meine Zigarre. Da kommt so ein Gringo zu mir und sagt, daß meine Zigarre die Umwelt belastet. Einer von diesen Typen, die sich für oberschlau halten und mit so einer Quäkstimme wie Donald Duck sprechen und glauben, uns Manieren beibringen zu müssen, weil sie uns immer noch für Indios oder Negersklaven halten. Ich sagte ihm, ich rauche meine Zigarre, weil sie die Umwelt weniger belastet als die Zigaretten der andern. Die Stewardess kommt. Der Steward. Der Co-Pilot. Ich rauche weiter meine Zigarre. Wenn Sie nicht wollen, daß ich hier rauche, dann öffnen Sie die Tür und werfen Sie mich raus, sage ich, und zu dem Gringo sage ich, wenn er einen auf Donald Duck machen will, dann soll er das tun, wenn wir auf der Erde sind, von Mann zu Mann, da würde ich ihm eine Kugel verpassen oder ihn mir so vornehmen, daß ich ihn hinterher als Aschenbecher benutzen könnte. Auf dem Flughafen hat er dann schön den Mund gehalten, obwohl ich ihn wie angekündigt und mit einer neuen *Obús* im Mund erwartet habe. Sie rauchen nicht? Ich habe da ein paar schlanke Panatelas speziell für Frauen, aus feinstem Cibaotabak, aromatischer Tabak ist das, ganz mild, ganz leicht, damit die Frauen keine rauhen Stimmen kriegen. Hier wächst ein hervorragender Tabak, ein ganz hervorragender, aber die Deckblätter sind schlecht, und mit den Deckblättern steht und fällt die Zigarre, denn wenn sich das Deckblatt löst, kann man sie nicht mehr rauchen und hat nur noch einen krummen Hund im Mund. Aber die Tabakqualität ist gut, ob das jetzt der aromatisierte oder der kreolische ist, ob er von Amarillo Parado, von Chago Díaz oder von Piloto Cubano kommt, ganz gleich. Das Deckblatt, das ist das Problem, weshalb der dominikanische Tabak sich auf dem Weltmarkt so schwer tut gegen den verdammten kubanischen Tabak. Dabei hat das mit dem Tabak hier angefangen und nicht in Kuba. Ein Jammer, daß ich keine Zeit habe, Sie auf einer Rundreise durch die Anbaugebiete im Norden, Nordwesten, Nordosten und in der Zentralregion zu begleiten, die Fahrt durch die Provinzen ist wunderschön, man kommt durch Santiago, Espaillat, La Vega, Puerto Plata, Valverde, Montecristi, Samaná und San Cristóbal.»

Die Namen, die du schon einmal gehört hast, erinnern dich an Galíndez. Montecristi, der Flugplatz, auf dem er ins Land gebracht wurde; Espaillat, die Provinz, die den Familiennamen dessen trägt, der die Entführung geplant hat; San Cristóbal, einer der möglichen Orte von Galíndez' Ermordung. Du hast den Eindruck, daß dem Oberst die besondere Wirkung, die die Erwähnung dieser Namen auf dich gehabt hat, nicht verborgen geblieben ist.

«Gehen Sie ruhig, Rivera, das Tabakthema haben wir abgehandelt und kommen jetzt zum eigentlichen. Sagen Sie Gladys, sie soll mir keine Gespräche durchstellen, es sei denn, es handelt sich um eine Bestellung von Hilton.»

Er schüttelt sich vor Lachen, daß alle seine Fleischwülste in Bewegung geraten.

«Wenn eine Bestellung der Hilton-Kette hereinkäme, täte es mir leid, Señorita, aber das hätte Vorrang. Darauf warte ich nämlich schon seit zehn Jahren, seit ich aus dem Militärdienst ausgeschieden und ins Tabakgeschäft eingestiegen bin. Wissen Sie, weshalb ich eingestiegen bin? Nun, weil mir der dominikanische Tabak, den es damals zu kaufen gab, nicht schmeckte, ausgenommen die Mischung eines gewissen Cerdán, eines Spaniers aus Santiago de los Caballeros, der sie nach eigenem Geschmack zusammenstellt. Da habe ich mir gesagt, wenn das ein Spanier kann, kann das ein Dominikaner auch. Ich kaufte eine Plantage, baute eine kleine Fabrik und suchte mir einen guten Tabakexperten, zu dem ich sagte: Meister, entweder wird das Unternehmen unser Glück oder unser Untergang. Sie mischen mir ein paar gute Sorten zusammen und ich probiere sie, wenn mir eine gefällt, notieren Sie sich die Mischung, und mit der machen wir weiter, bis ich krepiere oder Sie erschieße, weil Sie die Formel durcheinander gebracht haben. Und so haben wir es gemacht. Ich habe in zwei Wochen mehr Zigarren geraucht als Churchill in seinem ganzen Leben oder Castro, bis er schissig geworden ist und aufgehört hat zu rauchen. Was soll ich Ihnen sagen,

Kind? Wissen Sie, auf was Sie sich da eingelassen haben? In Santo Domingo laufen die Telefone heiß, aber nur die Telefone. Sie sind ein zierliches, nettes Ding, und ich mag es, wenn Frauen wie Frauen aussehen und nicht solche Mannweiber sind. Was interessiert Sie denn so an diesem verdammten Basken?»

«Es handelt sich um eine Dissertation, eine wissenschaftliche Forschungsarbeit. Ich hätte mir auch das Leben von Duvalier oder Pancho Villa aussuchen können.»

«Eine wissenschaftliche Arbeit. Ich mag die Wissenschaft. Ich habe die Wissenschaft immer schon gemocht, weil sie dazu beigetragen hat, daß der Mensch ein nicht ganz so schlimmes Tier ist, wie er eigentlich ist. Aber Galíndez war nicht die Schlüsselfigur, für die ihn alle halten. Heute posaunt jeder rum, und man bringt sogar eine Fortsetzungsserie im Radio über ihn, aber der Tod des Basken war ohne jede Bedeutung. Hätte Trujillo sich mit dem Mord an dem Basken zufriedengegeben, wäre nichts passiert, wäre auch er selbst nicht auf schlimme Weise umgekommen. Der große Irrtum war, Murphy umbringen zu lassen, das brachte uns die Amerikaner auf den Hals, vor allem nach der Porter-Kampagne. Und danach Octavio De la Maza, um das Verbrechen an Murphy zu vertuschen, damit hatten wir die Familie De la Maza am Hals. Octavios Bruder hat den Mord an Trujillo eingefädelt. Wissen Sie, wie viele Tote bei dieser Geschichte zusammenkommen? Notieren Sie, Señorita: Galíndez, der Baske, gestorben im Gefängnis Kilometerstein 9; Murphy, der Pilot, der ihn von New York hierher brachte, ermordet im Hauptquartier der Polizei; De la Maza, im Gefängnis ermordet, erhängt, nachdem man ihn einen Brief unterschreiben ließ, den er nicht einmal gelesen hatte; Dr. Rivera, der Galíndez auf dem Flug begleitete und unter Drogen hielt, bekam später Depressionen, der Ärmste, und man gab ihm Zyanid, damit er die Depressionen loswerde und sich selbst gleich mit; Gloria Viera, die angebliche Geliebte von Galíndez, tatsächlich aber Geliebte des Lahmen, verunglückte tödlich mit dem Auto, ohne Auto fahren zu können; Frauen dürfte man überhaupt keinen Führerschein geben; ihr ‹Galan›, *der Lahme*, einer der Strategen der Entführung, war eines schönen Tages verschwunden, wie die Jungfrau Maria in den Himmel aufgefahren oder auf den Grund des Meeres gesunken, wo ihn die Haie gefressen haben. Bevor er starb, hatte er jedoch noch Zeit, in Mexiko den Verräter Almoina abzuknallen, nachdem er ihn mit dem Auto plattgefahren hatte. Kennen Sie den Fall? Natürlich kennen Sie den Fall. Almoina war ein Galicier, sehr zugeknöpft, man wußte nie, woran man mit ihm war. Auf der einen Seite kroch er dem Diktator und seiner Familie wohin man nur kriechen konnte, und auf der anderen Seite schrieb er ein niederträchtiges Buch mit dem Titel *Tyrannei in der Karibik*, wobei er glaubte, sich hinter dem Pseudonym Gregorio Bustamante verstecken zu können. Das geht sogar so weit, daß er sich in dem Buch ein paarmal selbst beschimpft, ‹... dieser elende Galicier Almoina›, aber Trujillo wußte, daß Bustamante und Almoina identisch waren und wartete geduldig ab, geduldiger als bei Galíndez, und das wundert mich, obwohl es geheißen hat, er habe so getan, als wolle er den Galicier am Leben lassen, wenn dieser eine Gegendarstellung zur *Ära Trujillo* des Basken schreibe. Schließlich wartete er aber doch nicht mehr und ließ ihn am 4. Mai 1960 in der mexikanischen Hauptstadt überfahren und erschießen. Ich wiederhole es, zuerst wurde er von einem Auto überfahren, und dann stieg ein hinkender Mann aus und erschoß ihn. Ich möchte zwar nicht, daß Sie einen schlechten Eindruck von mir gewinnen, Señorita, aber er hatte es verdient, weil es nicht recht ist, ein doppeltes Spiel zu treiben, ein solch unverschämtes Doppelspiel zu treiben, wie Almoina es getan hat.»

«Er wollte überleben.»

«Aber auf üble Weise.»

«Er hatte Galíndez im Exil in Bordeaux kennengelernt und vielleicht nur versucht, beider Leben zu retten, und als Galíndez tot war, wollte er nicht sein Andenken beschmutzen.»

«Lesen Sie *Tyrannei in der Karibik*. Es ist ein schmutziges Buch, treulos, das ist das Wort.»

Du sagst ihm, daß du es gelesen und sogar auf Karteikarten erfaßt hast, doch scheint er nicht recht zu begreifen, was es heißt, «ein Buch auf Karteikarten erfassen», und vor deinen Augen flattern die Karteikarten zu Boden, wie herabrieselnder Schmutz, mit dem Almoina Trujillo bewirft: seine Frau hörte auf, Fleisch zu essen und wurde eine verbitterte Moralistin; Trujillo zeigt sich nach dem Bad gerne nackt vor seinen Hofschranzen, um sie rufen zu hören: Welch ein Körper! Diese helle Haut! Diese Formen! Diese Muskeln! Kein Wunder, daß die Frauen dem Chef nicht widerstehen können! Der

Chef ist ein Hengst, er war die ganze Nacht mit zwei Frauen zusammen, und sie sind immer noch völlig erschöpft! Er war blutrünstig und ließ zwölftausend Haitianer köpfen, ohne daß sich auch nur ein Muskel seines Gewissens gerührt hätte; ein Ausbeuter der Immigranten, von fünftausend Spaniern, die 1940 nach Santo Domingo kamen, waren sieben Jahre später noch ganze hundert übrig, alle andern waren vor der Machtwillkür des Barbaren entsetzt geflohen, mit Ausnahme solcher Judasfälle wie der des «... ehrlosen Almoina». Er beschimpfte sich selbst in dem Glauben an ein rettendes Täuschungsmanöver, und Trujillo ließ ihm den Glauben an seine Vogel-Strauß-Taktik, bis er zuschlug.

«Er griff ihn sich, fuhr ihn platt und knallte ihn ab, jawohl, Señorita. Ich hätte dasselbe getan, aber ich betrachte den Fall Almoina getrennt von Galíndez. Doch die Auflistung der Toten als Folge der Entführung von Galíndez ist noch nicht beendet. Espaillat, Arturo Espaillat, *das Stilett*, er war das Gehirn der Entführung. Nach Trujillos Tod verlor er die politische Macht, ging ins Exil und beging später in Kanada Selbstmord. Als Trujillo am 30. Mai ermordet wurde, hat jemand gesagt: So ein Jammer, jetzt ist der beste der Trujillos tot! Ich bin nicht unbedingt der gleichen Meinung, aber die, die Macht übernommen haben, hatten noch weniger Mitleid. Mit der Ermordung Trujillos schloß sich der Teufelskreis, der durch den Tod von Galíndez eröffnet worden war. So viele Morde, von denen ich Ihnen erzählt habe, zu denen aber noch die Nebenmorde hinzugezählt werden müssen, Zeugen des Starts von Murphys Flugzeug in den Vereinigten Staaten und seiner Landung in Montecristi, Gehilfen. Aber schauen Sie sich die Liste genau an, und Sie werden sehen, daß man sehr zielstrebig vorgegangen ist, einige der Verbrechen waren grauenvoll. Über den Tod von Galíndez kann ich Ihnen nichts sagen, keine Einzelheiten, meine ich, aber wie Murphy starb, das wohl. Wollen Sie das hören?»

Seine Augen sind zwei schmale, von Scharfblick, Sarkasmus und dem beißenden Qualm der Zigarre zusammengezogene Schlitze. Er hat seinen Monolog mit derlei konkreten Anspielungen durchsetzt, damit du dich als Mitwirkende oder zumindest Augenzeugin dieser endlosen, unerbittlichen Massaker fühlen kannst, obgleich er sich selbst bedeckt hält und nur aus seinem Wohlgefallen an Almoinas Exekution keinen Hehl macht. Für ihn ist der doppelzüngige Galicier einer, der den Tod zweifach verdient hat. Für dich ist er eine tragische Gestalt, ein galicischer Postbeamter, Sohn eines Arztes aus Lugo, Mitglied der Sozialistischen Partei, unbedeutender Verlierer eines bedeutenden Krieges, verspäteter Akademiker, Erasmusexperte, ein mehr oder weniger enger Freund von Sánchez Albornoz, den er in Bordeaux kennengelernt hat, groß, braunhäutig, haben ihn die beschrieben, die ihn gekannt haben, sehr groß und sehr braun, und du stellst dir seinen langen, von Autorädern überrollten Körper vor, seine braune Haut durchlöchert von Kugeln, die auf eine den Kolben der Waffe umklammernde Hand weisen, einer Hand am Ende eines langen Arms, des langen Arms von Trujillo. Doch dein Blick erhebt sich von diesem zerschundenen, auf dem schmutzigsten Asphalt dieser Welt hingestreckten Körper und verfolgt die Lippenbewegungen deines Gastgebers, die, ohne deine Antwort abgewartet zu haben, ihren Bericht von den letzten Minuten im Leben des Piloten Murphy beginnen. Areces führt dir einen verlassenen Mann vor Augen, in einer Zelle, in die Enge getrieben und nicht begreifend, wie er vom gehätschelten, im Luxushotel Jaragua untergebrachten Ehrengast und Sonderberater, dem eine dominikanische Transportfluglinie anvertraut werden soll, zu einem von übelgelaunten Schlächtern eingekreisten Stück Wild werden kann. Man hatte ihn in eine abgelegene Zelle des Raubdezernats gesperrt, in der ihn zwei Polizisten und die beiden Offiziere Soto Echavarría und Hart Dottin erwarteten. Plötzlich las Murphy das Todesurteil in den Augen der Polizisten und versuchte zu fliehen, und als sie sich auf ihn stürzten und zu Boden warfen, begann er zu schreien.

«Wie ein Schwein im Schlachthaus, Señorita, gellende Schreie, die einem das Blut gefrieren ließen oder es zum Kochen brachten, je nach dem, so wie sich dem Schlächter das Blut erhitzt, wenn er das Tier so schnell wie möglich zu töten sucht. Sie schlugen ihm mit einem Holzknüppel auf den Kopf, und ein Polizist und ein Sergeant gaben ihm das Halstuch, das heißt, sie warfen ihm ein Seil um den Hals und zogen es mit aller Kraft zu. Seine Leiche warfen sie auf einen Jeep und fuhren damit zur Küste, hinter dem städtischen Schlachthof, wo solche Operationen beendet zu werden pflegten. Mit einer Machete schnitten sie ihm den Bauch auf, damit er auch sicher unterging und die Haie sich möglichst schnell ihre Mahlzeit holten. Die Haie fressen die Gedärme nämlich viel lieber als Arme oder Beine, wie man es im Film immer sieht. Die Kinofritzen haben von diesen Dingen keine Ahnung. Wenn Sie noch mehr hören wollen, Señorita, ich bin gerade richtig in Fahrt, und wenn ein Dominikaner seine Zunge erst mal in Fahrt gebracht hat, ist sie so schnell nicht mehr zu stoppen. Sie gefallen mir, Sie machen mir einen guten Eindruck, und außerdem freut es mich, damit der Wissenschaft zu dienen, die soviel für die Menschheit getan hat. Möchten Sie eine Erfrischung? Eine Coca mit einem Schuß Rum? Na bitte.»

Er hat seine Faust auf die Sprechanlage gehauen und die Bestellung von zwei Coca-Cola mit einem ordentlichen Schuß Rum hineingebrüllt. Mir klebt die Zunge am Gaumen, wie bei diesen Mißgeburten, die mit angewachsener Zunge auf die Welt kommen. Die Mulattin hat es geschafft, ihre Gesäßbank ins Zimmer zu hieven und dazu noch ein Tablett mit zwei hohen Gläsern. Sie hat dich mit keinem Blick angesehen. Und so müde, wie sie hereingekommen ist, geht sie wieder hinaus.

«Ich war damals ein junger Offizier, voller Lebenslust und mit vielen von denen unterwegs, die ich eben erwähnt habe, Octavio De la Maza zum Beispiel, oder auch Soto Echavarría, ein disziplinierter Mann, der bei Murphys Ermordung dabei war, und, aufgepaßt, auch bei Octavios. Das ist alles bei denen vom Geheimdienst ausgekocht worden, und Balaguer hat sich zwischen 1960 und 1968 große Mühe gegeben, alle Beweise zu vernichten, so daß die Gringos bald keine Lust mehr hatten, die Spuren dieses Falles zu verfolgen, denn alle Fährten führten in das Nichts, das Balaguer geschaffen hatte, und zu Soto Echavarría. Aber gehen wir noch weiter zurück, Señorita, denn eine wissenschaftliche Arbeit soll Dinge ordnen und nicht in Unordnung bringen. Wissen Sie, wer Alberto Sayán de Vidaurre ist? Nun, ein sehr feinsinniger Intellektueller und Mitarbeiter von Reverend Oscar Robles Toledano, Konsul der Dominikanischen Republik in New York im Jahr des Herrn 1955. Sayán de Vidaurre erfährt von dem Buch gegen Trujillo, das der Baske schreibt, und man weiß gar nicht, wie er sogar ganze Passagen wörtlich wiedergeben konnte, aber wer weiß, mit was für Leuten der Baske sich eingelassen hatte, so daß ganze Passagen aus dem Buch ins dominikanische Konsulat gelangen konnten. Der Reverend war trujillistischer als Trujillo und hatte wahrscheinlich Tränen in den Augen, als er seinen Bericht an Minerva Bernardino, die Schwester des gefürchteten Félix Bernardino, in die Maschine tippte oder tippen ließ, und als dieser Bericht bei Trujillo landet, wird er so blaß, daß wir alle blaß werden. Ich war damals auch im Palast, als Adjutant von ich-weiß-nicht-welchem Adjutanten eines Adjutanten seines Sohnes, dem *Ordensbrüstchen*, und sogar bis zu mir drang das Brüllen des Chefs. Ihm zur Seite stand aber dieser kalte, berechnende Mann, der zu ihm sagte: Chef, lassen Sie mich das machen. Und dieser kalte, berechnende Mann, Espaillat, beauftragt Robles Toledano, Galíndez zu bestechen, damit er sein Buchprojekt aufgibt, und dann werden die Emissäre ausgeschickt. Gloria Viera, *der Lahme*, Almoina, selbst das FBI macht Galíndez auf die Gefahr aufmerksam, der er sich aussetzt. Und der Baske stellt sich störrisch und gibt nicht nach, schreibt seine Arbeit und stellt sie vor und will sie veröffentlichen. Der Befehl des Alten ist eindeutig. Bringt mir diesen Idioten, diesen verdammten Scheißkerl, bringt ihn zu mir und überlaßt ihn nicht irgendwem, ich will ihn mir persönlich vorknöpfen, damit er weiß, mit wem er sich eingelassen hat. Keine Sorge, mein General, Ihr Befehl ist so gut wie ausgeführt. Espaillat. Espaillat hatte immer einen kühlen Kopf, er war so hochgewachsen, daß sein Kopf bis in den Schnee ragte, in den ewigen Schnee. Er hat die Sache aufgezogen. Und wie er sie aufgezogen hat. Notieren Sie sich die Namen der Hauptbeteiligten und was jeder von ihnen zu tun hatte. Ich kann sie Ihnen nur nicht in alphabetischer Reihenfolge aufsagen, damit ist mein Kopf überfordert. Kein Tonband, nein, das nicht. Aber schreiben Sie. Haben Sie was zu schreiben?»

Du hattest was zu schreiben, nur deine Hand wollte dir nicht gehorchen. Keiner der Namen ist dir neu. Alle oder fast alle haben ihre Karteikarte. Das Neue ist die Innensicht der Geschichte, die der Oberst erzählt, als sei er bei allem dabeigewesen, ohne aufzubegehren, ohne gutzuheißen. «Nachdem die diplomatischen Mittel, Oscar Robles Toledano, Minerva Bernardino, Sayán de Vidaurre und die Emissäre, versagt haben, bereitet Espaillat die Entführung vor, zusammen mit Frank, einem ehemaligen FBI-Agenten, der für die Entführung und Ermordung von Galíndez nur zu einer Strafe von fünfhundert Dollar verurteilt wurde. Die übrigen zahlten keinen einzigen Dollar, viele bezahlten allerdings mit ihrem Leben. Neben Frank taucht der Privatdetektiv Schamahl auf, der ihm den Kontakt zu Murphy verschafft und Galíndez' Telefon abhört, um seine Gespräche aufzuzeichnen und über sein Kommen und Gehen informiert zu sein. *Der Lahme* wird beauftragt, die Vereinigten Staaten mit falschen Fährten zu pflastern, um die Öffentlichkeit über den wahren Verbleib von Galíndez zu täuschen. Dann ist da Espaillats Adjutant, Leutnant Emilio Ludovino Fernández, heute eifrig engagiert als Führer einer demokratischen Partei und damals an der Organisation der Galíndezentführung und des Murphy gelegten Hinterhalts beteiligt. Leutnant Shultheiss von der New Yorker Polizei, von dem es heißt, er habe Frank den Haussuchungs- und Haftbefehl besorgt, der Galíndez täuschte und ihn dazu bewog, die Wohnungstür zu öffnen. Félix Bernardino, Minervas Bruder, der an der Entführung direkt beteiligt war. Hauptmann Logroño, der dominikanische Offizier, der den bewußtlosen Galíndez in Montecristi übernimmt und an General Trujillo Reinoso, einen Neffen des Wohltäters, weitergibt, der das Paket nach Ciudad Trujillo fliegt und dann zum Gefängnis Kilometerstein 9 schafft. Der arme Logroño, Señorita, er konnte dem Druck der nordamerikanischen Vernehmungsbeamten nicht standhalten und hat sich umzubringen versucht, aber in diesem Land bringt man sich nicht um, da wird man umgebracht. Und dann die Ärzte, Señorita, die Ärzte; Rivera, der Galíndez von New York aus begleitet, und Ramón Reyes Fernández, der Militärarzt von Montecristi, der Galíndez von Rivera übernimmt und ihn nach Ciudad Trujillo begleitet, damit ihm unterwegs nichts zustößt, denn der Chef will ihn lebendig am Haken zappeln sehen. Ramón Soto Echavarría, der weiß alles, was man über den Mord an Murphy wissen kann, und das FBI war ihm dicht auf den Fersen, aber Balaguer nahm ihn unter seine schützenden Fittiche. Soto Echavarría hatte eine nette *Crew* um sich geschart; wer denen nachts begegnete, der sah zu, daß er Land gewann. Notieren Sie, notieren Sie die Fauna. Ein kompletter Zoo: Barrientos, ein Polizist; Santos Brito, ein Oberst; Aguilar, alias *Oché*, ein Ex-Boxer, dem im Ring das Hirn herausgeprügelt worden war und der nach den Morden an Galíndez, Murphy und De la Maza zum Leutnant befördert wurde. Er hat es weit gebracht, er wurde der berüchtigste Bluthund von Belisario Peguero, dem Polizeichef. Wenn Sie wollen, folgen wir auch den Verzweigungen der Lobby Trujillos in den USA. Stanley Ross, Herausgeber des *Diario de Nueva York*, angeblicher Freund von Galíndez, tatsächlich hat er jedoch die Aufklärung der Entführung hintertrieben und wie kein anderer die Suche nach dem Basken in falsche Richtungen gelenkt; Charles Alton Mac Laighin, ein ehemaliger Luftwaffenoberst, er begann Murphys Spur zu verwischen, als dieser mit Galíndez losgeflogen war; und dann noch die dicken Fische, die so dick sind, daß ich nicht an sie rankomme, aber es gibt jemanden, der an die rankommt. Der dominikanische Zweig, all jene, die getötet wurden oder mittlerweile so alt sind, daß sie mehr tot als lebendig sind, ist kaum von Bedeutung. Da gibt es die Mitwisser, wie Balaguer selbst oder Troncoso oder Manuel de Moya oder Cruz de Ayala, die von Trujillo geschmierten US-Diplomaten und die spanischen Diplomaten, die von der ganzen Sache nichts wissen wollten, bis De la Mazas Schwiegervater in ihrer Botschaft Asyl suchte und sie alles daransetzten, ihn so schnell wie möglich wieder loszuwerden. Wichtig ist der nordamerikanische Zweig, der reicht bis weit nach oben. Hätte Trujillo ein solches Unternehmen riskiert, wenn er sich nicht von obersten Stellen in den Vereinigten Staaten abgesichert gefühlt hätte? Hinterher hörte man Namen wie Ernst, der Anwalt, der den trujillofreundlichen Report geschrieben hat, und Roosevelt, der Sohn von Präsident Roosevelt und Eleanor, der die Abneigung seiner Eltern gegen Diktaturen nicht geerbt hatte. Aber wenn Sie eine wissenschaftliche Arbeit schreiben wollen, dann geben Sie sich nicht mit diesen Namen zufrieden. Wenn Sie eine gute Wissenschaftlerin sind, eine richtig gute angelsächsische Wissenschaftlerin, dann haben Sie hier in der Dominikanischen Republik nichts zu suchen. Trujillo ist tot und Espaillat ebenfalls, und Arturo wußte von der ganzen Sache mehr als Trujillo selbst. Der Chef trat den Leuten in den Hintern, aber Arturo suchte ihm die passenden Stiefel dazu aus. Balaguer schließt das Dreieck, ist aber schon zu Lebzeiten ein Toter. Er soll blind sein. Für das, was er nicht wissen wollte, war er immer schon blind. Und er hat alle Beweise, die es in der Dominikanischen Republik gab, vernichten lassen. Sind Sie jetzt entsetzt?»

Beeindruckt. Du bist überrascht, daß die Ereignisse sich zusammenfassen lassen, wie der Inhalt irgendeines Romans in fünfzehn Zeilen zusammengefaßt werden kann, und zwar einer von den Romanen, die tatsächlich einen Inhalt haben. All diese Namen sind Karteikarten, Karteikarten, die du im Lauf der Jahre gesammelt hast, doch aus dem Mund des Obersten treten sie in ihrer wahren Gestalt als Opfer oder Henker hervor, und der Oberst behält sich selbst die des Zeugen vor oder einfach nur die des Erzählers, der nicht verrät, auf welcher Seite er stand. Vermutlich stand er damals auf der Seite seiner Freunde, auf der Seite derer, die er beim Vornamen nennt, Octavio, Arturo, und heute steht er auf keiner Seite mehr, nicht einmal auf deiner.

«Sie haben mir einen großen Dienst erwiesen, Oberst.»

«Sind Sie sicher? Nun gut, wenn Sie schon alles wissen, nehmen Sie wenigstens einen Rat von mir an. Lassen Sie die Finger davon. Als Trujillo ermordet wurde, hat man seine Familie in alle Winde zerstreut und uns die bewachte Demokratie beschert, ein typisches Doppelspiel der Yankees. Während ein Geheimdienst die Wahrheit über das, was passiert ist, herauszufinden versucht, ist ein anderer Geheimdienst damit beschäftigt, die noch verbliebenen Beweise zu vernichten. Nach dem Weltkrieg wollten sie die Nazis enttarnen, die in irgendwelchen Regierungsstellen untergekommen waren, und die anderen brachten die Nazis gerade dort unter, weil sie die Technik und die Erfahrung der Nazis für die Bekämpfung des Kommunismus brauchten. So seid ihr. Von allem etwas. Licht und Schatten befinden sich bei euch in einem vollkommenen Gleichgewicht, und uns bleibt das Blut, der Abfall, die Scheiße, wir sind eure Kloake, wir besorgen euch die Mörder und die Ermordeten, und ihr besitzt die Stirn, uns wegen Galíndez und Murphy einen Nürnberger Prozeß machen zu wollen... Ein bißchen mehr Seriosität, Gringos. Ein bißchen mehr Seriosität. Als Trujillo der kommunistischen Konspiration in der Karibik Einhalt gebot, da war er der Gute; als sich der Mischling dann aber für einen gleichberechtigten Verbündeten hielt und eigene Entscheidungen traf, wie die, sich von lauen Typen wie Betancourt oder Muñoz Marín abzusetzen, da kommt gleich *Uncle Sam* mit seinen Vorbehalten und erinnert den Verbündeten daran, daß er in Wirklichkeit ein Untertan ist. Da der Verbündete ihm aber was hustet, heißt die Parole: Auf ihn mit Gebrüll. Die Gringos haben ihn gemacht, die Gringos haben ihn vernichtet. Murphy? Ein Vorwand. Galíndez? Nicht einmal das. Werden Sie auf mich hören? Werden Sie mit Ihrer Forscherlampe im eigenen Land herumleuchten?»

«Ich ahne ungefähr, was mir das Licht dieser Lampe zeigen wird.

Aber ich bin nicht nur wegen der Verbrecher gekommen, sondern um die ganze Atmosphäre zu spüren, die Galíndez in seinen letzten Momenten umgab.»

«Die Atmosphäre.»

«Wenn ich könnte, würde ich dieselbe Luft atmen, die er geatmet hat und wie er sie geatmet hat.»

«Und das ist Wissenschaft? Da gehen Sie doch besser zu einer Wahrsagerin, die kann Ihnen vielleicht sogar die Telefonnummer von Galíndez geben.»

Er war enttäuscht, aber doch noch neugierig auf weitere Reaktionen von dir, und du hast ihm gesagt, du seist sehr beeindruckt von seiner Fähigkeit, die Dinge auf den Punkt zu bringen, noch mehr beeindruckt habe dich jedoch das Gefühl, daß er alles, was er dir erzählt habe, auch tatsächlich erlebt hat, wegen der Vertrautheit, mit der er von den Hauptbeteiligten an der Tragödie gesprochen habe. Schon als junger Mann, Señorita, schon als sehr junger Mann mußte ich die Verantwortung der Befehlsgewalt und Geheimhaltung tragen, was meine Fähigkeiten möglicherweise überstieg, aber ich habe es auf mich genommen, und wenn ich auch keine Hauptrolle gespielt habe zu jener Zeit, so war ich doch dabei, habe gehorcht, habe beobachtet und mir gut gemerkt, was man mir befohlen hat oder was ich gesehen habe. Ramfis schenkte mir sein Vertrauen, das zeichnete mich aus, und wenn ich später nicht die Karriere gemacht habe, die mir zugestanden hätte, so lag das daran, daß zwar Ramfis mir sein Vertrauen geschenkt hat, nicht aber sein Vater. Und wer Ramfis' Freund war, war auch der Freund von Octavio, Octavio De la Maza, sein Saufkumpan und Busenfreund, der ihm so nahestand, daß Ramfis seinem Vater nie auch nur den geringsten Schatten eines Verdachts verziehen hat, er, sein Vater, könne etwas mit Octavios Tod zu tun haben.»

«Kann man das Gefängnis Kilometerstein 9 besuchen?»

Die Frage ist dir fast herausgeplatzt, du hast seinen Redefluß damit unterbrochen, und nachdem er dir einen unwilligen Blick zugeworfen hat, seufzt er resigniert, ah, ich sehe schon, ich sehe schon, Sie sind eine ganz Hartnäckige, Sie werden nicht aufhören, unter den dominikanischen Teppichen nachzuschauen. Vergebens hast du ihm klarzumachen versucht, daß alles, was Galíndez betrifft, von Interesse für dich ist, daß es nichts gibt, was dich nicht interessiert.

Doch sein Interesse an dir ist jetzt geschwunden, obgleich er es jammerschade findet, daß weder seine Zeit noch deine Zeit für eine Fahrt nach La Vega reicht, wo er seine Pflanzungen und seine Tabakfabrik hat, während seine Lagerhäuser in Puerto Plata stehen. Du weißt von seiner überaus knapp bemessenen Zeit ebensowenig, wie er von der Bemessenheit deiner Zeit weiß. Er gibt dir zu verstehen, daß du jetzt gehen kannst, und du findest einen Vorwand für deinen plötzlichen Aufbruch, den er versteht und akzeptiert.

«Aber verlassen Sie unser Land nicht so dünn und so weiß wie Sie sind. Gehen Sie an den Strand. Legen Sie sich in die Sonne und baden Sie, Sommersprossige sehen besonders hübsch aus, wenn die Sonne die Sommersprossen ein wenig dunkler werden läßt.»

Mit einem Fausthieb hat er die Sprechanlage eingeschaltet, doch sein Blick ruht weiterhin auf dir, als er hineinbrüllt: Rivera! Rivera! Wo zum Teufel steckst du Narbengesicht? Und Rivera tritt ein, verbeugt sich, als wolle er sagen, zu Befehl, während der Koloß sich erhebt und alle Fleischwülste dir entgegenrollen, die Hand mit dem blitzenden Ring deine Hand ergreift und du den Hauch eines gepreßten Atems auf deinem Handrücken spürst. Rivera und sein Cousin setzen sich nach vorn und bieten dir ein gekühltes Bier an, das sie einer hinter der Gangschaltung deponierten Kühlbox mit zerstoßenem Eis entnehmen. Er war stinksauer, der Chef, aber machen Sie sich nichts daraus, Señorita, seine Stimmung wechselt ein paarmal täglich, daraus dürfen Sie sich nichts machen. Zurück im Hotel erwartete dich ein nachdenklicher José Israel und sah erleichtert aus, als er dich durch die Drehtür kommen sah. Du hast mich ganz schön warten lassen, Muriel. Du erzählst ihm von deiner Begegnung mit Rivera und Areces, niemand hat dir gesagt, daß du hinterher nicht darüber sprechen darfst, und Cuello ist verwirrt.

«Nicht, daß ich jeden Oberst oder Ex-Oberst kennen würde, aber diesen Namen höre ich zum erstenmal. Und von dem Pockennarbigen habe ich auch noch nie gehört. Man unterschätzt doch immer wieder die Größe seines Landes und bildet sich ein, jedermann zu kennen.»

Israel hat die Witwe und den Sohn von Martínez Ubago ausfindig gemacht, dem Mann, der nach Galíndez die PNV in der Dominikanischen Republik vertrat, doch haben sie erst gegen Abend Zeit, dich zu empfangen. Israel schlägt dir vor, ein bißchen auszuspannen, er fährt mit dir an den Strand nach Boca Chica, du schwimmst ein wenig im Meer, ihr eßt einen gefüllten Schildkrötenbraten und kehrt in der Abendfrische zurück, um die Verabredung mit María Ugarte, der Witwe, und Martínez Ubago, dem Sohn, wahrzunehmen. Ihr fahrt beim Verlag Taller vorbei, um Lourdes abzuholen. Während ihr auf sie wartet, läßt José deinen Bericht Revue passieren und ist weder mit dem Oberst noch mit der ganzen Situation recht glücklich. Hat er sich die Rolle des Zeitzeugen nur angemaßt, dieser Oberst, oder hat er wirklich erlebt, was er erzählt hat, wie so viele andere? Diktaturen sind pantheistisch, und der Diktator legt ein Stückchen von sich selbst in jeden seiner Untergebenen. Als José Israel euch abfahrbereit sieht, bereit für den Strand und für die Schildkröte, macht er einen Rückzieher.

«Ihr seid ja jetzt zu zweit, und mein Körper verlangt nicht unbedingt nach einem Bad im Meer. Laßt mich hier nur Geld scheffeln und meinen Kampf um die Kultur ausfechten.»

Lourdes hat es zwar nicht gefallen, verladen zu werden, aber sie hat es mit südländischer Gelassenheit hingenommen. Ein bißchen Bewegung würde dir nicht schaden, José Israel, doch der Mann sitzt schon vor seinem Computer und stellt der Maschine seine Fragen mit demselben spöttischen Gesicht, mit dem er seine eigene Geschichte und sein Leben hinterfragt, und Lourdes nennt ihn unmöglich und läßt ihn sitzen. Es ist deine erste Fahrt über die Stadtgrenze von Santo Domingo hinaus, und Lourdes gibt dir einen kurzen Überblick über die Stadt, das Land, den touristischen Nordosten, wo die Gringos investieren, die Tabakregion, die verfluchte Grenze zu Haiti und diese Inselparanoia, die sie zu Reisen zwingt, um nicht klaustrophobisch zu werden. Und trotzdem bekommen sie Heimweh, wenn sie länger als zwei Wochen fort sind, trotz ihrer grausamen Geschichte, die ihnen nichts erspart hat: die Diktatur Trujillos, danach Balaguer, die revolutionären Hoffnungen auf Bosch und Caamaño gescheitert, die Invasion der Ledernacken, und wieder Balaguer, der Immerwährende, der Subdemokrat auf Lebenszeit, der Postdiktator auf Lebenszeit, der ohne Präfix nicht zu verstehen und nicht einzuordnen ist. Lourdes' Kopf ist wie geschaffen für eine dominikanische Statue, wenn die Dominikaner so was hätten. Dieses ebenmäßige Gesicht, das von einem jungenhaft wirkenden Haarschnitt gekrönt wird, sieht aus wie eine Mischung aller ethnischen

Gruppen der Insel, wenn da diese in die Stirn fallende Locke nicht wäre, und du sagst ihr, daß ihr Haarschnitt dir gefällt, und sie muß lachen, weil sie eine solche Bemerkung von dir nicht erwartet hat, da sie gewohnt ist, von dir nur politische oder historische Fragen zu hören, und plötzlich feststellt, daß du genauso eine Frau bist wie sie und sie anschaust, wie nur Frauen sich anschauen können. Dann lauft ihr in ein grünes, weißes, stärkendes, langsames Meer, bis ihr so weit vorgedrungen seid, daß ihr schwimmen könnt, und du suchst die Tiefe, die Kühlung bringt. Aber vielleicht hast du einen unzweckmäßigen Schwimmstil gewählt, denn beim Kraulen gerät man leicht ins Grübeln. Die Armschläge geben dem Lauf der Gedanken einen Rhythmus, und die Beine treiben sie an. Und so siehst du dich schon bald in einem Meer voller Wasserleichen, eine von ihnen ist Galíndez, ein paar Meilen weiter südlich, seine Überreste sind vielleicht Bestandteil des Meeresgrundes geworden, organische Materie, eine eigene Korallenart, für immer dem geheimnisvollen Bodensatz des Meeres angehörend. Und an deine Ohren unter Wasser dringen die Geräusche deiner Kraulschläge, als wären es plätschernde Wortfetzen, und sogar Worte glaubst du zu hören, Rufe aus der Tiefe des Meeres, die nur aus deinem eigenen Innern kommen. Als du wieder auftauchst, stellst du fest, daß du nur mit den Zehenspitzen auf den Boden reichst und noch unter Wasser gerätst. Lourdes schwimmt entspannt auf dem Rücken, mit glücklichem Gesicht und geschlossenen Augen schwimmt sie an dir vorüber und sieht nicht die Angst, die dein Atmen in ein Keuchen verwandelt hat. Du schwimmst dem Strand zu, doch sobald du Boden unter den Füßen spürst, rennst du los, als ekle es dich, in einem Meer zu schwimmen, in dem du Blut zu sehen und erstickte Stimmen zu hören glaubst. Der sympathische Umgang mit Lourdes, der Schildkrötenbraten, das Bier, der Rum und der Kaffee haben dein inneres Beben beschwichtigt, und du hast sogar wieder an Ricardo gedacht, wie er auf eine geschmorte Schildkröte reagieren würde. Was wissen Sie von Schildkrötenschmorbraten, Don Ricardo? Genug, um Kalbsschmorbraten zu bevorzugen. So hätte Ricardos Antwort gelautet, und du mußt darüber lachen.

«Habe ich etwas Lustiges gesagt?»

«Nein. Ich mußte nur gerade an einen Freund denken.»

«Wenn wir uns jetzt anziehen, können wir ein Stück an der Küste hinauffahren, so bekommst du noch ein bißchen vom Land zu sehen. Es hat nämlich mehr zu bieten als nur die schlafenden alten Hunde der Trujillozeit, die genauso fett und vollgestopft sind wie unsere Schildkröte eben.»

Die Landschaft und die vorgerückte Abendstunde haben deine Stimmung aufgehellt, aber vielleicht bist du auch nur erleichtert, daß du den Bissen von der geschmorten Schildkröte glücklich verdaut hast, von der hattest du nur probiert, während dir der wundervolle Früchtesalat eine Nachbestellung wert war.

«Weiter als San Pedro de Macorís können wir nicht mehr fahren, weil wir sonst zu spät heimkommen. Das ist schade, denn ein Stück weiter liegt La Romana, wo die meisten Touristen hinfahren.»

«In San Pedro de Macorís hatte Galíndez Kontakte. Es gab dort eine beträchtliche Zahl spanischer Kommunisten.»

«Es gab dort auch eine beträchtliche Zahl dominikanischer Kommunisten.»

«Was ist aus ihnen geworden?»

«Nicht viel. Das ist eine schwierige Gegend für den Kommunismus. Die Leute dort suchen sich eine andere Art von Radikalität; die linken Parteien sind in der Krise, uneins und zerstritten. Für José Israel ist das ein aufgeregter Hühnerstall, und außerdem hält er das kubanische Modell für erledigt und das nicaraguanische für zum Scheitern verurteilt. Hinzu kommt, daß dies eine Insel ist. Da kannst du denken, was du willst, und du kannst es betrachten, wie du willst, es wird immer eine Insel sein.»

Ihr fuhrt nach Santo Domingo hinein, und an der ersten Ampel stürzte eine Traube von Kindern auf euer Auto, um die Windschutzscheibe zu putzen. Lourdes ließ sie gewähren, doch in dem Auto neben euch, einem deutschen Importmodell, saß ein mißmutig dreinblickender Kreole mit einem Strohhut auf dem Kopf, der den Ansturm eines Scheibenwischerjungen unwirsch abwies.

«Sie ist aber schmutzig, Señor.»

«Wenn einer schmutzig ist, dann du.»

Und er war es, war schmutzig wie ein Kind, das es nicht verdient hat, schmutzig genannt zu werden. Dir ging die Galle hoch, und du standest kurz davor, das Seitenfenster herunterzudrehen und seine sämtlichen Ahnen zu verfluchen, wie Ricardo sie verflucht hätte, wie die Leute in Spanien fluchen, ernsthaft, nicht mehr und nicht weniger als seine sämtlichen Ahnen. Aber du bist, auch hier, eine Ausländerin und hast nicht einmal das Recht, dich mit den Bettlern zu solidarisieren und gegen ihre Herren aufzulehnen. Sie verbindet die Dialektik ihrer Nationalität, dich trennt alle Fremdheit. José Israel erwartete euch unter dem orangenen Ball der Sonne, die der Archäologie der Eroberung einen majestätischen Untergang bot. Die Martínez Ubagos leben in einem Wohnviertel der Innenstadt, in einer kleinen Villa mit Garten, die man in Madrid *hotelito* nennen würde und die diese Atmosphäre tropischen Verfalls verströmt wie alle nicht monumentalen Bauten, alle Bauten, die nicht zu Pyramiden berufen sind. María Ugarte ist eine alte Dame, die noch einen Rest ihres blonden Glanzes im altmodischen Flechtwerk ihres Haars bewahrt hat und dich neugierig erwartet, als seist du die Botin einer Vergangenheit, die sie längst tot glaubte. Der Sohn ist höflich zurückhaltend oder mißtrauisch. Er ist noch kein alter Mann. Ein reifer Mann, der auf altmodische Weise die Muskulatur anspannt, der das Maß der Gefahr noch kennt und sich mit Bedacht erinnert, so wie er dich auch empfängt und im Haus herumführt, in dem er und seine Mutter dir wie zwei Menschen im inneren Exil vorkommen. Ihr werdet an anderen, fernsehenden Hausbewohnern vorbei in das matte Halbdunkel eines Schlafzimmers geführt, und nachdem Doña María auf dem Bett Platz genommen hat, ihr Sohn an ihrer Seite und ihr, wo ihr könnt, sucht Martínez Ubago seine Kindheitserinnerungen zusammen, seine Jugenderinnerungen, und seine Mutter spricht vor allem von seinem Vater, dem Arzt von Sabana de la Mar, der die Zuneigung der einfachen Leute gewann, jedoch nicht ihr Geld. Der Sohn erinnert sich an Galíndez aus der Sicht eines Kindes, das ihn fast nur aus Briefen kennt, die er seinem Vater schrieb, dem Nachfolger im Amt des Verantwortlichen für die baskischen Nationalisten in der Dominikanischen Republik. Einige Male mußte sein Vater den Drahtseilakt zwischen seiner Freundschaft mit dem Volksfeind Galíndez und den Interessen der baskischen Gemeinschaft vollführen. An was sich die Witwe erinnert, weiß sie alles von ihrem Mann, und für sie ist Galíndez nur einer auf dem Foto eines glücklichen Exilantentages, die Basken beim Gesang vereint, denn der Gesangverein war eine Liebhaberei meines Mannes, der er seine ganze freie Zeit widmete, damals, in Sabana de la Mar. Galíndez? Martínez Ubago der Jüngere ist ein reifer, aber schüchterner Mann, doch vielleicht hat ihn auch nur das Schicksal überfordert, in das er hineingeboren wurde. Er hat es sich nicht ausgesucht, ein Kind des Exils zu sein, im Schatten der Furcht vor Trujillo und des Hasses auf Franco aufzuwachsen, erwachsen zu werden in dem Verdacht, Erbe einer gescheiterten Sache auf einer Insel im Atlantik zu sein, auf der er sich weder als Spanier noch als Baske, noch ganz als Dominikaner fühlen kann. Ein Robinsonkind, gefangen in einer Erinnerung, die nicht allein seine ist. Du ahnst dies, als er zögernd berichtet, wie er den Leichnam von Galíndez identifizieren sollte. Eigentlich hätte der Vater das tun sollen, der stets zur Stelle war, wenn irgendwo nicht identifizierte Leichenteile auftauchten, doch nach Trujillos Tod war er es, der im Anatomiesaal der Medizinischen Hochschule die in Formol konservierten Leichen abschritt, die ein weitsichtiger Arzt heimlich aufbewahrt hatte, um eines Tages die Rechnung der Grausamkeiten Trujillos präsentieren zu können.

«Es waren die Toten der Luperón-Invasion von 1949; Revolutionäre, die erschossen und erschlagen worden waren, kaum daß sie einen Fuß an Land gesetzt hatten.»

Vielleicht kann ihn nichts mehr berühren, vielleicht ist er auch nur überrascht, daß all diese Erinnerung nicht vergebens gewesen ist. Er zeigt dir Briefe von Galíndez an seinen Vater, wie jemand, der dir die besten Stücke seiner Sammlung anvertraut, und die Unterhaltung verliert sich in den vierzig langen Jahren des Exils und der Entfernung, die niemand mehr zurückgehen wird und niemand mehr zu würdigen weiß. Galíndez wird überaus wohlwollend dargestellt. Er war immer so fröhlich, sagt María Ugarte, und der Mann läßt ihn mehr auf Grund fremder Erinnerungen und Fotos statt auf Grund eigener Erlebnisse vor euch erstehen. Eine blasse eigene Erinnerung hat er an Galíndez als den Mann aus der Hauptstadt, der ab und zu kam und neue Parolen ausgab und Neuigkeiten von dem bevorstehenden Sturz des Francoregimes brachte, da die Alliierten zu Land und zu Wasser unaufhaltsam auf dem Vormarsch waren. Mehr als alles andere begeistert sie die Vorstellung, daß du diese Nacht, diese Begegnung, diesen nostalgischen Gedankenaustausch einmal in einem Buch beschreiben willst und sie es dann lesen kann, und sie gibt dir ihre Adresse in einer Schönschrift, die sie zwanzig Jahre, vierzig Jahre vor deiner Geburt eingeübt haben mag, eine Schrift für Flaschenpostbriefe von Gestrandeten, im schwindenden

Halblicht der Tropen in eine dunkelgrüne Flasche gesteckt, eine Flasche, die mehr schwarz ist als grün. Als ihr hinausgeht, sagen die anderen Bewohner des Hauses nichts, sagen nichts zu euch. Entweder haben sie gelernt, sich nicht selbst zu vernichten, indem sie eine grausame Erinnerung miteinander teilen, oder sie vernichten sie, indem sie sich ihr verweigern. Du bist traurig, weil diese Robinsons in ihrem Schlafzimmer voller Andenken und Abwesenheiten, wie jedes dir bekannte Schlafzimmer in Spanien, ein trauriger Anblick sind. Du verabschiedest dich von José Israel und Lourdes, die dir versprechen, den Verlauf des Kreuzwegs für dich herauszufinden und dich morgen an mögliche Leidensorte von Galíndez zu bringen. Du hast ihnen gesagt, daß du nicht mehr zu Abend essen möchtest, daß dir immer noch die Schildkröte im Hals steckt, daß du deine Aufzeichnungen durcharbeiten mußt, doch eigentlich willst du ins Hotel zurück, um zu sehen, ob sich die Anspielungen von Oberst Areces in irgendeiner Weise konkretisiert haben. Der Brandgeruch des Barbecues dringt jetzt bis zu deinem Balkon hinauf, und eine Musikkapelle gaukelt deinen geröteten Landsleuten vor, das Paradies könne Wirklichkeit sein. Der Pool ist eine von Unterwasserstrahlern zum Leuchten gebrachte Gemme, und läge dein Balkon nicht fünf Stockwerke darüber, du würdest dich hineinstürzen wie eine Todesspringerin auf der Suche nach der Frische und Durchsichtigkeit von Wasser, das nichts verbirgt. In diesem Moment klopft jemand an deine Zimmertür, und du gehst hin, um zu öffnen, als deine Füße auf ein Papier treten, das man unter der Tür durchgeschoben hat. Du hebst es auf, und diese Zeit vergeht, bis du die Tür öffnest, und als du es schließlich tust, siehst du nichts als einen leeren Hotelflur. Du schließt die Tür und schiebst zur Sicherheit den Riegel vor. «Wie vereinbart, wird man Kontakt zu Ihnen aufnehmen. Befolgen Sie die Anweisungen bis in alle Einzelheiten. Bleiben Sie in Ihrem Zimmer, bis Sie angerufen werden. Dante Laforja Camps.» Der, der fehlte. Du befindest dich jetzt in der Mitte des Dreiecks, das von dem Obersten, dem Pockennarbigen und diesem geheimnisvollen Laforja Camps gebildet wird, der dir überraschende Botschaften ankündigt. Während du wartest, schreibst du deine Tageseindrücke auf und weißt nicht, wie du diese Furcht, diesen Anfall von Furcht beschreiben sollst, der dich im Meer überkam. Du bist auf einer Insel, sagst du dir, du hast Teil an diesem Gefühl des begrenzten Horizonts, von dem Lourdes sprach. Nicht einmal eine Insel. Du bist in einem Land, das eine halbe Insel ist. Und diese Überlegungen, die dich mehr zerstreuen als ermüden, zerreißt jetzt das Schrillen des Telefons. Sind Sie Frau Dr. Colbert? Die Stimme klingt verstellt, als spräche ein alter Mann mit Kinderstimme oder ein Kind mit der Stimme eines alten Mannes. Ich glaube, ich besitze ein paar Informationen, die Sie interessieren dürften; Informationen, die die Brücke bilden zwischen dem, was in Santo Domingo geschah und was hier in den Staaten geschah, in Miami genauer gesagt, denn hier wurde der Plan ausgearbeitet, wie mit Rojas zu verfahren sei. Sie wissen, wovon ich spreche. Es ist jedoch zu Ihrer eigenen Sicherheit unerläßlich, daß Sie umgehend nach Miami kommen und daß niemand von Ihrer Abreise aus Santo Domingo erfährt. Es ist alles in die Wege geleitet, damit Ihre Abwesenheit unbemerkt bleibt. Und meine Freunde hier? Sie wollen mich morgen früh abholen. Daran ist gedacht. An der Rezeption erhalten Sie auf Ihren Namen ausgestellte Papiere, die Ihnen alles sehr erleichtern werden. Einen Anhaltspunkt will ich Ihnen geben. Ich heiße Angelito, und ich riskiere Kopf und Kragen. Sie werden bei Ihren Nachforschungen auf meinen Namen gestoßen sein. Dann schwieg die Stimme, ein starkes Einziehen von Luft war zu hören, und der Alte hat angefangen zu singen: *Eusko gudariak / Euskadi askatzeko / gertrurik efaukagu odola / bere aldez emateko*... Gehen Sie auf Ihren Balkon. Das Sheraton stand zu meiner Zeit noch nicht, aber ich weiß ungefähr, wo es liegt. Fast genau dem Hotel gegenüber bin ich oft mit Rojas spazierengegangen, und wir haben uns über Euzkadi unterhalten. Ich war bei ihm, als sie kamen. Ja, genau dort, wo Sie es sich vorstellen. In der Nummer 30 der Fifth Avenue. Genügt Ihnen das? Gehen Sie zur Rezeption hinunter. Sie brauchen nur zur Rezeption zu gehen und die Anweisungen zu befolgen. Das Klick hat dich in die Wirklichkeit zurückgebracht, aber es hat einen Moment gedauert, dich vom unwirklichen Bann des Telefonhörers zu befreien. Vielleicht lag es an der Stimme, an dieser Kunststimme im Dienste eines Englisch mit starkem Akzent, abrupt unterbrochen von absolut akzentfreien spanischen Sätzen. Du versuchst noch immer, dir ein Bild von dem Anrufer zu machen, als du schon vor dem Empfang stehst und fragst, ob etwas für dich abgegeben worden ist. Der Empfangschef überreicht dir einen dicken Umschlag, den er unter dem Rezeptionstisch hervorzieht, den er nicht aus deinem Postfach nimmt.

«Mir wurde gesagt, Sie kämen gleich herunter, um ihn abzuholen.»

Du öffnest ihn erst, als du wieder in deinem Zimmer bist, in deinem von innen verschlossenen und verriegelten Zimmer. Du öffnest den Umschlag, und zum Vorschein kommt ein Rückflugticket Santo Domingo–Miami, ein einziger Tag, ein Tag des Lichts, vielleicht der entscheidende Tag. Ein Ticket auf den Namen Gertrud Driscoll, dazu ein Paß mit deinem Bild, ein Stadtplan von Miami, auf dem die verabredete Stelle markiert ist, und eine kurze Nachricht. Die folgende Anweisung dient nicht Ihrer Sicherheit, sondern unserer und der Ihrer Freunde: Sagen Sie speziell dem Ehepaar Cuello kein Wort von Ihrer Unternehmung. Erfinden Sie eine Ausrede und halten Sie sich die beiden für einen Tag vom Leib. Sagen Sie ihnen, Sie verbrächten einen Tag am Strand. Übermorgen sind Sie wieder zurück und alles hat seine Ordnung.

Die Frau ist zur erwarteten Zeit eingetroffen. Robards hält sich den *Miami Herald* vors Gesicht, und seine Augen überfliegen eine Umfrage zur Rechtmäßigkeit der Contra-Aktionen in Nicaragua. Rechtens. Mit überwältigender Mehrheit. Ein Mädchen noch, an der Grenze zur Frau. Der schlanke Oberkörper und die schmale Taille unterstützen diesen Eindruck, obwohl sie anscheinend kräftige Hüften hat, die lange, sommersprossige Beine bewegen, ebenso sommersprossig wie die Arme und das lange, schmale Gesicht unter dem Schimmer des in Unordnung geratenen roten Haars, das sie im Gegenlicht des Flughafens mit einer Korona umgibt. Sie verhält sich wie jede normale Reisende, die diesen Flughafen nicht, aber andere Flughäfen kennt, die Beine schreiten einen bekannten Rundweg ab, doch die Augen nehmen Unterschiede wahr oder weiden sich an den Überraschungen dieses neuen Terminals, der das erste Schaufenster einer Stadt für Touristen ist. Robards folgt ihr, betrachtet sinnend ihren Körper, der sich anmutig vorwärts bewegt, und fragt sich, was in ihrem Kopf vorgehen mag, ob irgendein Argwohn in ihm nistet oder ob sie in jener zielstrebigen Gewißheit ausschreitet, mit der die Erleuchteten in Fallen tappen, die sie sich selbst gestellt haben. Als sie zum Taxistand kommt, stürzen sich zwei Taxifahrer auf sie, um ihre Dienste anzubieten, und welchen von beiden sie sich auch aussucht, es wird einer von Robards' Leuten sein. Sobald Muriel eingestiegen ist, geht Robards zu einem geparkten Auto und läßt das Mädchen davonfahren. Sie hat dem Taxifahrer eine Adresse angegeben, recht weit von hier. Wir haben aber den Vorteil, daß wir in gerader Linie fahren können, zuerst über die Robert Frost und dann ein Stück Bundesstraße. Muriel versucht, sich während der Fahrt noch einmal den Ort und den Gegenstand ihres Treffens vorzustellen. Es muß ein einsam gelegener Ort sein, da man ihr sonst mehr

Anhaltspunkte gegeben hätte, und wahrscheinlich erwartet sie ein alter Mann, ein schmieriger alter Mann, vermutlich einäugig. Sie muß lachen bei dem Gedanken, und der Fahrer lacht mit, ohne zu wissen, warum er mit ihr lacht. Das kleine Auto an der Biegung der Lake Road sieht leer und verlassen aus, die winzige Gestalt, die jedoch drinnen sitzt, hat ihr Kinn auf den Hornknauf des Rohrstocks gestützt, trägt eine schwarze Sonnenbrille, die eine Blindenbrille sein könnte, und einen Strohhut keck über das rechte Fledermausohr geschoben.

«Kommen Sie, Señorita, ich habe Sie erwartet.»

Die Frau ist am Lake Sabal ausgestiegen und erreicht das kleine Auto, erhitzt, weil sie fünfzehn Minuten zu spät kommt und sich die letzten zweihundert Meter beeilt hat. Der Alte ist kühl und sicher, sie stottert Entschuldigungen und versucht, ihren langen Körper in das Auto zu quetschen.

«Machen Sie sich keine Gedanken wegen der Verspätung. Ich hatte es ganz bequem, und für Sie war es sehr unbequem.»

Ich war dumm, beharrt sie, weil sie gedacht hat, der Flughafen sei näher, und weil sie daher gebummelt hat, weil der Flughafen sie fasziniert hat, als wäre sie noch nie mit einem Flugzeug geflogen.

«Der Flughafen ist sehr schön. Er ist einer der modernsten Flughäfen der Vereinigten Staaten. Sie sehen, ich spreche Spanisch mit Ihnen, die Sprache meiner Mutter, denn das Thema, mit dem wir uns beschäftigen und das uns beschäftigt, läßt sich besser auf Spanisch angehen. Doch zuerst einmal meinen Namen, ich bin Don Angelito, obwohl ich Ihnen nicht verhehlen will, daß man mich hier als Voltaire O'Shea Zarraluqui kennt. Männer meines Schlages wissen irgendwann nicht mehr, wie sie wirklich heißen. Aber Angelito ist in Ordnung, so hat Jesús mich die fast zwanzig Jahre hindurch genannt, die wir uns gekannt haben. Eine lange Geschichte der Liebe und des Hasses, die im spanischen Bürgerkrieg beginnt und an dem Tag endet, an dem ich akzeptieren mußte, was ich nicht akzeptieren wollte. Mögen Sie Katzen, Señorita?»

«Ich liebe Tiere.»

«Das zeugt von einem guten Herzen. Menschen, die keine Tiere mögen, denen kann man nicht trauen. Ich habe mich jetzt von allem zurückgezogen und lebe nur noch für meine Katzen und für meine Memoiren, die ich Lee Goerner versprochen habe, einem New Yorker Verleger, der nie spricht und von dem es heißt, er habe in den letzten zwanzig Jahren keine sechs Worte gesagt. Er ist einer meiner besten Freunde. Einer der wenigen, die mein Leben sehr genau kennen. Seit Jahren drängt er mich, doch endlich meine Memoiren zu schreiben. Bei unserm letzten Treffen saßen wir im Hotel Doral, in der Seventh Avenue, in New York, und er hat mir dort die Zusage abgerungen, fast ohne ein einziges Wort zu sprechen, ohne was zu sagen, so ist er. Wer gesprochen hat, war ich, über *base-ball* nämlich. Dabei habe ich keine Ahnung von *base-ball*. Ich weiß nicht, ob Sie die komplizierte Psyche von Lee Goerner kennen. Aber er behauptet, es gebe keinen besseren Zeitzeugen für die Karibik der letzten fünfzig Jahre als mich, und das stimmt, ich werde ihn nicht mit falscher Bescheidenheit enttäuschen.»

«Ich sterbe hier drinnen vor Hitze.»

«Es ist schwül heute. Miami ist die Hölle, wenn die Luftfeuchtigkeit ansteigt.»

«Da die Türen geschlossen sind, könnten wir vielleicht die *air-condition* einschalten. Haben Sie den Wagenschlüssel?»

Der Alte machte ein unwilliges Gesicht, doch dann ließ er seinen Kopf wieder auf die Krücke sinken, was von seinem Gesicht noch zu sehen war, wurde starr und ausdruckslos, und er sagte scharf:

«Mit Autoschlüsseln kenne ich mich nicht aus. Ich kann gar nicht fahren. Man bringt mich und man holt mich ab. Michael macht einen Spaziergang, weil ich keine Zeugen wollte, und die Schlüssel hat er mitgenommen.»

«Die Seitenfenster können wir auch nicht herunterdrehen.»

«Nein.»

«Dann könnten wir vielleicht zwei Türen öffnen.»

Der Alte macht eine übertriebene Geste des Großmuts, als könne die Dame alle Türen öffnen, die sie wolle. Er räuspert sich und nimmt die Sonnenbrille ab. Seine Augen sind ein wenig feucht, Zärtlichkeit liegt in ihnen, als sie das Mädchen betrachten und bei ihren blauen Augen verharren, die aus dem mit Inselchen gesprenkelten Meer ihres Gesichtes auftauchen.

«Sie kommen der Frau sehr nahe, die ich mir vorgestellt habe.»

«Wie haben Sie sich mich vorgestellt?»

«Wie eine dieser gegen alles protestierenden Gringas. Frauenwahlrecht, Sacco und Vanzetti, spanischer Bürgerkrieg,

Atombombe, Nein zur Intervention in Nicaragua und Ja zur Abtreibung. Ich konnte mir ein perfektes Bild von Ihnen machen, weil ich immer dazugehört habe, und kaum, daß ich Sie sah, wußte ich, daß Sie das vollkommene Abbild der ewigen Jugend dieser Welt sind. Gäbe es keine Menschen wie Sie, die Welt wäre schon seit langer Zeit ausgelöscht, und das zu Recht... In Ihnen erkenne ich mich selber wieder, den jungen Idealisten, der sich auf die Seite jeder gerechten Sache geschlagen hat, für die es zu kämpfen galt. Sandino? Auf nach Nicaragua und gegen die Kaziken und Yankees gekämpft. Bürgerkrieg in Spanien? Auf nach Spanien, auf die Seite der Republik. Der internationale Faschismus? Angelito war natürlich in der französischen Rèsistance und sogar in Jugoslawien, wo ich Tito geholfen habe. *No pasarán. No pasarán.* Es scheint, als ob sie nicht durchgekommen sind, aber sie sind durchgekommen. Der Faschismus ist überall, selbst tief in unseren Herzen. Mehr als einmal habe ich zur *Pasionaria* gesagt: Dolores, sie sind zwar nicht durch die Vordertür hereingekommen, wohl aber durch die Hintertür. Wie geht's der *Pasionaria*? Ich weiß, daß Sie aus Madrid kommen, und es heißt, sie sei ziemlich am Ende. Na ja. Nennen Sie mir eine gerechte Sache auf der Welt, für die es sich in den letzten fünfzig Jahren zu kämpfen gelohnt hat, und Voltaire war dabei, Pardon, Don Angelito. Ich bin aus dem Holz, aus dem die unverbesserlichen Rebellen geschnitzt sind, wie diese nicht hoch genug zu schätzenden Gringos, die mit der Brigade Lincoln nach Spanien gefahren sind, als sie zwanzig Jahre alt waren, und sich mit siebzig oder achtzig immer noch in Kampagnen wie ‹Hände weg von Nicaragua!› engagieren. Wir gehören alle derselben Rasse an, einer geistigen Rasse, einer Rasse von Befreiern. Ich war schon ein alter Mann, als ich nach Peru gefahren bin, um die sozialistische Politik meines Generals Velasco Alvarado zu unterstützen. Hier, lesen Sie nur diesen rührenden Brief, den er mir geschrieben hat. Und hier, mitten in diesem Scheißland, das Sie so gut kennen, im Zentrum des Imperiums und des Systems, habe ich mich auf seiten der Puertoricaner gegen die Yankees engagiert, habe denen von der Symbiotischen Befreiungsarmee ebenso geholfen wie den *black panthers*. Das sind meine Referenzen, und mit dieser moralischen Statur, die die einzige Statur ist, von der so ein kleiner Mann wie ich überhaupt reden kann, stehe ich Ihnen zur Seite, mein Kind. Ich sage mein Kind, und dabei könnten Sie meine Enkelin sein, wenn ich mich nicht der Geschichte geopfert und auf eine eigene Familie verzichtet hätte. Auf eine so prächtige Enkelin wie Sie. Entschuldigen Sie, wenn ich rührselig werde, aber in meinem Alter werden nicht nur die Muskeln schwächer, sondern auch die Tränendrüsen schwerer kontrollierbar. Aber sagen Sie mir eins, mein Kind: Wissen Sie eigentlich, auf was Sie sich da eingelassen haben?»

Das Kind weiß seiner Stimme noch immer keinen festen Klang und seinen Gedanken keine feste Form zu geben. Sie fühlt sich eingesperrt, und während sie lauscht, huschen ihre Augen durch den Autokäfig, als suchten sie nach einer Feder, die das Dach abheben und alles verschwinden lassen könnte, was sie vom Grün des Parks trennt, von dem Kanal, der eine bebaute Insel abtrennt, nichtssagend, eine künstliche kleine Inselstadt.

«Ist es unbedingt erforderlich, daß wir uns hier drinnen unterhalten?»

«Im Moment ja. Solange wir uns noch in die Hintergründe vertiefen. Später, wenn wir zum Meinungsaustausch übergehen, können wir uns frei unterhalten, und selbst wenn jemand mithört, wird er nicht wissen, um was es geht.»

«Wer soll denn mithören?»

«Wann wurde Galíndez entführt? Nein. Sagen Sie es mir nicht. Am 12. März 1956. Fast dreißig Jahre ist das her. Stellen Sie sich vor, daß an jener Operation zwanzig bis dreißig Leute beteiligt waren, die zwischen zwanzig und achtzig Jahre alt gewesen sein konnten. Und jetzt eliminieren Sie, mein Kind, tun Sie, als wären Sie das Leben oder als wären Sie eine Quacksalberin, und Sie werden erkennen, daß noch Beteiligte am Leben sind, die damals zwischen zwanzig und fünfzig Jahre alt waren und heute zwischen fünfzig und achtzig sind. Begreifen Sie jetzt? Beteiligte wie Espaillat, Trujillo, De la Maza oder Murphy sind längst in der Hölle oder sonstwo, und sie sind in allen Büchern vertreten, die über den Fall Galíndez geschrieben worden sind. Aber die beteiligten Yankees sind nie alle ans Licht der Öffentlichkeit gekommen, und auch die Rolle der CIA ist stets unklar geblieben. Während das FBI sich das Verschwinden eines seiner Agenten sehr zu Herzen nahm und den Fall untersuchte, war die CIA mehr damit beschäftigt, Trujillo in dieser Angelegenheit aus der Klemme zu helfen, bis dieser Erzschurke sich an

Murphy vergriff und damit dessen Senator am Hals hatte. So sind die Yankees. Sie sind imstande, die halbe Welt in Brand zu setzen, um einen ihrer Wähler herauszuhauen. Das ist die Mentalität des guten Verkäufers, der stets die Interessen seiner Kunden vertritt. Was halten Sie von Oberst Areces? Ein toller Typ. Wir haben großen Respekt voreinander, obwohl wir unsere politischen Aktivitäten in feindlichen Lagern begannen. Ich als Agent der Karibischen Legion für Betancourt, Muñoz Marín, Figueres und Castro im Einsatz, und er im Geheimdienst Trujillos. Wir trafen in Maracaibo zusammen, das war Neunzehnhundert... Erinnerung! Erinnerung! Wohin bist zu entschwunden? Shakespeare hatte ganz recht, als er sagte, das Gedächtnis stehe nicht immer im Dienst unserer Erinnerung, oder so ähnlich. Jedenfalls trafen Areces und ich dort in einer sehr heiklen Mission aufeinander. Ich merkte sogleich, daß ich da mit einem Mann sprach, der nach einer ausgestreckten Hand suchte, und ich reichte ihm meine. Wie kann ein so intelligenter und feinsinniger Mann wie Sie einem so ungehobelten Diktator dienen? Ich fürchtete schon, er würde gleich zur Pistole greifen, denn diese dominikanischen Militärs geraten leicht in Rage, aber nein, er senkte den Blick, und das sagte mir alles. Zwei Stunden später gehörte er mir, das heißt, gehörte er zu uns, und heute arbeitet er immer noch im Netzwerk mit. Ich kann Ihnen nicht verraten, um welches Netzwerk es sich handelt, aber ich darf Ihnen versichern, daß wir von unserem Wachtturm Miami aus alle reaktionären Bewegungen in der Karibik im Auge behalten, weil Miami nämlich die Hochburg ist, von der aus die Reaktion exportiert wird. Ich kenne diese Stadt sehr gut, mehr als sehr gut, denn ich war schon hier, als es noch nicht einmal Straßen gab in diesem Babylon der amerikanischen Reaktion, das Ihnen Übelkeit verursachen würde, wenn Sie es so gut kennen würden wie ich. In meinem Alter hätte ich mich reinen Gewissens ins innere Exil zurückziehen können, denn Sie kennen ja die Worte des Dichters, nichts ist erfolgreicher als das Exil. Aber ich habe mich zu kämpfen entschlossen, kämpfen, kämpfen, wie ich mein Leben lang gekämpft habe. Ich habe die radikalsten Gruppierungen der Haitianer unterstützt, Castros Agenten, die bei den Emigranten aus Mariel eingeschleust werden wollten, alles was Sie sich vorstellen können. Damit Sie sich ein Bild von dieser Stadt, von diesem Nuklearflugzeugträger der Yankees machen können:

Vor einiger Zeit wurde hier das Theaterstück einer Kubanerin uraufgeführt, die in New York lebt, und wenn sie in New York lebt, wird das einen Grund haben. Die Dame heißt Dolores Prida und ist eine Linke, wenn auch nicht gerade eine Castro-Anhängerin, Sie verstehen, was ich meine. Das Stück sollte im Rahmen eines Festivals des kubanischen Theaters hier in Miami aufgeführt werden, und es gab einen solchen Aufstand, daß sie aus dem Programm gestrichen werden mußte. Das war dieser Pöbel aus Mariel, seit der in der Stadt ist, kennt man sie nicht wieder. Miami, die Stadt von Sandburg und Capote, die Stadt, in der viele jüdische Intellektuelle und Liberale aus dem Norden diese Tradition in den sechziger Jahren fortsetzten. Die Neue Linke war hier so stark, daß sie in Schulen und Universitäten die stärkste Gruppierung bildete, bis diese verdammten Exilkubaner und später die verlausten Contras die Stadt versaut haben. Vor kurzem sprach ich mit einem Doktor, ich weiß nicht mehr, was für ein Doktor es war, aber ich glaube, er war kein Arzt, und der hat mir gesagt, Miami hätte die besten Schulen in den Staaten. Ich fragte ihn warum, und er sagte, weil nicht ein Linker mehr an ihnen unterrichte. Können Sie sich eine traurigere Antwort vorstellen? Was wäre die Welt ohne einen Linken? Wie kann es eine Stadt ohne Linke geben? Wenn Don José Martí das sehen würde, der hier soviel Bewußtseinsarbeit unter den kubanischen Flüchtlingen geleistet hat, die zu seiner Zeit vor dem spanischen Imperialismus geflohen sind und dann die nationale Unabhängigkeit erkämpft haben … Ich erzähle Ihnen das alles, damit Sie begreifen, daß ich noch nicht aufgegeben habe, obwohl diese Stadt das Schlimmste ist, was so einer wie ich, der sein Leben lang ein Roter war, sich antun kann. Aber nun, Kopf hoch! Wir haben noch nie den einfachen Weg gewählt. Was, Muriel?»

«Wer ist Areces? Was macht er in Santo Domingo? Er sieht nicht wie ein Verschwörer aus; eher wie ein Geschäftsmann.»

«Er befolgt meine Anweisungen.»

Muriel sah den Alten abschätzend an. Er hatte wieder seine Sonnenbrille aufgesetzt und kniff die Lippen zusammen, um sich nach den letzten Worten ein strengeres Aussehen zu geben.

«Ich habe moralischen Einfluß auf ihn, und als ich von Ihrem Fall erfuhr, machte ich mich sogleich an die Arbeit. Vor einigen Wochen haben Sie einen Brief Ihres Doktorvaters Norman Radcliffe erhalten, in dem er Sie bat, Ihr Dissertationsthema zu ändern. Nicht wahr?»

«Ja. Aber wie können Sie davon wissen?»

«Sie würden sich wundern, wenn Sie wüßten, was ich alles weiß. Dieser Brief wurde Norman Radcliffe von der CIA diktiert. Sie haben ihn sich richtig vorgenommen und mit finanziellen Drohungen weichgekocht, weil er wohl gerade erst geheiratet und auch noch ein Kind gekriegt hat, in seinem Alter, der Dummkopf, jedenfalls wohl arg in der Klemme sitzt, so arg, daß er getan hat, was sie von ihm verlangten.»

Das Mädchen scheint ein immer dringenderes Bedürfnis zu haben, dem Auto zu entfliehen, als müsse es plötzlich alle Ereignisse neu überdenken, als fühle sie sich in der Enge des Wagens gefangen, gefangen in ihrer eigenen Vergangenheit, die von einer Sekunde zur andern gänzlich neugeordnet werden muß.

«Ich halte die Forderung, Ihre Doktorarbeit zu reorientieren, zwar für richtig, allerdings aus radikal entgegengesetzten Gründen. Die andern wollen Galíndez' Mörder schützen, vor allem die Schreibtischtäter auf den nordamerikanischen und dominikanischen Entscheidungsebenen. Ich hingegen will Galíndez schützen, obwohl er es nicht verdient hat, will vor allem das Ansehen des baskischen Nationalismus schützen, der heutzutage eine der wichtigsten Erneuerungskräfte dieser feige oder müde gewordenen Welt ist. Haben Sie Geduld. Entspannen Sie sich. Ich gebe Ihnen eine Zusammenfassung der Ereignisse, dann machen wir einen kleinen Spaziergang und werden uns sogar ein großes Glas frischen Fruchtsafts gönnen, Sie und ich, denn das werden Sie dann nötig haben.»

Der Alte hat überflüssigen Speichel hinuntergeschluckt, hat sich entspannt, um sich genügend Zeit und Raum für eine längere Rede zu schaffen. Die junge Frau schickt sich in ihre Lage und lehnt sich im Autositz zurück.

«Merken Sie sich dieses Datum: 4. März 1941. An diesem Tag gesteht Galíndez mir in Santo Domingo, daß er der US-Botschaft Informationen zukommen läßt. Wo? In einem Café in der Calle Conde, in der Nähe eines kleinen Hotels, in dem Galíndez wohnte, bevor er eine Wohnung in der Calle Lovatón fand. Wann? Immer Punkt sechs Uhr abends. Er fuhr mit einem Motorrad hin, das er gebraucht gekauft hatte. Das sah zum Schießen aus, denn ein Motorrad paßte gar nicht zu ihm, und manchmal trug er dazu noch einen Kalabreser zum Schutz gegen die Sonne. Dabei hat er mich immer ausgelacht, weil ich im spanischen Bürgerkrieg einen Kalabreser trug. Ich erinnere mich so genau daran, weil ich mich an alle meine Katastrophen genau erinnere, nur die meines Älterwerdens vergesse ich ständig. Anfangs habe ich nicht darauf reagiert, und das erscheint mir bis heute logisch. Die USA waren unsere demokratischen Verbündeten, und es galt die Achsenmächte zu besiegen. Doch dann zähle ich zwei und zwei zusammen. Welche Art von Informationen gibt er weiter? Über die Nazis, die sich hier herumtreiben? Aber mehr als eine Handvoll sind das doch nicht! Ich seh schon, daß der Wind anderswoher weht, und Jesús weicht meinem Blick aus und starrt in seine Tasse. Das ist es also nicht, oder? Nein. Und ich sage ihm laut und deutlich, was ich denke, und er widerspricht mir nicht. Er gibt Informationen über die Roten weiter, über uns; und so beginnt seine Laufbahn als Rojas, verdeckter Informant NY-5075. Meine erste Regung war, aufzustehen und zu gehen, doch er hielt mich zurück. Denk doch nicht so simpel, warte. Aguirre ist auch damit einverstanden, weil die Amerikaner uns als Gegenleistung versprochen haben, eine baskische Armee auszurüsten, sobald der Krieg sich wendet, um in Euzkadi einzumarschieren und einen unabhängigen Staat ausrufen zu können. Es hätte schlimmer kommen können, wenn sie an eine andere Tür geklopft hätten. Ich habe nicht vor, wichtige Informationen weiterzugeben, aber wenn etwas Entscheidendes passiert, kann ich es euch wissen lassen, darum habe ich dich eingeweiht. Ich kann die Kommunisten durch dich davon in Kenntnis setzen. Das beruhigte mich und ihn auch; er hatte schon damals diese geschickten Finger, mit denen er aus Papierservietten Vögel faltete, oder nein, es waren keine Vögel, es waren kleine Tiere. Ich erinnere mich nicht mehr, welche Tiere. Mein Gedächtnis... Was er mir gesagt hatte, war zum großen Teil richtig. Ich habe Ihnen eine Kopie des Duggan-Reports mitgebracht. Duggan war Legationsrat der US-Botschaft in Santo Domingo und hat diesen Bericht im Juni 1944 an Hoover geschickt. Er lobt Galíndez als Informant, doch zu der Zeit ist er schon nicht mehr Rojas NY-5075, sondern Informant DR-10, der sowohl den Marineattaché als auch den Legationsrat mit Informationen beliefert. Die beiden waren die Spitzenagenten des US-Geheimdienstes in Santo Domingo. Hier, lesen Sie die umrandete Stelle: ‹Informant DR-10 gibt an, es vorzuziehen, Informationen über die Achsenmächte anstatt über kommunistische Aktivitäten zu sammeln, was insofern beklagenswert ist, als er über gute Kontakte zu den spanischen Kommunisten in der Dominikanischen Republik verfügt. Er hat jedoch bereits wertvolle Informationen über kommunistische Aktivitäten an uns weitergegeben.› Was halten Sie davon? Damals haben sie ihm fünfundsiebzig Dollar im Monat bezahlt, plus der Reisekosten, und er reist viel, reist durch die ganze Republik und hält den Kontakt zu seinen eigenen Informanten. Als der Agent Driscoll in die Dominikanische Republik geschickt wird, bekommt Galíndez den neuen Codenamen Rojas 580-85, und die Zusammenarbeit mit Driscoll wird sehr intensiv. Hier, lesen Sie auch diesen kleinen Absatz, den ich Ihnen angestrichen habe, nicht zu verachten, ich sehe Jesús direkt vor mir, bis zum Hals in der ganzen Sache. Es ist Driscoll, der das schreibt. ‹Der Kontakt mit dem Informanten wird unter äußerster Diskretion hergestellt. Er erfolgt einmal pro Woche, normalerweise Freitag nachmittags, an einem Ort zu einer Zeit, die jeweils beim letzten Treffen vereinbart worden sind. Es handelt sich in der Regel um einen abgelegenen Ort, und die Begegnung findet in der Abenddämmerung statt. Der Informant wird mit dem Wagen abgeholt, und das Gespräch findet oft während der Rundfahrt durch die abgelegensten Straßen Ciudad Trujillos statt. Keinesfalls ist der Kontakt über einen Telefonanruf in seiner Wohnung oder beim Außenministerium herzustellen. Sollte ein Kontakt mit dem Informanten außer der Reihe erforderlich werden, so ist der Informant werktags um sechs Uhr abends im *Café Hollywood* in der Calle Conde zu finden. An diesem Ort ist dann der Kontakt so unauffällig wie möglich herzustellen.›»

Der alte Mann hat seinen schmächtigen Körper in die Rückenlehne sinken lassen und beobachtet von dort die aufmerksam lesende Frau, die jedoch hin und wieder den Kopf zur Seite wendet und ihm einen ausdruckslosen Blick zuwirft.

«Sind Sie beeindruckt?»

«Fahren Sie fort.»

«Gestatten Sie mir eine gewisse Bedächtigkeit, denn in meinem Alter ist es selbst beim Sprechen mit der Schnelligkeit nicht weit her. Ich will mich nicht mit Kleinigkeiten und nebensächlichen Aktivitäten von Galíndez in Santo Domingo aufhalten. Beim großen Zuckerstreik verausgabt sich Jesús auf einmal, und Aguirre schlägt ihm vor, nach New York überzusiedeln, ihm zu helfen und mit der Zeit seinen Platz in der Columbia und an der Spitze der baskischen Delegation einzunehmen. Sie wissen darüber Bescheid, und so muß ich nicht näher darauf eingehen. Wir haben Jesús nun also in New York, obwohl er oft unterwegs ist, auf Reisen nach Puerto Rico oder Costa Rica, nach Mexiko oder bis nach Südamerika hinunter, und manchmal kommt er auf dem Rückweg durch Miami, und ich bin zwischen Revolution und Revolution auch stets nach Miami zurückgekehrt. Ich will damit sagen, wir blieben in Verbindung. 1950, merken Sie sich dieses Jahr, ist Galíndez schon gut in New York eingeführt, gefördert von Aguirre und Irala, einer weiteren Ikone der PNV. Er ist regelmäßiger Gast auf allen Versammlungen der spanischen Exilanten und auch bei den radikalen Gruppen der Lateinamerikaner, hauptsächlich aus Puerto Rico, der Dominikanischen Republik, Venezuela und Kuba. Bei den Spaniern steht er in dem Ruf eines kompromißlosen baskischen Nationalisten, mit dem Kopf immer ein bißchen zu sehr in den Wolken, aber das stimmte nicht. Bei den Lateinamerikanern hingegen wird er als Radikaler angesehen, als Kommunist beinah, und er sagt auch schon mal, daß er eine Synthese zwischen den fortschrittlichsten Elementen des Christentums und des Marxismus herzustellen sucht. Natürlich konnte das alles nur mit Einwilligung des FBI oder der CIA geschehen, das ist ganz klar, denn Galíndez war seit 1950 fester Agent des FBI und Kollaborateur der CIA, bis sich diese Beziehung ein paar Jahre später in Wohlgefallen auflöste. Ich muß aber nachdrücklichst darauf hinweisen, daß Galíndez nicht einen einzigen Dollar für sich selbst verdiente. Er hielt sich so eben über Wasser, und das Geld, das durch seine Hände ging, gehörte der PNV, denn zu seinen Aufgaben gehörte ja, das Geld der PNV umzuverteilen. Ein reiner Unschuldsengel war er aber nicht, unser Informant. Er hat mich getäuscht, als er sich mir in jener Nacht 1941 zu erkennen gab. Ich habe die Katastrophe damals geahnt, und im Lauf der Jahre hat sie sich bestätigt. Rojas, Informant NY-5075, zieht dann in das Appartement 15-F der Fifth Avenue Nr. 30 über der baskischen Vertretung, deren Leiter er wird, nachdem zuerst Aguirre und dann Irala nach Europa zurückkehren. Zu der Zeit war schon klar, daß die USA nicht einen einzigen baskischen Soldaten ausrüsten würden, und wenn, dann höchstens für eine Prozession, aber nicht, um ein freies Euzkadi auszurufen. Ich glaube, Galíndez ist in den letzten Jahren mutlos geworden, vor allem nach dem Abkommen zwischen der Regierung Franco und der US-Regierung, gar nicht zu sprechen von der Aufnahme Spaniens in die UNO. Er konnte aber nicht mehr aufhören und wird in den vertraulichen Mitteilungen des FBI als Informant beschrieben, der bei jeder Randale lateinamerikanischer oder auch nicht so lateinamerikanischer Exilanten dabei ist: Es ist da von Kontakten zu Alvarez del Vayo die Rede, einem zwielichtigen spanischen Exilpolitiker, er ist regelmäßiger Gast beim Vereinigten Komitee Antifaschistischer Flüchtlinge, bei den Veteranentreffen der Brigade Lincoln, bei den Versammlungen der US-amerikanischen Arbeiterpartei, das heißt bei den Kryptokommunisten, und er schreibt Berichte über die Reden von Robeson beispielsweise, dem bekannten Sänger, der nach Kanada emigrieren mußte. Er wird zu einem der effektivsten Informanten des FBI, und man betraut ihn mit Spezialaufgaben wie der Ausforschung der Fortschrittlichen Liga Jamaicas und verschiedener Bürgerrechtskomitees sowie dem Ausspähen höchster CIA-Agenten, die in Verdacht geraten sind, wie Figueres, der Präsident von Costa Rica, oder mit der Berichterstattung über die politische Entwicklung von Muñoz Marín, dem gemäßigten Führer der puertoricanischen Nationalisten. Costa Rica und die Dominikanische Republik wurden Galíndez' große Spezialität und waren damals auch gerade in Mode, weil ein paar Puertoricaner versucht hatten, die Helden herauszukehren und keinen geringeren als Präsident Truman umzubringen. Es gab damals eine starke Bewegung zur Umwandlung der Todesstrafe von Oscar Collazo, dem Hauptakteur bei dem Attentat, und dahinter standen Schriftstellerinnen wie Isabel Cuchi oder Luisa Amparo Quintero. Nun, Galíndez war dabei, und zwar nicht nur auf dem Foto in der Zeitung, sondern um Informationen zu beschaffen, die nur er beschaffen konnte. Die Puertoricaner und das Vereinigte Komitee Antifaschistischer Flüchtlinge, das waren seine Spezialgebiete, aber er gab auch Informationen über Mexikaner und Chilenen weiter. Und stellen Sie sich vor: Hoover hatte das Vereinigte Komitee Antifaschistischer Flüchtlinge aufs Korn genommen, eine Brutstätte der Kommunisten, hieß es, und als die Untersuchung dieser Vereinigung an das Justizministerium übergeben wurde, befahl er Galíndez ins zweite Glied zurück, weil er verhindern wollte, daß man ihn als Zeugen rief und damit sein Status als Informant bekannt geworden wäre. 1955 ist Galíndez schon auf Castro angesetzt, was kaum jemand weiß, da Castro zu dieser Zeit noch unter der Maske des Demokraten auftritt, Seite an Seite mit Figueres, Betancourt und Muñoz Marín, und diese Maske erst gelüftet hat, als er vier Jahre später in Havanna einmarschiert ist. Der letzte Bericht von Galíndez ist fünf Tage vor seiner Entführung geschrieben worden, am 7. März 1956; ein Routinebericht über die Beobachtung verschiedener Gruppierungen. So. Das Persönlichkeitsbild haben wir jetzt komplett; das wirkliche Bild seiner Persönlichkeit. Und jetzt will ich das einlösen, was ich Ihnen am Telefon angekündigt habe. Ich war dabei, als er verhaftet wurde.»

Er holte Luft, und einen Moment lang glaubte er Spott in den Augen der Frau zu sehen. Er schaute noch einmal genau hin und sah nur zwei hübsche blaue Augen, die an den seinen hingen.

«Ich weiß, Sie wollen hier raus. Sobald wir die Fakten abgehakt haben, können wir uns draußen den moralischen Aspekten zuwenden, die erhascht man nämlich nicht im Flug. Namen jedoch wohl. Jesús hatte mich an jenem Nachmittag in seine Wohnung bestellt und sagte mir, er müsse etwas gegen den Druck unternehmen, den Trujillo auf ihn ausübe, müsse etwas über die Nordamerikaner wissen, die von Trujillo manipuliert würden, damit er sie als Fürsprecher gewinnen könne, wenn in der *New York Times*, in *Time* oder *Life* die Verleumdungskampagne gegen ihn begänne oder er lächerlich gemacht werde. Wir unterhielten uns eine halbe Stunde, und ich merkte, daß er mich brauchte, so als fühle er sich ein wenig einsam in dem doppelten oder dreifachen Spiel, das er spielte. Wir sprachen über die Parade der Hispanoamerikaner, die ein paar Tage später stattfinden sollte, über Spanien, das Baskenland, worüber wir jedesmal sprachen, wenn wir beisammen saßen, und dann klopft es an der Wohnungstür, direkt, ohne daß der Pförtner vorher angefragt hätte. Jesús geht hin und kommt etwas verwirrt zurück, aber nicht sehr, und sagt, ich müsse gehen, oder besser – er überlegt einen Augenblick und sagt dann: Bleib hier, ich gehe mit den Leuten, die gerade gekommen sind, es ist besser, wenn sie dich nicht bei mir sehen. Du gehst etwas später und suchst mich wieder auf, wenn du die Informationen hast, um die ich dich gebeten habe. Ich sage, in Ordnung, öffne aber die Tür einen Spalt, die er hinter sich geschlossen hat, und sehe ihn mit einigen Typen, die mir verdammt nach Bullen aussehen, und wenn ich Bullen sage, dann meine ich genau das: die typischen Bullengesichter, wie man sie im Kino sieht. Jesús machte aber einen ganz ruhigen Eindruck, und ich dachte, aha, die Kontakte. Das sind seine Kontaktleute, und er will nicht, daß ich sie sehe. Ich vergaß den Vorfall, bis ein paar Tage später der Tumult wegen seines Verschwindens ausbrach. Dabei war ich gerade soweit, ihm die Liste der Lobby Trujillos in den USA auszuhändigen.»

«So ein Pech. Hätte er sich etwas früher an Sie gewandt, hätte er vielleicht sein Leben gerettet.»

«Zweifellos. Da können Sie sicher sein. Denn die Liste war höchst alarmierend, sie reichte von Generalmajor George Olmstad, dem ehemaligen Chef des Militärhilfeprogramms für die Dominikanische Republik, über Trumans Militärassistenten, Joseph G. Freeney, bis hin zu Roosevelts Sohn. Trujillo hatte den Wahlkampf von Eisenhower mit beträchtlichen finanziellen Mitteln unterstützt, wie später auch den von Nixon. Den stärksten Rückhalt hatte Trujillo aber im Repräsentantenhaus, und im Senat hatte er sogar Mehrheitsführer John McCormack hinter sich, der nicht müde wurde, Trujillo überschwenglich als das ‹antikommunistische Bollwerk Amerikas› zu feiern. Keineswegs verwunderlich ist auch, daß der Ernst-Report das Kernstück der Desinformationskampagne über den Verbleib von Jesús gewesen ist, denn Ernst war einer der Anwälte von Roosevelt jr., und auch die meisten Medien bellten in diese Richtung, weil die Stimme ihres Herrn das gleiche tat. Tatsächlich hatte Trujillo schon zu Beginn seines politischen Aufstiegs die entscheidenden US-Politiker fest am Haken, obwohl aufrechte Volkvertreter wie Summer Wells stets gegen ihn votierten, nachdem er in den dreißiger Jahren zwölftausend Haitianer hatte umbringen lassen. Wahrscheinlich haßten sie ihn, aber sie haben ihn als einen der Wächter in der Karibik gebraucht. Er war zu blutrünstig für ihren Geschmack, aber er war zweifellos sehr effektiv. Trujillo und die meisten seiner Leute waren in ihrem Herzen germanophile Nazifreunde, aber der Chef wußte, daß er sich nicht von den USA lossagen konnte, ohne seine Macht und sein Leben zu riskieren, und so brüstete er sich, der Grund dafür zu sein, daß die Nazis sich nicht in der Karibik festsetzen konnten. Solange der Krieg andauerte, hatte er in Washington gute Freunde, die diese These unterstützten, wie Davies, der ehemalige US-Botschafter in Moskau, oder Nelson Rockefeller, der hinter den Interessen der United Fruit Company in ganz Amerika stand, oder Cordell Hull, der mehrere Male als Ehrengast in Santo Domingo weilte, mit Geschenken überhäuft wurde, sogar eine Straße wurde nach ihm benannt. Trujillo kaufte Botschafter, Abgeordnete, Senatoren, US-Repräsentanten oder deren Gattinnen mit Hilfe von Geschenken aus Tausendundeiner Nacht. Der Frau von Cordell Hull schenkte er ein traumhaftes Perlenkollier, und wenn ihm die Politiker ausgingen oder ihre Dienste versagten, konnte er immer noch auf die US-Militärs zurückgreifen, die ihm seine Rolle als Wächter der Karibik gerne abkauften. Er bezahlte jährlich einhunderttausend Dollar – einhunderttausend Dollar der vierziger und fünfziger Jahre – an eine Werbeagentur in New York, damit sie in den Vereinigten Staaten und in ganz Lateinamerika Propaganda für ihn machte. Wußten Sie, daß Trujillo, dieser primitive Analphabet, zum Doktor *honoris causa* der Universität von Pittsburgh ernannt wurde? Und das Unglaublichste daran ist, daß die Bestechungsgelder, die er bezahlte, um diesen Titel zu erlangen, Gelder waren, die nordamerikanische Juden ihm gegeben hatten, damit er vor dem Naziterror fliehenden europäischen Juden Unterschlupf gewährte. Sie sehen, wie tief die Wurzeln des Bösen hier in diesem Land verankert sind, wo die Verantwortlichen dafür saßen und sitzen, daß Trujillo das werden konnte, was er war, und das für so lange Zeit. Ich trage dieses schwarze Kapitel der Geschichte in meinem Kopf. Und in meinem Herzen.»

«Mich wundert, daß Sie so viele Dinge wissen und so viele Jahre darüber geschwiegen haben.»

«Das ist vielleicht das eigentliche Thema unserer Begegnung: das Schweigen. Ich muß Ihnen gestehen, daß mich dieses Treffen sehr beunruhigt hat. Ich habe mir ein Bild von Ihnen gemacht, und das Bild hat nicht getrogen. Sie sind eine loyale Frau und eine Frau, die verliebt ist, eine Frau, die die Wahrheit liebt und die Gerechtigkeit, genau wie ich es mein Leben lang getan habe. Für Sie ist Galíndez das Opfer einer schrecklichen, ungeheuerlichen Verschwörung, und das stimmt auch. Doch das Interesse, das Galíndez jetzt allenthalben wachruft, ist vielleicht unverdient, und das meine ich im guten wie im schlechten Sinn des Wortes.»

Der Alte streckt seine Hand aus, wobei seine Augen zaghaft um Erlaubnis bitten, und legt sie der Frau liebevoll, aber fest auf den Arm.

«Mir bleibt nicht mehr viel Zeit, nicht einmal zum Sterben, vielleicht bin ich sogar schon tot, und das gibt mir neben all den Dingen, an die wir gemeinsam glauben, das Recht, Ihnen zu sagen, mein Kind, daß Sie einem falschen Stern gefolgt sind. Die Geschichte ist so ungerecht zu ihren treuesten Dienern, daß man sehr genau hinsehen muß, welchen Schiffbrüchigen man aus dem Wasser zieht. Sie glauben, noch rechtzeitig einen Märtyrer gerettet zu haben, bevor das Meer des Vergessens über ihn zusammenschlägt, aber Sie haben den falschen Ertrinkenden aus dem Wasser gezogen. Nehmen Sie mir meine lyrische Ausdrucksweise nicht übel, aber ich stamme noch aus der Zeit des Bolero, was ich selbst in dramatischen Situationen nicht verleugnen kann. Sie haben sich den falschen Schiffbrüchigen ausgesucht, und ich freue mich, daß Sie darüber lachen können, daß Sie das mit dem Bolero zum Lachen bringt, das freut mich sehr, denn so können wir, Sie und ich, dieser verriegelten Gruft geteilter Erinnerungen endlich entfliehen. Aber bevor wir aussteigen, nehmen Sie noch einen letzten, offenen und aufrichtig gemeinten Rat von mir an. Sie werden Jesús keinen Gefallen damit tun, wenn Sie Ihre Nachforschungen um die Ereignisse jenes März 1956 zu Ende führen, im Gegenteil. Kommende Generationen werden sein doppeltes oder dreifaches Spiel nicht mehr nachvollziehen können, und ein paar Denkmäler, die man ihm auf diesem weiten amerikanischen Kontinent errichtet hat, werden umstürzen und in tausend Stücke zerspringen. Ich möchte das nicht mehr erleben müssen. Und Sie hätten diese Scherbenhaufen zu verantworten. So, bis jetzt habe ich geredet, jetzt ist die Reihe an Ihnen.»

Die Frau ist aus dem Auto gestiegen, sie streckt sich und schaut sich nach allen Seiten um, als müsse sie sich orientieren. Voltaire wartet ein paar Minuten, bis sie wieder ans Auto tritt, und steigt dann ebenfalls aus. Er imitiert ihre Gestik, schüttelt sich wie sie die Erstarrung aus den Gliedern und simuliert sogar ein paar kleine Hüpfer, wie ein Athlet, der sich aufwärmt.

«Im Auto ist es ungemütlich, aber sicher. Ich hatte einmal in

Yucatán zu tun, und da haben sie mir ein Gespräch von den Lippen abgelesen. Das war in den finsteren Zeiten damals, als in Guatemala der Sturz von Arbenz vorbereitet wurde. Schade, daß Sie heute schon wieder fliegen, denn Miami ist, von den Einwohnern mal abgesehen, eine schöne Stadt. Aber eines Tages wird sie explodieren, denn es wimmelt hier von Kannibalen, und es werden immer mehr. Dieser Park hier ist hübsch, er hat ein Schwimmbecken direkt am Meer und eine Rampe für Wasserski. Ich komme ab und zu ganz gern hier heraus und schaue den jungen Leuten zu, wie sie ihre Kunststücke vollführen, unglaublich, diese Akrobatik. Es ist ein Genuß, sie durch das Wasser pflügen zu sehen, und wie sittsam sie sich das Zugseil des Bootes vor die Scham halten, Pardon. Das ist von einer so perfekten Schönheit, daß die alten Griechen es in Marmor gemeißelt hätten, wenn sie es gekannt hätten... und nicht diesen blöden Diskuswerfer, der aussieht wie ein Jungstier in der Arena, der gleich zum Anpfiff losstürzt. Ein Jammer diese Stadt, für jeden, der sie von früher kennt und der sie jetzt sieht. Wissen Sie, womit es angefangen hat, ab wann es bergab ging? Nun, 1962, im Dezember 1962. Die Invasion in der Schweinebucht war gescheitert, und ein Großteil der Überlebenden ließ sich hier in Miami nieder und veranstaltete eine Großkundgebung im Orange Bowl. Vierzigtausend Hysteriker kamen da zusammen. Wenn die in Kuba weiter Krieg gespielt hätten, dann sähe es hier jetzt anders aus, aber der Kommandant hat ihnen so eingeheizt, daß sie nach Miami laufen und sich bei den Yankees ausweinen mußten. Und Kennedy kam mit seiner Frau, um wieder gut Wetter zu machen, denn Kennedy hatte sich das mit der Invasion aufschwatzen lassen. ‹Ich versichere euch, diese Fahne wird der Brigade in einem freien Havanna übergeben werden›, sagte der Präsident und schwang eine Fahne der Brigade, die man ihm zum Geschenk gemacht hatte, und er sagte das auf Spanisch, mein Gott, war das ein Aufruhr, und dann ging die Onassis ans Mikrophon, na ja, die spätere Onassis, Jaqueline, und auf Spanisch, besser noch als ihr Mann, sagte sie, sie würde ihrem Sohn, John-John, erzählen, wie mutig die kubanischen Brigadisten für die Befreiung ihres Vaterlandes gekämpft hätten. Später hießen beide Hase und wußten von nichts mehr. Vor einigen Jahren wollten Veteranen der Brigade die Fahne zurückhaben, und kein Mensch hatte eine Ahnung, was mit ihr passiert war, ob Jaqueline sich ein Nachthemd daraus hatte schneidern lassen oder John-John vielleicht eine Tunika, als er auf den griechischen Inseln war. Schließlich fand man sie in einer Kiste im Keller der Kennedy-Bibliothek in Waltham, das ist in Massachusetts. Jedenfalls begann damals, 1962, die Legende von Miami als dem Flugzeugträger gegen Kuba, und seitdem ist hier so dicke Luft, daß man kaum noch atmen kann.»

«Sie atmen aber noch ganz gut.»

«Ich bin daran gewöhnt, selbst in Kloaken zu atmen. Mich erfrischt der Verwesungsgeruch des Kapitalismus. Aber ich sollte langsam den Mund halten, ich alter Scharlatan. Es wird mir jetzt eine Freude sein, Ihnen zuzuhören, Señorita. Fragen Sie mich, bestimmt weiß ich noch Dinge, von denen ich nicht einmal weiß, daß ich sie weiß, und Sie können mir sicher manches erhellen. Was gedenken Sie nun zu tun?»

Die junge Frau dreht sich in Halbkreisen einmal über diesem Bein, einmal über jenem Bein, zeichnet auf dem Gehweg die unvollständigen Kreise schweifender Gedanken, die sie nicht zu konkretisieren wagt.

«Unsere Unterhaltung hat mich überrascht.»

«Und weiter. Warum?»

«Diese Sicht von Galíndez als Informant der Geheimdienste war doch bekannt, ich kannte sie.»

«Sicher, aber nicht in der grausamen Deutlichkeit, mit der ich sie Ihnen geschildert habe.»

«Sogar in dieser grausamen Deutlichkeit. *Der Fall Galíndez* von Manuel de Dios Unanúe beschäftigt sich ausschließlich mit diesem Aspekt und beruft sich auf beinah die gleichen Quellen wie Sie.»

«Unanúe? Ist das einer von uns?»

«Nein. Das ist keiner von ihnen. Er ist Herausgeber einer spanischsprachigen Zeitung in New York, ein Kubaner baskischer Herkunft.»

«Ich kann mich gar nicht an den Knaben erinnern.»

«Ich kannte diesen Aspekt des Lebens von Galíndez, und so grausam er sein mag, ich lebe damit. Die einen heben diesen Aspekt hervor, die andern jenen, mir ist das vollkommen gleichgültig.»

Der Alte scheint von einem moralischen Tiefschlag getroffen und bringt seine Begleiterin mit einem sanften Druck seiner Hand auf ihren Arm zum Stehen.

«Sagen Sie nicht so was! Wie können Sie mir so etwas sagen?»

«Die meisten Emigranten haben für die Geheimdienste der Vereinigten Staaten gearbeitet und daraus Vorteile für sich oder ihre Sache gezogen. Vielleicht gehörte Galíndez zu letzteren, und wenn es so war, dann hatte er das volle Einverständnis seiner Vorgesetzten. Er kam nicht einmal auf den Gedanken, daß sein Handeln dem Kommunismus schaden könnte, sondern betrachtete es als rein rhetorisches Tun in jenem Babel, in dem er sich bewegte. Ihm ging es immer nur darum, seine baskische Sache voranzutreiben. Er war verrückt, das stimmt, aber ich habe ihn mir nicht ausgesucht, weil er ein Prophet ohne Fehler war, sondern weil er ein Prophet mit Fehlern war.»

«Wie schön Sie das mit dem fehlerlosen und fehlerhaften Propheten gesagt haben, Señorita, wunderschön. Ich bin ganz gerührt.»

«Vielleicht hat er auch bis fünf Tage vor seiner Entführung als Informant gearbeitet, obwohl er verbittert war über die verräterische Außenpolitik der Vereinigten Staaten, die die Emigranten schlicht belogen hatten. Er hat dann seine Niedergeschlagenheit überwunden und in dem Bewußtsein weitergemacht, eine Schlacht verloren zu haben, aber nicht den Krieg. Und er gewann auch mehr Vertrauen in seine Zukunft als Dozent der Columbia, da ihm am 6. Juni dieser Titel verliehen werden sollte, der ihm dann in Abwesenheit verliehen wurde und mit dem er seine akademische Laufbahn wiederaufgenommen hätte, die vom spanischen Bürgerkrieg unterbrochen worden war. Das heißt, ich stimme Ihnen zu, daß wir es mit einem Mann zu tun haben, der sowohl romantisch als auch berechnend ist und der von außen gesehen wie eine unbeirrbar auf ihr Ziel zusteuernde Dampfwalze wirken muß. Aber man muß seine Schriften lesen, vor allem seine unsäglichen Gedichte.»

«Unsäglich, jawohl, Señorita, der reine Horror.»

«Man muß ihn lesen, um diesen fortdauernden inneren Kampf zwischen seinen lichten und seinen trüben Momenten zu erkennen. Das ist doch das Faszinierende an diesem Menschen. Er ist kein Gerechter von der Art, wie Camus ihn festschreiben wollte.»

«Da muß ich Ihnen recht geben, mit diesem Gerechten, mit dem Sie sich so gut auskennen, hatte Galíndez keine Ähnlichkeit, absolut nicht.»

«Er ist ein, ich weiß nicht, ein Spanier, ein typisch spanischer Mensch, der dreiundzwanzig Stunden am Tag höchst mittelmäßig oder auch schlecht sein mag und plötzlich eine Stunde hat, in der er sein Leben für einen Vogel auf der Straße oder für den Ansatz einer Idee oder ein halb gesprochenes Wort aufs Spiel setzt. Wäre er ein durch und durch berechenbarer Mensch gewesen, hätte man ihn nicht entführt. Er hätte all die Emissäre bedient, die ihm sein Manuskript abkaufen wollten und ihm für die damalige Zeit sogar große Summen dafür boten. Warum hat er sich geweigert? Warum hat er sich mit Trujillo angelegt und einen Weg gewählt, der in den Untergang führte?»

«Das kann ich Ihnen sagen. Sie wissen, daß er ein richtiger Baske war, ein dickköpfiger Baske, und Sie wissen auch, daß die Basken um die Wette Bäume durchsägen und schwere Steine heben, um zu beweisen, daß sie stärker sind als der liebe Gott. Aber da war noch etwas. Galíndez hat nie für möglich gehalten, daß Trujillo so weit gehen würde.»

«Er hatte kurz zuvor Requena ermorden lassen.»

«Aber er war der Repräsentant einer Exilregierung in New York, Dozent an der Columbia-Universität, in Intellektuellenkeisen ein bekannter Mann. Da soll dieses Halbblut es wagen, Hand an mich zu legen? Aber das Halbblut legte Hand an ihn und hielt ihn wie ein Vögelchen in seiner Faust, piep piep piep. Er hat seine Kräfte falsch eingeschätzt, mein Kind, das ist alles. Dasselbe passierte Almoina. Er glaubte sich in Mexiko sicher, und eines Tages steigt ein hinkender Mann aus einem Taxi oder was weiß ich und macht ein Sieb aus ihm. Mitten in Mexico-City.»

«Und dann die Opferung. Als er schon nicht mehr die Wahl, sondern Trujillos Stiefel im Nacken hatte. Ich gäbe mein Leben dafür, in diesem Augenblick bei ihm gewesen zu sein, zu fühlen, was er gefühlt hat, als sein Leben an ihm vorüberzog und er den Tod mit der Würde des einfachen Mannes erwartet, der weiß, daß er für eine Sache steht, an die Tausende von Menschen glauben.»

«Und dann, Muriel, was dann? Wenn Sie mit dem Propheten in Kontakt getreten sind, was dann? Was anderes wäre es, Sie hätten höhere Ziele vor Augen. Das könnte ich akzeptieren. Wenn Galíndez beispielsweise wiederbelebt werden sollte, um über seinen Fall hinaus politisch etwas zu bewegen. Zum Beispiel zwischen der spanischen Regierung und der ETA. Oder hier, wenn noch immer im öffentlichen Leben stehende Figuren durch die Aufdeckung alter

Machenschaften verbannt würden. Oder in Santo Domingo. Hochinteressant Ihr Kontakt in Santo Domingo mit José Israel Cuello, ein vielversprechender junger Mann, na ja, er war ein sehr vielversprechender junger Mann, der Sohn von Don Antonio, einem wahren Patriarchen des Bildungswesens. José Israel war Kommunist, doch ich glaube nicht, daß er es jetzt immer noch ist. Wie denken Sie über die Kommunisten?»

«Ich habe nie über die Kommunisten nachgedacht. Manchmal hatte ich mit Kommunisten zu tun, aber mehr in meinen Arbeiten und Büchern als im Leben.»

«Glauben Sie nicht, daß der Kommunismus eines Tages wiederkommen wird, daß er jetzt nur eine Verschnaufpause macht?»

«Ich weiß es nicht. Es interessiert mich auch nicht besonders.»

«Wenn Sie daran interessiert sind, einmal richtige Kommunisten kennenzulernen, in Santo Domingo, da kann Ihnen Areces den Kontakt verschaffen. Ich weiß nicht, ob er selbst Kommunist ist, aber er ist ein Radikaler von altem Schrot und Korn, der mich noch links überholt.»

«Nein. Ich habe kein Interesse daran, Kommunisten kennenzulernen.»

«Oder hier, selbst wenn sie nur ein paar Stunden in der Stadt sind. Vielleicht möchten Sie irgendwen treffen. Ich kann Ihnen alle Türen öffnen, die Vorder- wie die Hintertüren.»

«Ich bin gekommen, um Sie zu treffen. Aber ich glaube, Sie haben mir noch nicht alles gesagt, was Sie mir zu sagen haben.»

Voltaire hat verschmitzt geblinzelt und der Frau seinen Arm um die Taille gelegt.

«Wir haben noch den ganzen Tag vor uns, bis Ihr Flugzeug geht. Zuerst einmal wollen wir was trinken und essen; Sie soviel Sie wollen, ich nur wenig, und das ganz langsam, denn der Mann ist, was er ißt. Da vorn ist ein Lokal, nicht vom Feinsten, aber sauber und ruhig, außerdem gibt es dort Telefon, so daß ich zu Hause anrufen und mich nach meinen Katzen erkundigen kann. Ich habe fünf Katzen, das heißt, vier Katzen und eine Katzenkönigin, *Dama Blanca* heißt sie, und Sie müßten sie sehen, eine schneeweiße Katze mit einem rosa Schnäuzchen. Sie ist meine Lieblingskatze. Sie ißt mit mir am Tisch und schläft bei mir im Bett. Das einzige, was fehlt, ist, daß sie sprechen kann.»

Die Frau erinnert ihn an etwas, das er gesagt hat, als er von Galíndez sprach, von Galíndez und den Figuren, wenn er in Gedanken versunken Tiere zeichnete und faltete. Was waren das für Tiere? Waren es nicht Katzen? Nein, Katzen waren es nicht. Aber was Ähnliches. Eichhörnchen? Waren es Eichhörnchen, Voltaire, du Dummkopf? Entschuldigen Sie, daß ich immer wieder den Namen Voltaire verwende, aber das ist mein Name hier in Miami.

«Kaninchen! Endlich! Endlich, Señorita, es waren Kaninchen. Er hat immer Kaninchen gefaltet. Und wenn er betrunken war, na ja, wenn er mal ein Gläschen zuviel getrunken hatte, sang er auch immer das gleiche Lied.»

«Ein baskisches Lied?»

«Nichts da, dieses französische Lied, «*Alouette, gentille alouette; alouette, gentille alouette...*» Ich erinnere mich da an ein Fest in New York, auf dem wir waren, in der baskischen Vertretung. Die meisten hatten sich verkleidet, und ich weiß noch, daß Galíndez als Baskenjunge ging, wenn ich mich recht entsinne, mit Leibbinde und Schnurrbärtchen, angemalt glaube ich. Aguirre mit seinem dicken Baskenschädel war auch da, und Irala und Yon Bilbao. Die Uriartes ebenfalls, er als Arzt verkleidet und seine Frau, ein ausnehmend hübsches Kind, als Krankenschwester. Dann war da noch ein junger Bursche, so ein Wilder, der völlig seltsam aussah, wie eine Mischung aus Ölscheich und Bettelmönch mit Schnurrbart. Ich sage Ihnen, das war ein Fest, Himmel, war das ein Fest.»

Don Angelito Voltaire O'Shea Zarraluqui summte *Alouette* und deutete die Tanzschritte dazu an, ohne seine Füße vom Boden zu heben, bewegte seinen Körper im Rhythmus dieses Liedes, das nur Betrunkene singen. Er schien mit den Augen irgendwas zu suchen und lenkte seine Schritte zu einer Trinkhalle, die sich auf halbem Weg zwischen dem Ende des Parks und dem Strand befand. Ein Gebäude im Art-déco-Stil, das in seiner unvollendeten Beliebigkeit zwischen Apfelsinen- und Avocadobäumen emporwucherte, umgeben von gigantischen Hibiskus und Drillingsblumen, die an einer Seite bis aufs Dach hinaufrankten.

«Sie sind durstig, Muriel, man sieht Ihnen an, daß Sie Durst haben. Bestellen Sie einen *planter's punch*, der wird Ihnen bekommen. Ich würde auch einen nehmen, aber für meinen Blutdruck ist das nichts. Es ist ein Getränk mit sehr viel Eis, mit Rum, Limonensaft, Zucker und Wasser oder Soda, besser ein bißchen Soda, das kratzt dann so schön im Hals. Ich werde mir einen koffeinfreien Kaffee bestellen.»

Der Kellner ist ein Lateinamerikaner, der zum Spanischen wechselt, als er die letzten Worte Voltaires vernimmt. Man fühlt sich hier wie in einer Dschungelresidenz, und dieser hübsche Baustil erinnert mich sofort an die Gangster, die zu meinen besten Zeiten Miami unsicher gemacht haben. Heutzutage sind die Kolumbianer die schlimmsten Gangster hier. Die schneiden dich lebendig in Stücke; mit einer Motorsäge. Doch dann schweigt er, und Stille und Müdigkeit breiten sich am Tisch aus, auf den die das Licht filternden Holzläden Schatten werfen. Wie die Worte verdunsten, so schwindet auch die Hitze in Muriels Körper, hinausgedrängt durch das kalte Getränk, das sie in gierigen Schlucken zu sich nimmt.

«Ich nehme die Hitze hier viel intensiver wahr als in Santo Domingo.»

«Das liegt an der Luftfeuchtigkeit. Sie haben eben eine sehr zutreffende Bemerkung gemacht, für die ich Ihnen dankbar bin, ja, es stimmt. Ich habe Ihnen nicht alles über Galíndez erzählt, was ich weiß. Ich wollte nicht grausam sein. Ich hatte gehofft, Sie zu Ihrem eigenen Besten von den Nachforschungen abbringen zu können.»

«Das wird Ihnen nicht gelingen. Ich danke Ihnen für die gute Absicht, aber es wird Ihnen nicht gelingen. Es ist dasselbe, als wollten Sie einen Wissenschaftler bewegen, ein Experiment aufzugeben, weil es möglicherweise auch gefährlich ist.»

«Ich habe Angst. Um Galíndez und um Sie. Vielleicht liegt es daran, daß ich alt werde, oder an dem stickigen Klima in dieser Stadt. Ich fühle mich wie umstellt, und doch könnte ich Ihnen mit geschlossenen Augen zeigen, wo hier die verborgenen Pfade verlaufen, in jedem einzelnen Stadtviertel. Wenn ich aber die Augen öffne, sehe ich mich in einer militanten Stadt, in der Waffenschmuggler als antikommunistische Kämpfer bezeichnet und Terroristen bejubelt werden, weil sie ein kubanisches Verkehrsflugzeug abgeschossen haben. Ihre Arbeit könnte ein tragisches Ende nehmen, mein Kind.»

«Nichts kann mich aufhalten.»

«Trinken Sie, trinken Sie Ihren *punch*, der Ihnen ‹trink mich› zuruft. Um der Versuchung zu entgehen, werde ich jetzt mal meinen Anruf tätigen.»

Der Alte verharrte noch in der Andeutung einer zärtlichen Geste über dem widerspenstigen roten Haar, das die Spangen nicht halten konnten, die Muriel immer wieder umsteckte, als sei sie sich ihres Aussehens nicht sicher. Danach ging er mit müden Schritten zur Telefonzelle und schloß die Tür hinter sich. Er lehnte sich an die Holzwand, um Muriel im Auge behalten zu können, und zog einen Zettel mit einer Telefonnummer aus der Tasche. Er wählte mit starrem Finger und starrem Blick, und nach dreimaligem Klingeln drang Robards' dröhnende Stimme aus dem Hörer. Seit zwei Stunden rede ich jetzt auf sie ein, aber die Kleine ist wie ein Mineral, die ist härter als ein Diamant. Die ist durch nichts aufzuhalten. Dabei habe ich sie im Auto eingesperrt gehalten, damit sie sich unwohl fühlt. Ein alter Trick, den man mir in... Nur mit der Ruhe. Ich komme ja schon zur Sache. Ich habe ihr nichts sagen können, was sie nicht schon wußte, und was ich erfinde oder erfinden könnte, das vermutet sie. Ich verstehe das nicht. Da steckt mehr dahinter als eine wissenschaftliche Arbeit. Ich weiß nicht. Vielleicht ist sie nur der Anfang, und das dicke Ende kommt noch. Ich habe ihr nicht einen Kontakt entlocken können. Möglich, daß sie welche hat. Leute wie sie pflegen ganze Arbeit zu leisten, und wenn es darum geht, als Jungfrau von Orleans durch die Welt zu laufen, dann läuft keine besser als Jungfrau von Orleans durch die Welt als sie. In der Leitung herrscht eine Stille, die Voltaire beunruhigt. Sind Sie noch da, Robards? Ich bin da. Und hören Sie jetzt gut zu, was ich Ihnen sage. Unterhalten Sie sich noch ein Weilchen mit ihr, und verlassen Sie dann mit ihr den Park, als ob Sie zum Auto zurückgingen. Sorgen Sie dafür, daß sie rechts von Ihnen geht, auf der Straßenseite des Gehwegs. Das gebietet die Höflichkeit, Robards. Männer haben die Frauen rechts gehen zu lassen. Erzählen Sie keine Geschichten. Tun Sie, was ich Ihnen gesagt habe, und gehen Sie in etwa einer Stunde los. Was auch passiert, Sie setzen Ihren Weg fort.

«Meine Katzen, meine Katzen. Ich habe mich immer über die Eltern lustig gemacht, die ihre Kinder allein zu Hause lassen und gleich zu Tode besorgt sind, weil sie glauben, alles Unglück dieser Welt braue sich über ihren lächerlichen Schätzchen zusammen.

Aber seit ich meine Katzen habe, bin ich mit den Nerven am Ende. Ich denke nur noch daran, was sie wohl angestellt haben oder ob ihnen jemand was angetan hat, so brutal wie die Menschen in dieser Stadt sind. Aber alles in Ordnung. Einen Kuß von *Dama Blanca,* das hat sie mir zwar nicht gesagt, aber ich weiß es. *Dama Blanca* hätte sich sofort in Sie verliebt, sie mag nämlich Rothaarige, genau wie ich, Muriel. Ganz im Vertrauen, nachdem wir nicht mehr streiten müssen und die Dinge zwischen uns geklärt sind. Was macht eine Mormonin wie Sie in einer solchen Geschichte? Ich fand es so spaßig, als ich hörte, daß Sie Mormonin sind, daß ich mir sagte, wenn du sie siehst, fragst du sie. Wie viele Mormonen gibt es noch in den USA? Tausend? Zweitausend?»

«Ungefähr viertausend. Aber was Sie spaßig finden, macht mich neugierig. Woher wußten Sie das mit Norman? Das ist eine Information, die ich nirgends schriftlich habe.»

«Sie sind überrascht! Nach allem, was Sie ausgeforscht haben, sind Sie noch zur Überraschung fähig! Wer kann ich wohl sein, diese geheimnisvolle Person, die sich mit Ihnen verabredet, die Ihnen einen falschen Paß verschafft, ein Flugticket, dieses Treffen?»

«Das einzige, was mir einfällt, ist so offenkundig, daß ich es fast nicht glauben kann. Sie sind ein Agent der Regierung, einer von denen, die auch Norman aufgesucht haben. Aber ich finde es unsinnig, daß Sie mich hierher kommen lassen haben. Unnötig verzwickt. Wir hätten uns in Santo Domingo oder in Madrid treffen können.»

«Ich kann nicht nach Santo Domingo, aus Gründen, die ich Ihnen nicht nennen kann.»

«Aber irgendein anderer.»

«Kein anderer kannte Galíndez so gut wie ich. Enttäuschen Sie mich nicht. Warum ging denn alles so glatt? Sind während Ihrer Nachforschungen nicht beinah übersinnliche Dinge geschehen? Zum Beispiel. Sie haben von unerwarteter Seite Hilfe bekommen. Buchpakete. Broschüren. Fotos von Galíndez. Der Kontakt zu Cuello selbst ist überraschend.»

«Ja. Das stimmt.»

«Es gibt auf der Welt noch eine Internationale, die nirgends registriert ist und die nicht in den Büchern steht. Die Internationale derer, die verlorene Erinnerungen und gescheiterte Utopien miteinander teilen. Wir schlagen uns so wacker, wie wir können. Die meisten von uns sind schon alt, stammen noch aus der Zeit, in der offene Rechnungen mit einer Kugel beglichen wurden, doch heute kämpfen wir mit anderen Mitteln. Selbst wenn wir uns früher als Feinde gegenübergestanden haben, spielt das heute keine Rolle mehr, denn uns allen gemeinsam ist der Schmerz über diese Welt ohne Erinnerung, die so lebt, als habe es nie ein Gestern gegeben. Wäre der arme Galíndez nicht verschwunden, er wäre kaum glücklich geworden. Ich werde Ihnen meine Verbindungen nicht aufdecken, aber sie gehen nicht dahin, wo Sie es vermuten.»

«Das macht nichts. Es ist eine Erfahrung.»

«Werden Sie sie in Ihre Arbeit einfließen lassen?»

«Nein. Ich glaube nicht.»

«Entschuldigen Sie, aber plötzlich habe ich großen Appetit bekommen und könnte sonstwas essen. Kommen Sie mit, dann fahre ich Sie hinterher mit dem Wagen zum Flughafen. Michael wird uns schon erwarten. Er ist mein Sekretär und Leibwächter.»

Die Frau hat einen weiteren *long drink* bestellt, an dem sie langsam nippt, ihre Schlückchen dem Gepicke des Alten anpaßt, mit dem er sich über einen Teller mit allem Gemüse dieser Welt hermacht. Er ißt mit gespitztem Mund und offensichtlich lustlos, doch nicht der kleinste Gemüserest entgeht seinen über den Teller huschenden Augen, seinen Falkenaugen, den Augen eines alten Mannes, der Angst hat, nicht genug zu essen zu bekommen. Für mich ist das hier wie zu Hause. Sie ersetzen mir die Anwesenheit von *Dama Blanca,* die auch immer an dieser Seite von mir sitzt, und das Essen ist ähnlich. Kaum Fleisch. Fisch. Viel Gemüse. Wenig Früchte, weil die den Zucker hochtreiben. Trinken wenig, es erhöht den Blutdruck. Ich halte mich an die Diät von Cary Grant, meinem Idol. Eine merkwürdige Zeit, in der wir gelebt haben. Nach außen hin waren wir die wilden Revolutionäre, aber unser Idol war Cary Grant, ein *gentleman,* dem nichts heilig war. Die letzte Faser Grünzeugs ist verschwunden. Noch ein koffeinfreier Kaffee. Der Alte schaut auf die Uhr. Die Frau ebenfalls, im Nachahmungsaffekt, aber sie stellt fest, daß ihr nicht mehr viel Zeit bleibt, bis zum Abflug nach Santo Domingo.

«Keine Sorge. Michael befestigt einen Magneten am Kühler, und schon sind wir pünktlich am Flughafen. Oh, verdammt! Sie sind mit dem unmöglichsten CIA-Agenten der ganzen Welt ausgegangen. Ich habe meine Brieftasche verlegt und meine Kreditkarten nicht dabei!»

Die Frau beeilt sich zu zahlen, und holt ihre Kreditkarte heraus.

«Nein. Zahlen Sie bitte bar. Wir wollen doch keinen Hinweis auf Ihren Aufenthalt in Miami hinterlassen. Denken Sie daran, das könnte viele Leute in eine unangenehme Lage bringen.»

Sie gehen hinaus, über den Gehweg, der an der Rasenfläche entlangführt, im Schatten der Avocadobäume. Voltaire nimmt ihren Arm, läßt sie rechts von sich gehen und erklärt ihr, daß man bequemer auf der Straßenseite läuft, um dann von dem wundervollen Tag zu schwärmen, den er gehabt hat und immer noch hat. Sie haben ganz recht. Machen Sie weiter. Vergessen Sie, was ich Ihnen gesagt habe. Feigheit ist was für alte Männer, nichts für junge Leute. Die Straße ist jetzt leicht abschüssig, und auf der Kuppe in ihrem Rükken taucht die Schnauze eines schwarzen Chevrolet auf, der die ganze Breite des Horizonts einnimmt. Der Wagen gleitet lautlos die Straße hinunter, hart rechts, aber langsam, als sei er darauf bedacht, nicht auf den schmalen Gehweg zu kommen und die Rasenfläche zu berühren. Er wird noch langsamer, als er Muriel und Voltaire erreicht, doch nicht so leise, daß sie das Geräusch nicht wahrnimmt und sich umdreht, einen Schritt zur Seite tritt, zum Rasen hin, um nicht im Weg zu sein, an einem Arm noch zurückgehalten von Voltaire. Das Auto fährt jedoch nicht vorbei, sondern hält, zwei junge Männer steigen aus, lächelnd, ihre ganzen Bewegungen eine einzige Frage. Muriel wird von dieser Frage abgelenkt, weil sie spürt, wie der Druck von Voltaires Hand auf ihrem Arm zugenommen hat, und als sie sich zu ihm umwendet, um den Grund zu erkunden, erblickt sie die verzerrte Fratze eines grauenhaften Alten, ein aufgewühltes Gesicht, in dem die Lippen Töne hervorbringen, die zu schwach sind, um zu Worten zu werden. Und noch während die Frau diese Erregung zu begreifen sucht, fühlt sie sich von vier starken Armen ergriffen und in die Höhe gehoben, so schnell, daß sie keine Zeit findet, sich zu empören. Sie ist bestürzt und will schreien, aber was? Und zu wem?

«Voltaire!»

Ruft sie schließlich, und ihr Schrei bricht ab, weil sie keine Luft mehr bekommt, doch deutlich, wie in Großaufnahme, nimmt sie wahr, wie die Lippen des Alten sagen: Was erlauben Sie sich?, während sein Gesicht vollkommen ausdruckslos bleibt, sein Körper reglos wie ein unbeteiligter Lichtmast, von dem sie durch eine unaufhaltsame Kraft fortgerissen wird, zur Gosse hin. Sobald Muriel im Auto ist, ist die Stille dahin, und der Wagen heult auf, als habe er keine Sekunde mehr zu verlieren. Von Voltaire fällt die Starre langsam ab, er blickt an sich hinunter, als sei er es, dem Gewalt angetan worden ist, und schaut sich in dem verlassenen Park nach allen Seiten um. Sie hat es nicht anders gewollt, die dumme Gans. Man kann nicht so hochnäsig durchs Leben gehen und die Leute für dumm verkaufen. Ich war genial und hätte von jedem Publikum der Welt stehende Ovationen gekriegt, aber sie kommt mit ihrer vorgefertigten Meinung daher wie eine beliebige Touristin, die ein paar Binsenwahrheiten aufgeschnappt hat und glaubt, die Welt zu kennen. Mit deinen ekelhaften Sommersprossen. Das hast du jetzt davon. Meinetwegen kann der Fall Galíndez endgültig zu den Akten gelegt werden. Ein Leben lang diesen Schatten auf den Fersen, oder dem Schatten hinterher... Der Ausgang des Parks führt auf die Straßenecke, an der das Auto geparkt war, doch es ist nicht mehr da, und überrascht schaut er sich um. Vielleicht erwarten sie mich ein Stück weiter oben, bei der Kanalerweiterung. *Dama Blanca* und alle meine geliebten Katzen, ich komme, und wenn ich bei euch bin, werde ich euch nie mehr verlassen. Unsere Zukunft ist gesichert. Ein Schwachsinn eigentlich, über den ich immer gelacht habe, bis mir klar wurde, wie wenig Zukunft ich noch vor mir habe und wie unsicher diese Zukunft ist. Das Auto parkte weiter oben am Straßenrand, und Voltaire winkte es heran, was auch Wirkung zeigte. Der Wagen fuhr los, als er gerade im Begriff war, eine Kreuzung zu überqueren. Galíndez zeichnete Kaninchen, Köpfe mit baskischen Profilen, Silhouetten von Tänzern, Tänzern beim Säbeltanz, der damit endete, daß der tote Krieger von allen Tänzern hochgehoben wird, als wolle man ihn in den Himmel heben. Das Auto hat jetzt auf einmal beschleunigt und nimmt gerade sein gesamtes Sichtfeld ein, er sieht nur noch die blinde harte Schnauze, die seinen Warnschrei erstickt, sich in ihn hineinbohrt und ihn in eine schlenkernde Gliederpuppe verwandelt, die vier Meter hoch in die Luft geschleudert wird, eine Gliederpuppe mit zerbrochenen Knöchelchen, die hörbar klappern, als er auf den Asphalt schlägt und sein Schädel aufplatzt wie eine Kokosnuß. Diesmal ja. Diesmal hat es mich erwischt. Sagt Don Voltaire zu sich selbst, mit Blick in den Himmel, ohne Kraft, sich diese kalte Schwärze aus den Augen zu wischen. Wer wird euch füttern? Wann wird man merken, daß ihr allein seid und ich nie mehr zu euch zurückkommen werde?

Sie nannten ihn Reverend O'Higgins, aber er war fast noch ein Kind. Welch ein Glück für uns, Muriel, daß nach deinem Vater und deinem Großvater wieder ein Reverend in der Familie ist. Und in den Augen des alten Reverend Colbert stand Überraschung ob des glücklichen Endes, das es mit seiner ungläubigen, agnostischen Tochter genommen hatte, und wenn er diese Adjektive aussprach, schloß er die Augen, als müsse er einem möglichen Herzinfarkt vorbeugen. Reverend O'Higgins war nicht fast ein Kind, er war ein Kind, und statt Sex wollte er, daß deine langen Arme ihn wiegten, ihn an deinen sommersprossigen, nutzlos nackten Körper drückten, Tag für Tag und Nacht für Nacht. Seine fast chronische Impotenz schob er auf sündige Jugendexzesse, die du dir nicht recht vorstellen konntest, und als du Rat und Geborgenheit bei Dorothy suchtest, antwortete sie: «Die Würfel sind gefallen. Einen weiteren Kummer würde dein armer alter Vater nicht überleben.» In den Adjektiven klangen Tücke und Schadenfreude mit, denn dein Sieg über sie barg deine Niederlage in sich. Wo ein Reverend ist, da ist ein zweiter Reverend nicht weit. Auclair war Experte für mormonische Symbolik und sah sein Lebenswerk darin, im Licht der Moderne all jene kindischen Passagen neu zu interpretieren, die dazu angetan waren, *Das Buch Mormon* lächerlich zu machen. Wir können eine Religion, die keine zweihundert Jahre alt ist, nicht auf einer Geschichte begründen, die sich wie ein Kindermärchen liest, allein schon deswegen nicht, weil sie keines ist. Was eine Provokation gewesen war – die von der gesamten Gemeinde in Salt Lake mit Empörung aufgenommen wurde, und nicht nur von ihr, sondern auch von Glaubensenklaven in anderen Staaten, und sogar in England, bei denen es sich um die Überreste jener Gläubigen handelte, die 1837 nach der Landung von Mormonen in Liverpool gewonnen worden waren –, das wandelte sich zur Hoffnung auf eine Wiedergeburt der Sekte. Schon bald fand Auclair Unterstützung, unter anderen bei deinem Vater und bei O'Higgins, weil er eurer Religion, ohne sie zu entlasten, die Modernität versprach, die sie dringend benötigte. In eurem Haus, in das ihr als Frischvermählte gezogen wart, kam es zu hitzigen Debatten, und Auclair verströmte den Geruch eines aggressiven Tiers, eines Tiers mit einem großen breiten Bett für sich allein, das in deinem gemarterten Kopf immer breiter wurde. O'Higgins selbst brachte dich ihm näher, so nah, bis du mit Auclair in dem breiten Bett lagst und feststellen konntest, wie hart er als Liebhaber und wie fanatisch er als Prophet war. Seiner männlichen Kraft war er sich ebenso gewiß wie seiner Fähigkeit, die Botschaft eurer Propheten erneuern zu können. Das Gerede der Leute machte O'Higgins zum Schweißhund, der so lange schnüffelte, bis er euch im Bett ertappte, ineinander verschlungen, erschöpft, gerade noch mit einem Bettlaken zwischen euch und seiner Verzweiflung, mit der er schluchzend zum Haus deines Vaters lief, und deiner Schwester, die wieder standesgemäß verheiratet war, und den Häusern der wichtigsten Gemeindemitglieder. Jetzt warst du die Schande der ganzen Sekte, die Schande «deines armen alten Vaters», wie ihn jetzt und für immer all jene nannten, die eigentlich was über dich sagen wollten. Du hast jedoch das Jammertal durchschritten und darauf gewartet, daß Auclair sich bei dir meldete, um mit dir ein neues Leben zu beginnen, was er auch tat, aber nur telefonisch, und nur schluchzend und dich beinah beschimpfend, weil du die Bischofskarriere des meistversprechenden jungen Reverend von Salt Lake City zerstört hattest. Er endete als Vertreter für Bungalows in Kalifornien und wurde reich dabei, und du wurdest Wissenschaftlerin, Spezialistin für menschliches Verhalten in der Geschichte, für die Beziehung der Ethik zur Geschichte, das heißt, Muriel, und da gibt es nichts zu deuteln, für den ganz gewöhnlichen Geschichtsbegriff. Norman *dixit. Sic.* Dein Leben im Schatten all der unreifen Männer, die dich erwählt haben, und plötzlich erschaffst du dir in deinem Laboratorium einen neuen Menschen, einen vollständigen Mann, versehen mit allen Eigenschaften für das Thema einer Dissertation nach deinem Geschmack. Doch welch eine Kälte. Diese Kälte. Warum haben sie dich nach deiner Religion gefragt? Wieso findet sich in Fragebögen noch immer diese Frage? Vielleicht suchten sie auch nur einen schwachen Punkt in deiner Vergangenheit, den Punkt deiner Schuldgefühle wegen des Kummers, den du Reverend Colbert bereitet hast, deinem armen alten Vater. Doch dies ist die Kälte einer Vorahnung. Sie wird durch das Gefühl der Leere hervorgerufen, die dich umgibt, und der Ohnmacht; es ist die Kälte jener Jahre auf der Suche und der zahllosen, an Dorothy gerichteten Briefe der Selbstzerfleischung, bis du den Kainskomplex überwunden hattest.

«Muriel, ich friere, es ist kalt.»

Vom Hügel von Larrabeode wälzte sich der Abend ins Tal von Amurrio, und Ricardo drängte wie ein kleiner Junge, der sich ärgert, weil seine Mama nicht auf ihn hört.

«Muriel, zum letztenmal, ich gehe.»

Doch du standest gebannt vor dem unscheinbaren Stein, der alles war, was Jesús de Galíndez mit einer Biographie erreichte, die er zu schreiben begann, als ihm bewußt wurde, daß er sich selbst bemitleiden konnte, weil er Waise war und weil er Baske war. Deinen Aufenthaltsort habe ich dank deiner Schwester Dorothy aus Salt Lake ermitteln können, die wie alle Mormonen recht mißtrauisch ist. Auch Dorothy hatte es zu dir gesagt.

«Muriel, ich friere, es ist kalt. Muriel, zum letztenmal, ich gehe.»

Wenn du entzückt oder entgeistert vor dem Schönen und dem Häßlichen stehenbliebst und sie nur schnell nach Hause wollte, wo der Vater seine Werturteile sprach. Zärtliche Worte für dich, lobende Worte für Dorothy. Sie trug ihren Kopf auf den Schultern, du deinen in den Wolken. Muriel, komm herunter, man findet nicht zu Gott, indem man über der Erde schwebt. Dabei faszinierte dich nichts mehr als die märchenhaften Ursprünge eurer Religion, die die märchenhafteste aller märchenhaften Religionen war. *Das Buch Mormon* galt euch als eine Sammlung herrlichster Lügengeschichten, seit die Kraft eigener Urteilsfähigkeit über dich gekommen war und über Dorothy die Fähigkeit der Verstellung. Manchmal, wenn ihr allein wart, habt ihr euch Stellen aus dem heiligen Buch der Kirche Jesu Christi der Heiligen der Letzten Tage vorgelesen, und Dorothy war dann verächtlich und gemein, nicht nur gegen Joseph Smith und Brigham Young, sondern auch gegen euren Vater und alle Brüder im Glauben. Vor dem Vater allerdings vergaß Dorothy ihren Sarkasmus und ließ dich mit deinen Zweifeln und deinen Einwendungen an Reverend Colberts erleuchteter Gewißheit zerschellen. Jetzt ist es fast tröstlich, dir Joseph Smith vorzustellen, wie ihm die göttliche Geschichte eines Amerika verkündet wird, das durch Israel in die Weltgeschichte eintritt. Als der Herr die Sprachen beim Turmbau von Babel verwirrte, flohen die Jarediten übers Meer und landeten an den Küsten Südamerikas. Das war die erste gottgefällige Flüchtlingswelle von Juden, die diesen Kontinent betraten, besiedelten, wuchsen, gediehen, degenerierten und sich in einem Bürgerkrieg gegenseitig aufrieben. Doch der Gott Jareds und Amerikas wachte über das Wohl dieses erneuernden Zellkerns und ließ ungefähr 600 v. Chr. weitere aus Jerusalem kommende Siedler an Chiles Küsten landen, unter ihnen unsere Brüder mit ihren Frauen, die der Ursprung der beiden großen Rassen Amerikas waren: der Lamaniten, den Abkömmlingen des dunkelhäutigen Paares, und der Nephiten, den Abkömmlingen des schönen hellhäutigen Paares. Obgleich von gemeinsamer Herkunft, lagen die einen mit den andern in ständigem Streit, anfangs noch in einer Leidenschaft von paradiesischer Idylle, später jedoch heimgesucht von schweren Erdbeben, die eine direkte Folge der viele tausend Meilen entfernten Kreuzigung Christi waren. Der letzte Seufzer des Sohnes Gottes baute sich von Golgotha aus in konzentrischen Kreisen zu einer alles vernichtenden Welle auf, und Finsternis kam über Amerika und damit das Vergessen allen Ursprungs und allen Glaubens. Doch Christus der Herr wachte über das Wohl der hellhäutigsten und schönsten seiner amerikanischen Vettern, erschien leibhaftig auf dem neuen Kontinent und bekehrt die Nephiten, ein Volk von Abeln, das leider den schwarzen, ungläubigen Barbaren von Lamanitern unterlag, dergestalt, daß es in der Schlacht vom Berge Cumorah beinah vollständig ausgelöscht wurde. Zum Glück bekam ein Überlebender, Mormon, den direkten Gottesauftrag, die Geschichte seines Volkes niederzuschreiben, und dieses Buch ist nun eure Erinnerung und eure Zukunft. Moroni, der Sohn Mormons, vergrub das heilige Buch am Berge Cumorah, und dort blieb es, bis Moroni, des Wanderns durch die Sphären müde, im Jahre 1823 Joseph Smith erschien und ihm enthüllte, wo das Buch seines Vaters vergraben lag. Bei dem Buch fand er auch eine Art Brille aus Edelsteinen, und nur mit ihr konnte er den magischen Inhalt des Buches entziffern. Der schlaue Smith verlor dann das Originalmanuskript, hatte es aber so gut auswendig gelernt, daß er es seinen Jüngern diktieren konnte. Er ignorierte auch konsequent alle Gerüchte, die da besagten, er habe einen Roman des anglikanischen Pastors Salomon Spalding plagiiert, der 1816 verstorben war, in einer Zeit und in einem Land, in denen die Verbreitung von Romanen der Erinnerung oder dem Vergessen der Siedlertrecks und der wenigen durchreisenden Nicht-Analphabeten anheimgegeben war. Nach den Worten deines Vaters fand sich seit 1823, dem Jahr, in dem Smith verkündet wird, er solle das neue Jerusalem in Kirtland gründen, in Kirtland (Ohio), stets ein Colbert an seiner Seite, wie auch an der Seite von Young, als dieser die Hedschra der amerikanischen Mormonen nach Salt Lake im Staate Utah anführte und dortselbst eine Republik gründete, die acht Jahre lang unabhängig war.

«Religion?»

«Keine.»

«In der Akte steht: Angehörige der Kirche Jesu Christi der Heiligen der Letzten Tage.»

«Das ist Ihre Akte, und damit Ihr Problem.»

Er ist ein Nephiter wie die andern drei, obwohl der eine Züge eines Lamaniten aufweist, die auf lateinische oder negroide Herkunft schließen lassen. Doch dieser, der mit der singenden Stimme, ist ein Nephiter. Er gehört mit den andern zu diesem grünen Raum, von einem dunklen, matten Grün, nackt bis auf die beiden Stühle und die von der Decke hängende Schirmlampe, die jetzt nicht brennt, weil der Raum von den vier Leuchtwänden der Neonröhren durchflutet wird, die die vier Nahtstellen des Echos markieren. Trotz der Wellen von Chloroformübelkeit, die immer wieder über dir zusammenschlagen, versuchst du wachsam zu sein, auch wenn er ein Nephiter ist, der dir Tabak anbietet, der dich nach deiner Religion fragt, nach deiner Familie, nein, zu meiner Familie habe ich keine Verbindung mehr, sie weiß nicht einmal, wo ich bin, das sagst du mit Absicht, doch ohne besonderen Nachdruck, damit er nicht deine wahre Absicht errät, Dorothys etabliertes Dasein mit deinem Schicksal verschonen zu wollen, vor allem Dorothy nicht belästigen zu wollen, da sie viel zu berechenbar ist, als daß es sich lohnte, sie wegen irgendwas in Aufregung zu versetzen.

«Wir könnten uns gegenseitig viele Unannehmlichkeiten ersparen, wenn Sie sich zur Mitarbeit entschließen würden. Präzisieren

Sie Ihre Kontakte zu Norman Radcliffe und die Anweisungen, die Sie von ihm bekommen haben. Und auch, wann genau Sie den Auftrag bekamen, den Fall Rojas NY-5075 aufzurollen, und wer Ihnen diesen Auftrag gegeben hat. Ihre Kontakte in Spanien, in den USA, in Südfrankreich, in Santo Domingo sind offenbar Teil einer Verschwörung gegen die Sicherheit der Vereinigten Staaten von Amerika und gegen die Sicherheit eines verbündeten und befreundeten Landes, der Dominikanischen Republik.»

«Ich bin Historikerin. Mein Fachgebiet ist geschichtliches Verhalten. Meine Arbeit hat mit Ethik zu tun. Wissenschaftliche Forschungen, wie ich sie betreibe, betreiben Tausende von anderen Studierenden, und es wäre grotesk, einen Menschen, der den Mord an Lincoln oder Kennedy untersucht, der Konspiration gegen die Sicherheit des Staates zu verdächtigen.»

Der Nephiter stellt sich jedoch stur, liest dir, ohne mit der Wimper zu zucken, ein ums andere Mal von einem Blatt Papier vor, das jemand ihm geschrieben hat, und obwohl er immer wieder dieselben Dinge liest, liest er stockend, weil er vielleicht weiß, daß das, was er liest, nur ein Vorwand ist, eine Hilfskonstruktion, die dieser Situation ein Minimum an Sinn und Logik geben soll. Vier Männer verhören eine Frau und müssen eine Entführung rechtfertigen, eine gesetzwidrige Handlung.

«Wo bin ich?»

«Ihre Fragen werden beantwortet, wenn Sie unsere beantwortet haben.»

Es gibt keine sichtbare Gewalt. Du hast ihnen gesagt, du hättest Durst, und sie geben dir nicht zu trinken. Dir sei übel, und sie haben nicht einmal eine Augenbraue gehoben. Du wünschtest, daß ihre Fragen einen Sinn ergäben, dann würdest du dich sicherer fühlen, doch solange sie dich fragen, was du nicht beantworten kannst, fühlst du dich bedroht, wie der Schwache, dem der Starke die Motive nennt, die er hat, um ihn zu schlagen, als wären es Motive, die der Schwache zu verantworten hätte. Du wünschtest, es wäre ein bißchen mysteriös, etwas politisch Geheimes in dem, was du getan hast, doch da ist nichts, absolut nichts, was du ihnen sagen könntest, und wenn sie das wissen, verstehst du den Grund für diese Farce nicht, aber auch wenn sie es nicht wissen, bist du verurteilt. Zum Tode. Zum spurlosen Verschwinden. Im Fallen ergreifst du noch den kleinsten Zweig, der am Rande des Abgrunds wächst, doch kaum berührst du ihn, bricht er auch schon: Israel und Lourdes Cuello wissen nicht einmal, daß du Santo Domingo verlassen hast; Voltaire, dieser groteske Alte, war ein Komplize; der Kellner besitzt keinen Durchschlag von deiner Kreditkarte. Du existierst nicht in Miami. Wo existierst du dann?

«Bin ich in Miami?»

«Vielleicht ist es einfacher, wenn wir nicht fragen, sondern Sie den Fragebogen ausfüllen, allein, in aller Ruhe. Wir wollen Sie nicht unter Druck setzen. Machen Sie es uns nicht so schwer.»

Sie fassen dich mit Samthandschuhen an, doch du riechst die Prophylaxe, ohne ihnen nahe kommen zu müssen, riechst sie durch den Chloroformgestank hindurch, der dich noch immer umgibt. Vielleicht ist auch nur die Zeit für die Mittagspause gekommen, für den Hamburger und die Coca-Cola, und was du für einen Schachzug hältst, ist nur ein Element des Rituals, jenes Element, das jeder Mörder braucht, um weitermorden zu können: die Mittagspause zwischendurch.

«Ich habe Durst, großen Durst.»

«Hinterher.»

Sie haben den Raum verlassen, der nach ihrem Hinausgehen den Anschein erweckt, als habe er sie nie beherbergt. Als wären vier Geister hinausgegangen. Dann geht die Tür wieder auf, und einer von ihnen, der dunkelste, der mehr wie ein Lamaniter aussieht, hält einen gewachsten Pappbecher mit Wasser in der Hand. Er hält ihn dir hin und lächelt dich an.

«Ich bin nicht so hart wie die andern, vor allem zu Frauen nicht, aber mein Freund, der hält sich mächtig zurück, ich weiß nicht, wie lange noch. Tu mir den Gefallen und laß es uns so schnell wie möglich hinter uns bringen. Dies hier ist schon für einen Mann hart genug, wie muß das erst für eine Frau sein. Zwinge uns nicht, dich den andern zu übergeben. Jetzt bist du noch unter deinesgleichen, aber nach uns kommen die andern, und dann wird nichts mehr so sein wie vorher.»

Du unterbrichst dein stockendes Trinken aus dem Becher und fragst mit einer Naivität, die nicht gespielt ist: Wer sind die andern? Der mechanische Blick seiner nicht einmal aggressiven Augen läßt keine Antwort erwarten, sondern nur eine Kommunikationslücke entstehen. Ich kann Ihnen nichts sagen. Die Fragen, die Sie mir stellen, sind absurd. Alle meine Kontakte sind reine Arbeitskontakte. Professoren, Zeugen, die Galíndez gekannt haben, alles Leute, die jedermann befragen kann, jeder von Ihnen. Der Mann schüttelt enttäuscht den Kopf.

«Schade, ich wollte Ihnen wirklich eine Chance geben.»

Und du wolltest fragen, was für eine Chance?, als du nur noch einen Rücken gesehen hast, der sich entfernte, einen Rücken, der hinter einem Türknall verschwand, der wie eine Beleidigung klang. Aber sie können dich nicht einfach so verschwinden lassen. Wir haben nicht 1956. Man kann ein Menschenleben nicht einfach auslöschen, ohne daß es jemand bemerkt. Und was, wenn es jemand bemerkt? Du hast keine Worte mehr, keine Schreie, keine Gedanken, nur eine gasförmige Angst breitet sich in deiner Brust aus, und du setzt dich auf die Erde, schlingst deine Arme um die Knie, legst deinen Kopf hinein und suchst nach einem Namen, den du anrufen kannst. War es so? War es so, Jesús? Du hast sie noch provoziert, aber bei mir handelt es sich nur um eine Rekonstruktion wie bei diesen Paläontologen, die mit größter Geduld und Knochen für Knochen das Skelett eines Dinosauriers rekonstruieren. Und plötzlich erwacht der Dinosaurier zum Leben, und die Folge der ganzen Arbeit ist Leiden und Tod. Wenn du wenigstens beten könntest, aber du bist in einer solch absurden Religion aufgewachsen, daß du nie eine andere Religion hast akzeptieren können. Wenn du eine Hymne singen oder einen Schrei ausstoßen könntest zur Verherrlichung eines Landes oder eines Ideals. Du hast nicht einmal richtig für eine gerechte Sache gekämpft. Du warst zufrieden damit, den Geruch des Protests zu atmen, aber von dir ist er nie ausgegangen. Du hast alle gerechten Sachen vor, während und nach deiner Zeit mit Blicken und Worten ermuntert, doch du hast nie die Kommunion der Heiligen gespürt, nie die unsichtbare Nähe jener, die bereit waren, mit dir zum Sieg oder in den Untergang zu gehen. Nicht einmal Galíndez ist ein eindeutiger Fall. Nicht einmal Galíndez ist ein Gerechter, der dir seinen Strahlenkranz vermacht, auch er ist ein Mensch voller Widersprüche, der den Gipfel seiner Menschenwürde in einem Raum wie diesem erringt. Aber mit Sicherheit wußte er damals ein Lied zu singen, bedeutsame Worte zu sprechen. Vielleicht sang er in seiner letzten Minute die Hymne der baskischen Kämpfer und schrie seinen Mördern historische Worte ins Gesicht, die nie ein Mensch erfahren wird. Was wirst du singen, Muriel, was dich innerlich begleiten und kein Gegen-die-Angst-Singen sein wird? Du hättest dem Alten im Park mehr von deiner Treue zu Galíndez erzählen sollen, einer Treue, die vielleicht auf der Vorahnung dieses Augenblicks beruhte, in dem ihn nichts mehr retten konnte, weder seine Wahrheiten noch seine Lügen, weder Aguirre noch Hoover, noch Präsident Eisenhower höchstpersönlich. Höchstens Trujillo hätte ihn retten können, doch nicht einmal er, nachdem der Wahnsinn der Entführung einmal in Gang gesetzt worden war. Aber du, wo bist du? Wohin haben sie dich gebracht? Als du nach New York kamst und die Narben des Salt Lake-Skandals dort allmählich verheilten, half dir erst mal der chilenische Fotograf mit dem Mitleid für andere, für sich selbst, für Allende und für alle Chilenen, Argentinier und Uruguayer, die auf dem Altar des Weltgleichgewichts geopfert wurden. Er deutete seine eigenen Alpträume, und manchmal habt ihr im Entsetzen einen gemeinsamen Höhepunkt erreicht, doch andere Male war er nur ein Medium, das dich dem Entsetzen nahebrachte, einem so ursprünglichen Entsetzen, daß es in deiner Welt unmöglich Realität sein konnte, daß es nur ein Film sein konnte, den du da sahst, ein Dokumentarfilm über die Katastrophen der Dritten Welt, über die Katastrophen anderer Völker. Irgendwann konntest du nicht mehr zusehen, wie dieser Chilene sich in seinem Elend suhlte. Warum nennst du ihn nicht beim Namen, da ihr doch vier Jahre lang alles, mit Ausnahme deiner Vorbehalte, miteinander geteilt habt? Enrique. Enrique. Jetzt würde er in diesen Raum eintreten und sagen: Siehst du? Alles, was ich dir gesagt habe, zeigt sich jetzt. Lebe es. Lebe es ganz bewußt, und dann diskutieren wir darüber. Und dann würde er sich zurückziehen, rückwärtsgehend, sehr behutsam und leise, damit die Schergen nichts merkten. Du wirst nie nach Chile zurückkehren, Enrique. Vielleicht kehrst du an einen Ort zurück, der denselben Namen trägt, der voller Ideen ist und voller Leichen, die begraben sind, voller menschlicher Landschaften, deren Grenzen ausradiert sind auf immer, und doch wirst du nicht einmal auf einem Foto den Augenblick festhalten können, in dem ihr glücklich wart und voller Hoffnung. Ich bin wieder in Chile, Muriel, und langsam kommen die Dinge in Gang. Pinochet wankt. Eine Straße wird nach Allende benannt, und in zwanzig Jahren steht sein Name vielleicht sogar am Moneda-Palast, und ich schieße das Foto des Tages, wie die Fahne herabgezogen und die Tafel enthüllt wird, wie zum glücklichen Ende eines Gedichts von Neruda. Selbst Nerudas Gedichte waren dir eine Last geworden, diese Ohnmacht der so bedrohlichen und so bedrohten Lyrik. Doch was ist mit den Toten ohne Begräbnis und ohne Gedenken? Mit diesem universalen Massengrab der Jahrhunderte, das keinen der Mörder zur Verantwortung zieht, weil Mörder nur für Tote bezahlen, denen man ein Gesicht, einen Namen und einen Vornamen zu geben vermag. Muriel, unsere Träume, Muriel, unter den Träumen unserer Generation fehlte der der Resignation. Irgendwann mußt du dich mit dem abfinden, was man dir vom Ganzen übriggelassen hat, sonst bleibt dir nur noch das Nichts. Diese Worte stammten nicht von Enrique, sondern von Norman. Der müde Norman, der dich in New York besuchte, als du anfingst, dich in den Trümmern des spanischen Exils umzutun, und ein paar welke Blätter zwischen Wolkenkratzern gefunden hast. Oh, Stadt der Soziologen und Architekturstudenten hattest du betrunken von der Plattform auf halber Höhe des Empire gerufen, mit einem Norman an deiner Seite, der mit festem Griff deine Taille umfaßte, damit du keine Dummheiten machen konntest. Was haben sie dir für mich geboten? Bist du mit deinen fünfzig Jahren etwa noch immer nicht verantwortlich für das, was du tust, du elender Mistkerl? Schon damals griff Norman ständig zum Vielleicht, Obwohl, Jedoch, ein desorientierter Gelehrter, desorientiert in fast allen Dingen des Lebens, gerade den Heimweg fand er noch, seine vier Wände, aus denen er sich besser nie herausgewagt hätte. Wenigstens Ricardo hatte sich nie große Marschrouten vorgelegt, er verachtete sie sogar, ihm waren große Gesten stets zuwider, die eigene Schwäche verdecken und andere beeindrucken sollten, große Worte, hinter denen sich Mord verbarg, die beispiellose Grausamkeit des Heldentums. Er war ein besonnener, zärtlicher Junge, den Tragödien erschreckten. Aber du, Norman, du hast sie klassifiziert, untersucht und Schlüsse aus ihnen gezogen, ohne deine Pfeife aus dem Mund zu nehmen und die historische Distanz zu verlieren, vor allem Distanz, Muriel, wenn du die Distanz verlierst, verlierst du dich selbst. Was hast du angestellt, Muriel? Diese Frage kommt dir aus dem Mund deines Vaters entgegen, und bei ihrem Klang siehst du dich im Bett mit einem verheirateten Mormonenbischof, der bis dahin das Vorbild aller Gläubigen war, oder du siehst dich selbst, wie du immer warst und wie du jetzt bist, mit deinem Hintern als Kälte und Einsamkeit aufsaugenden Schröpfkopf auf dem Zementfußboden eines Raums, der dich gefangenhält, aber nicht zur Kenntnis nimmt. Muriel, seit der Gründung des Neuen Jerusalem waren die Colberts Marksteine auf dem Weg der Kirche Jesu Christi der Heiligen der Letzten Tage. Warum hast du uns in dem Ureigentlichen unseres Geschlechts so beschämt? Was hast du angestellt, Muriel? Auch du, Dorothy? Die Tür geht wieder auf und schiebt ihren eigenen grünen Metallgeruch in den Raum. Einer nach dem andern kommen die vier Beamten herein. Der in direktester Linie von den Nephitern Abstammende geht zu dir, schaut dich von oben herab an und sieht noch einen Rest Wasser in deinem Becher, den er mit dem Fuß umstößt, so daß das Wasser hinausrinnt.

«Sie werden erst wieder Wasser bekommen, wenn Sie unsere Fragen zufriedenstellend beantwortet haben, und jetzt stehen Sie auf. Ist Ihr Knochengerüst zusammengebrochen? Haben Sie den Fragebogen ausgefüllt?»

Der Fragebogen. Wo ist der Fragebogen? Weit kann er nicht gekommen sein in diesem Raum, da ist er ja, gut getarnt in seiner grauen Farbe auf dem Grau des Zementfußbodens. Nein, das hat dem wortführenden Beamten gar nicht gefallen, daß du sein Formular vergessen hast. Er ist hier, damit du sein Formular ausfüllst, und er ist sechs oder neun Monate im JOT (Junior Officers Trainee)-Programm ausgebildet worden, umgeben von Katalogen mit den Feindbildern Amerikas und der westlichen Zivilisation, danach ein Jahr militärischer Ausbildung, später ein Aufenthalt in Washington, wo man in die Spionagemethoden der andern eingeweiht wird, und je nach dem, wie er seine Fähigkeiten unter Beweis gestellt hat, wird er als Agent im Außendienst eingesetzt oder als Bürokrat im Innendienst, der den Rest seines Lebens in einem Großraumbüro voller Computer zubringt. Das JOT, in Quarters Eye, am Ufer des Potomac. Du könntest es ihm ins Gesicht sagen und ihm zeigen, daß du mehr Dinge über ihn weißt, als er von dir. Du weißt, daß er mit dem Lügendetektor gearbeitet hat, und jetzt klammerst du dich an dieses Wort wie an einen Rettungsring, der dich vielleicht hier herausbringen kann.

«Warum schließen Sie mich nicht an einen Lügendetektor an? Sie wissen doch, wie man damit umgeht. Ich unterziehe mich freiwillig einem Text mit dem Lügendetektor.»

«Sie brauchen uns nicht darüber zu belehren, was wir zu tun haben. Es genügt, wenn Sie den Fragebogen ausfüllen. Ich wiederhole, jetzt könnte alles noch ganz einfach sein.»

Du hast ihm den Fragebogen aus der Hand genommen, nicht aus der Hand gerissen, als handle es sich um ein freundliches Angebot zu deinen Gunsten, und du hast ihn um was zu schreiben gebeten. Als dein Blick sich auf die gedruckten Buchstaben heftet, schwimmt dir der Kopf, doch du überwindest den Anfall und liest ein Formular, in dem es eher um die Bewilligung eines Reisepasses zu gehen scheint als um die Bewilligung zu leben.

Name, Vorname, Wohnsitz, Geburtsdatum, Familienstand, Religionszugehörigkeit, Nationalität. Haben Sie jemals andere Namen benutzt oder unter einer anderen Identität gelebt? Sind oder waren Sie Mitglied einer im Sinne des Strafrechts subversiven Organisation? Sind oder waren Sie Mitglied einer kommunistischen Partei oder sonstiger kommunistischer Organisationen? Waren Sie jemals in einem Land außerhalb der Vereinigten Staaten? In einem kommunistischen Land? Hatten Sie jemals Verbindung zu einem Mitglied einer ausländischen Regierung? Zu einem Mitglied einer kommunistischen Regierung? Haben Sie jemals für eine ausländische Regierung gearbeitet? Für einen ausländischen Geheimdienst? Für einen kommunistischen Geheimdienst? Haben Sie jemals homosexuelle Beziehungen gehabt? Haben Sie jemals Drogen konsumiert? Beruhigungsmittel?

«Was haben die homosexuellen Beziehungen in einem solchen Fragebogen zu suchen?»

Er hat dir das Papier aus der Hand gerissen, die Fragen durchgelesen und ein ärgerliches Gesicht gemacht, als er das mit den homosexuellen Beziehungen liest.

«Sie brauchen die Frage nicht zu beantworten, wenn Sie nicht wollen. Es ist nur Vorschrift, sie zu stellen.»

Schon fertig. Du übergibst ihm einen Fragebogen voller Neins. Aber Neins mag er nicht. Er schnalzt verärgert mit der Zunge und schaut zu den andern, damit sie deine Uneinsichtigkeit bezeugen. Nein, du willst offenbar keine Vernunft annehmen. Sogar das Minimum, das sie von dir akzeptiert sehen wollen, akzeptierst du nicht. Du überlegst, ob du zu ihnen sagen sollst: Diktieren Sie mir meine Erklärung. Ob sie die dann vor Gericht verwerten könnten? Doch schon bei dem Gedanken daran ziehst du im Geiste dein Angebot zurück, da es ihnen die Unsinnigkeit ihres Tuns vor Augen führen und dir seinen einzigen Zweck beweisen würde. Diesen Raum wirst du nicht lebend verlassen. Wieviel Zeit ist seit deiner Entführung im Morningside Park vergangen? Kaum hatten sie dich ins Auto gezerrt, fühltest du über Mund und Nase ein widerwärtig stinkendes Tuch, und obwohl du deinen Kopf hin und her geworfen hast, als würde er von einem epileptischen Anfall geschüttelt, ist dir der widerwärtige Geruch wie eine Wolke zu Kopf gestiegen und da geblieben, bis du heute wieder zu dir gekommen bist, aber auch heute ist ein Wort, das seinen Sinn verloren hat. Wann war gestern? Wann ist all das passiert, was passiert ist? Hat es einen Dr. Rivera gegeben? Murphy? Wer ist ihr De la Maza? Werden sie dir «das Halstuch» geben? Du bist von Kaukasiern umgeben, von Landsleuten, zurückhaltenden Beamten, die Zeit gewinnen, Zeit, die sie dir schenken, denn sie könnten auch gleich die Pistole aus dem Schulterhalfter ziehen und dich töten. Die Haie, die Galíndez gefressen haben, sind immer noch hungrig. Vielleicht begnügen sie sich auch damit, deine Leiche in ungelöschten Kalk zu werfen oder mit einem Betonklotz an den Füßen ins Meer, vielleicht schlitzen sie dir aber auch den Bauch auf, damit du sicher untergehst und die Haie schnell zu ihrer Mahlzeit kommen. Wer wird dir den Gnadenschuß geben? Aber sie kriegen die Atmosphäre nicht hin, die dazu passen würde, im Gegenteil, sie machen eher den Eindruck von enttäuschten Bürokraten, weil der Befragte die Mitarbeit verweigert, weil du ihnen nicht die Antworten gibst, die sie brauchen, denn dann könnten sie nach Hause gehen, ihren *hot-dog* essen und ihre Dose Bier aufmachen, den Hund spazieren führen, den Rasen mähen, Nancy einen Klaps auf den Hintern geben, mit den Kindern spielen oder sich im Fernsehen ein Baseballspiel anschauen. Du bist schon fast soweit, sie um ein neues Formular zu bitten und es so auszufüllen, wie du denkst, daß es ihnen gefiele und von Nutzen wäre: Haben Sie jemals andere Namen benutzt oder unter einer anderen Identität gelebt? Ja. Sind oder waren Sie Mitglied einer im Sinne des Strafrechts subversiven Organisation? Ja, der Symbiotischen Befreiungsarmee und

Organisationen wie «Hände weg von Nicaragua». Sind oder waren Sie Mitglied einer kommunistischen Partei oder sonstiger kommunistischer Organisationen? Ja. Waren Sie jemals in einem Land außerhalb der Vereinigten Staaten? Ja, und als Kind war ich auch in Disneyland. In einem kommunistischen Land? Albanien, inkognito. Hatten Sie jemals Verbindung zu einem Mitglied einer ausländischen Regierung? Ich war die Geliebte des sowjetischen Botschafters in Wien. Zu einem Mitglied einer kommunistischen Regierung? Ergibt sich daraus. Haben Sie jemals für eine ausländische Regierung gearbeitet? Für eine kommunistische Regierung. Für eine kommunistische Regierung? Das sagte ich gerade. Für einen ausländischen Geheimdienst? Ich habe für die geheimsten Länder im Auslandsdienst gearbeitet. Für einen kommunistischen Geheimdienst? Natürlich, das wäre ja noch schöner. Hatten Sie jemals homosexuelle Beziehungen? Ja, mit mir selbst. Haben Sie jemals Drogen konsumiert? Nur die billigen. Beruhigungsmittel? Wenn ich subversive Bücher gelesen habe, hatte ich hinterher immer das dringende Bedürfnis, antisubversive Bücher zu lesen. Wie kann man einen solchen Quark als Fragebogen bezeichnen und ihn auch noch beantwortet haben wollen? Solange die vier ihn jedoch beantwortet haben wollen, werdet ihr, wirst du in der jetzigen Situation steckenbleiben, und deine einzige Furcht ist im Moment die, daß sie sich entschließen könnten, diese absurde Situation zu beenden, weil sie keine andere haben; im Moment hast du keine andere Wahl als diese absurde Situation. Da stehen sie vor dir, die vier, und schauen dich an, ganz entspannt, stehen da wie die Mitglieder einer Gesangsgruppe, die gleich anfangen, Lieder der Platters oder der Delta Rhythm Boys zu singen, alte Lieder, junge Körper und dennoch alt, athletisch, obwohl ihre Anzüge aussehen wie eine Verkleidung aus den Sonderangeboten bei Macy's. Du sagst ihnen, daß du deine Bedürfnisse verrichten möchtest, und ein Funken von Anteilnahme huscht über die blaßgrauen Augen des Wortführers. Einer löst sich aus dem Quartett, der Baßbariton, geht hinaus und kommt mit einem leeren Sonnenblumenölkanister zurück, ohne Deckel, gefüllt mit Sägemehl. Er stellt ihn neben dir auf die Erde und komplettiert das Quartett wieder.

«Hier? Dahinein? Haben Sie es nötig, mich zu demütigen?»

Sie haben es nötig. Es fehlt nicht viel und sie grinsen, der eine oder andere verändert seine Stellung, unmerklich, um das Gleichgewicht der Gruppe nicht zu stören.

«Würden Sie mir Wasser zum Waschen bringen? Ich nehme an, Sie lassen mich allein.»

Deine Fragen scheinen sie nicht zu interessieren. Zwei von ihnen haben keine Lust mehr, für das Quartett zu posieren, und suchen die Wand, um den Rücken daranzulehnen, einer fängt an, wie ein Gefangener in der Zelle herumzulaufen, und der vierte, der Nephiter, taxiert dich, als wärst du ein Tier, das er zum Präparator bringen will. Über seine Lippen wird die längste Rede kommen, die du bisher von ihnen gehört hast, eine Rede, die neue Maßstäbe setzen wird, mit einer Sprache, hinter die es kein Zurück mehr gibt, weil sie seine Lippen beschmutzt, weil sie dich beschmutzt hat, alles beschmutzt hat, was sich im Raum befindet, du würdest sogar sagen, sie hat den Blechkanister zu einer stinkenden Kloake gemacht.

«Du kannst dich meinetwegen zuscheißen, du Schnecke. Wir sind an Scheiße gewöhnt, und da du die Kooperation verweigerst, werden wir dir zusehen, wie du scheißt, wie du pinkelst und wie du menstruierst wie ein Schwein. Und wenn es gärt und wund wird, dann kannst du ruhig die Beine breit machen, das wird dir nicht helfen. Dabei kannst du noch von Glück sagen, daß wir dich nicht den andern überlassen, denn die würden bedeutend weniger rücksichtsvoll mit einer stinkenden *rusky* wie dir umgehen.»

Einer der beiden, die an der Wand lehnen, hat ein kurzes zustimmendes Lachen herausgehustet, und in deinem Kopf, in der Röte, die dir fast die Haut vom Gesicht brennt, wirkt noch die schlimmste der vorgebrachten Aggressionen, daß du wie ein Schwein auf diesem Zementboden menstruieren wirst, und deine Augen sagen Scheißkerl zu ihm, auf spanisch sagen sie es, drei-, viermal, so wie Ricardo das Wort voller Zorn ausgesprochen hätte, obwohl deinen Lippen nur so etwas wie ein Schluchzen entfährt, das du hinunterwürgst aus Angst, sie könnten dich fassungslos sehen und ihre Grausamkeit könnte hervorbrechen, niemals jedoch ihr Mitleid. Du suchst einen Hauch von Solidarität bei dem dunkelhäutigen Mann zu entdecken, der dir Wasser gegeben hat, doch er steht an der Wand und kratzt mit den Fingernägeln am Putz. Kurz darauf jedoch, als hätten die Schwingungen deines rufenden Blicks ihn erreicht, dreht er sich um zu dir.

«Du spielst mit dem Feuer, Kleine. Wir tun dir nur einen Gefallen. Wenn wir die andern ließen, die da draußen warten, die wären nicht so entgegenkommend. Du bist zwar eine Rote und Landesverräterin, aber du bist ein Mensch, und als solchen respektieren wir dich. Haben wir dich nicht respektvoll behandelt? Weißt du, was die andern täten, wenn sie hier wären? Die würden dir erst einmal die Kleider herunterreißen, um zu sehen, wie so eine Rote aussieht, und wenn sie nur einen Finger an dich legten, würdest du dich vor Angst vollscheißen, du würdest dich wirklich vollscheißen. Wir tun hier nur unsere Arbeit, und dazu gehört auch, dir die andern vom Leib zu halten. Du hast bereits einiges gekostet, und du bist nicht zum Spaß hier. Du mußt uns helfen, dies zu einem guten Ende zu bringen.»

«Gut, reden wir. Aber reden wir wie zivilisierte Menschen.»

«Sie will reden.»

«Wie zivilisierte Menschen, sagt sie.»

Die Stummen haben ihre Sprache wiedergefunden. Sie sind jetzt gespannt und betrachten dich mit spöttischer Neugier.

«Geben Sie mir einen neuen Fragebogen. Ich werde ihn jetzt anders ausfüllen.»

Jede ihrer Bewegungen ist vorprogrammiert. Der für die Beschaffung eines neuen Fragebogens Zuständige setzt sich in Bewegung, kaum daß dein letztes Wort verklungen ist, während die andern ihre Positionen wechseln, ohne die Distanz zu dir zu verringern. Sanft wird dir das Formular überreicht und auch wieder der Kugelschreiber, den du einer schlaffen Hand entnimmst. Dann hast du getan, als müßtest du dir die Antworten überlegen, obwohl du längst wußtest, daß du alle Fragen mit ja beantworten würdest, hast dem Wortführer eine komplette Sammlung Jas überreicht, die er vor seinen Augen Revue passieren läßt, eines nach dem andern, als löse jedes Ja eine andere Empfindung in ihm aus und befreie ihn von einem Stück seiner Last, bis er ganz der freundliche Beamte ist, der zustimmend nickt und den andern einen stummen Wink gibt. Daraufhin setzen sich alle in Bewegung und verfahren nach der auswendig gelernten Lektion. Zwei gehen hinaus und kommen mit einem Eimer Wasser, einem Handtuch und einem mit Kölnisch Wasser imprägnierten Erfrischungstüchlein in einem Umschlag von PanAm zurück. Dann sind die vier hinausgegangen und haben dich mit deinem Kanister, deinem Eimer und deinem Handtuch alleingelassen, und du hast zuerst den Stoff des Handtuchs gestreichelt, um danach mit ihm dein Gesicht, deine Arme und dein Dekolleté zu streicheln. Du hast dich vergewissert, daß die Tür verschlossen bleibt, hast dein Höschen ausgezogen, das du wie ein Stück benutztes Klopapier in der Hand hältst, dich auf den Rand des Kanisters gesetzt, dessen rostige Kanten in dein Fleisch eindringen, um dich zu verletzen, und wie rasend, beinah brodelnd, rauscht dein Urin in das aufsaugende Sägemehl, als wäre es Katzenpisse, und du mußt mit dir kämpfen, nicht zu defäkieren, um nicht durch deinen eigenen Geruch gedemütigt zu werden, wenn die Männer in diesen Raum zurückkehren. In der Nacht. Wenn es überhaupt eine Nacht gibt da draußen, wenn es noch eine Nacht gibt für dich. Und wenn jetzt Nacht wäre? Zuerst hast du dein Gesicht gewaschen, deine Arme, in einem fast religiösen Akt, wie bei einer Taufe, und hast dich dann über den Eimer gehockt und bist mit Wasser und Seife über deinen Anus und über dein Geschlecht gefahren, als gehörten sie zu einer anderen Person. Dich abzutrocknen war ein Genuß, und mit dem Erfrischungstuch hast du dein Gesicht gekühlt, während du auf einem der Stühle Zuflucht vor der nächsten Erschöpfung suchtest, die kommt, wenn die Anspannung gerade nachgelassen hat und man schon die nächste erwartet. Da kommen sie. Die Tür öffnet sich wie kaltes Blech, und herein kommt ein einzelner, nur einer allein. Er hält deinen Fragebogen in der Hand und in der anderen Hand ein Diktiergerät. Es ist nicht der Wortführer und auch nicht der Lamaniter. Es ist einer der beiden Stummen. Er sieht aus wie ein ehemaliger Wasserskicrack mit Stirnglatze, er bewegt sich entspannt und hat freundliche Augen, scheut auch nicht den prüfenden Blick auf deine Latrine, obwohl er die Luft etwas anhält, für den Fall, daß du dich zu größeren Geschäften hast hinreißen lassen. Er rückt seinen Stuhl zu dir heran und stellt das eingeschaltete Diktiergerät auf die Erde.

«Reine Formsache. Sie haben uns sehr geholfen, indem Sie die Fragen doch noch ehrlich beantwortet haben. Jetzt entspannen Sie sich, und ergänzen Sie die Angaben. Sie werden verstehen, daß die Jas nicht genügen. Da muß schon etwas mehr gesagt werden. Das alles hat ja einen Namen, Namen und Vornamen. Fangen wir also an, und wie gesagt, lassen Sie sich soviel Zeit, wie Sie brauchen. Je bereitwilliger Sie mitarbeiten, desto besser für Sie. Sind Sie soweit?»

«Ja.»

«Gut. Welche sonstigen Namen und Identitäten haben Sie benutzt?»

Und du hörst dich ein ganzes Romanprojekt runterleiern, das gut zum Roman deines Lebens werden könnte. Decknamen hatte ich verschiedene, aber meistens habe ich mich Jezabel Morgan genannt und manchmal Noemi Baker. Ich habe mich fast immer als Universitätsdozentin getarnt, aber auch als reisende Buchverkäuferin oder Sonderschulpädagogin für Erwachsene. Zuerst habe ich meinen Namen aus familiären Gründen geändert, da ich mich wegen amouröser und religiöser Geschichten mit meiner Familie überworfen hatte. Die Kirche Jesu Christi der Heiligen der Letzten Tage hat einen sehr eigenwilligen Kodex, und seine Befolgung ist nur schwer zu simulieren, wenn man nicht daran glaubt, und ich hatte schon in den ersten Semestern an der Uni tiefgreifende ideologische Konflikte in religiösen Fragen. Später benutzte ich andere Namen, als ich Kontakt zu sozialen Bewegungen aufnahm; nun, was Sie subversive Bewegungen nennen und wir soziale Bewegungen. Ja, ich habe der Symbiotischen Befreiungsarmee angehört, als sie schon in den letzten Zügen lag, und ich war auch kein besonders aktives Mitglied. Ich habe nur logistisch für sie gearbeitet und kann Ihnen nicht mal sagen, wie meine Informationen verwertet worden sind, denn schon kurz nach meinem Beitritt wurde die Symbiotische Armee zerschlagen, und ich wandte mich anderen Bewegungen zu, in denen hauptsächlich Pädagogen aktiv waren und in denen es vor allem gegen die Außenpolitik der Vereinigten Staaten ging. Das waren Solidaritätsgruppen für südamerikanische Ländern und später für Nicaragua, aber auch für Kuba, El Salvador und Guatemala, obwohl mir das dann mit der Zeit zuviel wurde. Nein. Nein. Mit Enrique Waksman Ortiz war ich ja nur kurz verheiratet, er gehörte keiner bestimmten Partei an. Er war weniger militant als ich. Ich hielt Verbindung zur Kommunistischen Partei der USA, war aber nicht mehr als eine Art freie Mitarbeiterin, weil ich sie eigentlich immer für ziemlich verknöchert gehalten habe, untauglich für die Art von Agitation, wie ich sie mir vorstellte, zu sehr durch den gesetzlichen, sozialen und politischen Druck konditioniert. Ausland? Wohin mich die Arbeit über Galíndez geführt hat, und einmal war ich in Jugoslawien, als Touristin, um Split zu sehen. Ich fand es faszinierend, daß eine Stadt existiert, die aus dem Material der Palastbauten des Kaisers Diokletian erbaut worden ist. Ja, ich hatte Kontakt zu Agenten ausländischer Geheimdienste. Nein, nicht direkt zu sowjetischen. Hauptsächlich zu Vertretern der Deutschen Demokratischen Republik in Spanien, ja, es waren immer Regierungsbeamte der Deutschen Demokratischen Republik. Ich habe sie sogar um Unterstützung für meine Arbeit über Galíndez gebeten, falls es stimmen würde, daß er ein Agent des KGB gewesen wäre. Ich zog auch die Möglichkeit in Betracht, daß er gar nicht ermordet worden war, sondern unter anderem Namen in einem sozialistischen Land lebte, nachdem er sich einer Gesichtsoperation unterzogen hatte natürlich. Nein, daß ich für eine ausländische Regierung gearbeitet habe, kann man nicht sagen, auch für keine kommunistische, nicht im materiellen Sinne, meine ich, im ideologischen wohl, wir haben oft über die politischen Auswirkungen meiner Arbeit gesprochen. Namen? Die waren vielleicht falsch. Die werden Ihnen nichts sagen. Nun, wenn Sie darauf bestehen ... Böll und Handke, von den Deutschen; und sowjetische, möglich, ja, warten Sie, das waren Trifonow, Bulgakow, Guinzburg, Melnikow. Nein, ich war für sie nicht von Nutzen, da ich keinen Zugang zu Sicherheitsbereichen habe.

«Könnten Sie uns Beschreibungen dieser Agenten liefern?»

«Ich erinnere mich nur vage an sie.»

«Versuchen Sie es. Zum Beispiel Handke.»

«Mittelblond, glattes langes Haar, langes Gesicht, glaube ich.»

«Bulgakow?»

«Grob geschnittenes Gesicht, sehr slawisch, vital, wie bei uns die Russen im Kino aussehen.»

«Hat man nicht versucht, Sie mittels Kontakte in Sicherheitsbereiche der Vereinigten Staaten einzuschleusen? Auf einer höheren Ebene, meine ich, auf sehr viel höherer Ebene.»

«Wahrscheinlich haben sie gedacht, daß ich dafür nicht tauge, daß ich am effizientesten im Intellektuellenmilieu arbeite.»

«Das ist kein unwesentlicher Bereich. Dort werden die Ideen geboren, und Ideen sind es hinterher, die die Menschen zu Aktionen treiben.»

«Natürlich.»

«Ich bin der Meinung, daß jeder das Recht hat, zu denken, was er will, solange er seine Gedanken für sich behält, vor allem, wenn diese Gedanken die Sicherheit meines Landes gefährden. Gedanken sind nicht strafbar, die Tat, ja.»

«Sie sind sehr tolerant.»

«Es ist ein Prinzip unserer demokratischen Kultur, von der Sie sich niemals hätten abwenden dürfen. Und jetzt möchte ich Sie bitten, mir den Zweck Ihrer Forschungsarbeit über Galíndez etwas näher zu erläutern. Um wen ging es wirklich? Wer war das letztliche Ziel in den USA und auch in der Dominikanischen Republik?»

«Das Objekt.»

«Oder das Subjekt.»

«Oder das Subjekt.»

Und allmählich hast du es satt, das Spiel immer weiter zu treiben, hast du den Eindruck, es ist ebenso sinnlos, wie die Wahrheit zu sagen, du läßt die Arme sinken, deinen ganzen Körper, du atmest heftig aus und weißt nicht, ob du weiteratmen willst. Du blickst ihm in die Augen und sagst ihm stumm: Warum fragst du mich? Was fragst du mich? Wozu fragst du mich?

«Logischerweise waren Ihre Nachforschungen auf ein bestimmtes Ziel gerichtet.»

«Die Forschungsarbeit als solche. Ich wußte selbst nicht genau, wohin sie führen würde.»

«Sie alle nicht.»

«Wieso alle?»

«Wir haben doch festgestellt, daß Sie mit ausländischen Geheimdiensten zusammengearbeitet haben, und sogar Norman Radcliffe wußte davon.»

«Norman hatte keine Ahnung von meinen Kontakten.»

«Und das soll ich Ihnen glauben?»

«Wenn Sie uns überwacht haben, ist es doch einfach festzustellen. Wir haben uns Briefe geschrieben. Wir haben uns in New York getroffen.»

«Wir haben auch keine Beweise für die Kontakte zu den Agenten, aber sie sind leicht nachzuvollziehen. Bleiben wir noch bei diesen Agenten. Böll zum Beispiel. Beschreiben Sie ihn.»

Böll war ein hochgewachsener Mann, alt, schon über siebzig. Ich glaube, er war früher einmal längere Zeit in Irland gewesen, weil er sich bei allen möglichen Dingen auf Irland bezog. Ja, seltsam, nicht? Vielleicht habe ich ihn auch darauf gebracht, weil ich von Irland erzählt habe, und er ging darauf ein, oder mit den Fahrrädern fing alles an. Ja, es begann mit den Fahrrädern. Wir hatten uns in einem Park verabredet, und er kam mit dem Fahrrad. Das erschien mir für ein Treffen sehr ungewöhnlich, und er berichtete, daß er seine Liebe zum Fahrrad in Irland entdeckt hätte. Nein. Das ist wahrscheinlich kein Gesprächsthema für ein konspiratives Treffen, aber er blieb bei dem Thema. Vielleicht war er auch nie in Irland gewesen. Er nickt, lächelt, gibt sich so verständnisvoll, daß du deine Hand zu seinem Arm hinschiebst, aber er zieht ihn zurück und mit ihm das Lächeln.

«Jetzt wollen wir uns mal ernsthaft unterhalten, Mrs. Colbert. Sie haben mir eine nette Vorlesung über deutsche und sowjetische Literatur gehalten, es sei denn, ein guter Teil der deutschen und sowjetischen Literatur geht auf das Konto der Geheimdienste. Ich bin zwar kein Experte, aber Sie hätten schon damit rechnen können, daß die Firma Agenten schickt, die Ihre Sprache zu entziffern wissen. Ich habe keines der Bücher dieser Leute gelesen, aber Böll ist ein deutscher Schriftsteller, der schon tot ist, und Handke lebt noch. Bulgakow ist auch schon tot, die anderen kenne ich nicht, aber die Namen klingen mir im Ohr, besonders Guinzburg. Wollten Sie uns auf den Arm nehmen?»

«Ich wußte nicht, was ich Ihnen sagen sollte. Ich hatte keine geheimen Kontakte. So was hat es nie gegeben.»

Er hat entschlossen ausgeatmet und ist aufgestanden, wobei der Stuhl umgekippt ist, so daß du instinktiv die Arme schützend vor deinen Körper hältst. Nein, es hat nie welche gegeben. Ich war in nichts von dem involviert, was ich in dem Fragebogen angegeben habe. Ihr unnachgiebiges Drängen hat mich zum Lügen gezwungen. Er marschiert ohne ein weiteres Wort zur Tür, und auf der Schwelle dreht er sich noch einmal um und knurrt dich an, daß du es dir gut überlegen sollst, daß du dich sammeln und dir ein realistisches Bild deiner Lage machen sollst, das hat er mit Nachdruck wiederholt, ein realistisches Bild deiner Lage. Du stehst auf und schreitest die vier Wände deines fensterlosen Verlieses ab, drei-, vier-, sechsmal, bis dir übel wird und du schnell zu deinem Stuhl laufen mußt, damit du nicht ohnmächtig wirst. Du mußt ihnen mitteilen, daß du zu Ohnmachtsanfällen neigst. Was war das? Was mußt du ihnen mitteilen? Du bist einfach nur dumm gewesen. Du hast geglaubt, Geschichte wiederhole sich nicht, hast dich für *Superwoman* gehalten, der keiner etwas anhaben kann. Ich habe darüber nachgedacht, Muriel. Über diese Reise nach Santo Domingo, von der du mir erzählt hast. Ich habe einen Plan. Über Ostern kann ich ein paar Tage frei bekommen. Ich habe noch ein paar Urlaubstage gut, und du weißt ja, über die Osterferientage läuft in Spanien nichts. Da könnten wir zusammen nach Santo Domingo fliegen. Ich bade im Meer und liege in der Sonne, trinke alle Kokosnüsse leer, und du gehst deinen Forschungen nach. Was heißt zu spät? Wann fährst du? Übermorgen? Und das sagst du mir einfach so? Wie lange? Du weißt es nicht? Und du spürst immer noch den Schmerz seiner anscheinend unfreiwilligen Aggression, jene Tischkante in deinem Magen, die seine Flucht erleichterte. Fünf Tage sind seit dieser Szene vergangen, oder halt, du weißt nicht, wie lange du bewußtlos warst, wie lange es gedauert hat, dich hierher zu bringen. Vielleicht bist du, wie Galíndez, in der Dominikanischen Republik, in San Cristóbal, vielleicht ist Trujillo auch gar nicht tot, zumindest nicht ganz tot, denn zweifellos hat er Palazóns Herzanfall herbeigeführt, während er schon dieses Spinnennetz um dich wob. Wenn er schon alles weiß, dann laß die Dinge laufen. Als Trujillo ermordet wurde, hat man seine Familie in alle Winde zerstreut und uns die bewachte Demokratie beschert, ein typisches Doppelspiel der Yankees. Während ein Geheimdienst die Wahrheit über das, was passiert ist, herauszufinden versucht, ist ein anderer Geheimdienst damit beschäftigt, die noch verbliebenen Beweise zu vernichten. Und du hast bei Areces darauf beharrt, den Weg bis zum Ende zu gehen, die ganze Atmosphäre zu spüren, die Galíndez in seinen letzten Momenten umgab. Wenn ich könnte, würde ich dieselbe Luft atmen, die er geatmet hat und wie er sie geatmet hat. Und das ist Wissenschaft? Da gehen Sie doch besser zu einer Wahrsagerin, die kann Ihnen vielleicht sogar die Telefonnummer von Galíndez geben. Jetzt bekommt José Israels erleichterter Blick, als er dich ins Hotel treten sieht, einen Sinn, obwohl er den Grund seiner Besorgnis nicht genannt hat. Nicht, daß ich jeden Oberst oder Ex-Oberst kennen würde, aber diesen Namen höre ich zum erstenmal. Und von dem Pockennarbigen habe ich auch noch nie gehört. Man unterschätzt doch immer wieder die Größe seines Landes und bildet sich ein, jedermann zu kennen. Hat er sich die Rolle des Zeitzeugen angemaßt, dieser Oberst, oder hat er wirklich erlebt, was er erzählt hat, wie so viele andere? Diktaturen sind pantheistisch, und der Diktator legt ein Stückchen von sich selbst in jeden seiner Untergebenen. Die Tür bleibt verschlossen. Vielleicht wird sie nie wieder geöffnet. Du hoffst auf die Möglichkeit eines langsamen Todes ohne Schmerzen, ohne Demütigung, als eine Folge deiner Dummheit, deines Größenwahns. Hättest du nur eine Nachricht für die Cuellos hinterlassen, dann nähme die ganze Geschichte einen anderen Verlauf, denn aufgezogen haben sie dieses Spektakel nur, weil sie wissen, daß kein Mensch deinen Aufenthaltsort kennt, überhaupt niemand weiß, was du seit deiner Abreise aus Santo Domingo gemacht hast. Was dieser schreckliche Alte jetzt wohl macht? Zweifellos kannte er Galíndez, aber in den Chroniken taucht er nicht auf, er ist wie ein Teufel, der auf Fotos nicht zu sehen ist und der dennoch dort war, vielleicht war er Galíndez' ganz persönlicher Dämon. Du stellst ihn dir in einer Wohnung voller Katzen und voller Gestank nach Katzenexkrementen vor, und er mitten drin wie eine Insel gepflegter Bosheit, genau die Stelle im Blick, in die er seinen giftigen Stachel stoßen wird. Don Angelito. Voltaire. Eine Geschichte voller Personen, die alle nicht waren, was sie vorgaben zu sein, aber allesamt behaupteten, aus einem Guß zu sein, wie die Geschichte, der sie ihre Existenz verdankten. Doch plötzlich gibt es Anzeichen von Leben hinter der Tür, man vernimmt Stimmen und Geräusche, als hätten die vier ihre einstudierte Ruhe verloren und beschlossen, eine neue Phase des Verhörs einzuläuten. Sogar Gelächter, vor allem ein Gelächter in Falsett martert dich, weil du es gegen dich gerichtet fühlst, und diese Tür kann sich nur öffnen, um die Folter hereinzulassen, die Unmenschlichkeit, den Tod. Könnte sich dieses Ende mit dem Ende von Jesús vereinen, und könnten beide gemeinsam die große Synthese von Wasser und Land erreichen ... Jesús ist auf dem Land und im Meer, sein Leib ist von den Haien zerfleischt, und die Zeit ist zur Vergangenheit eines Volkes geronnen. Aber du? Du kannst auf Unsterblichkeit nicht hoffen, auf dieses tröstliche Überleben, und auch jede andere Abstraktion zerbricht wie Glas, als die Tür aufgestoßen wird und vier neue Männer wie dunkle Haufen hereindrängen, und besonders einer von ihnen ist der Inbegriff des Endes, das Siegel auf der verschnürten Akte. Da kommt Areces, gewaltiger noch, als du ihn in Erinnerung hast, eine «Obús» im Mund, und der Ring an seiner Hand so groß wie sein Kopf auf der Spitze des pyramidenförmigen Leibes. Und das Narbengesicht. Und sein Cousin, und noch ein vierter, von dem du nur weißt, was du fühlst, und du fühlst, daß seine Seele so schwarz ist wie die der anderen.

«Sehen Sie sich das an, Herr Oberst, die Kleine von letztens.»

«Es gibt Fische, die wollen geangelt sein.»

Du erwartest, daß einer der Beamten sich zu der Gruppe gesellt, doch die Tür ist schon ins Schloß gefallen, endgültig. Areces dreht den Stuhl um, so daß sein Bauch von der Rückenlehne gehalten wird, als er sich setzt. Seine Zigarre ist erloschen, und mit einem Feuerzeug, das ebenso blitzt wie sein Ring, zündet er sie wieder an, inhaliert den Rauch. Er ist nicht nach seinem Geschmack, und er dreht die Zigarre um, steckt die Glut in den Mund und bläst unter dem Gelächter der andern drei, bis am zerkauten Ende eine Rauchsäule herauskommt.

«Was gibt's da zu lachen, ihr Idioten. Ihr wißt wohl nicht, daß sich Nikotin in der Zigarre sammelt und daß man es herausbekommt, wenn man die Zigarre in Gegenrichtung durchpustet, wenn sie zwischendurch ausgegangen ist natürlich nur und wenn man weiterrauchen will, versteht sich. Oder denkt ihr, ich schmeiße so eine Obús einfach weg? Damit ihr sie euch greift und weiterraucht, ihr Strolche? Als ob ich nichts Besseres zu tun hätte, bei dem was da an Arbeit noch vor uns liegt. Und jetzt zu Ihnen. Mit Ihren Leuten ist es also schlecht gelaufen, und mit uns wird es Ihnen noch schlechter ergehen. Die andern machen sich die Hände nämlich nicht schmutzig, weil sie uns ja haben und unsere Hände ohnehin schon dunkler sind als ihre. Nun, jeder macht seine Arbeit, und ich kann Ihnen versichern, wir machen unsere gut.»

«Sieht aus, als ob sie gleich ohnmächtig wird, die Señorita.»

«Sie ist zu warm angezogen.»

«So dünn und so zerbrechlich, die Kleine.»

«Wir werden ihr die Atmosphäre verschaffen, die sie gesucht hat. Ich erinnere mich nicht mehr an den Titel Ihrer Arbeit, aber Sie haben zu mir gesagt, Sie suchten die Atmosphäre. Nun, daran soll es Ihnen nicht fehlen. Schade, daß ich das Ende von Galíndez nicht gesehen habe, aber ich war bei Murphys dabei, und ich habe Ihnen ja schon gesagt, er hat geschrien wie ein Schwein im Schlachthaus, und dabei war er so ein eitler Fatzke. Heutzutage werden die jungen Leute insgesamt größer als früher. Aber Murphy damals war ein

Zwerg, ein geschniegelter Zwerg, und dann wurde er so gebürstet, daß er uns fast leid tat, selbst dem, der ihm den Knüppel über den Kopf zog, damit er aufhörte, wie eine Sau zu quieken. Danach haben sie ihn mit dem Halstuch fertiggemacht und sind mit ihm ans Meer gefahren, hinter dem Schlachthof. Da haben sie ihm mit einem Buschmesser den Bauch aufgeschlitzt und ins Meer geworfen, damit die Haie gleich zulangen konnten. Die Leute glauben zwar, Haie fräßen immer nur Arme und Beine, aber am liebsten sind ihnen die Gedärme. Ist Ihnen nicht heiß, Señorita? Ich weiß nicht, wie lange Sie die Form noch wahren wollen, aber Sie sind viel zu warm angezogen.»

«Sollen wir sie ausziehen, Chef?»

«Das macht sie schon selbst. Diese jungen Frauen heutzutage wissen sich den Umständen anzupassen. Seid nicht ihr emanzipierten Amiweiber das gewesen, die diese provokante Parole ausgegeben haben, sich im Falle einer Vergewaltigung nicht zu wehren? Ich glaube nicht, daß es hier zu einer Vergewaltigung kommen wird, was, Rivera?»

«Ich hab's nicht mit dürren Weibern.»

«Aber die Seele werden wir dir rausprügeln, du dumme Sau.»

In gewisser Weise mag Galíndez' bitterer Brief seiner letzten New Yorker Weihnacht die Vorahnung dessen gewesen sein, was er in diesem Augenblick gefühlt hat. Er hatte die gleiche Angst, die du hast, da bist du sicher, und er hatte nur den Mut, den ihm der Glaube an seine Sache verlieh. Du entkleidest dich, weil du nicht willst, daß sie dich entkleiden. Du schaust mit einem Lächeln zu Areces, weil du nicht willst, daß er dich weinen sieht, und wenn du schreien mußt, wirst du gellend schreien, aber ihm nicht den Gefallen tun, um Gnade zu winseln. Doch anders wäre es dir lieber gewesen; wenn du deine Hand ausgestreckt hättest, wie du es jetzt tust, als Verlängerung deines nackten, zitternden Körpers, und die Hand von Jesús hättest ergreifen können. Du wagst es nicht, die zerrissenen Strophen seiner wehmütigen, patriotischen Lieder zu singen, wohl aber singst du mit so leiser Stimme, daß es keine Stimme mehr ist, sondern eine Schrift auf geheimem Papier, das sie weder lesen noch dir fortnehmen und zerreißen können, das Lied von Laboa, und führst Jesús in den Wald, den der Sohn der Migueloas bemalt, ein Ort wenigstens auf dieser Welt, der dir etwas bedeutet, der umgestaltete Wald, greifbare Wirklichkeit umgestaltet, korrigiert, entschieden gezähmt. Könnte man einfach fliehen, gäbe es Frieden irgendwo, liebte ich nicht länger die Blumen vor deinem Haus. Ich wäre nicht der elende, schmerzgebeugte Sohn der Verzweiflung, an dem jeder Schrei zerbricht. Kein Mensch nähme Anstoß an mir, ich wäre keine entwurzelte Pflanze, in kalten Boden gesenkt. Könnte man fliehen, wäre es möglich, die Ketten zu sprengen, wäre ich kein hilfloser Seefahrer mehr ohne Schiff.

Wo es hell erleuchtet ist, sitzen die Gäste in Nachtischlaune, und wo nur ein schummriges Licht hinfällt, da trinkt man mit einer gewissen Wehmut; besonders der kubische Mann mit dem rotblonden Haar, der mit der Brust fast auf dem Tresen liegt und wie hypnotisiert auf das flimmernde Lichtermeer von Brooklyn starrt, drüben, jenseits des East River, zwischen Upper Bay und Lower Bay. Vier trockene Martinis warten auf den fünften, der ihm schon auf der Zunge brennt, doch von dem beschäftigten Barmann bisher zweimal überhört worden ist. Der Barmann ist ein Sklave jener inneren Logik, der die Blicke aller Kellner gehorchen, denn jeder von ihnen dosiert seine Zuwendung und seine Blicke, wie er es in langen Jahren gelernt hat. Jeder entwickelt seinen eigenen Stil. Dieser hier meidet vor allem die Vertraulichkeiten des Betrunkenen, die lyrischen Ergüsse, zu denen ihn der metallische Glanz des Flusses inspiriert, die Gelassenheit, mit der ein Lastkahn ins Nichts zu gleiten scheint, vor allem aber die Millionen leutender Punkte, die seine innere Kälte kompensieren und wie Leuchtkäferwolkenkratzer in der Nacht aufragen, und über dieser Zeitinsel des River Cafés das poetische Band der Brooklyn-Bridge. Warum schreibe ich? Warum Poesie? fragte sich Wallace Stevens. Und er gab sich die Antwort: weil ich mich von meiner persönlichen Sensibilität gedrängt sehe, weil mich die Monotonie meiner eigenen Phantasie manchmal ermüdet und ich mich dann auf die Suche nach Abwechslung mache. Achten Sie auf die Verbform, aufmachen, sich auf den Weg machen. Dichten heißt reisen. Bis zum dritten Martini hatte der Barmann seinen Ausführungen mit unbestimmtem Lächeln gelauscht, doch beim vierten hörte er nicht mehr hin, unter anderem deswegen nicht, weil der Mann ins Stocken geraten war und erst eine Weile später ausrief: Ich hab's! Es ist aus einem Werk von Stevens, *Das irrationale Element der Poesie*. Die Leuchtkäfer flackern in der Ferne, und der fünfte Martini läßt ihn feuchte Augen bekommen. Ich lade Sie ein. Trinken Sie auf mich. Ich bin heute sechzig geworden. Ein *bloody mary* wäre mir angenehmer. Dann also einen *bloody mary*. Der Barmann mixt den *bloody mary*, und der Gast schiebt seinen Arm über den Tresen und hält ihn fest.

«Was bleibt einem noch mit sechzig Jahren?»

«Ich werde die Zeit, die mir bis dahin bleibt, darüber nachdenken.»

«Nein. Zum Nachdenken haben Sie keine Zeit. Das Alter ist einfach da. Wie ein Grabstein. Ab sechzig tragen Sie einen Grabstein mit sich herum, auf dem nur Ihr Name und Vorname steht, nicht einmal der Dienstgrad, wie es die Genfer Konvention vorschreibt. Wissen Sie eigentlich, wer ich bin? Für wen ich arbeite?» Nein. Es interessiert ihn auch nicht. «Aber ich wollte Dichter werden, an Universitäten lehren. Und jetzt sitze ich hier mit dem Leib eines Flußpferdes und der Seele eines Buschwindröschens.»

Mit dem Leib eines Flußpferdes und der Seele eines Buschwindröschens. Summte er ein paarmal, bis er die Melodie fand, die ihm dazu passend erschien. Die Stimmen hatten sich zu einem Vorhang verdichtet, der ihn auf seinem Atoll von Martinis allein ließ, und er hatte auch keine Lust mehr, vor dem melancholischen Lichtergewirr noch länger Trübsal zu blasen. Wieder ein Lastkahn, in Gegenrichtung diesmal, lang, mit einer Trägheit, wie man sie nur auf Flüssen findet.

«Morgen fahre ich zu meiner Hütte. Ich werde den halben Wald abholzen. Bevor ich nicht hundert Bäume gefällt habe, gebe ich keine Ruhe. Ich werde mir selbst beweisen, daß ich noch einen halben Wald abholzen kann.»

Der Barmann hält sich in der westlichen Hemisphäre seiner Bar auf, und die andern Gäste sind ihm unbekannt. Er vollführt eine halbe Drehung und glaubt sich sicher genug auf den Beinen, um ohne zu schwanken zu seinem Auto zu kommen. Es kommt ihm vor, als könne über seinem Wagen gleich die Brooklyn-Bridge einstürzen, die vom Stakkato der Autos erschüttert und dadurch beinah zu einem musikalischen Objekt wird. Seine Augen sind feucht, und vor ihnen zerrinnen die Ampeln, die Autos, die Wolkenkratzerschluchten, und plötzlich regnet es, ganz unerwartet wie so oft in

Manhattan, was das Regenschirmgeschäft für einen Nachmittag, für eine Stunde, für drei Häuserblocks so erfolgreich gemacht hat. Regne, regne auf mein Leben, regne, regne auf mein Leben, mein geheimes Leben... Er unterbrach das vom Regen inspirierte Poem und sah zu, daß er nach Hause kam, um seinen vom Alkohol aufgeweichten Magen mit etwas Eßbarem zu füllen. Zu Hause führt sein erster Weg jedoch nicht zur Küche oder zum Eisschrank, sondern, nach einigem Zögern, an das breite Bücherregal, in das die Bar eingelassen ist. Innerlich jubelnd findet er ein Buch, und als er es öffnet, fallen vergilbte Blätter heraus, in denen er nachdenklich liest und sich fragt, zu welchem Reich dieser Erde sie gehören mögen. Er legt *Das irrationale Element der Poesie* von Wallace Stevens auf den Tisch, ein schmaler Band, der ihn schon nicht mehr interessiert, weil ihn der Inhalt der losen Blätter gefangen nimmt, auf denen er die Schrift seiner alten *Brother* aus den ersten Semestern an der Universität erkennt: Mr. Berryman, Ihre Verdienste um die Dichtung sind erst spät anerkannt worden, und es waren die Studenten unserer Generation, die Ihren Namen im gleichen Atemzug mit dem von Robert Lowell oder Delmore Stewart genannt haben. Wird die öffentliche Anerkennung Ihre Dichtung beeinflussen? Was halten Sie von den Worten Seyrings, der gesagt hat, wenn Berryman nicht der beste lebende Dichter der Vereinigten Staaten ist, dann steht er zumindest neben Lowell auf dem zweiten Platz? Ihnen ist es ebenso ergangen wie Eliot, Frost und Auden, das heißt, Sie haben zuerst in England Anerkennung gefunden. Haben Sie dafür eine Erklärung? Man bezeichnet Sie als einen bekennenden Dichter, wie Sylvia Plath oder Lowell. Was halten Sie von diesem Etikett? Sind Ihre Sonette bekenntnishaft? Sie haben einmal gesagt, Sie seien kein Schriftsteller, Sie hätten sich nur als Schriftsteller verkleidet, in Wirklichkeit seien Sie ein Gelehrter. Was wollten Sie damit sagen? Berryman hat diesen Fragebogen eines jungen Studenten, der dem Ende der vierziger Jahre noch unterschätzten, vielleicht vierunddreißig oder fünfunddreißig Jahre alten Dichter in frühreifer Bewunderung zugetan war, nie erhalten. Wo war Berrymans ungewöhnlich brillante Interpretation von J. Alfred Prufrocks Liebesgesang? *Wie ein Kranker äthertaub auf einem Tisch,* der dritte Vers, und mit diesem Vers, sagt Berryman, tritt die englischsprachige Dichtung in die Moderne ein. Von sich selbst begeistert, schlägt er sich mit der flachen Hand vor die Stirn, und das erinnert ihn wieder daran, daß er hungrig ist. Er holt eine Handvoll Toastbrotscheiben aus dem Kühlschrank, sowie Essiggurken, Butter und eine Tube Lachspaste. Er schneidet eine Gurke in Streifen und packt sie zwischen zwei mit Butter und Lachspaste beschmierte Brotscheiben, drückt sie fest aufeinander und steckt sich das Sandwich in den Mund. Während er es mit einer Hand hält und davon abbeißt, richtet er sich mit der anderen ein zweites Klappbrot. Dieses zweite kann er nun in Ruhe essen und geht damit zu dem Ohrensessel, der vor dem Fernseher steht. Die Lasche der Bierdose wird abgerissen, und der Schaum quillt heraus, ein paar Tropfen fallen auf den Teppich. Der Rest des zweiten Brotes verschwindet zwischen seinen Zähnen, und jetzt hat er eine Hand frei, mit der er nach seinen Notizen und dem Buch von Stevens greift. Eigentlich wollte er das von Berryman haben. Wo ist es denn? Wo ist das Essay über J. Alfred Prufrocks Liebesgesang?

Ich sah sie meerwärts auf den Wellen reiten
Und kämmen weißes Wellenhaar im Flug,
Als Wind das Wasser weiß und schwarz zerschlug.

In Meergewölben ward uns Aufenthalt
Bei Nixen in rotbraunen Seetangs Winken,
Bis Menschenlaut uns weckt und wir ertrinken.

Im Fernsehen albert Cary Grant mit Katherine Hepburn herum, und das «schwuler Laffe», das von seinen Lippen kommt, ist an Cary Grant gerichtet. Berryman beging 1972 Selbstmord. Jetzt konnte ihm diese Nachricht jedoch ziemlich gleichgültig sein, die ihn damals am Golf von Mexiko erreichte, als er irgendwo an diesem Loch von Amerika herumschnüffelte. Er bekam jedoch Herzflimmern bei dem Gedanken an jenen kurzsichtigen Mann mit dem grauen Bart, dem schließlich die Anerkennung zuteil geworden war, die er ihm schon als Junge zuerkannt hatte. Die Nachricht vom Tode Berrymans im Golf, in Veracruz wahrscheinlich – oder war es Tampico? –, und das endgültige Gefühl der Unerreichbarkeit eines alten Traums. Möglicherweise wäre jetzt, da der lange Kampf gegen Galíndez, gegen den Schatten eines unbeerdigten Toten zu Ende ist, der richtige Zeitpunkt, sich zurückzuziehen und wieder das Leben eines Bücherwurms zu führen, vielleicht sogar zu versuchen, seine ganzen Erlebnisse aufzuschreiben, als wären es die Erlebnisse eines andern. Sein Blut sträubte sich jetzt gegen jede weitere Zufuhr von Alkohol, selbst gegen das Bier, und er verließ den Sessel, um sich aufs Sofa zu werfen, wo ihm bewußt wurde, daß er von seiner Pension allein den Unterhalt für seine drei Frauen nicht mehr würde bezahlen können. Er fühlte sich müde und unmotiviert, und in jenem Riß zwischen dem Ruhen und dem Nichts waren seine literarischen Geister lebendig geworden. Zu den Albereien zwischen der Hepburn und Cary Grant hatten sich jetzt James Stewart und eine kleine Dunkelhaarige gesellt, der er den Rock hochheben würde, um zu sehen, ob ihr Geschlecht von krausen schwarzen Haaren umwuchert war, dicht und großflächig, ein Geschlecht, das man mit Erdnußbutter bestreichen und an einem Nachmittag ablecken konnte, derweil man sich im Fernsehen ein Baseballspiel ansah. Der Türsummer dröhnt, und der kubische Mann springt vom Sofa auf, als sei er herauskatapultiert worden. Es dauert, bis er aus dem Geräusch schließt, was jetzt zu tun ist, und er schaut auf die Uhr, zwei Uhr morgens, aber der Türsummer hat gesummt, und da muß man tun, was man tun muß, wenn der Türsummer summt. Schwerfällig und schwindelig vom plötzlichen Aufspringen wankt er zum Haustelefon an der Tür, in dem ihn schon die ungeduldige Stimme des Portiers erwartet.

«Ich rufe bereits zum drittenmal bei Ihnen an.»

«Tut mir leid, ich war halb am Schlafen.»

«Und ich ganz, ich hab schon ganz geschlafen. Hier ist Ihr Bote wieder. Sie sind wohl auf Botenbesuche um zwei Uhr morgens abonniert.»

«Tut mir leid.»

«Mir auch. Soll ich ihn raufschicken?»

«Hat er den Ausweis dabei?»

«Wie immer.»

«Schicken Sie ihn rauf.»

Er erwartet ihn hinter der spaltbreit geöffneten Tür, damit er ihn eher sehen kann, als er selbst gesehen wird, und dann kommt das lederne Insekt mit Helm und dunkler Brille, und am Helm steckt der Ausweis der Firma. Sie sprechen nicht miteinander, und er weiß auch nicht, ob es derselbe ist, der ihm dreißig Jahre lang die Botschaften brachte. Vielleicht sterben lederne Insekten nicht. Der Umschlag wird überreicht und der Empfang bestätigt, der Bote geht, und er schaut ihm nach, und sein Schritt scheint der gleiche zu sein wie sonst. Es muß derselbe sein. Immer wenn Botschaften um diese Zeit eintreffen, befindet er sich im Kampf mit dem Kater, und er hält seinen Kopf unter den Wasserhahn des Waschbeckens, um sich Kopf und Nacken mit dem eiskalten Wasser der von der Nachtluft gekühlten Leitung zu erfrischen. Behutsam trocknet er sich den Kopf ab, in dem sich die schmerzhafte Nachwirkung des Alkohols und die des eisigen Wassers mit dem Aufruhr der Gedanken mischen, die den Sinn dieses Briefumschlags zu deuten suchen, den er im Schlafzimmer auf das Bett gelegt hat. Er knipst eine Nachttischlampe an, läßt sich aufs Bett fallen und nimmt den Umschlag zur Hand. Er bricht das Siegel auf und öffnet ihn, die übliche Kennzeichnung erscheint: Streng vertraulich, doch darunter steht noch etwas, das seinen Oberkörper mit Unterstützung der Ellenbogen in die Höhe bringt: Fall Rojas-5075. Darunter eine Notiz des dicken Somes: Lesen Sie den Bericht aufmerksam, und denken Sie über eine Strategie nach. Dieser verdammte Somes; vor zwei Wochen noch habt ihr das Ende der Geschichte mit ein paar Cocktails in einer Bar gefeiert, die eher was für Bergsteiger war. Das direkt gegenüberliegende UNO-Gebäude schien winzig dagegen. Hinter der Notiz von Somes fünf Blätter eines Briefes, und er braucht nur den Namen der Empfängerin zu lesen, um sämtliche Schmerzen seines Kopfes zu vergessen und sich wie ein Habicht auf den Text zu stürzen.

Mrs. Dorothy Colbert
Brigham Street 435
Salt Lake City
Utah

«*Sehr verehrte Frau Colbert,*
Sie kennen mich nicht, und daher will ich mich zuerst einmal vorstellen. Mein Name ist Ricardo Santos Migueloa, ich bin siebenundzwanzig Jahre alt, Spanier, wohnhaft in 28001 Madrid, Plaza Mayor 46, 4º, 3ª. Ich kenne Ihre Schwester Muriel praktisch seit dem ersten Tag ihres Aufenthaltes in Spanien, wir waren miteinander be-

freundet und haben mehrere Monate zusammengewohnt, bis sie vor zwei Monaten nach Santo Domingo abgereist ist. Vor zwei Wochen erhielt ich die Nachricht von ihrem tragischen Ende, vom Fund ihres Leichnams am Strand von San Pedro Macorís. Dem Anschein nach ist sie im Wasser ohnmächtig geworden und ertrunken. Wie die gerichtsmedizinische Untersuchung ergab, wies ihr Körper keinerlei äußere Merkmale von Gewalteinwirkung auf, was auch durch ein besonderes anatomisches Gutachten bestätigt wurde, das der Verleger José Israel Cuello in Auftrag gegeben hat, der Muriel anläßlich der Nachforschungen zu ihrer Doktorarbeit kennengelernt hatte, die sie unter der Obhut Professor Norman Radcliffes von der Yale-Universität schrieb. Ich selbst erfuhr von ihrem tragischen Ende durch Sr. Cuello, dessen Adresse ich in Santo Domingo ausfindig machen konnte, nachdem ich wochenlang nichts von ihr gehört hatte und mir Sorgen zu machen begann, obwohl sie sich ja schon hier, wie man so sagt, auf französisch verabschiedet hatte. Es gelang mir, per Telex mit dem Verlag *Taller* in Verbindung zu treten und danach ein Telefongespräch mit José Israel Cuello und seiner Frau Lourdes Camilo de Cuello zu führen, in dem sie mir berichteten, daß Sie dort gewesen seien und sich um die Überführung der sterblichen Überreste Ihrer Schwester nach Salt Lake City gekümmert hätten, um sie dort in Ihrer Familiengruft beisetzen zu lassen.

Doch nun zu dem Grund meines Briefes an Sie. In meinen Gesprächen mit dem Ehepaar Cuello tauchte der Ansatz eines Zweifels an der natürlichen Ursache des Todes Ihrer Schwester auf, der mich nicht mehr ruhen läßt. Sie wissen vielleicht nichts von einem solchen Verdacht, weil er erst nach Ihrer Abreise aus Santo Domingo aufgekommen und auch nur auf nachhaltiges Drängen meinerseits vom Ehepaar Cuello geäußert worden ist. Wie Sie vielleicht wissen, hat Muriel die letzten Jahre an einer Dissertation über das Leben, die Persönlichkeit und die Ermordung von Jesús de Galíndez gearbeitet, einem Exilspanier aus dem Baskenland, das heißt einer Region im Norden Spaniens, der in einer gemeinsamen Aktion nordamerikanischer und dominikanischer Geheimdienste im März 1956 in New York entführt, in die Dominikanische Republik verschleppt worden und dort spurlos verschwunden ist. Diese Arbeit war Muriel wichtiger als alles im Leben, wichtiger als Sie, als ihre Vergangenheit und als ich selbst, was auch zu einem heftigen Streit zwischen uns führte, als sie zur Dominikanischen Republik abreiste, ohne mir Zeit zu geben, Urlaub einzureichen, um sie begleiten zu können. Ich vergaß, Ihnen zu sagen, daß ich Rechtsanwalt bin, aber in einer nicht ganz unwichtigen Stellung im spanischen Kultusministerium arbeite.

Wie das Ehepaar Cuello mir mitteilt, wird Muriels Tod von einer Reihe merkwürdiger Umstände begleitet. Da ist zunächst einmal ihr geheimnisvolles Verschwinden, drei Tage nachdem sie auf der Insel angekommen ist; sie läßt ihr gesamtes Gepäck im Sheraton und verbringt angeblich einen ganzen Tag am Strand, möglicherweise, um über die zutiefst beeindruckenden Informationen nachzudenken, die sie über Kontakte der Eheleute Cuello und über andere geheimnisvolle Kontakte erhalten hat, die den Cuellos Anlaß zu ihrem Verdacht gegeben haben. Kurz vor ihrem Verschwinden, hatte Muriel ihnen von einem geheimen Treffen mit einem gewissen Oberst Areces berichtet, den es nie gegeben hat, weder als Oberst in der dominikanischen Armee noch als Ex-Oberst oder Tabakfabrikant, als der er vor Ihrer Schwester auftrat. Ich glaube, Sie sind über diese Dinge bereits informiert worden, doch besaßen die Cuellos damals noch keine weitergehenden Informationen, die ihren Verdacht erhärteten. Weitere Nachforschungen, die sie ihrer gesellschaftlichen Stellung gemäß äußerst diskret und mit aller Vorsicht durchgeführt haben, legen den Schluß nahe, daß Muriel am Tage ihres Verschwindens die Dominikanische Republik per Flugzeug in Richtung Miami verlassen hat. Dies schließt man aus der Beschreibung einer Passagierin, die zwar einen anderen Namen benutzte, aber ansonsten das genaue Ebenbild Muriels war, was von den Stewardessen des Fluges bestätigt wurde, allerdings nicht vom Flughafenpersonal in Miami, von dem man andererseits schwerlich erwarten kann, sich an das Aussehen einer bestimmten Touristin zu erinnern, die zudem noch so typisch nordamerikanisch aussah wie Ihre Schwester, auch wenn sie eine Landkarte von Sommersprossen war, wie ich immer zu ihr gesagt habe, wenn ich sie necken wollte. Wenn Muriel einen Tag, bevor sie am Strand von Santo Domingo ertrunken aufgefunden wird, nach Miami fliegt, dann gibt mir das eine Reihe von Rätseln auf, die mich beunruhigen und mich nicht mehr in Frieden leben lassen, bis ich sie aufgeklärt habe.

Ich könnte mich mit der Erinnerung an die wundervolle Zeit begnügen, die wir miteinander verbrachten, an den geistigen Reichtum, den Ihre Schwester mir gegeben hat, an ihre tiefgehende Schönheit, die mir zu ihrer Zeit vielleicht gar nicht so bewußt geworden ist, diese makellose Reinheit, die Reinheit der Gerechten, von der sie mir so oft erzählt hat und die ganz besonders auf sie selbst zutraf. Ich gedenke jedoch nicht, mich mit Erinnerungen zu begnügen, und möchte Ihnen meine Pläne darlegen. Im Ministerium habe ich mich bis auf weiteres beurlauben lassen, bin aber bereit, meinen Arbeitsplatz zu riskieren, falls die Aufgabe, die ich mir gestellt habe, längere Zeit in Anspruch nehmen sollte. Morgen fliege ich nach Santo Domingo, wo mich Herr und Frau Cuello erwarten, um mit mir die Lage vor Ort zu sondieren. Wir sind entschlossen, Anzeige gegen Unbekannt zu erstatten, um so eine Untersuchung des Falles in Gang zu setzen, wozu es sicherlich hilfreich wäre, wenn Sie als direkte Verwandte Muriels meine Bemühungen unterstützten, beziehungsweise, wenn die Anzeige in Ihrem Namen erstattet werden könnte. Ich bin jedenfalls fest entschlossen, den Fall bis zu seinem Ende zu verfolgen, koste es, was es wolle. Ich habe die Angelegenheit auch mit meinen Vorgesetzten besprochen und sogar mit Geheimdienstleuten und Leuten aus dem spanischen Außenministerium, die mir zumindest mit sachlichen Ratschlägen geholfen haben. Außerdem habe ich Freunde in den spanischen Medien von meinem Vorhaben unterrichtet und sie gebeten, im Augenblick zwar noch nichts verlauten zu lassen, doch für den Fall, daß unsere Nachforschungen die Unregelmäßigkeiten aufdecken, die wir vermuten, mit allen ihnen zu Gebote stehenden Mitteln diese Unmenschlichkeit an die internationale Öffentlichkeit zu bringen. Es gehört nicht zu meinen Stärken, Gefühle schriftlich zum Ausdruck zu bringen, während Muriel ihre Gedanken wunderschön zu formulieren verstand, weshalb ich mich ihrer Worte bedienen und Ihnen versichern möchte, daß ich den Sinn ihres Opfers verstanden habe. Ohne Menschen wie Muriel wäre die Menschheit eine elende Brut. Es gibt Menschen, die sind dazu berufen, besser zu sein als andere Menschen.

Sobald ich mich in Santo Domingo zurechtgefunden habe und etwas klarer sehe, werde ich mich wieder bei Ihnen melden. Vielleicht erreicht Sie mein Telefonanruf von dort auch schon früher als dieser Brief, doch möchte ich schriftlich festgehalten wissen, daß ich nach Santo Domingo aufbreche. Meine schönste Erinnerung an Muriel ist die von unserem Ausflug zum Denkmal von Galíndez in seinem Heimatort Amurrio, wo man ihm auf einem Hügel namens Larrabeode einen Stein mit seinem Namen und einer kurzen Widmung aufgestellt hat. Um das Gesicht zu wahren, wie Muriel sagte. Sie stand oben auf dem Hügel, der Wind bauschte ihr Kleid, und sie beschwor den Geist dieses armen Mannes. Sie sah aus wie eine Tragödin, von den Winden Amurrios demselben Schicksal zugeweht wie Galíndez. Damals begriff ich, und bitte verzeihen Sie mir solche typische Männerdummheit, daß sie niemals ganz mir gehören würde, daß ich niemals Manns genug sein könnte, um sie aufzuhalten und ihr zu genügen. Ich war eifersüchtig in jener Nacht, den ganzen Abend war ich eifersüchtig und benahm mich wie ein Trottel. Ich teile Ihnen meine intimsten Empfindungen mit, weil Sie für mich der direkteste Bezug zu Muriel sind und weil Sie eine Vergangenheit mit ihr verbracht haben, die ich selbst gerne mit ihr verbracht hätte.

Ich grüße Sie und halte mich stets zu Ihrer Verfügung,

Ricardo Santos Migueloa»

Gut. Sehr gut. Es spielt wohl doch keine Rolle, ob man sie begräbt oder nicht begräbt, wie der alte Angelito immer meinte. Somes war mit der Operation Muriel sehr zufrieden. Man hat die Leiche gefunden, man hat keine Zeichen von Gewaltanwendung an ihr entdeckt, und wie sie das gemacht haben, braucht man Areces und seine Leute nicht zu fragen, es war jedenfalls eine mustergültige Erledigung. Sind Seine Eminenz zufrieden? Seine Eminenz sagen mir nie, ob er zufrieden ist oder nicht, er versichert mir jedoch, daß dieser Fall abgeschlossen ist. Muriel, Muriel, da hast du also die kleine Gretel gespielt und Brotkrumen auf deinem Weg hinterlassen, damit dein Hänsel dir folgen kann, der arme Junge. Warum müßt ihr uns herausfordern? Ihr dürft uns nicht herausfordern. Er springt aus dem Bett und nimmt befriedigt zur Kenntnis, daß er seine Gleichgewichtssinne wieder beisammen hat. Denken Sie über eine Strategie nach. Er studiert die dem Dossier beigefügten Fotos in dem Licht, das sich im Badezimmerspiegel bündelt. Ricardo Santos Migueloa ist dieser gutgewachsene, wie ein südländischer *disco-dancer* aussehende Junge, der Muriel am Arm in eine Bar oder in eines dieser mediterranen Terrassencafés führt. Auf einem anderen Foto liest er Zeitung und scheint sich der Anwesenheit eines Fotografen nicht bewußt zu sein. Ein weiteres Foto mit Muriel, doch ihr Bild interessiert jetzt nicht mehr. Die wimpernlosen Augen saugen Ricardos Gesichtszüge in sich auf, bis sie vor Anstrengung zu blinzeln beginnen. Er klappte den Spiegel zur Seite, der sein Abbild mit sich nahm, und in der Wand über dem Waschbecken erschien der eingemauerte Safe. Er tippte die Kombination ein, und der automatische Öffner ließ die Tür aufspringen. Er legte das neue Dossier auf die übrigen blauen Hefter, die sorgsam gestapelt in der Wandnische lagen. Sein Blick fiel auf die Beschriftung der obersten Akte, auf die er gerade den neuen Umschlag gelegt hatte. Don Angelito. Während er den Safe wieder schloß, dachte er daran, daß dieser Hefter irgendwann einmal vernichtet werden könnte oder vielleicht einen neuen Titel bekommen sollte. Zum Beispiel: Don Angelito & Katzen GmbH.

Villa Annalisa, Xábia, Sommer 1989

Glossar

Gora Euzkadi Azkatuta!	Es lebe das freie Baskenland!
Jai-Alai oder Pelota	baskisches Ballspiel, Frontonspiel
Ikkurriña	baskische Nationalflagge
aurresku	baskischer Volkstanz
porrulsada	Lauchgericht mit Kartoffeln und Stockfisch
txistu	Flöte
Gora espainako langileak!	Es lebe die spanische Arbeiterschaft!
Nere herria da bakarrik ni juzgatzeko nezaneka!	Allein mein Volk kann mich richten!

Paul Bowles

Paul Bowles' Romane gehören «zum Besten, was ein Amerikaner je geschrieben hat» (Gore Vidal)
Gerade zwanzig geworden, brannte **Paul Bowles** 1930 nach Paris durch. Gertrude Stein entdeckte den jungen Dichter und machte ihn mit Ezra Pound, Jean Cocteau und André Gide bekannt. In New York feierte Bowles exzentrisch seine frühen Erfolge als Schriftsteller, Drehbuchautor und Komponist. 1947 zog er sich nach Tanger zurück. Nach langjährigen Aufenthalten in Nordafrika, auf Ceylon und in Südamerika lebt er seit vielen Jahren wieder in Marokko. Die Flucht vor der Zivilisation wird das zentrale Motiv seiner Romane.

Allal *Stories aus Marokko*
(rororo 5975)
«... halluzinatorische Exkursionen in die mythische Welt arabischer Nomadenvölker, wo der zivilisierte Europäer oder Amerikaner in unheilvolle Verstrickungen gerät. Bowles schreibt jeweils aus der Optik seiner Figuren, läßt durch sie eine Handlung aufkommen. Seine Stories sind durch den Flair orientalischer Phantastik von einer Bildhaftigkeit, die die abendländische Phantasie zu entzünden vermag.» Basler Zeitung

Himmel über der Wüste *Roman*
(rororo 5789)
In seinem Hauptwerk schildert Bowles die Flucht eines amerikanischen Ehepaars vor der Leere ihres Daseins in die Wüste. Beide suchen einen Lebenssinn, im letzten die Liebe. Aber sie finden nur Abenteuer, Hetzjagd, Öde und Tod.
Bernardo Bertolucci verfilmte «Himmel über der Wüste» mit Debra Winger und John Malkovich in den Hauptrollen.
«Ein erstklassiger Abenteuerroman von einem wirklich erstklassigen Schriftsteller!»
Tennessee Williams

Robert Briatte
Paul Bowles. *Ein Leben*
(rororo 12911)
Robert Briattes Biographie ist mehr als ein Lebenslauf, sie zeigt uns Paul Bowles in der faszinierenden Welt seiner Romane, als Chronist des Mythos Afrika.

rororo Literatur

Carlos Fuentes

Carlos Fuentes wurde 1928 in Mexico City geboren, verbrachte seine Kindheit im glitzernden Amerika der dreißiger Jahre. Er begann eine Karriere als Diplomat, unter anderem als Botschafter in Paris. Wichtiger aber war ihm das Schreiben. Sein literarisches Werk machte ihn zu einem der bedeutendsten Autoren Lateinamerikas. 1988 erhielt er den «Miguel de Cervantes-Preis», die höchste literarische Auszeichnung Spaniens.

Der alte Gringo *Roman*
(rororo 12428)
Im November 1913, einundsiebzigjährig und vom Asthma geschüttelt, verließ der amerikanische Schriftsteller Ambrose Bierce die Stadt San Francisco, stürzte sich in das blutige Chaos der mexikanischen Revolution und ward nie wieder gesehen.
«... ein großartiges, ein farbiges, facettenreiches, spannendes Buch.» Die Welt
«Der alte Gringo» wurde mit Gregory Peck und Jane Fonda erfolgreich verfilmt.

Chac Mool *Erzählungen*
(rororo 12390)
Alle Figuren dieser acht Erzählungen werden das Opfer ihrer Begierden. Unausweichlich geraten sie aus einer scheinbar alltäglichen Situation in eine existentielle Krise.

Verbranntes Wasser *Vier Erzählungen*
(rororo 12456)
Ein Erzähl-Quartett des großen lateinamerikanischen Autors.

rororo Literatur

Hautwechsel *Roman*
(rororo 12398)
Vier Reisende wollen von Mexico City nach Veracruz, ohne dort je anzukommen. In einem stinkenden Hotel müssen sie eine endlose Nacht durchstehen, durchlieben, durchbeichten.

«Mit García Márquez und dem Peruaner Mario Vargas Llosa zusammen muß Carlos Fuentes zweifellos zu den drei größten lebenden Autoren seines Kontinents gerechnet werden.» Frankfurter Allgemeine Zeitung

Graham Greene

Zu dem weltberühmten Film *Der dritte Mann* schrieb **Graham Greene** erst das Drehbuch, anschließend den Roman. Geboren wurde er 1904 in England, studierte in Oxford, konvertierte 1926 zum katholischen Glauben – ein Schritt, den er immer als seine Privatangelegenheit verteidigte. Nach einer Reise durch Mexiko erschien 1938 sein bekanntestes Buch *Die Kraft und die Herrlichkeit*. Sein Roman *Die Stunde der Komödianten* trug ihm den Zorn des haitischen Diktators Papa Doc ein. Mit *Der stille Amerikaner* klagte er die Massaker der USA in Vietnam an. Und doch ist Graham Greene kein «politischer» Schriftsteller. Vielmehr, schrieb Günther Blöker in der FAZ, «ein mit größter Empfindlichkeit ausgestatteter Beobachter der Zeitgeschichte, ein Kronzeuge der Geschichte».
Graham Greene starb 1991 in Vevey in der Schweiz.

Der dritte Mann
(rororo 211)

Heirate nie in Monte Carlo
Roman
(rororo 320 und als gebundene Ausgabe)

Das Herz aller Dinge *Roman*
(rororo 5450)

Der Honorarkonsul *Roman*
(rororo 1911)

Der menschliche Faktor *Roman*
(rororo 4693)

Unser Mann in Havanna *Roman*
(rororo 442)

rororo Literatur

Die Kraft und die Herrlichkeit
Roman
(rororo 91)

Leihen Sie uns Ihren Mann?
Komödien der Erotik
(rororo 1278)

Monsignore Quijote *Roman*
(rororo 5453)

Dr. Fischer aus Genf oder Die Bomben-Party
(rororo 5051)

Orientexpress *Roman*
(rororo 1979)

Die Stunde der Komödianten
Roman
(rororo 1189)

Der zehnte Mann *Roman*
(rororo 12116)

Ernest Hemingway

Ernest Hemingway, 1899 in Oak Park, Illinois, geboren, setzte sich früh in den Kopf, Journalist und Schriftsteller zu werden. Als Korrespondent für den «Toronto Star» arbeitete er in Paris, wurde des «verdammten Zeitungszeugs» überdrüssig und begann, Kurzgeschichten zu schreiben. 1929 erschien *In einem andern Land* und wurde ein durchschlagender Erfolg. Hemingway reiste durch Spanien, unternahm Jagdexpeditionen nach Afrika, wurde Kriegsberichterstatter im Spanischen Bürgerkrieg. 1954 erhielt er den Nobelpreis für Literatur. Sein selbstgeschaffener Mythos vom «Papa», seine Krankheiten und Depressionen machten ihn schließlich unfähig zu schreiben. Am 2. Juli 1961 nahm er sich das Leben.

Von Ernest Hemingway sind u. a. lieferbar:

Gesammelte Werke *10 Bände in einer Kassette*
(rororo 31012)

Der Abend vor der Schlacht
Stories aus dem Spanischen Bürgerkrieg
(rororo 5173)

Der alte Mann und das Meer
(rororo 328)

Fiesta *Roman*
(rororo 5)

Der Garten Eden Roman
(rororo 12801)

Die grünen Hügel Afrikas
(rororo 647)

3236/1

rororo Literatur

In einem andern Land *Roman*
(rororo 216)

Reportagen 1920 – 1924
(rororo 2700)

Schnee auf dem Kilimandscharo
6 stories
(rororo 413)

Im Rowohlt Verlag sind außerdem erschienen:

Gesammelte Werke
Deutsch von A. Horschitz-Horst, P. Baudisch, E. Schnabel u. a.
Kassette mit 6 Bänden.
Gebunden.

Ausgewählte Briefe 1917 – 1961
Deutsch von W. Schmitz
640 Seiten. Gebunden

Die Stories
Deutsch von A. Horschitz-Horst
500 Seiten. Gebunden

Sämtliche lieferbaren Titel von Ernest Hemingway finden Sie in der *Rowohlt Revue* – vierteljährlich neu und kostenlos in Ihrer Buchhandlung.

Alberto Moravia

Alberto Moravia, 1807 in Rom geboren, war als Jugendlicher jahrelang ans Bett gefesselt. Gleich nach seiner Genesung, 1925, begann er zu schreiben. Spielerisch und virtuos sezierte er die sexuellen Obsessionen unter der bürgerlichen Oberfläche und erschuf kleine Mikrowelten der verborgenen Lust. Sein Roman «Die Gleichgültigen» wurde von Mussolinis Faschisten verboten; Moravia verließ Italien und ging als Zeitungskorrespondent nach Griechenland, England, China, Rußland und Amerika. Nach der Befreiung seines Landes kehrte er zurück und wurde für sein Werk mit hohen Literaturpreisen ausgezeichnet. Mehrere seiner Romane sind erfolgreich verfilmt worden. Alberto Moravia starb 1990 in Rom.

Agostino *Roman*
(rororo 5630)

Ein anderes Leben *Erzählungen*
(rororo 4083)

Desideria *Roman*
(rororo 4757)

Die Frau im schwarzen Cape
Erzählungen
(rororo 12277)

Gefährliches Spiel *Roman*
(rororo 331)

Die Gleichgültigen *Roman*
(rororo 570)

Die Lichter von Rom *Neue römische Erzählungen*
(rororo 5628)

rororo Literatur

Ich und Er *Roman*
(rororo 1666)

Inzest *Roman*
(rororo 1077)

La Noia *Roman*
(rororo 876)

Der Konformist *Roman*
(rororo 5629)

Die Verachtung *Roman*
(rororo 5627)

1934 oder Die Melancholie
Roman
(rororo 5485)

Ein Verzeichnis sämtlicher Rowohlt-Taschenbücher von Alberto Moravia finden Sie in der Rowohlt Revue – jedes Vierteljahr neu und kostenlos in Ihrer Buchhandlung.

3255/1

B. Traven

Bis in unsere Gegenwart werden **B. Travens** spannende Geschichten aus dem Dschungel Mexikos, von den Erdölfeldern oder den Abenteuern auf hoher See mit heißen Ohren gelesen. Obwohl seine Romane Millionenauflagen erreichten, konnte das Rätsel ihres Autors nie restlos gelöst werden. Heute nimmt man an, daß hinter B.Traven der deutsche Schriftsteller Ret Marut steckte, der wegen seiner politischen Beteiligung an der Münchener Räterepublik zum Tode verurteilt worden war und mit unbekanntem Ziel, vermutlich nach Mexiko, entkommen konnte. Doch wer sich auch immer unter dem Namen B.Traven verbergen mag, er hat, neben Jack London, die aufregendsten und fesselndsten Abenteuerromane der modernen Weltliteratur geschrieben.

Die Baumwollpflücker *Roman*
(rororo 509)
Die Geschichte eines Gelegenheitsarbeiters, der durch das rückständige Mexiko der frühen dreißiger Jahre trampt.

Die Brücke im Dschungel
(rororo 764)
Eindringlich erzählt Traven vom Ölfieber, von Landspekulationen und die fragwürdigen Segnungen der Zivilisation in Mexiko.

Das Totenschiff *Die Geschichte eines amerikanischen Seemanns*
(rororo 126)

rororo Literatur

Der Karren *Roman*
(rororo 593)
B.Travens berühmter, aufrüttelnder Roman über das Leid und die Bitternis versklavter Indios im mexikanischen Urwald.

Die weiße Rose *Roman aus Mexiko*
(rororo 488)
Mit allen Mitteln versuchen die Agenten der Condor Oil Company das Land der indianischen Hazienda Weiße Rose zu erobern.

«B. Traven ist ein episches Talent größten Ausmaßes.»
Kurt Tucholsky